湘潭大学学者文库
XIANGTAN DAXUE XUEZHE WENKU

姜书阁文集

JIANG SHUGE WENJI

姜书阁 著

湘潭大学出版社
XIANGTAN UNIVERSITY PRESS

图书在版编目（CIP）数据

姜书阁文集 / 姜书阁著. -- 湘潭 : 湘潭大学出版社, 2024.6

ISBN 978-7-5687-1445-7

Ⅰ. ①姜… Ⅱ. ①姜… Ⅲ. ①诗歌史—中国—文集 Ⅳ. ① I207.209-53

中国国家版本馆 CIP 数据核字 (2024) 第 110228 号

姜书阁文集

姜书阁　著

责任编辑：渠珊珊
装帧设计：李　平
出版发行：湘潭大学出版社
社　　址：湖南省湘潭大学工程训练大楼
电　　话：0731-58298960 0731-58298966（传真）
邮　　编：411105
网　　址：http://press.xtu.edu.cn/
印　　刷：长沙超峰印刷有限公司
经　　销：湖南省新华书店
开　　本：710 mm×1000 mm 1/16
印　　张：23.5
字　　数：360 千字
版　　次：2024 年 6 月第 1 版
印　　次：2024 年 6 月第 1 次印刷
书　　号：ISBN 978-7-5687-1445-7
定　　价：118.00 元

ISBN 978-7-5687-1445-7
9 787568 714457 >

姜书阁（1907. 11—2000. 12），字文渊，辽宁凤城人。1930年毕业于清华大学。在校期间，撰《桐城文派评述》《中国治外法权史》两部专著。历任国民政府行政院编审、财政部税务署署长、国税署署长、财政部政务次长等，学术兼职有全国学术审议委员会委员等。新中国成立初，曾任西南军政委员会财政部参事，西南税务学校、西南财政干部学校副校长。1958年赴青海师范学院任教。1979年，聘任湘潭大学中文系教授。1982年加入中国共产党。曾任中国屈原学会副会长、湖南省古典文学研究会理事长、湘潭大学学术委员会主任等，中国作家协会会员。第一批享受国务院政府特殊津贴专家。出版著作《桐城文派评述》《陈亮龙川词笺注》《诗学广论》《先秦辞赋原论》《中国文学史纲要》《文心雕龙绎旨》《骈文史论》《汉赋通义》《说曲》《文史说林百一集正续编》等，其中《骈文史论》先后获湖南省哲学社会科学优秀成果奖一等奖和教育部中国高校人文社会科学研究优秀成果奖二等奖。有《松涛馆诗集》。

总　序

"一位伟人，一纸校名，一句嘱托"，高度凝练并生动诠释了湘潭大学的创办历史。1958 年，毛泽东主席亲自倡办、亲笔题写校名并亲切嘱托"一定要把湘潭大学办好"。1959 年学校因故停办，1974 年恢复建校。复校初期，学校荒山一片、楼无一栋、房无一间。一声号召，来自清华大学、北京大学等 92 所高校、科研院所的 622 名教师奔赴湘大，边劳动建校边教学科研。著名诗人彭燕郊、流变力学专家袁龙蔚、消费经济学创始人尹世杰、古文献专家韩长耕等名家大师先后来到这里教书育人。在这一批湘大人心中，都有一个共同的信念——艰苦创业，扎根伟人故里。没有电灯，就点煤油灯；没有自来水，就到池塘挑水喝；没有教工宿舍，就住农民家中；没有教学楼，就一起搬砖建设……在极其艰苦的条件下，老一辈创业者怀着"一定要把湘潭大学办好"的初心和科教兴国的满腔热情，在贫瘠的荒山土坡上建起了一座大学城。

岁月流转，年轮不息。经过几代湘大人矢志不渝的奋斗，学校发生了翻天覆地的变化。特别是 2018 年习近平总书记对学校作出重要批示以来，学校全力推动"双一流"建设，2022 年成功入选国家"双一流"建设高校。一路走来，风雨兼程，虽创业维艰，然历久弥坚。在这片热土上，孕育着一批又一批才华横溢的名师和学子，不断产生着丰硕卓越的学术成果，模糊的概念在这里澄明，假设的命题在这里证实，现实的困惑在这里破解，新知识、新技术、新理论在这里不断孕育、产生。

大学因学术而生，亦因学术而兴。学术始终是一所大学的立校之基、兴校之本，是学者的一种追求、一种境界、一种精神。就湘大而言，无论是复校初期的名家云集、各抒己见、推陈出新，还是改革开放后融入科教兴国的时代大潮，湘大学人始终坚守初心，笃志问学，传承文脉，成就了独具风格的学术品质和精神风貌。一代又一代的湘大学人在这里探究真理、创造新知，以学术立身、以著作立言、以品德立魂，用自己的毕生心血，汇集而成了一篇篇富有思想的学术成果。

大学之大，大师之谓也。为汇集湘大学人学术成果，展示湘大学人学术品格，2014 年，在复校四十周年之际，学校精心策划“湘潭大学学者文库”丛书，出版了《沧南自选集》《袁龙蔚文集》。入选文集经过了广泛征集和论证，无一不是湘大学人呕心沥血之佳作、高深学问之精髓、学术思想之独见、品性修养之映照。文库收录的学术成果，都有着清晰的问题意识、科学的研究方法、严谨的逻辑结构，既有源自哲学思辨的理性探究，也有基于生产实践的资料佐证，充分展示了湘大学人独有的学术品格，体现了湘大学人的厚积薄发和卓越追求。这是湘大学人智慧的结晶，更是推动学校高质量发展的宝贵精神财富。

甲辰龙年，学校迎来复校五十周年。值此之际，第二批“湘潭大学学者文库”丛书，包括《尹世杰文集》《刘桂斌文集》《羊春秋文集》《宋世杰文集》《张铁夫文集》《陈仲沪文集》《罗铸楷文集》《姜书阁文集》《萧艾文集》《曹木清文集》《彭燕郊文集》《韩长耕文集》12 部学者文集付梓出版，这既是记录湘大学人敢于挑战与奋斗、饱含智慧与激情的光辉岁月，展现湘大学人精学苦研的具象载体，又是湘大学人牢记办学历史，坚持知行合一，弘扬学术精神，接续优良传统的价值传承和推动学术创新的具体行动。

伟人故里逢盛世，一路高歌向前行。丛书的出版，将让我们再一次触摸和感受老一辈湘大学人的独特学术品格和精神品质，也将鼓舞新一代湘大学人深入贯彻落实习近平总书记对学校的重要批示精神，弘扬“牢记嘱托、艰苦创业、追求卓越”的湘大精神，扎根伟人故里，厚植家国情怀，坚持守正创新，为建成科技教育强国，以中国式现代化全面推进中华民族伟大复兴作出新的更大的贡献！

湘潭大学 党委书记 刘起军
校　　长 潘碧灵

前 记

《诗学广论》第一版的出版时间是20世纪80年代初。当时正值“文革”结束后，百废待兴。家父手中有一部刚完成不久、命名为《诗论发微》的书稿，正待付梓。他曾给当时影响颇大的学术刊物《社会科学战线》杂志编辑部写过一封信，简要介绍了《诗论发微》的内容、体例，其中不无希望将其以分载的形式发表的意思。辽宁社会科学院的马蹄疾先生可能同时兼任《社会科学战线》杂志的编辑，他当即给父亲回了一封信，建议家父最好将书稿交由北京的中国社会科学出版社出版。他认为，《诗论发微》作为一部中国诗歌理论专著，更适合在那里出版。于是家父将书稿的目录寄给了中国社会科学出版社。尔后，出版社回了信，表示可以考虑出版。家父便将书稿寄了过去。这期间，出版社提了两点意见：一是书名《诗论发微》深奥难懂，一般读者不易理解，可否易名；二是建议将原稿中第十部分《新体篇第十》删去，这样，作为中国古典诗歌理论著作则更为紧凑。家父一向比较固执，宁可不出，也不愿别人对自己的文章说三道四，但这一次却最终接受了这两条意见。书名改为明白易懂的《诗学广论》；删去最后论新体诗的一部分，全书以九篇终结。1982年6月，《诗学广论》出版问世，印数为 51400 册，是父亲这一时期出书中发行量最大的一部著作。

出版的头几年，正是“文革”以后学术繁荣的初始阶段，一时间同事、亲朋、学生及学界同仁纷纷索书。很快，出版社赠送的连同家父自购的一两百册书便已告罄。记得那时父亲曾令我们四处搜购；再后来，就哪儿也买不到了。

2003 年 4 月，那时父亲已经去世几年。超星数字图书馆正在筹办阶段，他们与我联系，希望我能捐出一部著作，以支持他们建立数字图书馆数据库。虽然那时我还不太了解数字图书馆和数据库的具体内容，但觉得这是属于“经国之大业，不朽之盛事”，何乐而不为呢？于是当即答应，并一次捐出了父亲的三部著作，《诗学广论》便列于其中。同时我也得到了意外的回报——获赠 3 张为期 10 年的超星免费读书卡，一直使用至今。

大约四五年前，网上兴起购物新风。我忽然发现了一个购书网站——孔夫子旧书店，于是好奇地时不时去浏览一下。在这里我再一次看到了家父的《诗学广论》等已经脱销多年的旧著。后来，有一位年轻的同事告诉我，这几年他在网上购齐了家父早年出版的所有古典文学论著。这真令我感叹不已。

2009 年年初，浙江大学出版社与我联系，希望重新出版《诗学广论》。这是一个意外惊喜——一者此书已脱销多年，每每有人索要，我只能支吾，让人误以为我吝啬；二者家父辞世多年，我们基本没有申请到科研或出版经费的可能，所以，我们没有奢望再版。在这种情况下，浙江大学出版社与我们签订了出版合同，确是令人喜出望外。

自去年至今年，我对校样进行了两次细致的校对。第一校是和我丈夫傅其三一起做的：他校第一遍，我校第二遍。尔后将校样寄回出版社审核。为了保证出书质量，去年年底，责任编辑张道勤先生希望我能再做一次核校。二校时，除了通校之外，重点则放在核对古籍引文方面。书中举有少量英文诗，则是请暨南大学周健先生协助，由家姊逸岚校对的。

家父昔日所引古籍，可能间有坊刻本，故异文颇多；初版排印错误亦较多。此次校对，我有多种资料及电子图书可资参照，相对方便些。凡文中发现异文，多以按语或括注形式标出；个别讹误明显者则径改。限于阅读范围及判断能力，误改处抑或有之，望读者惠于指正。

附带说一点，本次再版，除校正文字外，另增一篇附文《新体诗歌的创建与发展》。此文即初版被删去的《新体篇第十》。初版自序中说："本书旨在从中国诗歌的起源和发展的历史过程，探索其演进的规律，从而推论今后诗歌发展的道路。"删去《新体篇第十》，推论即不得见，实亦违背了作者的著述初衷。所以，家父对此一直颇为遗憾。此次再版，本书责编多次催促我寻找《新体篇第十》的原稿。我久寻不得，只找到此篇已更名为《新体诗歌的创建与发展》的复印件，现将它略作整理和删节，列为附录。

姜逸波

2010 年 9 月

（编者按：此为浙江大学出版社 2010 年再版前记）

自　序

这本书的写作，曾经历过一个长期、曲折的过程。说来话长：二十多年以前，由于偶然读到一本关于创造新格律诗的小册子，引起我对有关问题进行探索的兴趣，便酝酿成了这本书所写的基本观点和主要内容。但当时正忙于编写和讲授中国文学史，没有精力分心旁骛，仅写了一篇四五万字的《论诗歌的音节》，后来摘要发表于一份学报的创刊号上。因传播不广，未能引起人们的注意，自己也没有深入探讨，继续写下去。但个人对于这方面的研究，却一直念念不忘，未肯完全舍弃。而岁月因循，人事错迕，竟没有机会赓续完成此志。

在那史无前例的十年浩劫中，我和其他老知识分子一样，被迫丢掉了纸笔，离开了书斋，自然也被赶下了讲台。是时，举世汹汹，岁月艰难，当然没有可能再去思考什么诗学问题，更谈不上从事这方面的研究和著述。于是一晃又是十多年，白白地度了过去，而人已老废，几至不起。

粉碎“四人帮”的一声霹雳之后，云开雾敛，旭日东升；春回大地，万类复苏。于是我亦以垂暮之年，收拾残编，重理旧业。1977 年年终的一个早晨，梦魂初醒，忽然听到广播中播发了 1965 年 7 月 21 日《毛主席给陈毅同志谈诗的一封信》（简称《谈诗》）的全文，反复数次，唤回了我二十年来萦回在心中的思绪，觉得信中有些话（当然不是全部）适得我心，也可以说我二十年前的许多诗学观点恰好与信中某些意见暗合，或者非常接近。紧跟着，全国文艺界便纷纷召开学习会、座谈会、讨论会，一时报刊上发表了很多很多的有关纪录和所谓的“心得体会”，真是连篇累牍，不一而足。这时，我正“隐居”于西北一个僻远的古城，打算应邀给那里的大学生和文艺界系统地讲几次信中所提到的一些有关问题，于是便动手写这本书的初稿。由于自己多年来一直在研究中国文学史，尤其长期致力于诗、词、曲发展史的研究，因而在准备这讲稿时，就很自然地会追本溯源，从中国诗史的角度来探讨。谁知这样一来，竟越写越长，离开当初写报告提纲的预定计划，索性写成一部诗学的论著。到 1978 年 7 月间，共半年多，昼夜不息，得三十余万言，遂初步定名为《诗论发微》。时过境迁，讨论《谈诗》的热潮渐就衰息，我已不需要再作有关的报告了。接着，我又决定离开那座古城，转移到洞庭潇湘之间，再以余年自献于文学的教学和研究事业。来此以后，因忙着研究别的几个专题，没能抽出时间对原稿重加修订。放置了一年多，直至最近，才决定结合近年所见到的各方诗人、专家、学者已发表的意见，把前稿彻头彻尾进行一番修订。虽有所增删，而主要论点，则仍坚持所信，迄今未变。

本书旨在从中国诗歌的起源和发展的历史过程，探索其演进的规律，从而推论今后诗歌发展的道路。既不敢徒逞臆说，托之空言；亦不愿只述陈迹，而无所论断。故在行文之时，往往多所引据，众说杂陈。然亦各加剖析，明辨是非，终于表明自己的看法，得出一定的个人意见。对于前人和他人之说，虽不苟为同异，却又不能不有所同异，要皆自述其研究之所得，同者不耻其同，异者不惧其异，盖欲坚守所信，而非故为轩轾。

中国自来是一个诗的国度。一部中国文学史，特别就宋元以前的文学史来看，几乎主要是诗史，但过去论诗者，很少有人用“诗学”一词，而作为诗的支流的词、曲，皆以附庸蔚成大国，却老早就有人称之为“词学”“曲学”，这好像有点奇怪。其实，诗论、诗说、诗话、诗律、诗史，乃至诗纪、诗笺、诗选之类，也都属于诗学的范畴，若把这些内容加以概括，便是诗学，而且只能名之为诗学。因此，本书以“诗学”为名，实际上就包括了上述这些方面的内容。

本书原十篇，现在抽出最后一篇，共为九篇。它并非各自孤立的九篇论文的结集，而是按照预定计划，顺序撰写的。各篇之间，互相照应，亦互为补充，构成一个比较完整的体系。至于我所以标题曰篇，则是仿古人著书，虽主旨在论列一个总题，而全书则不妨分为若干篇，如桓宽《盐铁论》之六十篇，刘勰《文心雕龙》之五十篇，莫不皆然。全书既前后贯通，每篇复各具首尾，有相对的独立性，故不称为章，而名之曰篇，其实则篇犹章也。

《学诗篇第一》多少带有诗学绪论性质，算是导言。《律史篇第二》是从《诗经》三百篇讲起，直到唐代律体诗的完成，叙述了这一整个历史发展过程。《格调篇第三》便接着提纲挈领地介绍律诗、绝句的格律要求，可供初学旧诗者为入门之资。《词曲篇第四》就继之将律体诗以后出现的词和曲这两大支流，从它们的起源直到它们的格律，都扼要地分别加以论述。《比兴篇第五》讲中国诗歌包括词、曲在内的艺术手法的优秀传统——“三义”，特别着重讲较为难懂的比、兴二义。下边就是与比、兴密切相关的《形象篇第六》，从思维谈起，讲到形象思维在诗、词、曲创作中的运用。但近年来讨论形象思维的文章已发表很多，我这里不需要也不可能作全面、深入、细致的探讨。《杜韩篇第七》和《三李篇第八》是论述唐代这一诗歌黄金时代的全部诗史，而以重点介绍盛唐的李白、杜甫，中唐的韩愈、李贺，晚唐的李商隐为主线，因为他们在当时及后世都是影响最大的。《两宋篇第九》则概括地介绍了北宋初期的西昆派、中期的欧苏革新派、后期的江西派，南宋的陆游等爱国诗人，以及南宋后期的“四灵”与“江湖派”，从而论述宋诗的特征，分析它和唐诗的区别。论述至此，五、七言古、近体诗便再没有新的发展，诗坛上的统治地位早已不得不为宋词、元曲所取代，而词曲则先已于第四篇以专篇论述，故不复赘。最后原有《新体篇第十》则自“五四”时期文学革命中出现白话诗讲起，历叙新诗的发展变化，直到20世纪50年代新民歌的繁荣与采集，然后展望新体诗歌的发展前途。兹以前九篇均论旧体诗、词、曲，最后忽转而专讲新诗，似欠协调，故特删除。

这本书之所以定名为《诗学广论》者，是因为它论及了诗学很多方面的问题：有关于理论的，也有关于创作的；有讲思想内容的，而更多的是讲艺术形式、声调格律的；有粗浅的常识性的大纲大节，也有较为细微的技巧末节。本书涉及的范围比较广泛，但作者自揣学识浅陋，所论未能深博，虽力求邃密，终不足以发诗学之精微，故弃旧题（《诗论发微》）而取此《诗学广论》之新名。

我自幼学诗，少壮学为词、曲，于今近六十年，然平生兴趣广泛，务广而荒，未能专精。凡此所论，实甚肤浅，故写成后几经修订，今方出而问世，非自谓已臻成熟，不过是自顾衰老，愿及身听到一些有益的批评指正，使我能有所进步与提高，也许还可以对诗学的研究和诗坛的繁荣有所裨助。

姜书阁

1981年2月

（编者按：此为中国社会科学出版社1982年初版自序）

目　录

学诗篇第一

一、说诗

要讲学诗、作诗、改诗，乃至诵诗、吟诗、歌诗……首先得知道什么叫诗；否则，学、作、改、诵、吟、歌的对象既然还不清楚，那就怎样也讲不明白。不过，乍一提出这个问题，谁都会觉得奇怪，好像这根本不成问题，或者说是不言而喻、尽人皆知的。其实不然。在生活中，我们经常会看到一些文字具有诗的形式，但谁都不承认它们是诗，作者也不称之为诗，如过去中医药和各种技艺方面的歌诀便是。我们也经常会看到一些小品散文，写得很美，或抒情，或叙事，或记述景物，或描绘社会风貌，生动感人，便说它们“颇有诗意”，却也不称之为诗。这说明在人们心目中似乎都有个模糊的却又是共同的概念，用来判断什么是诗和什么不是诗。然而，这概念既是模糊的，就不可能讲明白，也便无法学、无法作。

自古至今，讲“什么叫诗”这个问题的人大致都是从诗的起源，或“诗”字的训诂，或兼从此二者来阐释的。这两种或三种阐释方法，究其实质来说，都是从历史上来探源的，所以是正确的，也是必要的。

今文《尚书·尧典》记舜命夔典乐，教胄子，有云：“诗言志，歌永言，声依永，律和声。”这里已经提出两个论点：一是诗言志，二是诗和歌与乐密切关联而不可分。《左传·襄公二十七年》，文子告叔向的话中曾有“诗以言志”之语，义与《尚书》同。其后，汉朝人多训“诗”为

“志”，如：

《说文解字·言部》：“诗，志也。从言，寺声。”

郑玄注《尚书·尧典》：“诗所以言人之志意也。永，长也，歌又所以长言诗之意。声之曲折，又长言而为之。声中律乃为和。”

高诱注《吕氏春秋·慎大览》及王逸注《楚辞·悲回风》：“诗，志也。”

郑玄注《洪范五行传》：“诗之言，志也。”

《春秋说题辞》（见《诗谱序》“疏”引）：“诗之为言志也。”

按：“诗”字古文作“𧦅”，从“言”“㞢”声。杨树达《释诗》说：“‘志’字从‘心’‘㞢’声，‘寺’字亦从‘㞢’声。‘㞢’‘志’‘寺’，古音盖无二。……其以‘㞢’为‘志’，或以‘寺’为‘志’，音近假借耳。”他又据《左传·昭公十六年》韩宣子“赋不出郑志”的话，说“郑志”，即“郑诗”，因而以为“古‘诗’‘志’二文同用，故许（慎）径以‘志’释‘诗’”（上引均见《积微居小学金石论丛》卷一）。闻一多在《歌与诗》（见《闻一多全集》选刊之一《神话与诗》）中也得出同样结论，说“‘志’与‘诗’原来是一个字”。他说：“‘志’字从‘㞢’。卜辞‘㞢’作‘㞢’，从止下一，像人足停止在地上，所以‘㞢’本训停止。……‘志’从‘㞢’从‘心’，本义是停止在心上。停在心上亦可说是藏在心里。”

闻一多又说：“志有三个意义：一记忆，二记录，三怀抱。这三个意义正代表诗的发展途径上三个主要阶段。”《荀子·解蔽》：“志也者，臧（藏）也。”注：“在心为志。”正谓“藏在心中”。《毛诗·大序》疏说“蕴藏在心，谓之为志”，最为确诂。藏在心就是记忆，故“志”，又训“记”，“诗”字训“志”最初正指记诵而言。他说：“诗之产生，本在有文字以前，当时专凭记忆，以口耳相传。诗之有韵及整齐的句法，不都是为着便于记诵吗（注：诗必记诵，盲人的记忆力尤发达，故古代为人君诵诗的专官曰矇，曰瞍，曰瞽）？所以诗有时称‘诵’（注：《诗·节南山》‘家父作诵’，《崧高》及《烝民》‘吉甫作诵’，皆谓诗）。这样说来，最古的诗实相当于后世的歌诀，如《百家姓》《四言杂字》之类。”这是诗的第一个意义——记忆，也就是诗的发展的第一个主要阶段。

其次，在“文字产生以后，则用文字记载以代记忆，……记忆谓之志，记载亦谓之志。古时几乎一切文字记载皆曰志”。《管子·山权数》说：“诗者，所以记物也。”贾谊《新书·道德说》：“诗者，志德之理而明其指，令人缘之以自成也。故曰：诗者，此之志者也。”不论说“记物”或“记理”，都说诗的任务是记载或记录，这是一致的。《左传·文公二年》：“《周志》有之，‘勇则害上，不登于明堂’。”注：“《周志》，《周书》也。”（按：二语见《逸周书·大匡》篇）又《国语·晋语·九》：“志有之曰：‘高山峻原，不生草木，松柏之地，其土不肥。’”注：“志，记也。”在先秦古籍中引到“志云”的可以找到十几条，没有不是指“记载”之书的，也没有不是“诗”——即韵语的，可见一切记载都叫作“志”，又都是韵语，也可见韵文的产生必早于散文。这是诗的第二个意义——记录，也就是诗的发展的第二个主要阶段。

再后，或者说与此同时，人们为了应合日趋复杂的新的社会环境，在使用文字上力求经济简便，散文应运而生，逐渐倾向于以散文体记录事物和道理，诗（韵文）就更多地用来抒写“怀抱”，使得诗的“事”的成分渐少，“记”的作用渐微，而“情”的成分渐多，“意”的作用渐大。到了“诗言志”和“诗以言志”这两句话成为人们所公认的定义时，便已经开始用“志”来指“怀抱”——“情”“意”了。《左传·昭公二十五年》太叔答赵简子问礼，说：“……民有好、恶、喜、怒、哀、乐，生于六气。是故审则宜类，以制六志。”孔颖达《礼记正义》说：“此六志，《礼记》谓之六情。在己为情，情动为志，情志一也。”汉人又以“意”为“志”，又说“志”是“心所念虑”“心意所趋向”，又说是“诗人志所欲之事”（这些解释分别见于《孟子·公孙丑》“夫志，气之帅也”赵岐注；《礼记·学记》“一年视离经辨志”郑玄注；《孟子·万章》“不以辞害志”赵岐注）。这“情”和“意”都指“怀抱”而言，又是与“礼”（奴隶社会到封建社会时期的政治、教化）分不开的，所以这“志”也还不是纯然的个人内心“情”“意”，而是对当时社会政治的“怀抱”。《汉书·司马迁传》引董仲舒曰“诗以达意”；东汉末郑康成注《尧典》“诗言志，歌永言”也说：“诗所以言人之志意也；永，长也，歌又所以长言诗之意。”“诗”训为“志”，“志”又训为“意”，故《广雅·释言》曰：“诗，意也。”这种以“志”为“意”、为“情”的观念的产生，说明了诗的发展进入了第三个阶段——诗的第三个意义——怀抱。我们现在讲的诗，基本上是指诗的这第三个意义而言。

再从诗歌的起源来谈。马克思主义首先肯定了劳动创造文艺这个最基本的论点，而人类最早创造的文艺则是和音乐、舞蹈紧密结合着的诗歌，因为它们是起源于人体（身体和嘴巴）在集体劳动中的有节奏的运动。普列汉诺夫在他的《艺术论》中说：“在原始种族中，各种各样的劳动，有它各种各样的歌。那调子，常常是极精确地适应着那一种特有的生产动作的韵律。……歌谣的韵律，常常是严密地被生产过程的韵律所规定的。……劳动和音乐以及诗歌之相互关系的研究，使毕海尔得出如下的结论：‘在其发达的最初阶段上，劳动音乐和诗歌是最紧密相结合着的。然而这个三位一体之基础的要素是劳动……’”（全书有鲁迅译本，这里是据《马克思主义与文艺》节译引用的）在中国古籍中，也有记载，如《淮南子·道应训》说：“今夫举大木者，前呼‘邪许’，后亦应之，此举重劝力之歌也。”“邪许”应读为“呀呼”，即今劳动号子声中的“yahu”。如果在“邪许”以外加进一些简短的语言，岂不就是后世“举重劝力”的各种劳动号子（如船夫号子、打夯号子之类）？那也就是诗歌了。类似这样一些记载，在《吕氏春秋》的《淫辞》《古乐》以及《礼记·郊特牲》里还有一些，都可证明。

鲁迅说：“人类是在未有文字之前，就有了创作的，可惜没有人记下，也没有法子记下。我们的祖先的原始人，原是连话也不会说的，为了共同劳作，必须发表意见，才渐渐地练出复杂的声音来，假如那时大家抬木头，都觉得吃力了，却想不到发表，其中有一个叫道‘杭育杭育’，那么，这就是创作；大家也要佩服、应用的，这就等于出版；倘若用什么记号留存了下来，这就是文学；他当然就是作家，也是文学家，是‘杭育杭育派’。”（见鲁迅《且介亭杂文》中《门外文谈·不识字的作家》）既然诗歌起源于集体劳动的有节奏的运动，即使最初是很粗浅的，甚至不是一个词句，不是一个字，然而却代表一种颇复杂的含义，所以闻一多还是称它为“孕而未化的语言”，并说“这样界乎音乐与语言之间的一声‘啊……’便是歌的起源”（见闻一多《歌与诗》）。

由此可见，诗歌自开始产生以来，就是有节奏的、有韵律的、适宜于歌唱的、使一般人容易记住的。从反面来说，凡没有节奏、韵律，不适歌唱，甚至不适讽诵、吟咏，句子太长，句法章法读来太别扭，不易上口，不容易让普通人记住的，它可以是别的什么文学体裁，也不妨碍它是好的文艺作品，但却算不得是诗，至少不能算作好的合格的诗。至于思想内容，则必须是写“情”“意”，抒“怀抱”，反映生活现实（浪漫主义、积极浪漫主义、革命的浪漫主义也都不是脱离现实的，而是用另一种艺术手法来反映现实的）。这里只能大致讲这么些，更细致的分析，要在以后的有关专题中逐步明确起来。

二、学诗

自来用“学诗”一语，大致有三种情况，或者说所指的学习目的有三种。

第一种如《论语·季氏》：“陈亢问于伯鱼曰：‘子亦有异闻乎?’对曰：‘未也。’尝独立，鲤趋而过庭。曰：‘学《诗》乎?’对曰：‘未也。’‘不学《诗》，无以言。’鲤退而学《诗》。”又《阳货》：“子曰：‘小子何莫学夫《诗》?《诗》，可以兴，可以观，可以群，可以怨，迩之事父，远之事君，多识于鸟兽草木之名。’”“子谓伯鱼曰：‘女为《周南》《召南》矣乎？人而不为《周南》《召南》，其犹正墙面而立也与!’”这些“学诗”之语都是指学习《诗》三百篇，从中接受那“兴”“观”“群”“怨”的思想影响，用以为“事父”“事君”，尽忠、尽孝之资，并且可附带增加一些动植物常识；而更重要的，则是要学着背诵一些篇章，以备于从政时为应付外交场合，断章取义来赋诗而用。如《子路》篇中的一章：“子曰：‘诵《诗》三百，授之以政，不达；使于四方，不能专对，虽多，亦奚以为?’”正是“不学《诗》，无以言”和“远之事君”这两句的注脚。

先秦乃至两汉凡提到“学诗”的，大抵都是指学“三百篇”，以达到这样一类目的而言，即后世腐儒也多有此种观点。

第二种讲“学诗”是指学某时代、某派或某家诗的风格。梁钟嵘著《诗品》，每指某人“其源出于古诗”“其源出于《小雅》”“其源出于《国风》”“其源出于《楚辞》”“其源出于李陵”“其源出于陈思”（曹植）……诸如此类，意思都是说某人学某家某派的诗风，但他很少用“学习”字样。只有在《诗品·序》里说过：“夫四言，文约意广，取效《风》《骚》，便可多得。每苦文繁而意少，故世罕习焉。”这里用了“习”字。又说：“而师鲍照，终不及‘日中市朝满’；学谢朓，劣得‘黄鸟度青枝’。”这里用了“学”字与“师”字，是异词同义，换字以避免重复。不论怎样，这大约是“学诗”的第二种情况的初例吧？唐以后“诗评”“诗话”一类著作中凡写“学××诗”或类似的语词，几乎全是指学某家某派诗的风格而言，如说“学苏李”“学汉魏”“学陈思”“学建安”“学正始”“学鲍照”“学陶”“学杜诗”“学盛唐”“学宋诗”“学西昆”“学江西”……均是这种意义。

第三种则是指学习某种诗的格律和写诗的基本规则与声律音韵等艺术技巧方面的种种问题。这种“学诗”其实就是学作诗。

古人讲“学诗”，也常有就这种意义来讲的。如汪师韩《诗学纂闻》说：“我生古人之后，古人则有格有律矣，敢曰不学而能乎？……《传》曰：‘不学博依，不能安诗。’读诗且不可不博依也，而顾自比于古妇人小子之为诗也哉！”他说得很明白，古人已经给诗定下了很完美的格律，你不先学会那些格律，又怎能作诗呢？下引的“传”，是《礼记·学记》中的原话。“博依”，疏云：“依，谓依附譬喻，若欲学诗，先依倚广博譬喻；若不学广博譬喻，则不能安善其诗，以诗譬喻故也。”虽然汪师韩最后一句话反映了封建文人轻视“妇人小子”的阶级偏见，但其他的观点则是很正确的，对我们现代诗人作者也还是有教益的。

学作诗，总是先难后易，不可能一下就学好作好。严羽《沧浪诗话·诗法》说：“学诗有三节：其初不识好恶，连篇累牍，肆笔而成；既识羞愧，始生畏缩，成之极难；及其透彻，则七纵八横，信手拈来，头头是道矣。”潘德舆《养一斋诗话》卷二也说：“诗有三境，学诗亦有三境。先取清通，次宜警炼，终尚自然，诗之三境也。先爱敏捷，次必艰苦，终归大适，学诗之三境也。”他们的说法，可谓经验之谈，我们在学作诗时，也不免要经历这样的过程。不论学写新体诗或写任何体裁的旧诗，都必须下功夫，万不能妄想一蹴而就，这连宋代迂儒程颐也都是这样的看法。《性理大全》载有一段话说：“或问：诗可学否？（程子）曰：既学诗，须是用功，方合诗人格。既用功，甚妨事。古人诗云：‘吟成五个字，用破一生心。’又谓：‘可惜一生心，用在五字上。’此言甚当。……某素不作诗，亦非是禁止不作，但不欲为此闲言语。”他对诗的看法，显然是极端错误的，甚至违背儒家老祖师爷孔丘、孟轲等人的观点；但他说既要学诗，便须用功，倒还说得对。以韩愈那样号称大家的诗人，只因他“以文为诗”，便“有些人说他完全不知诗”“据此可以知为诗之不易”。何况今日初学作诗的我辈，就更不能掉以轻心，而企图不用功就能“合诗人格”了！

古人学诗，大约都是在初步学会了基本格律以后，便用功勤作、多作，然后才渐臻于工。宋邵博《闻见后录》记：“东坡《与陈传道书》云：‘知传道日课一诗，甚善。此技虽高才，非甚习不能工。’盖梅圣俞法也。又韩少师云：‘梅圣俞学诗日，欲极赋象之工，作挑灯杖子诗尚数十首。’”细节姑不论，只就学诗“非甚习不能工”，必须勤作多练，不能自恃“高才”，想不用功就可以学好，这意见还是对的。

学诗也不能只靠用死功，还需要向别人求教，即古所谓“贵于得师”。请人指点门径，再加上自己用功，进步才快，方能避免走弯路和错路，枉费精力。林希恩《诗文浪谈·谈诗十二则》说：“时有以诗自名者，每作一诗，旦吟夜咏，至月余，曾不辍口。林子曰：‘何耽于诗也？’曰：‘诗不吟不工。’林子曰：‘有所授乎？’曰：‘未也。’林子曰：‘岂其无师自悟耶？’夫雅乐、淫声，一也。今雅乐且勿论矣，不有所授而能作靡靡之声以动人乎？故上而为圣为贤，中而习举子业，下而百工杂技，莫不贵于得师也。不得其师，而曰学由心悟者，自诬而诬人也。”这话有一定的道理，学诗也同学任何专业一样，主要在于学者自己的主观努力，但也要吸取别人的经验，争取外力的帮助和指导，才可收事半功倍之效。只靠闭户苦吟，即使也会有点进步，总是费时费力多，而收功见效慢。

学作诗还要多读古人、前人和他人的诗歌及别的文学作品，取人之长，补己之短，有所借鉴比独自摸索要好得多。读了成功的优秀作品，可以从中学习到好的表现方法并“吸引养料”，有助于自己的提高；即使读了不成功的作品甚至坏作品，只要自己目的明确，也可以提高分辨香花毒草的能力，从反面取得教益。

当然，我们提倡多读，主要是要读些好的或比较好的作品，目的在于学习。明徐祯卿曰：“昔桓谭学赋于扬雄，雄令读千首赋，盖所以广其资，亦得以参其变也。诗赋粗精，譬之绨绤，而不深探研之力，宏识诵之功，何能益也？故古诗三百（按：指《诗经》），可以博其源；遗篇十九（按：指《古诗十九首》），可以约其趣；乐府（按：指汉魏古乐府）雄高，可以厉其气；《离骚》深永，可以裨其思。然后法经而植旨，绳古以崇辞。虽或未尽臻其奥，我亦罕见其失也。”他提出要读的是《诗经》、《古诗十九首》、汉魏乐府诗、《楚辞》（包括了《离骚》），各有其目的。宋吕本中的意见也差不多，他说：“学诗须以‘三百篇’、《楚辞》及汉魏间人诗为主，方见古人妙处，自无齐梁间绮靡气味也。”他的意思主要在于用汉魏以前的古诗占领学诗者的头脑，用以排拒齐梁气味之侵入或渗透。严羽虽未具体提出正面应读的书，但其主张却与吕本中在精神上是一致的。他说：“学诗者以识为主，入门须正，立志须高，以汉、魏、晋、盛唐为师，不作开元、天宝以下人物。若自退屈，即有下劣诗魔入其肺腑之间，由立志之不高也。行有未至，可加工力；路头一差，愈骛愈远，由入门之不正也。”（《沧浪诗话·诗辨》）他们（吕、严等人）的这种主张和提法，其根本出发点和终极目的都如吕本中所说的：“初学作诗，宁失之野，不可失之靡丽。失之野，不害气质；失之靡丽，不可复整顿。”我们认为：“入门须正，立志须高”“路头一差，愈骛愈远”，这些意见在原则上是正确的；但所谓“正”“高”“差”“远”，古今标准未必全同。我们不能像他们那样“贵远而贱近”“是古而非今”，所以在选择要学、要读的具体作品上，就不同意他们的框框，没有那么多的清规戒律。

学写诗也和学写其他形式文学作品以及其他文艺门类一样，必须深入到“人类的社会生活”这个“文学艺术的唯一源泉”中去。毛泽东早就说过：“中国的革命的文学家艺术家，有出息的文学家艺术家，必须到群众中去，必须长期地无条件地全心全意地到工农兵群众中去，到火热的斗争中去，到唯一的最广大最丰富的源泉中去，观察、体验、研究、分析一切人，一切阶级，一切群众，一切生动的生活形式和斗争形式，一切文学和艺术的原始材料，然后才有可能进入创作过程。”（见《在延安文艺座谈会上的讲话》）今天我们学诗、写诗，仍应该走这条路。

古人，无论是哪一个有伟大成就的作家或诗人，都不曾在理论研究上做出过这样明确的论断。然而，任何一个古代有成就的作家或诗人，都必定是在自觉、不自觉的实践中，深入到当时“生动的生活形式和斗争形式”中去，“到唯一的最广大最丰富的源泉中去”，通过观察、体验、分析、研究，才取得了那样的成就，屈原是如此，司马迁是如此，李白、杜甫、白居易……也无不如此。南宋著名的爱国词人辛弃疾和爱国诗人陆游难道不都是这样走过来的吗？陆游《九月一日夜读诗稿有感走笔作歌》曰：“我昔学诗未有得，残余未免从人乞。力孱气馁心自知，妄取虚名有惭色。（按：这是说当初学诗没有什么成就，自己缺乏诗材，只好从前人的作品中东拿西取，杂凑成章，搞得筋疲力尽，自惭自愧，虽妄取了虚名，而内心里实在感到气馁，丧失信心）四十从戎驻南郑，酣宴军中夜连日。打球筑场一千步，阅马列厩三万匹。华灯纵博声满楼，宝钗艳舞光照席。琵琶弦急冰雹乱，羯鼓手匀风雨疾。诗家三昧忽见前，屈贾在眼元历历。……”诗人四十岁从军驻在抗金前线的南郑，日夜酣宴、纵博、听歌、观舞，在那“打球筑场一千步，阅马列厩三万匹”的雄豪场面里，军中上下却是过着骄侈宴饮、歌舞升平的醉梦生活。陆游受到这尖锐矛盾的现实的激发，大大地充实并丰富了他作为诗人的内心世界，因而在诗歌创作上出现了一个飞跃。就像忽然在眼前看到并获得了作诗的奥秘一样，从此可以不再跟着前人的脚跟，拾掇前人的唾余，而能写出有自己的生活体验的真正属于自己的诗，如同屈原、贾谊那样一些古代伟大的遭世不偶又坚贞不屈的爱国诗人，一一出现在他的眼前，给了他以做人与写诗的昭示。我们读他的《剑南诗稿》，可以证明他的这个思想历程是真实的，只不过他还不可能认识到他的诗歌创作的这一个飞跃发展，是从他的南郑从军那次生活实践的突变中产生的，所以他不可能做出有关文艺创作的科学的总结，只能惝恍迷离地写出这样一段好像神秘莫测似的变化历程。

有人说：诗可不学而能，如《国风》和《小雅》原是周代民歌和无名氏的作品，其中有作者主名的仅仅是很少几篇，而且都不是什么有名的专门诗家，但那“三百篇”却一直被两千多年来的文人诗家奉为圭臬，认为不可跂及。其实不然。鲁迅说：《国风》里的东西，许多“因为比较的优秀，大家口口相传的。王官们检出它可作行政上参考的记录了下来，此外消灭的正不知有多少”。但古代人的“作品确也幼稚得很”“不及今人的地方是很多的”。“就是周朝的什么‘关关雎鸠，在河之洲。窈窕淑女，君子好逑’罢，它是《诗经》里的头一篇，所以吓得我们只好磕头佩服。假如先前未曾有过这样的一篇诗，现在的新诗人用这意思作一首白话诗，到无论什么副刊上去投稿试试罢，我看十分之九是要被编辑者塞进字纸篓去的。‘漂亮的好小姐呀，是少爷的好一对儿！’什么话呢？”（见鲁迅《且介亭杂文·门外文谈》）的确如此，“三百篇”虽然是经过王官们选录而保留下来的，可能是百里挑一，至少也是十里挑一（据《史记·孔子世家》：“古者诗三千余篇”），而且不免经过选录者加工修改，自然有许多是很好的或比较好的。然而，像这列为第一篇的《关雎》，确也不见好，无论它的内容或形式，思想或艺术，均无甚足取；类此者也还不止一篇。可见有些人认为文人诗既是学习民歌的，民歌又都是民间“不学而能”的人所创作的，因而我们要作诗就不必学，而可以信口唱来，信笔写来，那也是毫无根据的错误看法。

朱熹《答杨宋卿》云：“熹闻：‘诗者，志之所之，在心为志，发言为诗。’然则，诗者岂复有工拙哉？亦视其志之所向者高下如何耳！是以古之君子，德足以求其志，必出于高明纯一之地，其于诗，固不学而能之。至于格律之精粗，用韵、属对、比事、遣辞之善否，今以魏晋以前诸贤之作考之，盖未有用意于其间者，而况于古诗之流乎？近世作者乃始留情于此。故诗有工拙之论，而葩藻之词胜，言志之功隐矣。”他在这里说的是“古之有德君子”，为了“言志”而“发言为诗”，并非把诗作为文学艺术的一种形式来谈诗的艺术的。他虽然着重在诗的思想内容，但他所讲的思想内容同我们所要求的思想内容在性质上却是不相同的。更何况强调思想内容重要，不等于就可以忽略艺术形式，像他那样完全否定诗的艺术性，否定诗的形式——格律、声韵等，则是将二者对立起来了。所以，我们不能接受朱熹所提出的“诗固不学而能”的错误论点，而主张要作诗就必须学诗。

朱熹虽曾以他的“诗固不学而能”的论点答杨宋卿，但他大约自己也知道这是废话，不会使人相信，因为他自己也是在少壮时期学过很长时间，才作得不错的。对于个中甘苦，他是深有体会的，所以他的诗在宋人中还是比较好的。朱熹《跋病翁先生诗》说：“……规模意态，全是学《文选》乐府诸篇，不杂近世俗体。……然余尝以为天下万事，皆有一定之法，学之者，须循序而渐进。如学诗则且当以此等为法，庶几不失古人本分体制。向后若能成就变化，固未易量。然变亦大是难事。果然变而不失其正，则纵横妙用，何所不可？不幸一失其正，却似反不若守古本旧法，以终其身之为稳也。李、杜、韩、柳，初亦皆学《选》诗者。然杜、韩变多，而柳、李变少。变不可学，而不变可学。故自其变者而学之，不若自其不变者而学之，乃鲁男子学柳下惠之意也。”（按：“鲁男子学柳下惠”，事见《诗经·小雅·巷伯》“传”：“鲁有男子，独处一室。夜暴风雨，邻室坏，有嫠妇趋而托焉，男子闭户不纳。妇自牖言曰：‘子何不若柳下惠？’男子曰：‘柳下惠则可，吾固不可。吾将以吾不可，学柳下惠之可。’”这里是用此故事表示最好是用柳宗元、李白学《文选》诗不变的方法去学《文选》诗，学起来比较容易得其古本旧法，而不失其正）在这段话里，朱熹就完全肯定了诗是要学的，学诗也如学天下任何事一样，都要按照那事的“一定之法”“循序渐进”。学诗就要学《文选》里选入的乐府诸篇，不要杂学“近世俗体”，这样就可以“不失古人本分体制”。以后若能就此基础发展变化，当然很好；否则，就牢牢地守住古法，也还是稳妥的。他这学《文选》诗的意见本是初盛唐许多大诗人早已说过的，并不新颖，是非姑置毋论，我们只要注意到他在这里一反其《答杨宋卿》

中“诗固不学而能”的错误论点，也主张作诗要学才行，并且给学者指出学的方法了。

前代蒙童学作诗当然要先学旧体诗的一些基本规则，如格律、声韵、平仄、节奏、对仗、字法、句法等基础知识，如同我们现在学作文，要先学识字、辨词、造句等是一样的。但古人讲“学诗”，讲“诗法”，一般并不指此而言。沈德潜《说诗晬语》卷上有云：“诗贵性情，亦须论法。乱杂而无法，非诗也。然所谓法者，行所不得不行，止所不得不止，而起伏照应、承接转换，自神明变化于其中。若泥定此处应如何，彼处应如何，不以意运法，转以意从法，则死法矣。试看天地间水流云在，月到风来，何处著得死法!”这里说的“法”，大抵全指一篇之章法而言，所以一谈到“法”的细目，就提出“起伏、照应”“承接、转换”之类的问题。这些当然不能按定死法。至于音声、格律之类，则是各种诗体习惯形成的格式要求（规则，也是“法”），虽亦有变格，而从一般运用方面说，却是比较固定（也就是比较“死”）的，不能任意灵活改变。古人都说诗文无死法，所以写诗作文要论法、要有法，但这法不是死的，自然也不好学，学了也不能到处套用，与诗的格律、规则之法不同。王夫之《姜斋诗话》卷二《夕堂永日绪论·内编》说：“起、承、转、收，一法也。试取初盛唐律验之，谁必株守此法者？法莫要于成章，立此四法，则不成章矣。……起不必起，收不必收，乃使生气灵通，成章而达。……杜更藏锋不露，抟合无垠，何起何收？何承何转？陋人之法，乌足展骐骥之足哉?”前引沈德潜的说法正与王夫之的这段话是一致的。

如上所论，诗的起、承、转、收、起、伏、照、应等章法，就完全不需要学，也不可能学了吗？却也不然。古人作诗，古风有古风的章法，乐府有乐府的章法，律诗有律诗的章法，绝句有绝句的章法；同是一种体裁，每个诗人的章法又互不相同，各有各的习惯和擅长使用的章法；一个大诗人写同一种体裁的诗，往往各首采取不同的章法，而各得其宜。这就是所谓“生气灵通，成章而达”，所谓“藏锋不露，抟合无垠”，一句话，就是“行所不得不行，止所不得不止”。法还是有的，学也是需要的。要多看、多读、多分析，把不同的章法进行对比，看看它们都是怎样布局，怎样起、承、转、收，怎样起、伏、照、应，求得它们之所以要那样作的缘由。这样，心中有数，经过无数次的创作实践，灵活运用，渐至“以意运法”，而不是“以意从法”也便是把“法”学到手了。

我们这里强调“学”，不仅限于作律诗，作别的体裁也要学；学会作七律，要作五律还得另学。乍看觉得有点奇怪，略想一下，也就不奇怪了。古人不是多有工于此种体裁而不长于彼种体裁吗？杜甫号称“诗圣”，兼擅古、近各体诗，也作了很多有名的乐府新体，为世所称，但论者却都认为他的五、七言绝句确实不合要求，选家往往不选或少选他的这类诗作，如沈德潜的《唐诗别裁》就只选了他五、七言绝句各三首，便是明证。李白只有很少几首律诗，李贺除有很少几首五言律外，七言律他一首也不写。这就可见同是律诗，五言和七言只有每句多两字或少两字的差别，也不是一通俱通，学这种就可兼会那种而不须另学。律诗的声调谱是简单的，无论五言或七言，无非是那么几种句式，调换搭配而已，学习、记忆、背诵非常容易。但诗的每种体裁，包括像五言律与七言律那样只在“言”之多寡上有那么一点差别，便会给它们各自带来不同的特征和要求，因而就必须分别学习，才能掌握其写作特点。关于这方面的细节，留待专篇讲述。

三、作诗

在现代，学诗主要是学作诗，当然也兼有欣赏古今诗家的作品的意思，但再没有如先秦儒家孔孟之徒所要求的那样一些接受“诗教”的目的。

要作诗——就是写诗，必须先学诗，学各种诗体的基础知识，学其声韵、格律的种种要求，还要多读并背诵若干首古今大家的优秀作品，这样，才可能学习试作。只有在熟悉写诗的基本规律和要求，并能自由运用写诗的技巧以后，才谈得上致力学习自己所特别爱好的某种风格或某家某派，甚至广泛学习与某时代相近似的数大名家的诗风，而加以变化提高，形成自己的独特风格。但这就不是一般人所要做的，也不应该普遍要求广大诗人都这样做。

上述的学习作诗步骤，并非仅指写旧体诗词而言，也同样适用于学写新体诗歌，因为“今天的中国是历史的中国的一个发展”（毛泽东语。下同），今天中国的文化——包括文学艺术，也是历史的中国文化的一个发展，“我们是马克思主义的历史主义者，我们不应当割断历史”。我们要“学习我们的历史遗产，用马克思主义的方法给以批判的总结”“剔除其封建性的糟粕，吸收其民主性的精华”，以发展我们民族的新文化、新文艺、新诗歌。“但是决不能无批判地兼收并蓄”，更不应“颂古非今”，或者“赞扬任何封建毒素”。无论我们讲“学诗”也好，讲“学作诗”也好，都不是为了提倡写旧诗，而是为了迅速而健康地“发展成为一套吸引广大读者的新体诗歌”。

中国两千多年来的诗歌体裁，有很多发展变化，这是历史事实，不容否认。但现在通行的各种诗体，包括宋代大兴的词和元代流行的散曲，在唐代都已定型，或者初步形成，或者开始萌芽，文人运用这些旧有的现成体裁，主要是五、七言古、律、绝来言志、写景、抒情、记事、述意，已经习惯，成为毋庸置疑的当然之事。只有到了“五四”以后，才有人开始尝试“用白话写诗”，虽经多少人的努力，取得不少经验，也获得很大进展，但从总的情况来看，几十年来，还不能说已经完成了这种变革。在这旧形式已经衰微，新形式尚未成熟的期间，我们伟大的祖国、伟大的中华民族，又正处于亘古未有、翻天覆地的社会主义革命和社会主义建设的大时代，特别是在这四化建设的新长征途中，亿万意气风发的人民群众都需要唱出自己内心的激情，歌颂新的、暴露旧的，鼓舞斗志、打击敌人，团结战斗、展望未来……总之，人人都有无穷无尽的心歌要唱出来。那么，有些老一辈的革命家诗人就用他们所熟悉的旧体诗词写现实生活的新内容，不仅在诗坛上发出极其灿烂的光辉，并且对我国人民将起着巨大鼓舞作用。

毛泽东在 1957 年就说过：“诗当然以新诗为主体，旧诗可以写一些，但是不宜在青年中提倡。”（见给《诗刊》编辑部《关于诗的一封信》）我在这一篇里所说的诗，虽然绝大部分用的是两千多年来古人写的旧体诗词和有关论述，那只是不得已而借用历史资料来说明问题，目的则在于今天和未来。但是，在这新旧形式交替或者说青黄不接的时期，有些人还想利用旧形式，而要学作点旧诗，这一篇和下两篇将会对他们有点帮助。

作诗必须先立意，立意高，才有可能写出好诗；立意不高，或竟未先立意，只是偶然得了自己以为精妙的诗句，便加头加尾、杂凑成章，绝不可能写出好诗。王夫之《姜斋诗话》卷二《夕堂永日绪论·内编》云："无论诗歌与长行文字（按：'长行文字'指散文而言），俱以意为主。意犹帅也。无帅之兵，谓之乌合。李、杜所以称大家者，无意之诗，十不得一二也。烟云泉石，花鸟苔林，金铺锦帐，寓意则灵。若齐、梁绮语，宋人抟合成句之出处（宋人论诗，字字求出处）。役心向彼掇索，而不恤己情之所自发，此之谓小家数，总在圈缋中求活计也。"沈德潜《说诗晬语》卷下也说："写竹者必有成竹在胸，谓意在笔先，然后着墨也。"作诗如作画，须先有画意（即思想），如要画竹，先想画什么姿态的竹，是风竹？雪竹？老竹？稚竹？孤竹？丛竹？挺竹？偃竹？……意定后，再考虑如何安排布局和从哪里下笔，甚而连柯干枝叶的掩映向背，用笔之阴阳深浅，都大略有个设想，即所谓先有"成竹在胸"，然后下笔着墨，才能画出心中的竹，也就是通过形象思维而创作的"画竹"或"竹画"，既不脱离现实的天然物的竹，又是经过画家提炼过、加工过的艺术品的竹。回到诗上，他说："惨淡经营，诗道所贵。倘意旨间架，茫然无措，临文敷衍，支支节节而成之，岂所语于得心应手之技乎？"作诗是要用心，要下功夫，要立好意思，要安排经营，不可毫无准备，心里茫然，便信笔敷衍，凑字、凑句、凑韵、凑合成篇，那样写出来的东西根本不能叫作诗，丝毫不会具有感人的力量。

明人论诗，也有反对先立意的，如谢榛《四溟诗话》卷一说："宋人谓作诗贵先立意。李白斗酒百篇，岂先立许多意思而后措辞哉？盖意随笔生，不假布置。"又说："诗有辞前意、辞后意。唐人兼之，婉而有味，浑而无迹。宋人必先命意，涉于理路，殊无思致。及读《世说》：'文生于情，情生于文。'王武子先得之矣。"又说："唐人或漫然成诗，自有含蓄托讽。此为辞前意，读者谓之有激而作，殊非作者意也。"这些话不正确，而且也自相矛盾。诗既有"辞前意"，就是在未立辞写诗前已先立意。"文生于情”，情即诗情，也便是诗意，诗之文从诗情诗意生出；诗成以后，还可能又引出新的诗情（意），这样辗转相生，愈写愈丰满、深刻，也是很自然的，即所谓“诗思汩汩而来”，古今诗人都有过这种体会。“李白斗酒诗百篇”，本是杜甫的艺术夸张，不能当作实事，用以为论证的依据。唐代最短的诗大约算是五绝，一首（一篇）二十字，百首（篇）也有二千字，不假思索，振笔直书，也要三四个小时，酒中八仙之一才只饮一碗（斗）老酒（大约唐代的酒一般还是含酒精成分较少的醪，烈性酒是不多的），那算什么“酒仙”！何况诗思敏捷的诗人，虽先立意而后措辞，也并不需要非花几天几夜时间去立意不可。但若因此便说“漫然成诗”就是“漫不经意”，信口而吟，信手而写，就会作出诗并且是好诗，却万无此理。至于说作诗若先命意，就一定会“涉于理路，殊无思致”，则更属臆测武断。宋人诗诚有“涉于理路，殊无思致”的，但并非多数，更不是人人如此，难道宋人作诗不都是先立意而后措辞吗？唐代那些苦吟诗人如贾岛、孟郊等人的诗既是苦吟得来，自然是先立意而后措辞，可不必论，就连号称“鬼仙”而与“天仙”李白并称的李贺那样的奇才诗家，为了作诗，直欲“呕出心乃已”，也难道不是先立意而后措辞吗？

作诗讲“间架”，即指起、承、转、收，起、伏、照、应。前已说过，布局之法虽要讲，但并无死法，而且万不可离开诗的“意”来专门讲求间架。王夫之尝以“外腴中枯”评归有光的文，说：“其摆脱软美，踸厉而行，亦自费尽心力。乃徒务间架，而于题理全无体认，则固不能为有无也。”虽言作文，作诗也是同理。文中的“题理”即诗中之“意”。作诗不着重表达情意之所需，不按照言志的要求，而只顾考虑间架布局，那就成了空架子，根本算不了诗。但亦不可完全忽略布局，尤其“作长诗须有次第本末，方成文字”（宋诗人潘大临语）。

作诗先立意，再考虑章法，接着便是措辞。辞以达意为主。明李东阳《怀麓堂诗话》云：“作诗不可以意徇辞，而须以辞达意。辞能达意，可歌可咏，则可以传。”有人认为作诗者，立意易，措辞难。所谓措辞，即为了达意而遣词造句，也就是组成一首诗的构件，你尽管有了好的建筑设计，但若未备好适当的构件，就完成不了整个建筑，所以措辞造句极为重要。“诗乃模写情景之具，情融乎内而深且长，景耀乎外而远且大。”（谢榛《四溟诗话》卷四）作诗措辞以达意，所达之意，不外情景二者，但“情景名为二，而实不可离。神于诗者，妙合无垠。巧者则有情中景，景中情”。“夫景以情合，情以景生，初不相离，唯意所适。截分两橛，则情不足兴，而景非其景。”（王夫之《姜斋诗话》卷二）正因为作诗言志，以辞达意，必须写情中景，景中情，要求寓情于景，情景交融，所以措辞为难。王夫之说：“含情而能达，会景而生心，体物而得神，则自有灵通之句，参化工之妙。若但于句求巧，则性情先为外荡，生意索然矣。”他这里指出了“含情”“会景”“体物”，措辞造句的要求是“能达”“生心”“得神”，做到这样一种地步，诗句自然灵通工妙。他特别反对“于句求巧”，因为专重巧句，往往“于心情兴会一无所涉”，那就是恶道，是文字游戏，只好作酒令，“适足取笑而已”。但如何才能做到“含情而能达，会景而生心，体物而得神”呢？王夫之没有说，大概是无法说，也说不出。文艺上的任何方法都是这样的，一般提不出具体、细致的处方供你采用。李东阳说：“唐人不言诗法，诗法多出宋，而宋人于诗无所得。所谓法者，不过一字一句，对偶雕琢之工，而天真兴致，则未可与道。其高者失之捕风捉影，而卑者坐于粘皮带骨，至于江西诗派，极矣。”（见《怀麓堂诗话》）的确如此，宋人讲诗法，主要是讲一字一句对偶雕琢之工，至多不过是“于句求巧”，而“于心情兴会一无所涉”，根本谈不到“灵通之句”，更何有于“诗法”！倒还是欧阳修说过一句话，虽极平常，却不失为正道。他在《试笔》中说：“作诗须多诵古今人诗。不独诗尔，其他文字皆然。”明人都穆《南濠诗话》：“老杜诗云：‘读书破万卷，下笔如有神。’萧千岩云：‘诗，不读书不可为，然以书为诗则不可。’范景文云：‘读书而至万卷，则抑扬高下，何施不可！非谓以万卷之书为诗也。’景文之语，犹千岩之意也。尝记昔人云：‘万卷书人谁不读，下笔未必能有神。’严沧浪云：‘诗有别材，非关书也。’斯言为得之矣。”都穆的意见是赞同严羽的，要想写诗，就看你有没有那种特殊才能，跟书本没有关系，等于驳斥了杜甫的经验之谈。我们认为：诗人成就的大小当然不能与读书多少成正比，这是一方面；而另一方面，措辞造句，作诗言志，要想做到“含情而能达，会景而生心，体物而得神”，多读一些古今人的文学作品，尤其多读一些诗歌词曲，涵泳体会，从中学习别人的艺术手法，有所借鉴，是会得到帮助的。毛泽东同志说，对外国人的好东西，我们也要借鉴；鲁迅主张“拿来主义”；难道我们就不应该从古今人的作品中学习一些写作技巧，或者接受一点有益的启示吗？

写诗要写心中所欲言，要触物寓兴，有可写的才作，意尽则止，不要故意拉长。黄庭坚说：“吟诗不必务多，但意尽可也。古人或四句、二句，便成一首。今人作诗，徒用三十、五十韵，子细观之，皆虚语矣。”（见《豫章黄先生文集》卷六《论作诗文》）叶梦得《玉涧杂书》有云：“诗本触物寓兴，吟咏情性，但能抒写胸中所欲言，无有不佳。而世人多役于组织雕镂，故语言虽工，而淡然无味，与人意了不相关。”胸中本来没有诗，而强要作诗，势必在空洞无物的字句上用力，组织一些不反映任何真实情感的华丽词句，杂凑成章，自必“淡然无味”，不成其为诗，比由短拉长还坏。

学作诗虽应多读古人和他人的诗，但不应袭用别人的语句。任何好词语在第一个人创作出来时，谁看了都会感到新颖奇警；第二个人抄袭了，读者就感到平庸；以后用的人越多，读者越觉得它太熟、太俗、太腐，嫌它讨厌了。甚而有些词语本来就算不得佳句，但被一些不肯自己动脑筋的人千百次地重复抄袭，用在诗里，令人读之欲呕。譬如：“红色电波传喜讯”，请问谁见过电波？而又知道它是红的或白的呢？又如：“更喜春气暖心房”，或者其他什么“暖心房”，总之，是莫名其妙的话语。诸如此类的语句，最初一个人用时也还混得过去，不会有谁挑剔。但它们确实不是什么妙语警句。

李东阳说：“诗贵不经人道语。自有诗以来，经几千百人，出几千万语而不能穷，是物之理无穷，而诗之为道亦无穷也。”（见《怀麓堂诗话》）这是很有道理的。韩愈为文，“惟陈言之务去，戛戛乎其难哉!”正为其难，所以世间就习于以陈词滥调写诗作文，而少有新鲜的、生动的、独创的佳句。我们在这里所说的是专就诗歌等文艺作品而言，并不包括学术论文和日常应用文字等在内。即令只谈诗歌，也不是要每字、每词、每句都必须独创，那样就将成为险怪生涩的东西，又走到另一个极端，仍是邪路，因为那样的文艺是脱离广大人民群众的，不能为人民群众所理解和接受，便不是人民的诗歌。王夫之有一段论时文遣词用字的话，若移用于我们今天创作新体诗上，也是很好的。他说："非此字不足以尽此意，则不避其险；用此字已足尽此义，则不厌其熟。言必曲畅而伸，则长言而非有余；意可约略而传，则芟繁从简而非不足。"（见《姜斋诗话》卷二）

王夫之极重身历目经，非妄想揣摩便能得好诗，故主张"即景会心"，谓"因景因情，自然灵妙"。他说："'长河落日圆'，初无定景；'隔水问樵夫'，初非想得。"又说："身之所历，目之所见，是铁门限。即极写大景，如'阴晴众壑殊''乾坤日夜浮'，亦必不逾此限。非按舆地图便可云'平野入青徐'也，抑登楼所得见者耳。隔垣听演杂剧，可闻其歌，不见其舞，更远则但闻鼓声，而可云所演何出乎？前有齐梁，后有晚唐及宋人，皆欺心以炫巧。"（同上）无论大景小景，非目睹不能写，写则不真，便是欺心炫巧；情意也是如此，没有那样切身感受，只凭假想，写出来便不免捏造。沈德潜在《说诗晬语》卷下云："点染风花，何妨少为失实。若小小送别，而动欲沾巾；聊作旅人，而便云万里；登陟培塿，比拟华嵩；偶遇庸人，颂言良哲；以至本居泉石，更怀遁世之思；业处欢娱，忽作穷途之哭；准之立言，皆为失体。记曰：'志之所至，诗亦至焉。'本乎志以成诗，恶有数者之患！"他说情景俱有小大之不同，人的感受也应随客观事物的大小而有深浅之异，不能把客观现实随意加以改变、浮夸，从而伪造自己不可能产生的感受，这样写成的诗，即为"失体"，违背了"志之所至，诗亦至焉"的作诗言志原则。

作诗用韵要稳，韵不稳便不成句。所谓稳者，就是押韵所用之字，在句中非常恰当，毫不勉强，也不生僻，别人读起来就不会感觉拗口，更无词句难于理解的毛病。和韵诗难作，次韵就更不易了，往往因迁就韵脚的字而牵强附和，以致舍意就韵，为韵造情，不成章法，初学诗者大可不作。

唐以后的诗人多作五、七言近体律绝，现代写旧体诗者亦多用这些体裁，容下篇再述。

四、改诗

自来任何人写文章，很少写了就拿出发表，而未经窜改或修订，便一直流传下去。尤其文学作品——其中以诗歌为最——总是由作者自己在写定以前反复多次地斟酌、推敲，从立意到章法，从词句到每个字，从韵律到音节，都作细致的研究、修改、加工，才出以示人。而在流传的过程中，还会经过许多人有意无意地窜改或修订。有的是改好了，也有的是改坏了，但总难免与作者的初稿有或多或少的差别、变动。即如曹植的《七步诗》吧。据《世说新语·文学第四》载："文帝（按：即曹丕）尝令东阿王（按：即曹植）七步中作诗，不成者行大法。应声便为诗曰：'煮豆持作羹，漉菽以为汁。萁在釜下燃，豆在釜中泣。本自同根生，相煎何太急！'"既系在七步中和"将行大法"（按：即杀头）的威胁下仓促应声吟成，自无斟酌推敲的余地，显然他自己来不及作任何修改。然而在流传了一千六百多年后的清同治间，丁晏著《曹集铨评》时，这首诗已经与《世说新语》所载有很多不同之处。丁晏注云："此诗，程仅有四句（按：'程'指明万历休阳程氏刻本），张（按：指明张溥所辑《汉魏六朝百三名家家集》）据《世说新语》三（按：'三'应为'四'）所引为正文，又以四句者为附注。盖传者不同，故有详略之异，非有二诗也。今合并之。"不仅"有详略之异"，且有文字上的差别。丁本全诗是这样的："煮豆燃豆萁，漉豉以为汁。萁在（丁注：张作'向'）釜下燃（丁注：此二句程脱，依《世说新语》补），豆在釜中泣。本是同根生，相煎何太急！"可见"传者"人人都可能按照自己的意见给原作进行修改，甚至删节。

有人会问：民歌为人民口头创作，又是口口相传的，过去的人民群众大都没有文化，不会写字，也不可能在字句上进行什么推敲修改，应该是最初创作的原样了？也不然。越是民歌，倒越是经过更多的修改。一首民歌，第一个人创作出来，别人听到，起了共鸣，学习歌唱，往往随时、随地、随人而给予一些增、删、修改，或者为了适合不同时期或地区的现实斗争，或者为了适合各地方言、土音或民间流行的曲调，总是要不断地进行加工的。一般是越流传越变得精美，但也有后不如前的。古代民歌还有一个特殊情况：人民群众自己创作，自己传唱，没有作者主名，谁都不争版权或著作权，只是为了表达人民自己的又是共同的思想愿望，唱出大家对现实生活所反映的共同心声，不论谁能够在传唱中给予一点较好的修改加工，群众都会欢迎接受的，所以民歌往往越流传得广泛悠久，就变得越精美可爱。唯其如此，一旦被文人发现了，看上了，记录下来，就又在统治阶级文人中传开了。有的记录者出于他的阶级偏见或政治的原因，而给原作以思想内容上的窜改；有的出于他的文化教养和文学爱好的不同，而给予原作以文字辞藻方面的加工。总之，一经文人手，就往往大变样，或失原作的激昂、愤怒、辛辣、坚定……的战斗性，改变了原作的思想，或给原作涂上一层光艳而虚浮的油彩，改变其本来质朴而粗放的自然风格和色调。这类例子多得很。

鲁迅说："古书里采录的童谣、谚语、民歌，该是那时的老牌俗语罢。我看也很难说。中国的文学家，是颇有爱改别人文章的脾气的。最明显的例子是汉民间的《淮南王歌》。同一地方的同一首歌，《汉书》和《前汉纪》记的就两样。

一面是——

一尺布，尚可缝；
一斗粟，尚可舂。
兄弟二人，不能相容。

一面却是——

一尺布，暖童童；
一斗粟，饱蓬蓬。
兄弟二人不相容。

比较起来，好像后者是本来面目，但已经删掉了一些也说不定的：只是一个提要。"（《且介亭杂文·门外文谈》）

我们再举一个文人窜改民间歌谣的例子。明杨慎《古今谚》辑引的一条“《列女传》引谚”：“力田不如遇丰年，力桑不如见国卿。刺绣文不如倚市门。”查《列女传》卷五《鲁秋洁妇》，有“秋胡子谓（妇）曰：力田不如逢丰年，力桑不如见国卿”，只此二句而止。“刺绣文……”一句则见于《史记·货殖列传》：“夫用贫求富，农不如工，工不如商，刺绣文不如倚市门。此言末业贫者之资也。”姑无论这句话是否谚语（在《史记》中并未说明它是谚语，只是作为作者自己的文句写的；但就这句话的形式和“文”“门”二字押韵来看，却也像是汉代民间谣谚），反正它跟上两句本来不是连在一起的，也不是《列女传》所有的，杨慎独出心裁，硬把两书中的语句“合而一之”。从内容上分析，古者“力田”是男子之事，“力桑”是妇女之事，这两句为一组，已足为完整的一条谚语，“刺绣文”也是妇女之事，多此一语，岂不复赘！何况从形式上分析，前两句都是二五句法，第二字与第七字韵，第一字同用“力”字；《史记》这一句却是三五句法，第三字与第七字韵，第一字也不是“力”字，句法近似而并不相同。且汉代以前，此类七言谣谚，一般是一句两韵，两句的并不太多，以三句为一首而多出的句子又是一个八言句，则从未见过。这也是改坏了的例子。

现在再回头来谈改诗的问题。改诗有三种情况：第一种最主要，是自己改自己的诗，也是学作诗的必要功夫；第二种次要，是请别人改诗和替别人改诗；第三种则是改古人的诗。

先讲诗人改自己的诗。《诗人玉屑》卷八引吕本中《陵阳先生室中语》说：“赋诗十首，不若改诗一首。少陵有‘新诗改罢自长吟’之句，虽少陵之才，亦须改定。”又《吕氏童蒙训》说：“文字频改，工夫自出。近世欧公作文，先贴于壁，时加窜定，有终篇不留一字者。鲁直长年多改定前作，此可见大略。”沈德潜解释杜甫“新诗改罢自长吟”一句，说：“改则弊病去，长吟则神味出。”（见《说诗晬语》卷下）宋释惠洪《冷斋夜话》及彭乘《墨客挥犀》均载白居易作诗故事一则云：“白乐天每作诗，令一老妪解之，问曰：‘解否？’妪曰‘解’，则录之；‘不解’，则易之。”后来《唐宋诗醇》《苕溪渔隐丛话》等书，均辩是说之妄。我们不去论这事的有无，但认为这种做法是值得提倡的。白居易是远在一千多年前的地主阶级诗人，果真能够请一老妪给他评定自己的诗篇，尊重老妪的意见，进行必要的修改去取，可真是了不起的事，值得称赞，值得学习。我们宁愿相信这是真实的！张耒（字文潜）说过："世以乐天诗为得于容易，而耒尝于洛中一士人家，见白公诗草数纸，点窜涂抹，及其成篇，殆与初作不侔。"（引自《诗人玉屑》卷八）可见白居易确是一个非常重视修改自己的诗的大诗人。

唐庚（字子西）《唐子西文录》说："诗，最难事也。吾于他文不至蹇涩，惟作诗甚苦。悲吟累日，仅能成篇，初读时未见羞处，姑置之；明日取读，瑕疵百出，辄复悲吟累日，反复改正，比之前时稍稍有加焉；复数日，取出读之，疵病复出。凡如此数四，方敢示人，然终不能奇。李贺母责贺曰：'是儿必欲呕出心乃已！'非过论也。今之君子，动辄数千百言，略不经意，真可责（一本作"愧"）哉！"这种经验，我们现在作诗的人，只要肯稍稍虚心些，也都能体会到。他又说："诗在与人商论，深求其疵而去之，等闲一字放过则不可。殆近法家，难以言恕矣。故谓之诗律。东坡云：'敢将诗律斗深严。'予亦云：'诗律伤严近寡恩。'大凡立意之初，必有难易二涂，学者不能强所劣，往往舍难而趋易。文章罕工，每坐此也。作诗自有稳当字，第思之未到耳。"作诗者若好走容易的路，只想不费心思，轻忽写就，必然要捃拾他人牙慧、唾余，堆砌成章，既未下过苦功，没有严格要求，东拼西凑，势必疵病百出。只要用心思索，反复推敲，就能找到更好的表现方法，造出更适当的字、词、句来。

沈括《梦溪笔谈》说："唐人虽小诗，必极工而后已，所谓旬锻月炼，信非虚言。"但是也有人反对，如宋人蔡启就说："天下事有意为之，辄不能尽妙，而文章尤然；文章之间，诗尤然。世乃有日锻月炼之说，此所以用功者虽多，而名家者终少也。晚唐诸人，议论虽浅俚，然亦有暗合者，但不能守之耳。所谓'尽日觅不得，有时还自来'者，使所见果到此，则'采菊东篱下，悠然见南山'之句，有何不可为？惟徒能言之，此禅家所谓语到而实无见处也。往往有好句当面蹉过。若'吟成一个字，捻断数茎须'，不知何处合费许多辛苦？正恐虽捻尽须，不过能作'药杵声中捣残梦，茶铛影里煮孤灯’句耳。人之相去，固不远哉！”（《蔡宽夫诗话》，引自《诗人玉屑》卷八）这段话实不值一驳。开头一句，便是胡说。天下事哪有无意做却又做得尽善尽美而达到妙境的呢？就以他指出的“尤然”的文章范围内的诗来说，李杜诗应该说“尽妙”吧。李白几乎写尽了汉魏乐府古题，那些诗不是《李太白集》中“尽妙”的吗？可那确是他“有意为之”的。《杜工部集》中的名篇如《北征》、《自京赴奉先县咏怀五百字》、“三吏”、“三别”、《羌村》、《秋兴》……可谓“尽妙”，谁能说他是信手挥成，无意为之的呢？他们如没有“日锻月炼”的功夫，如何能写出这许多杰作，而成为“不废江河万古流”的大“名家”呢？我们不否认有“尽日觅不得，有时还自来”的情况，但要知道这个“有时还自来”的“有时”，必然是经过“‘尽日’觅”的努力之后，才偶然开了心窍，放进了那个妙境，才获得“尽妙”的成就。正如说“踏破铁鞋无觅处，得来全不费工夫”一样，没有那种“踏破铁鞋”的锲而不舍的长期刻苦用功，便不会有最后的“得来”，如果真的“不费工夫”，怎么竟“踏破铁鞋”了呢？

作诗不能求快，也不应务多，而要于求工求精。古人中成就最高的诗人，并不是一生作诗最多的，往往倒是用功最勤长期苦吟的人。明人都穆《南濠诗话》云：“世人作诗，以敏捷为奇，以连篇累册为富，非知诗者也。老杜云：‘语不惊人死不休。’盖诗须苦吟，则语方妙，不特杜为然也。贾阆仙云：‘两句三年得，一吟双泪流。’孟东野云：‘夜吟晓不休，苦吟鬼神愁。’卢延逊云：‘险觅天应闷，狂搜海亦枯。’杜荀鹤云：‘生应无辍日，死是不吟时。’予由是知诗之不工，以不用心之故，盖未有苦吟而无好诗者。”这段话的前半是对的，无论你诗才有多高，若只恃才而炫捷，求快而务多，就不可能写出杰出的诗作。但若说写不出好诗，都只因为“不用心之故”，并得出“未有苦吟而无好诗者”的绝对化论断，也是不正确的。即如他引以为例的那个卢延逊吧，他的《苦吟》中说“吟安一个字，捻断数茎须”，可谓肯于用心苦吟之极的了，世之言苦吟者，也莫不以他为标榜。然而他的诗的特点却不过是“多着寻常容易语”（宋徐度《却扫编》语），即在晚唐，也只能算作第二流以下的吧，可见虽有苦吟，却不一定必有好诗。那么，除掉苦吟以外，还要什么条件呢？要有生活，要有阶级斗争和生产斗争这样一些现实生活的内容，当然读书也需要，却不是主要的——前边已经反复论述过了。杨慎《升庵诗话》卷十一（又《艺林伐山》卷十九）曾以挖苦的语言，对卢延逊做了极尽嘲讽之能事的“批评”（直是辱骂而已），说他“惟搜眼前景而深刻思之。所谓‘吟成五个字，捻断数茎须’也。余尝笑之，彼之视诗道也狭矣！‘三百篇’皆民间士女所作，何尝捻须？今不读书而徒事苦吟，捻断肋骨，亦何益哉”！杨慎是用另一种错误论点来批评卢延逊的这一错误，殊不能令拥卢者心服。我们也可以用同样挖苦的语言反过来嘲讽杨慎说：“三百篇”及汉魏六朝乐府民歌，大抵皆民间不识字或识字甚少者所作，何尝多读书？今不深入生活而徒事读书，胀破肚皮，亦何益哉？

诗是字与句组成的。要诗好，便要求字句准确、鲜明、生动、精练、响亮，这是当然的。唐人皮日休说：“百炼成字，千炼成句。”又明人皇甫访说：“语欲妥贴，故字必推敲。盖一字之瑕，足以为玷；片语之颣，并弃其余。此刘生（按：指梁人刘勰，《文心雕龙》著者）所谓‘改章难于造篇，易字艰于代句’者也。”（二语见《文心雕龙·附会》）这些话有一定的道理。有人说作诗不应苦思，苦思则丧其天真。其实不然，我们认为所谓苦思者，不过是下功夫锻炼字句，冶铸新辞，调谐音律，激扬声势，以提高诗的艺术性，不仅不会妨害思想内容，不会损伤情景意境，而且正是为了更好地表达心所欲宣的思想意境。谢榛说：“凡作近体（按：他说的虽专指近体诗，我却认为不论哪种体裁的诗都是一样的），诵要好，听要好，观要好，讲要好。诵之行云流水，听之金声玉振，观之明霞散绮，讲之独茧抽丝。此诗家四关。使一关未过，则非佳句矣。”是的，这就是说一首诗要读起来顺畅舒扬，听起来音韵铿锵，看起来文辞藻丽，讲起来条理贯通。过这四关便要在措辞、造句、炼字、选音等艺术细节上下功夫，用心力。但我们也反对重字轻词，重词轻句，重句轻意，重细轻大，重局部轻整体；更不可只顾雕琢文采而忘记作诗宗旨。我们是在这个大前提下讲求炼字炼句的。改诗而提到改句改字，也是在这个前提下来讲的。

宋人何薳《春渚纪闻》："薳尝于文忠公（按：指欧阳修）诸孙望之处，得东坡先生数诗稿，其和欧叔弼诗云：'渊明为小邑'，继圈去'为'字，改作'求'字，又连涂'小邑'二字，作'县令'字，凡三改乃成今句。至'胡椒铢两多，安用八百斛'，初云'胡椒亦安用，乃贮八百斛'。若如初语，未免后人疵议。又知虽大手笔，不以一时笔快为定，而惮于屡改也。"古人笔记诗话一类著作，记载此类改字的故事很多，不胜枚举，唯宋洪迈《容斋随笔·续笔》卷八"诗词改字"一条对我们改诗很有启发，全录于下："王荆公（安石）绝句云：'京口瓜洲一水间，钟山只隔数重山。春风又绿江南岸，明月何时照我还。'吴中士人家藏其草，初云'又到江南岸'，圈去'到'字，注曰'不好'，改为'过'，复圈去而改为'入'，旋改为'满'，凡如是十许字，始定为'绿'。黄鲁直诗：'归燕略无三月事，高蝉正用一枝鸣。''用'字初曰'抱'，又改曰'占'，曰'在'，曰'带'，曰'要'，至'用'字始定。予闻于钱伸仲大夫如此。今豫章所刻本，乃作'残蝉犹占一枝鸣'。向巨原云：元不伐家有鲁直所书东坡《念奴娇》，与今人歌不同者数处，如'浪淘尽'为'浪声沉'，'周郎赤壁'为'孙吴赤壁'，'乱石穿空'为'崩云'，'惊涛拍岸'为'掠岸'，'多情应笑我早生华发'为'多情应是笑我生华发'，'人生如梦'为'如寄'。不知此本今何在也。"最有意思的是王安石改"绿"字那一句，"春风又绿江南岸"，多么形象！多么警妙！又是多么响亮！真是诵好、听好、观好、讲好，都在这一个"绿"字，不能不说是用形象思维的结果！像这样改诗，虽然只改一字，那分量是多重啊！像这样改字，谁会指责他是"雕镂一字之微"呢？

古人也有请人改诗的，也往往只改一两个字。

《十国春秋·荆南·僧齐己传》："七岁居大沩山寺，与诸童子牧牛，天性颖悟，常以竹枝画牛背为诗，诗句多出人意表。众僧奇之，劝令落发为浮图（按：就是劝他出家当和尚）。时都官郑谷在袁州，以诗名，齐己携所诗往谒。有云：'自封修药院，别下著僧床。'谷览之曰：'将改一字，方可相见。'经数日，再过，称已改得，云'别扫著僧床'，谷嘉赏焉，结为诗友。又齐己有《早梅诗》，中云'昨夜数枝开'，谷为点定曰：'数枝非早，不若一枝佳耳。’人以谷为齐己‘一字师’。”关于“一字师”的故事，有好几个，大约都是从这个故事学去的。明胡侍《珍珠船》写一段宋人张咏故事（宋阮阅《诗话总龟》也有此事，但较简。胡侍或据《陈辅之诗话》引录）：“萧楚材知溧阳县，时张乖崖作牧。一日，召食，见公几案有一绝云：‘独恨太平无一事，江南闲煞老尚书。’萧改‘恨’作‘幸’字。公出，视稿曰：‘谁改吾诗？’左右以实对。萧曰：‘与公全身。公功高位重，奸人侧目之秋，且天下一统，公独恨太平何也？’公曰：‘萧弟，一字之师也。’”又《闲中今古录》载：“元萨天锡诗有：‘地湿厌闻天竺雨，月明来听景阳钟。’山东一叟易‘闻’字为‘看’字。公俯首拜为一字师。”从这几个故事可以知道，古人对于别人给自己的诗作即使只改一个稳妥恰当的字，都感激得至于拜为“一字师”，其重视可以想见。

唐庚的《唐子西文录》云：“作诗自有稳当字，第思之未到耳。”下举一个诗僧的故事：“皎然以诗名于唐，有僧袖诗谒之，然指其《御沟》诗云：‘此波涵圣泽’，‘波’字未稳当改。僧怫然作色而去。僧亦能诗者也，皎然度其去必复来，乃取笔作‘中’字中，握之以待。僧果复来，云：欲更为‘中’字，如何？然展手示之，遂定交。要当如此乃是。”（又《郡阁雅言》所载，以作《御沟》诗者为唐末大播诗名的王贞白，请教于大诗僧《禅月集》的作者贯休，情节则完全相同）类似的记载很多，都说明古诗人为了诗中一个字也不肯放过，自己反复改，又请人帮助改，直到找着一个更合适的字为止。

最后谈修改古人作品问题。清章学诚《校雠通义·外篇·吴澄野太史历代诗钞商语》云：“诗文乃天下公器，点窜涂改，古人不讳，要于一是而已。庄子点窜《列子》而胜于《列子》，史迁点窜《国策》而胜于《国策》。即如《论语》‘接舆之歌’，庄子增改其文，亦自有妙境。虽圣经贤传，亦何嫌于异本别出耶？若事关考据，文有取于疏通证明，则虽村书俚说，亦一字不容移易，理各有所当也。论文别有专长，固不得以此为拘。但庸妄一流，任意改易古人面目，自有毫厘千里之别，不容于影附也。”这些意见很好。点窜古人诗文，要于求其“一是”（按：这里是指美妙而言），这没有什么可疵议的，但原本的面貌还要保留，以供后人研讨，不要“定于一尊”。至于事关考据，如历史实事，则无论它善恶好丑，只能尊重客观，不应以个人好恶稍加增损改窜，失其本真。不过文艺作品虽然可以修改，可以商讨，却也要出于公心，而不是狂妄地专以诋诃古人为事者所可借以自解的。宋马永卿《懒真子录》：“绍兴六年夏，仆与年兄何元章会于钱塘江上。余因举东坡诗云：‘天外黑风吹海立，浙东飞雨过江来。’元章云：‘立’字最为有力，乃水涌起之貌。老杜《三大礼赋》云：‘九天之云下垂，四海之水欲立。’东坡之意盖出于此。或者妄易‘立’为‘至’，只可一笑。”这个“立”确实形象化，若改成“至”字，算什么警句？《苕溪渔隐丛话》前集卷三引东坡云：“陶潜诗：‘采菊东篱下，悠然见南山。’采菊之次，偶然见山，初不用意，而景与意会，故可喜也。今皆作‘望南山’。杜子美云：‘白鸥没浩荡，万里谁能驯？’盖灭没于烟波间耳。而宋敏求谓予云：鸥不解‘没’，改作‘波’字。二诗改此两字，觉一篇神气索然也。”这些都是炼字的问题。一句好诗，往往就在那一个紧要字，如曲子中所说的“务头”，把这个字改成平平常常的字，句意虽通，却变成平庸劣下的句子，一篇诗的神采随而黯然。正如一个英姿俊爽的人精神全在眼睛，一旦害了眼病或者变成盲人，精爽全失，遂令前后判若两人了。又周紫芝《竹坡诗话》：“东莱蔡伯世作《杜少陵正异》，甚有功，亦时有可疑者。如‘峡云笼树小，湖日落船明’，以‘落’为‘荡’。且云：‘非久在江湖间者，不知此字之为工也。’以余观之，不若‘落’字为佳耳。又‘春色浮山外，天河宿殿阴’，以‘宿’为‘没’。‘没’字不若‘宿’字之意味深远，甚明。大抵五字诗，其点化正在一字间，而好恶不同乃如此，良可怪也。”不独五字诗为然，七言诗也同样有一个作为“诗眼”的紧要字，最须着意，不可乱改。彭乘《墨客挥犀》：“《司马温公诗话》曰：魏野诗云：‘烧叶炉中无宿火，读书窗下有残灯。’而俗人易‘叶’为‘药’，不止不佳，亦和下句无气味。”

此外，也还有人由于知识缺乏，所见不广，便以自己浅薄狭隘的一知半解来读古人的诗，对自己所不知的事物便以为误，而妄为更改。宋张耒《明道杂志》、陈师道《后山诗话》、彭乘《墨客挥犀》都载有俗儒无知，妄改杜甫《同谷七歌》诗中“黄独无苗山雪盛”为“黄精”。张耒说：

“读书有义未通而辄改字者，最学者大病也。”往时俗儒不解“黄独”义，改为“黄精”，学者承之，相沿已久。《本草纲目》“赭魁”注：黄独，肉白皮黄，巴、汉人蒸食之，江东谓之土芋，江西谓之土卵。其根只一颗而色黄，故名黄独，饥岁土人掘食以充粮，煮食类芋魁，与黄精自是两物。黄庭坚说：“子美流离，亦未至作道人剑客食黄精也。”又何薳《春渚纪闻》谓：《王子直诗话》云：“东坡先生作《程筠归真亭》诗，有‘会看千字诔，木杪见龟趺’。‘龟趺’是碑坐，不应见于木杪，指以为病。初不知亭在山半，自下望碑，则龟趺正在木杪，岂真在木上耶！（按：此事亦见叶梦得《石林诗话》卷中，云：‘东南多葬山上，碑亭往往在半山间，未必皆平地，则自下视之，龟趺出木杪，何足怪哉’）杜子美《北征》诗云：‘我行已水滨，我仆犹木末。’岂亦子美之仆，留挂木末，如猿猱耶?”这乃是苏、杜写诗时用了形象思维，便作出如此奇特却又真实的刻画，读者无此体验，又不能根据物理用形象思维来读苏、杜之诗，便指以为病句。

明谢榛说：“作诗勿自满。若识者诋诃，则易之。虽盛唐名家，亦有罅隙可议，所谓瑜不掩瑕是也。已成家数，有疵易露；家数未成，有疵难评。”（见《四溟诗话》卷二）他是明代“后七子”中比较有名的诗人，是格调论者，对诗的形式要求极严，一句一字不肯放过，主张“思未周处，病之根也，数改求稳，一悟得纯”。他的意思是，只要肯下功夫，多多地改，就能从改中得到灵感，把不好的诗改成好诗。他不但主张作者自改，而且为了炼字，也时常为别人改诗，要求过分，以致失于细碎，甚而只顾字句而致有背全诗的情境。他这种要求过严的改诗态度施之于时人，则时人即无一首好诗；施之于古人，古人也没有一个十全十美的诗人，所以他认为“虽盛唐名家，亦有罅隙可议”，于是便胡改字句，完全不顾全诗。《四库全书总目提要》举例云：“如谓杜牧《开元寺水阁》诗‘深秋帘幕千家雨，落日楼台一笛风’句不工，改为‘深秋帘幕千家月，静夜楼台一笛风’。不知前四句为‘六朝文物草连空，天淡云闲今古同。鸟去鸟来山色里，人歌人哭水声中’；末二句为‘惆怅无因见范蠡，参差烟树五湖东’，皆登高晚眺之景。如改‘雨’为‘月’，改‘落日’为‘静夜’，则‘鸟去鸟来山色里’非夜中之景，‘参差烟树五湖东’，亦非月下所能见。而就句改句，不顾全诗，古来有是诗法乎?”这批评很恰当。我们赞成修改点窜古人诗文，也只在于“求其一是”，且于自己有益，可借以锻炼自己的炼字、铸词、表情、达意的能力，提高自己作诗的艺术技巧。而像他这样的做法，则正是所谓“庸妄一流，任意改易古人面目，自有毫厘千里之别”，不能容许他影附，我们也不要像他这样做。

然而，现在却还有人妄改古人的诗，改得非常荒谬，贻误读者不浅。如王维的名作《鹿柴》：

空山不见人，但闻人语响。返景入深林，复照青苔上。

很显然，这是押仄韵的五言绝句，第二句入韵，第四句韵脚“上”字与“响”字叶，用的是上声“养”部韵。这本是唐人五绝通常采用的格律，而今人不知，或疑第一句“人”字与第三句“林”字为韵；又觉得“人语响”似乎不通，便把“响”字改成“声”字，成为非常拙劣的一首诗，改变了原作的妙义，甚至格律也完全错误，竟至成为无韵诗了（如上海古籍出版社 1978 年出版的《唐诗一百首》）。且不说第一句的“人”与第三句的“林”，本不属于同一韵部（“人”在上平“真”韵，“林”在下平“侵”韵)，虽然用现代普通话来读，倒还相叶，而唐人却不会如此乱押，即使二字相叶，也只算偶合，并非作者有意为之。何况绝句格律并无第二、四两句不押韵，而以第一、三两句末字相叶为韵的。就原诗分析起来：因为“空山不见人”，所以只能“听到”深林中人语的回响，而不能直接听到“语声”；下两句说光景也是间接看到的，即由于“返景入深林”，从它照到青苔上才看见。“响”就是“响应”之“响”，不是“语声”之“声”。正与郦道元《三峡》“常有高猿长啸，属引凄异，空谷传响，哀转久绝”是近似的意境。

律史篇第二

一、从自有诗歌以来说起

马克思主义者从大量的历史、考古、民族、社会等科学领域调查研究所得的详尽资料中，得出结论说：劳动创造了人类本身，也创造了人类的文化。前篇在《说诗》那一节里已经提到，原始的人在集体劳动中就开始创作了人类最初的口头诗歌，那就是我们现在的诗的最早源头和雏形。因此，作为广义的诗歌来说，它是自人类的祖先从猿转变到人时就产生了的，和语言同时甚至还要早些就产生出来。恩格斯在《自然辩证法》（人民出版社 1955 年版）中写道："劳动的发达必然帮助各个社会成员更紧密地互相结合起来，……这些在形成中的人已经到了彼此间有什么东西非说不可的地步了。需要产生了自己的器官：猿类不发达的喉管，由于音调的抑扬顿挫之不断加多，缓慢地然而一定不移地改造起来了，而口部的器官也逐渐学会了连续发出一个个清晰的音节。"接着，恩格斯断言说："语言是从劳动当中并和劳动一起产生出来的，这个解释是唯一正确的解释。"（页 139—140）而最早的为协调集体劳动、为"劝力"及减少疲劳而创造的姑名之为"劳动号子"一类的歌，也正是"从劳动当中并和劳动一起产生出来的"，其出现甚至比真正的语言还要早。

闻一多在他的《歌与诗》（见《闻一多全集》选刊之一《神话与诗》）开头就说："想象原始人最初因情感的激荡而发出有如'啊''哦'

‘唉’或‘呜呼’‘噫嘻’一类的声音，那便是音乐的萌芽，也是孕而未化的语言。声音可以拉得很长，在声调上也有相当的变化，所以是音乐的萌芽。那不是一个词句，甚至不是一个字，然而代表一种颇复杂的涵义，所以是孕而未化的语言。这样界乎音乐与语言之间的一声‘啊——’，便是歌的起源。”他又接着从“啊”与“歌”两字的音训上来讲，以为“歌从哥声，哥又从可声，啊从阿声，阿从可声”（见页192注②），所以结论道：“不错，‘歌’就是‘啊’，二者皆从可‘陪声’（‘陪声’一词，闻一多说是他杜撰的。说‘可是歌与啊的陪声，中间隔着了哥与阿，犹之乎大夫对天子称陪臣，中间隔着了诸侯’），古音大概是没有分别的。在后世的歌辞中有时又写作‘猗’。……或作‘我’，……什九则作‘兮’，……总之，严格地讲，只有带这类感叹虚字的句子，及由同样句子组成的篇章，才合乎最原始的歌的性质，因为，按句法发展的程序说，带感叹字的句子，应当是由那感叹字滋长出来的。借最习见的‘兮’字句为例，在纯粹理论上，我们必须说最初是一个感叹字‘兮’，然后在前面加上实字。……为什么我们必须这样说呢？因为实字之增加是歌者对于情绪的自觉之表现。感叹字是情绪的发泄，实字是情绪的形容、分析与解释。前者是冲动的，后者是理智的。由冲动的发泄情绪，到理智的形容、分析、解释情绪，歌者是由主观转入了客观的地位。辨明了感叹字与实字主客的地位，二者的产生谁先谁后，便不言而喻了。”（见《神话与诗》页181—182）我基本上同意闻一多的这种论证，所以断言广义的口头诗歌是和语言同时甚或更早些“从劳动当中并和劳动一起产生出来的”，并且我也认为“这个解释是唯一正确的解释”。

从全人类发展的历史看是这样，中国古代文化的发展当然也一样。南宋著名的唯物主义思想家叶适在他的《习学记言序目》卷六《毛诗·诗序》一条的结语说“自有生民，则有诗矣”，论断得多么精确！但我们两千多年（或者说三千多年）以来，所能看到的确实无疑是春秋以前的诗歌，就只有《诗》三百篇，在此以前，虽相传原有三千余篇，却都被周代统治阶级所遗弃，逸存者寥寥无几，其余均不可见。我们不得见，原因很多，而最主要的恐怕还是因为在有文字以前的口头诗歌，口耳相传，久而渐失；有了文字以后，能掌握文字的只是统治阶级中的少数人，他们也不肯去采录，即使采录一些，也一定按照他们的标准有所选择和修改。今存这“三百篇”，肯定也不会完全是原样，而是被周代“王官”加了一些修改，以便作为对劳动人民进行教育的课本，可以广泛传播。所以南宋叶适说：“而周诗独传者，周人以为教也。”周诗这“三百篇”是传下了的，周以前的殷商也必定有诗，夏也必定有诗，三代以前直上溯到有史以前的传说时代、氏族社会，……都必定有诗（歌），但我们都看不见，也就无法学习，无法说它们是什么样子。叶适说：“诗一也，周之所传者，可得而言也；上世之所不传者，不可得而言也。”这些论断都是具有唯物主义精神，合乎历史实际的。

研究中国诗歌形式的发展变化，现有的最早文献资料，自然只能从《诗经》谈起。《诗》三百篇是周诗，基本上属于西周初到春秋中期的作品，时间约在公元前11世纪到公元前5世纪的六百年间。《左传》《国语》所载诗，其确属“逸诗”者，总计不及二十篇。其他子、史、杂书中偶有引用周代以前的歌诗，或出伪书，或出汉晋人著作，没有多少可靠性。如明杨慎辑《风雅逸篇》卷一共收周代以前的歌诗三十一篇，许多是从署为东汉末年蔡邕的《琴操》移录的，而先秦旧籍不载，实不能认为是夏殷乃至有史以前的作品。这些既不足据，而且数量也很少，不可能从中找出普遍规律。所以必须从这部周诗总集说起。

《诗》三百篇实数是三百零五篇，每篇大抵有一至十章，而以两三章者为多，超过十章的只有《大雅》的《抑》十二章和《桑柔》十六章。三百零五篇诗共计为一千一百四十四章。就中每章句数最少的是《齐风·卢令》和《小雅·鱼丽》，各三章，每章都只有两句；章之句数最多的也只有《周颂·载芟》一章三十一句和《鲁颂·閟宫》一章三十八句。一章四句者最多，共有三百八十二章，约占全书章数的33%。其次为一章六句者二百四十章和一章八句者二百一十四章，这二者之和是四百五十四章，约占全书章数的40%。由此可见《诗》三百零五篇的章法是以四句为基本形式，而六句及八句者也不过是四句的加半或加倍而已。《诗》以四字句为主，也有三、五、六、七字句，则比较少用；至于一、二字或八、九字句，则仅偶一见之。因此可以说周诗基本上是四言体。

至于“三百篇”的押韵法，虽然有多种多样，而大致可归纳为下列四种（以每章四句——相当于后世的一首绝句为例）：（1）隔句押韵法，即第二、四句用韵；（2）三韵法，即第一、二、四句用韵；（3）每句押韵法，即四句均押同韵；（4）交互押韵法，即一、三句押一个韵，二、四句押另一个韵。在押韵法上，六句或八句成为一章的，也是以四句诗的四种方法加半或加倍反复运用。每章超过四句的诗，如每章为五、六、七、八句，乃至十几句、二十几句、三十几句，则一韵到底者少，转韵者多，句数越多，转韵的次数也越多。三千年来，中国诗歌的押韵法，在“三百篇”中几乎都已全备了。所不同的，只是先秦古音与后世不同，特别是唐、宋以后，由朝廷编订或指定韵书，作诗者几乎是必须遵用，不得误混，《毛诗》古韵就成了一种专门学问了。

前篇曾引过今文《尚书·尧典》（后世又析为《尧典》和《舜典》两篇，这里引的就在《舜典》中了）舜命夔典乐的话说：“诗言志，歌永言，声依永，律和声。”本来《诗》三百篇周时皆入乐，这个问题从文献上是证明了的，无须争议。只就其中原系采自民间的《风》诗的民歌性质来说，原创作时虽不必即有乐曲，而既为歌谣（朱熹《诗集传》卷一释“国风”说：“国者，诸侯所封之域，而风者，民俗歌谣之诗也”），自当音调和谐，可诵可歌。所以“十五国风”（其实并非都是“国”，只能说十五个地区，如《周南》《召南》《王风》《豳风》，就不是出自某一“国”）之诗，就是歌，即注意到声律的民间歌谣，“王官”采而入乐，“被之管弦”，便自然合律。就声律方面来说，《诗》中运用叠字的非常多，真是俯拾即是。《国风·周南》第一篇第一句“关关雎鸠”，第二篇“维叶萋萋”“其鸣喈喈”“维叶莫莫”，第三篇“采采卷耳”，第五篇“诜诜兮”“振振兮”“薨薨兮”“绳绳兮”“揖揖兮”“蛰蛰兮”，第六篇之“夭夭”“灼灼”“蓁蓁”，第七篇之“肃肃”“丁丁”“赳赳”，第八篇之“采采”，第九篇之“翘翘”……多不可数。最突出的如《卫风·硕人》第四章：“河水洋洋，北流活活。施罛濊濊，鳣鲔发发；葭菼揭揭，庶姜孽孽，庶士有朅。”七句之诗，竟有六句用了叠字，而每句不过四字，用了叠字，就占半数，全诗仅二十八字，竟有十二个字是叠字，这就给后世诗人开了多用叠字以协和诗歌声律的端绪。如屈原《九章·悲回风》就连用“礚礚”“汹汹”“容容”“芒芒”“洋洋”“翻翻”“遥遥”“潏潏”八个叠字。《古诗十九首》中的“青青河畔草”和“迢迢牵牛星”二首均各十句，而各连用六个叠字。

《诗》中用双声、叠韵以达到音调之美，更是非常普遍，清人洪亮吉甚至说：“三百篇无一篇非双声叠韵。”例如《国风·周南》第一篇“雎鸠”双声，“窈窕”叠韵，“参差”双声，“辗转”又是双声又是叠韵。至于上述的叠字，当然同时也兼有双声、叠韵的效果。这在《楚辞》、汉赋以至六朝以后的诗歌，无不运用，所以《诗经》的艺术影响确是很大的。

《诗》三百篇已有对字对句的各种形式。正对，如《邶风·柏舟》：“觏闵既多，受侮不少”；《王风·大车》：“榖则异室，死则同穴”；《小雅·伐木》：“出自幽谷，迁于乔木”；《小雅·吉日》：“发彼小豝，殪此大兕”。骈对，如《邶风·北风》：“莫赤匪狐，莫黑匪乌”；《小雅·谷风》：“无草不死，无木不萎”；《小雅·天保》：“如月之恒，如日之升”；《小雅·斯干》：“如竹苞矣，如松茂矣”。隔句对，如《小雅·采薇》：“昔我往矣，杨柳依依；今我来思，雨雪霏霏”；《卫风·河广》：“谁谓河广，曾不容刀；谁谓宋远，曾不崇朝”。这种种对句形式都与声律有关，有的是抑扬相对，有的是双声相对，有的是叠韵相对，也有用叠字相对的。总之，是运用声韵的异同变化，以求全章的音律之美。自然，字音的四声、平仄、阴阳等，这时还没有人提出来，那是直到汉魏以后，主要是齐梁时代才明确的。但声韵本身是客观存在的，人民群众在创作实践中，也还是能够摸索着运用的。对偶的运用，到汉代辞赋、六朝骈文更加普遍广泛，在诗歌中也渐成不可缺少的艺术技巧。至唐，律诗形成，无论五言或七言，八句中之“颔联”（第三、四句）和“颈联”（第五、六句）要求写成两副对偶句（即要求“对仗”工稳），竟为诗家所公认之律诗的必要条件，也就是律诗规格的重要项目之一（唐人也间有极少数例外不用对仗的，那只是个别大家所作的变体）。过去学童学习作诗，首先要学作对字、对句，便因为“对仗”是诗歌艺术技巧中的基本要求之一。

“三百篇”对后世诗歌的影响既深且广，不止于上述这些，但就“近体诗”（格律诗）的格律而言，上述这些是主要的。

先秦继《诗》三百篇之后而出现的新诗体，便是战国后期的《楚辞》。以产生的地域论，“三百篇”基本上是限于黄河流域的中下游；而《楚辞》则是江汉一带楚地的作品。以作者论，“三百篇”中的一大部分（《国风》和《小雅》的一部分，以篇数论，占全书一半以上）是采自民间、没有作者主名的民歌；而《楚辞》则主要是楚国贵族爱国诗人屈原及其后辈宋玉等人的作品。以体裁论，它是以屈原的《离骚》为代表的长句长篇的“骚体”，来源于楚地的民歌，除《天问》一篇外，没有近似《诗经》的四言体。这里不谈二者在思想内容和艺术风格上的巨大差别，因为那不是几句话能说清楚的，而且也不在本题范围内。

姑以《离骚》为代表，说明《楚辞》体的篇、章、句法的特点。《离骚》一篇共三百七十三句，二千四百九十字，是先秦最宏伟的长篇抒情诗，在整个中国文学史上也是罕见的巨作。历代学者对它有许多不同的划分段落章节的办法，大致有两派：一派是就文意的起伏脉络分段，如戴震《离骚注》分为十段；另一派是按照它的用韵分节，每换一韵即为一节，如朱熹《楚辞集注》分《离骚》为九十三节（他是以四句为一节）。不论如何分法，这只是后人各立标准，各为划分，并不是原作所固有的，跟《诗》的某篇分若干章，某章共有几句，无须后人代为划分，而章解显然，不会产生纷歧者，完全是两样的。

至于《离骚》的句法，可以说基本上是六言的长句，也有一些五言和七言句。其句的构造，多于每句的中间用转接词“而”“以”“与”，接尾词“之”，或前置词“乎”“於”“于”等；在无韵的句尾，加以语末助词“兮”字（闻一多在《歌与诗》中，说“兮”字“是一个感叹字”“后人乃称歌中最主要的感叹字‘兮’为语助、语尾”，是一种“误会”，虽然“这种误会，也不是没有理由的”）。例如：“彼尧舜之耿介兮，既遵道而得路；何桀纣之猖披兮，夫唯捷径以窘步。”也有些是五言句或七言句，如这四句中前三句是六言（不计算“兮”字），而第四句便是七言。若“屈心而抑志兮，忍尤而攘垢。伏清白以死直兮，固前圣之所厚”，前两句是五言，后两句是六言。“皇天无私阿兮，览民德焉错辅。夫维圣哲以茂行兮，苟得用此下土。”这一节四句就是一个五言、两个六言和一个七言。也偶有八言句，如：“曰勉远逝而无狐疑兮”“览察草木其犹未得兮”“灵氛既告余以吉占兮”，便是。

《离骚》的押韵法，全是隔句押韵，并以四句二韵为定则，所以朱熹以四句为一节。明陈第著《屈宋古音义》，考究《楚辞》中屈原、宋玉辞赋用韵，甚有成就。《凡例四则》有云：“如《离骚》屡次转韵，其韵之多有至八句、十二句为一韵者。《招魂》亦屡次转韵，韵之多有至十六句、二十句为一韵者。……若《惜往日》《悲回风》，有以二十句、二十二句、二十四句为一韵者。”他还说过：“按《离骚》以六句为韵者一段，八句为韵者五段，十二句为韵者二段，余皆四句为韵。”由这些话可以知道，《离骚》用韵以四句二韵为常格，“八句为韵”和“十二句为韵”者，不过是四句的二倍或三倍；至于“六句为韵”的只有一节，有人疑这一节或有二句衍文，或有二句脱文，而本是四句或八句的，因为洪兴祖在《楚辞补注》中就指出过《离骚》有二句是衍文，朱熹在《楚辞集注》中则又辩疏其下有脱文。总之，这种四句二韵并隔句押韵的格式，是上继《诗经》，下开五言古风及五、七言绝句的，颇值得我们注意。

屈原的《九歌》是他仿效或修改沅、湘之间楚巫祀神歌舞唱和的歌词，句法格调与自作的《离骚》不同：（1）句短，基本上是五言句，而不是六言句，如《湘君》：“君不行兮夷犹，蹇谁留兮中洲？美要眇兮宜修，沛吾乘兮桂舟。令沅湘兮无波，使江水兮安流。”（2）“兮”字置于句的中间而不是放在句尾，不能算语尾助词，只能算托声字或视为连词。其他，除《九章》中《橘颂》《怀沙》和特出的《天问》外，都是与《离骚》的句法同格的。后世诗人写“楚辞体”的诗篇，也叫“骚体”，其基本格调律法就是从《离骚》来的，而其根源则是楚歌。

汉初，楚歌还常见，如项羽《垓下》、刘邦《大风》，直到武帝刘彻的《瓠子歌》（二首）、《秋风辞》，均属此类。这时，四言诗多是板滞说教的东西，与《国风》民歌情调完全不同。五言体已出现于民间，渐渐引起文人的注意；七言体虽已萌芽，但不为士大夫文人所重视。到了东汉，五言诗渐兴，至汉末，便成为文人诗的主要体裁，后世称为“五古”，或竟只叫它为“古风”（有许多人把“七言古风”称为“歌行”或“七言歌行”，而以“古风”专指“五言古诗”）。这种五言古风体最初创自民间。西汉武帝时，设“乐府”，采民间歌谣，“于是有赵、代之讴，秦楚之风，皆感于哀乐，缘事而发”（《汉书·艺文志》）。“以李延年为协律都尉。多举司马相如等数十人造为诗赋，略论律吕，以合八音之调，作十九章之歌。”（见同上）这些被采入乐府机关的民歌，被管弦，后世称为“乐府诗”。当时又举了几十个文人造为诗赋，作为庙堂之歌。他们当然要仿照被采入的民歌来作，而这时民歌多是五言体，于是五言诗就登了“大雅之堂”，为统治阶级所重视，逐渐取得独尊的地位了。然而，即使到汉末建安时期方才写定，一直以《古诗十九首》的题名传为“五古”最高典范的作品，以及以《古诗三首》《古诗四首》为题的若干首，再加上旧称为苏武、李陵相互赠答的诗……总计有四十余首，现在看来，也都还保留着或者说带着相当浓厚的民歌情调。而最明显的例子，莫过于汉末无名氏的四首五言四句古诗，载于南朝陈徐陵编的《玉台新咏》卷十，便标题为《古绝句四首》，其第一首云：“藁砧今何在？山上复有山。何当大刀头，破镜飞上天。”以隐语藏情意，充分表现着汉末民间好用隐语的习俗。

汉代民歌既多五言体，也还有少数是杂言体的。到了六朝时期，南朝的民歌，主要是《子夜歌》，其体制便是五言四句，隔句押韵。其次为《读曲歌》，除“五言四句体”最常用外，间有五言三句，以及杂有一个三言句和两三个五言句为一首，还有五言三句再杂入一个七言句的。其他歌调，基本上与这两种相似，变化不大。所以南朝民歌几乎是清一色的五言四句两韵诗体。北朝的民歌，现存作品不如南朝多，虽也以五言四句两韵者为主，但四言的、七言的、杂言的，两句的、三句的、五句的、七句的都有，形式变化较大。

自汉末魏初起，文人诗已有全篇七言者，如魏文帝曹丕两首《燕歌行》便是。然而那只是他的一种尝试，还未引起诗坛重视。直到南朝宋，首先是由晋入宋的著名诗人谢灵运，他有一首全篇七言的《燕歌行》，共十二句，句句押韵，实是模拟曹丕的同题乐府诗，不但形式和内容完全相同，甚且有雷同的诗句。如曹丕的《燕歌行》第一篇有“念君客游多思肠。……君何淹留寄他方”之句，谢灵运此作中也有“念君行役怨边城。君何崎岖久徂征”。两句袭用之迹是很明显的。到了鲍照和汤惠休，才算正式开始写几篇七言歌行，虽他们所作还不太多，总算初步把七言体提到文人诗体的品目之内，不再被诗家一致鄙视为俗体了。但历来士大夫文人崇古非今，成见甚深，难于破除，直到梁钟嵘作《诗品》，其所论述，还是“止乎五言”，认为唯“五言居文词之要，是众作之有滋昧者也”（见《诗品·序》）。他品定鲍照于“中品”，还评他的诗“颇伤清雅之调”，并谓“言险俗者，多以附照”（见《诗品》卷中“宋参军鲍照”），虽是评论他的五言诗，而心目中仍不免也包括了他的全部诗作。

自汉末建安“三曹”“七子”繁荣了诗坛，历魏、晋、南北朝，诗人歌咏日盛，体制格律也逐步发展变化，日趋完整，到唐初便陆续固定下来。从此，作者云起，至于盛唐，遂造成有唐一代的诗歌黄金时代，而“今体”或称曰“近体诗”则更为后代诗人所致力。

二、律诗的起源

首先须说明律诗的“律”字的意义，然后才知道律诗是什么样的诗体，才能辨别律诗与非律诗。把这几个概念搞清楚，方好谈律诗兴起的必然性及历史过程。

律诗的“律”字可包含两方面的意义：一方面是“法律”之律、“纪律”之律，如宋张表臣《珊瑚钩诗话》云：“沈、宋而下，法律精切，谓之律。”清沈德潜《唐诗别裁·凡例》云：“兹于评释中偶示纪律，要不以一定之法绳之。”都是用的这个意思。另一方面又是“声律”之律、“音律”之律，如明胡震亨《唐音癸签》卷一云：“其所变诗体，则声律之叶者，不论长句、绝句，概名为律诗，为近体。”明吴讷《文章辨体》云：“大抵律诗拘于定体，固弗若古体之高远。然对偶音律，亦文辞之不可废者。”这两条都用的是这个意思。明王世贞《艺苑卮言》说：“五言至沈、宋，始可称律。律为音律、法律，天下无严于是矣。”这就明白地指出律诗的“律”字乃兼指“音律”和“法律”二者而言，并且律诗要求严格按照初唐沈（佺期）、宋（之问）以来诗家所公认的、关于这种体裁的规格形式（法律）和声调音节（音律）去创作，不合规格的即“非律诗”。如此，律诗的条件明确了，那么，要辨别“律诗”与“非律诗”，就要拿这两方面的条件作为衡量的标准，合者为是，不合者为非，便不会发生争议。

宇宙间任何事物的发展规律，都是由简而繁，由粗到精，由低级到高级；到了成熟阶段以后，内部的新矛盾又逐渐突出，在旧的事物中孕育着新的事物，日益发展壮大，战胜并取代旧事物，这便是新品种的诞生。文学艺术的发展也是如此，律诗的产生自亦不能不按照这个自然规律，它是从古代的民歌、乐府、古风中萌生、滋育、成长起来的，而不是哪一个或少数几个人所能创造出来并强迫当代以及后世诗人采用的。

清人赵翼《瓯北诗话》卷十二“七言律”一条论及律诗的兴起颇为精当。他说：“心之声为言，言之中理者为文，文之有节者为诗。故‘三百篇’以来，篇无定章，章无定句，句无定字，虽小夫室女之讴吟，亦与圣贤歌咏并传，凡以各言其志而已。屈、宋变而为骚，马（按：指司马相如）、班（按：指班固）变而为赋。盖有才者以‘三百篇’旧格不足以尽其才，故溢而为此，其实皆诗也。自《古诗十九首》以五言传，《柏梁》（按：《古文苑》卷八载《柏梁诗》云：‘汉武帝元封三年，作柏梁台，诏群臣二千石有能为七言诗，乃得上座。’诗为七言体，共二十六句，自武帝刘彻本人起，每人各以其职作一句‘无甚理致’，逐句押韵，一韵到底，而多用重韵，如‘时’‘治’‘之’‘来’等。昔人多认为是最早的七言诗，也是‘联句’之始）以七言传，于是才士专以五、七言为诗。然汉魏以来，尚多散行，不尚对偶。自谢灵运（按：东晋末入刘宋）辈始以对属为工，已为律诗开端；沈约辈又分别四声，创为蜂腰、鹤膝诸说，而律体始备。至唐初沈、宋诸人，益讲求声病，于是五、七律遂成一定格式，如圆之有规，方之有矩，虽圣贤复起，不能改易矣。盖事之出于人为者，大概日趋于新，精益求精，密益加密，本风会使然。故虽出于人为，其实即天运也。就有唐而论：其始也，尚多习用古诗，不乐束缚于规行矩步中；即用律，亦多五言，而七言犹少；七言亦多绝句，而律诗犹少。……自高

（适）、岑（参）、王（维）、杜（甫）等《早朝》诸作，敲金戛玉，研练精切。杜寄高、岑诗，所谓‘遥知对属忙’，可见是时求工律体也。格式既定，更如一朝令甲，莫不就其范围。然犹多写景，而未及于指事言情，引用典故。少陵（杜甫）以穷愁寂寞之身，藉诗遣日，于是七律益尽其变；不惟写景，兼复言情；不惟言情，兼复使典。七律之蹊径，至是益大开。其后刘长卿、李义山（商隐）、温飞卿（庭筠）诸人，愈工雕琢，尽其才于五十六字中，而七律遂为高下通行之具，如日用饮食之不可离矣。”赵翼这段话论述律诗的兴起，正和我的意见一致，提纲挈领，分析也暗合事物发展的客观规律。只是有些过程还需要我们再把某些细节阐述清楚；某些用语还应稍加诠释，以免误会。他说的“风会使然”，“风会”二字的意思应该理解为形势发展的情况。他说的“故虽出于人为，其实即天运也”，“天运”二字的意思应该理解为自然规律，或者说客观条件已经具备，形势必然要求那样做，这就容易通了。

七言全篇诗是否起于《柏梁》？如果它确实是第一首，那就与我前面所说的一切诗体最初都是创自民间这一马克思主义的论断不合。究竟是谁错了呢？是赵翼偶然根据梁任昉《文章缘起》“七言诗，汉武帝《柏梁殿联句》”的说法，而未加深思所造成的错误，并且这也是过去文人的普遍说法，并非赵翼自已盲从附和，他对这问题还是比较清楚的，请看他的《陔馀丛考》卷二十三“七言”条就考订精详，与《诗话》顺便提的这一笔不同。他说：“《金玉诗话》谓七言起于《柏梁》。然刘勰谓出自《诗》《骚》。孔颖达举‘如彼筑室于道谋’为七言之始。然，不特此也。如‘自今以始，岁其有。君子有穀，诒孙子’等句甚多。顾宁人（炎武）谓《楚辞》《招魂》《大招》，去其‘些’‘只’，即是七言。按‘迁藏就岐，何能依。殷有惑妇，何所讥’等句，本无‘些’‘只’，则竟是七言也，特尚未以为全篇。至《柏梁》则通体皆七言，故后世以为七言之始耳。”他又说：“然古时亦已有为全篇者。”他首先举皇娥《倚瑟清歌》，说“此或秦汉间人拟作”，不算；再引《灵枢经》三句，那是古医书，也不能算；又引宁戚《饭牛歌》两句，无论它的出处是否可靠（今传有两篇词句大不相同，一篇见于《淮南子》即赵翼所引用者），这首诗的头两句本是“南山矸，白石烂”两个三言句，并非整篇七言诗，仍不该算；继又云：“茅濛之先有民谣曰：‘神仙得者茅初成，驾龙上升入太清。时下元洲戏赤城，继世而往在我盈。’”这首倒是完整的七言，虽内容写的是神仙迷信，颇不足取，但其形式则确是七言之祖，已证明为民谣，而非统治阶级文人所作。再下，又说“以及项羽《垓下》，汉高《大风》”，这两首还是都不适于作例，因为它们都是楚歌体，句中都有“兮”字。《垓下》四句：“力拔山兮气盖世，时不利兮骓不逝。骓不逝兮可奈何？虞兮虞兮奈若何！”若去“兮”字，则前三句各成两个三言句，末句若去“兮”字便不成语。《大风》三句：“大风起兮云飞扬，威加海内兮归故乡。安得猛士兮守四方。”去“兮”字则首句变成两个三言句，其余两句尚是很好的七言诗；不去“兮”字，后两句就都是八言。唯独他下边举的“汉初有《鸡鸣歌》：东方欲明星烂烂，汝南晨鸡登坛唤。曲终漏尽严具陈，月没星稀天下旦！”据宋郭茂倩《乐府诗集》卷八十三《杂歌谣辞》：《鸡鸣歌》原文共六句，后两句是：“千门万户递鱼钥，宫中城上飞乌鹊。”不知赵翼为什么少录两句？赵翼说这是“汉初”的作品。按《乐府诗集》此歌的“解题”写道：“《乐府广题》曰：‘汉有鸡鸣卫士，主鸡唱。宫外旧仪，宫中与台并不得畜鸡。昼漏尽，夜漏起，中黄门持五夜。……未明三刻，鸡鸣卫士起唱。’《汉书》曰：‘高祖围项羽垓下。羽是夜闻汉军四面皆楚歌。’应劭曰：‘楚歌者，《鸡鸣歌》也。’《晋太康地记》曰：‘后汉固始、鲖阳、公安、细阳四县卫士习此曲，于阙下歌之，今《鸡鸣歌》是也。然则此歌盖汉歌也’。按《周礼·鸡人》：‘掌大祭祀，夜呼旦以嘂（按：音jiào，高声大呼的意思）百官’，则所起亦远矣。”就郭茂倩所考，可证这一篇确是汉初或更远点的“杂歌谣辞”，出于民间或军中的无名氏，换言之，并非士大夫的诗而是民歌。这样，不仅五言诗起于民间，始自乐府民歌；七言诗也是起于民间，始自乐府民歌，乃是班班可考，确凿有据的。

律诗要求中间四句对仗。“汉魏以来，尚多散行，不尚对偶”，确实如此。对偶句法，《诗》三百篇已有之，但汉末五言诗体大行以后，直到魏晋，诗人吟咏，还以散行为主，不以对偶为尚。说古诗中没有对句却也不然。如“胡马依北风，越鸟巢南枝”“青青陵上柏，磊磊涧中石”“馨香易销歇，繁华会枯槁”……不独无名氏古诗有对句，文士也有，如王粲《七哀诗》云：“……山冈有余映，岩阿增重阴。狐狸驰赴穴，飞鸟翔故林。流波激清响，猴猿临岸吟。迅风拂裳袂，白露沾衣襟。……”竟是连用四副对偶句。曹植的诗中更多，如《美女篇》：“柔条纷冉冉，落叶何翩翩。攘袖见素手，皓腕约金环。头上金爵钗，腰佩翠琅玕。明珠交玉体，珊瑚间木难。……行徒用息驾，休者以忘餐。……青楼临大路，高门结重关。……”然而，这些汉魏诗歌中的对句，有的毕竟是古诗风格，字义对而音律不对。到六朝就不同了，沈约辈创为四声八病之说以前，音韵之学已经初为诗人所着意，故晋宋之际如“谢灵运辈始以对属为工”，正如刘勰所说：“左碍而寻右，末滞而讨前。则声转于吻，玲玲如振玉；辞靡于耳，累累如贯珠矣。”这时期岂止谢灵运为然，同代人如何承天、颜延之、谢庄等名诗人，无不皆然，这是人所共知的，无须举例。他们既已在口头上和笔底下对于字的声调有了分别，并运用于对偶句中，那就可以认为是开了律诗之端。

韵书起于魏人李登的《声类》和晋人吕静的《韵集》，但他们只分宫、商、角、徵、羽，尚未曾有平、上、去、入的四声之名。四声之名大约起于齐永明时王融、谢朓、周颙、沈约等人。《南史·陆厥传》云：“时盛为文章，吴兴沈约、陈郡谢朓、琅琊王融，以气类相推毂。汝南周颙善识声韵，约等文皆用宫商，将平、上、去、入四声，以此制韵，有平头、上尾、蜂腰、鹤膝。五字之中，音韵悉异；两句之内，角徵不同，不可增减，世呼为永明体。”所谓“八病”，除《陆厥传》里已提的平头、上尾、蜂腰、鹤膝四病外，还有大韵、小韵、旁纽、正纽四病。八病如何解释呢？历来有很多说法，莫衷一是，今天也没有探讨的必要。严羽说：“四声设于周颙，八病严于沈约。……作诗正不必拘此，弊法不足据也。”（《沧浪诗话·诗体》自注）当时诗人，甚至他们自己，也不能完全遵守这些禁忌，避免诗中出现“八病”，后世诗人，更不曾受他们所定规则的约束。钟嵘《诗品·序》说：“余谓文制，本须讽读，不可蹇碍。但令清浊通流，口吻调利，斯为足矣。”就是反对这些烦琐的清规戒律，认为如此“务为精密，襞积细微”，必“使文多拘忌，伤其真美”。意见是很正确的。

不错，四声是古代汉语里所固有的，不是谁能主观创造出来的；但定下“平”“上”“去”“入”四声之名，并有意识地提倡运用声调的平仄抑扬于诗篇的写作中，以求声律谐美，沈约的《四声谱》还是起过一定作用的。从齐永明以后，律体诗渐渐形成，跟沈约等人的讲求音韵不能说没有关系。他们之中的王元长（王融）是“创其首”的，谢朓、沈约是“扬其波”（《诗品·序》语）的，王、谢诗留传下来都不少，对唐人影响很大，有些诗篇已略具律诗规模。例如王融的《萧咨议西上夜集》：

> 徘徊将所爱，惜别在河梁。衿袖三春隔，江山千里长。寸心无远近，边地有风霜。勉哉勤岁暮，敬矣事容光。山中殊未怿，杜若空自芳。

平仄对偶，皆渐趋严谨；所异于律诗的，只是多了两句，并且“失粘”（另篇谈这个问题）。谢朓的诗则有不少篇是五言八句诗，更像律体，但多押仄韵，与唐人五律均用平韵，押仄韵者是极少见的变体不同，遂觉距离略大。

梁武帝萧衍雅好文词，但不解四声，自然也不遵用四声。他尝问周舍曰：“何谓四声？”周舍随口答道：“‘天子圣哲’是也。”可见他只是不知这平、上、去、人四声名称之所指，周舍举四字为例，他就立刻懂得了。其子昭明太子萧统、简文帝萧纲、元帝萧绎都善为诗，并精研律切，俨然开律体之先河。如萧统《春日宴晋熙王》中的“国难悲如毁，亲离叹数穷”，直是律句。萧纲《折杨柳》中的“叶密鸟飞碍，风轻花落迟”，萧绎《赴荆州泊三江口》中的“叠鼓随朱鹭，长箫应紫骝”，都合唐律。梁代何逊、吴均、王筠、柳恽、庾肩吾等嗣是而作，尤以何逊诗为最近唐律。陈之阴铿、江总、张正见、徐陵，北周庾信、王褒，隋之薛道衡、虞世基，都是律诗发展过程中的重要诗人。就中尤以杜甫多次称道的“清新庾开府”“文章老更成”的庾信，是总结齐梁新体，下开唐代律诗的承先启后人物。

明代杨慎集六朝诗为《五言律祖》。但六朝时律诗体制未备，诗人所作还不能尽谐，如以沈约八病之说严格要求，则篇篇都不免有些毛病。其全篇合律者，据认为只有张正见《关山月》及崔鸿《咏宝剑诗》、邢巨《游春》、庾信《舟中望月》四首，可谓“真唐律”。明胡应麟《诗薮·内编》卷四谓：“阴铿《安乐宫》诗：‘新宫实壮哉，云里望楼台。迢递翔鹍仰，联翩贺燕来。重檐寒雾宿，丹井夏莲开。砌石披新锦，雕梁画早梅。欲知安乐盛，歌管杂尘埃。’右五言十句律诗，气象庄严，格调鸿整；平头上尾，八病咸除；切响浮声，五音并协。实百代近体之祖。考之陈后主、张正见、庾信、江总辈，虽五言八句，时合唐规，皆出此后。则近体之有阴生，犹五言之始苏李。”又云：“阴又有《夹池竹》四韵云：‘夹池一丛竹，垂翠不惊寒。叶酝宜城酒，皮裁薛县冠。湘川染别泪，衡岭拂仙坛。欲见葳蕤色，当来兔苑看。’于沈法亦皆谐合。惟起句及五句拗二字，而非唐律所忌。第调与六朝徐（陵）、庾（信）同。若《安乐》则通篇唐人气韵矣。”又说：“六朝五言合律者，杨（按：指杨慎）所集四首外，徐摛《咏笔》、徐陵《斗鸡》、沈氏《彩毫》，虽间有拗字，体亦近之。若陈后主‘春砌落芳梅’、江总‘百花疑吐夜’、陈昭《昭君词》、祖孙登《莲调》、沈炯《天中寺》、张正见《对酒当歌》《衡阳秋夕》、何处士《春日别才法师》、王由礼《招隐》十余篇，皆唐律，而杨不收。”由以上所述，即约略计之，六朝人五言诗之完全合唐律，可视为唐人五言律祖者，已近二十首，至杨、胡二人遗漏未提的，还有北朝人王劭《冬晚对雪忆胡处士》（见《文苑英华》），北齐萧悫的《秋思》《上之回》《临高台》等；沈约《八咏诗》，除七、八两句失粘，已全是五律；隋尹式《别宋常侍诗》不仅格律全合，而且风味大似中唐以后人作。由此可见，五言律诗滥觞于六朝，是无可怀疑的。

至若七言律诗，也和七言诗一样，出现较五言律为迟，但六朝后期也已出现了。梁简文帝萧纲《杂句春情》一首算是最早的，七言体中间两联属对，绝似七律，唯篇末两句杂以五言，犹嫌不足。北魏温子昇《捣衣》一首，则第五、六两句变为五言对；陈后主陈叔宝《听筝》一首亦末二句变为五言。隋末入唐的王绩写了好几首很好的五言律，如有名的《野望》和《独坐》《赠程处士》《九月九日赠崔使君善为》等篇，而七言《北山》，虽八句近律体，却也是末两句杂以五言，殊不纯正。唯庾信《乌夜啼》“促柱繁弦非子夜”一首，则全篇七言八句，前六句属对，实是七律体制。又隋陈子良（由隋入唐）《于塞北春日思归》一首，也同庾诗完全一样。至若隋炀帝杨广《江都宫乐歌》一首，于七律尤为近似，无怪《选诗拾遗》说：“据此诗，隋时七言律体已具，不始于唐也。”

唐人还有排律一体，即律诗之较长而超过八句者，故排律也叫“长律”，除首尾各两句如律诗不要对仗外，中间无论写若干句都要对偶。句法韵律要求也与律诗同样严格。这种排律也是六朝末便已滥觞的。薛道衡《昔昔盐》为“五排”之祖，当有“失粘”处，至孔德绍《王泽岭遭洪水》，全篇五言十四句，确是“五排”典型，韵律无不合体。至若七言排律，赵翼《陔馀丛考》卷二十三，谓滥觞于蔡孚《打球篇》，并引录了全诗，当属可信，但不知其来源。王世贞《艺苑卮言》谓“七言律创自老杜”，盖未深考。然而他说：老杜“七排”“亦不得佳”，则甚是。“盖七字为句，束以声偶，气力已尽矣，又欲衍之使长，调高则难续而伤篇，调卑则易冗而伤句。合璧犹可，贯珠益艰。”这话却是深知其中甘苦的。胡应麟《诗薮·内编》卷四云：“七言排律，唐人仅数篇，而施肩吾乃有百韵者，其诗必不能佳。然亦异矣。”其意与王世贞同。沈德潜编选《唐诗别裁》，仅有“五言长律”而无“七言长律”，选了白居易的两篇“七排”，就放在“五言长律”中，注明：“七言长律不另列，附五言中。”可见七言排律作者不多，而佳篇尤少。故明吴讷《文章辨体》引“杨伯谦（按：元人，杨士宏，字伯谦）云：‘唐初五言排律虽多，然往往不纯，至中唐始盛。若七言，则作者绝少矣。大抵排律若句炼字锻，工巧易能；唯抒情陈意，全篇贯彻，而不失伦次者为难’”。

唐人多把“绝句”称为律诗，唐李汉编《韩昌黎集》，凡绝句皆收入律诗内，白居易自编诗集亦以绝句编入“格诗”，大约都因为绝句在格律上（形式与音韵）要求与律诗一样严格而不可随意变动。为此，我们在谈律诗的兴起时，也必须讲绝句的兴起，以后凡谈律诗问题，都要包括或附带讲绝句的有关问题。

过去论绝句体起源的著作（不是专讲，都是在论诗体的著作中讲到的）甚多，各家说法不一，但大致上都说起于唐代以前，这个基本看法倒是对的，但多未能追本溯源，未从发展变化过程中找出理论和具体作品的根据与例证，所以众说纷纭，终不一致。

王夫之《姜斋诗话》卷二《夕堂永日绪论》说："五言绝句自五言古诗来，七言绝句自歌行来。"此言似矣，但嫌含糊。徐师曾《文体明辨·序目》说："绝句诗原于乐府。"杨士宏说（吴讷《文章辨体》引）："五言绝句，盛唐初变六朝《子夜》体。"（赵翼《陔馀丛考》引杨语，"盛唐"作"唐"）清许印芳《诗法萃编》卷九说："绝句出自古乐府，如'枯鱼过河泣'之类。"这些说得就比较清楚一些，也符合实际，但仍有差异。关于这问题，胡应麟《诗薮·内编》卷六云："五、七言绝句，盖五言短古、七言短歌之变也。五言短古，杂见汉魏诗中，不可胜数，唐人绝体，实所从来。七言短歌，始于《垓下》；梁陈以降，作者坌然。第四句之中，二韵互叶，转换既迫，音调未舒。至唐诸子，一变而律吕铿锵，句格稳顺。语半于近体，而意味深长过之；节促于歌行，而咏叹悠永倍之。遂为百代不易之体。"又说："唐五言绝，体最古。汉如'藁砧今何在''枯鱼过河泣''南山一桂树''日暮秋云阴''菟丝随长风'，皆唐绝也。六朝篇什最繁，唐人多有此体，至太白（李白）、右丞（王维），始自成家。"简言之，即"五言绝，昉于两汉，七言绝，起自六朝"。

根据上述结论，我们再条分缕析地讲清楚一些。先谈五言绝句。秦汉时，五言四句民谣就已和五言绝句格律接近，如杨泉《物理论》载秦始皇时民谣云："生男慎勿举，生女哺用脯。不见长城下，尸骸相支拄。"又如《汉书·尹赏传》载《京兆谣》云："安所求子死，桓东少年场。生时谅不谨，枯骨后何葬！"至若列入《古诗纪》中的五言四句民歌，如前已引录过的"藁砧今何在"和胡应麟所举的其他四首，都是两汉遗制。"自曹氏父子以文章自命，宾僚缀属，云集建安。然荐绅之体，既异民间；拟议之词，又乖天造。华藻既盛，真朴渐漓。晋潘（岳、尼）、陆（机、云）兴，变而俳偶，西京格制，实始荡然。"这就是说，自建安以来，文人拟作，便和民歌不同，注意辞藻，失掉淳朴的风味。但是，"若《子夜》《前溪》《欢闻》《团扇》等作，虽语极淫靡，而调存古质。至其用意之工，传情之婉，有唐人竭精殚力不能追步者。余尝谓'相和'诸歌，后惟清商等绝，差可继之。若曰‘流曼不节，风雅罪人’，则端冕之谈，非所施于文事也”。这些都是胡应麟的论述，观点极正确。他认为东晋以后的南朝乐府民歌，如《子夜》之类的“清商”曲，虽内容多男女私情，但调古、意工、情婉，文人作不出，不能用腐儒的观点轻予否定。我们知道流行在长江中下游特别是吴地的吴声西曲歌都是篇幅很短的抒情诗，而最多的是五言四句体，很早就在南方流行。《世说新语·排调》云：“晋武帝（按：司马炎）问孙皓：‘闻南人好作《尔汝歌》，颇能为不？’皓正饮酒，因举觞劝帝而言曰：‘昔与汝为邻，今与汝为臣；上汝一杯酒，令汝寿万春。’帝悔之。”可见这种五言四句的诗体在西晋初早已流行，所以连在北方的司马炎都要听听。当时文人作者也有模拟的，如《玉台新咏》卷十就有王献之、谢灵运等人用此体的作品多首。其后宋、齐、梁、陈，作者更多，如：宋孝武帝刘骏、许瑶之、鲍令晖，齐王融、谢朓，梁沈约、何逊、吴均，陈后主陈叔宝、江总，隋炀帝杨广、孔绍安等，都写过不少。有些人的作品，其格调音响，酷似唐代五言绝句。如南朝宋陆凯《赠范晔诗》：“折梅逢驿使，寄与陇头人。江南无所有，聊赠一枝春。”梁陶弘景《诏问山中何所有赋诗以答》：“山中何所有？岭上多白云。只可自怡悦，不堪持赠君。”隋炀帝宫女侯夫人《自感》三首之二：“欲泣不成泪，悲来翻强歌。庭花方烂熳，无计奈春何！”这些诗多么像唐人绝句！其实正是因为初唐至盛唐，诗人五言绝句多作乐府体格，故尔仍是六朝遗音。

七言绝句诗之起，《唐诗品汇》谓祖于乐府《挟瑟歌》《乌栖曲》《怨诗行》。胡应麟谓：“《乌栖曲》四篇，篇用二韵，正项王《垓下》格，唐人亦多学此，……江总《怨诗》卒章俱作对结，非绝句正体也；惟《挟瑟》一歌，虽音律未谐，而体裁实协，唐绝咸所自来。然六朝殊少继者。”他又说：“简文（按：梁萧纲）《春别》诗‘桃红李白’‘别观葡萄’及题雁‘天霜河白’三首，皆七言绝也。王筠元唱‘衔悲掩涕’一首亦同。湘东‘日暮徙倚渭桥西，正见浮云与月齐。若使月光无远近，应照离人今夜啼’，意度尤近，但平仄多同，粘带时失耳。《挟瑟歌》，北齐魏收作，亦相先后。则七言绝体缘起，断自梁朝，无可疑也。”又说：“齐汤惠休《秋思行》云：‘秋寒依依风过河，白露萧萧洞庭波。思君末光光已灭，渺渺悲望如思何！’梁以前近七言绝体，仅此一篇，而未成就。”他还说到了六朝末期由南方流落到北周的庾信“《代人伤往》三首，近绝体而调殊不谐，语亦未畅”。如果在民间歌谣中检视一番，就可知道七言四句民谣早在汉代就有，正是如《唐诗品汇》所引《乌栖曲》那样的七言四句，前二句用一个韵，后二句用另一个韵的所谓项王《垓下》格，如东汉时《二郡谣》：“汝南太守范孟博，南阳宗资主画诺；南阳太守岑公孝，弘农成瑨但坐啸。”但到魏黄初间童谣：“青槐夹道多尘埃，龙楼凤阁望崔嵬。清风细雨杂香来，土上出金火照台。”已经句句韵，而且用的是一个平韵了。胡应麟说：“惟隋末无名氏：‘杨柳青青著地垂，杨花漫漫搅天飞。柳条折尽花飞尽，借问行人归不归?’至此，七言绝句音律始字字谐合，其语亦甚有唐味。右丞（王维）‘春草年年绿，王孙归不归’祖之。”这首诗其实不是文人“无名氏”之作，不仅从它的语言可以看出，从记载这诗的文献也可证明。《古诗纪》卷一九三此诗题作《送别诗》，诗后注曰：“崔琼《东虚记》云：‘此诗作于大业末年，实指炀帝巡游无度，缙绅瘁况已甚，下逮闾阎。而佞人曲士，播弄威福，欺君上以取荣贵，上二句尽之。’又谓：‘民财穷窘，至是方有《五子之歌》之忧，而望其返国也。’”我们还可举一支民歌，虽平仄不调，但押韵也是和这首同样的，与唐人七绝韵法一致。那就是隋末王薄长白山起义军的《长白山歌》：“长白山头百战场，十十五五把长枪。不畏官军千万众，只怕荣公第六郎。”（见《北史》）归根到底，七言绝句的老根子，挖来挖去，还是民间歌谣。

“绝句”这名称是怎样来的呢？意义又如何呢？这也是有许多不同解释的，大致可归纳为两类。一类解释以《诗法源流》为代表：“绝句者，截句也。后两句对者是截律诗前四句；前两句对者是截后四句；皆对者是截中四句；皆不对者是截前后各两句。故唐人称绝句为律诗，观李汉编《昌黎集》，凡绝句皆收入律诗内是也。”凡主是说者，大抵都是引自此书，如吴讷的《文章辨体序说》“绝句”条就是，赵翼《陔馀丛考》卷二十三“绝句”亦然。然而，这说法实不可信，因为我们上边已经说过，并且证明了，绝句起源远在律诗之前，绝句之名也是在唐代以前便已出现。它的体制是从乐府民歌学习来的，怎么会截取比它晚定格几百年的律诗而成呢！王夫之《姜斋诗话》卷二说得好："五言绝句自五言古诗来，七言绝句自歌行来。此二体本在律诗之前，律诗从此出，演令充畅耳（按：此语误，律诗亦非从绝句出）。有云：绝句者，截取律诗一半，或绝前四句，或绝后四句，或绝首尾各二句，或绝中两联。审尔，断头刖足，为刑人而已。不知谁作此说，戕人生理！自五言古诗来者，就一意中圆净成章，字外含远神，以使人思。自歌行来者，就一气中骀宕灵通，句中有余韵，以感人情。修短虽殊，而不可杂冗滞累，则一也。……七言绝句有对偶，如'故乡今夜思千里，霜鬓明朝又一年'，亦流动不羁，终不可作'江间波浪兼天涌，塞上风云接地阴'平实语。足知绝律四句之说，牙行赚客语，皮下有血人不受他和哄！"另一类解释比较有根据。胡应麟《诗薮·杂编》卷三"遗逸下"有一条云："宋（按：南朝刘宋）刘昶入魏，作断句诗云。按：此即今绝句也，绝句之名当始此。以仓卒信口而成，止于四句，而篇足意完，取断绝之义，因相沿为绝句耳。或谓汉魏已有绝句者，不然，盖汉魏自有小诗四句者，后人集诗，以其体相类，故以此名之，非本名绝句也。"按：《南史》卷十四《宋宗室及诸王传下》"宋文帝诸子"载，文帝第九子晋熙王刘昶谋反，知将败，奔魏，"在道慷慨为'断句'，曰：'白云满鄣来，黄尘暗天起。关山四面绝，故乡几千里'"。又《南史》载，"（梁）元帝避建邺而都江陵，外迫强敌，内失人和。魏师至，方征兵四方，未至而城见克。在幽逼，求酒饮之，制诗'四绝'"。其一曰："南风且绝唱，西陵最可悲。今日还蒿里，终非封禅时。"前者，刘昶之诗曰"断句"；后者，萧绎之诗曰"绝句"，是此种五言四句短章在宋梁时已取断绝之义而名之矣。自此之后，陈徐陵编《玉台新咏》，大约因前人已称刘昶、萧绎仓皇写成而辞完意足的五言四句小诗为"断句""绝句"，他便把汉代民歌同样为五言四句的四首小诗，冠以《古绝句四首》之题，而列于第十卷之首。以下还有《吴均新绝句四首》（目录题为"新绝句"，诗题则为"杂绝句"）、《刘孝威和定襄侯八绝初笄一首》《江伯瑶和定襄侯八绝楚越衫一首》及《王叔英妇暮寒绝句一首》（目录如此，诗题则无"绝句"二字），大概也都是同样的理由吧。胡应麟也不同意谓绝句为截律诗首尾或中二联之说，理由是："五言绝起两京，其时未有五言律；七言绝起‘四杰’，其时未有七言律也。但六朝短古，概曰歌行，至唐方曰绝句。又五言律在七言绝前，故先律后绝耳。”他又说：“汉诗载《古绝句四首》，当时规格草创，安得此称？盖歌谣之类，编集者冠以唐题。”这话当即指《玉台新咏》那四首五言民歌而言，说是“歌谣之类”，很对；说“冠以唐题”，则非，徐陵系六朝陈人，岂能预知两代后之“唐题”？他又说：“‘步出城东门，遥望江南路。前日风雪中，故人从此去’，截汉人前四句。‘自君之出矣，明镜暗不治。思君如流水，无有穷已时’，截魏人中四句。然则，‘绝’谓之‘截’亦可。但不可专指近体。要之，非正论也。”他有见于前人确有截古诗中四句作为一首绝句者，所以又让步承认把“绝句”称为“截句”也可以，但不能专指近体（即指律体）。最后，还是觉得这虽说得过去，却不是“正论”。

三、律诗的形成

一般谈律诗的成熟期都说是在初唐，这是对的，但太笼统，不易得其发展线索。胡应麟《诗薮·内编》卷四说：“五言律体，兆自梁陈。唐初四子，靡缛相矜，时或拗涩，未堪正始。神龙以还，卓然成调。沈、宋、苏、李，合轨于先；王、孟、高、岑，并驰于后。新制迭出，古体攸分。实词章改变之大机，气运推迁之一会也。”又：“初唐无七言律，五言亦未超然。二体之妙，杜审言实为首倡。”我们首先该从“四杰”的五律讲起，同时带上七律和排律。

五律这样一种形式，六朝已露端倪，盖自沈约等人提出“四声”“八病”之说以后，虽然从来没有人完全依照那些规则去作诗，但诗人在创作时却开始更加注意有关声律的问题，有意识地运用音韵的抑扬交替，以求谐和。在这套理论下产生了齐“永明体”，其中谢朓、王融等人的诗篇对后世诗坛影响很大。由梁简文帝（萧纲）起，至陈后主（陈叔宝），到隋炀帝（杨广）和他们的宫廷诗人、文学侍从，创立“宫体诗”，为他们的腐朽糜烂的淫佚生活服务，由于内容的空虚堕落，便只能追求辞藻音律之美。这种诗风一直沿袭到唐初，仍未稍戢。以声律对偶为主要条件的律体就是在这一段时间内逐渐形成的。上节提到的那个由隋入唐的王绩，就作了不少五言律，其《野望》便是唐诗中最早一首完全合律的名作：

> 东皋薄暮望，徙倚欲何依？树树皆秋色，山山唯落晖。牧人驱犊返，猎马带禽归。相顾无相识，长歌怀采薇。

但王绩没有登上高位，后来，因不得志而退隐，所以当时影响不大。在朝诗人以上官仪为领袖，其诗绮错婉媚，可谓唐初的宫体，人多效之，称为“上官体”。他标举“六对”之说，即：正名对、同类对、联珠对、双声对、叠韵对、双拟对。这正好也帮助了讲求对偶的律诗的建立。王勃、杨炯、卢照邻、骆宾王四人出，时号“四杰”。他们的诗，“词旨华丽，固缘陈隋之遗；骨气翩翩，意象老境，超然胜之，五言遂为律家正始”（明王世贞《艺苑卮言》语）。人们多称赞骆宾王的《在狱咏蝉》，认为不仅声调成功，内容也完全摆脱了齐、梁、陈、隋绮靡之旧，但闻一多却认为他的五律还是“略无警策”，和卢照邻的五律一样，往往有句无章，“除声调的成功外，还是没有超过齐梁的水准”。但王、杨则不同，“五律到王、杨的时代是从台阁移至江山与塞漠。台阁上只有仪式的应制，有‘绨句绘章，揣合低卬’。到了江山与塞漠，才有低徊与怅惘，严肃与激昂。例如王的《别薛华》《送杜少府之任蜀州》和杨的《从军行》《紫骝马》一类的抒情诗。抒情的形式，本无须太长，五言八句似乎恰到好处。前乎王、杨，尤其应制的作品，五言长律用得还相当多。这是该注意的！五言八句的五律，到王、杨才正式成为定型，同时完整的真正唐音的抒情诗也是这时才出现的”（见《闻一多全集》选刊之三《唐诗杂论》中《四杰》一文）。这见解是前人所未有的，深刻独到，非常正确可取。且举王勃的《别薛华》和杨炯的《从军行》，以见一斑：

> 送送多穷路，遑遑独问津。悲凉千里道，凄断百年身。心事同漂泊，生涯共苦辛。无论去与住，俱是梦中人。（王勃）

> 烽火照西京，心中自不平。牙璋辞凤阙，铁骑绕龙城。雪暗凋旗画，风多杂鼓声。宁为百夫长，胜作一书生。（杨炯）

的确，王、杨这样的五律，在卢、骆集中是没有的。王、杨专工五律，而卢、骆则擅长七言歌行。卢照邻的名篇是《长安古意》，骆宾王则是《帝京篇》，均为歌行巨制：他们虽也有很多五律，但所长并不在此。王勃的七言歌行远不如他的五律典丽凝重，凄清流动；杨炯存诗中则无一篇歌行。所以，我们可以说：在唐诗的发展过程中，五律这种形式到“四杰”时期，才主要由王勃、杨炯用他们的沉郁而又清丽的诗笔给奠定下来，并为同时但稍后的沈佺期、宋之问写他们更加成熟的五律，在格律方面树立了完整的榜样。

既然王、杨的贡献在五律，他们的五律已是完全成熟了的，那么，沈、宋的作用又在哪里呢？晚唐李商隐《漫成五章》说：“沈宋裁辞矜变律，王杨落笔得良朋。当时自谓宗师妙，今日惟观对属能。”闻一多说：“以沈、宋与王、杨并举，实在是最自然、最合理的看法。‘律’之‘变’，本来在王、杨手里已经完成了，而沈、宋也是‘落笔得良朋’的妙手。……老实说，就奠定五律基础的观点看，王、杨与沈、宋未尝不可视为一个集团，因此也有资格承受‘四杰’的徽号。”无疑，五律是唐诗最主要的形式，在那时人心目中，五律才是诗的正宗，与齐梁时人心目中看五言诗为正宗一样。沈、宋之被后人推重，理由便在此。沈、宋承沈约、庾信之余波，“尤加靡丽，回忌声病，约句准篇，如锦绣成文”（《全唐诗话》语）。兹选录他们五律中的佳作各一首如次：

闻道黄龙戍，频年不解兵。可怜闺里月，长在汉家营。少妇今春意，良人昨夜情。谁能将旗鼓，一为取龙城？（沈佺期《杂诗三首·其三》）

马上逢寒食，愁中属暮春。可怜江浦望，不见洛阳人。北极怀明主，南溟作逐臣。故园肠断处，日夜柳条新。（宋之问《途中寒食题黄梅临江驿寄崔融》）

沈、宋开始作七言律诗，所以胡应麟说：“七言律滥觞沈、宋。”这在诗的形式上给后世诗人以深刻影响，因为这是前所未有的新形式，曾予人以新鲜的感觉，格律高华，音调优美，许多诗人便运用它创作出不少抒情杰作，为世传诵。沈佺期的七律《古意呈补阙乔知之》一篇，体格丰神，尤称独步，故世共推之。其诗曰：

卢家少妇郁金堂，海燕双栖玳瑁梁。九月寒砧催木叶，十年征戍忆辽阳。白狼河北音书断，丹凤城南秋夜长。谁为含愁独不见，更教明月照流黄。

宋之问亦有数篇，不如沈作高华。

沈、宋以前，排律甚少，唯骆宾王篇什独盛，佳者亦不少，如《晚泊蒲类》《灵隐寺》等皆流丽雄浑，独步一时。沈、宋集中排律遂多，尤以宋之问的排律，不唯篇制繁富，而且赡丽精严，几乎篇篇皆工。然而，初唐诸家排律，大抵都不过十韵二十句，罕有鸿篇巨制，直至杜甫，才极力驰骋笔墨，长达五十韵乃至一百韵（如《秋日夔府咏怀奉寄郑监李宾客一百韵》）。

唐律各体至沈、宋而完全成熟确立，这是不容置疑的。但与他们同时代而且关系较近，在五、七言律及五言排律上都有较高造诣，对律体的推广使用也应算有所贡献的，还不可不提到杜甫的祖父杜审言。胡应麟说：初唐五、七言律皆未超然，“二体之妙，杜审言实为首倡”。五律如《和晋陵陆丞早春游望》“独有宦游人”，有人谓为初唐第一，即在全部唐诗中也是少见的。七律则《大酺》及《春日京中有怀》，都为选家所重。五言长律则《赠苏味道》《度石门山》，并是佳作。无怪杜甫说“诗是吾家事”，其亦有所受欤？

五、七言绝句起源固早，但律化定型却只能自初唐说起；五绝诗，四杰、沈、宋前虽有作者，还是多存六朝《子夜歌》遗音。至王勃《江亭月夜送别》：“江送巴南水，山横塞北云。津亭秋夜月，谁见泣离群？”沈德潜评曰：“意虽未深，却为正声之始。”（见《唐诗别裁》）宋之问《渡汉江》：“岭外音书断，经冬复历春。近乡情更怯，不敢问来人。”足称唐人五绝第一首佳作。七言绝句则四杰前殊少作者。王勃《九日登高》：“九月九日望乡台，他席他乡送客杯。人今已厌南中苦，鸿雁那从北地来。”似对不对，初唐标格自是如此。杜审言《赠苏绾书记》：“知君书记本翩翩，为许从戎赴朔边。红粉楼中应计日，燕支山下莫经年。”又《渡湘江》：

“迟日园林悲昔游，今春花鸟作边愁。独怜京国人南窜，不似湘江水北流。”较王勃的诗已具有更多的新意，也更近于盛唐，但体格则仍带有似对不对的初唐标格。

律体诗自隋唐之际才渐渐形成，与韵书之产生也有关系。我们也可以说，韵书帮助文人比较有意识地和比较科学地协调诗的声韵，使之和谐，并在长期创作、歌吟、合乐的过程中，找到交替运用字音的抑扬、清浊、高下、重轻、长短、疾徐……的规律，制成声势稳顺的格律。反过来，人们懂得一些音韵学的规律并运用于诗歌的创作中之后，又要求把已知的音韵学知识总结出来编成韵书供诗人使用，从而进一步推动了格律的成熟和定型化。韵书之起于魏人李登的《声类》，前已说过，但那早期的韵书还只按中国古代音乐上的宫、商、角、徵、羽五音来分类，还不适于文人作诗之用。“自沈约为四声，及天竺梵学入中国，其术渐密。”（宋沈括《梦溪笔谈》卷十四《艺文一》）沈约作《四声谱》，又提出“八病”之说，于是“永明体”兴起，便与声韵有一定关系。隋代秦王杨俊就曾作过一部《韵纂》，并未通行。唯陆法言著《切韵》，盛行于世，唐代一直通用。但因它共分二百零六韵，过于繁细，若依此作诗押韵，殊为不便，那时便规定相近的韵可以通用，可知唐韵便是以陆法言《切韵》为本的。宋代的《集韵》仍是在那个基础上“撰集”的（《集韵·韵例》云：“后世属文之士，比音择字，类别部居，乃有四声。若周研、李登、吕静、沈约之流，皆有编著。近世小学寖废，六书亡缺，临文用字，不给所求。隋陆法言，唐李舟、孙愐，各加裒撰，以裨其阙。先帝时，令陈彭年、丘雍，因法言韵，就为刊益”）。南宋时，平水刘渊把当时“同用”的韵并为一百零七韵，后人又减去其一，称为“平水韵”，这就是过去作旧体诗用的“诗韵”，而唐人的诗韵实即与后来这部“平水韵”一致。有了陆法言的《切韵》，无形中就把唐初诗人用韵初步规范化了，再加以六朝几百年的声律之学的发展，他们便有可能定出了律体诗的格律。

四、律诗的分类

律诗之体与律诗之名，都是自唐始有，并且也是在唐初即已大备。讲律诗的分类也就等于讲唐诗的分类，如不讲整个唐代诗歌的分类而只讲律体，就不容易弄清楚律体各类在整个诗歌范围的地位，以后在讨论唐宋某些诗人及其诗作时，对于有些问题，就不大好理解，如杜甫《北征》的“赋”与“比、兴”，如韩愈的“以文为诗”及其《山石》《衡岳》等的问题，乃至李白、李贺很少作甚至不作律诗的问题等。诸如此类，都和本节内容有关。

我们讲律诗是论诗的形式，虽然形式与内容密切关联，但在讲体裁的分类时，却可以而且必须不把形式以外的东西搅到一起，免得混淆不清。所以像白居易类编他自己的诗为讽喻诗、闲适诗、感伤诗、杂律诗的办法，就不便采用。那种把诗分成咏物、山水、田园、送别等的办法，就更不合适了。

严羽《沧浪诗话·诗体》所说“以时而论，则有建安体、黄初体、正始体……永明体”，也不是我们所要采用的，因为那主要是就不同时代、不同派别的不同风格而言的，与形式有点关系，却并非一回事。他的“以人而论，则有苏、李体，曹、刘体，陶体，谢体，徐、庾体，沈、宋体”（见同上），与“以时而论”同样是就诗风说的。“又有所谓选体、柏梁体、玉台体、西昆体、香奁体、宫体”，这当中有的（如“柏梁体”，七言，每句用韵，是其特征）主要是形式问题，有的又不是，也是标准不一，十分混乱。严羽的分类——分体方法自非我们所取。

宋张表臣《珊瑚钩诗话》卷三说：“吟咏情性，总合而言志谓之诗。苏、李而上，高简古淡，谓之古；沈、宋而下，法律精切，谓之律。”明胡震亨《唐音癸签》卷一说：“今考唐人集录所标体名，凡效汉魏以下诗，声律未叶者，名往体。”又宋李之仪《谢人寄诗并问诗中格目小纸》说：“近体见于唐初，赋平声为韵而平侧（按：‘侧’即‘仄’）协其律，亦曰律诗。由有近体，遂分往体。就以赋侧声为韵，从而别之，亦曰古诗。”（《姑溪居士文集》卷十六）所以整个的诗歌可以分为两大类：

（一）古体（往体）——即古诗

（二）近体（今体）——即律诗（广义的格律诗）

这里古体、近体，似以时分，其实不然。所以称为“古”“近”，是因为：唐以前的“古”代诗体没有一定的格律要求，即非格律诗；而唐以后律体已形成，当时就叫作“今体”，后来一直称为“近体”，其实就是“律诗”的别名，乃是有格律的诗。

古体（或往体）即“古诗”，包括律诗形成以前古代没有固定格律要求的各种形式，一般以句子的字数多寡再分为：

1. 三言诗
2. 四言诗（四言古诗）
3. 五言诗（五言古诗，古风，或简称五古）
4. 六言诗
5. 七言诗（七言古诗，七言古风，歌行，或简称七古）
6. 杂言诗（长短句）

三言至七言诗也统称为“齐言诗”。又各种齐言诗，间亦有在一篇之中，偶杂以一二句字数略有多寡的差异者，如四言诗，偶有一句为五言，或七言诗偶有一句、两句为五言或八言、九言者。实际应用上，则往往只分为五言古诗和七言古诗两种，或另外加一种“乐府”。乐府包括乐府古辞、古题拟乐府、新乐府等。有时还有骚体（或称“楚辞体”，一般篇幅较长，句中或句尾有“兮”“只”“些”等托声字）。杂言诗，系指“杂言古诗”而言，故所注之长短句亦指古体中的长短句，与唐、五代、宋的“词”之又名“长短句”者有别。盖古体诗中之长短句系自由体，并无一定的格律要求，故篇章之大小，句子之长短，字的声调和押韵方法，皆得自由安排，不受任何限制；而又名为“长短句”之“词”则不然，每一词调（词牌）有一调的定谱，不能任意变更，详细情况当于另篇论述。

近体诗即律体诗，也就是广义的律诗，凡按照唐代新创立形成的格律写的，无论五、七言律，或五、七言绝句，或五、七言长律（排律）都包括在内。近体诗（律诗）可分以下数种：

1. 律诗：①五言律诗（五律）
　　　　②七言律诗（七律）
2. 绝句：①五言绝句（五绝）
　　　　②七言绝句（七绝）

③六言绝句（不常见，《全唐诗》中仅有四十余首）

3. 排律（长律）：①五言排律（五言长律）

②七言排律（七言长律）

严羽《沧浪诗话·诗体》说："有律诗止三韵者。"自注曰："唐人有六句五言律，如李益诗'汉家今上郡，秦塞古长城。有日云常惨，无风沙自惊。当今天子圣，不战四方平'是也。"胡才甫笺注云："白居易亦多此体。例如《听弹古渌水》一首，《小池》二首，《枯桑》一首，皆如此。"又储光羲《幽人居》一首及《石子松》一首亦皆五言六句律。不仅五言有此体，七言亦有，如李白《送羽林陶将军》："将军出使拥楼船，江上旌旗拂紫烟。万里横戈探虎穴，三杯拔剑舞龙泉。莫道词人无胆气，临行将赠绕朝鞭。"以音律言，固合律格，而以句数言，是皆六句三韵，似又不符，故昔人按体分类编集，都把此类所谓"六句律"诗，编入五、七言古诗中，可见一般还是不视为律诗。严羽还说："有古律（自注云：陈子昂及盛唐诸公多此体），有今律。"按："今律"可解，即近体诗，即通常所说的五、七言律。至若"古律"，则殊难索解。冯班《古今乐府论》云："严沧浪云'有古律诗'，则古律之分，今人亦不能全别矣。"吴乔《围炉诗话》卷二，王应奎《柳南随笔》卷二，皆因冯氏之语，推求古律之义。吴谓：七律有未离古诗气脉者，即古律诗。王谓：《瀛奎律髓》有拗字一类，即所谓古律诗，亦谓之吴体。盖律诗而骨格峻峭，不离古诗气脉，故谓之古律诗。我们认为这两种解释都只能算是"假说"，强为之辞。既不离古诗气脉，又于格律上不尽合今律，那便是古诗，不过带有律意而已，何必安上一个既是古诗又是律诗这样自相矛盾的名称呢！

严羽还说："有律诗彻首尾对者，有律诗彻首尾不对者。"又说："有绝句折腰者，有八句折腰者。"这四种情况都是律体诗具体格律上的问题，不属于律诗分体分类范围，留待下篇专论。

格调篇第三

一、律诗的格式

律诗无论五言体或七言体，首先要求必须是齐言诗，即五言律须是全篇皆五言，七言律全篇皆七言，不能如词曲某些牌调的某体，于一篇中夹一两句杂言。如《花间集》卷八孙光宪的《河满子》：“冠剑不随君去，江河还共恩深。歌袖半遮眉黛惨，泪珠旋滴衣襟。惆怅云愁雨怨，断魂何处相寻?”全调六句，五句都是六言，独第三句多一字，成七言句。又如《唐五代词》收冯延巳的《抛球乐》共八首，都是第一、二、三、四、六为七言句，独第五句少二字，作五言句，例：“霜积秋山万树红，倚岩楼上挂朱栊。白云天远重重恨，黄叶烟深淅淅风。仿佛梁州曲，吹在谁家玉笛中?”六朝民歌一般都是五言四句，《子夜歌》《读曲歌》均如此，但如现存八十九首《读曲歌》中就有少数例外，如很有名的一首：“打杀长鸣鸡，弹去乌臼鸟。愿得连冥不复曙，一年都一晓。”第三句就多两字而为七言。这是律诗格式所不允许的。排律一名长律，句数无定，古人有写到百五十韵的，看那长度，很像五言古风或七言歌行。但长篇歌行允许而且常有一两句或数句增减字数，读李白、杜甫的诗集，几乎篇篇歌行都如此。而排律，无论写多少韵，都只能是齐言的，因为律诗的格律要求甚严，不能随心所欲，自由变化。

律诗不仅每句字数严格要求齐言，每首句数也固定为八句。昔人有所谓“六句律”者，《律史篇》中已经说过，那些只能认为是古诗合律，不能列入律诗之中，过去编集者也是持这种观点，把“六句律”收到古诗中的。绝句律（亦称律绝）即近体绝句，和所谓“古绝句”一样，都是四句，没有例外。它与古绝句不同之点，仅在于声韵音律必须按照规定的模式写，不得离格。排律既又名长律，在句数上自然要比律诗多，至少五韵十句，等于把律诗中间的颔联和颈联扩大为三联（六句）以上。因为排律的首尾各两句，与八句律诗一样，要求以散行为正格，中间四句以对偶为正格，首尾二联用对仗和中间用散行便都算变格，所以排律的首尾应是八句律的首尾，排律句数的增多，便都须以对偶句的形式增加在首尾二联的中间。其字句的音节韵律则必须与律诗的要求全合，不合就不算排律。

律诗只八句，绝句仅四句，篇幅极短，才起便结，虽然也有章法，但不能像长篇那样布局，可以从容安排，逐步展开。正为此故，写律绝诗就不能忽视每一个字，甚而要有字外意和句外意，留待读者玩味而自得，也便是要使诗“余味无穷”，方为得体。这类短章多用来写抒情诗，不适于叙事，尤以绝句为然。律诗稍大，但中间要求对仗，也不大适于叙事。所以律、绝二体大抵都是用来写景抒情的。胡应麟说：“作诗不过情景二端。如五言律体，前起后结，中四句，二言景，二言情，此通例也。唐初多于首二句言景，对起、止结二句言情，虽丰硕，往往失之繁杂。晚唐则第三四句多作一串，虽流动，往往失之轻狷：俱非正体。惟沈、宋、李、王诸子，格调庄严，气象闳丽，最为可法。第中四句大率言景。不善学者，凑砌堆叠，多无足观。老杜诸篇，虽中联言景不少，大率以情间之。故习杜者，句语或有枯燥之嫌，而体裁绝无靡冗之病。此初学入门第一义，不可不知。若老手大笔，则情景混融，错综惟意，又不可专泥此论。”这就告诉我们写律诗安排情景的方法，免得繁杂或轻浮。至于绝句呢？比律诗还小，容量也要少一半，但情景均不可少，所以更须注意不能空写景，景必有情；不可直言情，必须寓于景。这就是要寓情于景，使情景交融。这问题虽属内容，不属形式，但如何才能用这种形式写此内容，却还是运用形式的重要问题，故在此略加探讨。有人以律、绝若干首为一组，连续写一个大的事件或一次长的旅游，即用律、绝组诗叙事、记行，当然也可以，但必须注意每首起讫完整，能独立成章，不可写成长篇诗（古诗、长律）的一段或一节。长律颇似汉赋，实在不是“言志”的好体裁，今后应该而且已经衰亡了。讲律诗格律时不能遗漏它，但无须钻研它，正如讲中国文学史不能丢掉汉赋，却又不需要再去学习它一样。譬如杜甫长律，号称“古今绝诣”，后世无人能及，但即使杜的排律，长达五十、百韵者，也不免“极意铺陈，颇伤芜碎”；虽云“大篇冗长，不得不尔”（胡应麟语），但我们后人又何必枉费精力，去学这种“枯卉朽株，无复生意”的诗体呢！

明屠隆《鸿苞·诗论》云：“古诗有八言者，……有九言者，……然无用为全章者，不特以其不便于歌也。长则意多冗，字多懈，其于文也，亦难之矣。以是知古人之文，可止则止，不肯以一意之冗，一字之懈，而累吾作诗之本义也。知此义者，不特句法也，章法可知矣。七言排律，所以从来少作，作亦不工者，何也？意多冗也，字多懈也。为七言者，必使其不可裁而后工也，此汉人所以难之也。”他的话说得很好，正因为这样，我们今天更不须去钻研排律了。我们在讲律诗（近体）的格律时，要着重在八句律和四句绝，就因为它们简短便于运用。

在律、绝中，五绝最难。王世贞《艺苑卮言》说：“绝句固自难，五言尤甚。离首即尾，离尾即首，而腰腹亦自不可少，妙在愈小而大，愈促而缓。”说的是五绝，七绝亦然。五、七言律诗句字均倍于绝句，但仍是短篇，加以中四句又限于对偶，所能用以言情达意者，主要仍靠起结四句。因此，学律句者往往注意求法，而自来皆惝恍迷离，愈讲愈空，愈难见诸实用。李东阳《怀麓堂诗话》说：“律诗起承转合，不为无法，但不可泥。泥于法而为之，则撑拄对待，四方八角，无圆活生动之意。然必待法度既定，从容闲习之余，或溢而为波，或变而为奇，乃有自然之妙，是不可以强致也。若并而废之，亦奚以律为哉？”我们也讲法，正是为初学者设，只有先在规矩之中，纯熟无误，才可以跳出规矩之外，自由运用，灵活机动，而无不合度。凡文艺之事大抵皆然，初学者必须有法，得法以后，才能自由运用，而渐趋于弃法，所谓“神而明之，存乎其人”是也。

二、律诗的用韵

诗出于歌谣，歌谣本是可歌的，或者就是为了歌唱而作。即使“徒歌”不入乐、不合乐，乃至只供吟诵，也都要讲究音节，调利适口，所以我们今天所能见到的最古的诗歌，包括那些远古当无文字时代所流传下来的民间口头创作的歌谣，如《吴越春秋》记载古《弹歌》：“断竹，续竹；飞土，逐宍（古‘肉’字）。”大约是远古的二言句短歌，全歌只八言（字），实为四句，每句韵，共用了“竹”“竹”“土”“肉”四个韵脚，其音节很像元曲中的“短柱体”。再如《尚书·汤誓》及《孟子·梁惠王》引夏人怨桀时诅咒之语：“时日曷丧，予及汝皆亡。”是两句成章的一首民谣，以“丧”“亡”为韵。其他无论民歌或各种体裁的诗，都没有不用韵的。《诗·周颂》中有六篇确是无韵的，但那种大奴隶主统治阶级完全为着歌颂其祖先的颂祝之辞，原为配乐而作，能否算作诗，还值得研究，这里不必细说。顾炎武《诗本音》卷十云：“凡《周颂》之诗，多若韵若不韵者，意古人之歌必自有音节，而今不可考矣。”又朱熹说：“《周颂》多不叶韵，疑自有和声相叶。‘清庙之瑟，朱弦而疏越，一唱而三叹’，叹即和声也。”所以，这也不能作为我国古代有“无韵诗”的证据。

押韵是我国诗歌在形式上的第一个特征和最重要的条件，是我国古代诗歌形式的优秀传统。可以说，无论古今，无论什么诗体，无论其创自民间或始于文人，只要叫作诗歌就应该有韵。可能有人会提出异议，说：不是有“散文诗”和“无韵诗”吗？我的回答是：既然叫“散文诗”或“散体诗”，那就是有诗意的散文，或者是艺术小品，总之，仍是散文。至于“无韵诗”，其实也与“散文诗”或“散体诗”一样，顶多分行写录而已。但中国过去写诗、抄诗、发表诗，都是一路写下来，并不分行，谁一看就知道是诗，主要因为有韵（当然并非所有押韵的文字都可以叫诗，前已讲过），而无韵的散文，怎能因为分行写就称作诗呢？

不错，自20世纪初期，西方新产生的“自由诗”（详见下边《词曲篇》第一节）输入我国，确有人偶尔学习试作，并发表过一些散体无韵的具有一定诗意的“散文诗”或“无韵诗”，但也并未流行，并未为广大读者所普遍接受，现在已很少见到了。大约就是因为它并不合于我国数千年来的诗歌传统，不合于我国人民群众的歌咏习惯吧？

有人说：诗的本质特征在于它的内容，而不在于它的形式，只要有诗意，是言志的、抒情的，无论写成什么样子，按其实质来说，便该算作诗，不应该排斥于诗国境外。诚然有些“散文诗”比有韵的格律诗更富诗意，古今中外都不乏其例，但在按文体分类时，毕竟只能把它们归入记叙文、抒情文等散文类里，不能列入诗歌门中。

而且，诗歌不过是文体之一，文章优劣并不决定于用什么体裁，或者标上什么文体名称。鲁迅的“杂文”就是小品散文，其中确有不少颇富诗意的，可谁也没有想给这些光辉的作品换上“散文诗”或“无韵诗”的名称！所以，不具有诗的形式特征的优秀散文，不必标名“散文诗”，仍不失为好作品；但若作品本身不那么优秀，也绝对不会因为标上“散文诗”或分行写而称为“无韵诗”，便能加重它的分量，提高它的地位，得到读者的称赏和喜爱。一句话，诗歌本来是为了歌唱的，所以就要押韵，现在尽管不一定要歌唱了，但总还得适于朗诵或吟咏，押韵便是赋予它以音调之美的最基本、最重要的方法之一。近体、律体、格律诗自然要押韵，古代“往体”无固定格律的各类古诗也要押韵，只是押韵的方法不尽相同而已。

古诗押韵法有多种多样，变化很大，在《诗》三百篇中几乎全部都用过，前已讲到，不再复述。汉魏六朝乐府民歌及文人创作的各体诗篇，其押韵方法也没超出《诗》三百篇所已用过的范围。不同的是：魏、晋以前，没有韵书（或者说，魏晋时，韵书初见，跟作诗用韵尚无关系），诗歌用韵完全按照作者当代当地音读来押，所以《楚辞》用韵就跟“三百篇”不尽相同，一个原因是时代相距几百年，另一个是地域有南北楚夏之分。汉魏用韵基本上同《诗》《骚》“古韵”差不多。六朝以后变化较大，恐怕与异族入侵、北人南迁、南北分立等历史大事有关。尤为重要的是音韵学发展起来，先后出了几部韵书，把字音分为若干个韵部，诗人用韵无形中就要按韵书所定，而不再依凭自己所在的时代和地区的音读，其中难免受韵书作者个人的某些不正确意见的影响，而产生分部不当的情况。但韵书通行以后，诗人限于韵书的框框，就成为有一定强制性的划一。对后世影响最大的就是隋陆法言的《切韵》五卷，到唐代仍一直使用；天宝年间孙愐重为刊定，改名《唐韵》；宋大中祥符年间，陈彭年等奉命重修，赐名《大宋重修广韵》（以下简称《广韵》），景祐、治平年间，丁度等奉诏重撰，名为《集韵》，也还是就《广韵》增删而成的。《广韵》校定成书后，又颁行一个《广韵》的删节本，名曰《韵略》，供一般士子用。《集韵》成书后，又刊修《韵略》为《礼部韵略》。此后作诗所谓“今韵”，即指朝廷主管科举考试的礼部为士子专备科试用的《礼部韵略》的韵目。所谓“古韵”，则指作古诗可通可转之协韵，实亦并非先秦两汉的古韵。《集韵》以前韵书均分二百零六韵，《礼部韵略》亦然。南宋平水刘渊《增修礼部韵略》——即“平水韵”始并成一百零七韵，为诗赋押韵的准绳。元阴时夫纂《韵府群玉》又减为一百零六韵，清康熙时编《佩文韵府》因之，遂著为功令，士子应试作“试帖诗”必须遵用，通行的《诗韵集成》就是本此而定的。

唐宋以后，凡作律诗、绝句、长律（排律，包括科试，唐代试帖诗为五言六韵十二句排律，清代为五言八韵十六句排律，在诗中自成一格）均按当时规定的韵书严格限押一个平声韵。很少有押仄韵的，尤其五、七言律诗和七言绝句押仄韵的只是极其罕见的特例。五言绝句尚较常见，如王维的《鹿柴》押“响”“上”，《竹里馆》押“啸”“照”，《辛夷坞》押“萼”“落”，《杂咏》押“事”“未”；李白《玉阶怨》押“袜”“月”；刘长卿《送灵澈上人》押“晚”“远”，《送上人》押“住”“处”；韦应物《宿永阳寄璨律师》押“竹”“宿”；柳宗元《江雪》押“灭”“雪”；孟郊《古别离》押“处”“去”……都是世所公认的五绝名作。

律体诗要求按照韵书分的韵目押一韵到底，不能换韵，也不许押邻韵（如“元”韵与“先”韵，“庚”韵与“青”韵，“东”韵与“冬”韵之类），就是说，近体诗只能用“今韵”，不许用“古韵”，不许“通押”，这是和古体诗不同的。晚唐有于首句入韵的律体诗，借用邻近的韵字作为首句的韵脚，至宋，几乎成为风气，视为定例，不算作“出韵”“落韵”，而叫作“借韵”，或特起名号，谓之“孤雁出群”，古人多反对者。王世懋《艺圃撷余》“论诗”云：“至于首句出韵，晚唐作俑，宋人滥觞，尤不可学。”谢榛《四溟诗话》卷一云：“七言绝句，盛唐诸公用韵最严；大历以下，稍有旁出者，作者当以盛唐为法。……宋人专重转合，刻意精炼；或难于起句，借用傍韵，牵强成章，此所以为宋也。”又说：“七言绝、律，起句借韵，谓之‘孤雁出群’，宋人多有之。宁用仄字，勿借平字，若子美‘先帝贵妃俱寂寞’（按：《解闷十二首》七绝第九首的首句）、‘诸葛大名垂宇宙’（按：《咏怀古迹五首》七律第五首的首句）是也。”明代诗人，特别是前后七子中人，主张诗学盛唐，反对宋诗，有时在形式上过于拘滞，凡宋人所为，他们一概加以指摘，抨击不遗余力，这便是一例。但是宋人这种“孤雁出群”的押韵法，一般都是用在五、七言律绝第一句，而第一句原不必入韵，入韵可以说是多余的韵脚，因此，用一个邻韵字，使音调更加和谐，并无违律之弊，这有什么可指摘的呢？例如苏轼的《题西林壁》：“横看成岭侧成峰，远近高低各不同。不识庐山真面目，只缘身在此山中。”“同”“中”都属“东”韵，独第一句押“峰”字属“冬”韵，今天读起来只觉得和谐，不会感到涩口。我们认为不只可借用“通韵”（即古诗通用者），凡今人读音同韵母者皆可借用，何必限于韵书所分的韵目呢？但昔人则反是。沈德潜《说诗晬语》卷下云：“律诗起句可不用韵，故宋人以来有入别韵者，然必于通韵中借入。如冬韵诗起句入东，支韵诗起句入微，豪韵诗起句入萧、肴是也。若庚、青韵诗起句入真、文、寒、删，先韵诗起句入覃、盐、咸，乱杂不可为训。”我则认为不须如此拘执，但得音韵和谐，便自可用，而过去韵书则分目多与今音不合，我们今天实无须以韵书为准。

就此问题来谈，我主张废止旧日韵书，而以普通话为准，按照当前汉语元音表（包括复合元音）的顺序，另编诗韵，既可作为写新体诗押韵的依据，也可以用为写旧诗用韵的参考。譬如：旧诗韵“东”“冬”两韵目，在今天有何区别，而限制写近体诗不得通用？“公”何以在“东”，而“松”“淞”则在“冬”？反过来，为什么“龙”在“冬”韵，却把“聋”“笼”放在“东”韵呢？又如按照现在的读音，“支”韵里怎么会有“为”“垂”“碑”之类，而“微”韵里竟有“机”“希”“衣”呢？再则

“庚”“青”“蒸”三韵，何以区别？假如说“青”的韵母是ing而“庚”的韵母是eng，那么，何以“平”（ping）、“京”（jing）、“明”（ming）都在“庚”韵？而且“蒸”（zheng）韵又如何跟“庚”（geng）韵划分呢？最不可解的是“青”既单独立一韵目，而从“青”得声之字如“清”“情”“晴”“精”“菁”等又都以ing为韵母，却不属于“青”韵，反而全部放在“庚”韵，如此无理，成何规律？对于如此混乱的规定，为什么还要遵守！至若“上平”之“元”“寒”“删”与“下平”之“先”“覃”“盐”“咸”七个韵目，依今音虽有an，ian，uan的差别，但韵书中“先”韵，有“涓”（juan），有“蝉”（chan），和“天”（tian）同韵；“盐”韵有“占”（zhan）和“尖”（jian）同韵；“覃”韵有“涵”“函”，“咸”韵也有“函”，音皆读han；“覃”韵有“南”“男”，“咸”韵也有“喃”，音皆读nan；“元”韵有“烦”（fan），有“言”（yan），有“门”（men），有“昏”（hun），皆与“原”（yuan）同韵；“寒”韵有“宽”（kuan），与“丹”（dan）同韵；“删”韵有“关”（guan），又有“闲”（xian），都与“班”（ban）同韵。可见an、ian、uan完全混淆，并未划分清楚。要分也只能把这七个韵目并为an、ian、uan三个，譬如“安”“延”“渊”就够了，在用韵时还可以通押。这只是举一个例，细研究起来，问题还多得很。

明钟惺《韵诗序》说：“四声定于沈休文（按：沈约，字休文），为沈韵。近体尊之，古则否；唐以后尊之，前此则否。夫沈韵不通于唐以前，况四言乎？”（按：“四言”指《诗》三百篇）我则认为沈韵只可通于齐梁。时至隋唐，陆法言的《切韵》虽据沈韵编成而有所修订，却已不尽合。孙愐《唐韵》，后之《广韵》《集韵》，以至《礼部韵略》、刘渊《平水韵》，皆续有修订，以适于宋代几百年音读之变化。何以由元至清以至现在，又七八百年，而竟仍墨守南宋《平水韵》之旧呢？

关于律诗、绝句、排律，一篇要在哪几句押韵的问题，这里再明确提一下。律诗本来是八句四韵，一般是第二句入韵，偶数句押韵，即二、四、六、八句句尾用韵，但作诗的往往自第一句起就入韵，所以中唐大历以后，尤其晚唐人常在第一句借邻韵，读起来等于一首律诗用了五个韵脚，而在韵书里则只能承认仍是四韵。但中唐以前却不是这样，而是不入韵则已，要入韵便押本韵，毫不含糊。总之，律诗每首原则上是四韵，实际则多数是押五个韵脚字，即第一、二、四、六、八句。律诗规则是押平声韵，故奇数句句尾字，除第一句入韵者外，其他第三、五、七句句尾字必须是仄声字，从无例外。绝句呢，定则是四句二韵，即偶数之第二、四句押韵，也是自中、晚唐以后，特别到宋代，作者习惯自第一句入韵，借用邻韵，便实际上形成四句三韵，即第一、二、四句押韵，情况与八句律同。排律与律诗同，皆偶数句押韵，故十韵诗共二十句，二十韵者四十句，五十韵者百句；间亦有第一句入韵者，但不计入韵数，譬如二十句共用十一个韵字，却仍说是十韵二十句。

律体诗是不能每句押韵的，也不许中间换韵，所以凡在用韵上不合这两条之一的五、七言八句诗，即使其诗句的音律和风格都近于律，也只能划为古诗，不算作律诗。如王勃的《滕王阁》七言八句，前四句用上声“语”“麌”二韵的“渚”字、“舞”字、“雨”字，后四句用下平声“尤”韵的“悠”“秋”“流”三字，既换韵，又违反了奇数句句尾不得用韵的规律，所以诗虽似律，仍应定为古诗，沈德潜编选《唐诗别裁》就列为“七言古诗”的第一篇。

三、律诗的平仄

律体诗所异于古诗的，即在于它有一定的格律，而字声的平仄乃是近体诗（律体诗）最重要的格律条件，所以讲律体诗的格律，必须着重地讲平仄。平仄不合，便是格律不合。

平仄在诗中的运用在于构成一种节奏，古人都称之为音节。不论古今诗体，都自有其音节。但古人尚不知四声，不知平仄，虽创作诗歌时亦亟力求其音律节奏之美，但尚不能总结出规律性的东西可以传给他人，留给后世。胡应麟《诗薮·内编》卷二说：“古诗自有音节。陆（机）谢（灵运）体极俳偶，然音节与唐律迥不同。”又说：“孟（浩然）五言不甚拘偶者，自是六朝短古，加以声律，便觉神韵超然。”还指出：“常侍（按：高适）五言古，深婉有致，而格调音节，时有参差。”他说的“音节”，就是指音调节奏，就是字音的平仄调配，所以联系到“俳偶”。因为“俳偶”即造语的对仗，而对仗不仅是辞意上的相对，还要求字音的相对，即抑扬变化，如在声音上有抑无扬或只扬不抑，就不能形成音调的对偶变化，也便无神韵可言了。李东阳《怀麓堂诗话》说：“古、律诗各有音节，然皆限于字数，求之不难。惟乐府长短句，初无定数，最难调叠。”又说：“长篇中须有节奏，有操有纵，有正有变。若平铺稳布，虽多无益。唐诗类有委曲可喜之处，惟杜子美顿挫起伏，变化不测，可骇可愕。盖其音响与格律正相称。”他说的音节就是节奏，也就是音调节奏。怎样才能顿挫起伏、富有变化呢？那就靠调配字词声音，使“音响与格律正相称”。他虽没有说专指字词音调的平仄抑扬，但平仄正是起着调节音声的最主要作用的。

中国古代文人特别是诗赋家很早就有意识地运用字词的声调的交互搭配，以求其作品的声调之美，这类声调的交互搭配主要的是平仄之分。齐永明时沈约等大讲音韵，提出四声论和“八病”之说，可能是初步总结诗文平仄声律运用法则，以供文人诗坛之用，也具有宣传推广的作用。为什么说是初步总结呢？因为在这时以前，历代诗人在长期创作实践过程中已经积累起很多艺术经验，获得了很丰富的关于声律的知识，只是还没有总结出系统的一套而已。范文澜在他的《文心雕龙注·声律》篇注说：“子建（按：曹植字）集中如《赠白马王彪》云：‘孤魂翔故域，灵柩寄京师’；《情诗》：‘游鱼潜渌水，翔鸟薄天飞。始出严霜结，今来白露晞’，皆音节和谐，岂尽出暗合哉？李登在魏世撰《声类》十卷，为韵书之祖。大辂椎轮，固不得与《切韵》比，然亦当时文士渐重声律之一证矣。”又说：“《世说·排调》篇载陆云‘云间陆士龙’、荀隐‘日下荀鸣鹤’二语，以为美谈。今观二语了无奇意，盖徒以声律相尚也。”他又说：“魏、晋之世，声律之学初兴，故子建、士衡（按：陆机字）虽悟文有音律（按：曹植深爱声律，属意经音，首唱梵贝，作《太子颂》《啖颂》，始用声律，事见《高僧传》十三《经师论》。陆机士衡二十岁作《文赋》，有云：‘暨音声之迭代，若五色之相宣’），而未娴协调音律之定术（按：即我上文所说的还没有总结出系统的一套规律的意思），踯躅燥吻，即谋音律之谐调耳。”这就说明了魏晋人已知运用字音的平仄以谋诗文语句之谐和调顺，但他们还没有掌握音律的法则；到齐梁以后，才逐渐总结出来，并公之于世，宣传推广；到唐代，就成为完整的近体诗律绝的平仄要求了。

现代汉语普通话的四声：第一声“阴平”和第二声“阳平”，都是“平声”；第三声“上声”和第四声“去声”都是“仄声”。古代的“入声”本也是“仄声”，在现代汉语普通话里是读不出的，就是说普通话无入声，古入声字在北音早已转入平、上、去三声中，就是说“入声派入三声”了。今天如果要写近体诗，既然还必须讲平仄，那就得辨清哪个字是属于第一、第二声，哪个字是属于第三、第四声，不要搞混搞错了。我们既主张押韵要用今韵，那么，句中字的平仄也应该按照普通话规范音的声调来用，不必再死守旧日的韵书。但写旧体诗的格律诗（近体诗，或曰律、绝），若不按照格律规定的平仄要求而随意乱写，就不能获得那样高妙的音律之美，歌唱或朗诵起来就不能适口顺耳。如果仍按照旧韵书所定的平（阴平、阳平）仄（上、去、入）来写诗，对老一辈诗人来说，写作吟诵都无困难，可是给现代读者念，就会有拗涩的感觉，公开朗诵也有困难。照古音（指旧韵书上的音，不是指秦、汉以前的“古音”）朗诵，和普通话音调不同，群众听不懂；按普通话的今音朗诵，诗的平仄音调又不合律，甚至连韵脚也不叶韵了。这问题恐怕短期间内还难以解决。

今天写诗，“应当以新诗为主体，旧诗可以写一些，但是不宜在青年中提倡”，而且“将来趋势，很可能从民歌中吸引养料和形式，发展成为一套吸引广大读者的新体诗歌”（毛泽东语）。我们应该积极热情地努力创造出无愧于我们这个伟大民族和伟大时代的新体诗歌来，那时，上述矛盾就自然解决了。

四、五七言律诗和绝句声调谱

现在再回过头来介绍律体的平仄声调谱。

五言律体句式有四：（以“—”代平，以“ I ”代仄，下同）

（1）平起平收 — — I I —

（2）仄起仄收 ｜ ｜ — — ｜

（3）平起仄收 — — — ｜ ｜

（4）仄起平收 ｜ ｜ ｜ — —

五言律诗和五言绝句都是从这四种句式错综变化得出来的，也有四种声调谱：

1. 首句平起平收（平起式，首句入韵的）

— — ｜ ｜ —

｜ ｜ ｜ — —

｜ ｜ — — ｜

— — ｜ ｜ —

— — — ｜ ｜

｜ ｜ ｜ — —

｜ ｜ — — ｜

— — ｜ ｜ —

2. 首句仄起仄收（仄起式，首句不入韵的）

｜ ｜ — — ｜

— — ｜ ｜ —

— — — ｜ ｜

｜ ｜ ｜ — —

｜ ｜ — — ｜

— — ｜ ｜ —

— — — ｜ ｜

｜ ｜ ｜ — —

3. 首句平起仄收（平起式，首句不入韵的）

— — — ｜ ｜

｜ ｜ ｜ — —

｜ ｜ — — ｜

— — ｜ ｜ —

— — — ｜ ｜

丨 丨 丨 — —

丨 丨 — — 丨

— — 丨 丨 —

4. 首句仄起平收（仄起式，首句入韵的）

丨 丨 丨 — —

— — 丨 丨 —

— — — 丨 丨

丨 丨 丨 — —

丨 丨 — — 丨

— — 丨 丨 —

— — — 丨 丨

丨 丨 丨 — —

上列首句平起平收谱与首句平起仄收谱，除首句各按前述句式（1）或句式（3）编列外，其余七句句式的排列全同，所以这两谱基本上是相同的。上列首句仄起仄收谱与仄起平收谱，除首句各按前述句式（2）或句式（4）编列外，其余七句句式的排列全同，所以这两谱基本上是相同的。四个谱基本上等于只有两种基本格式：即平起式和仄起式。

上列四个五律声调谱，以第二种谱（即首句仄起仄收谱）为最常用；第三种谱（即首句平起仄收谱）和第四种谱（即首句仄起平收谱）次之；唯第一种谱（即首句平起平收谱）最少用，唐人诗中极其罕见。

七言律体句式，就是把前述五言律体句式每式前加两个字，使五言平起句式变成七言仄起句式，五言仄起句式变成七言平起句式。兹依前述句式顺序列出七言律体四种句式如下：

（1）仄起平收 丨 丨 — — 丨 丨 —

（2）平起仄收 — — 丨 丨 — — 丨

（3）仄起仄收 丨 丨 — — — 丨 丨

（4）平起平收 — — 丨 丨 丨 — —

七言律诗和七言绝句也都是用这四种句式错综变化得出来的，因而也有四种声调谱：

1. 首句仄起平收（仄起式，首句入韵）

丨 丨 — — 丨 丨 —

— — 丨 丨 丨 — —

— — 丨 丨 — — 丨

丨 丨 — — 丨 丨 —

丨 丨 — — — 丨 丨

— — 丨 丨 丨 — —

— — 丨 丨 — — 丨

丨 丨 — — 丨 丨 —

2. 首句平起仄收（平起式，首句不入韵）

— — 丨 丨 — — 丨

丨 丨 — — 丨 丨 —

丨 丨 — — — 丨 丨

— — 丨 丨 丨 — —

— — 丨 丨 — — 丨

丨 丨 — — 丨 丨 —

丨 丨 — — — 丨 丨

— — 丨 丨 丨 — —

3. 首句仄起仄收（仄起式，首句不入韵）

丨 丨 — — — 丨 丨

— — 丨 丨 丨 — —

— — 丨 丨 — — 丨

丨 丨 — — 丨 丨 —

丨 丨 — — — 丨 丨

— — 丨 丨 丨 — —

— — 丨 丨 — — 丨

丨 丨 — — 丨 丨 —

4. 首句平起平收（平起式，首句入韵）

— — 丨 丨 丨 — —

｜｜——｜｜—

｜｜———｜｜

——｜｜｜——

——｜｜——｜

｜｜——｜｜—

｜｜———｜｜

——｜｜｜——

既然七言律体句式可以按照五言律体句式，在每一句前头加上两个与原有前两字平仄相反的字而构成，则七言律诗声调谱也可以按照同样方法编列出来，所以七言律诗这四个谱也基本上等于只有两种基本格式：即平起式和仄起式。

七言律诗以首句入韵为正格，所以唐宋以来诗人的七言律诗主要采取首句入韵的两种格式，即上列第一种谱（首句仄起平收谱）和第四种谱（首句平起平收谱），而其他两种谱（首句平起仄收或仄起仄收）即首句不入韵的上列第二、三两谱便比较少用，这是跟五言律诗不同的。

从上述五言律诗四种声调谱和七言律诗四种声调谱来看，我们可以发现一条规律，即所有律诗，不论平起、仄起，只要是仄收的（即首句不入韵），总是前半首四句用某一套平仄声调谱，后半首四句仍把那一套平仄声调谱再重复使用一遍。就声调格式说，一首律诗应该等于两首同格调的绝句。只有首句平收的，即首句入韵的那种律诗，第一和第五句句式不同，其余的第二、三、四句则都与第六、七、八句句式相同。这样，我们就知道五、七言绝句（凡只称“绝句”不加“古”字的，都指“律句”而言）也都各有四种平仄声调谱，即截取律诗的四种声调谱的前半首便是。五言绝句四种声调谱的使用频率，也是以仄起仄收首句不入韵者最高；七言绝句也是以平起平收首句入韵者使用率最高——这都和五、七言律诗的情况一样。

如果用以上五、七言律绝平仄声调谱来检查唐宋以来名诗人的律体诗，很难找到一首诗完全与谱平仄相合、一字不差的，这又怎么解释呢？难道古诗人都不懂得律体的基本格律吗？不是的。原来我们上述的各种句

式和声调谱，都是标准格式，其中有些字可平可仄，我们没有一一标记出来，而古代诗人的作品则只是在那可平可仄的范围内灵活变动，所以并未失律。过去讲律体诗的平仄有所谓“一三五不论，二四六分明”这样两句口诀。意思是说：在七言律绝诗中，每句的第一字、第三字、第五字，平仄可以不拘；但第二字、第四字、第六字，平仄则是固定的，必须按谱不变。在五言律绝诗中，便只能是“一三不论，二四分明”了。至于七言诗的第七字和五言诗的第五字，都是句尾，某句平收或仄收是固定而易知的，故无须提。前人写声调谱把平可仄的写成(平)，仄可平的写成(仄)，或用◒◓为符号，我觉得都不清楚，所以没有采用，而只以“—”代平，以“|”代仄，使读者记住标准谱就行，只在特殊情况下，才用⊖和⦶表示应平可仄和应仄可平（详后）。对于例外的变通法则，只归纳成几条原则讲一讲，如果要用，自己可以根据原则判断，不必把声调谱写得看起来显得杂乱。

“一三五不论，二四六分明”，对初学者有一些用，但并不完全对。因为还有一条原则，就是律绝诗在一定句式（最后二字为仄平的）上必须避免“孤平”，即全句中除句尾字不计外，其余四字或六字中只剩一个平声字，那是不谐和的，必须避免。如七言的“仄仄平平仄仄平”不能把第三字平改为仄，变成“仄仄仄平仄仄平”。否则，全句除尾字外，只剩第四字是平声，就叫犯“孤平”。五言的“平平仄仄平”也不能变成“仄平仄仄平”。但仄收的句子即使只有一个平声字，也不算犯“孤平”，而算“拗句”。而对于“拗句”，则又要“救”，谓之“拗救”，就是须在本句或下句的适当位置，把本该用仄声的字改用平声字，以资补救——这种搞平衡的办法，即一拗一救，合起来便叫作“拗救”。细讲起来，拗救的方法不一，而且有的情况又可以拗而不救，初学的人不易记清，无须一一细述。

除上述两条原则（“一三五不论，二四六分明”“避免犯孤平”）外，再有一条，即五言仄起平收的句式（“| | | ——”）的第三字和七言平起平收的句式（“—— | | | ——”）的第五字都必须是仄声，不能用“三、五”不论的原则改为平声，以致形成句尾连用三个平声字的

“三平调”（“| | ———”“——| | ———”之类的句子，在句尾处形成三平连用，叫作“三平调”）。因为“三平调”是古风的专用格调，律体是不能用的。

在平仄声调上，还不只是一句之内字与字的平仄交互配合问题，句与句间的关系也必须注意。律诗讲究“粘对”，就是处理一篇诗整体的声律变化关系，着重于句与句和联与联之间音调的联系。

律诗八句，每两句为一联，第一、二两句称为“首联”，第三、四两句称为“颔联”，第五、六两句称为“颈联”，第七、八两句称为“尾联”。每联上句称为“出句”，下句称为“对句”。律体诗所要求的“粘”，是指下联的出句必须和上联的对句在音律上相粘连，即平起或仄起相同。譬如第二句（首联的对句）如果是平起句式（第二个字是平声），则第三句（颔联的出句）就必须也是平起句式。以下各联间的关系都必须如此，即第五句与第四句相“粘”，第七句与第六句相“粘”。因为各联的出句都是奇数（单数）句，不押韵，尾字必是仄声，而对句都是偶数（双数）句，要押韵，尾字必是平声，所以相粘的两句虽要求起式相同，收式则必须相异，所以，相粘并非用同一种句式。如第二句用平起平收式，第三句必须是平起仄收式；如第四句用仄起平收式，第五句必须是仄起仄收式；如第六句用平起平收式，第七句又必须是平起仄收式。这样，相连的两联就既相粘又不雷同。从上文所列举的五、七言律共八种平仄声调谱就可以看出，没有一联不是符合“粘”的规律的。即使运用平仄变通口诀，一、三、五可以平仄互换，二、四、六也要求固定不变，所以要以每句第二字的平仄为准来进行“粘”。

律体诗所要求的“对”，是指每联的出句和对句在字音的平仄上必须是相反的句式，如出句是平起仄收，对句必须是仄起平收；出句是仄起仄收，对句必须是平起平收。从上文所列举的五、七言律共八种平仄声调谱就可以看出，没有一个对句的平仄不是和它同联出句的平仄正相对立的。即使运用平仄变通口诀，一、三、五可以平仄互换，二、四、六也要求固定不变，所有偶数的第二、四、六字，出句和对句都不可能出现同平或同仄的情况。

作律体诗而不合乎“粘”的规则，叫作“失粘”，“失粘”的结果必使上下两联格律雷同。作律体诗而不合乎“对”的规则，叫作“失对”，“失对”的结果必使上下两句的平仄雷同。雷同即缺乏变化，减少诗的音节声调之美。唐初，律体正在形成时期，格律未严，“失粘”现象，虽在大家，亦所不免，甚至盛唐，王维、杜甫，犹或犯之；“失对”情况，唐诗中很少见。宋以后人以“失粘”“失对”为大忌，犯者就不见了。

然而诗是艺术，虽必有法，法却不足以限制大家的更高发展。王夫之《姜斋诗话》卷二《夕堂永日绪论》说：“《乐记》云：‘凡音之起，从人心生也。’固当以穆耳协心为音律之准。‘一三五不论，二四六分明’之说，不可恃为典要。‘昔闻洞庭水’，‘闻’‘庭’二字俱平，正尔振起。若‘今上岳阳楼’易第三字为平声，云‘今上巴陵楼’，则语蹇而戾于听矣。‘八月湖水平’，‘月’‘水’二字皆仄，自可；若‘涵虚混太清’易作‘混虚涵太清’，为泥磬土鼓而已！又如‘太清上初日’，音律自可；若云‘太清初上日’，以求合于粘，则情文索然，不复能成佳句。又如杨用修警句云：‘谁起东山谢安石，为君谈笑净烽烟。’（按：此乃杨慎借李白《永王东巡歌》十一首第二首之末二句，但略改数字耳。原句是：‘但用东山谢安石，为君谈笑静胡沙’）若谓‘安’字失粘，更云‘谁起东山谢太傅’，拖沓便不成响。足见凡言法者，皆非法也。释氏有言：‘法尚应舍，何况非法？’艺文家知此，思过半矣。”宋胡仔《苕溪渔隐丛话》前集卷七说：“律诗之作，用字平侧（按：‘侧’同‘仄’），世固有定体，众共守之。然不若时用变体，如兵之出奇，变化无穷，以惊世骇目。如老杜诗云：‘竹里行厨洗玉盘，……’（按：原诗颈联与颔联失粘，不录）此七言律诗之变体也。……老杜云：‘山瓶乳酒下青云，气味浓香幸见分。鸣鞭走送怜渔父，洗盏开尝对马军。’（按：此诗第三句失粘，故后两句与前两句音律雷同）此绝句律诗之变体也。……又有七言律诗，至第三句便失粘，落平侧，亦别是一体。唐人用此甚多，但今人少用耳。如老杜云：‘摇落深知宋玉悲，……’……此三诗起头用侧声，故第三句亦用侧声。老杜云：‘暮春三月巫峡长，……’此二诗起头用平声，故第三句亦用平声。凡此皆律诗之变体，学者不可不知。”无论王夫之所举的例，或胡仔所举的例，虽然一个说的是句内平仄不合定式，一个说的是句联之间不合粘的规则，但都是关于律体诗音声格律之“法”与“体”的“定”和“变”的问题。他们的意见都是说：“法”或“体”是有的，却不应“恃为典要”“死守不变”，古代大诗人还是在“法”外别有成就的，正是“变”的结果。所以格律要讲，学作诗也要懂格律，初学者甚至可以试图尽量做到完全符合格律；而稍稍熟习之后，自己吟诵起来就能体会到是否合律，就不必死死地按照古人定格去逐字逐句地细抠。写旧体诗是这样，写新体诗更应以吟诵适口顺耳符合自然音律为准。因为声律之道原不限于平仄，还有高低、长短、轻重、缓急、清浊以及喉、舌、唇、齿等，都有连带关系，可以互相影响。何况即使平仄之中也还有阴、阳、上、去、入之不同！所以有时照谱作诗，读起来竟感觉拗口，而改换上一两个平仄不合的字，吟诵起来，听者反觉得非常顺耳。王夫之举的那几个例子就足以说明这个道理。

林希恩《诗文浪谈·谈诗十二则》说得好：“夫诗之声也，岂曰平而平仄而仄已焉哉？即平之声，有轻有重，有清有浊；而仄之声，亦有轻有重，有清有浊。此天地自然之声也，而唐以后，鲜有知之者。不知轻重清浊之声，且不可以循古之恒裁，而况能尽诗之变体耶？今以律之变体言之，如曰‘昔人已乘白云去’；又曰‘北城未柝复欲罢’；又曰‘七月六月苦炎热’等若干章，此又专在于轻重清浊之间尔，平仄云乎哉？由是观之，则唐人之所谓变体者，乃以变其平仄之声者也，而轻重清浊之间，盖有不可得而变之矣。”他举那三句诗都是平仄不调，完全不合律的，但是并不妨碍它们是名家的佳篇中的佳句，就是因为句中字的轻重清浊变化搭配起了调节音律的作用。他认为：“若平仄之声，即幼童能辨之，岂其尽诗之情耶？”他的意思是说，只辨平仄倒很简单，但诗的声情并非平仄所能尽。所以他认为光讲平仄还不够，还要讲轻、重、清、浊。这意见是正确的。不过我们倒不要求今天的诗人都把声律之学研究到那么深、那么细的程度，只要知道这个道理，不要以为把平仄都按谱扣准，就会达到诗的音律美的顶点；最好的办法还是通过吟咏，反复歌诵，自然就能发现它是否合于轻、重、清、浊之声的自然韵律。譬如古诗根本没有声调谱，也不讲什么平仄交互，可是吟诵起来，好诗还是非常好听，自有天然的音律美，可见古诗也必有其声，但不在于平仄罢了。林希恩又写道："或曰：古体亦有声欤？林子曰：古体亦皆声也。即如'罗衣何飘飘，轻裾随风旋'，此十言皆平也。又如'有客有客字子美'，此七言皆仄也。夫平仄既不论矣，而轻、重、清、浊之声，其可以不知乎？故不知声者，不可与言诗也。"由此可见，姑无论诗之高下优劣，主要在于情意，在于思想意境，而不重在字面上（形式上），即专就艺术形式而论，或更专就音律而论，也不应把平仄视为决定诗歌音律谐和与否的唯一因素。我们讲律诗格律，当然应该把古人在长期创作实践过程中，总结经验所取得的一些基本法则，系统地、概括地介绍给读者，但是绝对不应该把前人确定下来的烦琐格律视为金科玉律。

宋张耒说："以声律作诗，其末流也，而唐至今诗人谨守之。"他的见解比我们现在某些专讲诗律的人高明；但若说唐至北宋前期"诗人谨守之"，却非事实。他不过是要抬高黄庭坚，说"独鲁直一扫古今，出胸臆，破弃声律，作五七言，如金石未作，钟磬声和，浑然有律吕外意"，所以才厚诬前人而已。故胡仔驳之曰："古诗不拘声律，自唐至今诗人皆然，初不待破弃声律。诗破弃声律，老杜自有此体。"胡仔又说："今俗语谓之拗句格。……此体非出于老杜，与杜同时如王摩诘（按：王维），亦多是句。如云'雨中草色绿堪染，水上桃花红欲燃'；曰'劝君更尽一杯酒，西出阳关无故人'，疑亦久矣。张说诗曰：'山接夏空险，台留春日迟'，此亦拗句格也。"可见自初唐沈、宋完成律体诗格以来，早自张说，继而王维，以至诗律精细的杜甫，从来就没有"以格律自拘"过。（宋陈鹄《耆旧续闻》卷八云："唐人以格律自拘，唯白居易敢易其音于语中"）请看宋范晞文《对床夜语》卷二云："五言律诗固要帖妥，然帖妥太过，必流于衰；苟时能出奇，于第三字中下一拗字，则帖妥中隐然有峻直之风。老杜有全篇如此者。试举其一云：'带甲满天地，胡为君远行？亲朋尽一哭，鞍马去孤城。草木岁月晚，关河霜雪清。别离已昨日，因见古人情。'散句如'乾坤万里眼，时序百年心''梅花万里外，雪片一冬深''一径野花落，孤村春水生''虫书玉佩藓，燕舞翠帷尘''村春雨外急，邻火夜深明’‘山县早休市，江桥春聚船’‘老马夜知道，苍鹰饥著人’：用实字而拗也。‘行色递隐见，人烟时有无’‘蝉声集古寺，鸟影度寒塘’‘檐雨乱淋幔，山云低度墙’‘飞星过水白，落月动沙虚’：用虚字而拗也。其他变态不一，却在临时斡旋之何如耳；苟执以为例，则尽成死法矣。”的确，杜甫的拗句、拗体、拗救，亦自变态不一，何况与他同时或在他以前及以后的许多诗人，不遵守沈、宋律法，而“破弃声律”“时能出奇”者，更不知几何人！岂可“执以为例”“尽成死法”，以限制今之作者，说这不能、那不许，只准如此、必须如此呢！

五、律体诗的对仗

中国诗文用对仗，原不自唐代始，也不自律体诗始，甚至不自诗歌韵语始。《尚书·舜典》“直而温，宽而栗；刚而无虐，简而无傲”，便是对偶句。“直温”对“宽栗”，声音也完全合乎平仄相对的原则，只是中间重用一个“而”字，在后世骈体文中，对句本可如此。至若“声依永，律和声”，就连重复虚字的毛病也没有了，字、意、声完全相对。《诗》三百篇中此种对句更多，如：“覯闵既多，受侮不少”“出自幽谷，迁于乔木”“喓喓草虫，趯趯阜螽”“春日迟迟，卉木萋萋”“昔我往矣，杨柳依依；今我来思，雨雪霏霏”“湛湛露斯，匪阳不晞；厌厌夜饮，不醉无归”。对仗作为文章修辞之一法，确是三千年来早已为古人所运用的。

刘勰《文心雕龙·丽辞》说：“心生文辞，运裁百虑，高下相须，自然成对。”意谓最早的文辞，形成对偶，乃出于自然，并非有意要这样做。他举《尚书》皋陶说的：“罪疑惟轻，功疑惟重”；和益的话：“满招损，谦受益”“岂营丽辞，率然对尔”。又说《周易》和《诗经》对偶更多，但皆系“奇偶适变，不劳经营”，而自然得之的。范文澜在《文心雕龙注·丽辞》中说：“古人传学，多凭口耳，事理同异，取类相从，记忆匪艰，讽诵易熟，此经典之文，所以多用丽语也（按：‘丽’，两两相比之意。丽辞，即骈俪之辞，亦即排比对偶的语辞）。……又人之发言，好趋均平，短长悬殊，不便唇舌，故求字句之齐整，非必待于耦对，而耦对之成，常足以齐整字句。魏晋以前篇章，骈句俪语，辐辏不绝者，此也。综上诸因，知耦对出于自然，不必废，亦不能废……”《易》《书》《诗》多对偶句既如此，先秦子史文中更多。至屈原《离骚》，则偶语俪辞，随处皆是。如“朝搴阰之木兰兮，夕揽洲之宿莽”“惟草木之零落兮，恐美人之迟暮”“彼尧舜之耿介兮，既遵道而得路。何桀纣之猖披兮，夫唯捷径以窘步”“余既滋兰之九畹兮，又树蕙之百亩。畦留夷与揭车兮，杂杜蘅与芳芷”。其他如“朝饮木兰之坠露兮，夕餐秋菊之落英”“擥木根以结茝兮，贯薜荔之落蕊”“背绳墨以追曲兮，竞周容以为度”“屈心而抑志兮，忍尤而攘垢”“制芰荷以为衣兮，集芙蓉以为裳”……真是数不胜数。至汉而有司马相如、扬雄、张衡、蔡邕……长篇大赋，更加“崇盛丽辞”，如云“左乌号之雕弓，右夏服之劲箭”，分两句作对，俳偶益甚。真刘勰所谓：“丽句与深采并流，偶意共逸韵俱发。”到了魏晋，“析句弥密”，对仗益工；更“以声色相矜，以藻绘相饰”，但尚有清俊之气；至六朝以降，则又偏重词华，尤其齐梁间沈约辈出，大倡声病之说，对偶之法遂因声律之学而益巧益严，便形成了律体诗的主要规格。以晋宋间的谢灵运为例，那时沈韵未出，但他的诗中偶语俪句联骈而下，几乎自首至尾，尽用对仗，即其名篇如《登池上楼》便是如此。另一首佳作《石壁精舍还湖中作》八韵十六句，除四句不对外，其余均对。所以唐律源自六朝，原无疑义，这在前篇已经阐明。

徐师曾《文体明辨序说》云：“按律诗者，梁、陈以下声律对偶之诗也。”他以“对偶”与“声律”并提，作为律诗的两个特征，可见对偶确是仅次于声律而为律诗的一个重要标志。

律诗的一般体制是半散半骈：首尾两联散行，中间两联要求对仗。自律诗体格定型以后，历来诗人所作五、七言律几乎全是如此，例外非常罕见。罕见的例外，大多数是在初唐律诗还未完全定型，或盛唐早期律诗刚刚定型不久的时期。有颔联不用对仗的，如王维《辋川闲居赠裴秀才迪》的颔联“倚杖柴门外，临风听暮蝉”，便是。也有颔联、颈联均不用对仗，形成全篇八句都是散行的，而声律则完全符合律体谱式，如孟浩然《洛中送奚三还扬州》“水国无边际”和李白《夜泊牛渚怀古》“牛渚西江夜”，均是。杨慎《升庵诗话》卷二说：“五言律，八句不对，太白、浩然集有之，乃是平仄稳贴古诗也。”我不同意这种看法，因为律诗之名，其“律”字本标明了以声律为准，既然孟、李都是律诗定型以后的人，诗又是与律诗声调谱式完全吻合的，就仍该认为律诗，而不当划入古诗。与上述两种情况相反，还有首联也用对仗的，五律诗较多。如张说《深渡驿》“旅宿青山夜，荒庭白露秋”；如王维《辋川闲居》“一从归白社，不复到青门”：首句不入韵，颇宜于对仗，故诗人比较常用。但首句入韵者，也有用对仗的，如孟浩然《归终南山》“北阙休上书，南山归敝庐”就是。尾联一般不用对仗，但也有例外，如杜甫《闻官军收河南河北》就是以“即从巴峡穿巫峡，便下襄阳向洛阳”为结。除此以外，还有律诗彻首尾对者，杜甫多此体，五言律如《收京》三首之一：“仙仗离丹极，妖星照玉除。须为下殿走，不可好楼居。暂屈汾阳驾，聊飞燕将书。依然七庙略，更与万方初。”他的七言律如《登高》：“风急天高猿啸哀，渚清沙白鸟飞回。无边落木萧萧下，不尽长江滚滚来。万里悲秋常作客，百年多病独登台。艰难苦恨繁霜鬓，潦倒新停浊酒杯”，便是全篇俱对的。

长律（排律）和律诗一样，首联可对可不对，中间无论写多少韵，都必须用对仗，唯尾联则绝对不用对仗，以便结束。

五、七言绝句的格律，如前已讲过那样，完全可以把五、七言律诗各四种谱式的前半首（前四句）作为谱式。我曾坚决反对以“绝”为“截”，以绝句起于截近体首尾或中二联之说。以绝句起源和发展的历史而言，以绝句之名的来源和意义而言，这主张是有充分根据的，这里不再重复。但若就律诗定型以后的“律绝”（不包括“古绝”）格律的形式，说它们是截取律体谱式之前半、后半、中间，或首尾两联而成，也还有一定道理，至少可以说是受过律诗谱式的重大影响才定型的。从绝句有首联对、尾联对、全对、全不对的各种类型看，分别说是截取律诗的前半、后半、中间、首尾而成，也还是完全符合的。首联对的如李白《独坐敬亭山》：“众鸟高飞尽，孤云独去闲。相看两不厌，只有敬亭山。”尾联对的如孟浩然《宿建德江》：“移舟泊烟渚，日暮客愁新。野旷天低树，江清月近人。”全对的如王之涣《登鹳雀楼》：“白日依山尽，黄河入海流。欲穷千里目，更上一层楼。”全不对的是一般五、七言律的常用格式，不须另外举例。但是，除以上四种截取律诗的方法外，也还有一种为谈律绝者向来无人提到过的，便是唐人有写绝句两联“失粘”的，即两联平仄雷同，如张九龄《赋得自君之出矣》：“自君之出矣，不复理残机。思君如满月，夜夜减清辉。”再举一首七绝“失粘”的例子，如皇甫冉《酬张继》：“怅望南徐登北固，迢遥西塞恨东关。落日临川问音信，寒潮唯带夕阳还。”这一首不仅第三句失粘，而且还是首联对仗的。如果用截取律诗格谱的说法来解释，这种失粘的绝句也可以认为是“隔联截”。如张九龄的《赋得自君之出矣》就是截取前节所介绍的五言律诗谱式第三种（平起式，首句不入韵）的首联和颈联构成的；而皇甫冉的《酬张继》则是截取七言律诗谱式第三种（仄起式，首句不入韵）的首联和颈联构成的。这种失粘的绝句，也叫拗体，就因为它们不合律，不够“平顺稳帖”，所以就属于变体，而不得谓之正体。徐师曾《文体明辨序说》有云：“按律诗平顺稳帖者，每句皆以第二字为主（按：因第一字一般平仄不拘，故不能作为标准，另外还有‘音节’的问题，下节再加阐明）。如首句第二字用平声，则二三句当用仄声，四句五句当用平声，六七句当用仄声，八句当用平声。用仄反是。若一失粘，皆为拗体。”绝句既以截取律诗谱式为谱式，自亦当以律诗之禁忌为禁忌。律诗以失粘为拗体，绝句亦当如此。故大家之拗体律诗并无不够平顺稳帖的毛病，拗体绝句也未必就欠平顺、不稳帖。

对仗的方法或体式，刘勰说有四种。《文心雕龙·丽辞》云：“丽辞之体，凡有四对：言对为易，事对为难；反对为优，正对为劣。言对者，双比空辞者也；事对者，并举人验者也；反对者，理殊趣合者也；正对者，事异义同者也。”明胡震亨《唐音癸签》卷四提出六种对法：假对（按：即“借对”）、当句对（按：亦有人称为“就对”）、流水对、磋对、扇对、续句对是也。又范文澜《文心雕龙注·丽辞》篇注曰：“《文镜秘府论》三‘论对’，谓对有二十九种，殊觉繁碎。兹约录十对于下：一、的名对（又名正名对，又名正对，又名切对）。初学作文章，须作此对，然后学余对也。或曰：天地、日月、好恶、去来，如此之类，名正对。二、隔句对。隔句对者，第一句与第三句对，第二句与第四句对。（按：即胡震亨所举的扇对，如杜甫《哭台州郑司户苏少监》：‘得罪台州去，时危弃硕儒。移官蓬阁后，谷贵殁潜夫’）三、双拟对。双拟对者，一句之中，所论假令第一字是秋，第三字亦是秋，二秋拟第二字，下句亦然。如此之类，名为双拟对。如：夏暑夏不衰，秋阴秋未归，炎至炎难却，冷消冷易追。四、联绵对。联绵对者，不相绝也。一句之中，第二第三字是重字，即名为联绵对，但上句如此，下句亦然。如：看山山已峻，望水水乃清，听蝉蝉响急，思卿卿别情。五、互成对。互成对者，天与地对，日与月对。两字若上下句安，名的名对；若两字一处用之，是名互成对，言互相成也。如：天地心闲静，日月眼中明，麟凤千年贵，金银一代荣。六、异类对。异类对者，上句安天，下句安山，上句安鸟，下句安花，如此之类，名为异名对。如：风织池间字，虫穿叶上文。七、双声对。如：秋露香佳菊，春风馥丽兰（佳菊双声，丽兰双声）。八、叠韵对。如：郁律构丹巘，棱层起春嶂（郁律叠韵，棱层叠韵）。九、回文对。如：情亲由得意，得意遂情亲。十、字对。字对者，若桂楫、荷戈。荷是负之义，以其字草名，故与桂为对，不用义对，但取字为对也。如：山椒架寒雾，池篠韵凉飙。”

律体诗的对仗跟骈体文及《楚辞》不同，律体诗不能用同字相对，而骈文及《楚辞》则可（骈文如“襟三江而带五湖，控蛮荆而引瓯越”，上下句均用“而”字相对。《楚辞》前引《离骚》对句多有同字）。不仅字要对，平仄也要对，但在奇数字则可以不论，就是说上下联同一奇数字的位置有时也可同平同仄，如“烽火连三月，家书抵万金”，第一个字的“烽”与“家”对，却都是平声。

对仗在中国诗中，特别是律体诗中，有着极其重要的艺术作用，它是由中国文字的字音特点（一字单音）所决定的，在西方文字中就不可能有这类修辞法。譬如英文诗也有所谓“对句”（couplet），但那只是两行同长度并押同韵脚的诗句而已，如特定的“英雄双行体”（heroic couplet）诗就是每行各为五个音步（foot）十个音节（syllable）。在句意上，我们中国诗，尤其在律体诗的对仗处（颔联和颈联），出句与对句应以平行而对立表达两个意思为主，例如：“亲朋无一字，老病有孤舟”“岂有文章惊海内，漫劳车马驻江干”（均杜甫诗句）。一般都是这种。也有所谓“流水对”，两句之间不是对立的，而是作为一个整句连贯下来，表达一个完整的意思。以语法论，出句和对句都不能单独构成一个句子，只有把它们当作一个整句子才行，如：“不堪玄鬓影，来对白头吟”（骆宾王《在狱咏蝉》）；“唯将终夜长开眼，报答平生未展眉”（元稹《遣悲怀》）。英文诗的“英雄双行诗”的所谓“对句”实际上只能类似这种“流水对”的句法，因为它必须是用音节音步相同的两行诗表达一个完整的意思。它与中国律诗中这种“流水对”不同的地方是：在声律上，律诗“流水对”上下联要求平仄相反，句尾不叶韵；而它则根本没有平仄的问题，以轻重为抑扬，又必须一致采用抑扬格，两行还要押一个韵脚。举一个例就清楚了：

His hoúse | was knówn | to áll | the vá | grant train,
He chíd | their wán | derings bút | reliéved | their pain;
The lóng | remém | bered bég | gar was | his guést,
Whose beaŕd | déscend | ing swépt | his á | ged breást.

——Goldsmith

我们这里之所以要讲英文诗的对句，意思在于说明“丽辞”“偶句”“对仗”这种现象是出于人类语言之自然的，是在人们“心生文辞，运裁百虑”的过程中，由于“高下相须，自然成对”的。后来逐渐发展，人们便把它作为艺术手法或技巧，运用于文章中，运用于诗歌中。尽管不同民族有不同的语言，属于不同的语系，语音和语法各有其特点、特征、特殊规律，而作为人类语言的通则，这种因“须”（即需要）而自然形成的东西，则是各种语言在发展过程中都必然会出现的。这样对比来讲，对我们创造新诗体，可以启发我们的思路，或者还能有所借鉴。

六、律体诗的音节及其他有关问题

“音节”这个词，过去文人特别是诗人在论及诗文的声律时是常用的，它指的是诗文语句的节奏，也就是用来专指声调的抑扬顿挫的。《后汉书·祢衡传》：“操……闻衡善击鼓，乃召为鼓史，因大会宾客，阅试音节。”又苏轼《往在东武与人往反作粲字韵诗四首今黄鲁直亦次韵见寄复和答之》:“独喜诵君诗，咸韶音节缓。”又《元史·杨载传》:“尝语学者曰:‘诗当取材于汉魏，而音节则以唐为宗。’”明李东阳《怀麓堂诗话》:“古律诗各有音节，然皆限于字数，求之不难。”胡应麟《诗薮·内编》卷二:“古诗自有音节。陆、谢体极俳偶，然音节与唐律迥不同。”直到现代，“音节”一词，都是指此而言，并无歧义。闻一多《唐诗杂论》(《闻一多全集选刊》之三)之《英译李太白诗》说:“这里的节奏也几乎是原诗的节奏了。在字句的结构和音节的调度上，……跌宕的气势——排奡的音节是他的主要的特性。所以译太白的诗与其注重词藻，不如讲究音节了。”可以说，自汉唐至今，论诗、文以至音乐，讲音节就是指的诗句乐曲的音声高下缓急，或者说抑扬顿挫。因此，我们还用这个词。但是必须说明，不可与现代汉语学者在汉语语音学书中所用的“音节”一词相混。他们所说的“音节”，实际上就相当于我们通常所说的“字音”，即英语的 syllable，并且也正是从西方语音学套用在汉语语音学上的。譬如英语 syllable(音节)的定义是:unit of pronunciation consisting of a vowel alone or of a vowel with one or more consonants，意为由一个母音(元音)或一个母音连同一个或数个子音(辅音)构成的发音单位。举例来说，a 这个母音(元音)就是一个发音单位，就算是一个 syllable(音节);an 则是一个母音 a 连同一个子音 n 构成的发音单位;而 and 则是一个母音 a 连同两个子音 n 和 d 构成的发音单位;sand 则是一个母音 a 连同前一个子音 s 和后两个子音 n 和 d 共三个子音构成的发音单位;而 stand 便是一个母音 a 前后各加两个共四个子音 s、t、n、d 构成的发音单位。这样，在英语中，不但 a 这个单母音字只发一个音，构成一个发音单位，叫作一个“音节”，其他如 an、and、sand、stand 由两个到五个字母，而且都是有音的，要连缀起来构成一个发音单位，也都叫作一个“音节”。当然，在发音时，并非每一个有音字母都发出一个独立的音，如 an 就仅发出一个音，and 和 sand 均发出两个音，stand 则发出三个音，并且那两个或三个音的音量并不相等，但不能因此便否认它们的存在。汉语普通话的语音，除 p、t、k 等入声字的“尾音”因北音无入声所以本已没有外，虽有复合元音如 ie、ai、ei、ao、ou、an、en、ang、eng、iang 等，但发出的音，却每字只有一个音，即所谓“单音字”，因而，“音节”一词照西方语音学的定义套用到汉语语音学上，就不是那么容易为一般人所接受。何况两千年来，“音节”一词自有其为人所公认的含义，今又别出一解，岂能不产生混淆！向来“音节”一词，重在“节”字，现在汉语语音学用它来称只有一个音的汉字字音，没有学习过这门学问的人就会怀疑“节”的所在。专家们可以理直气壮地说：你只有先发 a 后发 n，才能出来“安”的音，这不就是“节”吗？要读“心”字，你也得用 x、i、n 三个音素连缀起来才能拼成啊！完全正确！但是，在实践上有谁是这样说话和读书的？专家们劝告他的朋友“安心”时，也断然不会说：“a ～～～ n——x ～～～ i ～～～ n——吧！”过去京剧和昆曲老演员教徒唱曲，确实要讲吐字清楚，必须分头、腹、尾，可见一个字有音就是有“节”的。然而那也只是在慢板中个别地方才适用！假如要求快板或山东快书的演员把每个字都分成“头、腹、尾”来唱、来说，则这些曲艺就不可能存在了！清初大曲家李渔《闲情偶寄》卷二《演习部·授曲第三》说：“故教曲必先审音。……使知字有头、尾以及余音，……字头、字尾及余音，皆为慢曲而设。一字一板，或一字数板者，皆不可无。其快板曲，止有正音，不及头尾。”正是说快板曲就不能把每一字音再分“节”唱出。不仅如此，即“字头、字尾及余音，皆须隐而不现。使听者闻之，但有其音，并无其字，始称善用头、尾者。一有字迹，则沾泥带水，有不如无矣”。

上边所说的似乎是题外话。不然。为了说明“音节”在律体诗中的重要意义和作用，不先澄清人们对“音节”含义的某些混淆，就无法阐述明白。

前边已经说过：律诗平顺稳帖者，每句皆以第二字为主；又律诗平仄“一三五不论，二四六分明”，这个口诀虽不可恃为典要，但毕竟一三五基本上可平可仄，二四六一般不能轻易变动；又七言谱式完全可以用五言谱式在每句前加上两个平仄与原来前二字相反的字而成：这些都说明了两个字或两个音在律体诗句中成为一个音节。

从音节上论，我们过去吟诵律体诗正是每句两字一顿，五言诗句三顿，七言诗句四顿，最后一个字曼声引长，等于或超过前边每两个字音的长度。显然是以两个字音构成一个音节。譬如李白的《渡荆门送别》，从音节单位上划分，应该是这样的：

渡远 | 荆门 | 外，
来从 | 楚国 | 游。
山随 | 平野 | 尽，
江入 | 大荒 | 流。
月下 | 飞天 | 镜，
云生 | 结海 | 楼。
仍怜 | 故乡 | 水，
万里 | 送行 | 舟。

钱起的《归雁》则应该如下划分音节：

潇湘 | 何事 | 等闲 | 回，
水碧 | 沙明 | 两岸 | 苔。
二十 | 五弦 | 弹夜 | 月，
不胜 | 清怨 | 却飞 | 来。

有人说近体诗（律体）每一个节奏单位（即音节）相当于一个双音或词组，因而音律上的节奏（音节）便和意义单位基本上是一致的。如果照有些人的说法，把五、七言律绝诗的每句后三字都当作一个节奏单位，不再分为“二一”两个音节，倒也可以说节奏单位基本上和意义单位一致。但他们一面既说那是“三字尾”，一面却又说还可以细分为“二一”或“一二”，然后又说，“它们总是构成一个整体”（见王力主编《古代汉语》下册第二分册页 1458—1459）。究竟是该怎样办呢？不知道。我则认为根据上述研究，律体诗的节奏单位只有两个音和一个音的。我认为甚至除掉骚体和与之类似的楚歌体有些情况可以有三个音为一个节奏单位者外，其他诗歌包括四、五、七言以及杂言体古诗，也都只能是两个音为一个音节，或一句之中多出一个单音的音节。因为音节是诗歌的音乐性问题，不是意义上的事情，不能按照句意来分，正如同不能以音律为标准来划分词组一样。而有人竟说某些古诗不仅有三字尾，还有四字尾和五字尾（见王力主编《古代汉语》下册第二分册页 1459）。试想一想：五言句竟有四字尾，七言句竟有五字尾，无论就音律说，或就意义说，均难讲通。诚然，古人是有“一四”型的五言句，如陶渊明的“且共欢此饮”（《饮酒》其三），也有“二五”型的七言句，如白居易的“家在虾蟆陵下住”（《琵琶行》）。但前人从来不认为那是“四字尾”和“五字尾”，而只认为前一字或二字是“领”字，既然第一二字叫“领”字，显然后边的四五个字便是句子的主干或主体。领队的只有一二人，队伍本身总是多数，是队伍的主体，谁能同意把领队当作队伍主体，而把被领的群众叫作尾巴呢？何况即使从意义上说，上举那两个“四字尾”“五字尾”的例子，也不是绝对不可分的！更何况音节的划分与意义本来是两回事，二者不必要求完全一致！

这里不妨谈谈英文诗的格律，做个对比。前已说过，英语一个字可以有一个以上的音，凡一个母音字或一个母音连一个或数个子音构成一个发音单位就叫作一个音节。所以英语一个字有的是一个母音（元音）字母，如 a、i；有的是一个母音字母连缀一个或两个子音字母，读出来只发一个音，如 an、one、two；有的是一个母音字母连缀一个或两个以上子音字母，读出来发两个以上的音，如 at、sit、that、spring：这些因都只有一个母音（元音），所以一个字就算一个“音节”（syllable）。但是有的字有两个或两个以上母音（元音），构成两个或两个以上的发音单位，因而一个字就要划分为两个或两个以上的音节，如 a | lone、flow | er、pamph | let 就都是两个音节；而 pro | mo | tive、ob | li | gate、re | mem | ber 则是三个音节；至于 a | rith | ma | tic 是四个；in | com | men | su | rate 是五个；in | ter | com | mu | ni | cate 是六个；也还有八个音节的如 in | ter | na | tion | al | i | za | tion。中国汉字如果限定以一个发音单位为一个“音节”，我们就只能以一个字为一个“音节”，“音节”就成为单调、没有变化因而缺乏音乐性的了。而西方语言文字则不同：一个字可以由一个发音单位构成，也可以有两个以上乃至七八个发音单位，即从一到八个音节；而一个音节又往往不只有一个音，还常常有两三个音。因此，我同意中国两千多

年来的传统说法，基本上把两个字音作为一个音节，而把一个和三个字音构成一个音节作为较少的变格。如果跟西方诗学对照起来，我国诗歌中的一个音节便相当于他们所说的一个“音步”。

“音步”（foot）指的是从声音上划分一个诗行（相当于中国的诗句）为几个小的声调单位，使一个音步具有不少于两个或多于三个音，形成一定的抑扬变化。在希腊文和拉丁文的诗中，是以短音为抑，长音为扬的；在英文诗中，则是以轻音为抑，重音为扬的。汉文诗中有没有抑扬呢？当然也是有的，那就是平仄。但平仄二声，何者为抑，何者为扬，论者却有不同的主张。近人刘大白在《白屋说诗》第177页说：“那么，比照（按：以汉文诗比照西方的希腊文诗、拉丁文诗和英文诗）而类推起来，中国文（按：指汉文）的诗中，是应该以平声为扬，仄声为抑的。”古人如明代谢榛却说得略有不同，他认为诗法“妙在平仄四声而有清浊抑扬之分。试以东、董、栋、笃四声调之。东字平平直起，气舒且长，其声扬也；董字上转，气咽，促然易尽，其声抑也；栋字去而悠远，气振愈高，其声扬也；笃字下入而疾，气收斩然，其声抑也”（见《四溟诗话》卷三第三十三条）。他以平声为扬，仄声之上入为抑，与刘大白同；但以仄声之去为扬，则与刘说相反（又清王士祯亦以平、去为扬，上、入为抑，见《清诗话·师友诗传续录》）。大约明代文人多曲家，明曲家之说有类于是，谢榛或亦从曲律中得此结论（他在这段议论之后说：“安得姑苏邹伦者，樽前一歌，合以金石，和以瑟琴，宛乎清庙之乐，与子按拍赏音，同饮巨觥而不辞也。”可见他也是很懂词曲音乐的）。明王骥德《曲律·论平仄第五》引词隐（沈璟别署词隐生，明代南曲家，精研声律，尝增订明人蒋孝《南九宫谱》成《南九宫十三调曲谱》，是现存唯一完备的南曲谱）的话说：“遇去声当高唱，遇上声当低唱。……或又谓，平有提音，上有顿音，去有送音。”清曲家李渔《闲情偶寄》卷一《音律第三》“慎用上声”条说：“平、上、去、入四声，惟上声一音最别：用之词曲，较他音独低；用之宾白，又较他音独高。……盖曲到上声字，不求低而自低；不低则此字唱不出口。……至于发扬之曲，每到吃紧关头，即当用阴字，而易以阳字尚不发调，况为上声之极细者乎？予尝谓：物有雌雄，字亦有雌雄。平、去、入三声以及阴字，乃字与声之雄飞者也。上声及阳字，乃字与声之雌伏者也。此理不明，难于制曲。初学填词者，每犯抑扬倒置之病，其故何居？正为上声之字，入曲低而入白反高耳。词人……口内吟哦，皆同说话，每逢此字（按：指上声），即作高声。且上声之字，出口最亮，入耳极清。……孰知唱曲之道与此相反，念来高者唱出反低。”这是又一种意见：他特别指出仄声中的上声字，吟咏、说白、念诵则高而昂扬，唱起来又是低抑的。近人吴梅《顾曲尘谈》谓：“四声中字音，以上声为最高，而在曲调中，则上声诸字，反处极低之处。又去声之音，读之似觉最低，不知在曲调中，则去声最易发调，最易动听。……调之低者，宜用上声字；调之高者，宜用去声字。”他在《词学通论》中又说：“三仄中去声由低而高，最宜缓唱。”综合以上各家的意见，对于四声之高低抑扬，虽有纷歧，但多出现于说和唱之间。如诗人之诗，虽源出歌唱，但形成律体以后，除唐代歌伎还有取以为歌者外，后世大抵并不以唱为目的。只供讽咏吟诵的诗，则尽可求其抑扬变化适于口耳，便不必更加细究。况且汉文的律体诗运用平仄音节的变化，与西方格律诗音步中抑扬的运用亦自不同，也不能一概而论。

英文格律诗以每一音步的两音或三音的一轻音（抑）一重音（扬）的交替为准，分成下列四种格律：

一、抑扬格（iambus）——包含一个轻“音节”，下边跟着一个重“音节”（凡讲英文诗时，所说的音节均指“一个母音或一个母音连着一个或一个以上子音的发音单位”而言；而在讲中国汉文的诗时说的音节，则相当于英文诗的音步。下同）。这是最常用的格律。“抑扬格”，以每行音步多寡分为六种：（1）两个音步的叫 iambic；（2）三个音步的叫 trimeter；（3）四个音步的叫 tetrameter；（4）五个音步的叫 pentameter；（5）六个音步的叫 hexameter；（6）七个音步的叫 heptameter。下边举一首两个音步的 iambic 为例，标出重音所在，以示音节的抑扬，并划分出每行的音步：

With ráv | ished ears

The món | arch hears,
Assúmes | the God,
Affécts | to nod
And seéms | to shake | the spheres.

——Draden

二、扬抑格（trochee）——包含一个重音节，下边跟着一个轻音节。“扬抑格”也有下列几种：（1）一个音步跟着一个韵脚的；（2）两个音步的；（3）三个音步的，有两种形式：一种是三个音步后跟一个韵脚，另一种是第三个音步本身就带着韵脚；（4）四个音步的，也有两种形式：一种是第四个音步本身就带着韵脚，另一种是以四个音步（本身带韵脚）的两行与三个音步后跟一个韵脚（不构成一个音步）的两行交替使用；（5）五个音步的和六个音步的都是罕见的。下边举一首一个音步跟着一个韵脚的为例：

Dréadful | gleams,
Dísmal | screams,
Fíres that | glow,
Shriéks of | woe,
Súllen | moans,
Hóllow | groans。

——Pope

三、抑抑扬格（anapaest）——每个音步包含着三个音节，重音落在第三个音节上。“抑抑扬格”有三种：（1）两个音步的，不常见；（2）三个音步的，是抑抑扬格中最常见的形式，但常常是在诗行中杂用着抑扬格的音步；（3）四个音步的，不只可以杂抑扬格的音步，还可以用三个音步的诗行代替四个音步的诗行。且举一节四个音步的为例：

Few and shórt | were the práyers | we said,
And we spóke | not a wórd | of sor | row;
But we steád | fastly gázed | on the fáce | that was déad

And we bit | terly thóught | of the mór | row。

——Wolf

四、扬抑抑格——每个音步包含着三个音节，重音落在第一个音节上。这种扬抑抑格是极其少见的，姑举一例如下：

Thís is the | fórest pri | méval, the | múrmuring | pines and the | hémlocks.

——Longfellow

如果用汉文律体诗同英文这四种格律诗对比，以两个汉字（一个字为一个发音单位）为一个“音步”（相当于汉文律体诗的一个“音节”，下仿此），七言律体诗每句固定为三个“音步”，下边跟着一个韵脚字（如前所述，我把这个韵脚字也算一个“音节”或“音步”。英文诗是不算在音步内的，因为它不够两个发音单位，不能形成轻重抑扬的交互变化，与全诗行各音步的标准不合；汉文律体诗则不同，每句以两个字音为一音步，两个字的声调并不要求是一平一仄或一扬一抑，相反的，却以同平同仄的情况为多，所以这个韵脚，完全可以因它所占用的时间，等于或长于一个音步的音节，而也算作一个音步），等于四个音步。五言律体诗则每句固定为两个音步，下边跟着一个韵脚字，等于三个音步（附带说一句，“韵脚字”只是就它所在的位置而言，律体诗正格是隔句韵，当然并非每句尾字都押韵）。由此看来，我们的律体诗，即使拿长句的七言体来和英文格律诗的诗行比较，也只能算音步较少的短句（或短行）诗。因此，我们歌唱或者高声朗诵旧体诗时，总是把每个字音附加上很多装饰音或者拖腔很长，诗人平常读诗也往往是曼声长吟，才能表达出诗的情味和音乐性。

中国律体诗既然是以两个字的两个音为一个音节（音步），而在一个音节中又不要求固定的平仄（抑扬）交错，这就显然和西方格律诗的以每个音步内两三个音的“抑扬”“扬抑”“抑抑扬”“扬抑抑”的基本固定的交错变化有别。换言之，西方格律诗的音步内有抑扬规律，我们的则没

有。那么，我们的律体诗难道就没有抑扬（仄平）规律吗？有的。我们先已讲过，律诗的平顺稳帖以第二字为主，以每句的偶数字为定，即所谓“二、四、六分明”。看看前所介绍的五、七言律诗的八个声调谱，可以看到每种谱式都显示出两个平仄交错：一个是每句两个到三个基本音节（以偶数字为准）是平仄交错的。如：五言律首句平起平收式是⊖ — | | ⊖，七言律首句仄起平收式是 | | ⊖ — | | ⊖，其他各句都是这样，没有二与四或四与六是同平仄的。另一个是每联的出句和对句的每个同位置的字基本上都是平仄交错的，在“一、三、五不论”的原则下，即使一、三、五变换了一个甚至两个，出句的二、四、六和对句的同一位置也必须是平仄交错的，不许同平仄。如五言律平起平收式首联出句是 ⊖ — ⦶ | ⊖，对句则是 ⦶ | ⦶ — ⊖，七言律仄起平收式首联出句是⦶ | ⊖ — ⦶ | ⊖，对句是⊖ — ⦶ | ⦶ — ⊖，其他各联也都是这样，没有出句的二、四、六字和对句同位置的字是同平仄的。律体诗的抑扬就是通过这两个平仄交错而体现的，所以歌唱吟诵起来就显得音调铿锵。再加上隔句用韵，又是一个平仄交错，就不像每句押韵的早期七言古诗那样平熟复叠。

这里有必要再谈一点律体诗的意义单位和音乐节奏的关系问题。一般的情况是这样：先有歌词后制曲谱，作曲人如果能理解歌词而又是作曲名家，曲谱的音乐节奏就比较能和歌词的意义单位合拍，取得一致。反之，诗人按照定格成谱作歌词，就比较难于取得意义单位与格谱音节的完全一致，尤其诗人作诗主要在于抒写自己所要描绘的景物和内心的情思，有时就不肯或不能照顾乃至迁就千百年来的定格成谱，因而就会产生两者脱节的现象。譬如本节前段曾划分过音节单位的李白五律《渡荆门送别》和钱起七绝《归雁》，若按意义单位划分就应该是这样的：

渡远 | 荆门 | 外，
来从 | 楚国 | 游。
山 | 随 | 平野 | 尽，
江 | 入 | 大荒 | 流。

月下 | 飞 | 天镜，
云生 | 结 | 海楼。
仍怜 | 故乡 | 水，
万里 | 送 | 行舟。（李白《渡荆门送别》）

潇湘 | 何事 | 等闲 | 回，
水碧 | 沙明 | 两岸 | 苔。
二十五弦 | 弹 | 夜月，
不胜 | 清怨 | 却飞来。（钱起《归雁》）

这就同音节单位的划分差很远。

但是，作诗只要在思想内容、艺术技巧上都好，在声调上适口顺耳，吟诵起来不别扭，也就够了，不一定非要求音节与意义两种单位完全一致不可。当然，在不损害意义的条件下，能取得二者的一致就更好，但不可强求一致而丢掉主要的东西。另一方面，也绝对不应该为了求奇求怪，特意写出反常的句式，违背诗歌语法修辞习惯，使别人不能理解，念起来拗口，听起来逆耳。自来传诵于人民群众之中的民歌和千百年来为广大文人学子所喜爱的名篇佳句，无一不是文从字顺、声谐语畅的。岂有以生造的佶屈聱牙的辞句，而能写出传播久远，为读者所喜闻乐见的诗！

根据这个基本观点，尽管律体诗由于字数和格律的限制，语言要求特别精练，在语法修辞上有些异于散文和古体诗的特点，本是可以允许的，但无论如何不能过分，以致颠倒错乱，令人难于索解。律体诗语法修辞的特点主要有省略和倒装，这两大类方法在西方格律诗中也是普遍采用的，不过我们用得更多一些罢了。

就省略言，有的是一句诗里只是一个或两三个名词性词组，如王维的“山中一夜雨，树杪百重泉”；杜甫的“渭北春天树，江东日暮云”；李白的“浮云游子意，落日故人情”；高适的“巫峡啼猿数行泪，衡阳归雁几封书”。有的是在一句诗里保留副词，省略动词，如杜甫的“故国‘犹’兵马，他乡‘亦’鼓鼙”和“江山故宅‘空’文藻，云雨荒台‘岂’梦思”。有的是复合句中一个分句有谓语，另一个没有，如杜甫的“‘香雾’

云鬟湿，‘清辉’玉臂寒”；崔颢的“晴川历历‘汉阳树’，芳草萋萋‘鹦鹉洲’”。这些有所省略的对偶句，虽然不合语法，但意思都很明白，而语言精练，增强了艺术性。至于律体诗句经常省略主语、连词、介词，那就更为人们所习惯了，我们日常说话和写散文也多如此，所以说出来不会产生误解。

至于倒装句法，古今散文本来也都常用，但律体诗用得更多，而且语序的颠倒往往更加异常。对于古人这类诗句应做具体分析，不能一概都说好说妙，说“既适应了声律的要求，又能增加诗的情味”。例如钱起《谷口书斋寄杨补阙》的颔联：“竹怜新雨后，山爱夕阳时”，就好而且必要。说“好”，是因为颠倒不大，而且突出了“竹”和“山”；说“必要”，是因为不这样就不适应声律的要求。我认为这两句的原意当是“怜新雨后（之）竹，爱夕阳时（之）山”，只是把宾语中的“竹”和“山”由后移前。所以变换不大，容易理解，既协音律，又醒眼耳。有人认为原句意应是“新雨后怜竹，夕阳时爱山”，当然也通，但意义略变，似非诗人本心，而且颠倒得太大了。杜甫的《陪郑广文游何将军山林》十首之五颔联：“绿垂风折笋，红绽雨肥梅。”虽然为了“适应声律的要求”，不得不如此颠倒，但这两句就不及钱起那联好理解，我想便是因为颠倒得大了些。古人评论这两句时多加肯定，我却并不那么欣赏。至若他的《秋兴》八首之八的颔联：“香稻啄余鹦鹉粒，碧梧栖老凤凰枝”，本应是“鹦鹉啄余香稻粒，凤凰栖老碧梧枝”，原无多少诗的情味，不论如何颠倒，也改变不了它的本质。就声律说，“香稻”和“鹦鹉”都是“平、仄”，“碧梧”和“凤凰”都是“仄、平”，改与不改也完全一样，于声律无所变化。可是经过这一颠倒，主语和宾语对换了位置，不仅与语法不合，于事理也明明相背，不知老杜用意何在，更不知为什么后世直到现在还有人盲目地赞赏这两句诗，说这是“近体诗的语法特点”（见王力主编《古代汉语》下册第二分册页 1461）。大约就因为作者是老杜吧？记得儿时听过一首专作颠倒语的俳谐儿歌道：“东西道，南北走，忽听门外人咬狗。手拿狗，打砖头，很怕砖头咬了手。”老杜这两句诗正与“人咬狗”“拿狗打砖头”“砖头咬人手”相同。

七、五言律、绝和七言律、绝的差异

从形式上看，从格律要求看，五言律和七言律以及五言绝和七言绝，并没有什么差异，只不过七言律绝每句比五言律绝多两个字而已。如果仅止如此，那就应该是凡会作七言律绝的可不必再学五言律绝。但这话不对。自来学诗者学了五言律不等于也学了七言律，五言律也还是有与七言律不尽相同的特点。正因如此，一位诗人就往往长于此而不必长于彼。

李白尝曰："兴寄深微，五言不如四言，七言又其靡也，况使束于声调俳优哉。"（见唐孟棨《本事诗·高逸第三》）于此可见，四言诗、五言诗、七言诗，虽只在每句字数多一两字或少一两字，但它们之间就产生了很大差别。由于这"言"数的微小差别，学习时也便有难易之分。严羽《沧浪诗话·诗法》云："律诗难于古诗；绝句难于八句（按：'八句'指律诗而言）；七言律诗难于五言律诗；五言绝句难于七言绝句。"胡应麟《诗薮·内编》卷六稍异于此，他说："谓七言律难于五言律，是也。谓五言绝难于七言绝，则亦未然。五言绝，调易古；七言绝，调易卑。五言绝，即拙匠易于掩瑕；七言绝，虽高手难于中的。"严、胡二氏看法小有不同，只在五、七言绝句之间；他们对律诗却一致认为七律难于五律。后来贺贻孙《诗筏》则反是，他说："谓七言律难于五言律。彼谓七言律格调易弱耳。而不知五言律音韵易促也。五字之中，铿然悠然，无懈可击，有味可寻，一气浑成，波澜独老，名为坚城，实则化境，则五言律难于七言律也。"至于律与绝二者之难易，以及五、七言绝句间之难易，亦家各异说，争执不已。近人有为严羽之说作解释的，说："绝句难于八句者，八句字多，可以供其抒写；绝句字少，如垂趾二分，难乎为射也。七言律诗难于五言律诗，五言委婉，用力少；七言沈雄，用力多也。五言绝句难于七言绝句者，七言字尚多，回旋可以自然；五言字益少，字字须警拔，语语须有意也。"还有为这类争辩作调停的，说："就风致古隽言，五绝或难于七绝；就意境超远言，则七绝又难于五绝。"我们没有参加这种争辩的必要，只想借此说明一点：即律与绝有句数多少之不同；而不管是律或绝，五言与七言又有句子长短之异，这都将影响到它们的容量大小与声音之缓急、畅促。而作者才性各殊，情境异致，好尚不同，工拙有别，或善于用多御长，或娴于使少操多，便自然产生难易的区别与对立。然而，由此亦可见五、七言律、绝都各有自己的特点，有相通的一般规律，也有不能相通的特殊要求。

自来论者极多，综合要旨，大致可说：五言律“宫商甫协，节奏未舒”，但“规模简重，结构易工”。七言律“畅达悠扬，纡徐委折”，但“字句繁缛，推敲难合”。又“五言律体，前起后结，中四句，二言景，二言情，此通例也”。要以格调庄严，气象闳丽为尚，若凑砌堆叠，便无足观。最好能情景交融，错综惟意，方为上乘。七言律最宜伟丽，最忌粗豪。然壮伟者最易失于粗豪，和平者易失于卑弱，深厚者易晦涩，浓丽者易繁芜。唯当“寓古雅于精工，发神奇于典则，熔天然于百炼，操独得于千钧”。至于绝句，“五言绝尚真切，质多胜文；七言绝尚高华，文多胜质”“至意当含蓄，语务舂容，则二者一律也”“绝句之法，要婉曲回环，删芜就简，句绝而意不绝，多以第三句为主，而第四句发之。有实接，有虚接，承接之间，开与合相关，反与正相依，顺与逆相应，一呼一吸，宫商自谐。大抵起承二句固难，然不过平直叙起为佳，从容承之为是。至如婉转变化工夫，全在第三句。若于此转变得好，则第四句如顺流之舟矣”。

以上所引录古人论五、七言律绝诗作法，都是把五言和七言分开，各讲其特点、要求。虽不免有些抽象，使学者不大容易掌握，而古代文论，大抵如此。反之，假如谁讲得太具体，反而会遭到指摘，斥为三家村塾师教学童作八股经义、科考试帖，起承转合，死法陋规，不足语于诗学。我在这里综合引用，目的也不在提示什么诗法，而在于证明古人从来就认为五律和七律不同，五绝和七绝有异，学习写作，各有所宜，亦各有精诣，不能一通俱通，一精俱精。胡应麟说：“盛唐长五言绝，不长七言绝者，孟浩然也；长七言绝，不长五言绝者，高达夫（按：高适，字达夫）也。五、七言各极其工者，太白（按：李白）；五、七言俱无所解者，少陵（按：杜甫）。”杜甫律诗向为宋、明诗人楷模，绝句诗本是律体，胡氏竟谓杜于五、七言绝“俱无所解”（就是“一点都不懂”）；李白律诗不多，论者也不以此称之，甚而有人说李白律诗或不尽协律，但胡氏却认为他

五、七言绝“各极其工”（就是“都作得最好”）；孟浩然长五绝而不长七绝；高适则长七绝而不长五绝。

元杨载《诗法家数》云：“七言若可截作五言，便不成诗。”明王世贞《艺苑卮言》云：“五言律差易得雄浑，加以二字，便觉费力。”又明李梦阳曾与何景明争辩五、七言律异同，说：“七言律若可剪二字，言何必七也。”胡应麟则说：“此论不起于李，前人三令五申，久矣。顾诗家肯綮，全不系此。作诗大法，惟在格律精严，词调稳惬，使句意高远，纵字字可剪，何害其工！骨体卑陋，虽一字莫移，何补其拙！如老杜‘风急天高’乃唐七言律第一首，今以此例之，即八句无不可剪作五言者。”（胡应麟《诗薮·内编》卷五）他的论调直是强为之词，即如他举老杜一首七律之例，原诗题为《登高》，果真句句可剪作五言，并仍能称为唐律佳作吗？

（风急）天高猿啸哀，
（渚清）沙白鸟飞回。
（无边）落木萧萧下，
（不尽）长江滚滚来。
（万里）悲秋常作客，
（百年）多病独登台。
（艰难）苦恨繁霜鬓，
（潦倒）新停浊酒杯。

清沈德潜《唐诗别裁》选录此首，在第一句下注云：“一句中三层。”是的，若剪去“风急”二字，句虽通，却只剩两层，且不能更好地烘托“猿啸哀”。在第六句下注云：“好在‘无边’‘不尽’‘万里’‘百年’，亦一句三层。”同样，若剪去这四句的前二字，即使句通，都只剩下两层，亦有何妙可言？抑不止此，沈氏在诗后总注曰：“昔人谓两联俱可截去二字。试思：‘落木萧萧下，长江滚滚来’，成何语耶？”的确如此，这两句若无“无边”“不尽”，就成泛泛写景，与诗人情思不发生什么关系，又如何算得好诗？胡氏本着他这个荒谬观点继续写道：“又如‘江间波浪兼天涌，塞上风云接地阴’‘五更鼓角声悲壮，三峡星河影动摇’等句，上二字皆可剪，亦皆杜句最高者，曷尝坐此减价！又如王维‘漠漠水田飞白鹭，阴阴夏木啭黄鹂’，李嘉祐剪为‘水田飞白鹭，夏木啭黄鹂’；‘九天阊阖开宫殿，万国衣冠拜冕旒’，老杜剪为‘阊阖开黄道，衣冠拜紫宸’：何害王句之工！即如宋人‘为看竹因来野寺，独行春偶过溪桥’上下粘带，不可动摇，而丑拙愈甚。自诗家有此论，举世无不谓然，甚矣独见之寡也。”我却实在不能同意他的这种“独见”。他这不是论五、七言诗，而是拆句论五、七言句，这好比我们说一件成人的衣服如果把身长剪去半尺，变成小孩衣服就不行，袖子、领子、身宽、样式都不合适，不好看。他却不这样说，只就一只袖管说，材料好，宽窄长短都好看，有谁能同意他呢？其实即如他举的杜诗两联，我认为上二字皆不可剪，若剪去，便“坐此减价”。譬如“风云”固到处有之，不必“塞上”，然而说“接地阴”则不能去掉“塞上”；“星河”亦随处可以望见，无须“三峡”，但是说“影动摇”则唯在“三峡”方觉真切。李嘉祐借王维句而减首二叠字，已失原句神味，放在自己五言律中，岂真可与王维七律原诗并称杰作吗？杜甫改用王维七言一联为五律也大失原句气格。这是识者所尽知，不必多说。至如“为看竹因来野寺，独行春偶过溪桥”，句之佳否姑不论，其所以不可剪截上二字者，乃在于它的句式不是通常的“四三”而是变格的“三四”，不是以二字为一个节奏单位和意义单位，截去二字便音调滞碍，语亦不通。胡氏又写了一个“话柄”，证明他自己的论点：“唐人知贡举诗：‘梧桐叶落满庭阴，锁闭朱门试院深，曾是当年辛苦地，不将今日负初心。’当时无名子削为五言以讥之。后人主前说者，辄引作话柄。不知此等诗即上二字不可剪，亦成何语言？举一废百可乎？”这个“话柄”没有能给胡氏帮忙，反而确证了七言断不可改为五言，如上诗第四句削去首二字“不将”，则意思恰好相反，真是“成何语言”！若就原诗说，当然算不得好诗，但声音无不谐律处，语言亦尚通顺；假使截去二字，则意义乖谬，断乎不成知贡举诗，而是骂试官的“话柄”了。我还记得幼时邻塾蒙童读《千家诗》，把署名为杜牧的七绝《清明》一首，每句去掉二字，唱道：“（清明）时节雨纷纷，（路上）行人欲断魂。（借问）‘酒家何处有’？（牧童）遥指杏花村。”另一儿童则说：还可以去掉二字，唱道：

“雨纷纷，欲断魂。‘何处有’？杏花村。”如果胡氏听到这两个蒙童所说的“话柄”，不知他将何以自解！谢榛在《四溟诗话》卷四第七十二条引用逊轩子几句话，说明五言诗不可加二字变为七言诗，取譬精当，令人首肯。他说：“如冶人当造五寸之钉，而强之七寸，虽长而细，不利于用也；如圬者筑七尺之墙，五尺以砖，二尺以坯，然遭久雨，砖则无恙，而坯自颓矣。”短的改长不可行，长的截短，也同样不合适。

上言凡不按“二二二一”或“四三”句式，而取“三四”或“三一三”等句式的句子，若截去首二字，则不仅不能称为好句，抑且不复成句。宋人把这种意义单位与常规音节单位不合的句法叫作“折腰句”。明胡震亨《唐音癸签》卷四引遁叟云：“五字句以上二下三为脉，七字句以上四下三为脉，其恒也。有变五字句上三下二者，变七字句上三下四者，皆蹇吃不足多学。”举几个例子如下：

> 庾公楼 | 怅望，巴子国 | 生涯。
>
> 似 | 梅花 | 落地，如 | 柳絮 | 因风。
>
> 野店 | 寒 | 无客，风巢 | 动 | 有禽。
>
> 永夜 | 角声悲 | 自语，中天 | 月色好 | 谁看。
>
> 静爱竹 | 时来野寺，独寻春 | 偶过溪桥。
>
> 落以斧 | 引以纆徽。
>
> 虽欲悔 | 舌不可扪。
>
> 管城子 | 无 | 食肉相，孔方兄 | 有 | 绝交书。

有如此类，都是不合“句脉”的，也就是意义单位与音节单位不合拍。如按照这种折腰句法朗读或吟诵，总是不顺口，作诗时最好能避免；假如诗意要求必须用此句法，当然只好让形式服从内容。而一般说，很少有那种绝对不可变动的情况。

词曲篇第四

一、什么叫自由诗

什么样的诗叫作自由诗呢？顾名思义，自由诗就是随作者自便，不受任何格律限制，要怎样安排章节或不分章节都可以，只要符合诗的最基本的要求——如《学诗篇》第一节所讲过的。所以自由诗这名称是就诗的形式而言的，首先它必须是诗。若内容根本不是诗，只有形式上的“自由”，当然就不能称为自由诗了。具体地说：自由诗，篇无定章，章无定节，节无定行（句），行（句）无定字，字不限声，韵不限位，长短不拘，唯求语足达其情意之深微婉曲，音能宣其辞义之所涵蕴，而又适口顺耳，便为合作。故从广义来说，也就是从自由诗这名称的命名本义来说，凡诗体之以形式分类者，只有格律诗和非格律诗两大类，非格律诗便都属于自由诗。

前已讲过中国旧诗中的格律诗，即各种有一定格律的所谓“近体诗”或叫“律体诗”。那么，“近体诗”或叫“律体诗”以外的，凡无固定格律的所有非格律诗就都算自由诗了。因此，在唐代律诗形成以前所有的诗歌，包括《诗经》、《楚辞》、逸诗、风谣、民歌以及文人所作的乐府，三、四、五、六、七言古风，杂言，长短句……就都得算自由诗，从广义说，从自由诗的本义说，确应如此，无可怀疑。

但是，自由诗这个词是从西方语言移译过来的，在五四运动前后才输入的，至今最多不超过一百年，因为它的产生也不过百年（相对于此文写作时间20世纪80年代而言）。有人说这种诗的“创始人为美国诗人惠特曼（1819—1892年），他的《草叶集》中的诗，都是自由诗”。但据我所知，它可能最先创始于法国人，因在19世纪末，法国诗坛上就已流行“自由诗”。而且英语“自由诗”一词本叫vers libre，就是从法语直接引进的外来语，虽然它的意义等于英语的free verse，但作为诗体名，原来却不叫free verse，而叫vers libre，可见名随物至，诗体与这名称是同时从法国输入英语国家的美国，而最早为惠特曼（Walt Whitman）所采用，写了他的名作《草叶集》（*Leaves of Grass*）。不论我们最早是从法国抑或从英美输入的，它总归是近百年以来才有的，而我们的祖先早已把传统的诗体定名了。因此，对于已经有定名的诗体，我们可以依旧名称之，但也要按照它们的体式一一加以分析说明。

《诗》三百篇一般认为是四言体，后世写四言诗都以“三百篇”为法。但“三百篇”的主要部分风诗采自黄河中下游的十来个诸侯国和几个地区，原是民歌，代表不同地区的民间诗歌的形制与声调，有其相同的时代特点，也有各自不同的地方特征；即同为一个地方的民歌，也还有因内容不同而异其形式的，如同属《魏风》：《伐檀》是带“兮”字的长短句，有四、五、六、七、八言，错综其间；《硕鼠》则通篇四言，整齐划一。同属《邶风》：《谷风》六章，章八句，除两句五言外，全篇均为整齐的四言；《式微》却只有二章，章四句，四句之中，一句三言，两句四言，一句五言，两章基本重复，只换了三个字。说没有格律，似乎也有；说有格律，但并不固定，又不统一。就其出自民歌来说，显然不会有意识地遵守什么统一固定的格律，而且它们虽以四言句为主，却并不严格限于四言，既有带“兮”字的长短句体，又有在通篇四言体的长篇中偶尔夹入少数非四言的句子。因此，整个风诗都应该算是自由诗。但《雅》《颂》却略有不同，不仅句式较《风》更近于纯“四言体”，而且很可能其中的大部分（即使不是全部）是由周王朝的贵族、大臣、宗室、太史之类的人物，专为殿廷庙堂上举行各种礼仪，如舞射祭祀等，配合一定乐谱而奉命或特意写作的，很有可能是格律诗，只是我们今天已无从见到原来的乐谱罢了。

战国后期以屈原为代表所创作的楚地歌诗《楚辞》，是长江中游和汉水下游的楚歌体，基本上以六言句为主，每两句构成一个整句，在上句的句尾加一个泛声字“兮”。这种形式可以《离骚》为典型。《九章》除《橘颂》外，基本上也都属于这个类型。《天问》和《招魂》则又各是一类，与此不侔。此外，《九歌》长短十一篇却和《离骚》略似而又另为一格。似者，也用泛声字“兮”；另为一格者，每句基本上是五个字，外加一个“兮”字于每句的第二个字或第三个字之下。譬如《离骚》的标准句式是：“朝发轫于苍梧兮，夕余至乎县圃。欲少留此灵琐兮，日忽忽其将暮。”而《九歌》的标准句式则是：“君不行兮夷犹，蹇谁留兮中洲？美要眇兮宜修，沛吾乘兮桂舟。令沅湘兮无波，使江水兮安流。望夫君兮未来，吹参差兮谁思？”（《湘君》）《九歌》为什么与屈原其他作品不同？它和《九章》同样是若干首同类型的歌词编在一起的组歌，但《九章》却基本上和《离骚》句式相同，《九歌》则几乎完全是另一个样子。我认为主要因为它是屈原依照当时楚国沅湘之间祠神所用“巫音”的传统格律而写成的，格律如此，未加变动。这十一篇可以说格律都相同，只有极少数句子多一个或少一个字。可见当地“巫音”的要求便是如此，他不照规格写，巫觋们就不便采用。东汉王逸《楚辞章句·九歌章句·序》云：“《九歌》者，屈原之所作也。昔楚国南郢之邑，沅、湘之间，其俗信鬼而好祠。其祠必作歌乐鼓舞以乐诸神。屈原放逐，窜伏其域，怀忧苦毒，愁思沸郁。出见俗人祭祀之礼，歌舞之乐，其词鄙陋。因为作《九歌》之曲，上陈事神之敬，下见己之冤结，托之以风谏。故其文意不同，章句杂错，而广异义焉。”后世研究《楚辞》者，多数附和王逸之说，认为是可信的。

《招魂》可能是楚地另一种巫术所用的巫音格调，但我认为在那篇诗作里，主要是为了抒发作者（我定为是屈原作，以招楚怀王之魂）对楚国政治现实的认识和态度，并非真正写了给巫，用为招魂辞。因而虽用那特种巫音格调，内容却充满了作者热爱祖国，企盼怀王能有所觉悟，眷然归来的深切情感。用“兮”字也和《九歌》一样，夹在句的中间；与《九歌》不同的是，它更多的是用了楚地特有的禁咒句尾“些”字，放在两个四言、五言句所构成的一个整句之后，如：“长人千仞，惟魂是索些。十日代出，流金铄石些。”在每一段的起处和结处，则皆“兮”“些”兼用，如：“魂兮归来！东方不可以讬些。……归来兮！不可以讬些。”全篇前有“艳”，后有“乱”，这两段的格调则完全与中间招魂辞不是同型的：“艳段”用的是《离骚》型，如：“朕幼清以廉洁兮，身服义而未沬。主此盛德兮，牵于俗而芜秽。上无所考此盛德兮，长离殃而愁苦。”（此下加了十句左右散体语句）最后的“乱辞”则格调介于《离骚》与《九歌》之间，而更近于《九歌》，因“兮”字也是放在两小句中间而不是在句尾，如：“献岁发春兮汩吾南征。菉蘋齐叶兮白芷生。路贯庐江兮左长薄，倚沼畦瀛兮遥望博。”其与《九歌》不同者：《九歌》的基础是五言，上三下二，中间加“兮”；这里的基础是七言，上四下三，中间加“兮”。由此可以判断：《招魂》一篇，引子之“艳”与尾声之“乱”，所用格调是作者就一般楚歌创造的，中间作为全篇主体的“招魂辞”则是按照禁咒巫术的特种巫音的格调较少变化地写作的。就全篇论，虽近于格律体，却不是没有自由运用个人创造性的。

先秦诗歌大致不出《诗经》《楚辞》这两大类型。西汉前期诗歌作品基本上还是如此（汉赋已脱离诗歌范围，故不论及），没有什么新发展。只有到后期，才萌生了五言诗，到东汉末年，便成为文人诗的唯一“正体”。

自有文人五言诗以后，文人诗歌渐趋于格律化，经过魏晋南北朝，到唐初遂形成了律体诗，在诗坛上逐渐取得统治地位，非格律诗虽仍有人写作，却已不那么为诗人所重，甚而竟有人主张写古诗也要讲求格律，妄生许多禁忌。然而，与此同时，广大人民群众却还是根据自己的需要，按照声音的自然，继续创作各种形式的歌谣，自由作歌，自由谱曲，自由配乐，自由传唱，发展变化完全走自己的路，并不受任何“有意为之”的格律限制。于是本来创自民间而又采自民间，为统治者取入官方主管音乐机关，作为他们娱乐和行礼之用的“乐府诗”，便被有选择地、有窜改地保存下来一小部分，成为我们两千多年来文学宝库中永放光辉的一批无价之宝，也是我们祖先留给万代子孙的巨大精神财富。现在称为“乐府古辞”“汉魏乐府”“两晋南北朝乐府”者，就是这类古代民歌。这些所谓乐府诗原是民间歌谣，无论有无曲调，却都是自由创作的，并非先制曲后填词，所以根本无固定格律。进入官方乐府以后，或修订原曲，或新制乐调，遂成定格，当时文人拟作，便可能视为不可变更的格律而强制依谱照填。但是即早在汉末，曹操父子所作的《薤露》《蒿里》之类，也已与同题的乐府古辞完全不同：篇章大小、句字多少、用韵方法等都判然各异。所以乐府诗，不论古辞或拟作，不论古题或新题，也都不是格律诗。

由以上的分析可知，唐代以前，律体诗定型以前，所有各种诗体，无论民歌也好，文人作品也好，严格地说，基本上没有格律固定的格律诗。换言之，就都是比较自由的自由体诗。虽然如此，但是从非格律体到格律体，从自由体到律体，其间并无一条不可逾越的鸿沟，格律的出现与确定，有一个很长的逐渐发展变化的过程，是要经过量变才达到质变的。从最早的口头创作的“举重劝力之歌”“杭育杭育”体到二言体的《弹歌》，不知经过几千年、几万年。再发展到伊耆氏《蜡辞》（《礼记·郊特牲》：“土反其宅，水归其壑，昆虫毋作，草木归其泽”），又不知经几千百年，到周代民歌《国风》，篇分章，章有句，句基本上为四言，粗略计算也逾千年。如果没有《诗》三百篇以前像《蜡辞》那样的四言短篇，就不会形成这种分章成篇的四言体周代民歌。如果没有《魏风·伐檀》和《沧浪歌》(《孟子·离娄上》及《楚辞·渔父》均载有《沧浪歌》曰：“沧浪之水清兮，可以濯我缨；沧浪之水浊兮，可以濯我足”)以及《徐人歌》（见刘向《新序》：“延陵季子兮不忘故，脱千金之剑兮带丘墓”）、《越人歌》(见刘向《说苑》：“今夕何夕兮，搴洲中流。今日何日兮，得与王子同舟。蒙羞被好兮，不訾诟耻。心几烦而不绝兮，得知王子。山有木兮木有枝，心悦君兮君不知”)这类“楚歌”体为之先驱，屈原、宋玉等的“楚辞”体也不会形成。如果没有先秦诗歌中的五言句和《楚辞·九歌》的基本上整篇五言体（句中夹“兮”字），以及秦汉民歌的纯五言短篇创之于先，也不会产生两汉的文人五言诗。仅就四言诗的以四言为句这一条定格说，或仅就五言诗的以五言为句这一条定格说，无不是经过几千百年的群众创作实践才逐渐形成的。谁能说格律的某一条、某一项是某一个诗人在一个早晨制定出来，今天无此格律明天却突然出现了，今年还没有产生格律，明年就形成而为诗坛所接受了呢？由此可见，就自由诗的某些或多或少近于定格的方面而论，它也可以说是格律诗；反之，就格律诗的某些要求并不严格而允许灵活掌握的方面而论，它也可以说是自由诗。这不是我的发明，古人论诗便有这种划分不清、可此可彼的情况。譬如五、七言八句诗，平仄完全合律，只是中间四句不用对仗，就有人认为是律诗，也有人只承认是古诗合律。又如唐人李白、白居易等大诗人都写过五言六句诗，一切与五律全同，只是中间缺少一联对句，有人称之为六句律，也有人只承认是短古。所以格律诗与自由诗之间的界限并不是那么容易严格划分的。

这里要说的，是按照在前两篇已经讲过的，以唐代初期格律已固定的律体诗——五、七言律诗，五、七言绝句，五、七言排律为格律诗；而以乐府诗，三、四、五、六、七言古诗，杂言诗，骚体诗，各种民间歌谣，均为自由体诗。这当然是广义的自由诗，不是指从外国输入“自由诗”这个名称以后的“自由诗”。现在称为“自由体”的诗，不包括齐言体的五、七言古风在内，当然也不包括少用的三、四、六言古诗，而一定得是长短句，章节（解）可分可不分，行（句）数可多可少，句可短至一言，可长至超过七言以至十余言，押韵方法可随意变化，转韵不仅允许，而且自由，当然用韵更不限于旧日韵书的分部方法，完全可以“通押”或按当代读音叶韵。此种“自由诗”与唐宋“词”有很多相似之处，主要的如二者均为长短句，而不是齐言的，所以我们不把齐言的古诗划入自由诗范围内。但唐宋词虽与“自由诗”有共通的特点——长短句，却又不属于“自由诗”的范围，则因为“词”有很严格的声调谱式，是格律诗体的一个分支——附庸蔚为大国者。

二、词的起源和出现

词既是格律诗的一个分支，也就是诗的一体。词本是乐府诗的一种，是可歌而入乐的诗体之一，是曲子的词，故自有词这种诗体以来，作词者一般都是以曲谱（即词谱）为依据，按一定的曲调（即词调）制辞，也就是按谱填词。清刘熙载《艺概·词曲概》说："乐歌，古以诗，近代以词。如《关雎》《鹿鸣》，皆声出于言也。词则言出于声矣，故词，声学也。"这话说得很好：古以民歌之诗为乐歌，后来诗变成文人的案头文学，遂又取后世的民歌之词为乐歌，其实词即诗，二者同物而异名。"三百篇"中的大部分诗原是民歌，是劳动大众言志之"言"，采为乐歌，被之以声，所以说"皆声出于言也"。唐以后文人取民间曲调，按谱填词，也效其体，名曰曲子、曲子词，或简称词，故曰"言出于声矣"。因词是依声的诗，是"倚调"或"寄调"，所以也可以说"词学"是"声学"。

由上之说，可知词便是诗，诗的来源是早期的民歌，词的来源是较后时期的民歌。诗是先取民歌，然后以之入乐；词则并取民歌俗曲入乐，然后效其体，依曲制辞。刘熙载说："词导源于古诗。"如先肯定了古诗出于民歌，他的话就非常正确。但昔人或谓"词者，诗之余也"，认为词是由诗变来的，甚至于像朱熹所说的"古乐府只是诗，中间却添许多泛声，后来人怕失了那泛声，逐一声添个实字，遂成长短句，今曲子（按：宋人往往称'词'为'曲子'，朱熹所说的'今曲子'即指'宋词'而言）便是"（见《性理大全》）。这完全是凭空想象，完全是他编造的。照这样说，古乐府本来都该是齐言体，只因为"中间却添许多泛声"，后来又"逐一声添个实字""遂成长短句"，而变为"今曲子"（即词）。我们看看"古乐府"——汉乐府古辞虽有不少是"五言"的，但也有许多是"非五言"的（或者说是"杂言"的）长短句，如著名的《薤露》《蒿里》《上邪》《有所思》《妇病行》《孤儿行》等。而且据近人研究、考订所得，认为非五言者，其产生当较早，视纯粹五言者为先（如罗根泽《乐府文学史》就说："五言乐府，有年代可考者，最早在章和之间；并非五言者，则自西汉之初，已有著录"）。即此，便可证明他所说的，词是由齐言乐府诗添实"泛声"而变为长短句的说法纯属臆造，全不可信。我的论断是：以文言，词也是诗；以声言，凡入乐配曲而可歌的诗，无论齐言或杂言，无论古乐府体或五、七言近体，都是乐曲歌辞，与词当为同等而并列的东西。所以词应该是唐代可歌的新声诗体的总称。

论及词的兴起，宋朱弁《曲洧旧闻》说：“词起于唐人，而六代已滥觞矣。”他继而举出梁武帝（萧衍）的《江南弄》、陈后主（陈叔宝）的《玉树后庭花》、隋炀帝（杨广）的《夜饮朝眠曲》为例。刘熙载除举萧衍的《江南弄》外，还提到陶弘景的《寒夜怨》、陆琼的《饮酒乐》和徐陵的《长相思》，并说“皆具词体，而堂庑未大”，意谓初具词的雏形。只有“至太白（按：谓李白）《菩萨蛮》之繁情促节，《忆秦娥》之长吟远慕，遂使前此诸家悉归环内”。这话也只有说文人作词的开始，还差不多。如用来说词体诗的兴起，却不妥当，因为词体并非文人所开创，而是肇自民间；抛开民间俗曲来讲词的起源，就不可能找到真正的根子所在。

唐代和六朝一样，民间歌谣、俚曲非常丰富，各地区还有不同劳动性质的不同曲调，如刘禹锡在《竹枝词·序》中所说：“四方之歌，异音而同乐。”文献中也保存有农人的《田中歌》、舟人的《欸乃曲》，均为诗人所模拟。《杨柳枝》原有“古歌旧曲”，显然流行已久。《河满子》则是满子临刑时所新制。这就证明了唐代有许多民间旧曲继续传唱，同时还有不少新曲随时产生。唐代如此，唐以前和以后当然也是如此。

今日所得见的唐代民间曲辞，绝大部分是保存在敦煌石室中的。其中有很多是后来的词调，但语言却完全是民间的，与文人作品根本不同。例如：

> 敦煌古往出神将，感得诸蕃遥钦仰。效节向龙庭，麟台早有名。只恨隔蕃部，情恳难申诉。早晚灭狼蕃，一齐拜圣颜。（《菩萨蛮》）

又如《雀踏枝》（疑即《鹊踏枝》，为《蝶恋花》的异名，但格调近似而不尽相同）：

> 叵耐灵鹊多瞒语，送喜何曾有凭据？几度飞来活捉取，锁上金笼休共语。比拟好心来送喜，谁知锁我在金笼里。欲他征夫早归来，腾身却放我向青云里。

又《望江南》（即《忆江南》，系唐宋以来常用的词调）：

天上月，遥望似一团银。夜久更阑风渐紧，为奴吹散月边云，照见负心人！

除第二句多一“似”字（民间俗曲加衬字是早已有之的）外，与中唐以后刘禹锡、白居易等人的《忆江南》词格律完全一致，然而语言风格却“雅”“俗”判然。可以证明，文人词是从民间俗曲俚歌学来的，因而是起源于民间的曲子词，时间不迟于盛唐。

为什么这样说呢？因为，如前所说，词即乐府歌辞，而齐梁的清乐曲辞已多长短句，至隋即益见成熟，于是曲子词渐兴。敦煌曲子词格调多是六朝旧曲，或为隋唐以来吸收“胡夷乐曲”和“里巷之歌”而新创制的，故较前代更加丰富，并与五、七言近体诗和杂言的长短句诗同时为文人所采用，以创作歌唱的曲辞。

敦煌曲子词被发现以后，我们得到了文人词直接起源于民间曲子词的确凿证据，并且把词的起源时间由过去的中唐提到盛唐，提前了一百多年乃至二百年。又唐诗人作词，向谓始自李白的《菩萨蛮》《忆秦娥》，明胡应麟《少室山房笔丛·庄岳委谈》始提出怀疑，谓非李白作，并有人疑是温庭筠或韦庄之作，他们的理由主要是说盛唐尚未有词，且云《菩萨蛮》之名起于晚唐世，盛唐犹未出现（见《杜阳杂编》《南部新书》及《北梦琐言》有关于《菩萨蛮》之名称起源的材料），实则皆不足为据。观敦煌曲子词中的《菩萨蛮》词多首，其中已有可确定是盛唐之作者，便足以证明。至于胡应麟说“二词虽工丽而气衰飒”，“意调”不似太白，我则认为二词声情悲壮，意境苍凉，思绪愤激，音调高古，都是极有气概的，非太白不能有，而与温、韦等晚唐五代词人作品的华艳绮靡风格毫无共同之处。以是之故，我们可以认为李白这两首词乃是文人词之祖。在这以前，虽于初唐便已有李景伯、沈佺期、裴谈的《回波乐》三首（见唐刘餗《隋唐嘉话》下卷），崔液《踏歌词》二首，张说《舞马词》六首（均见《全唐诗》），杨贵妃《阿那曲》一首，贺知章《咏柳》一首（亦见《全唐诗》），但都还是五、六、七言诗的齐言体，与后来的词调略异。另外，唐玄宗李隆基尚有一首《好时光》（见《尊前集》）则已是长短句的词。调为上下两片（上片是六、三、三、七、五；下片是五、三、三、五、五），音节很好，但词意颇嫌亵俗，虽与李白同时，不足称为文人词之祖。这里且把李白这两首名作录附于下，结束本节。

平林漠漠烟如织，寒山一带伤心碧。暝色入高楼，有人楼上愁。玉阶空伫立，宿鸟归飞急。何处是归程？长亭更短亭。（《菩萨蛮》）

箫声咽，秦娥梦断秦楼月。秦楼月，年年柳色，灞陵伤别。乐游原上清秋节，咸阳古道音尘绝。音尘绝，西风残照，汉家陵阙。（《忆秦娥》）

三、词的格律

词至清初，康熙年间命词臣王奕清等编纂《钦定词谱》时，已列八百二十六调，二千三百零六体。比这个时候略早一点，万树以个人之力编《词律》一书，共收调六百六十，体一千一百八十，选订比较谨严，虽有遗漏，而大致略备，填词者多用为程式。同治年间，徐本立作《词律拾遗》补调一百六十五，补体三百一十六；杜文澜校刊时复作《词律补遗》，增五十调。于是并万氏《词律》原书，共得调八百七十五，得体一千六百七十余。如此繁赜，实难一一介绍。即使退一步只把历来词人常用的词调百种（如清舒梦兰编辑的《白香词谱》即仅选百调百首）加以介绍，也是办不到的。何况那样讲，也解决不了问题，我们还是弄不清词的格律与律体诗的格律之间的区别所在。因此，最好还是就词的一般共性综合谈几个方面的主要问题。

词是否全为杂言体的长短句呢？不是的。古今乐曲歌辞向来都是齐言与杂言并用。词未独立以前，乐府诗固然多四、五、七言体，但也有长短句体。词体初兴，新调固多长短句，而旧的齐言体也还不少，如上节所举唐初诸人所作的《回波乐》之类便是。如最早的词总集《尊前集》共收词二百八十九首，齐言的就有一百三十五首，占全集47%弱，将近半数；《花间集》五百首中也有齐言体一百零八首，占21%强。所以称词为“长短句”，是不够确切的，历来词人喜欢用的《浣溪沙》和《生查子》就是七言六句（上下两片各三句）和五言八句（上下两片各四句）的齐言体，并不是长短句体。可见严格说来，杂言并不是词的主要格律特征。

词之最短者有七言两句仅十四字的《竹枝词》（亦名《巴渝辞》），为齐言体；其长短句体之最短者则为《十六字令》（亦名《苍梧谣》），最长者有二百四十字的《莺啼序》（例：吴文英“残寒正欺病酒”一首即是）。前人因为一首词短者只十余字，长的竟达二百余字，相差太大，所以又以五十八字以内的称为“小令”，五十九字到九十字的称为“中调”，九十一字以上的则称为“长调”。但这也只是大致的划分，无法严格计算，例如，有的一调两体或数体，其两体或数体中有在五十八字以内者，有在五十九字以上者，难道能把这一调分别列入“小令”和“中调”两类吗？这个分类法不过是便于称呼，实际与我们研究词的格律没有多大关系。

词与律体诗在形式上有一个不同处，就是词自来就有分节（解）的问题，这是它作为乐曲歌辞的性质所决定的，而律体诗包括长律（排律）在内也是从不分节（解）的。词的一节（解）叫作“阕”或“片”，一首只一阕（片）的叫作“单调”，往往就是“小令”。一首分为上下或前后两阕（片）的叫作“双调”，“小令”“中调”“长调”都有。一首分为三阕、四阕的叫作“三叠”“四叠”，都是“长调”。“长调”词多分三阕，只有最长的《莺啼序》才分四阕。本来曲终曰阕，所以一首词叫作词一阕。那么，为什么词的一节叫作一阕，双调词的两节叫作前后阕或上下阕，三叠、四叠词的三节、四节也可以说那首词的第一、二、三、四阕呢？原因是这样的：唐宋以前乐曲的演奏有所谓“遍”者，即“变”也，古乐一成为变。变犹更也，变成则更奏也。或云“变”，或云“遍”，知此两字因音同而互用也。又一遍为一叠，也就是乐一成将更奏一遍，所以遍即变，即叠，后亦以“片”为“遍”的省体字。故双调者就等于前片演奏完成后又基本上按原调再重复演唱一遍（歌词即为后片之辞）。所以凡双调词前后两片字数和平仄都相同或基本相同，演奏完了前片，就等于乐一成，也就可以算上片终阕；再演奏下片，便等于把上片的乐曲重叠再演奏一遍，故曰遍曰叠。“三叠”“四叠”与“三遍”“四遍”同义，而“遍”亦可代以“片”字。

读古人词，往往有同一调名或调名基本相同而词的字数不同，句数不同，句型不同，平仄不同，叶韵不同，甚或有单调双调的不同。这有两种情况：比较多的一种情况是同调异体，如看《词律》就可见到许多调都是有一个正体，下边又跟着有一个或数个“又一体”的例词。如卷一《浪淘沙》就以皇甫松的“蛮歌豆蔻北人愁”七言四句单调二十八字为正体，下边跟着两首“又一体”的例词：一首是双调五十四字（又名《卖花声》）体，南唐后主李煜“帘外雨潺潺”；另一首则是宋祁的“少年不管，流年如箭”，虽也是双调五十四字体，却句式平仄全不相同。还有另一种情况则是异调同名，即调名（也叫词牌）虽同或基本相同，却根本不是一个词调。万树在《词律·发凡》中说：“词有调异名同者，其辨有二：一则如《长相思》《西江月》之类。篇之长短迥异，而名则相同”（按：如《长相思》有两种：一种小令双调，仅三十六字，又名《双红豆》《山渐青》《忆多娇》；又一种亦双调，但为长调词，长达一百字或一百零三字，显非同调异体，而是同名异调），“他若《甘州》后之附《甘州子》《甘州遍》，《木兰花》后之附‘减字’‘偷声’，亦俱以类相从”“一则如《相见欢》《锦堂春》，俱别名《乌夜啼》，《浪淘沙》《谢池春》俱别名《卖花声》之类，……又如《新雁过妆楼》别名《八宝妆》，而另有《八宝妆》正调，《菩萨蛮》别名《子夜歌》，而另有《子夜歌》正调”：都不是同调异体，而是同名异调。

产生上述混乱的原因，主要是古文人好在取调名上标新立异，故作狡狯，愈久愈多，愈滋混乱。本来“词有调同名异者，如《木兰花》与《玉楼春》之类，唐人即有此异名。至宋人则多取词中字名篇，如《贺新郎》名《乳燕飞》，《水龙吟》名《小楼连苑》之类。……后人厌常喜新，更换转多至庞杂朦混，不可体认”（见同上）。

词谱一类的书，如万树《词律》，就是在古代乐谱失传以后，为了文人填词的便利，把前人每一词调若干作品的句式和平仄进行分析和概括，编成谱式，俾后人遵循，按谱填词。因词调多达八百余种，异体又在两千左右，不仅一调一谱，而且一体一式，殊无规律可循，学习作词而求其合律就比较难了。我们这里只能就一般情况讲一些句式和平仄的问题。

有人说词句基本上是律句，这话容易误人。万树说：“词中惟五言、七言句最易淆乱。七言有上四下三，如唐诗一句者，……有上三下四句者，若《唐多令》‘燕辞归、客尚淹留’，《爪茉莉》‘金风动，冷清清地’之类，易于误认。……五言有上二下三如诗句者，……有一字领句而下则四字者，如《桂华明》‘遇、广寒宫女’，《燕归梁》‘记、一笑千金’之类，尤易误填，……又四字句中，有中二字相连者，如《水龙吟》尾句之类（按：例如张炎‘仙人掌上芙蓉’一首尾句‘卷西风去’便是‘西风’二字相连），与上下各二者不同。”句式既与律句不同，平仄亦自与之相异，若先说词句基本上是律句，初学者便会一遇五、七言句就先想到五、七言律的平仄格式，甚至把四言句看成七言律句的前四字，把三言句看成五、七言句的后三字，以求顺适，结果便成律诗语句，无复词的声调了。

词句最短的有一字为句者，最长的或至十一字，一般还是三、四、五、六、七字句为多。

一言句如《十六字令》首句一字，并入韵，定须平声。一字领句虽不是一字句，而是一字豆（即“读”，即“逗”，借用“豆”字，意为顿），或为“一三”式的四字句，或为“一四”型的五字句，或为“一七”型的八字句。如柳永《雨霖铃》“对长亭晚”；王安石《桂枝香》“正故国晚秋”；辛弃疾《木兰花慢》“正江涵秋影雁初飞”。一字领句往往是虚字或动字，如正、更、况，或对、算、怕之类，而且多属去声。

二言句多用于叠句或每片的起句，如王建的《调笑令》：“团扇、团扇，美人病来遮面。玉颜憔悴三年，谁复商量管弦？弦管、弦管，春草昭阳路断。”亦有用于既非叠句，亦非起句者，如顾夐《荷叶杯》：“春尽小庭花落，寂寞，凭槛敛双眉。忍教成病忆佳期！知摩知，知摩知”；《诉衷情》：“香灭帘垂春漏永，整鸳衾。罗带重，双凤，缕黄金。窗外月光临。沉沉。断肠无处寻，负春心”；《河传》：“棹举，舟去，波光渺渺，不知何处？岸花汀草共依依。雨微，鹧鸪相逐飞。天涯离恨江声咽，啼猿切，此意向谁说？倚兰桡，独无憀，魂销，小炉香欲焦。”从上举数例看：二言句有“平仄”（如“团扇”“弦管”“双凤”“舟去”），有“平平”（如“沉沉”“魂销”），有“仄平”（如“雨微”），有“仄仄”（如“寂寞”

“棹举”），并无规律。只有一个特点，即凡用二言句者，无不入韵。

三言句在词调中用得颇多，平仄句式各类搭配法皆有：如平仄仄、平仄平、平平仄、仄平平、仄平仄、仄仄平，均有实例。仄仄仄亦甚多，独罕见有用平平平的。

四言句如依五、七言律诗句法解释之，在顺句其偶数字平仄亦当相反，且句内亦须有相连之两平。故四言偶数字平仄如同，即为拗句。如依此而论，则在词中，四言拗句甚多：柳永《黄莺儿》“黄鹂翩翩”是“平平平平”；秦观《八六子》“怆然暗惊”是“仄平仄平”；蔡伸《丑奴儿慢》“鬓边霜华”是“仄平平平”；刘过《醉太平》“情高意真”“眉长鬓青”，都是“平平仄平”。可见各种排列法都有。这些是平拗句。仄拗句法（即“仄仄仄仄”“平仄仄仄”“仄仄平仄”“平仄平仄”）及偏拗句法（“仄仄仄平”“仄平仄仄”“平仄仄平”，即第二、四字平仄虽相反，而句内只有一平声字，或两平不相连者），词调中亦常用之。所以词中的四言句平仄格式变化极大，没有规律可说，只能照谱填词。至于句式，一般固是“二二”，却也有“一三”句（如苏轼《水龙吟》“是离人泪”）和“一二一”句（如柳永《雨霖铃》“对长亭晚”）。

五言句各式律句与拗句在词里都有。有人说仄起仄收、平起仄收、仄起平收的都多，如“卷起千堆雪”“玉阶空伫立”“帘外雨潺潺”便是。但认为平起平收的“平平仄仄平”极罕见，其实也不然，如白居易《长相思》“吴山点点愁”，欧阳修《南歌子》“龙纹玉掌梳”“描花试手初”，却也俯拾即是。五言拗句也有多种，不须一一叙述。至于五言句式，一般是“二三”句，但也有许多是“一四”句，如蒋子云《好事近》“入薰风池阁”“任杨花飘泊”，张炎《水龙吟》“记小舟夜悄”“怕湘皋珮解”，李清照《凤凰台上忆吹箫》“任宝奁尘满”“念武陵人远”，都是。

六言句的平仄格式合乎律体原则的自然应该是二、四、六为平仄平或仄平仄，相互交错，如陆游《沁园春》“交亲散落如云”，苏轼《洞仙歌》“欹枕钗横鬓乱”。六言句而不合上述原则的就是拗句，其拗法甚多，常用的有“仄平平仄平仄”，如苏轼《念奴娇》“一声吹断横笛”，程垓《摸鱼儿》“角声何处呜咽”；有“平仄仄仄平平”，如周邦彦《六幺令》“歌韵巧共泉声”，苏轼《念奴娇》“我醉拍手狂歌”；有“平平仄平平仄”，如周邦彦《六幺令》“池光静横秋影”，姜夔《齐天乐》“凄凄更闻私语”；有“平平仄仄平仄”，如欧阳修《诉衷情》“都缘自有离恨”，周邦彦《六丑》“长条故惹行客”。六言句一般为“二二二”句，也有作“三三”句者，如陈亮《水龙吟》“都付与莺和燕”。

七言句的律句就是前面讲律体七言句平仄格式时所介绍的那四种，在词里很容易找到，不再举例。七言拗句有“仄仄平平仄平仄”式，如苏轼《洞仙歌》“水殿风来暗香满”；有“仄平平仄仄平仄”式，如陈允平《绮罗香》“断无新句到重九”；有“仄仄平平平平仄”，如蒋捷《贺新郎》“此恨难平君知否”；有“仄平仄仄平平仄”，如周邦彦《月下笛》“品高调侧人未识”。七言词句有“四三”句式（即“二二二一”句式），这是与律诗句式相同的，但在词里，“三四”句式（即“二一二二”或“一二二二”句式）却也很常见，如柳永《雨霖铃》“杨柳岸、晓风残月”，辛弃疾《祝英台近》“更谁劝、啼莺声住”。而像这后一例（“一二二二”句式）也可作为“一六”句，即一字领六字的句式看。

八言句、九言句和少见的十言句与十一言句，往往都是中间可以停顿断作两个短句读的。如八言句即常为“三五”“一七”“二六”句式，如柳永《八声甘州》“误几回、天际识归舟”，辛弃疾《贺新郎》“恨古人、不见吾狂耳”；柳永《八声甘州》“对、潇潇暮雨洒江天”；辛弃疾《八声甘州》“故将军、饮罢夜归来”（这句依律本应为“一七”句式，但本句意义却是一个整句，不应在“故”字作停顿）；柳永《雨霖铃》“应是、良辰好景虚设”。所有这些八言句都可以按“三五”“一七”“二六”的一、二、三、五、六、七句平仄格分析合成八言句。九言句或为“三六”句式，如苏轼《念奴娇》“浪淘尽、千古风流人物”；或为“六三”句式，如李煜《虞美人》“故国不堪回首、月明中”“恰似一江春水、向东流”；或为“四五”句式，如卢祖皋《江城子》“天阔云闲、无处觅箫声”。十言句如辛弃疾《摸鱼儿》“见说道、天涯芳草迷归路”，是“三七”句式。十一言句如苏轼《水调歌头》上片“不知天上宫阙，今夕是何年”，是“六五”句式，而下片“不应有恨、何事长向别时圆”，则是“四七”句式。

由以上分析可知，词律较诗律要复杂得多，而且也严格得多。然而还不止此。万树《词律·发凡》有言：“平仄固有定律矣。然平止一途，仄兼上、去、入三种，不可遇仄而以三声概填。盖一调之中，可概者十之六七，不可概者十之三四。须斟酌而后下字，方得无疵。……夫一调有一调之风度声响。若上去互易，则调不振起，便成落腔。……盖上声舒徐和软，其腔低；去声激厉劲远，其腔高，相配用之，方能抑扬有致。大抵两上两去，在所当避。……更有一要诀，曰：名词转折跌荡处，多用去声，何也？三声之中，上、入二者可以作平，去则独异。故余尝窃谓：论声，虽以一平对三仄；论歌，则当以去对平、上、入也。当用去者，非去则激不起，用入且不可，断断勿用平、上也。”这些分别，古代的词人也不能尽知，更不能严守，用来要求现代诗人，实未免太过。但我们讲词的格律时，却不能不提到，使知音律细节尚有许多问题，有待专家深究，但不必用来束缚初学作诗填词者，以致影响我们诗歌的思想内容。至于在论四声之外，再进而论声之阴阳，论三仄声之相代，论双声叠韵之布置所宜，论八病在词中之避忌……愈究愈细，更非初学者所宜纠缠于其间的，这里不一一阐述。

讲律体诗格律要谈对仗，讲词的格律也要谈。但词的对仗不像律诗的对仗要求那么严，而且往往是可由作者自己灵活掌握，不属于格律范围内的事。词的对仗只是作者为了艺术之美而采用的一种技巧。又词的对仗方法颇有些像两汉以前文章中的对偶，并不要求平仄声调相对，只要字意相偶即可，而且允许用同字和同样句法，如苏轼《水调歌头》中的“人有悲欢离合，月有阴晴圆缺”便是。

词是要押韵的，韵字所在，调各不同，有的每句用韵，有的四句三韵，有的隔句韵，有的三句用一韵，有的并无规律，有的双调词上下两片韵法一律，有的前后稍有不同，有的一韵到底，有的上下片分押平仄两韵，有的一首规定换韵，或两韵交替。总之，变化甚多，都是每个词调所规定的。

古来词韵基本上就是诗韵，并没有专为填词用的词韵。这是很容易理解的。因为词本是诗的一种，或者说词即乐府诗（乐曲歌辞），当然乐府诗如何用韵，词也如何用韵；在词未独立成体以前，人们怎样用韵，到它发展成熟独立成体以后，人们当然还照旧那样用韵。文人词的前身既是民间俗曲，自不可能采用官定韵书，而只能按照当代语言声韵的自然，不会机械地为之分部。文人词继承民间俗曲的传统，自当比官定诗韵要宽得多，用起来也自由得多。清人戈载编《词林正韵》算是词韵专书，但在他成书以前，唐、宋、元、明千余年词人何尝按什么韵书填词用韵？在他成书以后，作词的也还是照古人用韵的方法，并不都以他的这部《词林正韵》为标准。又何况他的词韵虽自谓“取古人之名词参酌而审定”，实则不过是把清代通用的诗韵大致加以归并，和古诗所用的通韵相差不多，但即以之来检核宋代精于音律的许多大词人的词作，也并不尽合！若以此要求后人一体用为准绳，自然更不可能。

我的意见仍与前面讲律体诗时的意见一样，主张按照现代汉语普通话的规范音，编一部新的诗韵，既可用之于诗，也可用之于词曲；在编出公布以前，作诗填词尽可以现代汉语规范音押大体相近的韵，不必翻检古人的什么诗韵或词韵一类过时的韵书以自限。

词源出于民间俗曲，原是乐曲歌辞，自然是可歌的，合乐的，有一定声调、一定音律、一定曲谱的。但自文人词大兴于宋以后，许多词调原谱渐已失传，南宋以来，词人知音者渐少，词遂慢慢成为案头文学或书面的诗体，不再付之歌喉，也日益脱离人民群众，与律体诗相同。因此，我认为词和其他旧体诗一样，今后还可以作（填词），但不必要求严格地遵守早已不能歌唱的原调旧体的格律，而可以放宽一些尺度，使作者能更好地在写作时着力于表情达意，成为“言志”的好形式。但是，我也认为要用某调某体，就应该按照该调该体的格式、句数、字数、分节（片）与否、如何用韵，以至特定的句式等基本形式填写，不宜离格太远。只有这样，才可以标明为某调。否则，尽管文意俱佳，但与调名不符，又何必要写上那个名不副实的调名呢？

我认为：正如“律诗要讲平仄，不讲平仄，即非律诗”，词调也要讲它特定的格律，不按照某调的格律填写，即非某调。

四、曲的起源

明沈宠绥《弦索辨讹》有云：“‘三百篇’后变而为诗，诗变而为词，词变而为曲。诗盛于唐，词盛于宋，曲盛于元之北。北曲不谐于南而始有南曲，南曲则大备于明。”若以这一段话来说明诗、词、曲的发展顺序，确也简明扼要。但要说词是由诗变来的，曲是由词变来的，则不正确，不如胡应麟《少室山房笔丛·庄岳委谈》说得较为妥当：“宋元词曲，咸以昉（按：昉，始也）于唐末，然实陈、隋始之。盖齐梁月露之体，矜华角丽，固已兆端。至陈隋二主，并富才情，俱湎声色。叔宝之《后庭花》，炀帝之《春江》《玉树》，宋元人沿袭滥觞也。”胡氏说词和曲同始于唐以前的齐、梁、陈、隋，并非曲由词变来的，这一点很对，但仍未说得准确。尤其他把词、曲之源，归溯到齐梁宫体，谓为沿袭陈叔宝和杨广这两个亡国之君，则更为荒谬。倒是南宋末季王应麟《困学纪闻》的见解最为可取。他说：“古乐府者，诗之旁行也；词曲者，古乐府之末造也。”词和曲就是和古乐府一样的东西，都是诗的一种。若就其音声的兴衰而论，清梁廷枏《曲话》卷四说：“乐府兴而古乐废，唐绝兴而乐府废，宋人歌词兴而唐之歌诗又废，元人曲调兴而宋人歌词之法又积渐于废。”也是大致正确的。

追本溯源之论，唯宋人王灼《碧鸡漫志》卷一开宗明义讲得最为精到。“或问歌曲所起，曰：天地始分而人生焉，人莫不有心，此歌曲所以起也。《舜典》曰：‘诗言志，歌永言，声依永，律和声。’《诗序》曰：‘在心为志，发言为诗，情动于中而形于言。言之不足，故嗟叹之；磋叹之不足，故永歌之；永歌之不足，不知手之舞之，足之蹈之。’《乐记》曰：‘诗言其志，歌咏其声，舞动其容：三者本于心，然后乐器从之。’故有心则有诗，有诗则有歌，有歌则有声律，有声律则有乐歌。永言，即诗也，非于诗外求歌也。今先定音节，乃制词从之，倒置甚矣。而士大夫又分诗与乐府作两科。古诗或名曰乐府，谓诗之可歌也。故乐府中有歌，有谣，有吟，有引，有行，有曲。今人于古乐府，特指为诗之流，而以词就音，始名乐府，非古也。”其实“古人初不定声律，因所感发为歌，而声律从之，唐虞禅代以来是也（按：这可解释为自氏族社会以来便是如此）。余波至西汉末始绝。西汉时，今之所谓古乐府者渐兴，晋、魏为盛。隋氏取汉以来乐器、歌章、古调并入清乐，余波至李唐始绝。唐中叶虽有古乐府，而播在声律则鲜矣。士大夫作者，不过以诗一体自名耳。盖隋以来，今之所谓曲子者渐兴，至唐稍盛。今则繁声淫奏（按：宋代之词，多写男女艳情，音调亦靡，谓为‘繁声淫奏’，并不算过），殆不可数。古歌变为古乐府，古乐府变为今曲子，其本一也。后世风俗益不及古。故相悬耳。”（见同上）唐宋以来，以词曲为乐府歌辞，按谱填作，确是“以词就音”“非古也”。

对于这种“以词就音”的词曲作法，宋以来就早为知者所诟病。朱熹说：“古人作诗，只是说他心下所存事。说出来，人便将他诗来歌。其声之清浊、长短，各依他诗之语言，却将律来调和其声。今人却先安排下腔调了，然后作语言去合腔子，岂不是倒了？却是‘永依声’也！古人是以乐去就他诗，后世是以诗去就他乐，如何解兴起得人！”（见《朱子全书》卷三十三）清人杨恩寿《续词余丛话》卷二《原文续》引了这段话以后，说道：“余谓：按曲者照谱填词，不敢意为增损，以诗就乐是也。”这句话是对的，但他却又说：“兴之所至，犯一曲、两曲，至十余曲而成一曲者，以乐就诗是也。”这话就是曲解了。因为词曲之有“犯”，不过是离原宫调而改入他宫调之声，即无论犯一曲、两曲乃至十余曲，也必须是曲中本有是调，并非作者自由创造，所以仍是以诗就乐，而不是以乐就诗。何况犯调还有一定规则，必须是宫均（韵）虽不同，“住字”则必须相同，否则，不容相犯。这就不仅是以诗就声，甚至比不犯调更麻烦。

正因为古以乐从诗，后来以诗从乐，所以民间歌曲一为文人所袭取，不久便被僵化扼杀，复成“徒诗”，变成案头的死文学；而民歌俗曲则仍循着自己的道路继续向前发展，永远保持旺盛的活力。这就是《诗》衰而为《骚》赋，《骚》赋衰而为古乐府，古乐府衰而为五、七言古诗，古诗衰而为近体律、绝，律、绝衰而为词、为曲等一系列文体盛衰变化的根本原因。清顾炎武说：“《诗》三百篇皆可以被之音而为乐。自汉以下，乃以其所赋五言之属为徒诗，而其协于音者，则谓之乐府。宋以下，则其所谓乐府者，亦但拟其辞，而与徒诗无别，于是乎诗之与乐，判然为二。不特乐亡，而诗亦亡。”又说：“古人以乐从诗，今人以诗从乐。古人必先有诗，而后以乐和之。……是之谓以乐从诗。古之诗，……音节之间往往合于自然之律。《楚辞》以下，……降及魏晋，……文人之作多不可以协之音。而名为乐府，无以异于徒诗者矣。……于是不得不以五音正人声，而谓之以诗从乐。以诗从乐，非古也，后世之失，不得已而为之也。”（见《日知录》卷五《乐章》条）唐宋以来，文人之词，就是这样以诗从原来出于民间的词调之乐，于是词乃渐衰；文人之曲，也是这样以诗从原来出于民间的曲调之乐，于是曲乃渐衰。时至今日，唐、宋、元、明的词和曲（北曲及南曲）也都彻底变成文人的诗歌体裁，不复与乐发生联系。明王骥德《曲律·杂论第三十九下》说：“今之词曲即古之乐府也。”他的意思是说在明代，词曲是当时用来演唱的乐曲歌辞，和古之乐府一样。我同意他的说法，认为词曲在今天也等于古之乐府，已由原演唱文学变为案头文学，只供诵读欣赏而成为诗歌之一体了。

“曲”之名义如何？宋李之仪《谢人寄诗并问诗中格目小纸》：“千歧万辙，非诘屈折旋，则不可尽，则为曲。”张表臣《珊瑚钩诗话》卷三：“声音杂比，高下短长，谓之曲。”姜夔《白石道人诗说》：“委曲尽情曰曲。”明胡震亨《唐音癸签》卷一：“导其情为曲。”徐师曾《文体明辨序说》：“高下长短，委曲尽情，以道其微者为曲。”清刘熙载《艺概·词曲概》：“《尧典》末郑（按：指郑玄）注云：‘歌所以长言诗之意。声之曲折，又长言而为之，声中律，乃为和。’《周礼·乐师》郑注云：‘所为合声，亦等其曲折，使应节奏。’余谓：曲之名义，大抵即曲折之意。《汉书·艺文志》：‘《河南周歌声曲折》七篇，《周谣歌诗曲折》七十五篇’，殆此类耶？”曲之名既取此义，可知它不过是歌诗之专名而已，古已有之，至唐宋始渐与文人五、七言诗分，而与词结合称为“曲子词”，用以指合乐可歌有定格的长短句。

自唐历宋以至元明，曲与词往往连称或混用。唐五代人多谓词为曲子词。唐孙棨《北里志》“颜令宾”条说：“其邻有喜羌竹刘驼驼，聪爽能为曲子词。”五代蜀欧阳炯《花间集序》也有“因集近来诗客曲子词五百首”的话。直到宋代，还多称词为曲子。如宋张舜民《画墁录》载：柳永以词忤仁宗，吏部不敢改官，永不能堪，诣政府。晏公（殊）曰：“贤俊作曲子么?”永曰：“只如相公亦作曲子。”晏曰：“殊虽作曲子，不曾道‘绿线慵拈伴伊坐’。”柳永遂退。元明人则称曲为词，如元周德清《中原音韵》中《正语作词起例》《作词十法》，词均指曲言。明朱权《太和正音谱·古今群英乐府格势》录有元一百八十七人，品评每人之曲皆曰词，如说“马东篱之词，如朝阳鸣凤”“其词典雅清丽”，皆是。徐渭《南词叙录》亦讲南曲者。为什么这样混用呢?很明显，唐宋之词即曲，元明之曲亦是与唐宋之词同其功用，二者初不可分。元人邓子晋为杨朝英集《朝野新声太平乐府》一书作序，有云：“乐府，本乎诗也。‘三百篇’之变，至于五言，有乐府，有五言，有歌，有曲，为诗之别名矣。及乎制曲以腔，音调滋巧，甚而曲犯杂出，好事者改曲之名曰词以重之，而有诗词之分矣。今中州‘小令’‘套数’之曲，人目之曰‘乐府’，亦以重其名也。举世所尚，辞意争新，是又词之一变，而去诗逾远矣。”说得很清楚：乐府、五言、歌、曲，都是诗之别名；曲盛时，好事者改曲名曰词，遂与诗分；至元，又把“小令”“套数”之曲称为“乐府”，又是词之一变，离诗越远了，人们就不再想到词即曲即诗，曲亦是词是诗，词曲均是诗中的乐府，为诗之别名。

再用刘熙载《艺概》中一段话结束曲与词的关系问题：“词曲本不相离，惟词以文言，曲以声言耳。‘词’‘辞’通。《左传》襄（公）二十九年杜注云：‘此皆各依其本国歌所常用声曲。’《正义》云：‘其所作文辞，皆准其乐音，令宫商相和，使成歌曲。’是辞属文，曲属声，明甚。古乐府有曰辞者，有曰曲者。其实，辞即曲之辞，曲即辞之曲也。襄（公）二十九年《正义》又云：‘声随辞变，曲尽更歌。’此可为词曲合一之证。”诚然！他又说：“曲之名古矣。近世所谓曲者，乃金元之北曲及后复溢为南曲者也。未有曲时，词即是曲；既有曲时，曲可悟词。苟曲理未明，词亦恐难独善矣。”

曲有北曲、南曲之分。北曲在前，南曲在后。曲之用有剧曲与散曲之分。剧曲在元代为“杂剧”，即元代的歌剧，带科（剧中人的动作）和白

(剧中人的独白和对话)，其唱词即是曲子。散曲则是金元时的新体诗，和词的性质相同。

散曲是流行于元代以来的民间歌曲的总称。唐宋以来，文人诗词走上了形式主义道路，日渐衰微，文人乃向民间歌曲吸取新的格调。代替词作为抒情的乐府，配乐清唱，不像杂剧那样搬演故事，配以科、白，节以锣鼓，只为歌剧的组成部分。所以对剧曲而言，散曲也称为清曲。

散曲不仅性质同于词，连音律和结构形式、写作技巧等也很接近于词。有些曲牌也的确是从词调因袭演化而来的；有些是从词中解放出来而独立成为曲调的。这两种情况或者也可以说是因为词曲本都滥觞于唐代及陈隋的流行歌曲，既属同源，自亦相似。还有些则是出于宋、金、元的民间俗曲、俚歌，而受到词体的一些影响的。过去有人认为散曲是“词之余”，说曲牌都是从词调演化来的，则并非事实。

据近人研究的结果：元剧曲出于唐宋词、宋大曲、宋金诸宫调以及其他宋元旧曲者，不下一半；还有的是出于番曲，出自市物叫卖声，出于舞队的舞曲，乃至有出自影戏、说话、僧道经忏声、赞颂声、花词、灯词、棹歌、渔歌、挽歌，以及各地民谣等，真可谓来源复杂，形式多样。然而分析起来，其曲调主要还是直接或间接从民间乐调吸取而来，正如词的初起时一样。

就现存的三种诸宫调原本中较早期的《刘知远》（残本）和《董西厢》（完本）看，它们实在是用些初期的小令曲和套数连接而成的。早在南宋初期绍兴年间（12 世纪前半叶）词人沈瀛的《竹斋词》中有一篇《野庵曲》共十段，长短不等，每段皆不分片，一韵到底，并无词调，显系独创。无论体格、韵律、语言，都已是散曲套数体裁。还有一首《醉乡曲》，词谱中也无此调，虽分上下两片，却不似词的格式，看来也是他的创作，类似散曲小令两支。他的其他小令词，许多已具曲意，与宋词之豪放派和婉约派均不同，与格律派距离尤远。如《卜算子》：

只管要参禅，又被禅萦绕。好笑西来老秃奴，赚了人多少。你待更瞒咱，咱也今知晓。只这喃喃说底人，又被傍人笑。

金末元初（13 世纪），不仅名曲家杨果、商正叔、杜仁杰等已写作散曲，连这时的名诗人元好问也有九首小令曲和残篇散套遗存至今。可见散曲早在宋金两朝就已在文人的试作下萌芽，经过长期酝酿，至元而益加成熟，遂流行起来。

散曲和剧曲（在元代，即杂剧所用的曲调）所用的曲调多数是相同的，但不能因此便把散曲理解为由杂剧的曲调拆散来使用的，并断言散曲产生于杂剧之后。由上段的叙述，便可知散曲的初步形成，是早在宋金两代；而杂剧的出现，就今日所能见到的资料来看，则不早于金末元初。应该说，散曲和杂剧的曲调同是出于唐宋词曲及宋、金、元民间俚歌、俗曲、小调。散曲本包括小令曲及套数两种形式。而元杂剧所用的北曲，其来源一部分是金朝统治的北方地区民间流行的民歌小调，一部分是原来北宋流传下来的词曲旧调，还有一部分是南宋所辖地区流行的词曲传到北方的。其编组成为有宫调的套数，乃是通过散曲或小令的撰制阶段，才结成首尾相连、贯串一气的大套。“套数”一名“散套”，就是因为“套数”已经用于杂剧的唱词，为区别于剧词的联套，故另取名为“散套”。元杂剧作家把宋金民间先已流行的诸宫调的联套方法，由抒情、写景、叙事的散套，移用于编写故事情节，便成为杂剧中由主角主唱的曲辞。可见元曲之由小令到套数、大套、联套的发展过程，是合乎一切文学体裁由简而繁，由短章而长篇的发展规律的。所以，我们可以作这样的结论：杂剧唱词所用的曲调乃是采取过去的和民间的各种零散支曲，加以合乎音律要求的组合而成的。元代散曲曲调的来源也是如此，所以说：二者同源。

散曲也有南北之别：北曲流行于金元及明代初期，南曲起源似乎较早，但流行却较晚，直到元末明初才有专写南曲的作家出现。文人写北散曲早于杂剧，南散曲的写作则在戏文产生之后。所以若讲元代散曲，大抵专指北散曲而言，尤其元代前期，根本还没有南散曲作品出现。明代以后，写散曲的便多用南曲了。

五、曲的格律

曲与词，无论就其产生起源，或就其体制功用而论，都可以说是极其相似，甚至基本相同，故曰：词曲一也，皆乐府诗或乐曲歌辞也。所不同者，都是因时代不同而生出之变异而已。既然曲即是词，那么，既已有词，为什么又产生了曲呢？这就如同诗歌体裁的数变而为词一样。王国维在《人间词话》里说："四言敝而有《楚辞》，《楚辞》敝而有五言，五言敝而有七言，古诗敝而有律绝，律绝敝而有词。盖文体通行既久，染指遂多，自成习套。豪杰之士，亦难于其中自出新意，故遁而作他体，以自解脱。一切文体所以始盛终衰者，皆由于此。"以文论是这样，以歌论也是这样。人们厌故喜新，故已敝，必另觅新者以取代之。明吴讷《文章辨体序说·近代词曲》说他"昔在童稚时，获侍先生长者，见其酒酣兴发，多依腔填词以歌之。歌毕，顾谓幼稚者曰：'此宋代慢词也。'当时大儒，皆所不废，今间见《草堂诗余》。自元世套数诸曲盛行，斯音日微矣。迨余既长，奔播南北，乡邑前辈，零落殆尽，所谓填词慢调者，今无复闻矣"。词在明初还能用来歌唱，不到百年，便由散曲取代了。

专从音乐曲调来讲"乐府"之递变，明王骥德《曲律·论曲源第一》说得最为明白："曲，乐之支也。自《康衢》《击壤》《黄泽》《白云》以降，于是《越人》《易水》《大风》《瓠子》之歌继作，声渐靡矣。乐府之名，昉于西汉，其属有鼓吹、横吹、相和、清商、杂调诸曲。六代沿其声调，稍加藻艳，于今曲略近。入唐而以绝句为曲，如《清平》《郁轮》《凉州》《水调》之类；然不尽其变，而于是始创为《忆秦娥》《菩萨蛮》等曲，盖太白、飞卿（按：即温庭筠）辈，实其作俑。入宋而词始大振，署曰'诗余'，于今曲益近，周待制（按：指周邦彦）、柳屯田（按：指柳永）其最也。然单词只韵，歌止一阕，又不尽其变。而金章宗时，渐更为北词，如世所传董解元《西厢记》者（按：指董解元《西厢记诸宫调》），其声犹未纯也。入元而益漫衍其制，栉调比声，北曲遂擅盛一代。顾未免滞于弦索，且多染胡语，其声近噍以杀，南人不习也。迨季世入我明，又变而为南曲，婉丽妩媚，一唱三叹，于是美善兼至，极声调之致。始犹南北画地相角，迩年以来，燕赵之歌童、舞女，咸弃其捍拨，尽效南声，而北词几废。何元朗（按：指何景明）谓：'更数世后，北曲必且失传。'宇宙气数，于此可觇（按：此语应理解为：事物的自然发展规律，在这问题上完全可以预见)。至北之滥流而为《粉红莲》《银纽丝》《打枣竿》；南之滥流而为吴之《山歌》，越之《采茶》诸小曲（按：这几种曲调都是明代后期在南北流行的歌曲，冯梦龙曾有所搜集刊行，极为重视），不啻郑声，然各有其致。由兹而往，吾不知其所终矣。”

腐儒往往说，今不如古，后不如前，认为什么事物都是愈变愈坏，诗歌乐曲亦然。这是极错误的，不符合历史唯物主义的发展观。清杨恩寿《词余丛话・原律》说：“昔人谓：‘诗变为词，词变为曲，体愈变则愈卑。’是说谬甚。不知诗、词、曲，固三而一也，何高卑之有？……后人不溯源流，强分支派。……诗、词、曲界限愈严，本真愈失。”又说：“《旧唐书・音乐志》：《享龙池》乐章十首，姚崇、蔡孚等十人之作，皆七律也；沈佺期‘卢家少妇’一章，即乐府之‘独不见’也；陈标《饮马长城窟》一篇，亦是七律。杨升庵（按：指明杨慎）《草堂词选序》曰：‘唐七言律，即填词之《瑞鹧鸪》；七言仄韵，即填词之《玉楼春》也。至于醉草《清平》，旗亭画壁，绝句入乐府者，尤指不胜屈。’此曲与诗、词异流同源也。”又说：“张度西先生尝谓：‘词曲之源，出自乐府。虽世代升降，体格趋下，亦是天地间一种文字。曲谱中大石调之《念奴娇》‘长空万里’、般涉调之《哨遍》‘睡起草堂’，皆宋词，可见是时已开元曲先声，如青莲（按：指李白）《忆秦娥》为词祖，妍丽流美，而声之变随之，有莫知其然而然者。然如实甫（按：指元曲家王实甫）、东篱（按：指元曲家马致远）、汉卿（按：指元曲家关汉卿），犹存宋人体格。’”这些又把唐人以七言律、绝为乐府，及律、绝与唐宋词调之关系和词曲调名完全一致的种种事例都具体地加以说明，以证实曲与诗词同源，因而就说不上愈变愈卑了。

明清论曲调者多强调曲调与词调的差别，好像二者乃截然两事，各不相通。其实不然。道理很简单：词曲同源，同调名者自然有其音调声律相通之处，何况还有些是曲调取之于词而无所改变者！曲之调名，俗称“牌名”，即“曲牌子”，始于汉之《朱鹭》《艾如张》等，梁陈之《梅花落》《玉树后庭花》等。北曲调名见元陶宗仪《南村辍耕录》卷二十七《杂剧曲名》，及明朱权《太和正音谱》；南曲调名见明沈璟《南九宫十三调曲谱》（蒋孝原著名《南九宫谱》，后经沈璟增订改名）。北曲则有《醉落魄》《点绛唇》《满江红》《沁园春》《青玉案》《捣练子》《瑞鹤仙》《贺新郎》《满庭芳》《念奴娇》，南曲则有《卜算子》《生查子》《忆秦娥》《临江仙》《鹊桥仙》《喜迁莺》《称人心》《意难忘》《八声甘州》《桂枝香》《西江月》《浣溪沙》……皆取自词调，真是不一而足！虽说或仍其调而易其声，或稍易其字句，或只用其名而废其调……反正既因袭了词的调名，即必有渊源关系；否则，另取调名又有何难，而必袭用毫不相干的词名呢！

如此说来，既已讲过词的格律，是否便可不必另讲曲律，只要照词谱词律填制曲辞就可以呢？不行，剧曲的要求，因有情节、科、白等搬演上的有关问题，自然不同于只曲，这里不去讲它，就只论散曲，也与词有所不同。

清黄周星《制曲枝语》说：“诗降而词，词降而曲，名为愈趋愈下，实则愈趋愈难。何也？诗律宽而词律严；若曲，则倍严矣。按格填词，通身束缚，盖无一字不由凑泊，无一语不由扭捏而能成者。故愚谓曲之难有三：叶律，一也；合调，二也；字句天然，三也。尝为之语曰：‘三仄更须分上去，两平还要辨阴阳。’诗与词曾有是乎？”这里说出了制曲与作诗、填词不同处，也就是制曲要求更严。不过“仄分上去，平辨阴阳”，此在明清诗人和词人中也有很多讲过的，但在写作实践上，真正注意分辨的却少见。唯万树《词律》对“上”“去”特别指出过。如前所引，他在《发凡》中说：“平仄固有定律矣。然平止一途，仄兼上、去、入三种，不可遇仄而以三声概填。盖一调之中，可概者十之六七，不可概者十之三四，须斟酌而后下字，方得无疵。此其故，当于口中熟吟，自得其理。夫一调有一调之风度声响，若上去互易，则调不振起，便成落腔。尾句尤为吃紧。……盖上声舒徐和软，其腔低；去声激厉劲远，其腔高，相配用之，方能抑扬有致。大抵两上两去，在所当避，而篇中所载古人用字之法，务宜仿而从之，则自能应节，……更有一要诀，曰：名词转折跌荡处，多用去声，何也？三声之中，上、入二者可以作平，去则独异。故余尝窃谓：论声，虽以一平对三仄；论歌，则当以去对平、上、入也。当用去者，非去则激不起，用入且不可，断断勿用平、上也。”仄分上、去，词曲一理，唯元、明、清词已不用于歌唱，故虽有是说，却不为填词者所重视，曲则明清人仍不能不注意分辨。黄周星此说虽为制曲者指出要点，实与唱曲有重要关系，所以黄幡绰等伶人所留下的《梨园原》一书，其“明心鉴”条就用了这两句口诀道：“词曰：‘闲来仔细看端详，关心音韵论几桩：三仄还应分上、去，两平还要辨阴、阳。辨一番形状、腔、白、情、文理，揣摩曲意词合章。’”

李渔《闲情偶寄·音律第三》也说作曲格律之难，远较他种文字为甚，以曲与诗中之近体相比：“起句五言，则句句五言；起句七言，则句句七言；起句用某韵，则以下俱用某韵；起句第二字用平声，则下句第二字定用仄声，第三、第四又复颠倒用之：前人立法，亦云苛且密矣。然起句五言，句句五言；起句七言，句句七言，便有成法可守。想入五言一路，则七言之句不来矣；起句用某韵，以下俱用某韵；起句第二字用平声，下句第二字定用仄声；则拈得平声之韵，上、去、入三声之韵，皆可置之不问矣。守定平仄、仄平二语，再无变更，自一首以至千百首，皆出一辙，保无朝更夕改之令阻人适从矣。是其苛犹未甚，密犹未至也。至于填词（按：这里指作曲词说）一道，则句之长短，字之多寡，声之平、上、去、入，韵之清浊、阴阳，皆有一定不移之格。长者短一线不能，少者增一字不得，又复忽长忽短，时少时多，令人把握不定。当平者平，用一仄字不得；当阴者阴，换一阳字不能。调得平仄成文，又虑阴阳反复；分得阴阳清楚，又与声韵乖张。令人搅断肺肠，烦苦欲绝。此等苛法，尽勾磨人。作者处此，但能布置得宜，安顿极妥，便是千幸万幸之事，尚能计其词品之低昂，文情之工拙乎？”

曲之平仄规定，具体说来，就是：有当用平的，平有阴阳；有当用仄的，仄有上、去、入。错了，就叫“拗嗓”。平声声尚含蓄，上声促而未舒，去声往而不返，入声逼仄而调不得自转。上、去、入虽均是仄声，上、去必须分辨，不能相代，只有入声可以与之互用。北曲无入声，入声字派入平、上、去三声中；南曲不然，入声只可代平声。其用法，平、仄不得互用，上、去不得互用，“上去”与“去上”亦不能互换，“上上”

“去去”更不得出现。单句不得连用四平、四上、四去、四入。押韵有宜平（或仄）而亦可用仄（或平）者，有宜平不得已而以上声代之者。韵脚不宜多用入声代平、上、去。一韵中有数句连用仄声者，宜上、去间用。

曲字之分阴阳，周德清《中原音韵》论之甚详。五声有清浊，清者轻扬，浊者沉郁。周氏以清者为阴，浊者为阳，故北曲凡揭起字皆曰阳，抑下字皆曰阴。南曲却正相反：凡清声字皆揭而起，浊声字皆抑而下。周氏以为阴阳字唯平声才有，上、去声都没有；至于入作平声，则皆谓为阳。明王骥德却不同意周德清这些说法。正因为曲律家论声之阴阳意见纷歧，且多相反，所以作曲家一般不像对待平、仄及上、去、入的分辨那样讲究。

曲虽有其难处，却也有其易处。易者何？黄周星说：“可用衬字衬语，一也；一折之中，韵可重押，二也；方言俚语，皆可驱使，三也。是三者，皆诗文所无，而曲所有也。”（见《制曲枝语》）

衬字不但齐言诗里没有，词里也没有，只南北曲里才有。允许有衬字，作起来就比较容易些，可不受原谱字数的限制，充分体现词语的表达力。“北曲配弦索，虽繁声稍多，不妨引带。南曲取按拍板，板眼紧慢有数，衬字太多，抢带不及，则调中正字，反不分明。大凡对口曲不能不用衬字，各大曲及散套，只是不用为佳。细调板缓，多用二三字，尚不妨；紧调板急，若用多字，便躲闪不迭。”（王骥德《曲律》语）曲用衬字的原则：北曲衬字多，南曲衬字少；套数衬字多，小令衬字少；剧曲衬字多，散曲衬字少；对口曲衬字多，大曲衬字少。衬字只能加在句首或句中，不可加在句尾。如能不用或少用衬字最好，用得太多，喧宾夺主，便分不清正字。

曲可押重韵，黄周星说的是剧曲的一折。一折用一套曲子。散套也是一套曲子，所以散套也可以押重韵，这在长篇古诗里也允许，但近体诗和词则忌重韵。曲子无论小令或套数，都要一韵到底，不许换韵。一篇用曲较多的长套或剧曲的一折（北杂剧一韵到底，南戏例许换韵），需要很多的韵脚字，所以不能不允许重韵。在用韵上，曲与诗不同，平仄可以通押，但也要按照曲谱上规定的平仄来用，并非凡叶韵的句尾字都可任意调换平仄，尤其规定要用去声韵的地方，绝对不能用平声韵，也不可用上声韵。这一点，不但元曲有此严格规定，早在宋词便已如此（参考《文史》第二辑王琴希《宋词上去声字与剧曲关系及四声体考证》页156—157）。

曲子也有对仗，王骥德《曲律·论对偶第二十》说："凡曲遇有对偶处，得对方见整齐，方见富丽。有两句对，有三句对，有四句对，有隔句对，有叠对，有两韵对，有隔调对。当对不对，谓之草率；不当对而对，谓之矫强。"对偶方法也和词一样，不必细说。

曲韵较词韵为宽。词韵主要用的是诗韵，曲韵则是金元曲家根据当时语音的实际来运用的。后来周德清又据北曲编成《中原音韵》，分为东钟、江阳、支思、齐微、鱼模、皆来、真文、寒山、桓欢、先天、萧豪、歌戈、家麻、车遮、庚青、尤侯、侵寻、监咸、廉纤十九个韵部，每韵部又分阴、阳、上、去四声，及入声作平、上、去三声者。后来作曲者大抵以此为标准。

每一个曲调都属于一定的宫调，每一宫调各有其不同的声情，作曲选宫调，不能乱用。但也不是绝对的，因为声情比较抽象，而且界限难分，古曲家也未必全部恪守。北曲共有六宫、十一调：

正宫——惆怅雄壮	中吕宫——高下闪赚
道宫——飘逸清幽	南吕宫——感叹伤悲
仙吕宫——清新绵邈	黄钟宫——富贵缠绵
大石调——风流蕴藉	双调——健栖激袅
小石调——旖旎妩媚	歇指调——急并虚歇
商调——凄怆怨慕	越调——陶写冷笑
般涉调——拾掇坑堑	高平调——条物滉漾
宫调——典雅沉重	角调——呜咽悠扬
商角调——悲伤婉转	

元杂剧实际只用了正宫、中吕宫、南吕宫、仙吕宫、黄钟宫和大石调、双调、商调、越调，五宫四调，共九个宫调。北曲共有乐府三百三十

五章，即有三百三十五个曲牌，牌名均见《中原音韵》和《太和正音谱》。至于南曲的九宫、十三调，虽有其书，却难用以分析南戏中曲的宫调而加以整理划分，因而有人说“九宫”与“十三调”算起来真是一笔糊涂账。表面上宫归宫，调归调，细加分析，却宫中有调，调中有宫，纠缠混乱，众说不一，这里只提到就够了，不必细究。王骥德《曲律·论调名》录九宫、十三调曲牌名共七百四十七章。

散曲小令和词一样，以一首为一篇，即用一个曲牌的曲调写一支曲子，如马致远的〔越调〕《天净沙》“秋思”：

枯藤老树昏鸦，小桥流水人家。古道西风瘦马。夕阳西下，断肠人在天涯。

其他如〔黄钟〕《人月圆》、〔双调〕《折桂令》、〔中吕〕《山坡羊》等是。曲一般都是单调，不像词有双调、三叠、四叠。写小令散曲，一首只像一首律绝诗，容纳的意思不能太多，如果意犹未尽，也可以用同调再写几首，字句还可略有增损（加减衬字）。如卢挚〔商调〕《沉醉东风》“闲居”三首：

雨过分畦种瓜，旱时引水浇麻。共几个田舍翁，说几句庄家话。瓦盆边浊酒生涯，醉里乾坤大，任他高柳清风睡煞。

恰离了绿水青山那答，早来到竹篱茅舍人家。野花路畔开，村酒槽头榨。直吃的欠欠答答，醉了山童不劝咱，白发上黄花乱插。

学邵平坡前种瓜，学渊明篱下栽花。旋凿开菡萏池，高竖起荼蘼架。闷来时石鼎烹茶，无是无非快活煞，锁住了心猿意马。

这类曲子很多，有时一个题目用一调连写十几首，每首都不完全一样。

有些曲调只用于小令，如《山坡羊》；有些曲调只用于套数，如《滚绣球》；有些曲调则既可用于小令，也可用于套数，如《天净沙》《沉醉东风》之类。每种曲调都属于一定的宫调，如《天净沙》属于越调，《山坡羊》属于中吕；也有些曲调，调名相同，却在两个不同宫调中出现，就是因为音律不同，应该看作“同名异调”，如词里这种情况一样。如〔黄钟〕《水仙子》和〔双调〕《水仙子》，〔仙吕〕《端正好》和〔正宫〕《端正好》，〔中吕〕《红芍药》和〔南吕〕《红芍药》。

散曲小令最初都是以一个曲调为一首，用来写情抒怀，后来发展出“带过曲”，则是由两个或三个同一宫调中音节谐和相接的曲牌，连起来成一篇，如〔双调〕《雁儿落带过得胜令》，〔中吕〕《快活三带过朝天子》，〔南吕〕《骂玉郎带过感皇恩采茶歌》。写时要在调间空一个字，以示前后调的首尾。

“带过曲”是北曲的组合形式，在南曲有类似的情况，但不是把两三个整调曲牌连接起来，而是把各曲调中的零句组合起来成一个新调，叫作“集曲”，而另取一个新的牌名。如摘合《香罗带》《皂罗袍》《一江风》三调中的好句调而成为《罗江怨》。这种方法，宋词已有之，叫作“犯”。周邦彦、柳永自制的乐章，有“侧犯”“倒犯”“尾犯”“花犯”“玲珑四犯”，都是此调犯彼调，在慢词中极多，有多至犯八调（《八音谐》）、犯十六调（《十六贤》）者，这便是后来南曲“集曲”的滥觞。南曲犯调集曲比慢词犯调更多，名目也极繁，如两调合成之《锦堂月》，三调合成之《醉罗歌》，四五调合成之《金络索》，四五调全调连用之《雁鱼锦》；还有明白名为《二犯江儿水》《四犯黄莺儿》《六犯清音》《七犯玲珑》的；又八犯而名曰《八宝妆》、九犯而名曰《九疑山》、十犯而名曰《十样锦》、十二犯而名曰《十二红》、十六犯而名曰《一秤金》，甚至多至三十犯，取名为《三十腔》。

散曲套数是由两个以上同宫调的小令曲牌结合起来组成的套曲，亦名散套，用来写比较复杂的情景、事件或情绪。套数的组合和写作要求：一、同属一个宫调的曲牌；二、全套一韵到底（可以押重复的韵脚）；三、须有“尾声”，以示首尾完整及音乐的结束。南曲套数必须有“引子”“过曲”及“尾声”三个组成部分，即至少要有三支曲子；北曲套数则至少须有两支曲子，即“正曲”和“尾声”各一曲。套数一般总是有五个以上的曲牌，最长的竟有包括三十多支曲的。元散套曲原是用北曲组成的，到元末才有南北合套的新调出现，便是以南曲牌和北曲牌交替配搭而混合组成的。

词和曲的形式都比齐言的五、七言律绝新颖、活泼、自由，而且出于民间，为时较近，被文人加上的桎梏绳索较少，解除也较容易，对我们创造新诗体有很大借鉴甚至吸取价值。尽管我们讲了词和曲的许多格律要求，说它难作，但所有那些格律限制都是歌唱的问题，属于词曲的音乐方面的事，我们今天若只取它们的文体（即诗体），就不需要过分地重视音乐的细节（当然不是说完全丢开，一点不管。不讲音律也就没有词曲的特点，没有其所以为诗体的特征了），学起来也不难。尤其南北曲受到文人的刮削斫磨比词更少，保留民间的气息风貌也更多，而且在它产生以后，又一直有社会底层的歌手、伶人及民间歌曲爱好者参加创作，随时吸收了各地方、各行业的多种新兴曲调，因而就更接近群众，易为广大劳动人民所爱好、接受。

元人散曲大抵以口语方言写作，有如“市井所唱小曲”，而语言清新活泼，词句自然流畅，最能表达复杂深曲的社会生活和微妙细致的内心情感。尤其民间下层人物的创作，反映社会现实，嘲骂反动黑暗的统治阶级，最为尖锐、深刻，值得学习。元代有些散曲作家的作品也具有这种特点，如睢景臣的〔般涉调〕《哨遍》“高祖还乡”和刘时中〔正宫〕《端正好》“上高监司”都是元人散曲套数中极罕见的名篇。明李开先《词谑》收了一首《醉太平》小令曲，无作者主名，显是传自民间的，请看：

> 夺泥燕口，削铁针头，刮金佛面细搜求；无中觅有，鹌鹑嗉里寻豌豆，鹭鸶腿上劈精肉，蚊子腹内刳脂油——亏老先生下手！

原文题为“讥贪狠小取者”，显然不确，而分明是讽刺贪官污吏苛酷剥削人民，敲骨吸髓，至于如此其极。其写法则是一连用六个精到的比喻，头三个说“细搜求”；然后又进一步说“无中觅有”，再用三个比喻；最后只一句“亏老先生下手”，便结束全曲。多么明快！多么激切！语言又是多么精练简净而有力！文人中写这种内容的也有极好的，如明成化嘉靖间王磐《西楼乐府》中的《朝天子》“咏喇叭”，斥当时阉宦仗势欺人：

喇叭，唢呐，曲儿小，腔儿大。官船来往乱如麻，全仗你抬声价。军听了军愁，民听了民怕，那里去辨甚么真共假？眼见的吹翻了这家，吹伤了那家，只吹的水尽鹅飞罢！

像这样的散曲小令，无论格式、音调、语言、艺术，也都达到了极其高妙的境地，固不止于思想内容好而已。这都值得我们学习。

比兴篇第五

一、“赋”“比”“兴”的提出及其义解

诗本来是歌唱的，是歌的辞，是艺术。作诗是艺术创作，是一种艺术活动。任何艺术创作都要求有鲜明的形象性，诗歌这种艺术创作当然也不例外，所以说：“诗要用形象思维。”写诗不能如写散文那样直说，唯其要求有鲜明的形象，所以就要用形象思维，而“比、兴两法是不能不用的”。为此，我们研究诗学，就必须把“比、兴”和“形象思维”联系起来着重地讨论。

“比”“兴”在中国文学理论上是什么时候提出来的呢？最先见于《毛诗·大序》：“《诗》有六义焉：一曰风，二曰赋，三曰比，四曰兴，五曰雅，六曰颂。”又《周礼·春官》“太师”：“教六诗：曰风，曰赋，曰比，曰兴，曰雅，曰颂。”次序与《毛诗·大序》相同。这两种“经书”是何时何人所著呢？自来学者意见纷歧，尚无定论，但旧传《毛诗·大序》为孔丘弟子卜商（子夏）所作，《周礼》是姬旦（周公）所作，则断不可信，而比较有说服力的考证，则认为《毛诗·大序》是东汉初卫宏所作，《周礼》是东西汉之间刘向、刘歆父子所编纂。由此看来，这两个来源都出于西汉末至东汉初，均非先秦古籍，并且无从断定何者在先，何者在后，孰为创见，孰为因袭。于是这诗六义之说也只能是定著于两汉之际，而“比、兴”之为诗的不能不用的两法便不早于公元元年前后了。

虽然，六义之说前于此也必有渊源，不可能是卫宏或刘向、刘歆父子所首创，或者他们根据前人如大小毛公（毛亨、毛苌）旧说，定著于序，并以毛公之名传于世。唐陆德明《经典释文》引郑玄《诗谱·序》说："《大序》是子夏作，《小序》是子夏、毛公合作，卜商意有不尽，毛公更足成之。"三国吴陆玑《毛诗草木鸟兽虫鱼疏》说："孔子删《诗》授卜商，商为之序，以授鲁人曾申，申授魏人李克，克授鲁人孟仲子，仲子授根牟子，根牟子授赵人荀卿，荀卿授鲁国毛亨。亨作《诂训传》以授赵国毛苌。时人谓亨为大毛公，苌为小毛公。以其所传，故名其诗曰《毛诗》。苌为河间献王博士，授同国贯长卿。长卿授阿武令解延年，延年授徐敖，敖授九江陈侠，为新莽（按：王莽篡汉，建国曰'新'）讲学大夫。由是言毛诗者本之徐敖。时九江谢曼卿亦善《毛诗》，乃为其训。东海卫宏从曼卿受学，因作《毛诗序》，得风雅之旨。世祖（按：指东汉建国的光武帝刘秀）以为议郎。济南徐巡师事宏，亦以儒显。其后郑众、贾逵传《毛诗》，马融作《毛诗传》，郑玄作《毛诗笺》。然鲁、齐、韩《诗》三氏皆立博士，惟《毛诗》不立博士耳。"先秦人传经，大抵多是"口以相传，未有章句"，至秦汉还往往如此，所以陆玑所述《毛诗》传授的师承关系虽未必完全无误，却不会是凭空捏造，必有一定根据。先秦儒经的传授，各家自守师说，如《春秋》《左传》传至荀卿，荀卿授张苍，"及末世，口说流行，故有公羊、穀梁、邹、夹之传"（班固《汉书·艺文志》语）。诗亦有鲁、齐、韩、毛四家，《毛诗》不立博士，故师弟传授，亦以口说相传，而著于简帛或自卫宏，然其诗义则必承之于前人。总而言之，我认为《诗》六义之说，赋、比、兴之义应是先秦旧说，至卫宏始定著于《毛诗·大序》中，其说之传，至今或已有二千四百年之久了。

为什么把赋、比、兴跟风、雅、颂夹在一起，而称之为六义呢？唐孔颖达《毛诗正义》说："风、雅、颂者，诗篇之异体；赋、比、兴者，诗文之异辞耳。大小不同而得并为六义者，赋、比、兴是诗之所用，风、雅、颂是诗之成形。用彼三事，成此三事，是故同称为义，非别有篇卷也。"意思是说：风、雅、颂是就《诗》的篇体而言的；赋、比、兴是就《诗》的文辞而言的。用赋、比、兴三义作诗，按风、雅、颂的形式成篇，所以就把这六种同称为义，并列为《诗》的六个要点。但也因为这六者不是一类而是两类的问题，所以梁钟嵘《诗品·序》就把它们分开，而变前人六义之说为："故诗有三义焉：一曰兴，二曰比，三曰赋。"这是他发前人所未曾发过的精辟见解。他不是用来讲《诗》三百篇，而是用来讲汉代以来的五言诗，主张："弘斯三义，酌而用之，干之以风力，润之以丹彩，使味之者无极，闻之者动心，是诗之至也。"钟嵘确实了不起，他是第一个提出这个主张的，认为作诗必须酌而用此三义，才能使诗味浓厚，足以感人，达到很高的境界。

赋、比、兴三义究竟应如何理解呢？"赋"尚简单，较易理解，一般也没有异议；"比"也好懂，只是就比的方法来说，不限于单纯的一种，运用就难些；至于"兴"，则说者不一，迄今没有彻底解决，尤其自唐以后，诗人常把"比、兴"连在一起，作为一种而不是两种方法，而且有时又不说"兴"或"比兴"，却说"兴寄""兴会""兴讽"等等，则益滋纠纷。我们现在先把历来解释此三义比较有代表性的意见介绍如下。

郑玄《周礼》注："赋之言铺，直铺陈今之政教善恶者。凡言赋者，直陈君之善恶，更假外物为喻，故云铺陈者也。云比，见今之失，不敢斥言，取比类以言之。兴，见今之美，嫌于媚谀，取善事以喻劝之。"他的解释完全是以诗的政治作用为言，是把诗作为对政治的美刺来讲的，所以不是讲赋、比、兴三种写诗方法，越讲越背离这"三义"的本义。

郑众注："曰比、曰兴。比者，比方于物；兴者，托事于物。"他的解释尚称简当，只是还不够清楚。其后孔颖达《毛诗正义》在引郑众语注《毛诗大序》时说："比者，比方于物。诸言'如'者，皆比辞也。兴者，托事于物，则兴者起也；取譬引类，起发已心。诗文诸举草、木、鸟、兽以见意者，皆兴辞也。……比之与兴，虽同是附托外物，比显而兴隐，……故比居兴先也。《毛传》特言'兴也'，为其理隐故也。……是比、赋、兴之义，有诗则有之。"孔颖达的这段注就说得特别清楚了。意思是：比就是比方，凡《毛诗》每章传注所说有"如"字的，都是比。兴，就是兴起，诗中凡举草、木、鸟、兽等物，借以表达心意者，都是兴。由此可见，比和兴都是附托外物以表达内心的意思，只不过比是"明喻"，文中就写出了“如”“若”一类字样，兴是“隐喻”，文中没有写出“如”“若”一类字样。所以“赋、比、兴”一语，把比放在兴之前。《毛诗诂训传》（以下简称《毛传》）特别指出“兴也”，就因为兴比较隐晦，不容易辨识，它对赋、比二者就都不明白注出。赋、比、兴这三种方法是自有诗以来就有的，并非后人给强加的。

晋挚虞《文章流别论》说：“赋者，敷陈之称也；比者，喻类之言也；兴者，有感之辞也。”

梁钟嵘《诗品·序》说：“文已尽而意有余，兴也；因物喻志，比也；直书其事，寓言写物，赋也。”

梁刘勰（与钟嵘同代而略早）解释得最细，他在《文心雕龙·诠赋》中说：“铺采摛文，体物写志也。”《比兴》说：“故比者，附也；兴者，起也。附理者，切类以指事；起情者，依微以拟议。起情，故兴体以立；附理，故比例以生。比则蓄愤以斥言；兴则环譬以托讽。……观夫兴之托谕，婉而成章，称名也小，取类也大。……明而未融，故发注而后见也。且何谓为比？盖写物以附意，飏言以切事者也。”

以上所举这些解释，“比”“赋”二者，除郑玄所说都不妥，甚至是错误的以外，其余都大体不差。正如朱熹在《诗集传》中所写的：“赋者，敷陈其事而直言之者也”（见《周南·葛覃》传）；“比者，以彼物比此物也”（见《周南·螽斯》传）。我们可以用白话简单地说：赋就是直接叙述事物的写作方法；比则是用另外的事物作比拟或譬喻的写作方法。

但比较难以解释明白的是“兴”。上引各家之说，有是，有非，有近似的，有模糊不清的，看了之后，不容易得到一个明确的概念。可见古人对于“兴”的解释始终没有统一。这里不妨再引几家的说法看看。《论语·泰伯》中孔子说：“兴于诗。”《阳货》又说：“诗可以兴。”何晏《论语集解》引包咸说前一句：“兴，起也。”又引孔安国说后一句：“兴，引譬连类。”由此可见，兴有二义：一是“起”，即发端的意思；二是“譬”，即譬喻的意思。“兴”既有譬喻的意思，便有些与“比”相同和类似的地方，这跟郑众、孔颖达的解释是差不多的。古人往往把“比兴”作为一个词来用，大约就是把它们看成一类而略有差异吧？但我们必须知道，“兴”既是譬喻，又是发端，具有双重意义，故亦有双重作用，究竟跟“比”之只是譬喻者有所不同，何况兴是隐喻，比是明喻，其间亦自有差别。朱熹《诗集传》在《周南·关雎》传中说：“兴者，先言他物以引起所咏之词也。”其意似谓“兴”只有“起”义，只是发端，并无譬喻的意思。故此，他在《诗传纲领》中说：“兴者，托物兴辞。”又说：“兴是借彼一物以引起此事，而其事常在下句。”又说：“诗之兴，多是假他物举起，全不取其义。”这就把话说死了，说绝了。和他的意见相同或相近的，在前还有苏辙。其《诗论》有云：“夫兴之为言，犹曰其意云尔。意有所触乎当时，时已去而不可知，故其类可以意推，而不可以言解也。‘殷其雷，在南山之阳。’此非有所取乎雷也。盖必其当时之所见而有动乎其意，故后之人不可以求得其说，此其所以为兴也。”郑樵《六经奥论》说：“《诗》三百篇第一句曰‘关关雎鸠’，后妃之德也，是作诗者一时之兴，所见在是，不谋而感于心也。凡兴者，所见在此，所得在彼，不可以事类推，不可以理义求也。”在朱熹之后，王应麟《困学纪闻》卷三引李仲蒙（按：叶石林《避暑录话》：李育，字仲蒙，吴人，能为诗，性高简，故官不甚显，亦少知之者）曰：“叙物以言情，谓之赋，情尽物也；索物以托情，谓之比，情附物也；触物以起情，谓之兴，物动情也。”清姚际恒《诗经通论》驳朱熹《诗集传》之言曰：“‘兴者，先言他物以引起所咏之辞也；比者，以彼物比此物也’，语邻鹘突（按：鹘突，犹今言‘糊涂’，宋人常语），未为定论。故郝仲舆（按：明郝敬，字仲舆，有《毛诗原解》三十六卷，立意与朱熹《诗集传》多相反）驳之，谓‘先言他物’与‘彼物比此物’有何差别，是也。愚意当云：兴者，但借物以起兴，不必与正意相关也。比者，以彼物比此物也。如是，则兴、比之意差足分明。”这些人虽说法不一，究其实质，却都和朱熹的解释为同一观点，即把“兴”只看作是“发端”、是“起头”，与比完全不同，与赋也不相干。

然而朱熹自己思想上就存在着矛盾：在解“赋”“比”“兴”时，他明确地说“兴者，先言他物以引起所咏之词也”，并谓只是借他物举起，“全不取其义”，否定“兴”有比譬之义。可是在他具体地注释“兴诗”时，却还是把许多“兴”说成有比譬之意。如《关雎》传，先说是“兴也”，解释了“兴者，先言他物以引起所咏之词也”，而接着却又说：“言彼关关然之雎鸠，则相与和鸣于河洲之上矣。此窈窕之淑女，则岂非君子之善匹乎？言其相与和乐而恭敬，亦若雎鸠之情挚而有别也。后凡言兴者，其文意皆放此云。”这又分明是说：以雎鸠比拟淑女了。其下两章“参差荇菜”的注释也都是如此，都在说明兴既为“发端”，又是“譬喻”，兼具两义。

其实，研究《毛诗》本身，凡《毛传》明言“兴也”的共有一百十六篇，大抵都说兴是“譬喻”。且举几个例来看：《关雎传》：“兴也。……后妃说乐君子之德，……慎固幽深，‘若’雎鸠之有别焉。”《旄丘传》：“兴也。……诸侯以国相连属，忧患相及，‘如’葛之蔓延相连及也。”《葛生传》：“兴也。……葛生延而蒙楚，蔹生蔓于野，‘喻’妇人外成于他家。”《卷阿传》：“兴也。……恶人被德化而消，‘犹’飘风之入曲阿也。”清人陈奂《诗毛氏传疏》在“葛藟篇”疏中引了这些例，并为之说曰：“曰‘若’，曰‘如’，曰‘喻’，曰‘犹’，皆比也。《传》则皆曰兴。……作诗者之意，先以‘托事于物’（按：即兴），继乃‘比方于物’（按：即比），盖言兴而比已寓焉矣。”实则《毛传》明明说的是“兴也”，又明明说“兴”就有“若”“如”“喻”“犹”的“譬喻”之含义，何必再曲为解释！郑玄笺兴诗，早就明白地指出了兴是比喻，如他在《桃夭》笺中说：“兴者，‘喻’时妇人皆得以年盛时行也。”孔颖达在《螽斯》正义云：“《笺》言‘兴者喻’，言《传》所兴者，欲以‘喻’此事也。‘兴’‘喻’名异而实同。”

如上所论，“兴”与“比”既然都有譬喻的意思，那么，岂不是二者之间，除“兴”兼有“发端”之义以外，就完全无别，可以不必分为两项了吗？这也不然。观以前所举各家的解释，细加参详，便可知比、兴二者还是不完全一样的。刘勰《文心雕龙·比兴》说“比显而兴隐”；说比乃“切类以指事”，兴则“依微以拟议”；“比则蓄愤以斥言，兴则环譬以托讽”“盖随时之义不一，故诗人之志有二也”。比“写物以附意，飏言以切事”“兴之托喻，婉而成章，称名也小，取类也大”。近人刘师培在《论文杂记》第二十一条分析得较为明白。他说：“兴之为体，兴念所至，非即非离，词微旨远，假象于物，而或美或刺，皆见于兴中。比之为体，一正一喻，两相比况，词决旨显，体物写志，而或美或刺，皆见于比中。故比兴二体，皆构造虚词，特兴隐而比显，兴婉而比直耳。”如果说比是“明喻”（即“显喻”），那么，也可以说兴是“隐喻”（即“暗喻”）。例如《毛诗·汉广传》说《汉广》是“兴也”，而朱熹《诗集传》则说是“兴而比也”。朱谓起四句“南有乔木，不可休息；汉有游女，不可求思”，是“以乔木起兴”；而指后四句“汉之广矣，不可泳思；江之永矣，不可方思”，是“以江汉为比”。以下二章，亦皆如此。但郑玄笺《毛传》，却说起四句是“兴者，喻贤女虽出游流水之上，人无欲求犯礼者，亦由贞洁使之然”；说后四句是“又喻女之贞洁，犯礼而往，将不至也”。以下二章，亦皆如此。即谓全篇三章都是“兴”，也都是“喻”，并且都是隐喻。所以不能说前四句是兴，而后四句是比，只能说这章诗就是兴诗，下两章诗也是兴诗，没有什么半兴半比，或如朱熹所注的“兴而比也”。

这里发生另一个问题，即《汉广》的后四句不在这一章诗的开头，而在诗的中间，即与兴之兼具发端与譬喻二义不合，似乎只能说是比，不能说是兴。其实，说兴有“起”义（即发端），不过是说用兴辞来引起或感发下边所要咏的事物罢了，并不含有非放在一篇或一章之首不可的意思。发端也可以是发下边所咏之辞的端，如我们常说的“谈着谈着我们不知怎样就引上这个话头了”，也是在整个一次谈话的中间，而并不一定是在最前边。在《诗》三百篇之一百一十六篇的“兴”中，据统计发兴于首章次句下的共一百零二篇，这就会给人们以错觉，认为兴辞只能在一章之首，而不可能在中间，所以就会说发端只能是引发一篇一章之端（即开头的意思），而不会考虑到发端乃是指引发下文，即引起话头而言。《诗·鲁颂·有駜》首章云：“有駜有駜，駜彼乘黄。夙夜在公，在公明明。振振鹭，鹭于下。鼓咽咽，醉言舞。于胥乐兮！”《毛传》于第二句“駜彼乘黄”下有传，未说“兴也”，却在第六句“鹭于下”句之下说：“振振，群飞貌；鹭，白鸟也，以兴洁白之士；咽咽，鼓节也。”明谓“振振鹭，鹭于下”方是兴辞。即使把前之“駜彼乘黄”一喻也算作兴辞，也不妨碍这“振振鹭，鹭于下”两句之为兴辞，以兴起末后三句“鼓咽咽，醉言舞。于胥乐兮”！而这兴就是在一章的中间，并不在开头！

《周礼·大师·大司乐》有言：“兴道讽诵言语。”注谓“兴者，以善物喻善事也”，正是说明兴有比义。不过如刘勰所说，兴是“婉而成章，称名也小，取类也大”，故“明而未融”，必须“发注而后见”罢了。后世总好将比与兴连称，甚至作为一个双音词来用，如就二者都有譬喻之义来看，也是有一些道理的。如杜甫《北征》，虽然基本上用的是“赋”，“然其中亦有比、兴”。原诗是这样开头的：“皇帝二载秋，闰八月初吉。杜子将北征，苍茫问家室。”明明是用“赋”体。接下去说：“维时遭艰虞，朝野少暇日。顾惭恩私被，诏许归蓬荜。”也主要是“敷陈其事而直言之”。但是写到“山果多琐细，罗生杂橡栗。或红如丹砂，或黑如点漆。雨露之所濡，甘苦齐结实”，似是即目所见而写眼前实景，但与前段气氛不合，恐怕应该说是用“兴”的手法，以引起下文的“缅思桃源内，益叹身世拙”。如果这一段诗还不够明显，且看全诗最后一大段，在敷陈其事已经终了之后，忽然写道：“昊天积霜露，正气有肃杀。”然后又说：“祸转亡胡岁，势成擒胡月。胡命其能久，皇纲未宜绝。”很清楚，这前两句是兴辞，用以兴起下四句的意思。至于用比，则全篇到处可见，如“乾坤含疮痍，忧虞何时毕”“邠郊人地底，泾水中荡潏”“猛虎立我前，苍崖吼时裂”“坡陀望鄜畤，岩谷互出没。我行已水滨，我仆犹木末”……不烦多举。

二、“比”“兴”之用

如上节所述，兴在诗中最为重要。其所以重要，是因为它的比譬作用，即它有喻义，而这个喻又是隐喻，比较婉曲，用之于讽，耐人寻味，不像明喻之比那样显露，一见而了然于心。上节固然也讲了赋和比，但主要是谈兴的问题。这一节虽题为“比兴之用”，以讲比为主，而言比亦离不开兴的喻义，所以还是得兼讲兴的隐喻。只就喻义而论比、兴二者之别，除隐显不同外，唐释皎然《诗式》说“取象曰比，取义曰兴”，也还是说得清楚的。

《诗》三百篇用比的方法已很完备。《文心雕龙·比兴》就举例云："故金锡以喻明德，珪璋以譬秀民，螟蛉以类教诲，蜩螗以写号呼，浣衣以拟心优，席卷以方志固：凡斯切象，皆'比'义也。至如'麻衣如雪''两骖如舞'，若斯之类，皆'比'类者也。"所举都出自"三百篇"。刘勰又说："夫比之为义，取类不常：或喻于声，或方于貌，或拟于心，或譬于事。"不论是从哪一方面来比喻，总是要比得确切，比得生动、形象，"以切至为贵"。《诗》中有许多极好的比喻，除刘勰以上所举者外，如《魏风·硕鼠》以硕鼠比统治阶级的贪残；《豳风·鸱鸮》以鸱鸮比统治阶级的凶狠；《邶风·北风》以狐乌表述"豺狼当道，安问狐狸"；《小雅·正月》以虺蜴比喻一般官吏的行凶作恶，都是非常恰当的。

《诗》所用的比拟方法，如从修辞学的角度来看，有：（1）明喻，如"巧言如簧""如月之恒，如日之升。如南山之寿，……如松柏之茂"。（2）隐喻，如前已引过许多兴诗的兴辞都是。（3）类喻，如《邶风·柏舟》："我心匪石，不可转也。我心匪席，不可卷也。威仪棣棣，不可选也。"（4）博喻，如《小雅·天保》："如山如阜，如冈如陵，如川之方至，以莫不增。"（5）对喻，先比后证，上下相符，《诗》所用以比拟兴起的多属此类，如《豳风·伐柯》："伐柯如何？匪斧不克。取妻如何？匪媒不得。"（6）详喻，用许多句来作比喻，《诗》以一章或一篇作比的，均属此类，如《硕鼠》便是。

在《诗》以后，继起的诗体是以屈原《离骚》为代表的《楚辞》，因为体裁、形制与《诗》不同，篇长又不分章，不易见到作为发端用的"兴也"之兴，所以朱熹在他的《楚辞集注·离骚·序》附注中说："然《诗》之兴多而比、赋少，《骚》则兴少而比、赋多。"这是因为他只把"比"释为"取物为比"，而把"兴"则限于"托物兴辞，初不取义，如《九歌》沅芷澧兰以兴思公子而未敢言之属也"。他只在《湘夫人》一篇中间"沅有芷兮澧有兰，思公子兮未敢言"下注云："此章兴也。……所谓兴者，盖曰沅则有芷矣，澧则有兰矣，何我之思公子而独未敢言耶？……其起兴之例，正犹《越人之歌》所谓'山有木兮木有枝，心悦君兮君不知'。"王逸《楚辞章句·离骚经章句》说："《离骚》之文，依《诗》

取兴，引类譬喻。故善鸟香草，以配忠贞；恶禽臭物，以比谗佞；‘灵修’‘美人’以媲于君；‘宓妃’‘佚女’以譬贤臣；虬龙鸾凤，以托君子；飘风云霓，以为小人。其词温而雅，其义皎而朗。”这就把“兴”和“比”都说成是“引类譬喻”了。刘勰也说屈原“依《诗》制《骚》，讽兼比兴”。近人黄侃《文心雕龙札记》解释其义道：“案《离骚》诸言草木，比物托事，二者兼而有之，故曰，讽兼比兴也。”正因为“讽兼比兴”，所以比兴便不能分，事实上“兴义销亡”，只能见到处处都是比了。

到了汉代，辞赋继之而兴，于是“比体云构”，而兴义遂不复为赋家所用，其端则自屈、宋启之。清黄叔琳《文心雕龙辑注》眉批曰：“非特兴义销亡，即比体亦与‘三百篇’中之比差别，大抵是赋中之比，循声逐影，拟诸形容，如《鹤鸣》之陈诲，《鸱鸮》之讽论也。”虽然汉人的赋用比与《诗》《骚》都不相同，毕竟还有些先秦遗风：或比声，或比貌，或以物比理，或以声比心，或以响比辩，或以容比物，还是“日用乎比”“以敷其华”。传至两晋，乃益趋浮靡，至齐梁则比兴尽失，汉魏风骨，亦荡然无存。

为什么比、兴二义之用，从先秦至唐起了这样大的变化呢？黄侃《文心雕龙札记》说得好。他说：刘勰，《比兴》篇题名“比兴”，实则侧重论比，盖因兴义早已罕为人用，无法多讲。“原夫兴之为用，触物以起情，节取以托意，故有物同而感异者，亦有事异而情同者。……夫其取义差在毫厘，会情在乎幽隐，自非受之师说，焉得以意推寻？……若乃兴义深婉，不明诗人本所以作，而辄事探求，则穿凿之弊固将滋多于此矣。”对《诗》三百篇的兴义，既已难于推寻，众说纷纭，莫衷一是，后人写作当然更难运用兴这种方法了。所以他又说：“自汉以来，词人鲜用兴义，固缘诗道下衰，亦由文词之作，趣以喻人，苟览者恍惚难明，则感动之功不显。用比忘兴，势使之然，虽相如、子云（按：谓司马相如、扬雄），末如之何也。”认为汉代辞赋只用比而不用兴，也是必然的趋势，任何人不能改变。“然自昔名篇，亦或兼存比兴，及时世迁贸，而解者只益纷纭。一卷之诗，不胜异说。九原不作，烟墨无言。……由此以观，用比者历久而不伤晦昧，用兴者说绝而立致辩争。当其览古，知兴义之难明；及其自为，亦遂疏兴义而希用。此兴之所以浸微浸灭也。”古人的名篇也有兼用比兴的，到后世，往往引起争议，而作者已死，留下的文章自己不会说话，以致永远不能解释清楚。用比就不发生晦疑，用兴则必致争辩。作者有鉴于此，所以自己写文作诗就避开兴义而不愿多用，兴也便因此而日趋消亡。

从《楚辞》，特别是从屈原的《离骚》之“依《诗》取兴，引类譬喻”起，开始了采取整段乃至整篇用“比兴”来抒情、写景、叙事、述意、言志，就逐渐引起后世诗人效法，创作了各类“比体诗”。所谓比体诗，就是全篇诗写的是一种事物，但诗人本意却并不在于诗中所写的事物本身，而是借以发抒心中所要写的另一种情志。例如自晋人左思创始的《咏史》，便是以古比今，咏史之意在于写当今的时事，寄托作者对现实政治的批判。自郭璞创始的以仙比俗的《游仙》诗也是出于这样的目的，所谓“词多慷慨，乖远玄宗”“乃是坎壈咏怀，非列仙之趣也”（钟嵘《诗品》卷中评郭璞诗语），正是指出了他的游仙诗的本旨。再则由屈原《橘颂》开其端，至六朝而渐多，到唐代乃大盛的咏物诗，意在以物比人，托人事于微物，以写作者之胸臆。还有以男女比君臣，比上下，借寓自身出处、穷达、通塞、得失等怨慕之感的“艳情”诗，也是早已有之的，而至中晚唐为尤多。如后人解释李商隐的许多《无题》，谓其往往本自有诗人心中的主题，不过不便或不肯明白写出来而已，这些诗篇也多是以“艳情”诗的面目出现，而用以写其政治际遇之失望与企慕的心情。后世所说的“比兴”，往往就是指这类“比体诗”所用的比或譬喻（比譬也包括了“兴喻”之兴），与《毛传》《郑笺》（《毛诗传笺》）所说的赋、比、兴三义之比和兴，已不尽同，或者说大不相同。

自汉至清的无数诗人，可以说几乎没有一个人是用《毛传》《郑笺》所说的“比”“兴”作诗的，用《楚辞》的譬喻方法作诗的还有，但是也不太多，最多的还是采用赋体，极铺陈藻丽之能事。有些人在用赋体写诗时也采用一些譬喻即比的方法，其实乃是唐人所提出的“美刺比兴”之“比兴”，而非序《诗》三百篇之所谓“比”与“兴”。到了清代后期，陈沆著《诗比兴笺》，虽意在用郑玄笺《诗》的方法来笺释汉、魏、唐人诗之有“比兴”者，取史事以证之，欲“使读者知比兴之所起，即知志之所之也”（魏源《诗比兴笺序》语）。然而他所说的“比兴”，也还是把《毛诗·大序》中所说的“诗六义”的比和兴所共有的“譬”义（即“比喻”）合而为一，有如唐人所说的“比兴”，二义并为一义，并不曾分出何者为“比”，何者为“兴”。

我们不应该是崇古论者，认为凡是古的都好，更不应该“是古非今”，而应该用发展的眼光来对待过去几千年的文学遗产，也包括文艺理论遗产。但是对于过去的优秀的东西、好的传统，还是应该继承、保存，剔除其封建性的糟粕，吸收其民主性的精华，有意识地加以发扬、利用，使之能更好地为我们今天的社会主义文艺事业服务，“所以，比、兴两法是不能不用的”，因而就不能不分析、研究，看今后应如何运用。

汉唐以来诗人几乎没有如《诗》《楚辞》那样运用“比”“兴”的。特别是“兴”义在汉代由于“辞人夸毗，《诗》刺道丧”，便已宣告“销亡”。自是以后，虽“比体云构”，而“纷纭杂沓”，也已背于往昔。这只是从整个文学发展情况看的，并非说真的销亡到连一点遗留都没有。譬如《古诗十九首》：“青青陵上柏，磊磊涧中石”“冉冉孤生竹，结根泰山阿”，不就是“兴”吗？曹植的《野田黄雀行》开头写道“高树多悲风，海水扬其波”，与下文的“利剑不在掌，结友何须多。……”并无直接联系，也是兴辞。至若本是民歌的长篇叙事诗《古诗为焦仲卿妻作》，以“孔雀东南飞，五里一徘徊”两句发端，正是“三百篇”兴诗的遗制，也是几千年来直到今天还为人民所喜闻乐见并继续使用的民歌开篇方法。的确，晋宋以后，特别是齐梁以至陈隋，几乎再也看不见文人作品有此类艺术手法。也许这便是足以表现“汉魏风骨”的一个方面吧？

唐初陈子昂倡“汉魏风骨”，提出写诗要用“兴寄”的手法，以矫正齐梁的“彩丽竞繁”“逶迤颓靡”的流弊。他要求诗要“骨气端翔，音情顿挫，光英朗练，有金石声”（见《陈伯玉文集》卷一《与东方左史虬修竹篇序》）。他用的“兴寄”一词，本是代替传统的“比兴”，二者盖为同义异辞，但他所说的毕竟不是汉以前诗六义的“兴”。他和他以后的学者用“兴寄”这个词，一般都指在诗中要寄托政治和人生等现实问题而言。这诚然是一个进步的文学思想，对唐诗的发展起了很大很好的推进作用，但却还不完全是，甚至完全不是钟嵘在《诗品·序》中所指出的诗三义的“兴”，而是与作为一个双音词来用的“比兴”的含义差不多。例如杜甫的诗中用兴者，宋叶梦得在其《石林诗话》卷上有云：“杜子美《病柏》《病橘》《枯棕》《枯楠》四诗，皆兴当时事。《病柏》当为明皇作，与《杜鹃行》同意。《枯棕》比民之残困，则其篇中自言矣。《枯楠》云：‘犹含栋梁具，无复霄汉志。’当为房次律之徒作。惟《病橘》始言：‘惜哉结实小，酸涩如棠梨。’末以比荔枝劳民，疑若指近幸之不得志者。自汉魏以来，诗人用意深远，不失古风，惟此公为然，不但语言之工也。”他认为杜甫这四首诗的“兴”，乃是“兴当时事”，是“比民之残困”，则正如陈子昂所用的“兴寄”一词是同样的意思。唐白居易创作新乐府，便明白地宣称他是继承陈子昂，而运用“风雅比兴”或“美刺比兴”作为他从事诗歌创作的最高原则。

白居易《与元九书》说：“周衰秦兴”“六义始刓”（按：刓，削弱的意思，犹言“六义始蔽”）。屈原《离骚》至汉魏五言诗，“去《诗》未远，梗概尚存。故兴离别，则引双凫一雁为喻；讽君子小人，则引香草恶鸟为比。虽义类不具，犹得风人之什二三焉。于时六义始缺矣”。而到了“晋、宋以还，得者益寡”。陶、谢溺于田园山水，江淹、鲍照题材更狭，求如东汉梁鸿《五噫歌》那样有意义的诗，百无一二。“于时六义寖微矣，陵夷至于梁陈间，率不过嘲风雪、弄花草而已”，不像“三百篇”那样“兴发于此而义归于彼”“于时六义尽去矣”。“唐兴二百年”所可举者，不过陈子昂的《感遇》、鲍防的《感兴》各若干首，即李、杜号为大家，“索其风雅比兴，十无一焉”。他认为“文章合为时而著，歌诗合为事而作”，故于凡“有可以救济人病，裨补时阙，而难于指言者，辄咏歌之”，这就成为他的诗之“关于美刺兴比者”。由他的这些叙述，便可以明白他对六义的衰微过程及对“比兴”一词的含义是怎样理解的了。自中唐白居易、元稹、张籍、李绅等以后，许多诗人一直把“比兴”作为诗歌创作理论中一个重要概念和原则来大力宣扬提倡，基本上都是以白居易这篇文章为依据的。但他的“比兴”是和“风雅”或“美刺”联系起来的，既与

《毛传》《郑笺》不同，也与陈子昂的“兴寄”略异，虽然他也说他是继承《诗》的传统并追随陈子昂的前规而努力的。

本来陈子昂的“兴寄”，已经脱离写作方法问题，而是在讲诗歌要“寄”以什么内容，但总还算谈到骨气、音情、风骨、彩丽等与艺术形式有关的一些方面。到白居易的“风雅比兴”或“美刺兴比”，却只是挂“比兴”字样，而实则着重在“风雅”“美刺”，于是“比兴”一词就变成“补察时政”“泄导人情”“救济人病”“裨补时阙”的代用词，意在以此来发挥诗歌的政治作用和社会作用。如果用现代词语来对比，这“比兴”几乎等于是“现实主义”，而“风雅”或“美刺”则等于“批判”，于是“风雅比兴”或“美刺兴比”便相当于“批判现实主义”了。这跟“比”和“兴”作为诗六义的两义距离有多远！我们看看白居易自己所认为“意激而言厉”的“讽喻诗”的代表作《新乐府》，其中几乎全用赋体，和杜甫的《北征》差不多，如《白香山诗集·长庆集》卷一《讽喻一·贺雨》：“皇帝嗣宝历，元和三年冬。自冬及春暮，不雨旱爞爞。……”《春雪》：“元和岁在卯，六年春二月。月晦寒食天，天阴夜飞雪。……”《村居苦寒》：“八年十二月，五日雪纷纷。竹柏皆冻死，况彼无衣民。……”难道不都是敷陈其事而直言之吗？用比的诗倒还有一些，如《羸骏》以饿瘦了的良马不为相马者所识，以致沦没军中，“化作驽骀肉”，显然是比才智之士不见知于当权者，而埋没终身，老死于下位。《答友问》：“大圭廉不割，利剑用不缺。当其斩马时，良玉不如铁。置铁在洪炉，铁消易如雪。良玉同其中，三日烧不热。君疑才与德，咏此知优劣。”《问友》：“种兰不种艾，兰生艾亦生。根荄相交长，茎叶相附荣。香茎与臭叶，日夜俱长大。锄艾恐伤兰，溉兰恐滋艾。兰亦未能溉，艾亦未能除。沉吟意不决，问君合何如。”如此之类还有一些，竟是全篇用比的比体诗，“卒章显其志”，有“三百篇”之比义。然而绝大多数篇章都如他自己在《新乐府·序》中所说的：“其辞质而径”“其言直而切”“其事核而实”“其体顺而肆”，在写作的形式、手法上基本上是赋为主而比为辅，直言核事，辞径体顺，“总而言之，为君、为臣、为民、为物、为事而作，不为文而作也”，不见兴义。

自中唐以后，诗人言“比兴”者虽多，却已不是比兴本义，不是显喻和隐喻的比兴之譬的艺术手法，而是重在“诗以言志”“诗以明道”的社会作用上。当然，批判现实主义的创作方法是我国古代文学，首先是古代诗歌的最可宝贵的优良传统之一，应该继承发扬，但不能因此而代替、摒弃了或取消了在写作手法和艺术技巧上的比和兴。我认为两者都应该受到重视，像民间创作的歌谣那样，直到今天还是用比、兴的手法，唱出革命的现实主义与革命的浪漫主义相结合的歌曲，虽然现在这样的作品还不多，但这个方向，这条道路却是我们必须遵循的。

任何事物都是有两面性的。我们不能因为诗要用比、兴两法，就否定了赋。其实在一切文学中，主要的还是用赋，但赋作为基本的方法，没有疑义，所以不需要申论。我们也不应该像梁陈以来那样，只是一味地“嘲风雪，弄花草”，赋写景物而无所比、兴。譬喻的方法不仅在诗歌创作中必须用，即在我们日常生活中也是随时都要用的。连那个“仁以为己任”的孔丘都还说，“能近取譬，可谓仁之方也已”（《论语·雍也》），也还是要用“譬”（即“比”“兴”的“譬喻”）来达到他宣传其“仁”的目的，以便“己欲立而立人，己欲达而达人”。后世文人诗家当然更不会不同意用譬。然而，对什么东西都不能强调过分，过分了会产生流弊。钟嵘《诗品·序》说：诗有赋、比、兴三义，要“酌而用之，干之以风力，润之以丹彩，使味之者无极，闻之者动心”，才“是诗之至也”。这个“酌而用之”一语最为重要，“酌用”就是按照写作的需要，斟酌适宜，采取其中的某一义而用之。否则，“若专用比兴，则患在意深，意深则词踬”，意深词踬当然不能算好诗；“若但用赋体，则患在意浮，意浮则文散，嬉成流移，文无止泊，有芜漫之累矣”，意浮文散，流移芜漫，同样算不得好诗。由前之说，可见比兴不能专用，赋体亦不可废；由后之说，可见比兴不可无，赋体亦不宜独占。这也正如刘勰所指出的：“兴之托谕，……明而未融，故发注而后见也。”事实就是这样，如晚唐李商隐的《锦瑟》和其他许多《无题》诗（按：《锦瑟》以“锦瑟无端五十弦”头两字为题，等于无题），可算是专用“比兴”，说者多谓是李商隐借男女之情寓自己出处遇合之意，但千百年来谁也不能明融贯通，确定诗人的真情所在，议论繁多，莫衷一是，这又如何能“使味之者无极，闻之者动心”呢！

三、律体诗的“比”“兴”

上节引白居易《与元九书》，叙述了《诗》三百篇以前，六义俱备；周衰秦兴，国风变为骚辞（辞即是赋，故曰“辞赋”），六义始缺；晋宋以还，得者益寡，六义寖微；梁陈间，六义尽去；唐初，渐讲“兴寄”，比兴为一，而义已不同。又着重地谈了比和兴的譬喻之义，其实就是偏于讲诗之用比，从而说明了自骚辞以后，诗人用譬多属于比义，而少见或者近于没有了兴义。

为什么自骚辞以后，兴渐缺渐微而终于尽去了呢？为什么唐以后比、兴并而为一又变了原义呢？唐诗及唐以后的诗有没有并能不能再用比兴两义呢？这几个问题将在本节加以探讨。

如前所说，兴与比的差别有两点：一是兴兼有“起”（发端）和“喻”（譬喻）两种意义和作用，比只有“喻”义；二是兴的喻为“隐喻”，不那么明显易知，比则是“明喻”，显而易见，且往往有“如”“若”“犹”等字样。骚辞（包括《楚辞》和汉赋）篇长，又不分章节，作为诗篇的起头少，因而比较不容易运用发端的兴，故兴少而比、赋多，尤其赋的性质就是铺陈物象，罕叙情意，故难于用兴。又屈（原）贾（谊）辞赋，愤怨抑郁之情重，苏武、李陵别离仓促之情急，也不暇多所研炼，冲口任心而成章，所以用隐喻便少些，但还不是没有。《楚辞》和《古诗十九首》以及曹植的诗前面都举过一些例。即如大家所熟知的刘邦《大风歌》：“大风起兮云飞扬，威加海内兮归故乡，安得猛士兮守四方！”虽只是三句的楚歌，而第一句便是“兴”辞。又如著名的汉代“街陌谣讴”《白头吟》（《西京杂记》说是卓文君作，而《宋书·乐志》则以为系汉街陌谣讴，与卓文君无涉）：

> 皑如山上雪，皎若云间月。闻君有两意，故来相决绝。今日斗酒会，明旦沟水头。躞蹀御沟上，沟水东西流。凄凄复凄凄，嫁娶不须啼。愿得一心人，白头不相离。竹竿何袅袅，鱼尾何簁簁。男儿重意

气，何用钱刀为？

开头两句“皑如山上雪，皎若云间月”，便是发端而有喻义的兴。不仅如此，最后数句的“竹竿何袅袅，鱼尾何簁簁”两句，既与上文无关，又和下文没有直接的联系，也是兴辞，用以兴起末后两句，正如前已引过的《越人歌》末尾“山有木兮木有枝”一句兴起“心悦君兮君不知”一句为结是一样的。至于白居易所提到的东汉梁鸿《五噫歌》却只是梁鸿东出关路过京师洛阳，愤慨统治阶级压迫人民建造宫阙而作，批判现实，意在讽刺，写作手法并无譬喻，既非兴诗，亦未用比。原歌如下：

陟彼北芒兮，噫！顾瞻帝京兮，噫！宫阙崔嵬兮，噫！民之劬劳兮，噫！辽辽未央兮，噫！

晋宋以后，用兴义之作，亦偶一见之。如晋傅玄的《明月篇》：“皎皎明月光，灼灼朝日晖。昔为春蚕丝，今为秋女衣。丹唇列素齿，翠彩发蛾眉。……”开篇两句自然也是兴。甚至连左思《咏史》八首中也有：“郁郁涧底松，离离山上苗。以彼径寸茎，荫此百尺条。世胄蹑高位，英俊沉下僚。地势使之然，由来非一朝。金张藉旧业，七叶珥汉貂。冯公岂不伟，白首不见招。”前四句也可以算是兴，虽然它们的譬喻之义比较明显，但毕竟是作为发端用的。陶渊明的四言诗《停云》四章，前两章一则曰：“霭霭停云，蒙蒙时雨。八表同昏，平路伊阻。……”二则曰：“停云霭霭，时雨蒙蒙。八表同昏，平陆成江。……”看那开头两句的构造，两章颠倒使用，复而不叠，很像《国风》的兴辞，但下文完全与之相接，意亦连贯，便知不是《诗》的兴了。又如他的《拟古》：“荣荣窗下兰，密密堂前柳。初与君别时，不谓行当久。”前两句与下无关，简直就是兴辞，但看到后半，“兰枯柳亦衰，遂令此言负”，便又回到起句的兰和柳。说明首两句是“伏笔”而非如《诗》的兴辞。和陶同时的谢灵运开山水诗之路，就是专写游记叙景的诗，更用不到兴义了。

自晋宋以后，诗体益靡，齐、梁、陈、隋艳冶斯极。或用事使典，务为繁密，文章殆同书钞；或专讲音韵，襞积细微，诗歌拘忌伤真；或绮词艳句，徒事淫靡，吟咏皆成亵秽：本无所感，又焉用比兴？六朝豪华，遂使六义尽失。唐初，承其余风，已为识者所厌憎，为了矫正这种种流弊恶习，便有思想进步的诗人提出向古人学习的号召，于是汉魏风骨、正始之音、大雅正声等等便成了一时文人追求的目标，而其要点则是改变诗歌的思想内容。于是便在六义中抓出风、雅、比、兴四者为根本，始则言寄风雅于比兴，寄比兴以期至乎风雅，遂标出“兴寄”一词，继而干脆就提明“风雅比兴”“美刺比兴”，从而更突出了诗歌的作用和目的，便在实质上不再注意作为写作艺术的两项重要手法——比和兴了。这一点，读陈子昂的《感遇》诗三十八首，即可了然。姑举三首为例：

兰若生春夏，芊蔚何青青。幽独空林色，朱蕤冒紫茎。迟迟白日晚，袅袅秋风生。岁华尽摇落，芳意竟何成。

昔日章华宴，荆王乐荒淫。霓旌翠羽盖，射兕云梦林。揭来高堂观，怅望云阳岑。雄图今何在，黄雀空哀吟。

本为贵公子，平生实爱才。感时思报国，拔剑起蒿莱。西驰丁零塞，北上单于台。登山见千里，怀古心悠哉。谁言未忘祸，磨灭成尘埃。

确如沈德潜在《唐诗别裁》中所评：“追建安之风骨，变齐梁之绮靡，寄兴无端，别有天地。”“寄兴”也便是陈子昂自己所提的“兴寄”。兴何所寄呢？寄之于建安风骨（即汉魏风骨）。所寄何兴呢？即感于心而困于遇的个人身世和处境，其中自然也包括了时政得失与社会风貌。所以他的诗是有着现实内容的，也有诗人自己的进步思想观点的，一反齐、梁、陈、隋绮靡之风，亦与晋宋以清高玄远、山水田园为内容者迥乎不同，这是毫无疑问，该予以肯定的。但是，也正是这个特征证明了他的“兴寄”是属于思想内容方面的问题，而不是属于六义的比、兴那样的写作手法或艺术形式的问题。

到了盛唐，中国文学史上两位最伟大的诗人李白和杜甫都极力推崇陈子昂。他们也都是看重他革除了五百年来诗风的积弊，使“正始之音复睹于兹”（《与东方左使虬修竹篇序》：“文章道弊五百年矣！”）。李、杜很少论诗的文章，只是在自己的诗篇中谈过一些有关的观点，其基本主张也都不出陈子昂的范围。

初唐四杰、沈、宋完成了律体诗，盛唐以后诗人遂多用近体，而古风渐微。故唐诗的最高成就虽不尽在近体律绝，但为宋以后诗坛所瞩目者却是律体。律体诗格律严明，限于句数、字数、平仄、对仗、韵部，以及音节、句法、篇章、结构，用比已是不易，用兴就更难了。晋宋以后，五七言诗开始注意辞采音律，便影响到比兴的运用。至齐、梁、陈、隋，遂至“六义尽失”，主要原因固在于诗风的绮靡与内容的空虚，但是形式上的渐趋律化无疑也限制了比兴的使用。另外，文人愈来愈脱离人民群众，文人诗也越不可能从民歌中吸取创作经验。尤其士大夫文人根本看不起民间的俚歌俗曲，所以长期以来一直保存在民间歌谣中的比兴艺术就只能在民歌中继续运用，发扬光大，而在文人诗中却渐趋灭绝。

中唐以后，近体已经为诗人所习用，于是在思想内容上又渐渐脱离现实，白居易、元稹等展开改革诗风的新乐府运动，着眼于为时为事而作，当然是非常正确的。这时候他们利用了汉魏乐府的诗体，不限格律，以便能够更好地发挥其讽喻、美刺的作用，也是十分必要的。然而在几百年的诗体律化过程中已经抛弃掉的“比、兴”两法，对他们也成了陌生的艺术手段，在新乐府中便没有它们的地位，尤其汉魏乐府的兴义到他们这时候已几乎绝迹了，所遗存的只有完全改变了名实的“风雅比兴”或“美刺比兴”。

那么，是不是唐宋以来，特别是近体律诗就没有也不能用兴义呢？都不是。我认为近体律诗的格律确实限制了兴义的运用，但也不是绝对的，只是比较困难些，而且也要根据近体诗的特点改变用兴的手法，只取兴的精神。

先谈所谓兴的精神。宋张栻说：“作诗不可直说破，须如诗人婉而成章。《楚辞》最得诗人之意，如言‘沅有芷兮澧有兰，思公子兮未敢言’。思是人也而不言，则思之之意深，而不可以言语形容也。若说破如何思如何思，则意味浅矣。”（见《性理大全》）他没有指明这是兴的精神所在，但不直说破而辞婉意深则正是兴的要求和作用。又明王鏊说：“余读诗至《绿衣》《燕燕》《硕人》《黍离》等篇，有言外无穷之感。后世唯唐人诗尚或有此意：如‘薛王沉醉寿王醒’，不涉讥刺，而讥刺之意溢于言外；‘君向潇湘我向秦’，不言怅别，而怅别之意溢于言外；‘凝碧池边奏管弦’，不言亡国，而亡国之痛溢于言外；‘溪水悠悠春自来’，不言怀友，而怀友之意溢于言外；‘潮打空城寂寞回’，不言兴亡，而兴亡之感溢于言外：得风人之旨矣。”（见《震泽长语》）他说不明言所欲说之意，而言外有无穷之感，与张栻的话意思完全相同，所以也就是兴。他举了五句七言近体律句为例，也正是唐人（盛唐杜甫、王维直到中唐刘禹锡、晚唐郑谷）的作品。古之论杜甫诗者，往往举他的五律《春望》：“国破山河在，城春草木深。感时花溅泪，恨别鸟惊心。……”并为之评注曰：“‘山河在’，明无余物矣；‘草木深’，明无人矣；花鸟，平时可娱之物，见之而泣，闻之而悲，则时可知矣。”这也是说意在言外，使人思而得之，合于六义之兴。所以宋罗大经《鹤林玉露》卷十有云：“诗莫尚乎兴。……盖兴者，因物感触，言在于此，而意寄于彼，义味乃可识，非若赋、比之直言其事也。故兴多兼比、赋，比、赋不兼兴，古诗皆然。今姑以杜陵诗言之，《发潭州》云：‘岸花飞送客，樯燕语留人。’盖因飞花、语燕，伤人情之薄，言送客留人，止有燕与花耳。此赋也，亦兴也。……《堂成》云：‘暂止飞乌将数子，频来语燕定新巢。’盖因乌飞燕语而喜己之携雏卜居，其乐与之相似，此比也，亦兴也。”

沈德潜《说诗晬语》卷下云：“诗贵寄意，有言在此而意在彼者。李太白《子夜吴歌》，本闺情语，而忽冀罢征；《经下邳圯桥》，本怀子房，而意实自寓；《远别离》，本咏英皇，而借以咎肃宗之不振，李辅国之擅权。杜少陵《玉华宫》云‘不知何王殿，遗构绝壁下’，伤唐乱也；《九成宫》云‘巡非遥水远，迹是雕墙后’，垂夏、殷鉴也。他若讽贵妃之酿乱，则忆王母于宫中；刺花敬定之僭窃，则想新曲于天上。凡斯托旨，往往有之，但不如‘三百篇’有小序可稽，在读者以意逆之耳。”他说的“寄意”，即言在此而意在彼，也就是“托旨”，就是“兴寄无端”，须思而后得，须“以意逆之”。

其实若按照以上所说，凡诗“情融乎内而深且长，景耀乎外而真且实”，就景中写意，托物以寓情，这也便是兴。因为这样写法就是意在言外，情在景中，不直说出，使人自得之，便有余味可供读者玩索，足以起人深思，发人深省，既有“起”义，又有“喻”义，当然便是兴的精神了。

四、词曲的“比”“兴”

诗、词、曲一理，诗、词、曲一物，诗、词、曲同出一源，诗、词、曲都是言志的歌辞，那么诗有六义、三义、“比、兴”两法，词、曲当然也一样要有、要用。诗若只用直言敷陈的赋，没有一点比、兴，一览无余，就不能算作合格的诗，至少不能算作好诗，因为那样就难免“味同嚼蜡”，谁还高兴去读它呢？词、曲也是如此，一切都浅露直说，毫无含蓄婉转之致，读罢便了，无余味可寻，则词不足为词，曲不足为曲，也难以列入诗的范畴。

诗本源于民歌，“三百篇”原亦是周王朝采自民间的风谣，人民群众创作时，原不曾先学什么方法、规则、艺术手段，未尝立例而为文。所以说《风》《雅》有比兴之义，无比兴之名，是后人才指实其名。元人虞集《杜诗纂例·序》说：“至于诗，……其义则有比、兴、赋之分焉。诗人作诗之初，因其事而发于言，固未尝自必，曰我为比，我为兴若赋也。成章之后，亦无出于三义之外者。故学者不得不以例而求之。”我们现在就是根据以前学者研究的结果，知道作诗之义无出于赋、比、兴三者之外的，因而再以此理向前人的诗、词、曲中去探求。诗有了比较固定的格律以后，运用兴义较自由体为难，但仍不能没有兴，所以就改变了方法，把兴义的主要精神贯彻到写作中去，如上边所讲的那样。词最初在民间本为曲子，虽也有格律，但并无严格限制，从敦煌曲子词就可看得清楚：字句可以增减（加衬字甚至加衬句都是允许的），平仄可以调换。后来到文人手里，就不那么自由了，至宋愈严，所以词中之兴也只能如近体律诗那样运用，而不易像古诗那样作为篇章的开端。曲与词同源，兴义用法亦同。

敦煌曲子词既是我们所能见到的最早的一批民间词，也是最早的民间曲。词曲既出于民间，所以也继承了民歌最喜用的比、兴手法。敦煌曲子词有一首大约是妓女写的《望江南》：

莫攀我，攀我太心偏。我是曲江临池柳，者(按:同“这”) 人折了那人攀，恩爱一时间。

全首以曲江柳自比，表达了自己所处的被欺凌、被玩弄、被侮辱、被压迫的卑微地位，只能做一点点不满的表示，而无力自拔，不能反抗。

用比最好的一首《菩萨蛮》，设喻奇诡深曲：

枕前发尽千般愿，要休只待青山烂。水面上秤锤浮，直待黄河彻底枯。白日参辰现，北斗回南面。休即未能休，且待三更见日头。

一连用了六个譬喻，表示坚决不能离舍的爱情的坚贞。这样奇异卓绝的比喻，只有在民间文学中才能见到。大约距此一千年之前的汉《铙歌》十八首内的《上邪》也是用同样设喻的方法的：

上邪，我欲与君相知，长命无绝衰。山无陵，江水为竭；冬雷震震，夏雨雪。天地合，乃敢与君绝。

这个民间文艺传统一直传了两千多年，至今仍在说着唱着“海枯石烂不变心”哩！明末冯梦龙所辑当时民间小曲《挂枝儿》有一首（又明万历间熊稔寰辑《精选劈破玉歌》亦有此曲，则为《劈破玉》矣）与此相似：

要分离，除非是天做了地。要分离，除非是东做了西。要分离，除非是官做了吏。你要分时分不得我，我要离时离不得你。就死在黄泉，也做不得分离鬼！

从这一条脉络分明的传统继承与发展演变线索来看，汉代的乐府民歌《上邪》历近千年而有唐代的民间曲子词《菩萨蛮》“枕前发尽千般愿”，然后又历近千年而出现了明末的民间小曲《挂枝儿》“要分离，除非是天做了地”，则只从用譬喻上说，词曲来源于民间乐曲歌辞也完全可证。

与上述相类似的譬喻，敦煌曲子词中还有，如《山花子》：

去年春日长相对，今年春日千山外。落花流水东西路，难期会。西江水竭南山碎，忆你（一作“得”）终日心无退。当时只合同携手。悔！□□。（最后缺两字，疑当是“悔！悔！”）

“西江水竭南山碎”也便是“山无陵，江水为竭”，而与“青山烂”“黄河彻底枯”是同义而异辞的。

宋代词人之词用比喻的很多，不胜枚举。范仲淹《苏幕遮》：“酒入愁肠，化作相思泪”；苏轼《水龙吟》：“春色三分：二分尘土，一分流水。细看来，不是杨花，点点是离人泪”；秦观《浣溪沙》：“自在飞花轻似梦，无边丝雨细如愁”；辛弃疾《菩萨蛮》：“郁孤台下清江水，中间多少行人泪。西北望长安，可怜无数山”……都是比譬而有所寄托。

敦煌曲子词间也有用兴喻写的，如《生查子》：

三尺龙泉剑，匣里无人见。一张落雁弓，百只金花箭。为国竭忠贞，苦处曾征战。先望立功勋，后见君王面。

前片可以算是兴，后片才点出正题。还有一首：

一树涧生松，迥向长林起。劲枝接青霄，秀气遮天地。郁郁覆云霞，直拥高峰际。金殿选忠良，合赴君王意。

这一首的前片也应是兴辞，后片前两句也未点题，真正要说的话、要写的人事，只有最后两句。

文人写词最早的作品也还有起兴一法，如初唐李景伯、沈佺期、裴谈在兴庆宫侍中宗宴，所作《回波乐》各一首的第一句均同，如不作起兴用，就无法解释：

回波尔时酒卮，微臣职在箴规。侍宴既过三爵，喧哗窃恐非仪。

（李景伯）

回波尔时佺期，流向岭外生归。身名已蒙齿录，袍笏未复牙绯。

（沈佺期）

回波尔时栲栳，怕妇也是大好。外边只有裴谈，内里无过李老。

（裴　谈）

可能有人说第一句是定格，是《回波乐》调所要求的，如《五更转》的“一更里”“二更里”之类。也好，若承认它是定格，那就更可说它并非下文所必要的，即与下文只是勉强的连接，而不是有机的联系，只是从单作起兴用的兴辞演变成不可或缺的定格套语。这类定格套语式的兴辞最初也都是作为起兴用的，后来大家用惯了，仿作者多，便成了某种定格的标志，与正文没有密不可分的关系。这在唐代遗留下来的敦煌曲子词中，就有《五更转》《十二时》《百岁篇》《十恩德》《十二月》之类，传到明清还继续用这种格调。近代的弹词、平话、说书、鼓词等也还有《五更调》《十二月花》……那每段第一句的“一更一点月初升”和“正月里来正月正”之类，便都是由兴演进而成为固定的格调套语。

文人写词，托物寄讽，也和律体诗用兴的手法一样。宋罗大经《鹤林玉露》载南唐张泌、潘佑等俱有才名，后主李煜于宫中筑红罗亭，四面栽红梅，欲以艳曲（五代、宋初皆称词为曲，艳曲即艳词）记之，佑应令曰：“楼上春寒三四面，桃李不须夸烂漫，已失了东风一半。”盖是时南唐已失淮南，故佑以词讽谏。宋魏泰《东轩笔录》载范仲淹守边日，作《渔家傲》数首，皆以“塞下秋来风景异”为起句，述边镇之苦。今存一首：

塞下秋来风景异，衡阳雁去无留意。四面边声连角起，千嶂里，长烟落日孤城闭。

浊酒一杯家万里，燕然未勒归无计。羌管悠悠霜满地，人不寐，将军白发征夫泪。

既然数首均用同一句为起句，而这句又是即眼前景物的，自然这“塞下秋来风景异”就是兴起下文的兴辞了。

宋人词亦多全篇兴寄者，如苏轼的《卜算子》：

缺月挂疏桐，漏断人初静。时见幽人独往来，缥缈孤鸿影。

惊起却回头，有恨无人省。拣尽寒枝不肯栖，寂寞沙洲冷。

这是他被贬黄州时作的，其托意盖自有在，而读者不能解，往往别有附会，据宋陈鹄《耆旧续闻》说："拣尽寒枝不肯栖，取兴鸟择木之意，所以山谷谓之高妙（按：黄庭坚，字山谷，谓是词‘语意高妙，似非吃烟火食人语’）。"他的《水调歌头》"明月几时有"，向为论词者推为"意在笔先，神余言外，……若远若近，可喻不可喻，反复缠绵，都归忠厚"，够得上是兴词的代表：

明月几时有？把酒问青天。不知天上宫阙，今夕是何年。我欲乘风归去，又恐琼楼玉宇，高处不胜寒。起舞弄清影，何似在人间！

转朱阁，低绮户，照无眠。不应有恨，何事长向别时圆？人有悲欢离合，月有阴晴圆缺：此事古难全。但愿人长久，千里共婵娟。

辛弃疾词多抚时感事之作，慷慨纵横，豪情奔放，时或悲壮苍凉，亦复回肠荡气，发人深思。如《水龙吟》（登建康赏心亭）：

楚天千里清秋，水随天去秋无际。遥岑远目，献愁供恨，玉簪螺髻。落日楼头，断鸿声里，江南游子。把吴钩看了，栏杆拍遍，无人会，登临意。

休说鲈鱼堪脍，尽西风，季鹰归未？求田问舍，怕应羞见，刘郎才气。可惜流年，忧愁风雨，树犹如此！倩何人唤取，红巾翠袖，揾英雄泪？

头两句写景语，自是兴辞。下边说一意未了，又说一意，既笔笔能留，又句句有脉络，读了之后，言尽而意不尽，词终而情未终。其他如《贺新郎》"绿树听鹈鴂"，《念奴娇》"野塘花落"，《摸鱼儿》"更能消几番风雨"，《永遇乐》"千古江山"，等等，都有这类情况，也都是兴。

南宋末年，恭帝赵㬎德祐（只有一年，即 1275 年）太学生写了一首《百字令》和一首《祝英台近》，字字譬喻，感讽亡国时情事，元无名氏《湖海新闻》有笺释，说明其每句所指。兹举《百字令》为例：

半堤花雨。对芳辰消遣，无奈情绪。春色尚堪描画在，万紫千红尘土。鹃促归期，莺收佞舌，燕作留人语。绕栏红药，韶华留此孤主。

真个恨杀东风，几番过了，不似今番苦。乐事赏心磨灭尽，忽见飞书传羽。湖水湖烟，峰南峰北，总是堪伤处。新塘杨柳，小腰犹自歌舞。

头两句即景，写南宋京都临安（即今之杭州），并无时事，显是兴辞，以兴下边对亡国现实的斥责与讽刺。《湖海新闻》说："三四谓众宫女行；五谓朝士去；六谓台官默；七指太学上书；八九谓只陈宜中。'在东风'谓贾似道；'飞书传羽'，北军至也；'新塘杨柳'谓贾妾。"这首词当然是用了比兴的。

宋人诗罕用比兴，所以味同嚼蜡。他们的词因刚从唐代民间曲子脱胎出来，还保留了比兴手法。但南宋就比北宋差得多，或专务声律，或特重词采，比尚较多，兴则罕见，用比也与昔人不同，只是讲求纤巧，无复纯朴贴切当如人民群众所习用熟知的那样譬喻了。

今天所能见到的元人散曲，就隋树森编的《全元散曲》共只辑得小令三千八百五十三首，套数四百五十七套，较诸收辑还不够全备的《全唐诗》四万八千余首和《全宋词》二万余首，就相差甚远。虽说曲是有元一代的绝艺，可以和唐诗、宋词相媲美，"无论在思想性和艺术性上，都有一些特点"（隋树森《全元散曲·自序》），但这些特点一般说来并不表现在比、兴两法上。所以谈元散曲的比、兴问题，就很难超越在宋词中所谈的范围。譬如就元曲六大家——关汉卿、王实甫、白朴、马致远、郑光祖、乔吉六人来说，共存小令四百二十五，套数四十八，残套十。篇数不算少，而题材却比较狭窄，除写风花雪月、男女调情、消极闲适和咏物嘲妓外，很少涉及社会现实，更不要说讽喻时政、揭露矛盾了。像睢景臣〔般涉调〕《哨遍》"高祖还乡"和刘时中〔正宫〕《端正好》"上高监司"那样的作品，实在是凤毛麟角，不可多得。在艺术方法上当然比宋词更可以自由灵活地运用，少受一些限制，但内容决定形式，那样一些消极的思想内容尽可任情使用敷陈径直的笔墨，不必婉转隐晦地写，所以用比义的还多，用兴义的却极少见，名为曲而笔不曲，但取声调协畅适于宴乐演唱而已。以这六大曲家而论，关汉卿算是最有个性的，然而他“绝没有遗民的国家思想、国亡不仕的品格，也没有那种文人学士的保性全真的退隐的心境。他同白、马完全是另一种人”。这看他的〔南吕〕《一枝花》散套《不伏老》就清楚了。其余五人：王实甫只留下一首小令《别情》、一篇套数《退隐》和另一篇尚不能肯定是否属于他的写恋情的套数；郑光祖六首小令写隐退，两篇套数《题情》和《秋闺》；白、马二人和乔吉都属于文人学士型的曲家。所以在他们的散曲作品里，顶多不过如马致远的〔双调〕《夜行船》“百岁光阴一梦蝶”、像《秋思》那样只“想人生有限杯，浑几个重阳节”，把世事都看穿了，索性一醉了事。也许元代前期的散曲家张养浩有一首《山坡羊·潼关怀古》还值得一提：

峰峦如聚，波涛如怒，山河表里潼关路。望西都，意踌躇，伤心秦汉经行处，宫阙万间都做了土。兴，百姓苦；亡，百姓苦。

再则后期散曲家张可久《小山乐府》中有《卖花声·怀古》一首，与张养浩那首极近似，也算仅见的：

美人自刎乌江岸，战火曾烧赤壁山，将军空老玉门关。伤心秦汉，生民涂炭，读书人一声长叹。

其实这些虽在元人散曲中算是有点现实意义的，但也都没有思想深度，在艺术上同样看不出有什么特色而值得替他们吹嘘。

这时代倒是民间有些歌曲比士大夫文人写得好得多。如元末陶宗仪《南村辍耕录》载当时有《醉太平》小令一首，“自京师以至江南，人人能道之”，其言皆“切中时病”，与里巷歌谣无异：

堂堂大元，奸佞专权。开河变钞祸根源，惹红巾万千。官法滥，刑法重，黎民怨。人吃人，钞买钞，何曾见？贼做官，官做贼，混愚贤。哀哉可怜！

当然，这样的歌谣只是用直接斥责的赋体，也并无比、兴，我们不过用来跟张养浩、张可久两大散曲家仅有的两首较好的小令曲做一比较而已。

明代民间俗曲除我在前边已经介绍过的以外，还有极好的，至为当时许多封建文人所称道，甚至比之《国风》。明李开先《词谑》二十七条："有学诗文于李崆峒（按：明弘治七才子之一李梦阳，诗古文家，自号空同子，有《空同子集》）者，自旁郡而之汴省。崆峒教以：'若似得传唱〔锁南枝〕，则诗文无以加矣。'请问其详，崆峒告以：'不能悉记也。只在街市上闲行，必有唱之者。'越数日，果闻之，喜跃如获重宝，即至崆峒处谢曰：'诚如尊教！'何大复（按：明弘治七才子之一何景明，诗古文家，与李梦阳齐名，世称'何李'，有《大复集》）继至汴省，亦酷爱之，曰：'时词中状元也。如十五《国风》，出诸里巷妇女之口者，情词婉曲，自非后世诗人墨客操觚染翰刻骨流血所能及者，以其真也。'每唱一遍，则进一杯酒。终席唱数十遍，酒数亦如之，更不及他词而散。崔后渠、熊南沙、唐荆川、王遵岩、陈后冈谓：'……若以李、何所取时词为鄙俚淫亵，不知作词之法、诗文之妙者也。'"这首"时词"（即时曲）调为《锁南枝》，明陈所闻选编《南宫词纪》卷六亦选载，题为《汴省时曲》：

傻俊角，我的哥！和块黄泥儿捏咱两个。捏一个儿你，捏一个儿我。捏的来一似活托，捏的来同床上歇卧。将泥人儿摔碎，着水儿重和过。再捏一个你，再捏一个我——哥哥身上也有妹妹，妹妹身上也有哥哥。

这也是比的一种方法吧，前所未有，非常新颖，以至引起那些著名的封建文人所酷爱，比之于《诗》。这篇曾为南方下层文人或识字群众改成《挂枝儿》调，明末崇祯年间豫章醉月子选辑刊印的《新选挂枝儿》录入：

泥人儿，好似咱每（同"们"）两个。捻一个你，塑一个我，看两下如何？将他来揉和了重新做。重捻一个你，再塑一个我；我身上有你也，你身上有了我。

抄袭改纂，意思全同，但意味却大减，只剩骨架了。

明代俗曲用比还有从反面来比的，如《劈破玉》歌调写“耐心”的曲：

> 熨斗儿熨不开眉间皱，快剪刀剪不断我的心内愁，绣花针绣不出鸳鸯扣。两下都有意，人前难下手。该是我的姻缘，哥，耐着心儿守。

同调题为《虚名》的曲也属此类，但又不同：

> 蜂针儿尖尖的，做不得绣；萤火儿亮亮的，点不得油；蛛丝儿密密的，上不得筘；白头翁举不得乡约长，纺织娘叫不得女工头。有什么丝线儿相牵也，把虚名挂在傍人口？

这两曲均见明万历年间闽建熊稔寰汇辑的《精选劈破玉歌》。

劳动人民从生活中会发现许多客观事物的性格、面貌和实质，没有与自己遭遇的某些事情在某方面极其类似的，当他们要表达自己的感情和愿望而想唱出内心的曲折活动时，才有可能运用极其恰当的比喻，使思想感情通过艺术形象而展示给听众和读者，并能产生巨大的感染力与说服力。明醉月子《新选挂枝儿》有很多首都是以眼前事物为比喻而用得很精确的，如《墨斗》《天平》《蜡烛》《火炮》《灯笼》等都是。举一首《比方》为例：

> 比你做水花儿聚了还散；比你做蜘蛛网到处粘拈；比你做锦缆儿与你暂时牵绊；比你做风筝儿线了断；比你做扁担儿，挑不起莫要担；比你做正月半的花灯也，你也亮不上三四晚。

除掉劳动人民生活丰富、想象丰富，能够观察并体验到较多较深的事物的面貌与本质这一点外，民歌俗曲之所以经常会运用一些极新颖而又极贴切的比喻，是因为用俗曲牌调唱的民歌在形式上比诗、词、曲更为自由，没有那么严格的格律限制，所以作者可以根据自己的思想感情和艺术手法随心所欲地唱出或写出。所以同一歌曲的调子，同一题材，同一主题思想，字句多寡、音律情韵变化却很大。

明清俗曲牌调也很多，运用又极方便，比、兴两法均有施用的充分条件。如清乾隆年间无名氏辑的《丝弦小曲》有《哭皇天》两首，分别以“到秋来黄菊绽，奴好凄凉”和“到冬来瑞雪飘，碎剪鹅毛，红炉内添兽炭”开端，后边接着“想起冤家”和“想起多娇”，就分明是不同的兴辞。《秋来景》八首，头一句都是用“秋来的景儿×××”发端；《刮地风》两首，头一句是“月儿斜，难捱过今夜”和“月儿歪，相思常害”；《罗江怨》几首第一句也是“纱窗外月影移”“昨夜里灯花爆”“到春来桃花放”“到冬来雪花飘”……这些都只能是兴起下文的“兴也”。

清乾隆年间天津老艺人颜自德辑、南京文士王廷绍编订的《霓裳续谱》搜录清初时调曲六百二十一首，其中有《西调》《剪靛花》《螺蛳转》《黄沥调》《马头调》《玉沟调》《番调》《隶津调》《倒搬桨》《劈破玉》《粉红莲》《打枣竿》，而更多的则是《寄生草》。《寄生草》又变化极多，短的仅六句五十字，长的可至十二三句，一百多字。除此之外，还有许多变调，如：《北寄生草》《南寄生草》《怯寄生草》《寄生草便音》《番调寄生草》《垛字寄生草》。由于有这些便利条件，写《寄生草》就有极大的自由运用艺术手法的活动余地。下边选录几首采用不同比、兴方法而又都是写男女相思这同一主题的：

得了一颗相思印，领了一张相思凭，相思人走马去到相思任，相思城尽都害的相思病。新相思告状，旧相思投文。难死人，新旧相思怎审问？（重）

相思牌儿在门前挂，买相思来来问咱：“借问声，这相思你要多少价？”“这相思得来的价儿大。”买的摇头，卖的把嘴咂：“请回来！奉让一半与尊驾。”

熨斗儿熨不开的眉头儿皱；剪刀儿剪不断腹内的忧愁；对菱花照不出你我胖和瘦；周公的卦儿准，算不出你我佳期凑。口儿说是舍了罢，我这心里又难丢。快刀儿割不断的连心的肉。（重）

眼睛皮儿扑簌簌跳，耳朵垂儿常发烧，未开门喜鹊不住喳喳叫，

昨夜晚上灯花儿爆，茶叶棍儿直立着，想必是今夜晚上情人到。（重）

荷叶上的水珠儿转，姐儿一见用线穿，怎能够一颗一颗穿成串。不成望水珠儿大改变，这边散了那边去团圆。闪煞了奴，偏偏都被风吹散。后悔迟，见面不如不见面。（重）

桃叶桃叶儿心改变；杏叶杏叶儿想团圆；竹叶儿尖，相思害的实可叹；藤叶儿牵牵连连割不断；茶叶儿清香，流落在那边？荷叶儿说：“藕断藕断丝不断。”（重）

大河里洗菜，菜叶儿漂，见一遭来想一遭。人多眼杂难开口，石上栽花儿不牢靠。肉儿小娇娇，生生教你想坏了。呀，生生教你想坏了。

以上选录的曲已经可以把清代前期民歌俗曲的比、兴两法，用典型实例说明了。这类的比兴手法是民间歌曲早已有的传统，从明代民歌时词里可以找到它们的原型。如明代“汴省时词”《山坡羊》就有：“你性情儿随风倒舵，你见识儿指山卖磨。”“熬顶这鬏髻如同熬纱帽，想这纸婚书如同想官诰。”“熨斗儿熨不展眉尖摺皱，竹掤儿掤不开面皮黄瘦，顺水船儿撑不过相思黑海，千里马儿也撞不出四下里牢笼扣。俺如今吞了倒须钩，吐不的（按：义同‘得’），咽不的，何时罢休！”如与上录各首《寄生草》的比譬做一比较，就可看出其来龙去脉。

五、拟人法和拟物法

文学中的比喻，尤其是诗歌中的比喻，总不外拟人和拟物两种方法，而以拟物法为最习见。这是因为诗歌主要是抒写人事，抒写作者的志意情感，为了把比较抽象的思想意识具体化、形象化、深刻化，使之易喻易解，鲜明如在眼前，就利用人们所习见、所熟知的物与事，或者虽不曾见、不可见甚至根本即无其物，但人们却对它有一个共同的看法（如神、鬼、龙、凤、麒麟之类），作为比拟，便成为拟物法。至于拟人法呢，则是以物为写的对象，把那物比作人来描述，虽然有时目的就在于那物的本身，但就诗歌来说，目的往往还是写人事，不过这样就更隐晦一些罢了。

《诗》三百篇，尤其是那当中一百六十篇《国风》就多用拟物法，以物比人，来影射统治者，对他们进行讽刺和谴责。而早在夏末，便已有人民咒骂残暴无道的夏桀，而愤怒地歌唱“时日曷丧，予及汝偕亡”那样拟物的比喻了。周代奴隶们生活于奴隶主的鞭挞之下，敢怒而不敢言，言亦不敢直言，便用巧妙的比喻委婉曲折地说出心中所要说的话，唱出胸中抑郁悲愤的感情，其效果乃比直言明说更有力量，表达得也更鲜明、更生动。他们用硕鼠、黄鸟指斥剥削压榨的繁苛酷毒，用赤狐、黑乌讽刺奴隶主贵族的淫威残虐，用鼠牙、雀角抨击强徒恶棍的欺凌良善，用羔羊、素丝诟詈肉食者生活的舒泰。乃至以小星三五，伤夙夜之在公；以雄雉于飞，念行役之不反。诚如刘勰所谓“畜愤以斥言”“环譬以托讽”，遂成为周人说话唱歌时惯用的语言技巧。

这种比喻后来运用愈多，就发展成为寓言故事，尤其到了晚周战国之世，各家学者都注意说话的技巧，多用比譬竟成为时代语言的风尚。墨子在《小取》篇说：“辟（譬）也者，举也（按：即‘他’字）物而以明之也。”荀子在《非相》篇说：“谈说之术，……分别以喻之，譬称以明之。”可见他们都是很重视说话中比（譬喻）的意义与作用的。为了说明譬喻（比）的必要性，我们引录刘向《说苑·善说》中的一段故事：“梁惠王谓惠子曰：‘愿先生言事则直言耳，无譬也。’惠子曰：‘今有人于此，而不知弹者，曰：弹之状何若？应曰：弹之状如弹。则谕乎？’王曰：‘未谕也。’‘于是更应曰：弹之状如弓，而以竹为弦。则知乎？’王曰：‘可知矣。’惠子曰：‘夫说者固以其所知，谕其所不知，而使人知之。今王曰无譬，则不可矣。’”可见比兴两法，说话都不可不用，更何况作诗，其可废乎？

拟物法，上举诸例多是这种。即将人比作物，如《诗·周南·螽斯》：“螽斯羽，诜诜兮。宜尔子孙，振振兮。”三章皆同是将人比作螽斯那样子孙蕃昌。《周南·麟之趾》也是将公子、公姓、公族之人比作麟。以物拟物即朱熹所说的以彼物比此物，如李煜词《望江南》“车如流水马如龙”即是。以人拟人，即以彼人比此人，如杜甫《咏怀古迹五首》之五：“伯仲之间见伊吕，指挥若定失萧曹”，以伊尹、吕尚、萧何、曹参比诸葛亮是也。诸如此类，古代诗、歌、词、曲中随处可见，不须多举例，亦自明白。

在拟人法上，汉魏古乐府常把鸟兽虫鱼完全拟人化，即把这些物的遭遇当作人的社会生活中的悲欢离合来写，有如童话寓言那样。这在《诗》三百篇中是没有的，而在汉魏乐府中却是常见的。如相和歌辞中的《艳歌何尝行》：

飞来双白鹄，乃从西北来。十十五五，罗列成行。妻卒被病，行不能相随。五里一返顾，六里一徘徊。“吾欲衔汝去，口噤不能开。吾欲负汝去，毛羽何摧颓。”“乐哉新相知，忧来生别离。踌躇顾群侣，泪下不自知。”“念与君别离，气结不能言。各各重自爱，远道归还难。妾当守空房，闭门下重关。若生当相见，亡者会黄泉。”今日乐相乐，延年万岁期。

按：这篇是晋乐所奏，古辞不传，但就其他晋乐所奏的汉乐府看，在内容上都改变不多，所以这可以作为一个例子。其实在汉魏乐府古辞里也有，如鼓吹曲辞的汉铙歌《雉子班》和相和歌辞《乌生》也都是此类拟人化的，但文字比较难解一点，俱录如下：

“雉子！班如此，之于雉梁。无以吾翁孺，雉子！”知得雉子高蜚止。黄鹄蜚，之以千里，王可思。雄来蜚从雌，视子趋一雉。“雉子！”车大驾马滕，被王送行所中，尧羊蜚从王孙行。（《雉子班》）

大意如下：

母雉对小雉说：“孩子，你的羽毛多么斑斓美丽！去到那有粱粟可吃的地方吧。可要注意躲着点人，不论是老是少。孩子！”老雉知道小雉被人捕获，马上高飞来到。她想，黄鹄一飞千里，气力旺盛，真可羡慕。雄雉也飞来跟母雉一道追着看它们的小雉，哀叫道：“孩子啊！”这时它们眼巴巴地望着雉子被活生生地送到皇帝的行宫中去，悲哀地跟着贵人的车子飞行。

乌生八九子，端坐秦氏桂树间。唶我！秦氏家有游遨荡子，工用睢阳强，苏合弹。左手持强弹两丸，出入乌东西。唶我！一丸即发中乌身，乌死魂魄飞扬上天。阿母生乌子时，乃在南山岩石间。唶我！人民安知乌子处？蹊径窈窕安从通？白鹿乃在上林西苑中，射工尚复得白鹿脯。唶我！黄鹄摩天极高飞，后宫尚复得烹煮之。鲤鱼乃在洛水深渊中，钓钩尚得鲤鱼口。唶我！人民生各各有寿命，死生何须复道前后！（《乌生》）

诗中凡五用“唶我”，都是仿乌的哀鸣声。诗从“乌生八九子”到“乌死魂魄飞扬上天”，乃叙乌为秦氏荡子弹丸射中而惨死；又从“阿母生乌子时”起五句叙乌自责未能藏身，遂被此难；自“白鹿乃在上林西苑中”至尾则言乌以白鹿、黄鹄、鲤鱼对照相比，它们都善于逃避祸患，但也不能免遭人类的杀害，可见死生有命，也就不须悔恨了。

还有《蜨蝶行》和《枯鱼过河泣》，均属杂曲，也都是拟人化的，前者以蝶的口吻来叙述其被燕子捉去喂小燕；后者是以鱼拟人作书警告同类要多加小心。分录于下：

蜨蝶之遨游东园，奈何卒逢三月养子燕，接我苜蓿间。持之我入紫深宫中，行缠之传欂栌间。雀来燕。燕子见衔哺来，摇头鼓翼何轩奴轩。（《蜨蝶行》）

枯鱼过河泣，何时悔复及。作书与鲂鱮，相教慎出入。（《枯鱼过河泣》）

像以上所举的这些，可以叫作“寓言诗”。寓言本是一种拟人化的散文故事，虽情节简单，但亦自具首尾，寓意可取。拟人化的诗如汉魏乐府古辞中所保存的这些，以后就很少见。在前篇叙述“词的起源和出现”时，曾引录过敦煌曲子词一首《雀踏枝》“叵耐灵鹊多瞒语”，上半阕是用思妇的口吻，责骂妄报征夫归来喜讯的灵鹊，并把灵鹊捉取锁在笼里的一段话；下半阕则是灵鹊被锁后发出的怨言，但又无计出笼，只有盼望她的征夫早日归来，好获得解放。下半阕完全是把灵鹊拟人化了。

文人诗歌没有见过这种完全拟人化的寓言诗。宋初梅尧臣有《禽言》四首（见《宛陵集》卷四），分别写子规、提壶、山鸟、竹鸡四种，但不是让禽以第一人称说话，而是作者以第三人称叙述的，虽有比兴之意，却不属于这种拟人化的手法。稍后一点，苏轼也仿效梅诗而作《五禽言》五首，序云："梅圣俞（按：圣俞，尧臣字）作《四禽言》。余谪黄州，寓居定慧院，绕舍皆茂林修竹，荒池蒲苇。春夏之交，鸣鸟百族，土人多以其声之似者名之，遂用圣俞体作《五禽言》。"按梅诗四禽：子规即杜鹃；提壶即俗之提壶芦（王禹偁《初入山闻提壶鸟》诗云："迁客由来长合醉，不烦幽鸟道提壶。"即咏此鸟）；山鸟黑色，其声若"婆饼焦"；竹鸡，江南多有之，鹌鸡类，似鸡而小，无尾，其声若"泥滑滑"。苏诗五禽："蕲州鬼"（王禹偁自黄州移蕲州，闻啼鸟，问其名。或曰：此名蕲州鬼。王大恶之，后卒于蕲）；"布谷"（黄州人谓布谷鸟为"脱却破袴"）；"快活"（快活鸟声云"麦饭熟"）；"力作"（力作鸟声云"蚕丝——百箔"）；"姑恶"（姑恶鸟为水禽，俗云：妇以姑虐死，化为此鸟，故其声云）。由这些鸟的名称便可知它们都有古典或俗传故事，可资附会，所以梅、苏的"禽言"诗，多数都是咏物的"比体诗"，并不是拟人化的"寓言诗"。诗都不长，先录梅作如下：

"不如归去"，春山云暮。万木兮参云，蜀天兮何处。人言有翼可高飞，安用空啼向高树。（《子规》）

"提壶芦"，酤美酒。风为宾，树为友。山花缭乱目前开，劝尔今朝万千寿。（《提壶》）

"婆饼焦"，儿不食。尔父向何之，尔母山头化为石。山头化石可奈何，遂作微禽啼不息。（《山鸟》）

"泥滑滑"，苦竹冈。雨萧萧，马上郎。马蹄凌兢雨又急，此鸟为君应断肠。（《竹鸡》）

《子规》一首末谓"人言有翼可高飞，安用空啼向高树"，分明是指责杜鹃，而不是杜鹃自责。《提壶》中有“劝尔”，《山鸟》中说“尔父”“尔母”，《竹鸡》中则言“此鸟”，都是诗人明指所咏之禽，其为作者的语言自极清楚。苏轼的《五禽言》则不尽然，请看：

> 使君向蕲州，更唱蕲州鬼。我不识使君，宁知使君死。人生作鬼会不免，使君已老知何晚。
>
> 南山昨夜雨，西溪不可渡。溪边布谷儿，劝我脱破袴。不辞脱袴溪水寒，水中照见催租瘢。
>
> 去年麦不熟，挟弹规我肉。今年麦上场，处处有残粟。丰年无象何处寻？听取林间快活吟。
>
> 力作、力作，蚕丝一百箔。垅上麦头昂，林间桑子落。愿侬一箔千两丝，缫丝得蛹饲尔雏。
>
> 姑恶、姑恶，姑不恶，妾命薄。君不见东海孝妇死作三年干，不如广汉庞姑去却还。

在这五首当中，至少第一、第三两首是以第一人称写“禽言”的拟人化寓言诗，其余三首则同梅尧臣四首一样，只是叙述体的咏物诗，是“咏禽言”而非“代禽言”。例如第一首“我不识使君”的“我”是禽自称，“使君”则指死在蕲州的王禹偁；而第二首“溪边布谷儿，劝我脱破袴”，“我”是诗人苏轼，劝者才是那禽鸟布谷儿；第三首“挟弹规我肉”，“我”是快活鸟自谓，挟弹者则是人；第四首“愿侬……”之“侬”（“我”）是人，“尔雏”之“尔”则指力作鸟；第五首也很显然是由诗人口中说：你总在叫着“姑恶、姑恶”，我认为并不是“姑恶”，而是你“妾命薄”。你不见那东海孝妇死后，作了三年大旱，却也白搭，反正死已死了，不如广汉庞姑，虽然被婆婆赶走，最后还是又叫回来了。

形象篇第六

一、形象思维的形象性和逻辑性

诗和任何文艺作品一样，都要求有鲜明的形象，因此，我们说诗是要用形象思维的。

什么叫思维呢？思维是人类认识世界的能力，是人脑反映客观事物的过程，是思想、意识和一切观念的东西所借以形成和从而产生的。一句话，思维是人类头脑对客观世界的有意识、有目的的认识活动。马克思主义者在承认思维产生意识、产生观念的东西的同时，紧跟着就得补充一句话，说：自然界、物质和外部世界是第一性的，而意识则是第二性的，意识是客观世界在人的头脑中的反映。

思维和语言有不可分割的联系，它不可能离开语言而存在，只能存在于语言材料的自然物质的基础上，所以马克思说："语言是思想的直接现实。"人的思维是现实世界的概括性的反映，这种反映与词和概念有不可分割的联系，所以词和概念便是脑的抽象活动和概括活动的产物。而和语言不可分割地联系着的人的思维又是积极影响外部世界的手段、工具，是组成一个社会的人们彼此间的交际工具，所以，思维和语言既是社会发展的产物，也是推动社会发展的基础力量之一。语言把人的思维活动——认识活动的成果，用词和由词组成的句子表达出来，或以文字形式记载下来，这就使人类社会中思想交流成为可能的了。

人类的思维最早只有简单的个体的感性的直觉观念，后来在长期的反复的生产实践活动中，才逐渐发展了思维的抽象和概括的能力，提高到能够形成比较复杂的一般概念。这种抽象思维能力的发展，在语法范畴和逻辑范畴中被确定巩固起来，便形成一定的固定形式的逻辑思维，而其基本形式之一则是披上“物质语言的外衣”的概念。概念虽是通过抽象思维而形成，但按其内容和来源来说，却是客观的。抽象的概念是客观世界的更完全、更深刻、更本质的反映。所以马克思主义哲学认为：不是概念的逻辑决定事物的进程，而是事物的客观进程决定概念的逻辑。

科学的、抽象的概念，以及客观世界的事物与现象的本质和规律性，都还要通过判断和推理的形式，反映到人的思维中。判断是以合乎语法规律的句子的形式表现在语言中的，没有语言表现，判断就不能存在。推理也是如此。

作为思维活动的表现形式的文学作品，既要有对客观世界真实反映的形象性，也要有通过思维的判断和推理而得出的概念的逻辑性。

抽象思维在精神活动的各个领域中，都各有其自己的特殊性。例如，在文学艺术创作中，抽象思维就有它自己的特征。艺术和艺术创作是在艺术形象中反映现实的。但这并不能说，艺术中的形象性排斥概念和概念的逻辑联系；更不能说，艺术家在进行艺术创作时不需要抽象思维，只要进行形象思维就够了。须知感觉和概念都是外部世界的反映，虽然它们二者有质的区别，但绝不能把它们彼此隔离。

在具有高度思想性的现实主义的作品中，形象综合了艺术家的生活印象和他对现实的理解，这些形象体现着客观现实中主要的、本质的和典型的东西。但典型性并不是某种统计学上的平均数，而是符合某种社会历史现象的本质的。还不止于此，毛泽东同志说：“人类的社会生活虽是文学艺术的唯一源泉，虽是较之后者有不可比拟的生动丰富的内容，但是人民还是不满足于前者而要求后者。这是为什么呢？因为虽然两者都是美，但是文艺作品中反映出来的生活却可以而且应该比普通的实际生活更高，更强烈，更有集中性，更典型，更理想，因此就更带普遍性。”正因为这样，文艺作品就不能只是把认识外界事物的科学抽象所获得的结论用概念的形式表达出来，也不能只是把感性认识所获得的外界事物的映象原封不动地再翻译成文字或画面或音声或其他形式就够了的，还必须再进行加工，使它更深化，也更具有鲜明性，这就要求艺术家进行形象思维。

远不止此，他所提出的“革命的现实主义与革命的浪漫主义相结合”的创作方法，要求作家创作出能够“使人民群众惊醒起来，感奋起来，推动人民群众走向团结和斗争，实行改造自己的环境”。改造就要向更理想、更美好的未来前进，这也就是既不脱离现实，又要比现实更高、更理想，这就更需要用形象思维来进行塑造。

如前所说，思维从其来源来说，是一点也不能离开外部物质世界的，所以，不管是科学的认识或艺术的认识（思维是人类认识活动的过程），都是从生动的直观出发，从那里取得感性的材料，进入理性的概括，也就是从感性认识上升到理性认识。这是任何人的思维发展过程中都必然依循的客观规律。但是，科学的认识用抽象思维从感性材料中进行了“科学的抽象”，就形成了“更深刻、更正确、更完全地反映着自然”的概念，然后再把这些概念运用到判断和推理的形式中，得出自然的普遍法则，并具有更广大的新的意义。这种逻辑思维过程诚然是反映着物质现实世界中事物与现象之间的真实过程、联系和相互关系，但这思维过程本身却是以概念为直接对象，并且也是用新的或更高的概念形式表现出其提高了的理性的认识。艺术的认识则不同，在认识过程中，客观的外部物质世界自始至终都是以其生动的形象活动于艺术家的思维之中，也可以反过来说，艺术家在认识过程中的全部思维活动都不离开具体的认识对象——外部世界的事物和现象，并且这一认识的深化的结果也不是用概念而是用事物形象表现出来的。

由此可见，形象思维，就其结果来说，也和科学的思维一样，是认识的提高、深化，是应该具有逻辑性的，或者说是自然符合于事物本身的客观逻辑的。

其实，也不只是艺术家才用形象思维，形象思维并非艺术家所独有的思维方法。只是说艺术家在创作他的艺术作品时必须用形象思维，因为艺术作品是要以其艺术形象来启发人、感动人、教育人，不是以其抽象的理论、原则来对人进行说教的。科学家、理论家或者普通人有时也用形象思维，但一般主要是在进行科学研究或理论研究时，必须运用逻辑规则——包括形式逻辑和辩证逻辑——进行抽象的逻辑思维，得出事物的运动规律，用概念形式表达出来，传给其他的人和后世。

然而，即使在科学的、抽象的思维过程中，也总有明显性的因素存在着。那些综合了抽象思维和形象思维的著作，就具有一种巨大的感染力。例如，马克思的伟大经典著作《资本论》，当然是一部研究资本主义社会的本质的科学巨著，它把整个资本主义的结构活生生地揭示出来，其中却也包含了许多充满极深刻的科学内容的艺术形象。例如第一卷第四篇第十三章《机器与大工业》就有一段把机器体系当作怪物来描述。他说："以配力机为媒介，而由一个中央自动机推动的工作机的组织体系，是机器经营的最发展的形态。"

> 在那里，有一个力学上的怪物，代替个别的机器。这个怪物的躯体占据了整个工厂建筑物。它的巨人的肢体以一种近乎庄严的旋律运动着。它的魔力最初就隐藏在这样一种运动中，但这种魔力就在它的无数劳动器官的狂热的、旋风似的舞蹈中真正爆发出来了。（参看人民出版社 1953 年中文译本《资本论》第一卷页 460，这里引的译文是另译的，与那个版本略异）

又如第七篇第二十四章《所谓原始积累》说："要建立资本主义生产方式的'永久的自然法则'，要完成劳动者与劳动条件的分离过程，要在一极，使社会的生产资料和生活资料转化为资本，在对极，使人民大众转化为工资劳动者，转化为自由的'劳动贫民'，转化为近代史上这样一个人为的产物，需要有这种种苦难。"

> 如果照奥琪尔（Augier）说，货币"出现到世上来，会在颊一边，带着天生的血痕"，资本就是从头到脚，每个毛孔都流着血和肮脏的东西。（《资本论》第一卷页 961）

这两段描述，一个是机器怪物的形象，一个是资本吸血鬼的形象，在马克思的经典著作中并不是偶然出现的东西，它反映着资本主义式地使用机器和利用资本的本质。马克思在这里分别提出了这样的论断：一个是在资本主义制度下，机器变成吮吸工人脂膏的恶魔，剥削无产阶级的工具；另一个是资本一出世就是贪婪而残酷的吸血鬼。

还不只这两个例子，在《资本论》整个著作中，随处都可以看到，而在《所谓原始积累》这一章就更多，它在第一节《原始积累的秘密》开头第二段就说："这种原始积累在政治经济学中所起的作用，同原罪在神学中所起的作用几乎是一样的。"接着就写道：

> 亚当吃了苹果，罪就落到人类身上。对于这种原始积累，人们是把它当作一种过去的逸事，来说明它的起源。在许久许久以前，世上有两种人，一种是勤勉、智慧，特别是节俭的中坚人物；一种是懒惰的，浪费自己所有的一切，并浪费到超过这一切来浪费的堕落分子。神学的原始罪恶的传说，使我们知道，人类如何被注定要在额上流着汗吃面包，但经济的原始罪恶的历史，却指示我们，何以会有人无须这样做。没有关系！因此，前一种人积累财富；后一种人在结局上除了自己的皮，就没有其他可以出卖的东西。不论如何劳动仍只有拿自己本身来出卖的大多数人的贫，和老早就不劳动但财富仍不断增大的少数人的富，就是从有原始罪恶的那一天开始的。比如丘爱尔先生（M. Thiers）（按：应译为梯也尔，他是镇压巴黎公社的刽子手）就以政治家的全副严肃神情，在一时才情横溢的法国人之前，为辩护所有权，反复演述这干燥无味的幼稚故事。在所有权成为问题时，把这种儿童读物的观点，当作对于一切年代、一切发展阶段都是唯一适当的观点来主张，已经是神圣的义务了。在现实历史上，被公认是由征服、压迫、劫掠、杀戮，简言之，由暴力起重大的作用。但在甜蜜的经济学上，却一开始就是由牧歌支配着。自古以来，正义与"劳动"，就是唯一的致富手段，自然只有当前"这一年"是例外。事实上，原始积累的方法，可以是其他的一切，只是不是牧歌式的！

这不是形象化了的吗？把抽象的社会经济现象上升为理性认识，得出了明确的规律性的结论，却又用生动的形象描述出来，这就使我们通过具体形象而能够对原始积累获得更清楚、更深刻的认识。

毛泽东在其著作中，把许多极其精粹的马克思列宁主义道理通过形象化了的表述写出来，对广大的革命人民起着很大的教育作用。如，帝国主义和一切反动派都是纸老虎的论述；各级领导干部要学会“弹钢琴”的工作方法的教导；打仗要像两个拳师放对，高明的拳师先退一步再上前的比喻；“新中国航船的桅顶已经冒出地平线了”的伟大宣示；长征是宣言书、是播种机的正确说明……无一不是把科学的、高度概括的马克思主义的总结形象化了的表述，能说不是通过形象思维就直接写出来的吗？

我们读马克思主义经典作家的一切伟大著作，不论是马克思、恩格斯、列宁、斯大林、毛泽东的著作，都可以看到许多科学的、高深的、总结性的论断都是以形象化的方法表述的。过去还有许多科学家、哲学家的科学哲学著作也有综合了逻辑形式和艺术形象的，例如：卢克莱修的《物性论》、狄德罗的《达朗贝尔和狄德罗的谈话》、罗蒙诺索夫的科学哲学的诗篇以及车尔尼雪夫斯基的长篇小说《做什么?》等等。姑且说说这位罗蒙诺索夫（1711—1765 年）的“科学诗”吧。他的以自然科学为内容的颂诗《晨思上天之伟大》和《夜思上天之伟大》，都是以欣喜的眼光，来观察伟大的自然现象。他在《晨思上天之伟大》中提出一个问题：什么是太阳？他接着回答道：“是永远燃烧的海洋。”然后又写道：

> 那里有火红的巨浪，
> 奔驰，找不到海岸；
> 烈焰似的旋风挣扎过，
> 许多世纪，阵阵盘旋；
> 燃烧的雨发出巨声，
> 岩石像水一样沸腾。

这位 18 世纪前期的诗人和科学家是一个唯物论者。在他的科学著作中，他是以原子说为根据的，他把自然现象看成原子说的不可改变的法则的作用。这首诗也正是写他对于太阳的这样的科学认识，但他完全是通过艺术形象来描述他从科学抽象中认识到的自然界的太阳，用的是形象思维的方法，写出的诗是完全艺术形象化了的，而不是抽象的科学概念。

由此可见：否认形象思维的存在的论点是不正确的；认为正常人的正确的思维特性和规律只有一个而不能有另外一种叫作形象思维的方法，也是不正确的；至于认为形象思维论是反马克思主义认识论的那种违反常识、背离实际的胡编乱造，则更是不值一驳。

我们之所以举出马克思主义经典作家和哲学家及科学家，在写作他们的哲学、科学、社会科学理论著作时也用了形象思维，写出很多形象鲜明的作品，其目的就在于证明形象思维确实是存在的。因为他们这些段落或这类著作本来是用逻辑思维的方法，从大量的客观事物的感性材料中，通过长期认真地观察、体验、研究、分析，判断、推理，归纳出或演绎出了抽象的结论性的深刻认识，甚而已经在著作中写出了他们研究的结果，被认作真理，所以这些艺术性的段落绝对不是初步的感性材料，也不是通过逻辑思维取得的抽象的结论。所以，他们完全是为了把自己所获得的理性认识能够以具体、鲜明、生动的形态表现出来，提供给读者，才另行用形象思维的方法给予艺术的加工，再用形象表达出来。上举马克思《资本论》和毛泽东著作中的例子都是这种情况，罗蒙诺索夫“科学诗”的例子也分明是如此的。这些例子可以证明，形象思维确实是存在的，也可以证明形象思维确实是与抽象思维不同的另一种思维方法。但它也不排斥概念和概念的逻辑联系；相反的，它是在逻辑思维基础上进行的，所以形象思维才是合于逻辑的。

那么，形象思维会不会有不合于逻辑的情况呢？也会有的，那就是：或者作家闭门臆想，根本脱离外部现实，没有感性材料，这就落到唯心主义的泥坑里；或者不是在逻辑思维的基础上进行的，当然就没有逻辑性了。鲁迅在《漫谈“漫画”》中说：“漫画虽然有夸张,却还是要诚实。‘燕山雪花大如席’，是夸张，但燕山究竟有雪花，就含着一点诚实在里面，使我们立刻知道燕山原来有这么冷。如果说‘广州雪花大如席’，那可就变成笑话了。”（见《且介亭杂文二集》页 15）形象思维往往伴随着对所描写的形象加以艺术夸张，不夸张就不能突出形象，那就完全等于机械地照相，所以艺术不但允许夸张而且要求夸张。但是夸张也要含有一定的逻辑性，鲁迅说的“却还是要诚实”和“就含着一点诚实在里面”，也可以看作这里所说的“要含有一定的逻辑性”，而没有一点逻辑性的夸张，“那可就变成笑话了”。宋严有翼《艺苑雌黄》云：“吟诗喜作豪句，须不畔于理方善。如东坡《观崔白骤雨图》云：‘扶桑大茧如瓮盎，天女织绡云汉上。往来不遣风衔梭，谁能鼓臂投三丈？’此语豪而甚工。石敏若《咏雪诗》有‘燕南雪花大于掌，冰柱悬檐一千丈’之语，豪则豪矣，然安得尔高屋邪？虽豪，觉畔理。”（见胡仔《苕溪渔隐丛话·后集》卷二十六）是的，吟诗作豪句，就是艺术夸张，“须不畔于理”，就是要含有一定的逻辑性，要含着一点诚实。苏轼的“扶桑大茧如瓮盎”一诗前后贯穿，不背（“畔”的意思就是“背”）于理，夸张而合于逻辑，和李白的“燕山雪花大如席”一样。这个石敏若偷了李白的名句，把“燕山”改成“燕南”，毫无意义，把“席”改成“掌”（这也是偷李白另一首诗《嘲王历阳不肯饮酒》中“地白风色寒，雪花大如手”的），缩小了几十百倍，他大约以为这样就不背于理了，其实并无必要。而他所自造的“冰柱悬檐一千丈”却真的是背理，背理不在于说“冰柱”一千丈，而在于“悬檐一千丈”，目的在于夸张冰柱，一说悬到檐上，却变成夸张屋崇檐高一千丈了，否则，平常的屋檐高不过丈，如何能悬起一千丈的冰柱呢？试看毛泽东同志的《卜算子·咏梅》“已是悬崖百丈冰”，就是既夸张得形象鲜明而又完全合于逻辑，“不畔于理”。悬崖可说百丈，冰当然也随之而有百丈；悬檐不要说百丈，十丈也不行，何况千丈！

由此可见，形象思维也不能在思维过程中摆脱逻辑思维对它的制约，只是整个认识过程都必须让感性材料以事物本身的逻辑来活动、反映、表现、上升到本质的、规律性的认识。这就是形象思维和逻辑思维的关系。

再探讨一下抽象思维是否就等同于逻辑思维，二者是否同义异辞，是否一而二、二而一。我认为二者不是一回事。逻辑思维是抽象思维，但抽象思维并非都能符合逻辑思维。抽象思维的基本形式是概念、判断、推理。辩证唯物主义和唯心主义相反，把这些东西看作反映客观世界的真实的本质联系的形式，就是说，思想的联系借逻辑规律反映出事物的联系。

马克思主义哲学要求我们，在研究思维的逻辑形式时，必须用物质第一性、意识第二性这一唯物主义原理，以揭示物质世界的事物之间的客观联系在概念、判断、推理中的反映；要把辩证法应用于思维过程，从思维的全部复杂性和矛盾性，从运动和发展方面，来进行研究。唯心主义则不是如此，它是单纯的自始至终的抽象思维，它是从概念到概念，从判断、推理到判断、推理，它是玩弄概念的游戏。

马克思主义的逻辑思维是真正的逻辑思维，是不离开客观实在的，是应用唯物主义原理的，是不仅用形式逻辑，也要坚持辩证法的。马克思主义研究科学，借科学的抽象抽出并分析事物和现象的个别方面，然后再从抽象上升到具体，就是说，在理论上使事物和现象的客观发展过程以摆脱了偶然性的形式重新表现出来。因此，马克思指出："由抽象上升到具体的这种方法，只是思维用来掌握具体事物，而把它当作一个精神上的具体事物，再重新产生出来的一种方式。"这是因为："现实的主体，当头脑只是思辨地、理论地对待它时，它同从前一样仍然保持着它的独立性而留在头脑之外。因此，在理论方法上，主体即现实社会，也必须作为前提而经常浮现在我们的表象之前。"（以上引自马克思《政治经济学批判》一书《政治经济学批判导言》"政治经济学的方法"，1955 年中文版页 163—164）由此可见，马克思主义辩证方法要求概念的灵活性，也就是要求在概念的辩证法中反映自然界、社会的事物与现象本身的运动和变化。所以作为思维对象的具体事物，也必须作为前提而经常地浮现在我们的表象之前，不能丢开具体事物而只研究抽象出来的概念，如唯心主义的抽象思维那样。

二、"形象思维"一词的提出

关于"形象思维"一词或者这个用语的来源，对本篇的讨论没有多少意义，这里不准备多谈，这里只讲"形象思维"的提出对文艺发展所产生的影响。

近年学者多认为，把"形象"和"思维"两个词汇明确联系起来的说法，首先出现于俄国文艺批评家别林斯基（1811—1848 年）的著作。他在 1838 年发表的《伊凡·瓦年科讲述的〈俄罗斯童话〉》中说："诗歌不是什么别的东西，而是寓于形象的思维。"因此认为在别林斯基以前，在 1838 年以前，西欧就没有出现过"形象思维"这一词，连"寓于形象的思维"这类说法也未曾有过，所以，应该说，把"形象思维"或类似的词用于文艺创作上，作为与用于科学和哲学上的"抽象思维"及"逻辑思维"不同的思维形式或思维方法，是始于俄罗斯的文艺家，并且迄今仍是俄国作家所常提的问题。据近年出版的形象思维研究《关于"形象思维"的若干资料》："把'形象'作'思维'的定语而成的术语，即后来通用的术语'形象思维'，现在所知的最早的例子，见于作家法捷耶夫（1901—1956 年）在 1930 年的题为《争取做一个辩证唯物主义的艺术家》的演说中。他在批评文艺创作的空洞抽象的现象时说：'这已经不是形象思维'；在解释'形象思维'时指出：'科学家用概念来思考，而艺术家则用形象来思考。这是什么意思呢？这就是说，艺术家传达现象的本质不是通过该具体现象的抽象，而是通过对直接存在的具体展示和描绘。艺术家通过对现象本身的展示来揭示规律，通过对个别的展示来揭示一般，通过对局部的展示来揭示全体，从而在生活直接的现实中仿佛造成了生活的幻影。'"在五年后的 1935 年，高尔基在致亚·谢·谢尔巴科夫的信中也使用了"形象思维"的术语，说："艺术家的形象思维，以对现实生活的广博知识为依据，被那想赋予素材以最完美形式的直觉的愿望所补充——用可能的和想望的东西来补充当前的东西，这种形象思维也是能够'预见'的，换句话说，社会主义现实主义的艺术是有权夸大——'臆测'的。"《关于"形象思维"的若干资料》的编辑者最后又补充道："高尔基在论述'形象思维'时，曾经着重指出，'形象思维'中包含着'预测'或'推测'；包含着'比较''研究'；而文艺创作活动'也要服从抽象化的法则'（《我怎样学习写作》）。高尔基十分强调'理智''逻辑'在文艺创作活动中的作用；他嘲笑那种相信'下意识'和'直觉多于理智'的人；他主张：'艺术家应该努力使自己的想象力和逻辑、直觉、理性的力量平衡起来'。"（《和青年作家谈话》）

综合自别林斯基以来，直到高尔基，关于形象思维的论述，特别是关于它和逻辑思维的关系与其各自特点的论述，可以归纳为下列的两个方面：

一方面，逻辑思维和形象思维是反映现实的统一过程的不同形式，但它们却有其共同的规律性：它们都是为了提高认识，通过把生活的本质现象揭示出来，从而使人能掌握事物发展的客观规律，以促进社会的改造。所以形象也绝不是意识中具体事物的消极反映，而是与概念一样，通过对具体表象的复杂的改造方法而形成。具体的感性材料是形象思维的基础，也是逻辑思维的基础。作为形象思维成果的任何艺术作品和作为逻辑思维成果的任何科学著作，都表明它们是形象与概念相互紧密地联系着的，艺术作品里含有逻辑思维所得出的理性认识，科学著作也含有宏伟壮丽的形象性，特别是马克思主义经典著作最为明显。形象思维和逻辑思维一样，不仅反映个别事物，而且也反映个别事物与其他事物的相互联系和关系，所以，形象思维也完全可以揭示生活现象中最本质的特征，认识和理解生活中的典型事物。

另一方面，形象思维和逻辑思维绝不是同一的，它们各有特点。虽然二者都是认识过程，都同样依从一切反映法则，但是，无论在形式上或内容上，却都有完全不同的性质：在逻辑思维过程中，人们是从具体到抽象，即从一切细节的、非本质的东西中抽出主要的、本质的东西，并把那本质以其最明显的形式直接地表达出来。而在形象思维过程中，则一开始就把对现象本质的概括和认识，与对具体感性的特征和细节的选择，紧密地联系在一起。所以，现象的本质是通过这些具体感性的特征和细节而最充分、最富有感染力地表现出来的。这种选择、集中、概括的过程也就是艺术创造典型形象的过程。因此，艺术的夸张、突出的刻画和感情的饱满，是与艺术中的典型化分不开的。

我国古代文艺理论著作中原来是没有形象思维这个词的，这个词无疑是从外国引进的。自从20世纪30年代或者40年代，高尔基和俄国革命民主主义者别林斯基等人的文艺理论著作被翻译、介绍到中国以后，“形象思维”这个术语便开始在一些有关著作中使用。全国解放后，许多文学艺术理论专著和高等学校的文科教材，都对形象思维有过论述，报刊上也曾对形象思维问题展开过讨论。讨论的主要问题有三：（一）有没有形象思维存在？它为什么会存在？大多数意见肯定形象思维存在；但在论述为什么存在的问题上，观点不完全一致。也有少数人不承认存在形象思维，其论点又有不同。（二）形象思维的特点是什么？对这个问题也有好几种意见。（三）形象思维与抽象思维（或称逻辑思维，但我认为“抽象思维”不等于“逻辑思维”，二者应该有所区别，说已见前。这里是就当时讨论情况概括叙述的）的关系和二者在艺术创作过程中起什么作用？各家意见不一。

“文革”期间，文艺讨论为政治运动所取代，“四人帮”以“三突出”“从路线出发”“主题先行”等极“左”理论把持论坛，致使多年文艺界无人敢再提形象思维。直至“四人帮”被粉碎后，1977 年中共中央发表了毛泽东《给陈毅同志谈诗的一封信》，文艺界才重新展开了对于形象思维的研究和讨论。

三、我国古代有关“形象思维”的论述

说我国古代没有“形象思维”这个词或用语，不等于说我国古代人不知道文艺作品需要用形象思维这个道理，也不等于说我们祖先没有讲过这种意见。说“形象思维”这个词或用语是在 20 世纪 30 年代或 40 年代才从外国移译过来，并自那时起才研究这个理论，更不是认为我们中国文艺理论只能靠从外国输入才能有所发展、提高。古代文献证明我国早在两千五百年前的周代便已有形象思维理论的萌芽，并且在那以前就已有运用形象思维创作的文艺作品流传下来。不仅如此，而且自从这些有关的理论被提出来和被运用以后，两千多年来还不断在理论上也在创作实践上，有所发展，使它更加深刻、全面与完善。

对于我国古代有关文艺创作中形象思维的一些论述，我们在以前各章节中，尤其在论比、兴问题那一讲里已经陆续提过很多，有的还阐述得比较详尽。但是，由于那些章节不是专门讨论这个问题的，只是在讲别的内容涉及时，根据需要做了或深或浅，或详或略的叙述，没有也不可能系统地、全面地介绍。这里，我们将作为专题来讲，但也只能提纲挈领地介

绍，不打算写成资料选辑那样的东西。

有人认为："在我国，《易》这部较早的著作中，就已包含了区分'有形之象''无形之象''忘己之象'等不同的'象'的思想。"并说："这里的'有形之象'显然指具体的物象；'无形之象'是事物的抽象；而'忘己之象'据孔颖达的解释，是'遗忘己象者，乃能制众物之形象也'，则是一种既非某一具体事物而又能引人想起许多同类事物的概括化的形象。其中已包括了艺术概括的思想的雏形。"（见1978年第2期《上海文艺》郭绍虞、王文生的《我国古代文艺理论中的形象思维问题》）我认为：这里把《易·系辞》中所讲的"象"加了三步推衍：第一步说它含有区分"有形""无形""忘己"等不同之象的思想；第二步把"忘己之象"推衍到孔颖达《周易正义》的解释；第三步又就孔颖达的解释推衍到"概括化的形象"，而结论为"其中已包括了艺术概括的思想的雏形"。这未免推衍得太远了吧？其实，《易·系辞》中是否包含了"区分'有形之象''无形之象''忘己之象'等不同的'象'的思想"，这是后人的理解问题。就算是包含了这种"区分"，但在《易·系辞》原文里确实没有在文字中明白提出。至于再进一步转到唐人孔颖达的解释，然后又以孔颖达的话为前提，最后归结到"艺术概括的思想"，虽说是"雏形"，但加之于"《易》这部较早的著作"身上，岂不太牵强？《易》确实是较早的一部古经，但《系辞》属于"十翼"，出于何时、何人，迄无定论。近人大都认为《系辞》成于战国后期孔门后学之研究《易》理者，可见《系辞》并不等同于《易》而算为"较早的著作"，因此也不能进一步推衍为最先具有"艺术概括的思想的雏形"的书。

我认为最早的有关形象思维的论述，还是应该算《毛诗·大序》和《周礼·春官·大师》所提到的"诗六义"——风、赋、比、兴、雅、颂。这两篇文字虽也出现很晚，甚至在《易·系辞》之后，但赋、比、兴之义早在春秋战国之际就已为人所熟悉：赋义见于《左传》，比义见于《墨子·小取》，兴义见于《论语》——这是前面在论赋、比、兴时已经讲过的，所以我曾认为"诗六义"（或说"诗三义"而只限于赋、比、兴）的思想与论述是承袭春秋战国之际的旧说的。

在春秋战国时期，比、兴之义的主要精神是譬喻，不只在民歌——《国风》中用得很多，在日常谈话和外交辞令中也用，后来的游说之士用得更多，而且把这种“喻言”发展成为“寓言”体的一种文学，其实就是通过形象思维，或者说思维的形象化，把抽象的概念或理论用具体的形象表现出来。第五讲第五节已引过墨子给这种“譬喻”下的一个定义说：“辟（譬）也者，举也（他）物而以明之也。”（《墨子・小取》）也就是荀子所说的：“谈说之术，……分别以喻之，譬称以明之。”（《荀子・非相》）在他们以前，郑国子产本是当时有名的外交家，他的语言里就有很多丰富、智慧的譬喻。有一次，郑子皮欲使年轻的尹何做一个邑的邑宰，子产不同意，在他和子皮短短的一段谈话里就连用了五个比喻：“人之爱人，求利之也，今吾子爱人，则以政，犹未能操刀而使割也，其伤实多。……子于郑国，栋也，栋折榱崩，侨将压焉，……子有美锦，不使人学制焉。……譬如田猎，射御贯，则能获禽。若未尝登车射御，则败绩压覆是惧，何暇思获？……人心之不同，如其面焉。吾岂敢谓子面如吾面乎？”（《左传・襄公三十一年》）这些譬喻多么贴切而浅显，令人信服！这时期，士大夫运用譬喻说话成风，所以譬喻的方法就越来越发展、提高，由简到繁，由小到大，由低级到高级，逐渐创造了很多有故事情节、有人物形象的寓言。《韩非子・喻老》为了阐释《老子》“图难于其易，为大于其细”这一具有深意的论点（抽象概念），韩非用譬喻解释道：

千丈之堤，以蝼蚁之穴溃；百尺之室，以突隙之烟焚。故曰：白圭之行堤也，塞其穴；丈人之慎火也，涂其隙。是以白圭无水难，丈人无火患。此皆慎易以避难，敬细以远大者也。

这已经够透彻、够明白的了。但韩非还嫌说得不充分，怕读者不谕，又追加一段有人物、对话和形象的故事，使那个抽象概念具体为形象化的东西，就使读者的认识更深刻、更清楚了。他写道：

扁鹊见蔡桓侯，立有间。扁鹊曰：“君有疾在腠理，不治将恐深。”桓侯曰：“寡人无疾。”扁鹊出，桓侯曰：“医之好治不病以为功！"居十日，扁鹊复见，曰："君之疾在肌肤，不治将益深。"桓侯不应。扁鹊出，桓侯又不悦。居十日，扁鹊复见，曰："君之病在肠胃，不治将益深。"桓侯又不应。扁鹊出，桓侯又不悦。居十日，扁鹊望桓侯而还走。桓侯故使人问之，扁鹊曰："疾在腠理，汤熨之所及也；在肌肤，针石之所及也；在肠胃，火齐之所及也；在骨髓，司命之所属，无奈何也。今在骨髓，臣是以无请也。"居五日，桓侯体痛，使人索扁鹊，已逃秦矣。桓侯遂死。故良医之治病也，攻之于腠理。此皆争之于小者也。

写到这里，故事讲完，作者更用精练的语言点出正意道：

夫事之祸福，亦有腠理之地，故曰："圣人早从事焉。"

至于在这以前，屈原《离骚》之文，"依《诗》取兴，引类譬喻"，前已讲过，就不再说了。

晋人陆机（261—303 年），字士衡，吴郡（今江苏苏州）人。三国孙吴亡后，入晋，官至平原内史，有集四十七卷。他的《文赋》是中国文艺理论著作中第一篇完整而系统的理论文章，可惜它是用骈体的赋的形式写成的，比较难懂。陆机在这篇文章中比较细致地分析了文学创作的全过程，提出了很多文学理论上的重要问题，特别是对文学上的艺术构思作了十分透彻的、生动的、形象化的描写。他在赋前小序中说："余每观才士之所作，窃有以得其用心。"又说："每自属文，尤见其情。恒患意不称物，文不逮意。"这就表明了他的全篇的理论，是研究了许多作家的作品，从而得到了前人和别人在创作过程中所运用的方法，总结了他们的经验，得出了初步的规律，又对照了自己创作的体会，就更加深了认识。这个认识的基本的也是主要的精神是什么呢？就是：创作必须做到思想与外部物质世界相符合，作品的语言文辞又能准确地表达思想。很显然，这所谓思想符合外物，也就含有作品必须反映对客观事物的内在本质和外在形象的全面而深刻的认识的意思。

他说创作过程应该是："其始也，皆收视反听，耽思傍讯。精骛八极，心游万仞。其致也，情曈昽而弥鲜，物昭晰而互进。倾群言之沥液，漱六艺之芳润。浮天渊以安流，濯下泉而潜浸。……观古今于须臾，抚四海于一瞬。”这是说：开始进行创作的时候，要集中精神，进行思考，考虑的对象非常广泛而高远，遍及宇宙，没有时间、空间的限制。思想成熟了，情绪愈来愈鲜明，物象愈来愈清楚。这时候，意能称物了，就要求辞能逮意，所以便得自由地驱遣六艺群言来进行写作。作家此时的想象可上升九天，可下入九泉，在瞬息之间驰骋于古往今来、四面八方。这就说明了在整个文学创作过程中，作家的思维一点也不能离开形象，并且要伴随着强烈而饱满的感情。

在具体写作当中，“抱景者咸叩，怀响者毕弹”，所要写的事物的形象，包括声响，都历历呈现在作者面前。于是乎作者“或因枝以振叶，或沿波而讨源”，进行素材的精选与形象的塑造，由此及彼，由表及里，去粗取精，去伪存真。再进一步塑造典型，“或本隐以之显，或求易而得难”，终于在作者的构思中把最难把握的事物的本质抓住了，以此反映在典型形象中也就越发鲜明而清晰。这样，就能“笼天地于形内，挫万物于笔端”，虽然“始踯躅于燥吻”，先觉得用语言很难表达，但“终流离于濡翰”，后来却会很顺利地用文字描绘出来。

陆机虽不知道也不可能用形象思维这个词，但他在《文赋》中所说的，却比较完整地表述了形象思维应具的特征。

梁刘勰（466？—539？年），字彦和，东莞郡莒县（今山东莒县）人，世居京口（今江苏镇江）。他的《文心雕龙》五十篇是中国文学史上第一部最全面、最完整的文艺理论专书。他在《神思》篇里对文艺创作的思维过程说得更具体。他把作家的艺术构思称之为“神思”，说：“形在江海之上，心存魏阙之下，神思之谓也。”他认为：“文之思也，其神远矣。故寂然凝虑，思接千载；悄焉动容，视通万里。吟咏之间，吐纳珠玉之声；眉睫之前，卷舒风云之色：其思理之致乎！故思理为妙，神与物游。神居胸臆，而志气统其关键；物沿耳目，而辞令管其枢机。枢机方通，则物无隐貌；关键将塞，则神有遁心。”他说的“思接千载”“视通万里”，与陆机所说的“观古今于须臾，抚四海于一瞬”是相同的；他说的“吐纳珠玉之声”“卷舒风云之色”也和陆机所说的“抱景者咸叩，怀响者毕弹”相似。他又说：“夫神思方运，万途竞萌，规矩虚位，刻镂无形。登山则情满于山，观海则意溢于海。”这也是说运用想象的思维，则一切物象就都纷集眼前，想登山便心目中都是山，想观海便心目中都是海。所以篇后的“赞”总结道：“神用象通，情变所孕；物以貌求，心以理应。”也是说作家的神心都必须跟物象结合，然后才能得到事物的本质，写出它的真切形象。他在《物色》篇里说：“是以诗人感物，联类不穷，流连万象之际，沈吟视听之区；写气图貌，既随物以宛转；属采附声，亦与心而徘徊。”这更是清楚地说明作家的思维活动总是与事物的具体形象相联系的。他的艺术思维源于他对于事物的感性认识，有了这些感性材料，才能运用形象思维，创造出活灵活现、有声有色的真实生动的形象。

比刘勰稍迟一点的钟嵘（468？—518？年），字仲伟，颍川长社（今河南长葛）人。他的《诗品》一书反对西晋永嘉诗歌受时风崇黄、老尚虚谈的影响，“理过其辞，淡乎寡味”；也反对刘宋大明、泰始中“贵于用事”“文章殆同书钞”。他主张用赋、比、兴这些形象思维方法，提倡诗之“指事造形，穷情写物，最为详切者”。意思就是要求细致而深刻地描写客观事物的形象，表达诗人的情意。他的这些意见都见于《诗品·序》，并且在《序》一开头就表明了他的这个论点：“气之动物，物之感人，故摇荡性情，形诸舞咏。”就是说由于“物之感人”才“形诸舞咏”。因而举凡四时景物和人生遭遇都会“感荡心灵”，那么，“非陈诗何以展其义，非长歌何以骋其情？”人们就必然要作诗写歌来宣泄心中的情意，而在写作诗歌时，他们的构思也就离不开其对景物形象的感受了。

刘勰和钟嵘都特别重视“诗六义”（主要讲其中的赋、比、兴三义），尤其注意比、兴，当然是着眼于这比、兴两法是符合形象思维的特点的了。关于这方面的论述，已在论比、兴那一讲里详细阐述过，不再重复。

一个时代的文风反映着那个时代政治、经济、社会的现实和历史的自然发展趋势，虽然有识之士看到它的弊端和缺点，大声疾呼地提出意见，尽力想要扭转它，往往也难于奏效，有时他们自己也难免沾染一些时代风气的某些色彩，而受到影响。即如刘勰和钟嵘这两位齐梁大文艺理论家和批评家，他们都认识到也指摘过自西晋末永嘉以来文学上的三种错误倾向——单纯的景物描写，缺乏感情的寄托；抽象谈理谈玄，平典似道德论，了无艺术形象和兴味；或使事用典，或专重声律，而没有吟咏情性。他们也正确地指出了应该如何纠正，如何运用“诗三义”，如何进行形象思维。但是，并没有收到扭转文风的实效，而从历史的发展看，齐梁之际的这种文风乃方兴未艾，还继续向更加浮靡、更加空虚、更加形式主义化的道路上滚动，历二百年而未已。刘勰《文心雕龙》的思想、理论都是当时很进步的，也可以说是反潮流的，然而在形式上也是采用当时的骈体，讲究辞藻，注意声律，这就不能不减少了它的战斗性，削弱其纠正时风的作用。当然，与他们的社会地位不高，人微言轻，也是有一定关系的。总之，刘勰、钟嵘等人究竟还是少数，虽曾为反对文学创作中的形式主义做了很大的努力，但在当时并没有产生很大的作用，甚至也没有引起足够的重视，实际情况就是这样。

齐梁以后，直至陈隋，文学创作一直背离了先秦以来我国文学的现实主义优良传统，不是面向社会，面对现实，不是反映客观事物的实在、运动、变化，及其对人们思想的影响，而是用来为宫廷贵族娱乐、消遣打发时光，所以就变成思想堕落、内容空虚，只好一味讲究声律、追求辞藻、充塞典事的形式主义唯美主义的玩意儿了。在文章，突出地表现为骈体；在诗歌，突出地表现为宫体。就诗歌形式的发展过程看，这对诗歌语言的提炼和律体格律的形成，起了一定的促进作用，然而从总的方面说，它的影响是极坏的，对我国文学的进步起了二百年的阻碍乃至促退的作用。

初唐前期，“四杰”在诗歌创作方面，才开始扭转了一些当时从梁、陈至隋流传下来的宫体诗的颓风，在他们的作品中表现了一股清新的气息，带来了前所未有的新的风貌。但他们还不曾有意识地提出一种创造性的理论。到初唐后期，也就是唐王朝建立的七八十年后，陈子昂才出来以新的纲领性的诗歌理论，号召诗人奋起与齐梁绮靡诗风进行激烈的斗争。陈子昂（661？—702？年），字伯玉，梓州射洪（今四川射洪）人。他二十四岁中了进士，为武则天所赏识，擢麟台正字，后又任右拾遗。他所处的时代，是唐帝国国力强盛，生产发达，对外贸易和文化交流也日益发展的时代，形式主义的文风（包括诗风）显然不能反映这个时代广阔宏伟的现实，历史的趋势要求文风特别是诗风革新。陈子昂根据他对现实的认识和文学的修养，提出了诗歌革新的主张，并在自己的诗歌创作实践中为唐代诗歌开拓了新路。他在《与东方左史虬修竹篇序》（简称《修竹篇序》）中说：

> 文章道弊五百年矣。汉、魏风骨，晋、宋莫传，然而文献有可征者。仆尝暇时观齐、梁间诗，彩丽竞繁，而兴寄都绝，每以永叹。思古人常恐逶迤颓靡，风雅不作，以耿耿也。一昨于解三处见明公《咏孤桐》篇，骨气端翔，音情顿挫，光英朗练，有金石声。遂用洗心饰视，发挥幽郁。不图正始之音，复睹于兹，可使建安作者，相视而笑。解君云："张茂先、何敬祖，东方生与其比肩。"仆亦以为知言也。故感叹雅制，作《修竹诗》一篇，当有知音，以传示之。

他这篇序文肯定了《风》《雅》和汉魏诗歌的优良传统，而那个传统的主要精华便是"兴寄"和"风骨"。"兴"即比、兴的表现手法，"寄"则指有所寄托；"风"指艺术感染力，"骨"指作品的内容实质。大致上可以说，"兴寄"指《风》《雅》的艺术形式和思想内容；"风骨"指汉魏诗歌的艺术形式和思想内容。这一传统的精神，自晋以后，特别是齐梁以来就为那只讲形式的"彩丽竞繁"所取代，长期以来"逶迤颓靡""文章道弊"，已经有五百年之久了。他希望发挥古人的幽隐，使建安、正始（建安是东汉末献帝刘协的年号，正始是魏齐王曹芳的年号。自建安至正始是196—249年。这五十余年中，大体上是曹氏父子和建安七子以及魏王朝后期阮籍、嵇康等人在文坛上主要是诗坛上活动的时期）的诗风得以恢复。很明显，他是要用具有健康的现实主义内容和刚劲明快的艺术形式的新诗，来代替萎靡颓废的宫体，占领诗坛。他的这种主张完全符合时代的要求，在创作实践中也写出了像《感遇诗三十八首》《蓟丘览古赠卢居士藏用七首》和《登幽州台歌》那样一批托物寄情，"骨气端翔、音情顿挫、光英朗练"，内容和形式统一的作品，遂能对齐梁以来的卑靡诗风起"横制颓波"的作用，于是，"天下翕然，质文一变"（上两句引自唐人卢藏用的《右拾遗陈子昂文集序》）。陈子昂的主张从文字上虽没有提出形象思维或与形象思维有直接关联的问题，但他所反对的形式主义既是只讲声律和辞藻的文风，当然就不会有现实事物的鲜明形象，他所提倡的现实主义既然要有所兴寄，就不能不用形象思维来反映客观的物质世界的实在。所以，归根到底，他还是在实质上讲了包含形象思维的规律在内的主张，来克服当时诗歌创作中的形式主义恶风的。试看他那首有名的《登幽州台歌》：

前不见古人，后不见来者。念天地之悠悠，独怆然而涕下。

这是一首仅有四句的抒情诗，文辞简短，然而却含蕴着多么深厚的思想、情感和丰富内容！真可以说是意在言外，兴寄遥深。我们从这二十二个字中，看见了一个具有远大抱负而又不遇知音的诗人，独自登上了古老的幽州台，昂然挺立，眺望着苍茫寥廓的宇宙和祖国北方浩渺无际的大地河山，吊古伤今，为自己的孤立无援、壮图难骋，而唱出慷慨激愤的一曲悲歌，怆然垂涕。形象十分鲜明，寄意又非常深远。不是情景交融，意与象会，是断然写不出的。

陈子昂的斗争，给唐诗打开了新局面，无怪盛唐李白、杜甫两位历史上罕见的伟大诗人对他那样地崇敬。自陈子昂以后，唐代诗人凡有成就的几乎没有一个不是继承他的遗绪而取得的。盛唐以七绝独出冠时的王昌龄，也是一个极力鼓吹作诗要用形象思维的规律的诗人，被认为是他著作的《诗格》（后人疑为伪托）就说诗思应该是“搜求于象，心入于境，神会于物，因心而得”，这样写出来，才能“形似”而“得其真”。这就是说：诗人运思，要在具体事物的形象中去搜求，要进入实际生活里去体验，要求主观和客观契合一致，用自己的思维去取得深刻的认识。不论这书是否为王昌龄的著作，这段话却说得好，我们可以不必把它归诸王昌龄，甚至也可以不必归之于唐人，总之，我国古代，至迟在清代以前就有这样颇近乎形象思维的文艺理论了。

中唐白居易、元稹、李绅、张籍、王建提倡新乐府，反对梁陈间“嘲风雪，弄花草”，无所讽喻的作品，主张“以诗补察时政”“以歌泄导人情”，主张“诗者，根情、苗言、华声、实义”，主张写诗必“兴发于此而义归于彼”，当然是提倡现实主义的。不过，他们主要以白居易的诗论为代表的观点，重在诗的作用，而不是讲诗的艺术手法。所以，在白居易的文艺理论中不大容易看到他关于思维的特征的论述。不过，他既提出“文章合为时而著，歌诗合为事而作”的明确主张，又标揭“风雅比兴”或“美刺比兴”作为衡量文学的最高准则，这就离不开社会具体事物和情况，离不开比兴手法，也就不能没有形象的构思。关于他讲“比兴”的问题，前已阐明，不再叙述。这里且举他的新乐府（即讽喻诗）中最明显的以譬喻方法寄意的诗为例，看看他是否用和怎样用形象思维：

> 田家少闲月，五月人倍忙。夜来南风起，小麦覆陇黄。妇姑荷箪食，童稚携壶浆。相随饷田去，丁壮在南冈。足蒸暑土气，背灼炎天光。力尽不知热，但惜夏日长。复有贫妇人，抱子在其旁。右手秉遗穗，左臂悬敝筐。听其相顾言，闻者为悲伤。家田输税尽，拾此充饥肠。今我何功德，曾不事农桑。吏禄三百石，岁晏有余粮。念此私自愧，尽日不能忘。（白居易《观刈麦》——原注“时为盩屋县尉”）

这完全是一幅当时社会陕西关中地区贫苦农村麦收季节农民在田里割麦的图景。人物有妇、姑、童稚、丁壮、贫妇人和怀抱的婴儿，当然还有做县尉的诗人自己。时间是农历五月，一个夏天的中午。天上是火一般的太阳，地下是黄熟了的小麦，沉甸甸的麦穗压弯了麦秆，盖满田垄。体壮的农民赤着背、光着脚，一任烈日的炎灼；地上的热气熏蒸着满是泥土的脚板，像站立在蒸笼上一样。然而他只管弯着腰忙于割麦，顾不了这难忍的暑热。妻子和妹妹带着孩子送来饭和水，自己虽然早已累得筋疲力尽，又渴又饿，却因为要趁着这个大晴天赶时间把麦子割完，就忘了热，也忘了渴和饿，连家里送来了午饭都不看一眼。旁边还有个贫妇抱着孩子，左臂上挂着一个破筐，右手拿着刚刚拾到的几枝遗落在收割过的地上的麦穗。她以悲怆的有气无力的语言向送饭的女人们解释道：“没有法子啊！家里种的那一小块地早都为了上税给卖光了，眼看要饿死，只好出来拾几枝麦穗填肚子！”最后是诗人拿自己目前的生活情况来同农民作对比，既表明了内心的惭愧，又抒发了对农民的同情。很显然，诗人用了形象思维，创造了一个丁壮农民和一个贫妇人的典型形象，并把二者结合到一张画面里，描绘成这幅刈麦图。妇、姑、童稚都是陪衬，箪食、壶浆、遗穗、敝筐则与黄熟的麦田以及炎热的太阳等构成了典型环境。

晚唐时期，有一些诗人又开始转向雕镂词句，趋于柔靡，但还是少数。大多数进步的文人，还是按照陈子昂、李白、杜甫、白居易所开辟的现实主义道路继续前进，如聂夷中、杜荀鹤、皮日休、陆龟蒙……都是。经过五代的五十年社会纷扰，文事衰歇。至宋初，天下粗定，廷臣贵族溺于安乐，以学习晚唐为号召的西昆体兴起，实只是学晚唐某些卑靡堕落文人纤弱佻巧的诗风，形成与齐梁以后的宫体近似的体派。“缀风月，弄花草”，思想空虚，情味淡薄，唯以追求形式华美、辞采绮丽为务。另一部分诗人虽然极力反对西昆，却又不走传统的现实主义道路，高唱学盛唐，学杜甫，实际上只是挂杜诗的招牌，醉心于使典用事，搬弄他们所谓的“学问”，用些生词、怪字、拗句、涩语。这就是江西派的恶风，也就成为“宋诗”的代表特征。还有些理学家和道学家又以理为诗，把诗变成“语录讲义之押韵者”。所有这些都违反了“诗要用形象思维”的唐人规律，因而造成“宋诗”“味同嚼蜡”的严重缺点。我们不能说宋代诗人全部都是这样的，但这几种恶劣倾向对宋代诗坛的影响，确是较为广泛，也较为深远，以致论者从来就认为这些是“宋诗”的典型代表。

从另一方面看，也不能抹杀宋代确还有人不但懂唐人形象思维规律，而且还对这个形象思维规律有更明确的理解，给予更全面、更深刻的说明，如过去我们已经讲过的那位李仲蒙（即李育，见叶梦得《避暑录话》）就是。他说：“叙物以言情，谓之赋，情尽物也。索物以托情，谓之比，情附物者也。触物以起情，谓之兴，物动情者也。故物有刚柔、缓急、荣悴、得失之不齐，则诗人之情性，亦各有所寓。非先辨乎物，则不足以考情性，情性可考，然后可以明礼义，而观乎诗矣。”（翁元圻注《困学纪闻》卷三《赋比兴诸说》条下引胡致堂《与李叔易书》中所引）这段话说明诗人构思的过程即他思想感情变化的过程，而感情变化则是在形象思维中进行的。无论“情尽物”“情附物”“物动情”，都是诗人的感情受到外界事物的激发所产生的。客观事物的表现不同，反映到诗人的感情上也就随之而异。诗人用作品来反映他的感情所受于外界事物的激发而构成的物象，因此，要理解他的诗，就要研究他的思想感情的变化；而要了解诗人思想感情的变化，首先必须从引起他思想感情变化的客观事物着手进行观察分析。李仲蒙讲的是《诗》三百篇的赋、比、兴，是就古人读《诗》、学《诗》来谈的，并非讨论诗歌创作问题，但我们可以从他的说明中知道他对于诗跟诗人之情及外界事物的紧密联系的看法，而这种联系也正是形象思维过程的基本要求或主要特征。

明清文人论及形象思维问题，大致也都不离“比兴”概念，但因自宋元产生戏剧、小说等多种文艺形式和文学体裁以后，文艺家在不同文体的创作中，取得更多的塑造人物形象和描绘社会生活的经验和理解，从而把形象思维的理论、方法、规律及特点等认识得更清楚、更深刻，融会贯通，移用在诗义中，也自然就能解释得更详尽、更明确。例如明代何景明（字仲默，号大复山人，今河南信阳人，生卒年为1483—1521年）在《与李空同论诗书》中说的：“仆尝谓诗文有不可易之法者，辞断而意属，联类而比物也。”他所认为的文与诗必不可少也必不可变的方法，是辞断而意不断，辞尽而意不尽，辞外有意，也就是文虽尽而意有余。这要怎么办呢？要“联类而比物”，即联系与所要描述的事物相近似的事物，集中起来，加以对比，突出其形象的本质。可见这不可易之法，也就是今天所说的形象思维方法的主要精神。他又说：“仆则欲富于材积，领会神情，临景构结，不仿形迹。《诗》曰：‘惟其有之，是以似之。’以有求似，仆之愚也。”他要广泛地从实际生活中积累素材，深入地观察、体验、分析、研究，从而领会事物的实质和情貌。这样，在进行创作时，才能真正写出事物运动的本质联系，而不是只从表面的现象上作形迹的模拟。“以有求似”乃是以客观存在的具体事物为认识的依据，来进行艺术构思，塑造典型形象。他的见解已是很精密的了。

明代后期的“公安三袁”（袁宗道、袁宏道、袁中道）建立了他们的诗论体系，其精义具见于袁宏道（1568—1610年，字中郎，号石公，宗道之弟，中道之兄，今湖北公安县人）《袁中郎全集》中的几篇序文。三袁以宏道为中坚，力排“七子”“文必秦汉，诗必盛唐”的拟古剽窃的形式主义道路，主张自创清新轻俊的诗文体格。他说：“诗文至近代而卑极矣：文则必欲准于秦汉，诗则必欲准于盛唐，剿袭模拟，影响步趋，……唯夫代有升降，而法不相沿，各极其变，各穷其趣，所以可贵。”（《叙小修诗》）他认为：“古有古之时，今有今之时，袭古人语言之迹，而冒以为古，是处严冬而袭夏之葛者也。”所以他要坚决反对。他也承认明七子倡复古之说是为了纠宋人之失。他说，宋人之法，“其敝至以文为诗，流而为理学，流而为歌诀，流而为偈诵，诗之弊又有不可胜言者矣。近代文人始为复古之说以胜之”。但是以复古纠正宋诗的流弊，却不应该变成剿袭。他说：“夫复古是已。然至以剿袭为复古，句比字拟，务为牵合，弃目前之景，摭腐滥之辞。有才者，诎于法，而不敢自伸其才；无之者，拾一二浮泛之语，帮凑成诗。智者牵于习，而愚者乐其易。”（以上引语见《雪涛阁集·序》）拟古剽窃，实与西昆、江西两派学晚唐、宗杜甫如出一辙，而其弊又有甚者，盖“剽窃成风，万口一响”，其结果就是作诗者“共为一诗”。“共为一诗，此诗家奴仆也。”“诗安得不愈卑哉。”（以上引语见《叙姜陆二公同适稿》）他的主要着眼点就在于：凡以剽窃为诗者，就必然“弃目前之景，摭腐滥之辞”，必然不从客观现实事物出发，所以诗道坏而诗益卑了。他的正面主张是：“善为诗者，师森罗万象，不师先辈；法李唐者，岂谓其机格与字句哉？法其不为汉、不为魏、不为六朝之心而已，是真法者也。”（见《叙竹林集》）如此，则学唐者，只学唐人那种独创精神，而不学其格局与字句，那就要自己寻诗材，自己塑造形象，自己向客观世界纷繁复杂的万事万物去探索其运动规律与相互联系。这是符合马克思主义哲学唯物主义认识论的基本原则的。依此道为文为诗，不难走上用形象思维反映现实的正确道路。三袁的文论没有论及形象思维的问题，不能附会，但袁宏道五言律《风林纤月落》四首之后附有一段小跋云：“画有工似，有工意。工似者，亲而近俗；工意者，远而近雅。作诗亦然。余此诗从似而入意者也。”他的意思是说：作诗同作画一样，有写实和写意两派，他认为他的这四首诗是从写实下手而进入写意的。我们不去分析他的这四首诗，只谈他这几句话的意义。我认为是主张通过描写客观事物的形象来表现其对该事物本质的认识，即“从似而入意”，这是很合乎用形象思维塑造典型的“唐人规律”的。

明末入清“宁都三魏”（魏禧、魏际瑞、魏礼，也是三兄弟）中的魏禧，是清初一个大散文家，其论文的见解中，颇有关于形象思维的。魏禧（1624—1681年，字冰叔，一字叔子，今江西宁都县人）“尝以谓为文之道，欲卓然自立于天下，在于积理而练识”（《魏叔子文集·答施愚山侍读书》）。而“文章之能事，在于积理”。什么叫“积理”？又为什么要“积理”呢？他说：“文章格调有尽，天下事理日出而不穷。识不高于庸众，事理不足关天下国家之故，则虽有奇文，……亦可无作。……且夫理固非取办临文之顷，穷思力索，以求其必得。……人生平耳目所见闻，身所经历，莫不有其所以然之理。虽市侩、优倡、大猾、逆贼之情状，灶婢、丐夫米盐凌杂鄙亵之故，必皆深思而谨识之，酝酿蓄积，沉浸而不轻发。及其有故临文，则大小浅深，各以类触，沛乎若决陂池之不可御。辟之富人积财，金、玉、布、帛、竹头、木屑、粪土之属，无不豫贮，初不必有所用之，而当其必需，则粪土之用，有时与金玉同功。”（以上见其《宗子发文集·序》）他所谓的“练识”，又是怎样的呢？他解释道：“所谓练识者，博学于文，而知理之要；练于物务，识时之所宜。理得其要，则言不烦而躬行可践；识时宜，则不为高论，见诸行事而有功。”（见《答施愚山侍读书》）我们把他这些意见联缀起来，用现在的语言加以阐述，就是：文章必须对现实社会生活有用，说明作者对天下国家大事的规律性的认识（即“理”）；否则，可以不作。这种规律性的理性认识的获得，要从古人的著作中吸取前人已经达到的认识水平（“博学于文，而知理之要”），在这个基础上，再进一步根据自己的生活实践（“练于物务”），通过自己的体验与研究，得出新的较高的认识（“识时之所宜”）。这样抽象出来的提高了的认识，可以再拿到实践中去（“理得其要，则言不烦而躬行可践”），如果与客观现实相符合，就是正确的，通过再实践便可得到证明（“识时宜，则不为高论，见诸行事而有功”）。就写文章来说，文章的形式风格虽然多种多样，但毕竟还是有限的，宇宙间客观事物却是无时不在发展变化，层出不穷，因而人们的认识也是永远没有穷尽的（“文章格调有尽，天下事理日出而不穷”“人生平耳目所见闻，……莫不有其所以然之理”）。作文要反映作者对客观事物的本质的认识，绝不可能在提起笔的时候，才进行理论的思索，才想找到结论性的概括的理性认识（“理固非取办临文之顷，穷思力索，以求其必得”）。这是必须把自己在整个生活中耳闻、目见、直接接触、亲身经历，无论什么阶层、什么职业，不管善、恶、美、丑，事无大小，理无深浅，都注意观察、体验、分析、研究，刻印胸中，沉浸蓄积，回环酝酿，永远保留着极其深刻而鲜明的形象。到写作的时候，一切有关的具体物象就会自然触物联类出现于眼前，供你驱遣，作为创作典型的感性材料（“人生平耳目所见闻，……有时与金玉同功”）。魏禧所说的认识过程基本上是正确的，而由此出发的形象思维过程和要求也是大体上暗合我们今天的基本理论的。但是，他在理论上却没有也不可能有比较清晰的、周密的阐述，因为他毕竟是三百年前的封建文人，他的世界观使他不能达到这样的水平。他自己的写作实践，据他自己说，其所以未能极磅礴之壮观，一方面由于学古未深，另一方面也由于积理不富，对“星纬、九州、形势、声律、飞、走、植、潜之性，不能情状物审”（见《与诸子世杰论文书》）之故，可见他对于研究客观现实事物的广度和深度都要求很高，从而可知他是如何的重视形象思维在创作上的作用了。他的《大铁椎传》可为他用形象思维写人物性格形象的最好例证。

我国古代文人写作诗文，文艺理论家著述关于写作的理论，都有一些关于形象思维的认识。虽然就每一个人来说，他们的认识都不是很全面、很完整，认识也有深有浅，有正确与不尽正确，但经过两千多年来的积累与发展，若就综合的资料来看，凡与形象思维有关的各个方面的问题，可以说都已有人涉及了，并且也都达到了较为正确的结论，如：形象思维必须以客观世界的现实实有为基础；作家的思维始终不能脱离具体、生动的感性材料，即必须在具体的事物形象中进行典型塑造；作家的思想感情必须沉浸在他所写的事物之中，达到情景交融、思与境会的地步；通过形象思维，以概括的、典型的、具体的形象写出具有本质意义的艺术形象，用形象思维创作出来的作品能以其艺术形象深刻地感染并教育读者。这些对我们今后研究文艺理论的人，尤其对于从事任何文艺形式的文艺工作者和艺术家们，都是可资借鉴的。

四、形象思维和诗歌创作

文学艺术不是用抽象概念而是通过典型形象反映现实生活中的客观现象的，这就必须依靠艺术概括，从大量的客观现象中，选择、提炼具有本质特征的感性材料，熔铸为活生生的艺术形象，去揭示社会生活的某些本质的东西。它同科学研究中的逻辑思维一样，是认识世界的思维方法，所以它也绝对不能违背事物的逻辑。但它又不同于逻辑思维，它特别富于想象，善于联想，容许夸张——这些在逻辑思维中都是不允许的、不科学的，因而也是不合理的、不真实的，而在形象思维中则是允许的、合乎逻辑的，因而也是艺术上真实的、应有的。想象、联想、夸张、拟人、拟物、明喻、隐喻、对比、类喻……都是诗中比、兴方法的不同表现形式，也是形象思维运用于其他文学体裁所常采取的形式。

例如《诗·豳风·鸱鸮》第一章云：

鸱鸮鸱鸮，既取我子，无毁我室。恩斯勤斯，鬻子之闵斯。

用鸱鸮这种恶鸟比作统治阶级，而“我”则是被残害的另一种小鸟。这篇的第四章则是以小鸟比作被压迫的人民，以叙述其感受的痛苦：

予羽谯谯，予尾翛翛，予室翘翘。风雨所漂摇，予维音哓哓。

小鸟自言：我的羽毛脱落了，我的尾巴也残破了，总算架起了这个不牢的巢窠，可是怎禁得起风雨的飘摇折磨，我如何能不悲鸣哀歌！这不是很贴切的比喻吗？只有通过形象思维才能作得出来。

又如《诗·魏风·陟岵》写一个出征的军人想念他的父母和兄长而作，他用想象，掉转过来说家人如何挂念自己，盼望他能早日还家：

陟彼岵兮，瞻望父兮。父曰：“嗟！予子行役，夙夜无已，上慎旃哉，犹来无止！”

陟彼屺兮，瞻望母兮。母曰："嗟！予季行役，夙夜无寐。上慎旃哉，犹来无弃！"

陟彼冈兮，瞻望兄兮。兄曰："嗟！予弟行役，夙夜必偕。上慎旃哉，犹来无死！"

这是运用想象的形象思维方法的例子。三章分写父、母、兄三人对自己的牵挂，虽然每章只变换几个字，但那几个字就体现了不同身份的不同心理：父亲挂念他日夜服役，没有休止，但愿他早日回家，不要停留在外边。母亲挂念他这个小儿子，怕他一天到晚连打个盹儿的时间都没有，但愿他早日回家，不会被丢在战场上。哥哥挂念他成天跟别人同行同止，没有自由，但愿他早日回来，不要死在外边。这个想象还是很细致的，合于逻辑。

至于《诗》三百篇的比、兴譬喻，以前讲过很多，不再重复。

《楚辞》的形象思维，特别是用"比"的方法，本为其艺术特征，前已详说，无须赘言。这里只再谈屈原在《离骚》中利用神话和传说故事或其中的人物，以浪漫主义的创作方法，进行形象思维，写自己上天寻求知音，实也是探求真理的遭遇。屈原在《离骚》中完全是写他热爱祖国、热爱人民的热情，写他追求真理始终不渝的精神。先假设女媭不了解他，"申申其詈予"，教训了他一顿。他认为没有人能"察余之中情"，便"济沅、湘以南征"，"就重华而陈词"，向传说中的帝舜去述说自己的深衷，得到了同情。于是他就要"上征"去寻找支援。发苍梧，至县圃，望崦嵫，临咸池，过扶桑，到了天国，要见天帝，但守门者拒而不纳，竟和人间一样的黑暗。至此，他又把自己的理想比作美女，不计成败，再三追求。先想求宓妃，但见她"美而无礼"，不合心愿。继欲向"有娀之佚女"求爱，又恐高辛氏捷足先得。最后欲"留有虞之二姚"，复恨"理弱而媒拙"。一无所得，于是感到自己的幻想彻底破灭了，才发出"闺中既以邃远兮，哲王又不寤"的悲叹。留在楚国既不能实现自己的理想，离开祖国和人民自己又不忍，苦闷已极，不能自决，先后问卜于灵氛和巫咸，他们都鼓励他去国远游，展布自己的才能，于是骖鸾驭凤，遨游太空，一路上云旗掩映，仙乐悠扬，似颇欣然自得。就在此时，他忽然俯瞰大地，看到可爱的祖国和灾难深重的人民，于是为之悲伤怨愤，决定停止仙游，降落祖国。这篇长诗便到此结束。请看，如此奇幻而丰富的想象，不仅以绚烂的词彩，点染了形象的比喻，而且带着强烈的情感，寄托着深刻的思想，说明诗人对当时楚国政治社会是真正能够认识得非常深透，具有极其精辟的见解的。然而，他不是用抽象的概念直接表述，而是通过形象思维，用想象虚构出以个人为主角的游仙故事，和神话传说中的人物与境界融合在一起，以浪漫主义的方法创作出来的。被托名为也是屈原所作而实际上可能是西汉司马相如的作品《远游》，也是学习《离骚》的创作方法的。东汉王逸《楚辞章句·远游章句·序》说："屈原履方直之行，不容于世。上为谗佞所谮毁，下为俗人所困极。章皇山泽，无所告诉。乃深惟元一，修执恬漠；思欲济世，则意中愤然，文采铺发，遂叙妙思：托配仙人，与俱游戏；周历天地，无所不到。然犹怀念楚国，思慕旧故，忠信之笃，仁义之厚也。"文学修养，艺术成就，《远游》实不能与《离骚》相提并论，但其运用想象的形象思维方法，则是学习《离骚》，并脱胎于《离骚》的。

汉魏乐府及"建安""正始"和六朝诗人用比兴两法以及有关形象思维的例诗，前已举过的，就不再谈。这里只讲一点，即在此期间，论诗已有佳句可摘，而凡是当代及后世为人所传诵的佳句，没有例外地都是形象化的而非概念化的，也就是说只有用形象思维才能写出感人动人的诗篇和诗句。用抽象思维写的押韵之文，不但不能成为好诗、佳句，而且根本不能称之为诗。钟嵘《诗品·序》说："五言居文词之要，是众作之有滋味者也，故云会于流俗。岂不以指事造形，穷情写物，最为详切者耶?"他的意思就是说诗要有滋味，才能得到读者的爱好，因为这样的诗都是"指事造形，穷情写物"，即形象鲜明、情意深切的作品，能"使味之者无极，闻之者动心，是诗之至也"。他举例说："'思君如流水'，既是即目；'高台多悲风'，亦惟所见；'清晨登陇首'，羌无故实；'明月照积雪'，讵出经史。观古今胜语，多非补假，皆由直寻。"好诗都要有形象，形象当然就得取之于感性材料，通过形象思维，构成形象化的诗的语言。他说阮籍

《咏怀》之作，可以“陶性灵，发幽思”，其故何在？盖因“言在耳目之内，情寄八荒之表”，所以便“洋洋乎会于风雅”（见《诗品》卷上）。我们看阮籍《咏怀》八十二首，其忧愤之深，近于《离骚》，但因身居乱世，恐罹谤毁，虽志在刺激，而文多隐避，所以钟嵘谓“其源出于《小雅》”。至于论他的写物寄意，确实是所说皆耳闻目见的实物，用意却极为深远。且举数首为例：

嘉树下成蹊，东园桃与李。秋风吹飞藿，零落从此始。繁华有憔悴，堂上生荆杞。驱马舍之去，去上西山趾。一身不自保，何况恋妻子。凝霜被野草，岁暮亦云已。

炎光延万里，洪川荡湍濑。弯弓挂扶桑，长剑倚天外。泰山成砥砺，黄河为裳带。视彼庄周子，荣枯何足赖。捐身弃中野，乌鸢作患害。岂若雄杰士，功名从此大。

鸿鹄相随飞，飞飞适荒裔。双翮凌长风，须臾万里逝。朝餐琅玕实，夕宿丹山际。抗身青云中，网罗孰能制。岂与乡曲士，携手共言誓。

林中有奇鸟，自言是凤凰。清朝饮醴泉，日夕栖山冈。高鸣彻九州，延颈望八荒。适逢商风起，羽翼自摧藏。一去昆仑西，何时复回翔？但恨处非位，怆恨使心伤。

每篇都是借物喻志，寓抽象的概念于具体事物之中。前两首用的物类较多，后两首则分别以鸿鹄和凤凰为主人公用以为诗人的化身。虽云“厥旨渊放，归趣难求”，在去阮籍时代不远的钟嵘，已有此叹，至唐李善就更谓“百世而下，难以情测”（《文选》注）。然而，如果我们用历史唯物主义的观点和方法去分析研究，把这些诗放在魏晋递遭之际那个历史时代和阮籍本身所处的环境去看，也还是可知的、可理解的。清陈沆《诗比兴笺》卷二《阮籍诗笺》说：“阮公凭临广武，啸傲苏门，远迹曹爽，洁身懿、师，其诗愤怀禅代，凭吊今古，盖仁人志士之发愤焉，岂直忧生之嗟而已哉！特寄托至深，立言有体，比、兴多于赋、颂，奥诘达其渺思。比、兴则声情依永，言之若不伦；奥诘则索解隐微，闻之者无罪。在心之璩既抒，尚口之穷亦免。”这已经说得很明白，阮籍《咏怀》不止于个人的“忧生之嗟”，更重要的是“仁人志士之发愤”，所寄托的情与意在此，而所用的手法则多是比、兴，因而读者便自然感觉它奥诘隐微。其实，诗人的用意是完全可以理解的，正如同我们读屈原的《离骚》一样，只要以诗人之心为心，设身处地去思考，就能体会到作者的深衷。另外，诗人用形象思维的方法，比、兴多于赋、颂，寄托至深，读者就必须循着作者原先所走过来的路径追溯回去，才能达到他所从来的出发点，理解了就更能受到它的感染，尝到它的兴味。这就是说诗人用形象思维写诗，读者也必须用形象思维读诗。

晋陶渊明的诗，以“文体省净，殆无长语”为其艺术特征，所以“世叹其质直”（钟嵘《诗品》卷中）。不错，他主要是用“形象思维的赋的方法”（蔡仪《再谈形象思维的逻辑特性》，见1978年4月号《上海文艺》）作诗，如《归园田居》五首之一描写田园恬静平淡的景象，全篇如下：

> 少无适俗韵，性本爱丘山。误落尘网中，一去三十年。羁鸟恋旧林，池鱼思故渊。开荒南野际，守拙归园田。方宅十余亩，草屋八九间。榆柳荫后檐，桃李罗堂前。暧暧远人村，依依墟里烟。狗吠深巷中，鸡鸣桑树颠。户庭无尘杂，虚室有余闲。久在樊笼里，复得返自然。

自“方宅十余亩”至“虚室有余闲”，十句都是敷陈直言的赋体描绘，因为形象性强，足以烘托出诗人的意境，所以仍是好诗，尤其“暧暧远人村，依依墟里烟”两句，千余年来一直为人所喜爱。但是，就全诗来说，也还是有比、兴的：“误落尘网中”和“久在樊笼里”，“尘网”“樊笼”都是隐喻，自不待言。而“羁鸟恋旧林，池鱼思故渊”，则是“兴喻”，也就是宋人解《诗》所谓的“兴而比也”。清邱嘉穗《东山草堂陶诗笺》卷二谓此诗：“首四句赋起，一反一正。‘羁鸟’二句，兴而比也，作上下文通脉。末二句锁尽通篇。”虽以分析文章结构的方法来分析，未免稍嫌迂滞，但他指出这两句是“兴而比”（指“兴喻”即隐喻言），却是对的。于此可知：“诗要用形象思维”，“所以比、兴两法是不能不用的”，当然，“赋也可以用”，我们应该对这些话作全面的理解。通过这首诗，可以概括出：赋、比、兴三种方法，在以外部物质世界为感性材料来进行艺术创作的前提下，都是形象思维。所不同的，赋是从此事物的一切特征中选取最具有本质意义的部分或方面，用最形象化的语言直接反映此事物的整体；比、兴的“喻义”则是以与此事物的本质特征相类似的彼事物为比，用形象化的语言间接地反映此事物（比、兴都是譬喻，但兴还有“引起”的意义，过去已详加阐述，不再重复）。这篇里，“尘网”以喻俗世，“樊笼”以比官场，是以形象化的、具体的这种事物比喻抽象的、概念的彼种事物，反映的对象是间接的；“羁鸟”和“池鱼”比自己，“旧林”和“故渊”比故园，两句都是以形象化的彼事物比作自己这种热爱故园的心情，反映的对象也是间接的。“暧暧”“依依”两句则是从乡里景物中选择最能表现田园恬静生活的部分或方面，来直接反映整个田园恬静生活景象，他选取的是“远人村”和“墟里烟”，加上“暧暧”“依依”两个词就更使它们艺术化、形象化了。从这篇实例看，谁也不能否认，在以具体事物为感性材料的前提下，无论是用敷陈直言的方法的“赋”，或是用彼物、他物以比喻或引起此物、此词的“比”“兴”，都是要通过形象思维的。

刘宋之初的谢灵运以写山水，“尚巧似”“内无乏思，外无遗物”著称，故“名章迥句，处处间起”（《诗品》卷上）。鲍照谓“谢诗如初发芙蓉，自然可爱”，足见他是善于用形象思维描写景物的。世称其佳句如：“晓霜枫叶丹，夕曛岚气阴”“池塘生春草，园柳变鸣禽”“密林含余清，远峰隐半规”“林壑敛暝色，云霞收夕霏”“春晚绿野秀，岩高白云屯”“铜陵映碧涧，石磴泻红泉”“野旷沙岸净，天高秋月明”“崖倾光难留，林深响易奔”……不能尽举。大都是用形象思维的赋的方法。

南朝齐谢朓（字玄晖），与宋谢灵运、谢惠连并称“三谢”，李白最所仰慕，尤其欣赏他《晚登三山还望京邑》中“澄江静如练”那一句，至在诗中直接引用赞叹道：“解道‘澄江静如练’，令人长忆谢玄晖。”

（李白《金陵城西楼月下吟》）又道："汉水旧如练，霜江夜清澄"。（《秋夜板桥浦泛月独酌怀谢朓》）为什么李白如此地喜爱这句诗呢？就是因为它的比喻太贴切、太形象，清新之极，也足能表现作者的诗思。李白在《宣州谢朓楼饯别校书叔云》说："蓬莱文章建安骨，中间小谢又清发。"这个"小谢"显然是指谢朓，因为他这诗是在谢朓楼上作的，不可能像钟嵘《诗品》论谢惠连云"小谢才思富捷"，乃指谢惠连（因惠连为灵运之侄，对灵运而言，当称"小谢"），而且李白在《送储邕之武昌》一诗里也有"诗传谢朓清"的评价。这句"澄江静如练"的好处既是清新，那就在于诗人把澄静的江水比作一匹白练（素绸）平平地放在那里。白练之长、之白、之平，恰好比江水之长、之澄清、之静净，而比得特别新颖，特别确当，特别形象，实是形象思维的最精妙的成果。

李白也是善于用形象思维的大诗人。过去我们已说过他《北风行》中"燕山雪花大如席"的句子，也提到他另一个同样的句子"雪花大如手"。还有他的《秋浦歌》，也是常为世人所议论的：

白发三千丈，缘愁似个长。不知明镜里，何处得秋霜。

前两句是夸张，后两句是比喻，都是形象思维所允许的或要求的：愁思长久，遂生白发；白发愈长，说明愁思愈久愈深。一般总是认为发不可能长至三千丈，连一丈都不合理。其实他这里说的是把满头白发合计起来，用这样一个惊人的总数，目的是夸张愁思的深且长，并不是要你科学地去计算发长若干。不仅前两句的主旨在下句，后两句的主旨，也在下句。清王琦注《李太白全集》，在这首下注释得对，他说："起句怪甚，得下文一解，字字皆成妙义，洵非老手不能，寻章摘句之士，安可以语此？"他虽没有解决"三千丈"的问题，但从章法上把诗人的用意说对了。再如《赠汪伦》：

李白乘舟将欲行，忽闻岸上踏歌声。桃花潭水深千尺，不及汪伦送我情。

前两句平铺直叙，似甚平淡，然而试一思味，情景宛然在目，可见形象鲜明，非泛泛闲言语。两句诗说明了：李白将离开桃花潭所在的泾县某村，水路乘舟，已经独自上了船，正在准备解缆时，忽然听到岸上传来踏歌的声音，越来越近。这个人显然不是个士大夫，而是一个不拘小节的普通乡村读书人。事前不曾约定要来送别，所以李白并没有在岸上等候。但一听到踏歌声，便立刻意识到来者一定是这位热情的东道主汪伦。后两句以千尺深的桃花潭水比拟汪伦送别的情谊，是夸张的、形象化的艺术比喻，而且就是取自眼前，既自然，又适恰，所以传诵千古。沈德潜评曰："若说汪伦之情，比于潭水千尺，便是凡语，妙境只在一转换间。"这是论诗人的笔法。王琦评曰："太白于景切情真处，信手拈出，所以调绝千古。"这就涉及艺术手法，尤其谈到情景真切，就看得深一步了。李白用形象思维最超妙的诗，如前已引过的《送孟浩然之广陵》和《早发白帝城》：

故人西辞黄鹤楼，烟花三月下扬州。孤帆远影碧空尽，唯见长江天际流。（《黄鹤楼送孟浩然之广陵》）

朝辞白帝彩云间，千里江陵一日还。两岸猿声啼不住，轻舟已过万重山。（《早发白帝城》）

还有，也是千余年来传诵不绝的名作：

日照香炉生紫烟，遥看瀑布挂前川。飞流直下三千尺，疑是银河落九天。（《望庐山瀑布》）

都是人们所熟悉的，不需说明，一读便知。不但他所最擅长的绝句诗是这样写的，他的古诗也用同样的方法，譬如《襄阳歌》：

落日欲没岘山西，倒著接䍦花下迷。襄阳小儿齐拍手，拦街争唱《白铜鞮》。傍人借问笑何事？笑杀山公醉似泥。鸬鹚杓，鹦鹉杯。百年三万六千日，一日须倾三百杯。遥看汉水鸭头绿；恰似葡萄初酦醅。此江若变作春酒，垒曲便筑糟丘台。……

有夸张，有想象，有比譬，也有白描，但总的说来，都是用形象思维的。他的《古风》五十九首各种写法都有。如：

> 北溟有巨鱼，身长数千里。仰喷三山雪，横吞百川水。凭陵随海运，燀赫因风起。吾观摩天飞，九万方未已。（其三十三）

用《庄子·逍遥游》中鲲的寓言故事，而加以幻想渲染，使它的形象更闳伟，喻意更深远，如“仰喷”“横吞”两句就是《庄子》所没有的。它的寄意与阮籍《咏怀》“高鸟摩天飞，凌云共游戏”是一样的。又如：

> 美人出南国，灼灼芙蓉姿。皓齿终不发，芳心空自持。由来紫宫女，共妒青蛾眉。归去潇湘沚，沉吟何足悲。（其四十九）

以美人的形象自比，以蛾眉见嫉喻自己遭谗摈逐的可悲遭遇，虽结语谓“归去潇湘沚，沉吟何足悲”，也只是聊自慰解，如屈原思想的反复回环，其情实甚可悲。

李贺也承袭了《楚辞》，特别是屈原作品的浪漫主义传统，这一点是和李白走着同一条路的，因为李贺在后，所以也可以说他也学习了李白。李白喜作汉魏乐府古题，他几乎把所有的乐府古题都一一作遍了，李贺也同样地有许多古题乐府，这是二李又一相同之点。李白诗富于想象力，有些奇诡的设想恐怕也对李贺有所启发。然而就模拟《楚辞》来说，李白作品中有显然袭貌的痕迹，李贺则是继承《楚辞》的精神而不袭其貌，遂能创造出他所独有的奇崛幽怪、感慨激愤的风格，无论在色泽上、意趣上、情调上都与李白不同。一般地说，李白的诗风飘逸、清圆、豪放、自然；李贺的诗略近于幽冷、凄苦、古奥、隐晦——大概就是因为这些形貌上的不同特点，便被宋人分别目为“太白仙才，长吉鬼才”的吧？譬如《梦天》：

> 老兔寒蟾泣天色，云楼半开壁斜白。玉轮轧露湿团光，鸾珮相逢桂香陌。黄尘清水三山下，更变千年如走马。遥望齐州九点烟，一泓海水杯中泻。

无疑这是游仙诗一类的作品，虽间有晦涩之句，如篇首就稍嫌难解，但大致还是可以让人看得懂的。后四句说的是：自月宫向人间俯瞰，只见在海上三神山下一面是大陆黄尘，一面是海水苍茫，更迭变换，没有穷尽。而作为中国的齐州（即中州），从遥远的月宫望下去只不过如九点寒烟（禹分九州），而中国以外的海洋则似注在杯子里的一碗水罢了。这就想象奇妙，气势雄阔，显示了李贺诗风的特点。清末吴汝纶说这四句豪纵似李白，不为无见。他的《春归昌谷》，有不少奇丽的比喻，有奥涩的词句，有幽峭的风调，颇似韩愈体格：

> 束发方读书，谋身苦不早。终军未乘传，颜子鬓先老。天网信崇大，矫士常慅慅。逸目骈甘华，羁心如荼蓼。旱云二三月，岑岫相颠倒。谁揭赪玉盘？东方发红照。春热张鹤盖，兔目官槐小。思焦面如病，尝胆肠似绞。京国心烂漫，夜梦归家少。发轫东门外，天地皆浩浩。青树骊山头，花风满秦道。宫台光错落，装画偏峰峤。细绿及团红，当路杂啼笑。香风下高广，鞍马正华耀。独乘鸡栖车，自觉少风调。心曲语形影，只身焉足乐。岂能脱负担，刻鹤曾无兆。幽幽太华侧，老柏如建纛。龙皮相排戛，翠羽更荡掉。驱趋委憔悴，眺览强容貌。花蔓阂行辀，縠烟暝深徼。少健无所就，入门愧家老。听讲依大树，观书临曲沼。知非出柙虎，甘作藏雾豹。韩鸟处缯缴，湘鲦在笼罩。狭行无廓落，壮士徒轻躁。

胡仔《苕溪渔隐丛话后集》卷十二引《雪浪斋日记》云：“《春归昌谷》云：‘旱云二三月，岑岫相颠倒。谁揭赪玉盘？东方发红照。春热张鹤盖，兔目官槐小。’甚奇丽，如少陵（按：杜甫）未必喜，而昌黎（按：韩愈）必嗜之也。”古人盖已见到这些诗句的奇丽。其所以奇丽，是由于构思用了形象化的比喻，为前人所从未用过，新颖奇特，出于独创。这样奇特的刻镂物象，不合于杜甫的诗风，但必能得喜怪好奇的韩愈一派的赏鉴。全篇中类此描写还多，如“老柏如建纛”“龙皮相排戛，翠羽更荡掉”“縠烟暝深徼”都是。至于“知非出柙虎，甘作藏雾豹。韩鸟处缯缴，湘鲦在笼罩”，则是借物喻人，以虎、豹、鸟、鲦的出处遭遇说明自己的环境、感受和心情。

《雁门太守行》和《金铜仙人辞汉歌》，是李贺的名篇：

> 黑云压城城欲摧，甲光向日金鳞开。角声满天秋色里，塞上燕脂凝夜紫。半卷红旗临易水，霜重鼓寒声不起。报君黄金台上意，提携玉龙为君死。（《雁门太守行》）

城上黑云沉沉，有如紧压在城上，简直要把城给压垮了；云隙露出一线日光，照射在战士的铁甲上，闪现出片片金鳞，动荡欲开。白天，号角声响彻秋空；黑夜，血洒沙场凝暗紫。天晚退却到易水岸边，夜寒霜重，红旗半卷，鼓声不扬。虽然战败了，但是将军决不负朝廷倚重之意，还是要提剑上阵，奋死报国。苍凉悲壮，极似屈原《九歌·国殇》，继承《楚辞》，得其神髓。措意造辞，锤炼至精；而描写物象，亦甚确切。宋王安石却以嘲笑的口吻批评道："此儿误矣！方黑云压城时，岂有向日之甲光也?"明杨慎又反过来嘲讽王安石道："宋老头巾不知诗""予在滇，值安凤之变，居围城中，见日晕两重，黑云如蛟在其侧，始信贺之诗善状物矣"（见《杨升庵外集》）。杨慎在他的话前，还有一句说："凡兵围城，必有怪云变气。"这也该被嘲笑曰："明老头巾不知理!"他们都不如沈德潜说得妥当些："阴云蔽天，忽露赤日，实有此景。"（见《唐诗别裁》"七言古诗"《雁门太守行》批注语）

> 茂陵刘郎秋风客，夜闻马嘶晓无迹。画栏桂树悬秋香，三十六宫土花碧。魏官牵车指千里，东关酸风射眸子。空将汉月出宫门，忆君清泪如铅水。衰兰送客咸阳道，天若有情天亦老。携盘独出月荒凉，渭城已远波声小。（《金铜仙人辞汉歌》）

李贺原诗前有小序云："魏明帝（按：曹叡，曹丕之子）青龙九年（按：青龙仅四年，五年即改为景初，移徙铜人事在景初元年，即青龙五年，公元237年）八月，诏宫官牵车西取汉孝武捧露盘仙人，欲立置前殿。宫官既拆盘，仙人临载，乃潸然泪下。唐诸王孙李长吉遂作《金铜仙人辞汉歌》。"据此，可以理解李贺这首歌的大意：死后葬在茂陵的那个汉武帝刘彻，正如他自己的《秋风辞》所表达的一样，有如秋风中的草木，转眼就黄落凋零，夜间死去，天亮后便魂飘魄散，无影无踪了。生前处处离宫别馆，老桂空自散发着香气，殿宇却已长满了苔藓，无人过问。魏朝宫官驾车远来搬迁铜人，铜人感到悲凉，不忍离开咸阳，魏官刚拆下了铜人所捧的铜盘，便已经使铜人怀忆旧主而泪如雨下。殿庭中的衰草秋兰目送铜人车载上道，离开咸阳，看见这凄怆的景象，如果无知的天要是有情，也会因感伤而衰老的！铜人擎着承露盘孤零零地在荒凉的月下出了故宫、离开古城，一向听惯了的渭水波声也渐远渐小，终至于杳然了。把历史遗物铜人作为现实的生人来描绘，用以吊古伤今，讽时述怀，李贺这首歌便是如此。

在李贺诗中，像这样有创造性的奇诡突出的描绘，异想天开而又比拟切当的譬喻，独出心裁、似怪诞却无背于情理的设想，还有不少。如："隙月斜明刮露寒，练带平铺吹不起"（《春坊正字剑子歌》），写剑的光芒与形体；"羲和敲日玻璃声""洞庭雨脚来吹笙，酒酣喝月使倒行"（《秦王饮酒》），写秦王威力之大与兴会之豪；"欲剪湘中一尺天，吴娥莫道吴刀涩"（《罗浮山父与葛篇》），赞美罗浮葛布的洁白与爽滑。至若《蝴蝶飞》云："杨花扑帐春云热，龟甲屏风醉眼缬。"其上句写烂漫春光，但不直说，却说杨花扑帐，说春日之云。《许彦周诗话》谓此句"才力绝人远甚"，至以为唐严维"柳塘春水慢，花坞夕阳迟"（《酬刘员外见寄》）一联"虽为欧阳公所称（按：欧阳修《六一诗话》称此二句云：'天容时态，融和骀荡，岂不如在目前乎'），然不追长吉之语"。李贺这种以诗人的敏感，对他耳闻目见身历的具体事物，进行深入的观察、研究，用形象来作艺术的概括，不是像心粗气浮的人那样只从表面上浮光掠影地对待客观事物和现象，这就是他之所以能取得这样的艺术成就的主要原因，他的诗"很值得一读"，恐怕也在于此。宋以后多数诗人不懂甚至"一反唐人规律"，所以他们的诗"味同嚼蜡"，当然也不是说没有少数人取得了较好、较大的成就。

五、形象思维和词曲创作

唐五代诗人开始用曲子词的格调写源出民间的新体诗歌，虽后人或以词为"诗余"，或说词"别是一家"，但在当时，诗词并未分界，至今日，我仍认为词即是诗，因此，在讲诗的形象思维时也应该连类而及于词，并及于金元以后的曲。

最早的文人词，李白的《菩萨蛮》和《忆秦娥》，前已讲过并全文引录过。《菩萨蛮》的“平林漠漠烟如织，寒山一带伤心碧”，就有比、有兴；《忆秦娥》的“箫声咽”“秦楼月”“灞陵柳色”“咸阳古道”“西风残照”“汉家陵阙”，都是兴起秦娥伤别年年、音尘久绝的景物，或者叫作典型环境，总之是为写秦娥伤别思人之情服务的，所以这首词是情景交融的最好范例，也就是形象思维的结晶。

白居易的《忆江南》：“江南好，风景旧曾谙。日出江花红胜火，春来江水绿如蓝。能不忆江南？”中间两句比喻得多么形象！多么优美！这是回忆过去在江南所亲眼见到的风景，一切都是“旧曾谙”的，过去非常熟悉，体会很深，感受至切，一直保留至今的印象，现在通过形象思维，把它用艺术语言反映到词句上，使这江南美好的风景更为典型化、形象化地重现在文字中，不但诗人自己“能不忆江南”，对读者也起同样的感染作用。

晚唐温庭筠存词六十余首，在《花间集》里算是最早且作品最多的一个词人。他的诗词艺术有一个特点，即喜欢选择具有某种形象特征的景物并列在一起，不加或少加动词，等于不说明或不说清其间的关系，而足以表达作者所欲写的微妙意境，如他的五言律诗《商山早行》的颔联“鸡声茅店月，人迹板桥霜”，便是这样的写旅人早行的名句。其他如：“凫雁野塘水，牛羊春草烟”（《渚宫晚春寄秦地友人》），“灯影秋江寺，篷声夜雨船”（《送僧东游》），“茶炉天姥客，棋席剡溪僧”（《宿一公精舍》）也都是这样。

还有，他的多首《菩萨蛮》词，也是这样的写法，如：

小山重叠金明灭，鬓云欲度香腮雪。懒起画蛾眉，弄妆梳洗迟。照花前后镜，花面交相映。新贴绣罗襦，双双金鹧鸪。

水精帘里颇黎枕，暖香惹梦鸳鸯锦。江上柳如烟，雁飞残月天。藕丝秋色浅，人胜参差剪。双鬓隔香红，玉钗头上风。

用这种写法，写得好效果很好，如上举《商山早行》诗句就是；写得不好就往往令人不解所云。如这两首词，虽然不能说写得不好，因为还是能懂得作者的意思，但是堆积这么多的绮辞艳语，金玉锦绣，不过写一个娇慵春困的妇人的相思，则不足取。这种艺术手法传到宋元以后，有好的一面，但是也有坏的一面，而且坏影响还更大些。宋代以词名家者甚多，到南宋就有些词人写了许多没有一点现实意义的艳词，只讲格律辞藻，真是“七宝楼台，拆开不成片断”，往往为了含蕴不露，便尽是堆砌词汇，遂入恶道。现在青年人往往说宋词难懂，恐怕就是指这些学习温庭筠词艺的词家作品说的，如果是苏（轼）、辛（弃疾）词，或者柳永词，晏（殊、几道）、欧（欧阳修）词，乃至南唐（李璟、煜，冯延巳）词、韦庄词，大约很少人抱怨看不懂的。

如由唐入蜀的韦庄有《菩萨蛮》五首，拳拳故国之思，而意婉词达，一变温庭筠面目，然而正自有相通处，如：

> 红楼别夜堪惆怅，香灯半卷流苏帐。残月出门时，美人和泪辞。琵琶金翠羽，弦上黄莺语。劝我早归家，绿窗人似花。

> 洛阳城里春光好，洛阳才子他乡老。柳暗魏王堤，此时心转迷。桃花春水渌，水上鸳鸯浴。凝恨对残晖，忆君君不知。

> 人人尽说江南好，游人只合江南老。春水碧于天，画船听雨眠。垆边人似月，皓腕凝双雪。未老莫还乡，还乡须断肠。

词中有不少比喻，如“弦上黄莺语”“绿窗人似花”“春水碧于天”“垆边人似月”“皓腕凝双雪”，都是。第二首虽没有这类的比喻，但全词却还是用比兴方法写的：以洛阳代替中原的故国，以洛阳才子说自己。明乎此，则以下各句所表现的意义，便完全清楚了。

亡国的帝王词人南唐后主李煜（937—978 年，中主李璟之子）流传下来的词比较可靠的有三十多首，一部分是写他当南唐小朝廷国主时期豪华生活和艳情生活的；一部分是写他在家愁国难日渐深重时期别离及其他伤感情调的；而一部分则是写他亡国以后的囚徒生活和哀痛心情的。说他的词没有思想内容是不对的，但他所反映的思想内容既不是被统治阶级的，也不是一般统治阶级的，而是历史上极少数、极特殊的最高统治者中的特种情况的。所以他的思想感情尽管很真实地反映在他的词里，从表面上看，似乎也和封建时代士大夫文人有些相似之处，但若仔细分析起来，究竟还是不能相通，就是因为地位不同，生活基础不同。但是他的存词中一半以上是亡国前后所作，作为囚徒，却与降臣的地位差不多，他的忧危之情甚至有过于一般的亡国遗老和遗民，因而他的这部分作品就感人较深，也被历代文人所称道。这里特别讲他的词，不打算多谈思想内容，主要是讲艺术特征，而且着重在有关形象思维方面。

李煜词最主要的艺术特征是善于塑造真实生动的形象，特别是他能把一些抽象的意识方面的东西，如人的心理活动、感情变化等等，用生动的形象刻画出来。他那些最为世所传诵的词是亡国以后入宋为囚徒时写愁恨的各首：

> 林花谢了春红，太匆匆。无奈朝来寒雨晚来风。胭脂泪，留人醉，几时重？自是人生长恨水长东。（《相见欢》）

> 帘外雨潺潺，春意阑珊，罗衾不耐五更寒。梦里不知身是客，一晌贪欢。独自莫凭栏，无限江山，别时容易见时难。流水落花春去也，天上人间。（《浪淘沙令》）

> 春花秋月何时了？往事知多少。小楼昨夜又东风，故国不堪回首月明中。雕栏玉砌应犹在，只是朱颜改。问君能有几多愁？恰似一江春水向东流。（《虞美人》）

这三首词最感人的都是最后那一两句，而那正是他把愁恨的深重创造性地用具体的形象比喻表达了出来：《相见欢》把“人生长恨”比作“水长东”，充分体现了“天长地久有时尽，此恨绵绵无绝期”的永世之恨，而“水长东”之不可挽回则是更为形象。《浪淘沙令》对于离别了故国江山，永难再见，比作天上和人间那样遥远，往事如梦，犹如春去花落随流水飘荡他乡，无复重返之望。《虞美人》以问答口气，把愁思之多比似

"一江春水"，而"向东流"则更有绵延不断新愁续旧愁的意思。另一首《虞美人》前半阕的"凭阑半日独无言，依旧竹声新月似当年"，虽不明说愁恨，但写的这两句词已经具体地提供给读者一个愁多恨深的忧郁人物的鲜明形象了。亡国前，怀念远人（可能是忆念他弟弟从善入宋被留不归）的一首《清平乐》结句："离恨恰如春草，更行更远还生"，也是极好的形象比喻。还有一首《谢新恩》结句是："雍雍新雁咽寒声，愁恨年年长相似"，把年年秋日的愁恨比作候鸟的雁声，尤为恰当。

北宋前期欧阳修的词，在把抽象的东西形象化上，也有很高的艺术手法，如《踏莎行》："离愁渐远渐无穷，迢迢不断如春水。""平芜尽处是春山，行人更在春山外。"《蝶恋花》"庭院深深深几许"："雨横风狂三月暮，门掩黄昏，无计留春住。泪眼问花花不语，乱红飞过秋千去。"又《蝶恋花》"几日行云何处去"："撩乱春愁如柳絮，依依梦里无寻处。"

苏轼词以前已举过很多，不再说，现在专讲辛弃疾的词的形象思维方法。他的《贺新郎》"别茂嘉十二弟"：

> 绿树听鹈鴂，更那堪、鹧鸪声住，杜鹃声切。啼到春归无寻处，苦恨芳菲都歇。算未抵、人间离别，马上琵琶关塞黑，更长门、翠辇辞金阙，看燕燕，送归妾。
>
> 将军百战身名裂，向河梁、回头万里，故人长绝。易水萧萧西风冷，满座衣冠似雪。正壮士、悲歌未彻。啼鸟还知如许恨，料不啼、清泪长啼血，谁共我，醉明月。

陈廷焯《白雨斋词话》说辛词以此篇为冠，理由是："沉郁苍凉，跳跃动荡，古今无此笔力。"王国维《人间词话》说得比较具体些："章法绝妙，且语语有境界，此能品而几于神者。"然而，具体地写恨怨究竟是采取什么手段呢？沈雄《古今词话》指出他"尽集许多怨事，全与太白《拟恨赋》相似"。对了，这是用古人恨怨最深的故事为例，借以喻此别之恨，正如许昂霄在《词综偶评》中所说的："上三项说妇人（按：'马上琵琶'说王昭君，'长门'说汉武帝陈皇后，'燕燕'用《诗·邶风·燕燕》说卫庄姜送归妾），此二项言男子（按：'河梁'说李陵送别苏武，

‘易水’说荆轲自燕入秦别燕太子丹），中间不叙正位，却罗列古人许多离别，如读文通《别赋》（按：江淹字文通，有《别赋》，见萧统《文选》），亦创格也。”的确是一种创格，借古喻今，也是比兴一法，但在词中则前人所未有。而在辛词，却时时见之，如《贺新郎》“赋琵琶”一阕，用了杨贵妃琵琶《霓裳曲》、白居易《琵琶行》、昭君出塞、《梁州曲》、贺怀智、沉香亭等事。陈霆《渚山堂词话》云：“此篇用事最多，然圆转流丽，不为事所使，的是妙手。”但妙处尚不在此，而在于有所寄托，如陈廷焯所说的：“此词运典虽多，却一片感慨，故不嫌堆垛。心中有泪，故笔下无一字不呜咽。”（《白雨斋词话》）《水龙吟》“登建康赏心亭”下半阕也用了张翰秋风鲈鱼脍、陈元龙求田问舍、桓温叹“树犹如此”事。《摸鱼儿》“更能消几番风雨”下半阕用司马相如《长门赋》事，而联系到杨玉环、赵飞燕。《永遇乐》“京口北固亭怀古”，用孙仲谋（权）、刘寄奴（裕）、元嘉刘义隆北伐、北魏太武帝拓跋焘（佛狸）南侵、廉颇一饭斗米，虽自首至尾，使事太多，而悲感苍凉，豪隽可喜。盖借古事以寄慨，非同獭祭饾饤，专以堆砌典故为工者比。

词盛于宋，亦衰于宋，南宋末期虽然也有一些爱国词人，写过一些可传的作品，但在艺术技巧上没有什么新的创造。

上边说温庭筠诗词罗列物象的方法，对后世的影响主要是坏的一面，如艳冶词派的罗列绮语，既无内容，自乏意境，便是断送了词体的发展前途。但这种方法也曾有过一点好的影响，如对元人曲子，就有像我们前曾举过马致远的《天净沙·愁思》“枯藤老树昏鸦，小桥流水人家，古道西风瘦马，夕阳西下，断肠人在天涯”这样好的艺术效果。与马致远同时代而较早的白朴（字太素，一字仁甫，号兰谷，今河北正定县人。他是一个大杂剧作家，最有名的《唐明皇秋夜梧桐雨》和《黄秀英花月东墙记》《裴少俊墙头马上》，现存，所作曲以绮丽婉约为特色，与王实甫为一派。他和关汉卿、马致远、郑光祖并称为元曲前期四大家）也有几首《天净沙》用这种艺术手法：

春山暖日和风，阑干楼阁帘栊，杨柳秋千院中。啼莺舞燕，小桥

流水飞红。(春)

云收雨过波添，楼高水冷瓜甜，绿树阴垂画檐。纱幮藤簟，玉人罗扇轻缣。(夏)

孤村落日残霞，轻烟老树寒鸦，一点飞鸿影下。青山绿水，白草红叶黄花。(秋)

一声画角谯门，半庭新月黄昏，雪里山前水滨。竹篱茅舍，淡烟衰草孤村。(冬)

又如《尧山堂外纪》录属白朴的〔双调〕《沉醉东风》“渔夫”，把带有动词的“起衬”全部去掉，而《盛世新声》和《词林摘艳》则有衬字。其实作为散曲，没有衬字也许更要精美些，请看：

(棹不过) 黄芦岸白蘋渡口，(且湾在那) 绿杨堤红蓼滩头。虽无 (那) 刎颈交，却有 (几个) 忘机友，点秋江白鹭沙鸥。傲杀人间万户侯，(我是个) 不识字烟波钓叟。

至于形象思维运用于文学的其他体裁如散文、戏剧、小说以及艺术的其他门类（如音乐、美术、戏曲演唱等），则与本书专讲诗学没有直接关系，这里不一一论列。

杜韩篇第七

一、杜甫和他的诗

讲律体诗不能不谈到杜甫，讲杜甫首先也是为了要谈他的诗。本文只准备略述其生平并着重叙述与诗有关的事迹。

杜甫生于唐玄宗李隆基先天元年（712 年），卒于代宗李豫大历五年（770 年），活了五十九岁。他字子美，先世为京兆杜陵（今陕西西安长安区东南）人，所以在《自京赴奉先县咏怀五百字》开头就说“杜陵有布衣，老大意转拙”，即以“杜陵布衣”自命。这个地方在秦为杜县，汉宣帝刘询筑陵于此，故名杜陵，其东南又有一陵差小，谓之少陵。杜甫也自称少陵，如《哀江头》首句就说“少陵野老吞声哭”，后人也因而称他为杜少陵。他祖籍襄阳（今属湖北）。曾祖依艺为巩县（即今河南巩义）县令，遂移居于此。他便出生在巩县。他的先人多做过太守、刺史、县令等官。祖父审言是武则天时代有名的诗人，少与李峤、崔融、苏味道在一起被称为“文章四友”，而诗则与较晚的沈佺期、宋之问齐名，所以沈、宋奠定五言律诗的形式，也有他的功绩。沈、宋律诗长不过十韵，杜审言却有长达四十韵的名作《和李大夫嗣真奉使存抚河东》。后来杜甫好作长篇排律，正是继承祖父审言的家学。杜甫尝以“吾祖诗冠古”“诗是吾家事”自傲，也就是以其祖父审言的诗为家学渊源所自的。

杜甫出生以后，家世中衰，因他父亲闲虽曾做过几任小官，却一生不得志，没有捞到多少功名利禄。杜甫中年在长安向权贵寻求援引，表现了他思想上庸俗的一面，是与他的家庭出身分不开的。

杜甫幼年丧母，曾寄养于其在洛阳的二姑母家。二十岁以前在家读书，涉猎甚广，而生活豪荡，狂傲不羁。开元十九年（731 年），他二十岁，漫游吴越，到金陵，下姑苏，渡浙江，游剡溪，盘桓三四年，扩大眼界，丰富了诗歌创作的题材和内容。后又到长安应进士试，不第，东游齐赵，直至三十岁，于开元二十九年（741 年），才回到洛阳、偃师间的首阳山下尸乡亭附近，暂时定居，过了几年寂苦的生活。大约在天宝三四载（744—745 年）间，与大诗人李白会面，相与遨游，极一时之乐。继又遇到高适，三人同游汴州，登吹台，慷慨怀古，饮酒赋诗，度过一个秋天。大约就是天宝四载（745 年），他和李白先后到了齐州，过从甚密，情好益笃，在思想上和诗风上都受了李白一些影响。两人自此次分别以后，便再没有会面了。天宝六载（747 年），他到长安应诏与试，因李林甫执政，以“野无遗贤”奏报全体应试者下第，遂无所得。困居长安，奔谒权贵，献赋朝廷，都没有结果。如此十年，才被任为小小的河西尉，不就；改任右卫率府胄曹参军，职司看管兵甲器仗。在这十年饱历辛酸的现实生活中，他对统治阶级的本质有了比较深刻的认识，写出了《丽人行》和《兵车行》等名篇。而更为杰出的史诗《自京赴奉先县咏怀五百字》的思想和情感的酝酿与发展也是在这期间蓄积成长起来的。

《自京赴奉先县咏怀五百字》就是天宝十四载（755 年）冬，他赴奉先（今陕西蒲城县）看望家室时所见到的社会现实的深刻反映。回到长安不久，安禄山就起兵打下洛阳，并于天宝十五载（756 年，七月改元至德）称帝号。他再次去奉先，带家人到白水，迁鄜州，居羌村。后闻肃宗李亨在灵武即位，便前往投奔，中途为安禄山的部队捉住，送往已沦陷的长安，困居半年多，写了《哀江头》《哀王孙》等名篇。至德二年（757 年）四月，才逃到李亨所在的凤翔，得了一个位不高而责甚重的左拾遗。他本想认真地发挥拾遗补阙的谏官作用，但不为李亨所喜，借口准其探家而打发回羌村了。长篇古风《北征》和著名的《羌村》三首就是这时期写的。

至德二年（757 年）九月，安禄山乱平，李亨还京，杜甫也携家回长安，仍任左拾遗。朝罢便和同辈诗人王维、贾至、岑参、严武等赋诗唱和。不久，因房琯被贬，连累他也于乾元元年（758 年）出为华州司功参军，从此永远离开了长安。是年冬，回洛阳看望乱后的故乡。翌年（乾元二年，即 759 年）春，返华州，途中写了他一生最成功的“三吏”（《新安吏》《石壕吏》《潼关吏》）和“三别”（《新婚别》《垂老别》《无家别》），描述途中见闻的社会现实情况，表现了他对人民悲惨遭遇的深厚同情。

是年，关辅大饥，微官不足以自给，杜甫乃弃官而去。他携家到秦州，往同谷，再启程入蜀，经栈道，越剑阁，年底到成都，完成了这一次艰苦的迁徙。在途中他写下了不少悲愤而又激昂雄伟的纪行诗，不论在数量上和质量上都超过以前，证明他的思想和艺术都达到了前所未有的高峰。

第二年（上元元年，即 760 年）春，杜甫在成都西郊浣花溪由朋友帮助建成了草堂，安居下来，时已近五十岁。这时严武镇蜀，另外还有几个在位的朋友，经常往还，精神较好。广德二年（764 年），以严武荐，为节度参谋，检校工部员外郎，仅六个月便辞去了，但后世却因为这是他一生最高的官职，便称之为“杜工部”。永泰元年（765 年），严武死，他也决定出蜀，乃经嘉州（乐山）、戎州（宜宾）、渝州（重庆）到忠州（忠县），停两月，到夔州的云安（云阳）。次年（766 年）春，迁居夔州（奉节），住了近两年，才于大历三年（768 年）东下出三峡。两年间，他疾病缠身，但在创作上却是最丰收的时期，全集中三分之一以上（四百三十余首）是这两年写的。思想内容逊于前，格律则益为精密谨严，有名的七律《秋兴》八首便是这时在夔州作的。

杜甫于大历三年（768 年）出峡，三月到江陵，秋移居公安，冬末到岳州。他原拟北归，值陕豫间有乱，外患又威胁了长安，只好放弃北归计划。而东下江南，又无可依靠，于是便漫无目的地漂流江湘：到潭州，入衡州，再返潭州。大历五年（770 年），他五十九岁，夏初，潭州乱，避入衡州，欲去郴州依其舅录事参军崔伟，乃溯郴水入耒阳，适江水大涨，停泊方田驲，准备秋天再下荆楚，病转剧，竟死于船上。

杜甫生平作诗很多，《唐书》言“甫有集六十卷”，不著篇数，至宋已多散佚，仅存二十卷。后经学者搜辑整理，稍见增益，黄伯思校本已有诗一千四百四十七篇。清仇兆鳌《杜诗详注》编诗驲二十二卷，采编年体，计得一千四百三十九篇。今存《杜工部集》则为诗一千四百二十四篇，均较黄伯思本略少。

杜甫的思想原是出于儒家的，这没有疑问，前期他自己也以儒者自居，但他的生活方式并不像一般腐儒那样规行矩步，而是有些豪荡狂放，与开元天宝间文人墨客的风习颇为融洽。这在他二十几岁两次漫游期间表现得最为明显，他后来曾在《壮游》诗中写道：“放荡齐赵间，裘马颇清狂。”便是这时期的真实写照。但长安十年，虽然他的抱负是“致君尧舜上，再使风俗淳”，却根本未曾获得小试身手的机会，甚至连自己的生活也弄得十分艰窘，过着“朝扣富儿门，暮随肥马尘。残杯与冷炙，到处潜悲辛”的悲惨日子，使他从生活水平上渐渐接近了人民。后来在政治大动乱中，他又不得不跟广大人民群众到处流离逃窜，从而对当时社会矛盾的尖锐有了某些认识，使他对正统的儒家尊君忠君思想产生了怀疑，甚至大胆地予以否定说：“儒术于我何有哉？孔丘盗跖俱尘埃！”（见《醉时歌》）当然，这不过是诗人一时愤激之词，并不能说他的世界观已有了根本的转变，而且在那个时代也不可能有这样的转变，但如此大胆地抨击儒术的语言本身就表明了诗人思想感情确实起了巨大的变化。我们只要看看他在“安史之乱”以后那几年的诗篇中，对统治阶级用了多么尖锐而激烈的语言，给予了多么无情的讽刺和沉重的抨击，便不能不承认杜甫的思想变化有多么大了。

然而他的流离生活在他整个生命当中，毕竟是短暂的。而人们的社会生活决定人们的思想意识，当他在成都浣花溪畔筑起他的安乐窝——草堂之后，又恢复了士大夫文人的悠闲生活，于是原来并不巩固的进步思想也就逐渐消退。他的诗又开始转向瑰奇宏丽、典重高华，虽材力标举，篇幅恢张，时见纵横挥霍、沉雄激壮之妙，而关心人民，感时忧世，指斥当道，揭露黑暗的内容，则甚少而至于无。偶然在笔墨之外流露一点，也往往讲究含蓄，隐而不彰，再没有如“三吏”“三别”那样深刻的现实主义作品了。

古之论者，有人称杜甫为“诗圣”，意在说他的诗功夫最深，诗律最精，完美无缺，达到了尽善尽美的地步。由于他的诗多涉及当时的政治，人们又称他的诗篇为“诗史”。而他在兵荒马乱之中，奔走道途，经过西北地区而到达川蜀，后又顺江而下，通过三峡至楚、至湘，再加上早年游吴越，游齐赵，足迹遍中国，纪行之诗也描绘了各地山川风土，遂又被称为“图经”。在他死后不数十年，韩愈评他的诗道：“有唐文物盛复全，名书史册俱才贤。中间诗笔谁清新？屈指都无四五人。独有工部称全美，当日诗人无拟伦。笔追清风洗俗耳，心夺造化回阳春。天光晴射洞庭秋，寒玉万顷清光流。”（韩愈《题杜工部坟》，见宋蔡梦弼《集注草堂杜工部诗外集·酬唱附录》。蔡云：“此退之题杜工部，惟见于刘斧摭遗小说，韩昌黎正集无之，似非退之所作”）就算这诗不是韩愈写的，韩集中赞美杜诗的也很多，其推崇之高也不下于此。元稹也是韩愈同时代人，他在《唐故工部员外郎杜君墓系铭并序》中说：“至于子美，盖所谓上薄《风》《骚》，下该沈、宋，古傍苏、李，气夺曹、刘，掩颜、谢之孤高，杂徐、庾之流丽，尽得古今之体势，而兼人人之所独专矣。使仲尼考锻其旨要，尚不知贵，其多乎哉！苟以为能所不能，无可不可，则诗人以来，未有如子美者。”这可以说是称赞备至，把杜甫已经实际地推上“诗圣”的宝座了。

自来推崇杜甫最甚者当莫过于北宋秦观，他在《韩愈论》中说：“犹杜子美之于诗，实积众家之长，适当其时而已。昔苏武、李陵之诗，长于高妙；曹植、刘公干（按：刘桢字公干）之诗，长于豪逸；陶潜、阮籍之诗，长于冲淡；谢灵运、鲍照之诗，长于峻洁；徐陵、庾信之诗，长于藻丽。于是杜子美者，穷高妙之格，极豪逸之气，包冲淡之趣，兼峻洁之姿，备藻丽之态，而诸家之作所不及焉。然不集诸家之长，杜氏亦不能独至于斯也。岂非适当其时故耶？孟子曰：‘伯夷，圣之清者也；伊尹，圣之任者也；柳下惠，圣之和者也；孔子，圣之时者也。孔子之谓集大成。’呜呼，杜氏、韩氏，亦集诗、文（按：‘文’谓韩愈）之大成者欤！”（见秦观《淮海集》卷二十二）说杜甫是集汉代以来各家诗之大成，如孔丘之集伯夷、伊尹、柳下惠之大成而为圣之时者，就等于说杜甫是“诗圣”了。

我不认为有什么尽美尽善无以复加的“集大成”的“诗圣”，但也不否认杜诗确实达到了很高妙、很完美的境地，而这高妙与完美主要还在于诗的格律形式方面，可又不是说再也不能有所改变与提高了。下两节将主要谈杜诗与格律形式有关的问题。

二、杜甫的《北征》

杜甫诗的艺术比之他以前及同一时代的诗人，可以说是最精工的。他作诗非常慎重，又非常肯下工夫。他认为“文章千古事，得失寸心知”，对于写诗，他用尽心思，要求得而勿失，把写诗作为可以垂诸千古的伟大事业来看待。他要求自己“语不惊人死不休”，一语之成必须经过千锤百炼，反复修改，直到自己吟诵起来觉得满意才肯定稿，所以他说：“新诗改罢自长吟。”过去人传述他改诗的事很多，主要都是在修辞、炼字和音调等艺术细节方面的。他不但自己改，也要和诗友商讨，以取得别人的帮助，《春日忆李白》之“何时一尊酒，重与细论文”，就是证明。他是最讲究诗律的，所以他写的律体诗也最多，并且愈到后期，律诗的格律也愈严愈精。他自己说“晚节渐于诗律细”，确是实情。

清雍正初年（1678年）浦起龙著《读杜心解》，收杜诗一千四百五十八首，按五古、七古、五律、七律、排律（以五言排律为主，附七言排律）、绝句（先五绝，篇数甚少，主要为七绝）分为六卷，每卷一体，各以时间先后为序，亦即采分体编年法。统计结果是：五古二百六十三首，七古一百四十一首，共古体诗四百零四篇；五律六百三十首，七律一百五十一首，五排一百二十七首，七排仅八首，五言绝句三十一首，七言绝句一百零七首，合计五、七言律七百八十一首，五、七言排律一百三十五首，五、七言绝句一百三十八首，共近体诗一千零五十四首。杜甫的近体诗（包括律、排、绝句）在他的全部存诗中占70%强，而古体诗则只占30%弱；近体诗篇数为古体诗的2.6倍，可见他是喜欢并长于作律体诗的了。

从以上的统计来看，杜甫运用了他那时候的一切形式，而且把每个形式都运用得很熟练，发挥它最大的功能。他以不同的形式写不同的题材，选体恰当，各尽其用。如：以五言古诗记叙个人的离乱逃亡，民情世态，以及许多富有戏剧性的言谈动作，自然生动，形象鲜明，《羌村》、“三吏”、“三别”、《遭田父泥饮美严中丞》等便是。以七言古诗抒写他豪放的或沉痛的情感，以及他对于时代、社会和政治的意见，例如《悲陈陶》《洗兵马》《同谷七歌》《哀江头》《哀王孙》《兵车行》《丽人行》等，不胜枚举。至于五、七言律诗更是他的精诣，五、七言绝句也有他独到之处。五言排律多用于投赠，往往铺排故实，雕镂辞藻，最易表现才气的富赡和规模的闳阔。尤其他把沈、宋等初唐人所创造的不过十韵而止的短篇扩大到四五十韵乃至百韵，虽然气格雄肆，终嫌辞胜意寡，内容单弱。五、七言绝句，在盛唐以后颇有能手，杜甫的作品固亦可厕于作者之列，但不能称为独步。杜诗无四言体，也不效楚骚，不用乐府旧题。然而不能说他的诗没有《风》、《骚》、“乐府”的遗意，特别是他的七言歌行沉郁雄深，格律森严，辞固沉着，调亦流转，乃是由《风》、《骚》、“乐府”变化而来。

历来学者论杜诗多称道他的律体，的确，杜甫的功力在于律，他的诗也以近体的篇数最多，这一点后面将着重讲到。现在先讲他的五言古风，号称“诗史”杰作的《北征》。

宋人黄彻《碧溪诗话》卷一曰：“子美世号‘诗史’，观《北征》诗云：‘皇帝二载秋，闰八月初吉。’《送李校书》云：‘乾元元年春，万姓始安宅。’又《戏友》二诗：‘元年建巳月，郎有焦校书。’‘元年建巳月，官有王司直。’史笔森严，未易及也。”真可谓胡说！在诗的首句，写上年月时日，有什么“未易及”处？如果这就叫作“史笔森严”，那么“诗史”也没有什么难作，更谈不到有什么值得赞扬的了。

明人杨慎《升庵集》卷六十“诗史”云：“宋人以杜子美能以韵语记时事，谓之‘诗史’。鄙哉，宋人之见，不足以论诗也。夫六经各有体：《易》以道阴阳，《书》以道政事，《诗》以道性情，《春秋》以道名分。后世之所谓史者，左记言，右记事，古之《尚书》《春秋》也。若《诗》

者，其体其旨，与《易》《书》《春秋》判然矣。‘三百篇’皆约情合性而归之道德也，然未尝有道德字也，未尝有道德性情句也。《二南》者，修身、齐家，其旨也。然其言琴瑟、钟鼓、荇菜、芣苢、夭桃、秾李、雀角、鼠牙，何尝有修身、齐家字耶？皆意在言外，使人自悟。至于变风、变雅，尤其含蓄，言之者无罪，闻之者足以戒。如刺淫乱，则曰‘雍雍鸣雁，旭日始旦’，不必曰‘慎莫近前丞相嗔’也；悯流民，则曰‘鸿雁于飞，哀鸣嗷嗷’，不必曰‘千家今有百家存’也；伤暴敛，则曰‘维南有箕，载翕其舌’，不必曰‘哀哀寡妇诛求尽’也；叙饥荒，则曰‘牂羊坟首，三星在罶’，不必曰‘但有牙齿存，可堪皮骨干’也。杜诗之含蓄蕴藉者，盖亦多矣，宋人不能学之。至于直陈时事，类于讪讦，乃其下乘末脚，而宋人拾以为己宝，又撰出‘诗史’二字以误后人！如诗可兼史，则《尚书》《春秋》可以并省。又如今俗《卦气歌》《纳甲歌》，兼阴阳而道之，谓之‘诗易’，可乎？”按：以杜诗为“诗史”，其说出于唐人孟棨《本事诗·高逸第三》云：“杜逢禄山之难，流离陇蜀，毕陈于诗，推见至隐，殆无遗事，故当时号为‘诗史’。”又《新唐书·杜甫传赞》曰：“甫善陈时事，律切精深，至千言不少衰，世号‘诗史’。”大约便是根据《本事诗》而来。可见并非自宋人始，盖杜甫在世时已有此说，至少唐代人先已称之，至宋仍以为然。至于“诗史”一词，则出自梁沈约《宋书·谢灵运传论》：“至于先士茂制，讽高历赏，子建函京之作，仲宣霸岸之篇，子荆零雨之章，正长朔风之句，并直举胸情，非傍诗史，正以音律调韵，取高前式。”杨慎之论，乍看似有理，细思亦殊未允当。诗以讽喻时政得失，自古已然。“饥者歌其食，劳者歌其事”，风诗的本源即出于里巷歌谣，无不关系时政，也便无不是一定意义的诗史。清代学者章学诚的名言至谓“六经皆史”，不独“三百篇”也。至于杨慎所举《诗》里刺淫乱的、伤暴敛的……虽有含蓄蕴藉之章，却不是没有正面指斥比杜诗还更显露的，如《陈风·株林》刺灵公淫乎夏南之母，便直赋其事，点名道姓地说：“胡为乎株林？从夏南！匪适株林，从夏南！”朱熹《诗集传》还说：“盖淫乎夏姬，不可言也，故以从其子言之。诗人之忠厚如此。”这实在看不出比“慎莫近前丞相嗔”忠厚到哪里去。《魏风·硕鼠》开口便骂道

“硕鼠，硕鼠，无食我黍”，难道比“哀哀寡妇诛求尽”还温柔敦厚吗？《诗》既有赋、比、兴三义，而用赋之章又远多于比、兴，诗人在愤怒至极的时候，急不择言，不一定必须句句隐晦，也可以用“敷陈其事而直言之”的“赋”，即如“朱门酒肉臭，路有冻死骨”，终不失其为千古名句，岂能强调“含蓄蕴藉”而尽废呢？更何况若专用比兴，则患辞深而意踬，钟嵘早有定论，我们也决不能废其一而只用其二。《诗》若以章计，前人早已做过统计，明谢榛《四溟诗话》卷二有云：“洪兴祖曰：‘三百篇比赋少而兴多，《离骚》兴少而比赋多。’予尝考之三百篇：赋七百二十，兴三百七十，比一百一十。洪氏之说误矣。”是赋远多于比兴二者之和，这不是给我们一个很重要的启示吗？其实，即使说诗需要更多地用比兴，“诗史”与比、兴也并不矛盾，因为诗史并不就是史而根本不是诗了，它只是要求写的内容不脱离现实，要求以诗“补察时政”“泄导人情”而已。所以问题不在于杜诗是否为“诗史”，而在于他的这些诗在思想内容上和艺术形式上究竟如何。探讨和评价《北征》，绝不能以它是“诗史”而定其高下。

杜甫《北征》，虽可谓“敷陈其事而直言之也”，然其中亦有比、兴。前已举过，不再重复。关于这篇诗中隐晦曲折的写法有关比、兴者，宋人多论及最后一段：

> 忆昨狼狈初，事与古先别。奸臣竟菹醢，同恶随荡析。不闻夏殷衰，中自诛褒妲。周汉获再兴，宣光果明哲。桓桓陈将军，仗钺奋忠烈。微尔人尽非，于今国犹活。

“忆昨狼狈初”以下四句写的是：唐玄宗（唐明皇李隆基）因安禄山起兵陷东都洛阳，便仓皇逃向成都，出发不久，便在士兵的逼迫下，诛杀了奸臣杨国忠。“不闻夏殷衰”以下四句说的是：夏桀殷纣衰亡时，没有主动诛杀他们的宠妃妹喜和妲己之流（可是现在的明皇却亲自下命令把杨贵妃处死了）。周之中兴赖有宣王的明哲；汉之再建，全仗光武帝的贤能（今天有新皇帝即位灵武——指肃宗李亨，也必定会使大唐中兴）。“桓桓陈将军”以下四句则是写当时率六军护从李隆基入蜀的陈玄礼，称赞他的忠烈，说若是没有他，则国家人民将不堪问，幸亏由于他的支撑，国至今不亡。整个这一段的历史事实可用《旧唐书》一段话表述明白：“上（按：指唐明皇李隆基）幸蜀（按：应该说‘逃往西蜀’），至马嵬驿（按：在今陕西兴平西二十五里，离长安不远）。左龙武大将军陈玄礼整比六军以从。以祸由国忠，欲诛之。会吐番使者遮国忠马，诉无食。军士呼曰：‘国忠与虏谋反。’遂杀之。上出驿门，令收队，不应。玄礼对曰：‘国忠谋反，贵妃不宜供奉，愿陛下割恩正法。’（按：‘供奉’即陪侍皇帝）上令力士引妃于佛堂，缢杀之。”

宋人对杜诗这段话有很多议论。魏泰《临汉隐居诗话》首发其端曰：“唐人咏马嵬之事者多矣。世所称者，刘禹锡曰：‘官军诛佞幸，天子舍妖姬。群吏伏门屏，贵人牵帝衣。低回转美目，风日为无辉。’白居易曰：‘六军不发无奈何，宛转蛾眉马前死。’此乃歌咏禄山能使官军皆叛，逼迫明皇，明皇不得已而诛杨妃也。噫！岂特不晓文章体裁，而造语蠢拙，抑已失臣下事君之礼也。老杜则不然，其《北征》诗曰：‘忆昨狼狈初，事与古先别。……不闻夏商衰，中自诛褒妲。’乃见明皇鉴夏商之败，畏天悔过，赐妃子死，官军何预焉。《唐阙史》载郑畋《马嵬》诗，命意似矣，而词句凡下，比说无状，不足道也。”（按：郑畋《马嵬坡》诗：“玄宗回马杨妃死，云雨虽亡日月新。终是圣明天子事，景阳宫井又何人”）

宋人释惠洪《冷斋夜话》卷二亦云：“老杜《北征》诗曰：‘唯昔艰难初，事与前世别。不闻夏商衰，终自诛褒妲。’（按：引杜诗，文字略异，盖所据之传本不同也）意者明皇鉴夏商之败，畏天悔过，赐妃子死也。（按：下亦引刘禹锡《马嵬》诗及白居易《长恨歌》中句，不再录）……乃是官军迫杀妃子，歌咏禄山叛逆耳，孰谓刘、白能诗哉？其去老杜，何啻九牛毛耶？《北征》诗识君臣之大体，忠义之气，与秋色争高，可贵也。”

宋人主魏泰、惠洪之说者尚多，大致皆与二人的宗旨相同，不备举。现在再提持不同意见者，如葛立方《韵语阳秋》卷十九曰：“老杜《北征》诗云：‘忆昨狼狈初，事与古先别。不闻夏商衰，中自诛褒妲。’其意谓明皇英断，自诛妃子，与夏商之诛褒妲不同（按：夏桀妃为妹喜，褒姒乃周幽王妃，杜甫偶误。浦起龙谓杜‘痛快疾书，涉笔成误’，是也）。老杜此语，出于爱君，而曲文其过，非至公之论也。白乐天诗云：‘六军不发无奈何，宛转蛾眉马前死。’非逼迫而何哉？然明皇能割一己之爱，使六军之情帖然，亦可谓知所轻重矣。故前辈有诗云：‘毕竟圣明天子事，景阳赴井又何人。’（按：即前引晚唐曾当过宰相的郑畋《马嵬坡》诗中句，原‘景阳宫井’，此引‘宫’作‘赴’）小说卢环《抒情》诗载：唐僖宗幸蜀，词人题于马嵬驿云：‘马嵬烟柳正依依，重见銮舆幸蜀归。泉下阿瞒应有语，这回休更怨杨妃。’虽一时戏语，亦无乃厚诬阿瞒乎?”（按：“阿瞒”，唐明皇于诸亲常自称此号，见唐南卓《羯鼓录》自注）他认为杜诗不只是隐晦其词，而是“曲文其过”，虽“出于爱君”，但非至公之论。

许颛《许彦周诗话》评“桓桓陈将军”以下四句，曰：“老杜《北征》诗曰：‘微尔人尽非，于今国犹活。’独以活国许陈元礼（按‘元礼’即‘玄礼’，元、玄通），何也？盖祸乱既作，惟赏罚当则再振，否则，不支持矣。元礼首议诛太真、国忠辈，近乎一言兴邦，宜得此语。倘无此举，虽有李（按：指李光弼）、郭（按：指郭子仪），不能展用。”他赞同杜诗称扬陈玄礼这四句诗，言外之意就是说：杜甫上文虽似曲文玄宗之过，而有了这四句，就足以证明杜甫还是并不讳言处死杨妃的决定，乃出于陈玄礼之逼迫，故陈将军的“活国”之功甚伟。同此意见的还有南宋楼钥和杜旃。楼钥《答杜仲高（旃）书》云：“如‘中自诛褒妲’，前辈尝称之，而陈将军之不没，其实未有人能发此者。”（见楼钥《攻媿集》卷六十六）似楼、杜二人都还见到了这一点。

然而，这段公案却直到清代尚有人在那里多所争议，浦起龙还持魏泰之说，却不同意杜诗关于陈将军那四句话，他说：“玄礼为亲军主帅，纵凶锋于上前，无人臣礼。老杜既以‘诛褒妲’归权人主，复赘‘桓桓’四语，反觉拖带，不如并隐其文为快。愿与海内有识者商之。”他既斥责了陈玄礼，又攻击了杜甫，要删此四语，不过表明他是主张隐君之过罢了，这根本与杜甫作诗原意不符。杜原诗虽说“不闻夏殷衰，中自诛褒妲”，不过以古比今，并未说明皇就是主动处死杨妃，而事实上杨妃之死也确是“上令……缢杀之”，与夏殷衰亡的桀纣宠妃之死于乱中敌方之手者不同。杜甫恐比义不明，隔了两句，又大大称赞了陈玄礼的功绩，既非“赘”语，也不“拖带”，实是应有的文字，只是前人未能理解，便强以尊君之义加于杜甫而已。

宋人论杜甫诗，多以比兴为言，李纲《梁溪先生文集》卷十七有序云：“汉唐间以诗鸣者多矣。独杜子美得诗人比兴之旨，虽困踬流离而不忘君。故其词章慨然有志士仁人之大节，非止摹写物象，风容色泽而已也。”他尝以诗咏之曰：“杜陵老布衣，饥走半天下。作诗千万篇，一一干教化。……岂徒号诗史，诚足继风雅。……呜呼诗人师，万世谁为亚。”这些话所指当然也包括了杜诗中这篇著名的《北征》，也就是说《北征》是“得诗人比兴之旨”的，是“困踬流离而不忘君”，是“诗史”，是“足继风雅”，可为万世“诗人师”的。黄庭坚早就说：“若书一代之事，以与《国风》《雅》《颂》相表里，则《北征》不可无。”（见胡仔《苕溪渔隐丛话》卷十二引范温《诗眼》）《北征》之中诚然“亦有比兴”，但主要是用“赋”。强行父《唐子西文录》有云：“古之作者，初无意于造语，所谓因事以陈辞，如杜子美《北征》一篇，直纪行役尔，忽云‘或红如丹砂，或黑如点漆，雨露之所濡，甘苦齐结实’。此类是也。文章只如人作家书乃是。”浦起龙《读杜心解》也说：“《北征》为杜古眉目。直抒胸臆，浑灏流转，不以烹词炼句为工。宋元而后，论赞盖详。”全诗以归省家人为本事，以回念国事为本心，无意于造语而出语自然动人；无意于用比、兴，而比、兴随机自见。如第二段末尾：“夜深经战场，寒月照白骨。潼关百万师，往者散（一作‘败’）何卒。遂令半秦民，残害为异物。”虽是即目所见，岂无即景兴怀？否则，潼关百万师之仓卒败散，秦民太半受害而死为异物，非皆亲见，何由历叙？并且这样的战败景象说明什么问题？究竟该归咎于什么人？隐而不发，自然是兴了。下边紧跟着的第三段只用一个“况”字就转到抵家后的景况，写道：“况我堕（一作‘随’）胡尘，及归尽华发。经年至茅屋，妻子衣百结。恸哭松声回，悲泉共幽咽。平生所娇儿，颜色白胜雪。见耶背面啼，垢腻脚不袜。”其中用比处还很多，用兴的地方就比较难于辨识，但本段结处四句，忽转而说："翻思在贼愁，甘受杂乱聒。新归且慰意，生理焉得说。"似未免突兀，可是往下再读，就知道了，这几句转语，正好引起下段以至最后结束的一段文字："至尊尚蒙尘，……"由以上的简略分析，可见《北征》的写法，确实基本上是赋，但其中亦有比、兴。所谓赋者，主要表现于它是历叙行役，直接说出，故谓之"诗史"，但不是说它必须如有的宋人所说那样："或谓诗史者，有年月、地理、本末之类，故名诗史。"（见姚宽《西溪丛语》卷上）所谓亦有比、兴者，也不是非像"三百篇"中"比也""兴也"一样，必须是在一章之首，更不是如宋人完全把"比兴"看作是尊君爱主，为之卸罪掩丑，文过饰非。譬如张戒《岁寒堂诗话》卷上就有一段话是那样解释的："杨太真（按：即杨贵妃）事，唐人吟咏至多，然类皆无礼。太真配至尊，岂可以儿女语黩之耶？惟杜子美则不然。《哀江头》云：'昭阳殿里第一人，同辇随君侍君侧。'不待云'娇侍夜''醉和春'，而太真之专宠可知。不待云'玉容''梨花'，而太真之绝色可想也。至于言一时行乐事，不斥言太真，而但言'辇前才人'，此意尤不可及。如云：'翻身向天仰射云，一笑正坠双飞翼。'不待云'缓歌慢舞凝丝竹，尽日君王看不足'，而一时行乐可喜事，笔端画出，宛在目前。'江水江花岂终极'，不待云'比翼鸟''连理枝''此恨绵绵无尽期'，而无穷之恨，黍离、麦秀之悲，寄于言外。题云《哀江头》，乃子美在贼中时，潜行曲江，睹江水江花，哀思而作。其词婉而雅，其意微而有礼，真可谓得诗人之旨者，《长恨歌》在乐天诗中为最下；《连昌宫词》在元微之诗中，乃最得意者。二诗工拙虽殊，皆不若子美诗微而婉也。元、白数十百言，竭力摹写，不若子美一句，人才高下乃如此！"此论亦似是而非：杜甫《哀江头》固是佳作，白居易《长恨歌》和元稹《连昌宫词》又何尝不是传诵千载的名篇？即在唐代，元、白的这两篇歌行也是见重于世，甚至到处传唱的。杜甫之所以"微而婉"地写杨贵妃，也未必完全本乎所谓"诗人之旨"，恐怕很大成分还是因为他生在唐明皇、杨贵妃的时代，欲明刺而不敢，便不得不委曲婉转地隐晦其辞，不得已而用"比兴"。至于元、白，就不同了，虽然仍是在李唐王朝，但已世隔数代，时逾数十年，帝位更换了若干人，就比较可以大胆一些了。其实即如《哀江头》所写的，也不见得如何委婉，“昭阳殿里第一人”，当时妇孺皆知是指杨贵妃，连哑谜都谈不上，何讳之有？“明眸皓齿今何在？血污游魂归不得”，也丝毫不比“此恨绵绵无绝期”来得更含蓄吧？拿这个论点推之于《北征》，我所以也认为那篇杰作的成功处，并不在它用的手法“其中也有比兴”，也不在于它基本上是赋体的“诗史”，而在于它的思想内容和艺术形式的互相适应。所以宋人对于“不闻夏殷衰，中自诛褒妲”以及“桓桓陈将军”以下四句的评论，我认为是不正确的。

三、杜甫的律体诗

杜甫最多律体诗：五、七言律，五言排律，皆为唐人之冠，七言排律作者甚少，杜甫亦仅八首，可置不论；杜唯绝句较逊，七绝虽存诗一百零七首，而多变体，五绝则仅三十一首，于古近体诗中为最少（除七言排律外），佳者亦自不多。

胡应麟说，五言律体，极盛于唐，初、盛诸家，或典丽精工，或清空闲远，或风华逸宕，各有所偏，唯杜甫诸作气象巍峨，规模宏远，错综变幻，不可端倪，千古以还，一人而已。姑举三首为例：

> 国破山河在，城春草木深。感时花溅泪，恨别鸟惊心。烽火连三月，家书抵万金。白头搔更短，浑欲不胜簪。（《春望》）

> 细草微风岸，危樯独夜舟。星垂平野阔，月涌大江流。名岂文章著，官应老病休。飘飘何所似，天地一沙鸥。（《旅夜书怀》）

> 昔闻洞庭水，今上岳阳楼。吴楚东南坼，乾坤日夜浮。亲朋无一字，老病有孤舟。戎马关山北，凭轩涕泗流。（《登岳阳楼》）

《春望》一诗，作于肃宗李亨至德二载（757 年）春陷安禄山营时。司马光《迂叟诗话》（即《司马温公诗话》）前于讲律体诗比兴时已引过，此不复赘。《旅夜书怀》，仇兆鳌谓是代宗李豫永泰元年（765 年）去成都，舟下渝、忠时作。颔联与李白“山随平野尽，江入大荒流”句法同，气象之雄伟宏阔亦同。然李止说江山，而杜则野阔星垂，江流月涌，自是四事并列，为不同耳。《登岳阳楼》当是代宗李豫大历三年（768年）作。前半写景，后半写情，五言律作法，大抵如此。首联对起，颔联气象闳放、含蓄深远，与孟浩然“气蒸云梦泽，波撼岳阳城”（《望洞庭湖赠张丞相》）之空旷无际，可以并驾，而阔大又复过之。至若孟诗尾联“坐观垂钓者，徒有羡鱼情”，则颇嫌鄙俗，与全篇情景不相称，未若杜诗“戎马关山”两句胸襟气象正乃与上三联铢两相当也。

胡应麟说：“作诗不过情景二端。如五言律体，前起后结，中四句，二言景，二言情，此通例也。唐初多于首二句言景，对起、止结二句言情，虽丰硕，往往失之繁杂。晚唐则第三四句多作一串，虽流动，往往失之轻狷：俱非正体。惟沈（按：佺期）、宋（按：之问）、李（按：颀）、王（按：维）诸子，格调庄严，气象闳丽，最为可法。第中四句大率言景。不善学者，凑砌堆叠，多无足观。老杜诸篇，虽中联言景不少，大率以情间之。故习杜者，句语或有枯燥之嫌，而体裁决无靡冗之病。此初学入门第一义，不可不知。”试举盛唐王维和晚唐崔涂五律各一首为例，可以得其作法之梗概：

> 楚塞三湘接，荆门九派通。江流天地外，山色有无中。郡邑浮前浦，波澜动远空。襄阳好风日，留醉与山翁。（王维《汉江临泛》）

> 迢递三巴路，羁危万里身。乱山残雪夜，孤烛异乡人。渐与骨肉远，转于僮仆亲。那堪正飘泊，明日岁华新。（崔涂《除夜有怀》）

然而不能定出死法，以限制诗人，必须如何起，如何接，如何转，如何收，以至何句言景，何联言情，要须唯意所适，自然允洽。王夫之说：“近体中二联，一情一景，一法也。‘云霞出海曙，梅柳渡江春。淑气催黄鸟，晴光转绿蘋’（按：此为杜审言《和晋陵陆丞早春游望》五律之中二联），‘云飞北阙轻阴散，雨歇南山积翠来。御柳已争梅信发，林花不待晓风开’（按：此为开元、天宝间人李憕《奉和圣制从蓬莱向兴庆阁道中留春雨中春望之作应制》七律之中二联），皆景也，何者为情？若四句俱情，而无景语者，尤不可胜数。其得谓之非法乎？夫景以情合，情以景生，初不相离，唯意所适。截分两橛，则情不足兴，而景非其景。且如‘九月寒砧催木叶’（按：此为沈佺期《古意呈补阙乔知之》颔联出句，对句是‘十年征戍忆辽阳’）二句之中，情景作对。‘片石孤云窥色相’（按：此为李颀《题璿公山池》颔联出句，对句及颈联是‘清池皓月照禅心。指挥如意天花落，坐卧闲房春草深’）四句，情景双收。更从何处分析？陋人标陋格，乃谓‘吴楚东南坼’四句，上景下情，为律诗宪典，不顾杜陵九原大笑，愚不可瘳，亦孰与疗之？”这话说得好，盖情景名为二，而实不可离。神于诗者，妙合无垠。巧者则有情中景，景中情。景中情者，如“长安一片月”，自然是孤栖忆远之情；“影静千官里”，自然是喜逢行在之情。情中景尤难曲写，如“诗成珠玉在挥毫”，写出才人翰墨淋漓，自心欣赏之景。所以王夫之又说：“‘欲投人宿处，隔水问樵夫’（按：此为王维《终南山》五律尾联），则山之辽廓荒远可知，与上六句初无异致，且得宾主分明，非独头意识悬相描摹也（按：全诗前六句为：‘太乙近天都，连山到海隅。白云回望合，青霭入看无。分野中峰变，阴晴众壑殊’）。‘亲朋无一字，老病有孤舟’，自然是登岳阳楼诗。尝试设身作杜陵，凭轩远望观，则心目中二语居然出现，此亦情中景也。孟浩然以‘舟楫’‘垂钓’钩锁合题，却自全无干涉。”（均见《姜斋诗话》卷二）须知作诗用兴，总在有意无意之间，情景相生，用之无穷，流而不可滞。王夫之说：“‘吴楚东南坼，乾坤日夜浮’，乍读之若雄豪，然而适与‘亲朋无一字，老病有孤舟’相为融浃。当知‘倬彼云汉’，颂作人者增其辉光，忧旱甚者益其炎赫，无适而无不适也。”在这里，王夫之说：同一外物之景可以因人、因时、因地、因事而兴起不同的内心之思，如“倬彼云汉”一句诗，在《诗·大雅·文王之什·棫朴》则用以兴“作人”（按：原诗云：“倬彼云汉，为章于天。周王寿考，遐不作人”）；在《诗·大雅·荡之什·云汉》，则用以形容旱灾大甚时天宇之炎赫（按：原诗云：“倬彼云汉，昭回于天。王曰：於乎！何辜今之人？天降丧乱，饥馑荐臻。靡神不举，靡爱斯牲。圭璧既卒，宁莫我听？”下章首言“旱既大甚”，可知所谓天降丧乱，盖指大旱而言）。

宋人多谓老杜作诗无一字无来处，这就关系到使典用事，虽然字字有来处并不等于字字是典事，然而使典用事毕竟是字词来处的主要方向，所以后世解杜诗者，多致力于寻其字、词、典、事之出处，亦自有一定道理。律诗中间两联对仗，诗人往往用事，五言尚少，七言较多；八句尚少，长律最多。胡应麟说：“诗自模景述情外，则有用事而已。用事非诗正体，然景物有限，格调易穷，一律千篇，只供厌饫。欲观人笔力材诣，全在阿睹中。且古体小言，姑置可也；大篇长律，非此何以成章。”此说殊未允当，作诗非欲炫才，何须于此逞能？但使典用事，可使见者易喻，则用事固亦修辞之一端，未可厚非；倘或充塞故实，僻而难知，徒使读者感其晦昧，则以不用事为妙。上举杜甫五律三篇，皆不用典事，而号为绝唱，可见典事原无助于诗的成功，不过填塞成章而已。陆游《老学庵笔记》卷七有一段话说得很好：“今人解杜诗，但寻出处，不知少陵之意，初不如是。且如《岳阳楼》诗：‘昔闻洞庭水，……’此岂可以出处求哉！纵使字字寻得出处，去少陵之意益远矣。盖后人元不知杜诗所以妙绝古今者在何处，但以一字亦有出处为工。如《西昆酬唱集》中诗，何曾有一字无出处者，便以为追配少陵，可乎？且今人作诗，亦未尝无出处，渠不自知。若为之笺注，亦字字有出处，但不妨其为恶诗耳。”

宋胡仔《苕溪渔隐丛话前集》卷十三引《瑶溪集》云：“诗之六义，后世赋别为一大文，而比少兴多。诗人之全者，惟杜子美时能兼之。如《新月》诗（按：杜集题为《初月》）：‘光细弦欲上，影斜轮未安。’位不正，德不充，风之事也。‘微升古塞外，已隐暮云端。’才升便隐，似当日事，比之事也。‘河汉不改色，关山空自寒。’河汉是矣，而关山自凄然，有所感兴也。‘庭前有白露’，露是天之恩泽，雅之事。‘暗满菊花团’，天之泽止及于庭前之菊，成功之小如此，颂之事。说者以为子美此诗指肃宗作。”据黄庭坚《黄山谷诗话》，此说者盖王叔原云。仇兆鳌解此诗谓：“今按此诗，若依旧说，亦当上下分截：上四隐讽时事；下四自叹羁栖。‘光细’，见德有亏；‘影斜’，见心不正；‘升古塞’，初即位于灵武也；‘隐暮云’，旋受蔽于辅国良娣也；‘河汉不改’，谓山河如故；‘关山自寒’，谓陇外凄凉；‘露暗花团’，伤远人不蒙光被也。”不过作诗有所寄托，有比兴之义，固是诗人本心，而作诗之时，却未必把每句每字都一一如创制谜语那样，关合所欲寄托之事，而毫无偏离。王世贞《刘诸暨杜律心解序》说：“唐杜氏诗出，学士大夫尊称之，以继‘三百篇’，然不谓其协裁中正也，谓其窥于兴、赋、比之微而已。……杜氏诗最宛然而附目，铿然而谐耳者，则五、七言近体。……夫不得其所属事，而浅言之，则陋；得其所属事，而深言之，则刻。不究其所以比，则浅；一切究其所以比，则凿。此四者，俱无当于孟氏谓者也（按：指孟轲所说的读诗者要以意逆志）。”明人谓唐人作诗“赋、兴多而比少，惟杜时时有之。如‘寒花隐乱草，宿鸟择深枝’‘独鹤归何晚，昏鸦已满林’之类。然杜所以胜诸家，殊不在此。后人穿凿附会，动辄笑端”（胡应麟《诗薮·内编》卷四）。

至于杜之七言律，雄深浩荡，超忽纵横，穷极笔端，范围今古，是他用力所在，也是他诗艺成就所在。论者以为杜七律种种美备，大而能化，从心所欲，不主故常，大抵都指他的七言拗体，一时意兴所到，运之以鸿裁，干之以风力，遂有顿挫开阖之妙。其尤为后世称道者，首为《登高》，次及《秋兴》八首，他如《宣政殿退朝晚出左掖》《九日》《登楼》《阁夜》等，均是昔人所谓“气象雄盖宇宙，法律细入毫芒”，足为七律诗“千秋鼻祖者”。除前已称引者外，且再举三首为例：

> 花近高楼伤客心，万方多难此登临。锦江春色来天地，玉垒浮云变古今。北极朝廷终不改，西山寇盗莫相侵。可怜后主还祠庙，日暮聊为《梁甫吟》。（《登楼》）

> 玉露凋伤枫树林，巫山巫峡气萧森。江间波浪兼天涌，塞上风云接地阴。丛菊两开他日泪，孤舟一系故园心。寒衣处处催刀尺，白帝城高急暮砧。（《秋兴》八首之一）

> 群山万壑赴荆门，生长明妃尚有村。一去紫台连朔漠，独留青冢向黄昏。画图省识春风面，环佩空归夜月魂。千载琵琶作胡语，分明怨恨曲中论。（《咏怀古迹》五首之三）

《登楼》一首，当是代宗李豫广德二年（764 年）春初由阆中归成都时作。吐番于去冬陷京师，郭子仪收复，代宗复位，故诗中云“北极朝廷终不改”也。仇兆鳌注云：“上四，登楼所见之景，赋而兴也；下四，登楼所感之怀，赋而比也。”又谓：“以天地春来，起朝廷不改，以古今云变，起寇盗相侵，所谓兴也。时郭子仪初复京师，而吐番又新陷三州，故有‘北极’‘西山’句，所谓赋也。代宗任用程元振、鱼朝恩（按：皆当时宦官），犹后主（按：指蜀后主刘禅）之信黄皓（按：蜀后主时宦官），故借词托讽，所谓比也。《梁甫吟》，思得诸葛以济世耳（按：诸葛亮隐居时好为《梁甫吟》）。”又论之曰：“伤心之故，由于多难。而多难之事，于后半发明之。其辞微婉，而其意深切矣。”仇氏之说，比较妥当，故不另论。

《秋兴》八首当是在代宗李豫大历元年（766 年）秋作。秋兴者，秋日遣兴，故写秋意少，而兴意为多。上举乃第一首，为八首总纲，亦即秋兴之发端。上四句发兴，便影写时事，以见丧乱凋残景象；后四句，乃写诗人悲秋心事。故此一首便包括了后七首，而第六句提出“故园心”，乃画龙点睛，为八章总眉目。此八首向来被认为杜甫七律中之代表作，为其“心神结聚”所成，盖无论声韵、词采、气象、命意、炼句、结构，都是精细的。仇兆鳌引吴渭的话说：“诗有六义，兴居其一。凡阴阳寒暑，草木鸟兽，山川风景，得于适然之感而为诗者，皆兴也。风雅多起兴，而楚骚多赋、比。汉魏至唐，杰然如老杜《秋兴》八首，深诣诗人阃奥，兴之入律者宗焉。”可见宋以后人多谓《秋兴》乃唐代律诗用兴之最好范例。

《咏怀古迹》五首为大历元年（766 年）与《秋兴》八首同时作品，写法亦大致相同，以第一首为其余诸首之“总冒”。此第三首写昭君村。上四语，记叙遗事，以下乃伤吊之词。生长名邦，而殁身塞外，盖该举昭君事始末，风流摇曳，为杜诗之极有韵致者。

至于杜诗中最高之七律，向认为无过于《登高》“风急天高猿啸哀”一篇，前在讲律诗格律时已引录过，不复重抄。或以为通篇章法、句法、字法，“前无昔人，后无来学”，“此当为古今七言律第一”，盖七言律最宜伟丽，又最忌粗豪，而中间两联对句尤为重要。

五、七言绝句，杜甫非所擅长，唐人中当推李白、王昌龄、李颀、王维、孟浩然诸人。唐以五、七言绝句为歌曲，故作者亦多作乐府，试观唐人命题，便可为证：如五言中，崔颢的《长干行》、储光羲的《江南曲》等；七言中，王翰的《凉州词》、刘长卿的《昭阳曲》等，均是。胡应麟说："盛唐长五言绝，不长七言绝者，孟浩然也；长七言绝，不长五言绝者，高达夫（按：高适）也。五、七言各极其工者，太白；五、七言俱无所解者，少陵。"这未免贬杜甫绝句太过。他又说"少陵不甚工绝句"，虽与前语不同，却比较合适。至于说"杜以律为绝"，并举"窗含西岭千秋雪，门泊东吴万里船"等句为证，也还恰当。兹录杜甫五、七言绝句各三首如次：

遗庙丹青落，空山草木长。犹闻辞后主，不复卧南阳。（《武侯庙》）

功盖三分国，名成八阵图。江流石不转，遗恨失吞吴。（《八阵图》）

东来万里客，乱定几年归？肠断江城雁，高高正北飞。（《归雁》）

肠断江春欲尽头，杖藜徐步立芳洲。颠狂柳絮随风去，轻薄桃花逐水流。（《绝句漫兴》九首之五）

锦城丝管日纷纷，半入江风半入云。此曲只应天上有，人间能得几回闻？（《赠花卿》）

岐王宅里寻常见，崔九堂前几度闻。正是江南好风景，落花时节又逢君。（《江南逢李龟年》）

杜甫在绝句中，创为论诗之作，如《戏为六绝句》即开金代元好问《论诗绝句三十首》之先河，后世效之者，不一而足。而《解闷十二首》中，除前后各三首外，其他六首也是论古今诗人的。

至于排律，杜甫始作大篇，至有五十韵至百韵者，如《寄岳州贾司马六丈、巴州严八使君两阁老五十韵》和《秋日夔府咏怀奉寄郑监李宾客一百韵》，真是极意铺陈，颇伤芜碎。虽然大篇冗长，不得不尔，但何不如沈、宋等初唐作家尽量以八韵、十韵、十二韵为止，以免除繁冗之弊？有人颇赞美他的赠李白、哥舒翰等五言长律，谓其格调谨严，体骨匀称，描摹形神，逼夺化工，为古今绝诣，而从今观之，殊不若其歌行和古风写得那么从容而深至。

综杜甫所作各体诗而概括论之，胡应麟有三难之语，可以借用。他说："大概杜有三难：极盛难继，首创难工，遘衰难挽。子建（曹植）以至太白（李白），诗家能事都尽，杜后起，集其大成，一也。排律近体，前人未备，伐山道源，为百世师，二也。开元既往，大历继兴，砥柱其间，唐以复振，三也。"因此，我们可以承认杜甫诗歌创作成就甚高，但不能便说前无古人，后无来者，认为他是集大成的"诗圣"。

四、韩愈和"以文为诗"

从杜甫诗的批判现实主义的思想内容，衍出中唐以白居易为首的一派新乐府运动诗人和诗风；又从杜甫诗注重格律和形式方面的"语不惊人死不休"的精神，而衍出韩愈等人的艰险诗风，其特征也包括了"以文为诗"，即诗句的散文化。韩愈在文学上的最大成就主要还是散文，在文学史上的功绩也主要是以他为主帅的古文运动的开展。在诗坛上虽也有他的地位，并且影响深远，但他的诗有好的一面，也有坏的一面，而其影响却是坏的多于好的。这里先简单介绍他的生平。

韩愈（生于唐代宗李豫大历三年，即 768 年，卒于穆宗李恒长庆四年，即 824 年），字退之，南阳（今河南孟州）人。父亲做过武昌令，官至秘书郎，故算小官僚家庭出身。幼丧父，随兄贬官岭表，兄卒，由嫂抚养。少好学，言出成文，二十五岁中进士。先后任宣武、宁武节度使推官，调四门博士，既罢，迁监察御史，以事贬山阳令，又两任国子博士，817 年（宪宗李纯元和十二年），裴度以宰相节度彰义军，宣慰淮西，奏以愈为行军司马，他屡以计破贼，既平，入为刑部侍郎。元和十四年

(819年)上表谏迎佛骨事，宪宗怒，将罪以死，得裴度等力为解救，贬为潮州刺史。穆宗李恒立(821年)，召为国子祭酒，未几，转兵部侍郎，又调吏部侍郎，改京兆尹兼御史大夫，再转吏部侍郎。至穆宗长庆四年(824年)卒。有集四十卷，外集十卷。在五十卷存书中，有诗十卷。本文只讲他的诗。

诗歌到中唐，无论古体、近体，也无论其体裁、格律，均已定型，难于再有什么新的发展，作者只有因袭，毫无创造。主要原因还在于诗人的生活完全依靠上层统治阶级恩赐官位食禄，与广大劳动人民隔绝乃至对立，思想僵化，感情麻木，缺乏现实生活。所作诗歌内容空虚，陈腐卑靡，题材不外游宴娱乐、交际酬赠，甚或消极颓废，反回绮艳华靡的老路。就在这种情况下产生以韩愈、孟郊为代表的“韩孟诗派”，用艰险的诗风主要从诗歌的艺术形式上扭转前者的滥调；稍后又产生了以白居易、元稹为代表的“元白诗派”，主要从诗歌的思想内容上纠正前者的空洞与庸俗。这两派都是直接继承陈子昂、李白、杜甫的成就，并沿着他们所开创的道路前进的。韩、白两家分途进行诗歌的变革，虽有相通之处，却始终各自成派，并未合流。

韩愈本以提倡古文为其一生最大的贡献，主张学古人须“师其意，不师其辞”，要“能自树立”而“不因循”，所以“嗜乎古不遗乎今”“惟陈言之务去”，这就要求“因事陈辞”“文从字顺”。这样一些主张，同样也反映在他的诗歌创作上，因而导致他的诗出现两种截然不同的风格：一种是极其险怪奥涩，与前人作品不类的；另一种则是文从字顺，明白如话，极其质朴自然的。前者如《陆浑山火和皇甫湜用其韵》，全篇半数以上的诗句是生僻怪诞难以读下去的，只是因为它是整齐的七言歌行，所以才不至于错断句罢了。这种故求僻涩的做法，与形式主义的雕饰同样是文字游戏，丝毫无助于提高诗歌的艺术水平，尽管他也许是为了要纠正大历诗风的萎靡疲软，因而矫枉过正，但这样作诗却又走到另一个极端，其效果是更坏的。

好在韩愈的诗像《陆浑山火和皇甫湜用其韵》这样过分生僻怪诞的并不太多，所以还不失为一个有创造性的大诗人。如《出门》：

长安百万家，出门无所之。岂敢尚幽独，与世实参差。古人虽已死，书上有其辞。开卷读且想，千载若相期。出门各有道，我道方未夷。且于此中息，天命不吾欺。

又如《汴州乱》二首之一。

汴州城门朝不开，天狗（按：谓陨石）堕地声如雷。健儿争夸杀留后，连屋累栋烧成灰。诸侯咫尺不能救，孤士何者自兴哀。

这些都是明白晓畅，毫无雕琢，也不怪僻的五、七言古风。

虽然，他有时并不用生僻词语和怪字险韵，却在句法上创新。如五言句本以“二、三”为常，他却时作“一、四”句，如：“三十骨骼成，乃一龙一猪”（《符读书城南》）；“千以高山遮，万以远水隔”（《路旁堠》）。又如七言句本以“四、三”为常，他却时作“三、四”句，如：“我念前人譬葑菲，落以斧引以纆徽。……人生此难馀可祈，子去矣时若发机”（《送区弘南归》）；“助汝五龙从九鲲，溺厥邑囚之昆仑。……要余和增怪又烦，虽欲悔舌不可扪”（《陆浑山火和皇甫湜用其韵》）。如此创造，虽然奇特，别开生面，然终觉拗口不可读，后之效者少。

他还有在章法上的创格，如《南山诗》铺列春、夏、秋、冬四时之景；《月蚀诗效玉川子作》铺列东、西、南、北四方之神；《谴疟鬼》内历数医师、灸师、诅师、符师，都是新的写法。又如《南山诗》连用“或”字五十余个，以写山石之奇形怪状，虽源于《诗·北山》及杜甫《北征》，但那里只连用几个“或”字，还不显得单调，韩愈在一篇中竟连用这么多，就感觉别扭。《双鸟诗》连用四个“不停两鸟鸣”；《杂诗》四首之四，共用五个“鸣”字；《赠别元十八协律》六首之一，共用五个“何”字：皆有意出奇，另辟一格。至若《答张彻》五言古诗五十韵，一韵到底，除首尾两韵四句散行外，中间四十八韵皆用对偶，而平仄拗奇，绝无律句，生峭已极，可谓创格之佳者。

韩愈古诗用韵法亦奇。欧阳修《六一诗话》谓其“得韵宽，则波澜横溢，泛入傍韵，乍还乍离，出入回合，殆不可拘以常格，如《此日足可惜》之类是也。得韵窄，则不复傍出，而因难见巧，愈险愈奇，如《病中赠张十八》之类是也。……譬如善驭良马者，通衢广陌，纵横驰逐，惟意所之；至于水曲蚁封，疾徐中节，而不少蹉跌。此天下之至工也。”按《此日足可惜赠张籍》一篇，通用东、冬、江、阳、庚、青六韵；《孟东野失子》通用先、寒、删、真、文、元六韵；而《病中赠张十八》则用“江”韵，在上平声十五部中为最窄者，此诗几乎用了全韵部中的一半。尽管他才高识广，故用险韵，就难免有强凑硬造的毛病，如诗中的“解旆束空杠”“形躯顿降肛”“讵可陵崆峣”“斩拔枿与桩”等句，确也说不上有什么好处。此岂非好奇之过欤？

好奇的结果还产生了许多从句型上看不像诗而像散文的诗句，如：“母从子走者为谁？……呜呼！奈汝母子何！”（《汴州乱》二首之二）“噫！剑与我俱变化归黄泉。”（《利剑》）“忽忽乎，余未知生之为乐也，愿脱去而无因。”（《忽忽》）而尤特出者如《嗟哉董生行》：

> ……寿州属县有安丰，唐贞元时，县人董生召南，隐居行义于其中。刺史不能荐，天子不闻名声。爵禄不及门，门外惟有吏，日来征租更索钱。嗟哉，董生！朝出耕，夜归读古人书，尽日不得息。或山而樵，或水而渔。……嗟哉，董生！谁将与俦？时之人，夫妻相虐，兄弟为雠。食君之禄，而令父母愁。亦独何心？嗟哉，董生！无与俦！

已经完全散文化了，于是后人遂有韩愈“以文为诗”的评论。

就今所知，最早说韩愈“以文为诗”的，大概始于宋代大科学家沈括（1031—1095年）。宋胡仔《苕溪渔隐丛话前集》卷十八引魏泰《临汉隐居诗话》云：“沈括存中、吕惠卿吉甫、王存正仲、李常公择，治平中，同在馆下谈诗，存中曰：‘韩退之诗，乃押韵之文耳，虽健美富赡，而格不近诗。’吉甫曰：‘诗正当如是。我谓诗人以来，未有如退之者。’”稍晚于沈括约二十年，说韩“以文为诗”的，是陈师道（1053—1102年）。陈师道《后山诗话》谓：“黄鲁直云：‘杜之诗法出审言，句法出庾信，但过之耳。’杜之诗法，韩之文法也。诗文各有体。韩以文为诗，杜以诗为文，故不工耳。”其后，陈善《扪虱新话》亦云：“韩以文为诗，杜以诗为文，世传以为戏。然，文中要自有诗，诗中要自有文，亦相生法也。……世之议者，遂谓子美无韵语，不堪读，而以退之之诗，但为押韵文者，是果足为韩、杜病乎？文中有诗，诗中有文，当有知者领予此语。”元、明、清论诗者多宗沈括、陈师道之说，韩愈“以文为诗”遂成定论。《后山诗话》又谓：“苏子瞻（按：苏轼字）云：‘子美之诗，退之之文，鲁公之书，皆集大成者也。学诗当以子美为师，有规矩故可学。退之于诗，本无解处，以才高而好尔。’”张戒《岁寒堂诗话》云：“韩退之诗，爱憎相半。爱者以为虽杜子美亦不及；不爱者以为退之于诗本无所得。自陈无已（按：即陈师道）辈，皆有此论。然二家之论俱过矣。以为子美亦不及者固非；以为退之于诗本无所得者，谈何容易耶？退之诗，大抵才气有余，故能擒能纵，颠倒崛奇，无施不可。放之则如长江大河，澜翻汹涌，滚滚不穷；收之则藏形匿影，乍出乍没，姿态横生，变怪百出，可喜可愕，可畏可服也。苏黄门子由（按：即苏辙）有云：‘唐人诗当推韩、杜。韩诗豪，杜诗雄。’然杜之雄亦可以兼韩之豪也。”所以在宋苏轼、陈师道、黄庭坚辈，即不仅指出韩“以文为诗”，并且说韩于诗本无解处（就是说他不懂诗），但宋人即已认为这未免贬韩太过了。

五、韩愈的《山石》等篇及其律体诗

韩愈的古体诗为什么走奇险一路？为什么又创出“以文为诗”这一新格？自然，他也是跟随了李、杜，特别是杜甫先已透露了这样的初机，他便从而进一步发扬开拓，成此新风。清赵翼《瓯北诗话》卷三有一段话说得很妥当。他认为：“韩昌黎生平所心摹力追者，惟李、杜二公。顾李、杜之前，未有李、杜，故二公才气横恣，各开生面，遂独有千古。至昌黎时，李、杜已在前，纵极力变化，终不能再辟一径。惟少陵奇险处，尚有可推扩，故一眼觑定，欲从此辟山开道，自成一家。此昌黎注意所在也。然奇险处亦自有得失。盖少陵才思所到，偶然得之，而昌黎则专以此求胜，故时见斧凿痕迹，有心与无心异也。”韩愈专以奇险求胜，着力于形式上用功夫，即不免忽略了表达深刻的思想内容，便成为失败的作品。而

“其实昌黎自有本色，仍在文从字顺中，自然雄厚博大，不可捉摸，不专以奇险见长”。在他不经意处，便无一语奥涩，而往往豪健标举，思语俱奇，或平易妥帖，自然可爱，不当转以奇险求之。

韩愈的诗，如《山石》《衡岳》《八月十五酬张功曹》之类，还是比较好的，是用了形象思维及比、兴两法的。先看《山石》：

山石荦确行径微，黄昏到寺蝙蝠飞。升堂坐阶新雨足，芭蕉叶大栀子肥。僧言古壁佛画好，以火来照所见稀。铺床拂席置羹饭，疏粝亦足饱我饥。夜深静卧百虫绝，清月出岭光入扉。天明独去无道路，出入高下穷烟霏。山红涧碧纷烂熳，时见松枥皆十围。当流赤足踏涧石，水声激激风吹衣。人生如此自可乐，岂必局束为人鞿。嗟哉吾党二三子，安得至老不更归？

全诗第一大段十句，写诗人行旅深山中，黄昏到野寺寄宿，情景如绘。第二段六句写次日天明一人独去，烟霏迷路，清风拂衣，山花烂漫，涧水激激，大自然之声色触目入耳，皆足娱人。最后一段以四句作结，表述了诗人的感受，发抒己见，虽无多少新意，也还煞得住尾。如果诗人不用形象思维，就不可能写出如此清晰的画面，在千余年后，还能让我们读了它犹如亲临其境，亲历其事。

《衡岳》一篇全题是《谒衡岳庙遂宿岳寺题门楼》，诗如下：

五岳祭秩皆三公，四方环镇嵩当中。火维地荒足妖怪，天假神柄专其雄。喷云泄雾藏半腹，虽有绝顶谁能穷？我来正逢秋雨节，阴气晦昧无清风。潜心默祷若有应，岂非正直能感通！须臾静扫众峰出，仰见突兀撑青空。紫盖连延接天柱，石廪腾掷堆祝融。森然动魄下马拜，松柏一径趋灵宫。粉墙丹柱动光彩，鬼物图画填青红。升阶伛偻荐脯酒，欲以菲薄明其衷。庙令老人识神意，睢盱侦伺能鞠躬。手持杯珓导我掷，云此最吉余难同。窜逐蛮荒幸不死，衣食才足甘长终。侯王将相望久绝，神纵欲福难为功。夜投佛寺上高阁，星月掩映云曈昽。猿啼钟动不知曙，杲杲寒日生于东。

篇首六句综述衡岳地势，并点出岳寺。次十四句言诗人秋雨中来谒岳寺，默祷云开，众峰俱出，遂趋往祭祀。继八句叙庙祝老人劝他掷珓以占前程吉凶，他说自己被贬蛮荒，不死已足，甘愿长此终老，不望封侯拜相，神也难于赐福于己。最后四句说夜登高阁，望星月掩映，听猿啼钟动，不觉已到天明，遂以“杲杲寒日生于东”作结。全诗情景交融，心与物会，而诗人当时的处境与坚决的斗争意志以及他对光明前途的信念，都可通过外物的描摹而形象地刻画出来。

《八月十五酬张功曹》即《韩昌黎集》卷三《八月十五夜赠张功曹》。张公曹名署。前为谗言所中，贬县令于南方，顺宗李诵于贞元二十一年（德宗李适年号，上年德宗死，顺宗于是年即位，八月改元永贞，即805年）即位，大赦，韩愈与张署同自南方徙为江陵掾，此时正在郴州待命。诗的前三句以云天风月、沙水声影之中秋夜景色起兴，引出张功曹酸苦悲歌，听之泪如雨下，共六句为首段。继之以张君歌辞叙述被贬南方情景（六句中前二句“洞庭连天”又为歌的兴辞）及闻赦书已到，而己为湖南观察使所抑，仅获量移江陵，屈居簿尉，痛苦莫名（十二句，连上共十八句为中段）。自“君歌且休听我歌”起至末尾共五句为末段，其最后三句则是作者的歌词，虽把人生归之于命，但情调较为宽舒，不像前歌的凄苦郁塞。请看诗的全文：

> 纤云四卷天无河，清风吹空月舒波。沙平水息声影绝，一杯相属君当歌。君歌声酸辞且苦，不能听终泪如雨。洞庭连天九疑高，蛟龙出没猩鼯号。十生九死到官所，幽居默默如藏逃。下床畏蛇食畏药，海气湿蛰熏腥臊。昨者州前捶大鼓，嗣皇继圣登夔皋。赦书一日行万里，罪从大辟皆除死。迁者追回流者还，涤瑕荡垢清朝班。州家申名使家抑，坎轲只得移荆蛮。判司卑官不堪说，未免捶楚尘埃间。同时辈流多上道，天路幽险难追攀。君歌且休听我歌，我歌今与君殊科。一年明月今宵多，人生由命非由他，有酒不饮奈明何！

他的古诗中较好的尚不止此，如《归彭城》《此日足可惜赠张籍》，都是描写民间疾苦，反映社会现实，揭露矛盾，裨补时阙，继承了杜甫诗的批判现实主义优秀传统的。至于那些并无精思结撰的盘空硬语，仅仅是捃摭奇字，诘曲其词，务为不可读以骇人耳目者，如《南山诗》的“突起莫间篕”“诋讦陷乾窦”“仰喜呀不仆”“达枿壮复奏”；《山南郑相公樊员外酬答为诗其末咸有见及语樊封以示愈依赋十四韵以献》的“禀生肖剿刚”“烹斡力健倔”；以及《征蜀联句》《陆浑山火和皇甫湜用其韵》等还有些只能在最完备的古字书中才可能查出来的僻字。诚如赵翼所批评的：“此等词句，徒聱牙轖舌，而实无意义，未免英雄欺人耳。”

韩愈《南山诗》，五言长古，古人推为杰作，至有人谓杜甫《北征》都不能及。唯黄庭坚认为：若论工巧，则《北征》不及《南山》；若论思想内容，“则《北征》不可无，《南山》虽不作无害也”（见《苕溪渔隐丛话前集》卷十二引范温《诗眼》）。但赵翼却连黄庭坚所说的工巧，也不同意。他说：“凡诗必须切定题位，方为合作。此诗（按：指韩愈《南山诗》）不过铺排山势及景物之繁富，而以险韵出之，层叠不穷，觉其气力雄厚耳。世间名山甚多，诗中所咏，何处不可移用，而必于南山耶？而谓之‘工巧’耶？则与《北征》固不可同年语也。”确实如此，《南山诗》只是写终南山，长达一百零二韵，千余言，始则总叙山中四时之变化，次叙山势连亙之所止，末叙作者游历之所见，洋洋洒洒，堆叠不已，不过如西汉人《上林》《子虚》诸赋，逞才炫博，无关人事，于比兴之义尤无所涉，即使工巧亦不足取，况泛写山景，不切终南，也根本说不上工巧！

韩愈今存诗共十卷，除联句一卷外，计古诗七卷，律诗仅两卷。据韩的门生李汉编《昌黎先生集·序》云：“古诗二百一十，联句十一，律诗一百六十”，似应无误，但今详加查核，律诗仅一百四十首，不知何故。李汉所谓律诗即后世所谓近体诗或律体诗，包括五、七言八句律，排律（长律），五、七言绝句，而《李员外寄纸笔》五言六句律亦在内。这些近体诗中律诗最少。五律尚有长篇及与同人唱和之作，七律则全集仅十二首。为什么呢？赵翼代为解释说：“盖才力雄厚，惟古诗足以恣其驰骤。一束于格式声病，即难展其所长，故不肯多作。然五律中如《咏月》《咏雪》诸诗，极体物之工，措辞之雅，七律更无一不完善稳妥，与古诗之奇崛判若两手。则又极随物赋形，不拘一格之能事。”我这里且选录各体中诗数首如下：

> 淮南悲木落，而我独伤秋。况与故人别，那堪羁宦愁。荣华今异路，风雨苦同忧。莫以宜春远，江山多胜游。（《秋字》）

此盖于五言近体中而运以古风者。

> 一封朝奏九重天，夕贬潮阳路八千。欲为圣明除弊事，肯将衰朽惜残年！云横秦岭家何在？雪拥蓝关马不前。知汝远来应有意，好收吾骨瘴江边。（《左迁至蓝关示侄孙湘》）

这是他因上表谏迎佛骨事被贬潮州，路经蓝关（在今陕西蓝田县，即秦代之峣关）时作，意志坚强，宁死不屈。诗的音调也很昂扬，毫无衰飒悔恨之情。此外，他也写过一些明畅而健康的描写眼前景物的小诗。五绝不怎样突出，姑举一首为例：

> 唤起窗全曙，催归日未西。无心花里鸟，更与尽情啼。（《赠同游》）

七言绝句颇有可取的，如：

> 草树知春不久归，百般红紫斗芳菲。杨花榆荚无才思，惟解漫天作雪飞。（《晚春》）

> 天街小雨润如酥，草色遥看近却无。最是一年春好处，绝胜烟柳满皇都。（《早春呈水部张十八员外》二首之一）

总之，韩愈的古诗好以险韵、奇字、古句、方言矜巧，巧则巧矣，而于心情兴会一无所涉，这类作品欲于杜甫外再另辟一径，超越前辈，其结果便成为不可读的僻字堆。其较好的诗，则是那些文从字顺，气充辞畅，反映现实，出于意兴的。至于近体诗则比较简易不费力，会景含情，体物得神，尚有灵通自然之趣，只是他作得不多，成就殊不太高。无论如何，他对后世诗歌，尤其对宋诗影响很大，所以不能忽视。

三李篇第八

一、李白和他的诗

比杜甫早出生十一年的李白，世称“诗仙”，在唐诗发展史中有极高的地位，唐人已把他和“诗圣”杜甫并称为“李杜”。中唐时期为大文章家兼名诗人韩愈所奖掖的李贺，则是继“仙才”李白之后，而号称为“鬼才”的另一位浪漫主义诗人。至于晚唐，又有一位李商隐，则是宋初许多诗人所特别推崇、奉为圭臬的，其影响之深远，盖不下于李白，较诸李贺，则远过之。为此，我们就把他们合在一篇中来讲，而题其篇曰“三李”。他们的诗歌艺术各有独诣，而皆造高峰，至于论及比兴手法与形象思维，则三人实有相通或一致的地方，合在一篇来讲，还是有充分理由的。

李白于公元701年（即唐武则天时代周长安元年）出生于中亚碎叶城，地在今吉尔吉斯斯坦境内。他祖籍是陇西成纪（今甘肃天水）。隋末，其先世以“罪”被流窜于西域碎叶，约计当是晋代西凉武昭王李暠的九代孙。在他五岁时，他的父亲带着他从西域逃归于蜀，居绵州彰明县（今四川绵阳）之清廉乡（亦称青莲乡），地近紫云山（亦称匡山、大匡山），他家所居遗址后废为寺，名陇西院。他的父亲因是由外地逃来的逋客，故以“客”为名，侨居于蜀，家资颇富，一直在经营商业。

李白十五岁前，在家随父读书，涉猎甚广，十岁便读了诸子史籍。十五岁起，作赋，学剑，观奇书，好神仙。十八岁，到江油县西三十里的戴天山大明寺，依潼江赵蕤，隐居读书。蕤任侠尚义气，白从学年余，更养成倜傥不羁、轻财好施的习惯。二十岁那年冬天，礼部尚书苏颈出为益州刺史，白谒之于途，备受称赏，谓“以白之文才，若广之以学，可与司马相如比肩”。二十一岁，游成都，上峨眉，听蜀僧弹琴，给他留下了很深刻的印象，不但这时期他写了一些涉及峨眉的诗，就是他以后的诗篇，也时常提到峨眉。

李白于二十五岁那年秋天，由于想到“丈夫必有四方之志，乃仗剑去国，辞亲远游”，从此便离开四川，再没有回去过。他的出蜀，道经渝州（重庆），过奉节，出三峡，抵江陵，小住襄阳，南穷苍梧，泛舟洞庭，东游江夏，远达金陵，栖止扬州，复历吴越，最后回到湖北安陆，隐居于城西北六十里的小寿山。自二十七岁到三十五岁，他仍不断出游，但经常落脚的地方则是安陆。在此期间，他结识了大诗人孟浩然、贺知章、崔宗之等人。

李白自三十六岁起，移家东鲁，居任城，仍经常出游，到过洛阳、淮南、巴陵、随州、南阳。四十二岁，登泰山，游越中，与道士吴筠结交。吴应召入京，向玄宗李隆基推荐了李白。诏征入长安，召见于金銮殿，命供奉翰林，遂为文学侍从之臣，时玄宗天宝元年（742 年）事也。他原想参预朝政，做一番事业，但并未能得到实际官职，所愿未遂，“乃浪迹纵酒，以自昏秽”。在长安不过两年多，很不安心，上疏自请放回，诏许还山，遂于天宝三载（744 年）春出京，经商州东下。孟夏与杜甫初次相遇于洛阳，引为知己。不久又在汴州与高适结识，三人乃同游大梁、宋中、单父等地。岁暮，回任城。

从他四十四岁起（即天宝三载，744 年），转眼十年，游遍了河南、江苏、安徽、山东、河北、山西、陕西、湖北、江西许多地方，接触了各阶层的许多人物，使他深感人情冷暖，世态炎凉，时常在诗中发出“万里无主人，一身独为客”的哀叹。在这段时期，他虽曾有过求仙访道的想法与活动，但并非真信，不过欲以“挥斥幽愤”罢了。他一直自信“天生我材必有用”，所以并不想隐居出世，而认为“长风破浪会有时”，迟早要

“直挂云帆济沧海”。

天宝十四载（755 年）冬，安禄山反于范阳，时李白五十五岁。翌年春，在当涂闻乱，便往宣城，到溧阳，经金陵，入庐山，很想参加抗敌。是年冬，永王璘起兵，他便随其水师东下。又翌年（肃宗李亨至德二年，757 年）二月，永王兵败，李白下浔阳狱，当死，因郭子仪等的援救，免死，长流夜郎（在今贵州桐梓县境）。乾元元年（758 年），李白五十八岁，溯江向流放地夜郎进发，至江夏，小作勾留。乾元二年（759 年）二月，江行上巫峡，至巫山，到白帝城，遇赦，返舟江陵，南游岳阳、零陵。上元元年（760 年），白六十岁，折回岳阳，赴江夏，往浔阳，寓居豫章。次年，曾游金陵，往来于宣城、陵阳间，岁暮，赴当涂，养病于从叔县令李阳冰官舍。又次年（代宗李豫宝应元年，762 年）冬十一月，卒于当涂，时年六十二岁。

李白诗才敏捷，平生所作极多，李阳冰《草堂集序》谓白疾亟之时，“草稿万卷，手集未修”，又云：“自中原有事，公避地八年，当时著述，十丧其九。今所存者，皆得之他人焉。”魏颢为李白好友，其《李翰林集序》也说：“经乱离，白章句荡尽。”今存《李太白全集》三十卷，共有诗九百八十七首，如果真是十丧其九，那么，这些不过是他平生所为诗的十分之一，则原应不下万首。

李白诗题材广阔，内容复杂，而总的精神则是：要求自由，要求个性解放，要求按照人们自己的性格自然的发展，并且在朦胧中希望摆脱封建秩序的枷锁。总之，他具有极严肃的批判精神和不妥协的叛逆性格。他的叛逆性格首先表现在他对于权贵的轻蔑和对于不受高官厚禄所羁縻的历史人物的热情歌颂。如对鲁仲连、范蠡、诸葛亮、谢安等人，他都不止一次地表示倾慕，因为这些人既有济世之才之志，又不受功名权势的拘牵，而能保持个性的自由。为此，他就不能不向封建秩序开火，这就被人指为疏狂，于是自己也不否认，公然自称“我本楚狂人，凤歌笑孔丘”，而“世人见我恒殊调，闻余大言皆冷笑”，也一任其便，不加理睬。

这种叛逆性格的发展，使他在少年时代向往游侠，中年以后又转而企慕道术和神仙，于是在诗中就同时大量出现游仙诗和游侠诗了。他的诗又多言饮酒，也不过是想在酒酣之时，取得精神上的短暂的解脱，和他的游仙思想是一致的。范传正《唐左拾遗翰林学士李公新墓碑并序》说他："饮酒非嗜其酣乐，取其昏以自富；作诗非事于文律，取其吟以自适；好神仙，非慕其轻举，将不可求之事求之，欲托壮心，遣余年也。"还是比较正确的，因为他的思想并不是出尘、脱离现实的。

他的诗也有一些直接表现了他对于祖国和人民的真挚的爱以及对异族入侵的仇恨与反抗。如《塞下曲》六首："愿将腰下剑，直为斩楼兰"(其一)；"何当破月氏，然后方高枕"(其二)；"横行负勇气，一战净妖氛"(其六)。其他如《出自蓟北门行》《发白马》及《古风》第十六首、第三十四首，都属此类，表现了他不仅从祖国的安危和人民的忧乐出发，并且对朝廷的穷兵黩武、骚扰百姓，进行了谴责。所以他一面既主张对外族入侵要拼死抵抗，一面又反对开疆拓土的非正义战争。这说明了他的诗既具有英勇杀敌的爱国主义精神，又富于同情人民和主张正义及反对战争的思想，二者相为补充，并不矛盾。

自然，不容否认，李白的某些作品也含有消极因素，思想感情不够健康，如有的是道家的消极出世思想，有的是人生如梦要及时行乐的颓废情绪，便不能无批判地吸收了。

李白诗确实是用形象思维写出的，不是雕镂刻篆、反复打磨得精光玲珑的匠艺，这就既不同于杜甫，也有异于韩愈。他以通俗、明快、精警有力的诗的语言，把他极其真挚的情感、非常豪迈的性格，通过丰富的想象，十分典型而形象地抒写出来。他的抒情诗，格调清新，风神俊逸，具有很大的艺术魅力。从他的这些诗篇中，可以看到诗人永远在飞腾着的理想和不断在激荡着的感情。他的一生是悲剧的一生，他整个的生活历程都清楚地反映着诗人光辉的浪漫主义的自我形象。他的高度艺术成就使他的作品能够把诗人自己的理想和生活的现实突出而概括地体现在其统一的人格中，并极其生动而鲜明地呈现在读者眼前。诗中的形象是具体的，又是凌空的；是现实的，又是理想的；既是我们看得见而确信不疑的，却又是处于虚幻的境界中的。所以这个人物形象是一个"天上谪仙人"，或者是一个"蹑云欲上天"的世间人。这也就显示了他的艺术是和杜甫、韩愈完全不同的另一种风格，因而可知他的诗歌创作方法也别是一家。请看《宣州谢朓楼饯别校书叔云》：

> 弃我去者，昨日之日不可留；乱我心者，今日之日多烦忧。长风万里送秋雁，对此可以酣高楼。蓬莱文章建安骨，中间小谢又清发。俱怀逸兴壮思飞，欲上青天览明月。抽刀断水水更流，举杯消愁愁更愁。人生在世不称意，明朝散发弄扁舟。

这不但代表了他的诗的风格，也代表了他这人的精神面貌。开头两句意思与格调都是李白自心创出，非杜甫所能有。“长风万里送秋雁”既是景，也是情。为其是情，所以“对此可以酣高楼”，因而想到文章，从建安以至小谢，怀逸兴，壮思飞，上青天，览明月。然而今日的烦忧终非酣饮高歌所能消，有如抽刀断水，水流依旧。多好的比喻啊！又是多么明白而清丽的诗句！

王安石尝用李白、杜甫、韩愈三大诗人各自的诗句说明他们自己的诗的艺术特点，云：“诗人各有所得，‘清水出芙蓉，天然去雕饰’（按：此两句见李白的《经乱离后天恩流夜郎忆旧游书怀赠江夏韦太守良宰》，本是指韦良宰的诗：‘览君荆山作，江鲍堪动色。清水出芙蓉，天然去雕饰’），此李白所得也；‘或看翡翠兰苕上，未掣鲸鱼碧海中’（按：此两句见杜甫的《戏为六绝句》第四首，本是指当时研揣声病、寻章摘句之徒而言的：‘才力应难夸数公，凡今谁是出群雄？或看翡翠兰苕上，未掣鲸鱼碧海中’），此老杜所得也；‘横空盘硬语，妥帖力排奡’（按：此两句见韩愈的《荐士》，本是指孟郊的诗而言的：‘有穷者孟郊，受材实雄骜。冥观洞古今，象外逐幽好。横空盘硬语，妥帖力排奡’），此韩愈所得也。”这说得很恰当。

杜甫自己的诗，既有兰苕翡翠，又有碧海鲸鱼，但精雕细琢之句多，而宏阔汪洋之篇少；韩愈诗硬语盘空，奇僻险怪，为其独辟之蹊径，这也是人所共知的；至于李白之作，既不用力雕饰，又不故为幽深，而义存比兴，自然流畅，清水芙蓉，隽逸飘遥，非杜、韩之伦。

再看《梦游天姥吟留别》：

海客谈瀛洲，烟涛微茫信难求；越人语天姥，云霞明灭或可睹。天姥连天向天横，势拔五岳掩赤城。天台四万八千丈，对此欲倒东南倾。我欲因之梦吴越，一夜飞渡镜湖月。湖月照我影，送我至剡溪。谢公宿处今尚在，渌水荡漾清猿啼。脚著谢公屐，身登青云梯。半壁见海日，空中闻天鸡。千岩万转路不定，迷花倚石忽已暝。熊咆龙吟殷岩泉，栗深林兮惊层巅。云青青兮欲雨，水澹澹兮生烟。列缺霹雳，丘峦崩摧。洞天石扇，訇然中开。青冥浩荡不见底，日月照耀金银台。霓为衣兮风为马，云之君兮纷纷而来下。虎鼓瑟兮鸾回车，仙之人兮列如麻。忽魂悸以魄动，恍惊起而长嗟。惟觉时之枕席，失向来之烟霞。世间行乐亦如此，古来万事东流水。别君去兮何时还？且放白鹿青崖间，须行即骑访名山。安能摧眉折腰事权贵，使我不得开心颜？

诗共分三大段：首以“海客谈瀛洲”引起欲游天姥，谓神山渺茫难求，而天姥则犹或可睹。接着便就传闻天姥之奇险，说到梦游所历，从而写出幻想中的天姥奇观，就开始了第二大段。第二大段与第一大段衔接紧密：前段以“一夜飞渡镜湖月”为结语，后段就仍承“湖月”二字，用“顶针续麻”法说“湖月照我影，送我至剡溪”，而开始叙述梦游行程。写到“迷花倚石忽已暝”，即不再写梦“行”，转而描写梦境。自“熊咆龙吟”以下，全用楚骚体和屈、宋的比喻手法，摹写景物，穷形尽相，极梦中仙境之奇。至“忽魂悸以魄动，恍惊起而长嗟”，于是梦醒，而游亦告终，此段遂结以“惟觉时之枕席，失向来之烟霞”。最后一段从“世间行乐亦如此”起，只七句，承接前边所叙的梦游，表达了诗人对于现实世间事的观点，认为亦同如一梦。因此，自己就绝不肯屈身权贵，抑塞以终。自今一别，将骑白鹿，访名山，畅游天下，度过自由自在的一生。

李白的《蜀道难》更是他一生的杰作，引录全文如下：

噫吁嚱，危乎高哉！蜀道之难，难于上青天！蚕丛及鱼凫，开国何茫然！尔来四万八千岁，不与秦塞通人烟。西当太白有鸟道，可以横绝峨眉巅。地崩山摧壮士死，然后天梯石栈相钩连。上有六龙回日之高标，下有冲波逆折之回川。黄鹤之飞尚不得过，猿猱欲度愁攀缘。青泥何盘盘，百步九折萦岩峦。扪参历井仰胁息，以手抚膺坐长叹。问君西游何时还？畏途巉岩不可攀。但见悲鸟号古木，雄飞雌从绕林间。又闻子规啼夜月，愁空山。蜀道之难，难于上青天，使人听此凋朱颜！连峰去天不盈尺，枯松倒挂倚绝壁。飞湍瀑流争喧豗，砯崖转石万壑雷。其险也如此，嗟尔远道之人胡为乎来哉！剑阁峥嵘而崔嵬，一夫当关，万夫莫开。所守或匪亲，化为狼与豺。朝避猛虎，夕避长蛇，磨牙吮血，杀人如麻。锦城虽云乐，不如早还家。蜀道之难，难于上青天，侧身西望长咨嗟！

自唐迄今，解此诗者人各异说，纷纭不一，唯元人萧士赟补注《李太白集》谓为安禄山乱华，明皇幸蜀而作，似颇可取。萧氏逐段逐句加以说明，兹参照萧说，略述其全篇大意：“噫吁嚱，危乎高哉！蜀道之难，难于上青天”，极路途险难之形容，言当时欲从君于难者，至蜀之难，如上天之难也。“蚕丛及鱼凫”至“不与秦塞通人烟”，言蕞尔之蜀，僻在一隅，自古声教所不及，虽秦塞之近，且不相通，非可为中国帝王之都也。“西当太白有鸟道”二句，言五丁未开道之前，唯长安正西太白山仅有鸟道可以横绝峨眉之巅，非人迹所能往来也。“地崩山摧壮士死”二句，言五丁既开道之后，梯栈相连，始与秦通。今焉可安处于蜀！设若烧绝栈道，则中原道断矣。“上有六龙回日之高标”二句，言其险上际于天，下极于地也。“黄鹤之飞尚不得过”二句，言鸟兽尚惮其险，人其可知矣。“青泥何盘盘”二句，历言蜀道险难之所也。“扪参历井仰胁息”二句，言参与井为蜀分野，环蜀道路皆险，令人胁敛屏气而息，唯有抚膺长叹而已。“问君西游何时还”，问明皇西幸何时可还中原也。“畏途巉岩不可攀”，言忠义之士虽欲从明皇于难，而道路险阻不可以攀附也。“但见悲鸟号古木”至“愁空山”，言空山丛木间唯有禽鸟飞鸣，则人迹稀少可知矣。至是复申言“蜀道之难，难于上青天”，而闻之者将为之变色气沮也。“连峰去天不盈尺”至“胡为乎来哉”，备言蜀道险难之状，而总束以“其险也若此”，为什么要从遥远的长安来到西蜀呢？“剑阁峥嵘而崔嵬”以下五句，言赞帝幸蜀者，不过谓有剑阁之险而已，然若守关者任非其人，则豺狼反噬，尤为可虑。“朝避猛虎”四句，言蜀与羌夷杂处，一旦变生肘腋，为忧更大。“锦城虽云乐”二句，言蜀都虽可乐，终不如早还中原为佳。至此，乃三复“蜀道之难，难于上青天”一语，而侧身西望，唯有长叹咨嗟而已。

李白在《梦游天姥吟留别》和《蜀道难》这两篇里都是把神话、幻想和夸张等浪漫主义的表现手法结合起来运用，展示了无限广阔的幻想和壮丽多彩的形象，从而使我们在读过以后，很清晰地看到了天姥和蜀道的嵬峨与险峻，并且又看到了诗人崇高和深沉的形象与人格。

李白诗歌的特色主要表现于他的诗的自然和率真，即他的诗不仅思想感情是真实诚挚的，而且语言也是极其生动、明净、朴素、优美的。其所以能取得这样的成就，首先应归功于他努力向民间诗歌学习。在他现存将近千首诗歌中，乐府诗就占了一百四十九首，约占全集的六分之一，而与乐府相近的歌行尚未计算在内。他几乎采用过所有的乐府古题，但是他学古却并不泥于古，他以古乐府的形式写时事，发挥自己的思想、认识与感情，是用来揭露与批判现实的，是古为今用，是发展而非因袭。王世贞《艺苑卮言》说李白“拟古乐府，而以己意己才发之”；胡震亨说他的乐府诗“连类引义，尤多讽兴”。确实是这样。如《乌夜啼》和《关山月》，本是叙离别的，但他却用以写反对战争；《独漉篇》古辞本是写为父报仇的，他用来写为国雪耻。不仅拟古乐府，还向当时的民歌学习，如《山鹧鸪词》便是一例。按唐崔令钦《教坊记》载曲名中有《山鹧鸪》一调，又晚唐郑谷诗云：“座中亦有江南客，莫向春风唱鹧鸪”，可见《山鹧鸪》乃唐代江南民间歌曲新声。他不仅学作乐府民歌体的诗，还学习民歌的语言风格，如：

相逢红尘内，高揖黄金鞭。万户垂杨里，君家阿那边。（《相逢行》二首之二）

妾发初覆额，折花门前剧。郎骑竹马来，绕床弄青梅。同居长干里，两小无嫌猜。十四为君妇，羞颜未尝开。低头向暗壁，千唤不一

回。十五始展眉，愿同尘与灰。常存抱柱信，岂上望夫台。……（《长干行》二首之一）

人道横江好，侬道横江恶。一风三日吹倒山，白浪高于瓦官阁。……（《横江词》六首之一）

横江馆前津吏迎，向余东指海云生。郎今欲渡缘何事，如此风波不可行。（《横江词》六首之五）

李白向民歌学习而取得很大成就，达到很高造诣，这对我们今天创造新体诗应该有所启发吧？

赵翼《瓯北诗话》卷一说：“青莲（按：指李白）集中古诗多，律诗少。五律尚有七十余首，七律只十首而已。盖才气豪迈，全以神运，自不屑束缚于格律对偶，与雕绘者争长。”这就是李白少作律诗的缘故。然而胡应麟说：“古诗窘于格调，近体束于声律，惟歌行大小短长，错综阖辟，素无定体，故极能发人才思。李杜之才，不尽于古诗而尽于歌行。”这大概就是为什么李白的名篇几乎都是歌行了。

李白虽不多作七言律诗，然五律尚有七十余首，也还不算太少，并且有极佳者，如：

五月天山雪，无花只有寒。笛中闻折柳，春色未曾看。晓战随金鼓，宵眠抱玉鞍。愿将腰下剑，直为斩楼兰。（《塞下曲》六首之一）

青山横北郭，白水绕东城。此地一为别，孤蓬万里征。浮云游子意，落日故人情。挥手自兹去，萧萧班马鸣。（《送友人》）

犬吠水声中，桃花带露浓。树深时见鹿，溪午不闻钟。野竹分青霭，飞泉挂碧峰。无人知所去，愁倚两三松。（《访戴天山道士不遇》）

从这几首就可以看到，他在对偶处，仍自工丽，并别有一种英爽清逸之气，但他不着意于对仗，也不一定必须对仗，如上引《塞下曲》颔联就不是，《送友人》颔联似对而又不求工，有时他根本不用对仗，如《夜泊牛渚怀古》则通首散行，却又在声调上不失律格：

牛渚西江夜，青天无片云。登舟望秋月，空忆谢将军。余亦能高咏，斯人不可闻。明朝挂帆去，枫叶落纷纷。

李白七律只十首，后世往往说“究未完善”，甚至说“殊不足观”，但以诗而论，《登金陵凤凰台》虽似模仿崔颢的《黄鹤楼》，却极好：

凤凰台上凤凰游，凤去台空江自流。吴宫花草埋幽径，晋代衣冠成古丘。三山半落青天外，二水中分白鹭洲。总为浮云能蔽日，长安不见使人愁。

李白于绝句，无论五言或七言，皆能各极其妙。这却是杜甫所远远不及的。胡应麟说：“李杜才气格调，古体歌行，大概相埒。李偏工独至者，绝句；杜穷变极化者，律诗。……然，李近体足自名家，杜诸绝殊寡入彀，……”他又说：“太白五、七言绝，字字神境，篇篇神物。”又说：“五、七言各极其工者，太白；五、七言俱无所解者，少陵。”且举李白的五、七言绝句各三首：

玉阶生白露，夜久侵罗袜。却下水晶帘，玲珑望秋月。（《玉阶怨》）

床前明月光，疑是地上霜。举头望山月，低头思故乡。（《静夜思》）

众鸟高飞尽，孤云独去闲。相看两不厌，只有敬亭山。（《独坐敬亭山》）

故人西辞黄鹤楼，烟花三月下扬州。孤帆远影碧空尽，唯见长江天际流。（《黄鹤楼送孟浩然之广陵》）

朝辞白帝彩云间，千里江陵一日还。两岸猿声啼不住，轻舟已过万重山。（《早发白帝城》）

杨花落尽子规啼，闻道龙标过五溪。我寄愁心与明月，随风直到夜郎西。(《闻王昌龄左迁龙标遥有此寄》)

李白的积极浪漫主义的创作方法，在这些绝句小诗里，也完全看得出。而最显然的，则是他运用形象思维，运用比兴手法，在所有这些五、七言绝句中，用得很自然，很巧妙，很足发人深思，而且他的比譬多样，灵活之极，又奇警之极。就最后这首七绝来说吧："杨花落尽子规啼"不是兴辞吗？它同下边三句都没有直接联系，可是读来又不感觉到它是多余的。仔细分析，则杨花落和子规啼又都足以引起诗人对好友的迁谪产生无限的同情与伤感，当然就有喻意了。闻道王昌龄被贬为龙标尉（龙标在黔中道叙州潭阳郡，即今湖南洪江一带），却即称昌龄为龙标，不说他被贬到那蛮荒小县，却宛转说他过了五溪（辰溪、西溪、无溪、武溪、沅溪）。后两句写得更妙，要把自己的愁心寄与明月，让明月把心影再传照给昌龄，但又不这样说，却说"随风直到夜郎西"，惝恍迷离，难于确指，总之是表达了一种凄然的哀伤之情，谁也不必过求甚解。

至于从中唐元稹写了杜甫的《唐故工部员外郎杜君墓系铭并序》以后，因他评价杜甫过高，说"诗人以来，未有如子美者"，而对于李白，则谓："壮浪纵恣，摆去拘束，模写物象，及乐府歌诗，诚亦差肩于子美矣。至若铺陈终始，排比声韵，大或千言，次犹数百，辞气豪迈而风调清深，属对律切而脱弃凡近，则李尚不能历其藩翰，况堂奥乎！"后来就成了一直为论诗者争执不下的"李杜优劣论"。宋人或扬杜抑李，或扬李抑杜，或谓各有所得，不加优劣。至严羽《沧浪诗话·诗评》则曰："子美不能为太白之飘逸，太白不能为子美之沉郁。太白《梦游天姥吟》《远离别》等，子美不能道；子美《北征》《兵车行》《垂老别》等，太白不能作。"议论纷纷，至明清而不止，亦殊无意义，我们只各就其所长而加以阐述，供我们学习，实不必给他们排队列榜，代争名次。

二、李贺和他的诗

《文献通考》说："宋景文（按：即宋祁）诸公在馆，尝评唐人诗云：

‘太白仙才，长吉鬼才。’”后来严羽《沧浪诗话》便承其说而改之曰：“人言太白仙才，长吉鬼才，不然，太白天仙之词，长吉鬼仙之词耳。”与此相类，而又加上杜甫或白居易者，则谓：“世传杜甫诗，天才也；李白诗，仙才也；长吉诗，鬼才也。”（《姜斋诗话》）“唐人以李白为天才绝，白乐天人才绝，李贺鬼才绝。”（《海录碎事》）更有人说：“唐人诗：王维佛语，孟浩然菩萨语，李白飞仙语，杜甫圣语，李贺才鬼语。”（《居易录》）所有这些抽象的评论，都包括了李白和李贺，并以白为仙而以贺拟之于鬼，究竟根据何在，却无人指实，恐怕也不可能指实。但我们从这些对比的评语中，可以看出一个问题，即这前后相去几十年的诗家“二李”，都是诗才极高，成就极大，并具有某些相近似，可以连类对比之处。清人王琦《李长吉歌诗汇解·序》把这个问题解决了。他说：“樊川（按：指杜牧。牧有《李长吉歌诗叙》）序中反复称美，喻其佳处凡九则。后之解者，只拾其‘鲸呿鳌掷，牛鬼蛇神’‘虚荒诞幻’之一则，以为端绪，烦辞巧说，差爽尤多。……（按：杜牧序中说那九条，最后一条是：‘鲸呿〈呿一作吸〉鳌掷，牛鬼蛇神，不足为其虚荒诞幻也’）长吉下笔，务为劲拔，不屑作经人道过语，然其源实出自楚骚，步趋于汉魏古乐府。朱子（按：指朱熹）论诗，谓长吉‘较怪得些子，不如太白自在’（按：《朱子语类》：‘李贺较怪得些子，不如太白自在。’又曰‘贺诗巧’）。夫太白之诗，世以为飘逸；长吉之诗，世以为奇险。是以宋人有仙才、鬼才之目，而朱子顾谓其与太白相去不过‘些子’间，盖会意于比、兴、风、雅之微，而不赏其雕章刻句之迹，所谓得其精而遗其粗者耶？人能体朱子之说，以探求长吉诗中之微意，而以解《楚辞》、汉魏古乐府之解以解之，其于六义之旨，庶几有合。所谓‘鲸呿鳌掷，牛鬼蛇神’者，又何足以骇夫观听哉！”是的，李贺和李白一样，所作歌诗以乐府为主，其源亦皆出于《楚辞》，而步趋于汉魏古乐府，故虽非同一风格，却属于同一体系。

李贺字长吉，生于唐德宗李适贞元六年（790 年），卒于宪宗李纯元和十一年（816 年），只活了短短的二十七个年头。他是唐宗室郑王之后，家居福昌县昌谷（在今河南宜阳县西）。他幼年即表现出诗歌天才，史谓其“七岁能辞章”，便以长短之歌名动京师。这时他父亲（李晋肃）大约携家在西京长安。韩愈、皇甫湜两位文学名家见到了他的作品，就说：如果是古人，我们或者不知道；如果是今人，怎会不知道呢？后来有人告诉他们李晋肃的住处，他们便连骑前往访问，请见李贺。他们看贺是一个小娃娃，不相信他能作那么好的诗，面试，他立刻就写了一篇，题曰《高轩过》。韩等一见大惊，从此更加有名。此事见五代时王定保《唐摭言》，可能是附会，未必真实，但可证明李贺少有诗名，早就见知于一代作者。元和初（806 年）将举进士，或有与贺争名者，以其父名“晋肃”，与“进士”音近，犯父讳，不应举进士。虽韩愈为作《讳辨》，力加劝勉，终未能扭转争名者对他的嫉妒与攻击，竟不应试，从而阻断了他的仕途。后来他只做过品位极低（从九品上）的奉礼郎，郁郁不得志而终。

李贺诗原应有千篇（据杜牧序云：“集贤学士沈公子明书一通。曰：‘吾亡友李贺，……尝授我平生所著歌诗，杂为四编，凡千首。数年来，东西南北，良为已失去’”），今存二百四十篇左右，多是乐府、古风，律绝诗极少，盛行当世的七言律则一篇未作。然而他的诗歌自有其可取之处，并不因为他不写七律就有所逊色，相反的，“李贺诗很值得一读”。

李贺的诗既以乐府、古风为主，故其继承前代的传统也大致可归纳为三个方面：第一也是最主要的方面，就是模拟《楚辞》，但他所模拟的不是骚体的形式，而是《楚辞》的精神，他创造了他所独有的愤激幽奇的风格和意境，也铸造了足以表达这种情境的独特的语言和词句。其次是模拟汉魏乐府古辞，他也是吸收古代民间歌曲谣辞的朴茂意味，而不袭取其表面的形貌。如《难忘曲》，据郭茂倩《乐府诗集》说，即古《相逢行》，一曰《相逢狭路间》，一曰《长安有狭邪行》，并谓“李贺有《难忘曲》，亦出于此”。贺诗讥刺豪贵姬妾众多，骄奢淫逸，而词语蕴藉，用笔深曲：“夹道开洞门，弱杨低画戟。帘影竹华起，箫声吹日色。蜂语绕妆镜，拂蛾学春碧。乱系丁香梢，满栏花向夕。”又如《蜀国弦》，据吴兢《乐府古题要解》云：“《蜀道难》备言铜梁、玉垒之险，又有《蜀国弦》与此颇同。”但贺此诗不似他人所作，极力描绘入蜀道路之艰险，而是这样写的：“枫香晚花静，锦水南山影。惊石坠猿哀，竹云愁半岭。凉月生秋浦，玉沙粼粼光。谁家红泪客，不忍过瞿塘。”他既写了蜀地风光可人，又结以爱蜀而舍不得离去。第三，他也吸取了齐梁体的浓艳的特色。这好像与他那时代文人力矫齐梁的绮靡背道而驰，而实则不然。因为齐梁体是以绮辞写艳情，供娱乐，他则是以浓丽的词语写自身的忧苦牢愁，抒发抑郁悲愤之思，并且要“自铸伟词”，并不抄袭。他正是以此来反对当时轻儇、圆熟一派的恶风的。

李贺为诗，特别着重立意遣词，炼句造语，务求奇峭幽深，所以后人往往认为他是“鬼才”或说他的诗是“鬼仙之词”。我认为他既以绚烂浓艳的词语抒愤郁激越的情感，便与绮靡雕镂徒供淫乐欢笑的齐、梁、陈、隋艳体殊途，因此基本上予以肯定。

由于李贺出身贵族，与社会下层接触较少，而且青年不寿，涉世未深，生活经验也不太丰富，故其诗的现实内容便不够充实，这是不可否认的。他怀才不遇，未能略有展布，心情苦闷，理所当然。他的诗便多以此为主题，而这个主题在当时士大夫中倒也是有普遍意义的，所以就能引起许多文人诗家的共鸣。如《浩歌》：

> 南风吹山作平地，帝遣天吴移海水。王母桃花千遍红，彭祖巫咸几回死。青毛骢马参差钱，娇春杨柳含细烟。筝人劝我金屈卮，神血未凝身问谁。不须浪饮丁都护，世上英雄本无主。买丝绣作平原君，有酒惟浇赵州土。漏催水咽玉蟾蜍，卫娘发薄不胜梳。看见秋眉换新绿，二十男儿那刺促！

这诗主要是说世事沧桑，变化很快，一个人应当爱惜时光，努力奋发，不可妄自颓废。有机会就要干一番事业，不必自卑，英雄并没有一定的人，谁都可以做。可叹恨的是今世没有像平原君那样爱才好士的人。试想一想，眼前的美女转瞬间就会变为衰老，正当少壮的男子汉哪能局促受人驱役而不积极奋励呢！

他的《春归昌谷》五言古诗叙述入京进取，久无所成，怅然归去，潦倒失意，心绪烦闷，牢骚满腹。开头说：“束发方读书，谋身苦不早。终军未乘传，颜子鬓先老。”末段说：“少健无所就，入门愧家老。……知非出柙虎，甘作藏雾豹。韩鸟处矰缴，湘鲦在笼罩。狭行无廓落，壮士徒轻躁。”愤慨不平之气，溢于言表。《致酒行》则虽同样愤慨，却用语深隐，不是那么显露：

零落栖迟一杯酒，主人奉觞客长寿。主父西游困不归，家人折断门前柳。吾闻马周昔作新丰客，天荒地老无人识。空将笺上两行书，直犯龙颜请恩泽。我有迷魂招不得，雄鸡一声天下白。少年心事当拏云，谁念幽寒坐呜呃。

当他感到仕途坎坷，前途无望的时候，有时就想弃文修武，投笔从戎，以为那样或许有机会干一番事业。如《南园》十三首的“其四”到“其七”就是。且看：

三十未有二十余，白日长饥小甲蔬。桥头长老相哀念，因遗戎韬一卷书。（其四）

男儿何不带吴钩，收取关山五十州。请君暂上凌烟阁，若个书生万户侯？（其五）

寻章摘句老雕虫，晓月当帘挂玉弓。不见年年辽海上，文章何处哭秋风。（其六）

长卿牢落悲空舍，曼倩诙谐取自容。见买若耶溪水剑，明朝归去事猿公。（其七）

李贺是由于失意而愤慨，由于愤慨而说要弃文修武，其实他不会也不可能真的去学剑当兵、当刺客，写在诗里不过是用豪语来表达内心的悲愤而已。鲁迅在《豪语的折扣》（见《准风月谈》）中说“豪语的折扣其实也就是文学上的折扣”，正是这个意思。他举例说：“仙才李太白的善作豪语，可以不必说了；连留长了指甲，骨瘦如柴的鬼才李长吉（按：李商隐《李贺小传》云：‘长吉细瘦，通眉，长指爪，能苦吟疾书。’据说，这是从‘长吉姊嫁王氏者，语长吉之事尤备’得来的材料，故可信），也说‘见买若耶溪水剑，明朝归去事猿公’起来，简直是毫不自量，想学刺客了。这应该折成零，证据是他到底并没有去。”是这样，不只是“他到底并没有去”，而且他根本就没有去的条件，并自始就未曾真的想去“学刺客”，只是作为“文学上的折扣”，姑作豪语以泄积愤罢了。有了这样的豪语，我们便知道他的愤激是多么深了。诗是文学，允许这样写，也需要这样写。

李贺也有以现实为题材，进行揭露与批判的诗，如《感讽五首》和《感讽六首》便都是这一类的。例如《感讽五首》的第一篇：

合浦无明珠，龙洲无木奴。足知造化力，不给使君须。越妇未织作，吴蚕始蠕蠕。县官骑马来，狞色虬紫须。怀中一方板，板上数行书。不因使君怒，焉得诣尔庐？越妇拜县官，桑牙今尚小。会待春日晏，丝车方掷掉。越妇通言语，小姑具黄粱。县官踏飧去，簿吏复登堂。

这首诗和杜甫的《石壕吏》、白居易的《卖炭翁》是十分相似的。它也是写一段故事，用具体的情节来反映当时政府的苛税和官吏的贪暴，用细致的刻画来描绘税吏的狰狞面目和小民被压迫、被剥削的惨酷，从而表现了诗人对官府的痛恨和对人民的同情。

李贺还有一首《老夫采玉歌》是和同时代韦应物的《采玉行》写同一题材的，但韦诗只五言六句，写得不够深刻；而贺诗则用七言歌行，描述详切，更为悲感动人。两举如下，以资比较：

官府征白丁，言采蓝溪玉。绝岭夜无家，深榛雨中宿。独妇饷粮还，哀哀舍南哭。（韦应物《采玉行》）

采玉采玉须水碧，琢作步摇徒好色。老夫饥寒龙为愁，蓝溪水气无清白。夜雨冈头食蓁子，杜鹃口血老夫泪。蓝溪之水厌生人，身死千年恨溪水。斜山柏风雨如啸，泉脚挂绳青袅袅。村寒白屋念娇婴，古台石磴悬肠草。

诗中用“龙为愁”“杜鹃口血”“水厌生人”“死恨溪水”“雨如啸”

等语，都是譬喻；而最后一句更有兴义，用悬肠草以兴思家念子之情，增重了目前己身处境之惨苦。按《述异记》云：“悬肠草一名思子蔓，南中呼为离别草。”诗写到末尾，提到老夫心中念念不忘寒村白屋之中的“娇婴”，本是在自己生死难保的时候必然会想到的事情，而恰于此际又忽见古台石磴上蔓生的悬肠草，触物兴怀，更动思子之情，苦境苦物，相互引发，其苦乃愈深而可哀。

他的现实主义诗篇还不止这些，但这些可以算作代表，其余的就不一一介绍了。

李贺的诗有一个缺点，即往往有感伤情调，感伤的结果就不免继之以颓废，这就不好了。如《将进酒》本来是汉鼓吹《铙歌》十八曲之一，原以饮酒放歌为言，自来都是如此，李白写的也不例外。但李白的《将进酒》却非常有气势，胸襟开廓，意兴昂扬，没有一点感伤颓唐的情调。篇首就高唱道：“君不见，黄河之水天上来，奔流到海不复回”；中间又有“天生我材必有用，千金散尽还复来”那样自信心很强的豪言壮语；最后说：“主人何为言少钱，径须沽取对君酌。五花马，千金裘，呼儿将出换美酒，与尔同销万古愁。”固然也落到痛饮，但并不衰煞灰颓。再看看李贺的同题乐府，辞藻亦自精美，规模却甚狭隘，魄力远不能与李白相比。请看：

> 琉璃钟，琥珀浓，小槽酒滴真珠红。烹龙炮凤玉脂泣，罗屏绣幕围香风。吹龙笛，击鼍鼓。皓齿歌，细腰舞。况是青春日将暮，桃花乱落如红雨。劝君终日酩酊醉，酒不到刘伶坟上土。

他的诗很多结语有“哭”“泪”“死”一类字，如《春坊正字剑子歌》的“嗷嗷鬼母秋郊哭”；《绿章封事》的“休令恨骨填蒿里”；《杂曲歌辞·十二月乐词·二月》的“酒客背寒南山死”；《秋来》的“秋坟鬼唱鲍家诗，恨血千年土中碧”；《秦王饮酒》的“清琴醉眼泪泓泓”；《南山田中行》的“鬼灯如漆点松花”；《追和何谢铜雀妓》的“泪眼看花机”；《出城》的“镜中双泪姿”；《钓鱼诗》的“楚女泪沾裾”；《房中思》的“卧听莎鸡泣”；《铜驼悲》的“铜驼夜来哭”；《箜篌引》的“贤兄小姑哭呜呜”。类似这样的还多得很。

李贺的艺术成就很高，贡献也很大。他的诗“务去陈言”“只字片语，必新必奇”。他有非常丰富的想象，能驱遣一切天人万物、古往今来，从而创造出种种神奇瑰丽的诗境，表现他对美好的理想世界的向往与追求。这当然是好的一面，而好就好在他是用了形象思维，用了比、兴手法，向《楚辞》、汉魏乐府和民间歌曲吸取了营养，并在一定程度上摆脱了文人诗歌所规定的格律的桎梏，敢于独创，也善于独创。

他的某些篇章如《金铜仙人辞汉歌》《天上谣》《李凭箜篌引》等，都是在不同问题上，发挥了新奇有趣的理想和幻想，运用精巧的构思、奇特的语言、新颖的风格、浪漫主义的创作方法，苦心孤诣、戛戛独造而创作出来的。然而也必须指出，他的富有浪漫主义色彩的作品中也含有不少消极的因素，诸如颓废、感伤、阴沉、忧郁、神秘、虚妄、玩世不恭、歌颂死亡等等，不免使人产生消极、退缩、逃避现实、害怕斗争等思想情绪。他的少数篇章，因过分要求奇崛，就不免注意雕琢，显得堆砌辞藻，晦涩难明。鲁迅曾说过：“我是散文式的人，任何中国诗人的诗，都不喜欢。只是年轻时较爱读唐朝李贺的诗。他的诗晦涩难懂，正因为难懂，才钦佩的。现在连对这位李君也不钦佩了。”（见人民文学出版社 1981 年新版《鲁迅全集》第 13 卷页 621，《致山本初枝》）

杜牧序《李贺集》所评的话，还是可取的，不妨录供参考：

> 云烟绵联，不足为其态也；水之迢迢，不足为其情也；春之盎盎，不足为其和也；秋之明洁，不足为其格也；风樯阵马，不足为其勇也；瓦棺篆鼎，不足为其古也；时花美女，不足为其色也；荒国陊殿，梗莽丘垄，不足为其恨怨悲愁也；鲸呿鳌掷，牛鬼蛇神，不足为其虚荒诞幻也。盖《骚》之苗裔，理虽不及，辞或过之。《骚》有感怨刺怼，言及君臣理（按：即“治”字）乱，时有以激发人意。乃贺所为，得无有是？贺能探寻前事，所以深叹恨古今未尝经道者，如《金铜仙人辞汉歌》、补梁庾肩吾《宫体谣》，求取情状，离绝远去，笔墨畦径间，亦殊不能知之。

杜牧在序中论及李贺诗的态、情、和、格、勇、古、色、恨怨悲愁、虚荒诞幻、理、辞、事、状。综合分析，包括了思想内容和艺术形式及写作方法与技巧手法等方面，认为都达到相当高的水平，只说理稍有不足。杜牧所谓的理显然是指时政而言，确也不及屈原那么深刻，这乃是他短短二十多年的生活历程所决定的，不足多怪。

至于要以李贺与李白相较，我大体上同意张戒《岁寒堂诗话》中所说的意思，他们都从《楚辞》和汉魏乐府中出，但贺之与白，“瑰奇谲怪则似之，秀逸天纵则不及也。贺有太白之语，而无太白之韵（按：此‘韵’字谓风神，不是指音韵）。而白以意为主，失于少文（按：这句话应改为‘不重在文’较妥）；贺以词为主，而失于少理。”无论如何，不能不承认李贺与李白在写诗上是有很深的渊源关系的。

三、李商隐和他的诗

继中唐后期李贺之后，循着李贺所继承的李白的诗歌道路而有所发展变化，更趋于注重辞藻音律和艺术技巧，以致使作品的思想内容隐晦不彰的一派诗人中有杜牧、李商隐、温庭筠、段成式、唐彦谦等。他们的影响很深远，历晚唐、五代而至宋。其中成就较高、影响也较大的，是李商隐。我把他放在盛唐李白和中唐李贺之后，合并称之为唐代诗家“三李”。这里主要讲李商隐和他的诗，只在必要时才对别的人略说几句。

李商隐，字义山，自号玉溪子、玉溪生，后人也称他为玉溪，怀州河内（今河南沁阳）人。生于唐宪宗李纯元和八年（813 年），卒于宣宗李忱大中十二年（858 年），四十六岁。他出身于没落贵族的小官僚家庭。少有才华，能文章，二十岁以前即从令狐楚游，为其幕宾。二十五岁，登进士第，任秘书省校书郎，调补弘农尉。三十岁，以书判拔萃重入秘书省为郎；王茂元镇河阳，为之掌书记，得侍御史，娶茂元女。后以牵入这时代政治上有名的“牛李党争”，被排挤，终身不得志，遂抑郁以死。

商隐本长于古文，不喜对偶，及在令狐楚幕府，楚颇善唐代通行的四六体章奏之文，遂以其道授商隐，自是始为之。他博学强记，下笔不能自休，故史称其学于令狐楚，“俪偶长短，而繁缛过之”。他与同时的温庭筠、段成式以诗文齐名，因为三个人都是行第十六，时号“三十六体”。

他的《李义山诗文集》中包括《玉溪生诗》三卷、《樊南文集》八卷。我们只论他的诗。从他的约六百首存诗中，我们可以看出他是一个颇有政治抱负的人，在诗中也有很清楚的反映。尽管他的诗绮丽浓妍、辞意深隐，而又好用典事，有的且是生僻难知，或虽知却不易理解其用意所在，但他也并不完全那样写，也还有全用赋体写成的大篇和明白如话的律绝。

近人张采田《玉溪生年谱会笺》说：“晚唐之有玉溪生诗也，拓宇于《骚》《辩》（按：谓屈原的《离骚》和宋玉的《九辩》，意思就是说从屈宋楚辞中出来的），接响于汉魏乐府，与昌谷锦囊（按：指李贺的诗集）、温尉《金筌》（按：指温庭筠的诗集），同为词苑之巨宗，文艺之极轨，非李、杜后诗家所能逮也。顾长吉、飞卿（温庭筠字飞卿）二集，赋体尚多于比兴；而玉溪则隐辞诡寄，哀感绵眇，往往假闺襜琐言，以寓其忧生念乱之痌。苟非细审行年，潜探心曲，有未易解其为何语者。”的确如此，李商隐诗之所以隐诡绵眇，大抵都由于他用赋体少而用比、兴多。比兴寓意，辞晦义隐，托物寄言，读者难知，所以后世往往对他的某些诗（特别是一些“无题”诗）揣测纷纷，终无定解，致令金代人元好问有“独恨无人作郑笺”（元好问《论诗绝句三十首》中语）之叹。

他的《行次西郊作一百韵》叙述当时战乱频仍，政局纷扰，民生疾苦的种种悲惨情况，充分表达了他忧国忧民的深切关怀。略引一部分，以见梗概：

> 蛇年建午月，我自梁还秦。南下大散关，北济渭之滨。草木半舒坼，不类冰雪晨。又若夏苦热，燋卷无芳津。高田长槲枥，下田长荆榛。农具弃道旁，饥牛死空墩。依依过村落，十室无一存。存者皆面啼，无衣可迎宾。始若畏人问，及门还具陈。……但闻虏骑入，不见汉兵屯。大妇抱儿哭，小妇攀车轓。……少壮尽点行，疲老守空村。生分作死誓，挥泪连秋云。……千马无返辔，万车无还辕。城空鼠雀死，人去豺狼喧。南资竭吴越，西费失河源。因令左藏库，摧毁惟空

垣。……万国困杼轴，内库无金钱。健儿立霜雪，腹歉衣裳单。……巍巍政事堂，宰相厌八珍。敢问下执事，今谁掌其权？疮疽几十载，不敢抉其根。国蹙赋更重，人稀役弥繁。……夜半军牒来，屯兵万五千。乡里骇供亿，老少相扳牵。儿孙生未孩，弃之无惨颜。不复议所适，但欲死山间。……我听此言罢，冤愤如相焚。昔闻举一会，群盗为之奔。又闻理与乱，在人不在天。我愿为此事，君前剖心肝。叩头出鲜血，滂沱污紫宸。九重黯已隔，涕泗空沾唇。使典作尚书，厮养为将军。慎勿道此言，此言未忍闻。

这篇诗与杜甫的《北征》及《自京赴奉先县咏怀五百字》多么相似！而最后一段，表现诗人的慷慨悲愤，又是多么恺切真率！他竟要挺身而出，去为民请命，虽剖心肝，洒鲜血，亦在所不惜。这样伟大的牺牲精神，甚至非杜甫所能有。然而一想到身与朝廷远隔，皇帝如在九重天上，又怎能面见陈述呢？便只有涕泗沾唇，空叹奈何而已！现在是“使典作尚书，厮养为将军”的时代，是豺狼当道的世界，这些话还是不说得好，说了给他们听见，一定要倒霉的！这比杜甫的现实主义作品写得还要沉痛。宋人说唐代学杜有得者，只有李商隐一个，当即指此类作品而言。宋蔡启《蔡宽夫诗话》云：“王荆公晚年亦喜称义山诗，以为唐人知学老杜，而得其藩篱，惟义山一人而已。”但他却说：“每诵其‘雪岭未归天外使，松州犹驻殿前军’‘永忆江湖归白发，欲回天地入扁舟’，与‘池光不受月，暮气欲沉山’‘江海三年客，乾坤百战场’之类，虽老杜无以过也。”这完全以诗句杰出论，而不是就其对世事的感愤讽喻论，则未免降低了李商隐的诗品，也抹杀了杜甫诗的批判现实主义的巨大成就。

他有鉴于异族侵凌无已，而自己是个文人，欲从戎报国而不能，常怀悢悢之心，在《骄儿诗》中就表达了这种情绪，希望他的儿子长大以后学兵法，不要像自己困守一经：

衮师我骄儿，美秀乃无匹。……爷昔好读书，恳苦自著述。憔悴欲四十，无肉畏蚤虱。儿慎勿学爷，读书求甲乙。穰苴司马法，张良黄石术，便为帝王师，不假更纤悉。况今西与北，羌戎正狂悖。诛赦两未成，将养如痼疾。儿当速成大，探雏入虎穴。当为万户侯，勿守一经帙。

他自伤不遇，无力回天，但对政治是有他自己的见地和主张的。他认为国家治乱，“在人不在天”。《咏史》说：“历览前贤国与家，成由勤俭败由奢。”他由这一认识出发，对当代统治阶级的奢侈荒嬉生活极为痛恨，因而写了不少政治讽刺诗，从不同角度进行揭露和批判，都是具有进步意义的。《马嵬》一首语言精练，意义深刻：

海外徒闻更九州，他生未卜此生休。空闻虎旅传宵柝，无复鸡人报晓筹。此日六军同驻马，当时七夕笑牵牛。如何四纪为天子，不及卢家有莫愁。

又《曲江》一首，乃以玄宗时的曲江讽文宗（李昂）时浚曲江事：

望断平时翠辇过，空闻子夜鬼悲歌。金舆不返倾城色，玉殿犹分下苑波。死忆华亭闻唳鹤，老忧王室泣铜驼。天荒地变心虽折，若比伤春意未多。

此外，若《隋宫》《南朝》《重有感》《茂陵》《随师东》《少年》《富平少侯》《陈后宫》等，或指斥现实，或借古讽今，都是具有现实意义的好诗。沈德潜说：“义山近体，辟绩重重，长于讽谕，中有顿挫沉著，可接武少陵者，故应为一大宗。后人以温、李并称，只取其秾丽相似，其实风骨各殊也。”是的，他的五、七言律虽然比较秾丽，但多有寄意，非徒为藻绘者可比，尤其上举各篇，音辞顿挫，皆属讽喻的诗，比杜甫并不稍逊，岂可与温庭筠的作品相提并论！

他不仅在七律中用比兴，寓讽喻，在七绝中也同样这样做，如：

青雀西飞竟未回，君王长在集灵台。侍臣最有相如渴，不赐金茎露一杯。（《汉宫词》）

刺求仙无益，而以此疏远贤臣。

永寿兵来夜不扃，金莲无复印中庭。梁台歌管三更罢，犹自风摇九子铃。（《齐宫词》）

不著议论，而讽意自明。

宣室求贤访逐臣，贾生才调更无伦。可怜夜半虚前席，不问苍生问鬼神。（《贾生》）

此则以讽意著于议论，明白写出，但写得微而婉。类是者尚多，如《宫妓》《北齐二首》《隋宫》《咏史》（七绝）、《华清宫》《汉宫词》《咸阳》《南朝》（七绝）……不胜枚举。

当他屡受挫折，长被压抑，欲奋起而无力，思抗争而不得，便不免消沉，表现了软弱，丧失了斗志，反映在诗中就出现了衡徨惆怅、无可奈何的情绪，如：

一岁林花即日休，江间亭下怅淹留。重吟细把真无奈，已落犹开未放愁。山色正来衔小苑，春阴只欲傍高楼。金鞍忽散银壶漏，更醉谁家白玉钩？（《即日》）

寻芳不觉醉流霞，倚树沉眠日已斜。客散酒醒深夜后，更持红烛赏残花。（《花下醉》）

这样没落无聊的情绪，正是唐帝国衰微在诗人思想感情上的自然反映。他的《乐游原》便是一个具体的说明：

向晚意不适，驱车登古原。夕阳无限好，只是近黄昏。

李商隐的爱情诗在他的诗集中占有一定的比重，我们认为这些也是他最好的作品中的一部分。《夜雨寄北》应是他怀念妻子的：

君问归期未有期，巴山夜雨涨秋池。何当共剪西窗烛，却话巴山夜雨时。

语浅意重，一往情深，与杜甫在鄜州所写的《月夜》同是有名的“忆内”诗。但我觉得商隐此篇更好，不用丽语而委曲清切，较杜甫诗中有“香雾云鬟”“清辉玉臂”一联者为高妙多多。他婚后十二年，妻子死去，先后写过不少“悼亡”诗，极为凄楚动人，如《房中曲》便是。他的《锦瑟》诗，向来被认为是难解的，现在多数人定为悼亡之作，也只有用悼亡来解才说得通。诗曰：

锦瑟无端五十弦，一弦一柱思华年。庄生晓梦迷蝴蝶，望帝春心托杜鹃。沧海月明珠有泪，蓝田日暖玉生烟。此情可待成追忆，只是当时已惘然。

李商隐有许多题为《无题》或《失题》的诗，我认为这同以诗篇的首二字为题是一样的，有题而实质则无题，与无题相等。前代研究者往往把李商隐的某些写男女爱情的“无题”诗统归诸政治诗，解释为借美人香草寄托君臣上下思慕怨望之意。“四人帮”的御用文人也曾那样解释，完全是为他们的反动政治服务的，不过硬把李商隐派进什么法家队伍里罢了。看一看他全部共十六首标为“无题”的诗，其中有许多意义非常明显，无须胡乱猜度；只有一部分写爱情的，因为刻画心理特别细致，人们反而多疑起来，便说是影射政治上的最高当权者和诗人自己的种种政治关系，其实也并无多少可靠的根据，因而解释来解释去，终难尽通，也不能使读者信服，于是迄今成为未定之案。我认为其中有些写男女爱情的就是爱情诗，而且是很纯洁的、真挚的、正当的爱情。如：

昨夜星辰昨夜风，画楼西畔桂堂东。身无彩凤双飞翼，心有灵犀一点通。隔座送钩春酒暖，分曹射覆蜡灯红。嗟余听鼓应官去，走马兰台类转蓬。（《无题》二首之一）

来是空言去绝踪，月斜楼上五更钟。梦为远别啼难唤，书被催成墨未浓。蜡照半笼金翡翠，麝熏微度绣芙蓉。刘郎已恨蓬山远，更隔蓬山一万重。（《无题》四首之一）

相见时难别亦难，东风无力百花残。春蚕到死丝方尽，蜡炬成灰

泪始干。晓镜但愁云鬓改，夜吟应觉月光寒。蓬山此去无多路，青鸟殷勤为探看。（《无题》）

他的爱情诗，有些并非实有其事，甚而并非实有其人，只不过是自己暴露其对于爱情的理想或幻想而已。在这些爱情诗中，他的浪漫主义创作方法体现得最为充分而明显。有时他写得过于隐晦，就使人不能捉摸到他的真意所在，因而引起许多猜测甚至误解。如果这只是由于他运用了比兴的手法，那也没有什么可訾议的，因为古人论比、兴两法，早已指出过这种可能产生的结果，不要因噎废食，怕产生疑义或误会，而不敢用比兴。但他除掉运用比、兴手法外，还特别好用典故，而且往往用一些比较生僻罕见的古典，这就增加了读者理解的困难，使他的诗更为隐晦费解。本来用典也是文章修辞的重要方法之一，但要用得恰当，用得自然，以较少的字说明较多较繁的义。如果不是这样，用典过多过僻，非独不能收到辞简义繁的效果，反而造成辞深意踬的毛病，或产生“语工而意不及”的缺点，那就不好了。假如用了象征的手法而止于是比、兴，自然更为作诗的必需，绝对应该；但若过于隐晦迷离，成为解不开的哑谜，那就超出了比、兴的范围，也是不妥当的。李商隐的诗有这两种毛病，给后世带来相当坏的影响，虽然绝大部分责任应该由后世的模仿者自负，而追溯根源，李商隐毕竟是首开这种风气的人。

胡仔《苕溪渔隐丛话前集》卷二十二引《古今诗话》云：“杨大年（按：即杨亿）、钱文僖（按：即钱惟演）、晏元献（按：即晏殊）、刘子仪（按：即刘筠），为诗皆宗义山，号西昆体。后进效之，多窃取义山诗句。尝内宴，优人有为义山者，衣服败裂，告人曰：‘吾为诸馆职挦扯至此。’闻者大噱。”可见李商隐对宋初诗人影响之大。但由优人所表演那句讽刺戏语来看，这责任实应由杨亿等“诸馆职”负之，李商隐是不能任其咎的。而且西昆诸人所学的并不限于李商隐一人，还有一个唐彦谦更是他们所奉为至宝的。蔡启的《蔡宽夫诗话》就说：“祥符、天禧之间（按：均为宋真宗赵恒年号，1008—1021 年），杨文公、刘中山、钱思公（按：即杨亿、刘筠、钱惟演）专喜李义山，故昆体之作，翕然一变，而文公尤酷嗜唐彦谦诗，至亲书以自随。”唐彦谦诗有什么值得这些宋初人喜爱的呢？叶梦得《石林诗话》云：“杨大年、刘子仪（按：即杨亿、刘筠）皆喜唐彦谦诗，以其用事精巧，对偶亲切。黄鲁直（按：即黄庭坚）诗体虽不类，然不以杨、刘为过。”

这个唐彦谦字茂业，并州（今山西阳曲县）人，已经是唐末僖宗李儇和昭宗李晔时代的人。他有《鹿门先生集》三卷，今存诗两卷，实无可取处，不知何以宋人竟那样重视他！无怪乎宋人诗不能佳也。黄庭坚说唐彦谦最善用事，并举他的《过长陵》（按《全唐诗》作《长陵》）七律后半：“耳闻明主提三尺，眼见愚民盗一抔。千古腐儒骑瘦马，灞陵（按：《全唐诗》作‘渭城’）斜月重回头。”和题《蒲津河亭》云：“烟横博望乘槎水，月上文王避雨陵。”谓“皆佳句”，“每称赏不已，多示学诗者以为模式”。叶梦得即批评说：“耳闻明主提三尺，眼见愚民盗一抔，虽是著题，然语皆歇后。‘一抔’事无两出，或可略‘土’字；如‘三尺’，则‘三尺律’‘三尺喙’皆可，何独剑乎？‘耳闻明主’‘眼见愚民’，尤不成语。余数见交游道鲁直语，意殊不可解。”这批评极中肯。论诗而以歇后语为佳句，以一二“佳句”为好诗，以用事对偶为要义，以如此陋语为可称赏，提倡这样鄙俗无意义的恶滥五、七言文字，示学诗者以为模式，西昆体和江西诗派所垄断的宋代诗坛又如何能繁荣昌盛，继唐诗而有所振兴、发展与提高呢？多数宋人诗之“所以味同嚼蜡”，是与“西昆”“江西”先后两大流派的恶劣诗风与错误主张有密切关系的。下一篇将作专题讨论，这里不多说。

两宋篇第九

一、西昆派和宋初诗坛

北宋初期的诗人，大抵承残唐五代遗风，作诗多轻佻浮华，缺乏现实内容，这是他们所处的时代和他们的生活与地位所决定的。宋初继五代十国长期分裂混乱之后，社会表面比较安定，广大人民群众辛勤劳动，积极生产，使社会经济得到迅速恢复与发展。赵氏王朝为了巩固其统治地位，便以其大量剥削之所得来宠养前朝各小国的降王、降臣和庞大的官僚地主集团，优俸厚赐，使他们过着骄侈豪华的生活，陶醉于歌舞升平之中。反映到文学上便是那时的宫体诗歌和空虚无实、一味讲究辞藻华艳的形式主义的文风。而“西昆体”和“西昆派”便在这样的情况下产生并占据了文坛和诗坛。

宋初诗人既学晚唐，而杨亿、刘筠则世谓其专学李商隐（严羽《沧浪诗话·诗辨》：“杨文公、刘中山学李商隐”），其实则如前篇所说，乃是学唐彦谦的。唐彦谦之诗本与李商隐不类，而是学温庭筠的，所以杨亿、刘筠虽名为学李商隐，实则乃取法于温庭筠、唐彦谦者。《沧浪诗话·诗体》云：“西昆体，即李商隐体，然兼温庭筠及本朝杨、刘诸公而名之也。”这完全是一种误解。今人郭绍虞《沧浪诗话校释·诗体》校注云：“案李商隐诗虽为杨亿、刘筠所宗，但当时实无‘西昆’之目，严氏混而为一，非也。考惠洪《冷斋夜话》谓：‘诗到义山，谓之文章一厄，以其用事僻涩，时称西昆体。’则知沧浪以前已有混用不别者矣。胡仔《渔隐丛话前集》在唐彦谦之后、王建之前，有西昆体，而其中亦多论李义山诗，知胡氏于此亦不能别。沧浪沿袭其误，故有此失。此后元好问《论诗绝句》亦云：‘望帝春心托杜鹃，佳人锦瑟怨华年。诗家总爱西昆好，独恨无人作郑笺。’知谬说流传已甚普遍，自冯班《纠谬》后，始廓清旧说之误。又按王士祯《蚕尾集》卷七《跋西昆集》第二则，又有‘西昆三十六体’之称，亦误混。”

那么，“西昆体”的由来是怎样的呢？据宋人田况《儒林公议》云：“杨亿在两禁，变文章之体，刘筠、钱惟演辈皆从而效之，时号‘杨刘’。三公以新诗更相属和，极一时之丽。亿复编叙之，题曰《西昆酬唱集》，当时佻薄者谓之‘西昆体’。”是“西昆体”之名盖起于杨亿所编《西昆酬唱集》，前此则未有也，何得加之于晚唐李商隐！胡鉴《沧浪诗话注》云：“凡亿及刘筠、钱惟演、李宗谔、陈越、李维、刘骘、刁衎、任随、张咏、钱惟济、丁谓、舒雅、晁迥、崔遵度、薛映、刘秉十七人之诗。而亿序乃称属而和者十有五人。岂以钱、刘为主，而亿与李宗谔以下为十五人欤？诗二百四十七首，皆五、七言近体，组织华丽，一变晚唐诗体，专效玉溪（按：即李商隐），亦足以革风花雪月小巧之病，非才高学博未易臻此。效之者雕琢太甚，渐失本真，于是有优伶挦扯之诮。石介至作《怪说》三篇以刺之。其后欧、梅继作，坡、谷迭起（按：指欧阳修、梅尧臣、苏轼、黄庭坚），而杨、刘之派遂不绝如线，亦时势相因也。又按：唐元和、太和之际，李义山杰起中原，与太原温庭筠飞卿、南郡段成式柯古三人，皆行十六，用俪偶相夸，号‘三十六体’，并无‘西昆’之名。即大年自序是集，亦称取‘玉山策府’之义，非谓‘李商隐体’即‘西昆体’也。”于此可见，这十七个人都是些上层贵族文人和御用词臣，都有较高的政治地位，因此便于有意无意之中散布其影响，诱进了很多中下层文人，遂使西昆派的诗风弥漫文坛达三十余年，其影响主要在诗，也包括了文和赋，并也渗入词坛。后来虽为革新派王禹偁、石介以至欧阳修、梅尧臣等所推倒，但其残余势力却一直贯串整个宋代，时有借尸还魂、死灰复燃的趋势。它确是宋初文坛逆流中的代表。

西昆派诗人以杨、刘、钱为主脑，《西昆酬唱集》所选也以这三人的诗为多，其余诸人只是附和者罢了。杨亿（974—1020年），字大年，建州浦城（今福建浦城）人，宋真宗赵恒时，历官知制诰、工部侍郎、翰林学士兼史馆修撰。刘筠，字子仪，中山（今属河北）人，官至翰林学士承旨，兼龙图阁直学士，与杨亿齐名，时称“杨刘”。钱惟演，字希圣，五代时吴越王钱俶之子。归宋后，官至保大军节度使，知河阳，入朝加同中书门下平章事。他们的活动在宋开国后四十至七十年间，可见西昆体即盛行于1004—1034年的三十年内，从而证明这种诗风之广泛传播是与他们的政治地位有密切关系的。

他们写诗以追踪晚唐李商隐、温庭筠乃至唐彦谦诸家为极则，甚至直接剽窃其诗句。他们才俱不高，没有一点独创精神，学义山也只是猎取其艳丽雕镂的形式技巧，学一点使典用事的对偶、造句，并不曾吸取义山的创作精神，故思想内容极为空虚，成为“台阁体”的典型。魏泰《临汉隐居诗话》引欧阳修的话说：“大年诗有‘峭帆横渡官桥柳，叠鼓惊飞海岸鸥’，此何害为佳句。”他也说：“予见刘子仪诗句有‘雨势宫城阔，秋声禁树多’，亦不可诬也。”宋李颀《古今诗话》说杨、刘等为诗皆宗义山，号西昆体。后进效之，多窃取义山诗句，遂有优伶“挦扯”之诮。但他又说：“然大年《咏汉武诗》云：‘力通青海求龙种，死讳文成食马肝。待诏先生齿编贝，忍令乞米向长安。’义山不能过也。”所有这些，都是谬说。欧阳之言，仅谓杨亿有佳句，佳句与好诗固非一事，诗以意为主，原不在于句之工丽；咏汉武诗，只句句用典，无多内容，义山诗岂如是耶?

西昆派诸人所为诗，只不过是交游唱和，徒供消遣，所以“务故实，而语意轻浅”，要求组织华丽，用事精确，对偶森严，故其上者亦不过辞句华艳、声律婉谐而已，既不可能有现实生活，也不会有真实情感，只可谓之为一种文字游戏而已。且举他们的两首典型作品为例：

繁花如雪早伤春，千树封侯未是贫。汉苑漫传卢橘赋，骊山谁识荔枝尘？九秋青女霜添味，五夜方诸月溜津。楚客狂酲朝已解，水风犹自猎汀蘋。（杨亿《梨》）

蛟盘千点怨吞声，蜡炬风高翠箔轻。夜半商陵闻别鹤，酒阑安石对哀筝。银屏欲去连珠迸，金屋初来玉箸横。马上悲歌寄黄鹄，紫台回首暮云平。（钱惟演《泪》）

两首都是典事辞藻的堆砌，无形象，无感情，虽煞费苦心，精雕细琢，却到底有何意义？这与李商隐的作品有什么相同之处？如果说他们是学晚唐诸家，至多只能说假晚唐李商隐之名，而真学的则是唐彦谦。而那个唐彦谦，则诚如蔡启的《蔡宽夫诗话》所说："独彦谦殆罕有知其姓名者。诗亦不多，格力极卑弱，仅与罗隐相先后（按：唐彦谦的诗且远不能与罗隐相比，隐诗虽格力不高，但犹多反映现实之作，不似唐彦谦之徒以对偶为尚），不知文公何以取之？当是时以偶俪为工耳。"西昆诸人学唐彦谦而嫁名于李商隐，至惠洪还说"诗至李义山为文章一厄"，千百年来未能为之洗雪，甚至宋严有翼竟把唐彦谦的《长陵》诗硬给安在李义山名下，岂非千古奇冤！严有翼《艺苑雌黄》云："比见僧惠洪集中有诗云：'人生如逆旅，岁月苦逼催。安知贤与愚，同作土一抔。'其说盖误矣。李义山诗：'耳闻明主提三尺，眼见愚民盗一抔。千古腐儒骑瘦马，灞陵斜日重回头。'如此押韵，乃知前辈造语之工，而用字之不谬也。惠洪尝作《冷斋夜话》云：'诗至李义山为文章一厄'，但未识其出处耳。"胡仔说："苕溪渔隐曰：此绝句（按：此亦误，盖律诗后半首，非绝句也）乃唐彦谦《过长陵》诗，严有翼误以为李义山，仍引《冷斋夜话》云'李义山为文章一厄'语为证，此不细考之过也。"大约李商隐不只是被西昆派人挦扯得衣服敝败，实亦被许多诗话家和诗评作者在他脸上抹了很多黑。

即在宋初七八十年间，西昆体盛行的时候，也还是有些诗人在诗坛上名望不高，或者当时未必有诗名，并且不曾提出过自己关于诗论的主张，又未作过任何理论上的宣传，但却以严肃的态度写作跟西昆体完全不同风格、不同内容的诗歌，如范仲淹、寇准、林逋、魏野、王禹偁和较早的"九僧"等。他们的诗都比较清浅平淡、质朴无华，没有西昆的富贵气与浮艳风。他们当然还不可能提出革新的主张与口号，而仅就他们的写作实践来看，那种不肯随声逐影、附和时尚的认真创作精神，那种消极的不声不响的不合作态度，就已经是以其具体作品成为西昆派的对立面，并为后来的文学革新运动开了先路。如寇准的《夏日》和林逋的《孤山寺端上人房写望》：

离心杳杳思迟迟，深院无人柳自垂。日暮长廊闻燕语，轻寒微雨麦秋时。（寇准《夏日》）

底处凭阑思眇然，孤山塔后阁西偏。阴沉画轴林间寺，零落棋枰葑上田。秋景有时飞独鸟，夕阳无事起寒烟。迟留更爱吾庐近，只待重来看雪天。（林逋《孤山寺端上人房写望》）

二、欧阳修的文学革新运动和诗

在北宋初期的文学革新运动中，最早且最有功绩的是王禹偁的创作实践和石介的革新理论。至于理论与实践并举，把革新运动推向前进、深入发展并取得基本胜利的，则是11世纪中期的欧阳修，其时已是北宋中期了。

王禹偁（954—1001年），字元之，济州巨野（今山东巨野县）人。他本生活在西昆结集以前，所以不能说他是反对西昆体的文风的。但西昆文风早在晚唐五代就发展起来，他所主张的文学革新，反对卑靡浮艳的文风，却为后来直接反对西昆的欧阳修一派人物所继承，所以也可以认为欧阳修等人的革新运动乃是王禹偁所开创的革新的继续。

王禹偁是宋代最早提倡继承杜甫、白居易现实主义传统的优秀诗人，他自称“本与乐天为后进，敢期子美是前身”，而对杜甫尤为推崇。他认为“子美集开诗世界”，只是到了晚唐以后，诗道才日已衰替，致使“风骚委地何人收”，他决心去学习“韩柳文章李杜诗”，以挽回颓风。他慨叹于“文自咸通（唐懿宗李漼年号，860年起）后，流散不复雅，因仍历五代，秉笔多艳冶”（《五哀诗》第二首）。他走杜甫、白居易的批判现实主义的创作道路，写了很多质朴近于白描的诗篇，一面反映人民疾苦，一面揭露统治阶级的罪恶。如《感流亡》：

谪居岁云暮，晨起厨无烟。赖有可爱日，悬在南荣边。高春已数丈，和暖如春天。门临商於路，有客憩檐前。老翁与病妪，头鬓皆皤然。呱呱三儿泣，茕茕一夫鳏。道粮无斗粟，路费无百钱。聚头未有食，颜色颇饥寒。试问何许人？答云家长安。去年关辅旱，逐熟入穰川。妇死埋异乡，客贫思故园。故园虽孔迩，秦岭隔蓝关。山深号六里，路峻名七盘。襁负且乞丐，冻馁复险艰。惟愁大雨雪，僵死山谷间。我闻斯人语，倚户独长叹。尔为流亡客，我为冗散官。在官无俸禄，奉亲乏甘鲜。因思筮仕来，倏忽过十年。峨冠蠹黔首，旅进长素餐。文翰皆徒尔，放逐固宜然。家贫与亲老，睹尔聊自宽。

诗中写流亡者的痛苦生活极其逼真，想起自己十年做官，虽遭贬谪，比起流民还好得多，对以前的“旅进长素餐”，无异于是人民的蠹虫，感到惭愧，实际也是对无功受禄的官僚们的讽刺。此外，他的《对雪》《对雪示嘉祐》等均属此类。他的《畬田词》五首，学习民歌，写了人民在集体互助中艰苦而欢快的劳动：

大家齐力斸孱颜，耳听田歌手莫闲。各愿种成千百索，豆萁禾穗满青山。（其一）

杀尽鸡豚唤斸畬，由来递互作生涯。莫言火种无多利，林树明年似乱麻。（其二）

北山种了种南山，相助力耕岂有偏。愿得人间皆似我，也应四海少荒田。（其四）

他的诗有很多都像白居易的《新乐府》，不仅形式相似，语言相似，取材也差不多，如《竹鼺》《乌啄疮驴歌》均属此类，而且每篇到结尾都要点出诗中所写寓意的本旨，正如白居易新乐府的“卒章言志”的方法。

石介（1005—1045 年），字守道，兖州奉符（今山东泰安）人。他本是一个理学家，在北宋前期的文学革新运动中，他是首先从理论上反对西昆体，并且斗争很坚决的。在他之前，已有柳开、孙复、穆修、尹洙等人主张继承韩愈，论文以道为主体，从而具有反对浮艳文风的作用。石介虽也主张文以明道、致用、尊韩为其要旨，但不同的是他公开地提出反对西昆体的口号，毫不妥协地进行了顽强的斗争，在文学革新运动中起了先锋作用。他的抨击是很激烈的，如《怪说》云：“今杨亿穷妍极态，缀风月，弄花草，淫巧侈丽，浮华纂组，刓锼圣人之经，破碎圣人之言，离析圣人之意，蠹伤圣人之道。”《与君贶学士书》则说：“自翰林杨公唱淫调哇声，变天下正音四十年，眩迷盲惑，天下聩聩晦晦，不闻有雅声。尝谓流俗益弊，斯文遂丧。”尽管他的斗争如此激烈，但作用不大，效果尚不显著，原因是他和他的前辈们都是道学家或理学家，重道轻文，其理论本不适于进行文艺斗争，对文学革新运动的发展起不到指导作用，有时还会起阻碍作用。另一个原因便是他们这一批道学家或理学家的作品多是生涩的散文，迂腐的说经、说教，语录式的片段，缺乏艺术性，不能占领诗坛、文坛，不能战胜西昆体诗文而赢得士子的喜爱，不可能吸收追随者与之共同战斗。在这些理学家和道学家中，石介的诗还是比较好的，比较慷慨激愤、朴素有力的。如《汴渠》一首竟大胆地直刺皇帝，指责他为了一人口腹的享受，不惜耗竭民力，进行无比残酷的剥削，并代表人民的愿望提出了自己的意见。《西北》和《偶作》也表现了他的爱国思想。的确，他的战斗精神是可嘉的，但就诗的艺术性而论，却是不高的，感染力不强，加以道学气味很重，也减低了文学的激发教育作用。无疑，他只能表现为一个先锋战士，而不能取得较大战果。

北宋的文学革新运动，只有到了欧阳修，才给予文以相对独立的地位，不再像那些道学家以文为道的附庸；不仅从理论上大声疾呼，号召文坛反对西昆体，也在创作实践上和他的同道好友梅尧臣、苏舜钦、石延年等人一道以其清新、明畅、散文化的诗歌，建立新的诗风，占领长期为西昆派所垄断并毒化了的诗坛，从而取得了重大的胜利。但在讲欧阳修等人以前，还必须先介绍作为他的前辈的改良派政治家范仲淹（989—1052年）在文学革新方面的贡献。范仲淹，字希文，吴县（今江苏苏州）人。西夏元昊侵宋，他负责西北边防，有转危为安之功。仁宗赵祯庆历间（1041—1048年），调回中枢，上书提出革新政治主张十事，具有一定的进步意义，但因侵犯了贵族旧臣的既得权益，引起不满，受到攻击而被贬谪。他在《奏上时务书》中，首先提倡改革文风，认为："国之文章，应于风化；风化厚薄，见乎文章"，故"览南朝之文，足以知衰靡之化"。因此，他痛惜当时"不追三代之高，而尚六朝之细"，要采取有力措施，以"救斯文之弊"。这意见与当时文学革新运动的动机和目的完全一致。他所留下的散文，一般也有比较进步的思想与丰富的内容。他的诗、词虽然留下的不多，但思想艺术水平都达到一定的高度，并与其文学见解完全符合。词已在以前介绍过，这里不谈，只引录两首诗如下：

江上往来人，但爱鲈鱼美。君看一叶舟，出没风波里。（《江上渔者》）

……伤哉田桑人，常悲大弦急。一夫耕几垅，游堕如云集。一蚕吐几丝，罗绮如山入。太平不自存，凶荒亦何及。神农与后稷，有灵应为泣。（《四民诗其二·农》）

这种悲天悯人的情怀，溢于言表，在西昆诗中根本不可能看到。但他的一生主要精力都是用在政治、军事方面，没有过多的余暇来从事文艺创作，所以文学革新运动的领导任务就历史地落在欧阳修的身上了。

欧阳修（1007—1072年），字永叔，江西庐陵（今江西吉安）人。他尝自号醉翁，又号六一居士，故后世也以这些名字称他。幼孤贫，母郑氏教他读书识字。二十四岁中进士，在西昆派文人西京留守钱惟演幕府中结识了尹洙、梅尧臣等，诗酒唱和并提倡古文，遂渐以文学名家，成为文坛领袖。他一生历任朝廷和地方许多重要官职，始终倾向于以范仲淹为代表的改良派，因而被反对派吕夷简等人指为与范结成朋党，并和范一同被贬谪。作为地主阶级文人，欧阳修反对王伦、王则等所领导的农民起义，晚年又反对王安石"新法"，政治上转趋保守。

在文学上，他紧接着柳开、石介等人，继承唐代韩愈、柳宗元的遗绪，领导了北宋出现的文学革新运动，也是与范仲淹等在政治上与顽固的保守派的斗争相呼应的。他颇喜揄扬后进，团结一些后起的进步作家和他一道斗争，如王安石、曾巩、苏氏父子（苏洵及其二子轼、辙）以诗文名重当世，都是和他的揄扬奖进分不开的。

欧阳修的诗及其诗论是他所领导的文学革新运动的重要组成部分，也是他在文学领域中的重要业绩，对当时及后世诗坛有很大影响。

他对唐人诗，重李白，不甚尊杜甫，而特别推崇韩愈。他说杜诗非后人所易到，故不甚提倡，其实他是不那么喜欢杜诗的。他认为韩诗出于险怪，以豪气胜，能独创风格，足以纠正卑靡无骨的形式主义、唯美主义的诗风，对北宋前期诗坛的转变是有一定作用的。他不满于西昆体，而极力加以抨击云："盖自杨、刘唱和，《西昆集》行，后进学者争效之，风雅一变，谓之'昆体'，由是唐贤诸诗集，几废而不行。"他认为"退之（按：韩愈）笔力，无施不可"，并且"不可拘以常格，……而因难见巧，愈险愈奇"。他要求写诗要"本人情，状风物，英华雅正，变态百出"，"使人读之，可以喜，可以悲，陶畅酣适，不知手足之将鼓舞也"。他主张作诗要"能状难写之景，如在目前，含不尽之意，见于言外"，而反对那种"义理虽通，语涉浅俗而可笑者"。他也主张要有功力，要于冥搜力索中求得平淡。这些意见大体上都是与西昆体诗的整丽精工、时伤晦僻、刻削未融、筋骨太露、专讲用事用典以求对仗之工者，大不相同。他的诗也确实是"始矫昆体"，并有意学习韩愈的。但是，他虽"专学昌黎，然意言之外，犹存余地"，故虽"专以气格为主"，而多"平易舒畅"，不像韩诗那么险怪，便也不至"失于快直"，有如"倾囷倒廪，无复余地"。总的看来，他的诗继承了韩愈的散文化、议论化、以文为诗的特点，却注意避免佶屈聱牙、艰涩难懂的毛病。他的一部分诗还是浅明如话，接近白居易的。他就是以这样一些观点和意见反对了风靡三十余年的西昆体，也是用这样的态度和原则写诗，来纠正西昆恶风，并为宋诗开了新风。但是他的诗往往偏于说理，缺乏生动的形象，艺术性不高，诗味较薄。例如《送张洞推官赴永兴经略司》云：

自古天下事，及时难必成。为谋于未然，聪者或莫听。患至而后图，智者有不能。未远前日悔，可为来者铭。……小利不足为，涓流助沧溟。大功难速就，仓卒始改更。徒自益纷扰，何由集功名？乃知深远画，施设在安平。今也实其时，鉴前岂非明？……

如此之类，还不止这一篇，如《奉答子华学士安抚江南见寄之作》《天辰》等也都是。如说："天下久无事，人情贵因循。优游以为高，宽纵以为仁。今日废其小，皆谓不足论。明日坏其大，又云力难振。旁窥各阴拱，当职自逡巡。岁月侵隳颓，纪纲遂纷纭。"又如："天形如车轮，昼夜常不息。三辰随出没，曾不差分刻。北辰居其所，帝座严尊极。众星拱而环，大小各有职。……"这种诗，其实就给宋代道学家如邵雍、徐积之流开了用诗体讲哲学、史学以至天文、水利之端，影响不能算是好的。

至于散文化的诗，有如《答圣俞白鹦鹉杂言》：

忆昨滁山之人赠我玉兔子，粤明年春玉兔死。日阳昼出月夜明，世言兔子望月生。谓此莹然而白者，譬夫水之为雪而为冰，皆得一阴凝结之纯精。常恨处非大荒穷北极寒之旷野，……

又如《赠李士宁》一篇的后半段云：

吾闻有道之士游心太虚，逍遥出入，常与道俱，故能入火不爇，入水不濡。常闻其语，而未见其人也。岂斯人之徒欤？不然言不纯师，行不纯德，而滑稽玩世，其东方朔之流乎？

这样的散文化似乎未免太过。恐怕也是学韩愈好奇之故。有人说这是"他深受李白和韩愈的影响，要想一方面保存唐人定下来的形式，一方面使这些形式具有弹性，可以比较的畅所欲言而不致于削足适履似的牺牲了内容，希望诗歌不丧失整齐的体裁而能接近散文那样的流动潇洒的风格。在'以文为诗'这一点上，他为王安石、苏轼等人奠了基础"（见今人钱钟书《宋诗选注》页 27），也是不正确的。李白没有这样的散文化诗篇，连类似这样的句子也并不多。李白诗中确有比较散文化的句子，如《战城南》："乃知兵者是凶器，圣人不得已而用之"；如《蜀道难》："其险也如此，嗟尔远道之人胡为乎来哉！"但在那样雄奇的篇章中，读来并不令人感觉突兀怪诞。就是韩愈的诗中虽也有些比较散文化的句子，甚至个别诗篇如《嗟哉董生行》几乎全篇都散文化了，但也还少见像这样一大段一大段的纯然散文。在这里看不出有所谓唐人“定下来的形式”，倒是“弹性”很大，大到已经“丧失整齐的体裁”，完全成了散文，却又没有“那样的流动潇洒的风格”，远远超过了韩愈的“以文为诗”，即其后辈的苏轼虽也颇喜“以文为诗”，但并不曾写出欧阳修这样的“散文诗”，更不要说王安石了。

欧阳修当然也写了一些好诗：有的反映了现实，思想性较强，如《食糟民》《答杨辟喜雨长句》《答朱寀捕蝗诗》《南獠》等；有的艺术技巧较高，如《明妃曲和王介甫》《再和明妃曲》之类；有的则是清丽的小诗，韵味隽永，如《晚泊岳阳》《戏答元珍》《画眉鸟》等。引录数篇以为例：

> 田家种糯官酿酒，榷利秋毫升与斗。酒沽得钱糟弃物，大屋经年堆欲朽。酒醅瀺灂如沸汤，东风来吹酒瓮香。累累罂与瓶，惟恐不得尝。官沽味醲村酒薄，日饮官酒诚可乐。不见田中种糯人，釜无糜粥度冬春。还来就官买糟食，官吏散糟以为德。嗟彼官吏者，其职称长民，衣食不蚕耕，所学义与仁。仁当养人义适宜，言可闻达力可施。上不能宽国之利，下不能饱尔之饥。我饮酒，尔食糟。尔虽不我责，我责何由逃。（《食糟民》）

> 春风疑不到天涯，二月山城未见花。残雪压枝犹有桔，冻雷惊笋欲抽芽。夜闻归雁生乡思，病入新年感物华。曾是洛阳花下客，野芳虽晚不须嗟。（《戏答元珍》）

> 百啭千声随意移，山花红紫树高低。始知锁向金笼听，不及林间自在啼。（《画眉鸟》，一作《郡斋闻百舌》）

欧阳修的诗远不如他的散文成就之大，但在西昆体浮艳诗风弥漫了几十年之时，人们已渐感厌憎，得此比较清隽的作品，使耳目为之一新，也自有其诱人的力量，而能产生扫污去秽、革故创新的作用。

在欧阳修所领导的文学革新运动中，在诗歌方面能为之以创作提供战斗力量的诗友而兼战友者，有梅尧臣、苏舜钦和死得较早的石延年。石延年（994—1041年），字曼卿，“为人跌宕任气节，读书通大略，为文劲健，于诗最工而善书”。欧阳修比其诗于唐之卢仝：“时时出险语，……穷奇变云烟。”作诗甚多，存于今者却已较少，就可见者而论，近于韩孟幽深险怪一路，确足矫昆体之靡。

梅尧臣（1002—1060年），字圣俞，宣城（今安徽宣城）人。他工为诗，而在仕途上不得志，生活较为清苦，以是便能接近下层，认识现实遂较为深刻，其诗亦以“愈穷而愈工”，正如欧阳修《梅圣俞诗集序》所说的：“非诗之能穷人，殆穷者而后工也。”他反对专以文字工巧为高的诗风，实即反对当时流行的西昆体的浮艳，而主张因事因物，有美有刺，如《国风》，如《雅》《颂》，如《离骚》。他的《田家》《织妇》《逢牧》《小村》《陶者》均属此类。而尤为人所称道的，则是《田家语》和《汝坟贫女》：

> 谁道田家乐？春税秋未足！里胥扣我门，日夕苦煎促。盛夏流潦多，白水高于屋。水既害我菽，蝗又食我粟。前月诏书来，生齿复板录：三丁籍一壮，恶使操弓韣。州符今又严，老吏持鞭朴。搜索稚与艾，唯存跛无目。田闾敢怨嗟，父子各悲哭。南亩焉可事？买箭卖牛犊。愁气变久雨，铛缶空无粥。盲跛不能耕，死亡在迟速。我闻诚所惭，徒尔叨君禄。却咏《归去来》，刈薪向深谷。（《田家语》）

> 汝坟贫家女，行哭音凄怆。自言有老父，孤独无丁壮。郡吏来何暴，县官不敢抗。督遣勿稽留，龙钟去携杖。勤勤嘱四邻，幸愿相依傍。适闻闾里归，问讯疑犹强。果然寒雨中，僵死壤河上。弱质无以托，横尸无以葬。生女不如男，虽存何所当！拊膺呼苍天，生死将奈向。（《汝坟贫女》）

这两篇都是写当时朝廷征点弓箭手，“凡民三丁籍一”，骚扰百姓，民不堪命，两篇等于上下篇。上篇有小序云：“庚辰诏书，凡民三丁籍一，立校与长，号‘弓箭手’，用备不虞。主司欲以多媚上，急责郡吏。郡吏畏，不敢辩，遂以属县令。互搜民口，虽老幼不得免。上下愁怨，天雨淫淫，岂助圣上抚育之意耶！因录田家之言，次为文，以俟采诗者云。”下篇亦有小序云：“时再点弓手，老幼俱集，大雨甚寒，道死者百余人，自壤河至昆阳老牛陂，僵尸相继。”只要看看这两段小序，再看看上录两篇诗，就完全可以明白诗人是多么深切地同情被残害的人民，又是多么痛恨那些统治阶级中人。而在后一首诗里，诗人是借着一个“汝坟贫家女”的语言，以一个有典型意义的故事情节描绘一个极其悲惨的典型形象，有血有泪，读来如亲见其事，如亲闻贫女的哀声。这是对封建统治阶级残暴统治的最强有力的控诉。《陶者》写贫富对立，揭露社会上的不平：

陶尽门前土，屋上无片瓦。十指不沾泥，鳞鳞居大厦。

如《岸贫》写一个没有土地的贫苦渔户，《小村》叹惜淮河上残破小村中人民之苦，《逢牧》写养“国马”的牧卒对人民的敲剥，当时都是有现实意义的。

梅尧臣认为“作诗无古今，唯造平淡难”，因而他便力求诗语通俗，状难写之景，含不尽之意，以纠正西昆体的浅薄堆砌、以错镂为尚的恶风，也适当地纠正了过分议论化和散文化的偏向。不过他也有散文化的诗，如《来梦》云：“忽来梦我，于水之左，不语而坐。忽来梦余，于山之隅，不语而居。水果水乎？不见其逝。山果山乎？不见其途。尔果尔乎？不见其徂。觉而无物，泣涕涟如。是欤？非欤？”但是这诗的形式虽散文化，韵律却很谐调，并且除篇首有两个八言句外，其余均是四言句，与齐言诗无异（因八言句等于两个四言句，读时不妨在中间略顿一下）。

他的诗集里也有些精切清新的作品，如《鲁山山行》便好：

适与野情惬，千山高复低。好峰随处改，幽径独行迷。霜落熊升树，林空鹿饮溪。人家在何许？云外一声鸡。

虽然，他的《宛陵集》中多应酬之作，而且写得太多（约存二千七百首），过求平淡，亦有干枯笨重、缺乏诗意的缺点。

苏舜钦（1008—1048 年）与梅尧臣齐名。他字子美，其先为梓州铜山（今四川中江县）人，后徙家开封，遂为开封人。他年轻时即提倡古文，较欧阳修还早。后虽以诗名，但散文成就确实也很大，今《苏学士集》十六卷中尚有七卷散文，并多佳作。其诗激昂豪放，与欧阳修、梅尧臣风格不同。他也以济世泽物为旨，“不敢雕琢以害正”，故其诗皆“警时鼓众，未尝徒役”，显与形式主义的西昆体针锋相对。他主要写两个主题：一个是关心国家大事，有破敌立功的抱负，为南北宋之际及以后许多爱国诗人的先驱。另一个便是揭露统治阶级的荒淫、腐败和残暴，表达他对人民群众的深切同情，具有强烈的批判现实主义精神。前者如《庆州败》《蜀士》《览照》《吾闻》；后者如《城南感怀呈永叔》《吴越大旱》。此外还有触景生情，因事寓感，发抒自己的抱负的，如《舟中感怀寄馆中诸君》和《己卯冬大寒有感》。且举数诗为例：

吾闻壮士怀，耻与岁时没。出必凿凶门，死必填塞窟。风生玉帐上，令下厚地裂。百万呼吸间，胜势一言决。马跃践胡肠，士渴饮胡血。腥膻屏除尽，定不存种孽。予生虽儒家，气欲吞逆羯。斯时不见用，感叹肠胃热。昼卧书册中，梦过玉关北。（《吾闻》）

春阳泛野动，春阴与天低。远林气蔼蔼，长道风依依。览物虽暂适，感怀翻然移。所见既可骇，所闻良可悲。去年水后旱，田亩不及犁。冬温晚得雪，宿麦生者稀。前去固无望，即日已苦饥。老稚满田野，斫掘寻凫茈。此物近亦尽，卷耳共所资。昔云能驱风，充腹理不疑。今乃有毒厉，肠胃生疮痍。十有七八死，当路横其尸。犬彘咋其骨，乌鸢啄其皮。胡为残良民，令此鸟兽肥？天岂意如此？泱荡莫可知！高位厌粱肉，坐论挽云霓。岂无富人术，使之长熙熙？我今饥伶俜，闵此复自思。自济既不暇，将复奈尔为！愁愤徒满胸，嵘岖不能齐。（《城南感怀呈永叔》）

浩荡清淮天共流，长风万里送归舟。应愁晚泊喧卑地，吹入沧溟始自由。（《和淮上遇便风》）

旅棹出江湖，漂然迹更孤。风波数破胆，时事一长吁。闻说西羌使，犹稽北阙诛。欲言无上策，且复醉茱萸。（《九日汴中》）

铁面苍髯目有棱，世间儿女见须惊。心曾许国终平虏，命未逢时合退耕。不称好文亲翰墨，自嗟多病足风情。一生肝胆如星斗，嗟尔顽铜岂见明！（《览照》）

他在二十七岁中进士后，做过县令等小官，位虽卑，数上疏论朝廷大事，敢道人之所难言，因此为保守派官僚所诬陷，由集贤校理被废除名，不得已隐居苏州，而时发其愤懑于诗歌，卒时年仅四十一岁。他在隐居后，也写过一些闲适的写景抒情小诗，表现他的诗风的另一面，如：

春阴垂野草青青，时有幽花一树明。晚泊孤舟古祠下，满川风雨看潮生。（《淮中晚泊犊头》）

别院深深夏簟清，石榴开遍透帘明。树阴满地日当午，梦觉流莺时一声。（《夏意》）

总的看来，苏舜钦的诗，以感情奔放、直率自然为其特点，但也因此而任情挥洒，不求精练，稍欠含蓄，便鲜余味。这种缺点，是他和欧阳修、梅尧臣所同有的。

三、王安石和苏轼的诗

继欧阳修之后，走文学革新道路，而为之后劲并有较大成就的，有曾巩、王安石、苏轼及其父洵与弟辙。他们的主要成就多在散文方面，唯王安石和苏轼并以诗、词为世所重。这里便以讲王安石和苏轼为主，其他三人则附带介绍。

曾巩（1019—1083年），字子固，建昌南丰（今江西南丰县）人，出于欧阳修之门，善古文，通畅雅重，自成一家，既不像韩愈那样波澜壮阔，也不像欧阳修之丰泽温润，但穷尽事理，本于学问，平易稳妥，气味醇厚，与轻率空疏、虚浮浅薄者不同。他的《元丰类稿》中存诗不多，也不以诗为当世及后代所称，甚至连他的门生秦观、陈师道都说他不会作诗。其实我们看他的诗亦尚清隽可喜，虽说不多，也只是与王安石特别是与苏轼的存诗数千首相比较而言，因为他也还有三百余首收在《元丰类稿》中，要同唐代许多诗人比，还是不算少的。且选他三首七绝：

雨过横塘水满堤，乱山高下路东西。一番桃李花开尽，惟有青青草色齐。(《城南》二首之一)

红纱笼烛照斜桥，复观翚飞入斗杓。人在画船犹未睡，满堤明月一溪潮。(《夜出过利涉门》)

海浪如云去却回，北风吹起数声雷。朱楼四面钩疏箔，卧看千山急雨来。(《西楼》)

与曾巩同时的文学家首先应数王安石，虽然他更为人所熟知的还在于他是一位大政治家。

王安石（1021—1086 年），字介甫，江西临川（今属江西抚州）人。他有《临川集》一百卷，现存。少年好读书，能文章，尤注意时政，十七八岁，即以天下为己任。友生曾巩携其文以示欧阳修，修极称赏，遂为之延誉。二十二岁，中进士，历任南方各地州县官达十七年，亲见豪强兼并，官吏剥削，人民备受压迫，对当时阶级矛盾的尖锐有较深刻的认识，曾写过一些反映现实的诗歌，如《桃源行》《兼并》《省兵》《发廪》等篇。宋仁宗赵祯嘉祐三年（1058 年），自常州知州召入京，调为提点江东刑狱，有《上仁宗皇帝言事书》，即后世称为《万言书》者，指陈时事，辨析毫芒，主张建立“法度”，即效“先王之政”对现实政治进行“改易更革”。嘉祐五年（1060 年）入朝为三司度支判官。熙宁（神宗赵顼年号）元年（1068 年），上《本朝百年无事札子》，次年遂参知政事。执政后，拟订各种新法，主要是关于理财和整军的。在阶级矛盾和民族矛盾同时袭击着中国人民的严重危机情况下，新法尽管只是在旧制度的基础上进行的一些改革，还不过是较为积极的改良主义政策或措施，但在那个时期毕竟是具有很大进步意义的。新法保护了中小地主阶级及社会上其他中间阶层的利益，也在一定程度上限制了大官僚、大地主、大商人的特权。因此，便引起了那些特权阶层和朝廷上保守势力的坚决反对，屡次罢相，屡次起用，最后终于在熙宁九年（1076 年）罢相，退休江宁。元丰八年

（神宗赵顼年号，1085 年）旧党司马光为相，尽废新法，王安石忧愤成疾，遂于次年（哲宗赵煦元祐元年，1086 年）卒于他屏迹十年的金陵，时为六十六岁。

王安石是一个有抱负、有见解、有才能、有学问又有坚定意志和倔强性格的政治家，这就决定了他的文学作品的思想性、政治性和战斗性。他一生为实现自己的政治理想而斗争，所以便把文学创作和政治活动密切联系起来。他反对西昆派，说“杨、刘以其文词染当世”，使“学者迷其端原，靡靡然穷日力以摹之，粉墨青朱，颠错丛庞，无文章黼黻之序”（见《张刑部诗序》）。他认为文应“有补于世”，要“以适用为本”，而辞则非所先。他的主张颇近似于“政治标准第一，艺术标准第二”的原则。他在《上人书》中说：“尝谓文者，礼教治政云尔。……而曰‘言之不文，行之不远’云者，徒谓辞之不可以已也，非圣人作文之本意也。……且所谓文者，务为有补于世而已矣。所谓辞者，犹器之有刻镂绘画也。诚使巧且华，不必适用；诚使适用，亦不必巧且华。要之以适用为本，以刻镂绘画为之容而已。不适用，非所以为器也。不为之容，其亦若是乎，否也。然容亦未可已也，勿先之，其可也。”他的观点非常明确，也是很正确的。他的诗文，特别是他退休以前的作品，都具有浓厚的政治色彩，是直接为他的政治斗争服务的。

王安石在做地方官时就写过很多具有充实的政治内容而倾向性又非常鲜明的现实主义诗篇，这是前边已经提过的。典型的这种诗如《河北民》：

> 河北民，生近二边长苦辛。家家养子学耕织，输与官家事夷狄。今年大旱千里赤，州县仍催给河役。老小相携来就南，南人丰年自无食。悲愁天地白日昏，路旁过者无颜色。汝生不及贞观中，斗粟数钱无兵戎！

他的早期作品多属此类，并多用五言古风。题材虽有不同，思想却是一致的，都是符合他的文学主张，关系“礼教治政”，而“有补于世”的。他的思想在《感事》一首作了概括的叙述：

贱子昔在野，心哀此黔首。丰年不饱食，水旱尚何有。虽无剽盗起，万一且不久。特愁吏之为，十室灾八九。原田败粟麦，欲诉嗟无赇。间关幸见省，笞扑随其后。况是交冬春，老弱就僵仆。州家闭仓庾，县吏鞭租负。乡邻铢两征，坐逮空南亩。取赀官一毫，奸桀已云富。彼昏方怡然，自谓民父母。朅来佐荒郡，懔懔常惭疚。昔之心所哀，今也执其咎。乘田圣所勉，况乃余之陋。内讼敢不勤，同忧在僚友。

他还以咏史或怀古的诗篇，通过对历史人物或历史事件的景仰、批判和评论，抒发自己的政治热情、理想和抱负，如《扬雄二首》《秦始皇》《韩信》《东方朔》《澶州》《张良》《司马迁》《诸葛武侯》《孟子》《商鞅》《曹参》《范增二首》。

王安石晚年罢相闲居，日与山水相接，所作多是描写景物的五、七言近体，而尤为世所称道的则是他的绝句，并被认为是他晚年风格变化后造诣达到高峰的表现，如：

茅檐长扫净无苔，花木成畦手自栽。一水护田将绿绕，两山排闼送青来。（《书湖阴先生壁》二首之一）

京口瓜洲一水间，钟山只隔数重山。春风又绿江南岸，明月何时照我还？（《泊船瓜洲》）

南浦随花去，回舟路已迷。暗香无觅处，日落画桥西。（《南浦》）

诚然，这些诗炼字、炼句、炼意，都极精新，艺术上比早年更为成熟，而思想内容却与“礼教治政”无关，已不符“文章合用世”的原则了。不过，有时他也写点关系到政治的诗，表现他的倔强性格，流露其“烈士暮年，壮心不已”的心情，甚至还透露其关心民瘼的思想。如：

一陂春水绕花身，花影妖娆各占春。纵被东风吹作雪，绝胜南陌碾成尘。（《北陂杏花》）

柔桑采尽绿阴稀，芦箔蚕成密茧肥。聊向村家问风俗：如何勤苦尚凶饥？（《郊行》）

王安石的诗是学杜甫的，于宋则推重欧阳修。他在《老杜诗后集序》中说：“予考古之诗，尤爱杜甫氏作者。其辞所从出，一莫知穷极，而病未能学也。”又有一篇古诗题《杜甫画像》曰：“吾观少陵诗，为与元气侔。力能排天斡九地，壮颜毅色不可求。浩荡八极中，生物岂不稠。丑妍巨细千万殊，竟莫见以何雕锼。”他尊杜又学杜，重欧却并不似欧，因他学问渊博，非欧所及。叶梦得《石林诗话》云：“王荆公（按：王安石曾封为荆国公）晚年诗律尤精严，造语用字，间不容发。然意与言会，言随意遣，浑然天成，殆不见有牵率排比处。”他晚年这样讲究修辞的技巧，对后来宋诗的形式主义确实也起了一定的影响，特别是他往往好搬弄词汇和典故，与后来宋诗的“以学问为诗”，也有不少关系。陈师道《后山诗话》有云：“荆公诗：‘力去陈言夸末俗，可怜无补费精神。’而公平生文体数变，暮年诗益工，用意益苦，故言不可不谨也。”按：陈所引的王诗指《临川集》卷三十四《韩子》：“纷纷易尽百年身，举世何人识道真？力去陈言夸末俗，可怜无补费精神。”陈氏竟是“以子之矛，攻子之盾”，来批评王安石了。

苏轼是继欧阳修之后，完成文学革新运动的，但主要是在词学领域。因为他把词提到与诗并列的地位，扩大了词的内容与境界，改变了词的传统的婉约风格和专写艳情的特用文体，使词成为也可以写恢阔、畅达、明快、昂扬的新境界的新体。而诗文的革新则是在欧阳修和梅尧臣、苏舜钦等人手中便已取得决定性胜利的。这里所以还要讲他的诗，是因为他在这方面也有很高的成就，对宋诗有极大的影响。

苏轼（1037—1101 年），字子瞻，号东坡居士，四川眉山人。少年高才，在文学、艺术各个方面都有相当高的造诣，对政治也很留心，颇具卓识。二十一岁中进士，走上仕途，曾提出过“厉法禁，抑侥幸，决壅蔽，教战守”等改良主张，并要求朝廷“励精庶政，督察百官，果断而力行”，表现出一个青年政治家敢说敢干的风度，比起当时保守派的人物，他要算大胆得多也锋利得多的。可惜他对地方政治、下层人民、社会实况都了解得太少，所以当王安石进行变法，进行改革，将欲大有作为的时候，他就站到反对派一边，成为旧党的一员，立即上书反对新法，并因此而被外放到杭州为通判，后又转知密、徐、黄、汝等州。神宗赵顼死后，哲宗赵煦即位，才因起用旧党被召还朝，做到翰林学士，知制诰，旋又出知杭、颍、扬等州；复召，复出，历贬英州、惠州、琼州……徽宗赵佶时，遇赦内徙真州，因病止于常州，遂卒。

苏轼的思想基础是儒家的，但也有道家老庄哲学和佛家出世思想的影响，所以他的世界观是比较复杂的。他从儒家思想出发，对政治社会现实采取积极干预和参加的态度。但当他在政治上受到严重打击时，就会借释道学说，以消极、退让、淡泊、自足，甚至出世、厌世等思想，聊自慰解。这样，他一生虽然受过很多挫折，却都能以潇洒出尘、游戏人间的态度，逆来顺受，满不在乎地度过，并不因外来的迫害而困惑丧气，并且也没有丧失他那积极的斗争精神。他的儒家思想和释道思想就是这样地又矛盾又统一的。反映在他的文学作品中的，也正是这两种思想矛盾统一的产物。

他的文艺思想见于他的诗文和书信中。他很重视文学的社会作用，主张文章要为政治服务，反对“多空文而少实用”的文章，主张“文章以华采为末，而以体用为本”，即对于诗歌，他也要求“托事以讽，庶几有补于国”，与中唐白居易的观点完全一致，事实上，他也是最钦慕白居易的。在诗歌的写作艺术技巧方面，他也和对待散文一样，要“如行云流水，初无定质，但常行于所当行，常止于不可不止”；要“求物之妙”，并“能使是物了然于心”，“了然于口与手”，然后文章就会如“万斛泉涌，不择地而出”，而“文理自然，姿态横生”。他的诗词都是豪放的，而其豪放，乃是“出新意于法度之中，寄妙理于豪放之外”的，并非狂乱无规律、无意识的东西。他作诗是很认真的，一生下了很大功夫来学习并坚持写作。

苏轼诗初学唐人刘禹锡，故多怨刺；晚学李白，“至其得意，则似之矣，然失于粗，以其得之易也”。这是他的门下士陈师道说的（《见后山诗话》），大致恰当。但就他的诗看，他还学了杜甫和韩愈、白居易，晚年更爱陶渊明诗，作品中有显著的这些前代诗人的痕迹。苏诗现存二千七百余首，各体皆备。《吴中田妇叹》是用七言古风反映人民疾苦的。

今年粳稻熟苦迟，庶见霜风来几时。霜风来时雨如泻，杷头出菌镰生衣。眼枯泪尽雨不尽，忍见黄穗卧青泥！茅苫一月垅上宿，天晴获稻随车归。汗流肩赪载入市，价贱乞与如糠粞。卖牛纳税拆屋炊，虑浅不及明年饥。官今要钱不要米，西北万里招羌儿。龚黄满朝人更苦，不如却作河伯妇。

反映现实更深刻、全面，而艺术性较高的，则有借古喻今的《荔枝叹》：

十里一置飞尘灰，五里一堠兵火催。颠坑仆谷相枕藉，知是荔枝龙眼来。飞车跨山鹘横海，风枝露叶如新采。宫中美人一破颜，惊尘溅血流千载。永元荔枝来交州，天宝岁贡取之涪。至今欲食林甫肉，无人举觞酹伯游。我愿天公怜赤子，莫生尤物为疮痏。雨顺风调百谷登，民不饥寒为上瑞。君不见：武夷溪边粟粒芽，前丁后蔡相宠加。争新买宠各出意，今年斗品充官茶。吾君所乏岂此物，致养口体何陋耶！洛阳相君忠孝家，可怜亦进“姚黄花”！

借唐玄宗李隆基为了杨贵妃的口腹享受，而使得无数人民遭到惨死，来指斥当时达官贵人“争新买宠”进粟粒芽茶和姚黄牡丹，进行了尖锐的讽刺，表现了无比的愤怒，完全可以代表广大劳动人民的真实情感。类此的还有不少，无须多举。

苏诗也有反映他的爱国思想的，如《和子由苦寒见寄》：

……丈夫重出处，不退要当前。西羌解仇隙，猛士忧塞壖。庙谟虽不战，虏意久欺天。山西良家子，锦缘貂裘鲜。千金买战马，百宝妆刀环。何时逐汝去，与虏试周旋。

慷慨豪壮，意气飞扬，显示了诗人志欲从军报国的热肠。《闻洮西捷报》由于听到边防军的胜利，而更为兴奋：

汉家将军一丈佛，诏赐天池八尺龙。露布朝驰玉关塞，捷书夜到甘泉宫。似闻指挥筑上郡，已觉谈笑无西戎。牧臣不见天颜喜，但惊草木放春容。

在苏诗中占较大比重的，是一些叙事、抒情、写景、咏物、赠答、送别、次韵唱和之类，其中对后人影响最大的是抒发个人情感和描绘自然景物的诗篇，如《有美堂暴雨》：

游人脚底一声雷，满座顽云拨不开。天外黑风吹海立，浙东飞雨过江来。十分潋滟金樽凸，千杖敲铿羯鼓催。唤起谪仙泉洒面，倒倾蛟室泻琼瑰。

又如《中秋见月和子由》：

明月未出群山高，瑞光千丈生白毫。一杯未尽银阙涌，乱云脱坏如崩涛。谁为天公洗眸子，应费明河千斛水。……

有时他也通过景物的描写，寄托自己的思想感情，既有生活基础，又是有感而发，如《唐道人言天目山上俯视雷雨每大雷电但闻云中如婴儿声殊不闻雷震也》一首七绝，表现了诗人蔑视权贵、傲睨一切的态度：

已外浮名更外身，区区雷电若为神。山头只作婴儿看，无限人间失箸人。

他有时还结合生活中所接触的情景，表达他对事物的新颖见解，发明具有普遍意义的哲理，如《题西林壁》：

横看成岭侧成峰，远近高低各不同。不识庐山真面目，只缘身在此山中。

苏轼的诗有一个最大的特色就是极善于用比。他的比喻既丰富，又新颖，而且都非常贴切。如《和子由渑池怀旧》：

人生到处知何似，应似飞鸿踏雪泥：泥上偶然留指爪，鸿飞那复计东西。老僧已死成新塔，坏壁无由见旧题。往日崎岖还记否？路长人困蹇驴嘶。

“雪泥鸿爪”已成为后世习用的成语，表示记忆中的旧游遗迹。他这个有名的譬喻真是又新鲜，又形象，令人喜爱。又如《饮湖上初晴后雨》：

水光潋滟晴方好，山色空濛雨亦奇。欲把西湖比西子，淡妆浓抹总相宜。

后两句也是明喻，把西湖景色之美比作历史上有名的美女西施，而西施又正是越女，本在浙江。《六月二十七日望湖楼醉书》之一，四句三用比：

黑云翻墨未遮山，白雨跳珠乱入船。卷地风来忽吹散，望湖楼下水如天。

苏诗的艺术成就标志着宋诗革新运动的完成，并确立了代表宋诗的一切特征。他的诗有清丽的，有奇崛的，有和婉的，有苍凉的，有流畅自然的，有宏肆奔放的，有直抒胸臆、坦率豪爽的，有刻画精微、细入毫芒的。总之，他的诗充分表现出一个语言艺术家的高度天才。而最主要的是他那开朗高旷的精神面貌。他通过向唐代大诗人李白、杜甫、白居易等的现实主义和浪漫主义创作方法的学习、继承、发扬与运用，在反对宋初西昆体的斗争中，构成并树立了他自己的充满浪漫气息的诗风。

苏诗语言平易，表达力强，生动活泼，气势充畅。有些篇的散文化是继承李、杜、韩、欧的传统而加以改造取得的。本来诗歌散文化、议论化曾使宋代前期某些诗人的作品流于浅率无味，乃至生硬晦涩，如前举欧阳修的某些诗篇便是显例。但到苏轼手里，以他清新畅达的语言和纯熟深厚的文艺修养，基本上纠正了前人的这种缺点。清赵翼《瓯北诗话》说：“以文为诗，自昌黎始；至东坡益大放厥词，别开生面，成一代之大观。今试平心读之，大概才思横溢，触处生春，胸中书卷繁富，又足以供其左旋右抽，无不如志。其尤不可及者，天生健笔一枝，爽如哀梨，快如并剪，有必达之隐，无难显之情：此所以继李、杜后为一大家也。而其不如李、杜处，亦在此。”其论颇是。苏轼想象力强，故善用比喻，长于夸张，作品色泽鲜明，气势飘忽。他能自由地运用古今活的语言，不避浅俗，这说明他继承了祖国过去的文学遗产，并吸取了民间文学的营养，而加以他自己的磨炼淬砺，然后才取得这样的艺术成就。

然而他的诗歌艺术上的缺点也往往表现在他的才气上。由于他才情横溢，作诗太多太快，不免有敷衍应酬，脱口而出，信手挥洒的粗制滥造的庸俗浅陋的作品，既无思想性，又乏艺术性，实在无甚可取之处。又有时过于逞才炫博，铺排典故，如后世论者所谓“以学问为诗”，也是很大的缺点。总之，宋人“以文为诗”“以学问为诗”“以议论为诗”等宋诗特征，苏轼都具备齐全，这是他所遗留下来的坏影响，虽然责任不应由他独负，但至少应该说他也是应任其咎的主要诗人之一。

附带说说他的父亲和弟弟。其父洵（1009—1066 年），字明允，主张“文以载道”。苏轼的说法“吾所为文必与道俱”，是与其父言异而实同的。苏洵的《嘉祐集》十五卷，主要是些议论文，尤多政论，可见其成就所在。存诗仅二十六首，多古风而少近体，并不见得很高明。故陈师道说：“世语云：苏明允不能诗，……”胡仔则不同意，说：“后山谈何容易，便谓老苏不能诗，何诬之甚!”并举叶梦得《石林诗话》中所述，苏洵在韩琦席上赋诗有“佳节久从愁里过，壮心偶傍醉中来”之句。又《送蜀僧去尘》云：“谁为善相应嫌瘦，后有知音可废弹。”叶评谓“明允诗不多见，然精深有味，语不徒发，正类其文”，又谓“婉而不迫，哀而不伤，所作自不必多也”。此两联显是七律，不在《嘉祐集》所收二十六首内，似散佚尚多，遂不可见。轼弟辙（1039—1112 年），字子由，兄弟同科中进士，时年仅十九岁。在政治上与其兄同样反对王安石新法；文学上互相标榜，互相学习，但才不及兄，成就远差。《栾城集》及《后集》《三集》《应诏集》共九十六卷，俱存。诗殊不出色，也没有新的贡献，只能表现清丽而已。

苏轼和唐代的韩愈及宋代的欧阳修一样，都注意培养后进，团结同道，成为继韩欧遗踪而领袖一代文坛的人物。被称为“苏门四学士”的黄庭坚、秦观、张耒、晁补之，和较后进入苏门被一并称为“苏门六君子”

的陈师道、李廌等，都是受到苏轼揄扬培植的文学上有成就者，和他一道为北宋文学革新运动作出了贡献，足与中唐后期“韩门弟子”后先辉映。他的文学对后世影响极为广泛而深远，北宋后期江西诗派的黄庭坚、陈师道，对南宋初期的陈与义、陆游、辛弃疾，对金的元好问、明的袁宏道、清的查慎行等重要诗人都有很明显的影响，有好的方面，也有坏的方面。

四、黄庭坚和江西诗派

苏轼继承欧阳修所领导的文学革新运动，带领同道和后进把革新推向高峰，取得了完全的成功。于是在文学革新阵营内部，主要是在“苏门”内部，就开始产生了矛盾、分化，而以黄庭坚为首的“江西诗派”便出现在北宋后期的诗坛，直到南宋，长期居统治地位达百余年而未已，甚至时伏时起，历元、明、清而至近代，犹曾一度死灰复燃，其影响之大且久，盖可想见。后世所谓“宋诗”，主要也是指以黄庭坚为代表的江西诗派的诗风而言。

黄庭坚（1045—1105 年），字鲁直，号山谷道人，江西洪州分宁（今江西修水县）人。初中进士，名不显，苏轼见其诗文，盛加称赏，声名始震。他的政治见解略同于轼，但没有多少建白，而屡遭贬谪，故一生不得意，无可述者。

他于诗文也是坚决反对西昆体的，本来西昆诗以上层士大夫文人酬唱为主，专讲声律、对偶、辞藻、典事，学晚唐而取其形式，得貌遗神，是其大病。宋初自穆修、尹洙、王禹偁、石介至梅尧臣、苏舜钦等便极力反对，欧阳修出来领导革新，为了在艺术上摆脱西昆体的影响，特别注意于立意、用事、琢句、谋篇等方面，希望探索出新的途径，战胜西昆并取而代之。他们都乞灵于唐人，或学李白，或学杜甫，或学韩愈，或学白居易，而主要是发挥他们形式上的某些特点，很少学到他们的现实主义和浪漫主义的创作方法。因此，在欧梅时代便已形成了宋诗的特征，一般是思想平庸，内容浅薄，艺术低下，语言陈腐（与唐诗比较而言），而为了可以表现他们的革新成绩，就走了近路：学了李白诗中偶然有的散句，学了杜甫的善于使事用典、炼词琢句，学了韩愈的幽险拗涩和“以文为诗”，学了白居易的平易圆熟，并且在这些方面又都有所发展变化。于是就形成了散文化、议论化、典故化等突出的新恶风。他们虽然在诗法上努力向前代大诗人学习，却未能很好地继承祖国几千年来的现实主义优良传统，而是以另一种形式主义代替了西昆派的形式主义。这一新的形式主义就是作为宋诗典型代表的江西诗派的形式主义。而江西诗派诗风的创始人与完成者就是黄庭坚。

黄庭坚自己的诗曾说过“随人作计终后人”，又说“文章最忌随人后”。似乎他最反对因袭前人而要自辟新路，然而事实上恰好相反：他不但因袭前人，而且专门盗窃古人之诗而加以改头换面，并美其名曰“脱胎换骨法”。胡仔《苕溪渔隐丛话前集》卷四十七载：“山谷云：‘诗词高胜，要从学问中来。’”他的《答洪驹父书》云：“老杜作诗，退之作文，无一字无来处，盖后人读书少，故谓韩杜自作此语耳。古之能为文章者，真能陶冶万物，虽取古人之陈言入于翰墨，如灵丹一粒，点铁成金也。”他怎样“点铁成金”呢？据他说要“以俗为雅，以故为新”，似乎这样就可“化臭腐为神奇”，说穿了，就是剽窃古人。他多读杂书，可能记得一些为常人所不知的僻典，如佛经、语录、小说中所见，嵌到诗里，借以吓人。其实这算什么创造？简直是走入魔道，不过以此掩盖他的思想贫乏、内容空虚而已。杜甫好用典，本来也不算是杜诗的佳处，他的最有名的篇章都是不用或很少用典的，即使用典，他也没有弄得诗句奇涩险怪，令人不解，而以此为高。黄庭坚却不然，他“喜作诗，得名，好用南朝人语，专求古人未使之一二奇字，缀葺而成诗，自以为工，其实所见之僻也。故句虽新奇，而气乏浑厚”。这是魏泰《临汉隐居诗话》对黄的批评，未免客气了些。我则认为他由于过分求奇，有时竟至词句欠通，令人难于索解，如《奉和文潜赠无咎篇末多及以既见君子云胡不喜为韵》云“本心如日月，利欲食之既”，就是这种欠通的例子。他为了同西昆派立异，有意用拗律，押险韵，造硬语，这与杜甫的“语不惊人死不休”的精神并不相同：杜甫是要以雄健精练、浑然天成的诗语惊人，他却连向来诗人讲究声律协和、词达意明的基本要求都不顾了，而“作意出奇”，结果便弄得晦涩不通！据说他是要“用昆体功夫，而造老杜浑全之境”，岂非梦呓！

黄庭坚还喜欢在诗中进行说教，以古典成语发表迂腐平凡的议论，给读者以模糊不清的印象。这和西昆派所宗尚的李商隐好用典事、讲求词藻相同，但用意不同：李商隐是用来写他不能明言之情事，遂故为隐晦，亦良有其不得已之故；而黄庭坚则是借古典来掩饰其说教的迂腐平凡。例如《柳闳展如子瞻甥也其才德甚美有意于学故以桃李不言下自成蹊八字作诗赠之》，其第六首云："圣学鲁东家，恭惟同出自。乘流去本远，遂有作书肆。日中驾肩来，薄晚常掉臂。徒嚣终无赢，归矣求己事。"谁能懂他说些什么话！其实不过劝那位柳展如回家好好读书，不必到处投奔而已！

从欧、梅到王、苏，反对西昆体不只是文学上的斗争，也是配合政治斗争的，所以他们的诗都有一定的现实意义，在诗中多少都反映了人民的意愿，对封建统治阶级的残酷统治作了揭露和批判。黄庭坚的社会生活远不如他的前辈广阔，加以他把心力都放在僻杂罕见不为世人所称道的书本子上，从中取用典事、僻词、奇字，以为作诗之资，这种脱离现实的创作方法也使他只能走向形式主义。他尝说过："诗者，人之性情也，非强谏诤于庭，怨忿诟于道，怒邻骂座之为也。"又说："其发为讪谤侵凌，引颈以承戈，披襟而受矢，以快一朝之愤者，人皆以为诗之祸，是失诗之旨，非诗之过也。"这些话虽从某一点来看，也还多少有一点道理，但从总的精神来看，这样否定诗的斗争作用，就必然要逃避现实，片面追求形式之巧了。

黄庭坚本着他的理论作诗，所以好诗实在不多。但他毕竟是一个流派的创始人，是一个大家，当他受到真实情感的激动，而在一定程度上摆脱他的那一套错误理论，进行写作时，就会产生较好的作品。如《劳坑入前城》和《上大蒙笼》都是反映人民生活在贪婪的官吏压榨下的痛苦呼声的。如后一首以乡农口吻喊出的哀音："穷乡有米无食盐，今日有盐无米食。但愿官清不爱钱，长养儿孙听驱使。"确实写得非常沉痛，而且语言通俗、朴素，完全是民间的日常口语，丝毫未受他自己所定的清规戒律的限制，成为黄庭坚诗集中仅有的为人民而写的好诗。他有一些和、答、寄赠他哥哥黄大临（字元明，也是个诗人）的诗，情感比较深挚，如《新喻道中寄元明用觞字韵》：

中年畏病不举酒，孤负东来数百觞。唤客煎茶山店远，看人获稻午风凉。但知家里俱无恙，不用书来细作行。一百八盘携手上，至今犹梦绕羊肠。

他有少数描写山川景物的诗，也还明畅、清新：

痴儿了却公家事，快阁东西倚晚晴。落木千山天远大，澄江一道月分明。朱弦已为佳人绝，青眼聊因美酒横。万里归船弄长笛，此心吾与白鸥盟。（《登快阁》）

投荒万死鬓毛斑，生入瞿塘滟滪关。未到江南先一笑，岳阳楼上对君山。（《雨中登岳楼望君山》其一）

满川风雨独凭栏，绾结湘娥十二鬟。可惜不当湖水面，银山堆里看青山。（《雨中登岳楼望君山》其二）

这些诗都是比较成功的，但不能算是黄庭坚的代表作，也不代表“江西诗派”的诗风。

黄诗特为时人及后世的追随者所推重，甚至有人认为他在苏轼之上，至少也把他与苏轼并列，而称为“苏黄”。他自谓诗学杜甫，但他的学法是只从表面的形式上或字句的技巧上用功，要求锤炼，要求“无一字无来处”，就完全失掉杜甫的现实主义精神，根本与杜甫的创作道路相背。他的诗没有一点跟杜甫诗相类似的，而且完全不同，就连诗句也没有相近的。苏轼则不然，他才情横溢，议论英爽，笔锋精锐，举重若轻，并不以锻炼为工，故其诗如流水行地，全不着力，而自成创格，独为超绝。赵翼论苏、黄两家曰：“北宋诗推苏、黄两家，盖才力雄厚，书卷繁富，实旗鼓相当。然其间亦自有优劣：东坡随物赋形，信笔挥洒，不拘一格，故虽澜翻不穷，而不见有矜心作意之处。山谷则专以拗峭避俗，不肯作一寻常语，而无从容游泳之趣。且坡使事处，随其意之所之，自有书卷供其驱驾，故无捃摭痕迹。山谷则书卷比坡更多数倍，几于无一字无来历，然专以选才庀料为主，宁不工而不肯不典，宁不切而不肯不奥，故往往意为词累，而性情反为所掩。此两家诗境之不同也。”这段评论比较恰当。宋许顗《许彦周诗话》载有林艾轩论苏、黄诗云：“丈夫见客，大踏步便出去；若女子，便有许多妆裹。此坡、谷之别也。”这个比喻很好：不外说苏诗自然洒落，毫无拘束；黄诗则矫揉造作，扭捏蹇滞。

“江西诗派”这一名称是黄庭坚死后，他的一些追随者所造的。因黄是江西人，故以为名，凡作诗而学他的风格者均被列入。南宋吕本中作《江西诗社宗派图》，自黄庭坚以下，列陈师道、潘大临、徐俯、韩驹、晁冲之、王直方等，合二十五人以为黄的法嗣，谓其源流皆出于黄也。其序大略云：“唐自李、杜之出，焜耀一世，后之言诗者，皆莫能及。至韩、柳、孟郊、张籍诸人，激昂奋厉，终不能与前作者并。元和以后至国朝（按：元和为唐宪宗李纯年号，谓中唐韩、孟以后；国朝谓宋），歌诗之作或传者，多依效旧文，未尽所趣。惟豫章（即江西，指黄庭坚言）始大出而力振之，抑扬反覆，尽兼众体，而后学者同作并和，虽体制或异，要皆所传者一，予故录其名字，以遗来者。”胡仔谓黄庭坚“自出机杼，别成一家，清新奇巧，是其所长，若言‘抑扬反覆，尽兼众体’，则非也。元和至今，骚翁墨客，代不乏人。观其英词杰句，真能发明古人不到处，卓然成立者甚众，若言‘多依效旧文，未尽所趣’，又非也。所列二十五人，其间知名之士，有诗句传于世，为时所称道者，止数人而已，其余无闻焉，亦滥登其列”。吕本中还集黄以后若干人的诗为《江西宗派诗集》一百一十五卷，于是“江西诗派”之名因以确立。杨万里《江西宗派诗序》说：“江西宗派诗者，诗江西也，人非皆江西也。人非皆江西，而诗曰江西者何？系之也。系之者何？以味不以形也。”吕本中《江西诗社宗派图》所列只二十五人，而且又选择未精，但实际上受黄的影响而诗又具江西派风格的还不止此数，特别是自黄死后，学其诗风而受黄诗影响的人更多。吕本中是南宋理学家，由于他的鼓吹，黄的理论流传甚广，黄诗也成为许多人学习的范本。但自陈师道起，便已感到黄的诗论的流弊，而有意识地加以纠正，到南宋以后，新时代给予人们以新的启发，就更突破了黄的戒律，产生了一些进步作家，用通俗朴素的语言，抒写自己的思想感情，反映现实，取得新的较大的成就。宋末元初，方回编撰《瀛奎律髓》，也以江西诗派为归，创“一祖三宗”之说，以杜甫为江西诗派之祖，而以黄庭坚、陈师道和南宋初期的陈与义为三宗。方回和刘辰翁两人在南宋末年江西派衰微之际，又重新起来倡导，并把江西诗风带到元朝。此后，时断时续，一直延到清末，又为陈三立等人所提起，大倡黄诗，可见其余波之远。

陈师道是黄庭坚的朋友，同出苏轼门下，对黄最为倾倒，竟从黄学，但他却是最早发觉黄诗缺点而首先突破其藩篱的人。陈师道（1053—1102年），字无已，又字履常，号后山居士，徐州彭城（今江苏徐州）人。他在江西诗派的地位仅次于黄庭坚，而年辈最长，声望最高。他少从曾巩学文，颇受赞许。中年以后，受到苏轼的赏识，并经推荐为徐州教授，除太学博士，以苏党之故，罢移颍州教授，调彭泽令，不赴。久之，后为秘书省正字而卒。今存《后山居士文集》二十卷，其中诗六卷，得古律诗四百六十五篇。陈师道的诗论见于他的《后山诗话》，其主张与黄庭坚相似而不尽同，他说：“宁拙毋巧，宁朴毋华，宁粗毋弱，宁僻毋俗，诗文皆然。”他是一个有名的苦吟诗人，与中唐韩门的贾岛、孟郊相似，可见他对艺术是极认真的。但他生活枯寂，孤芳自赏，作品题材狭窄，思想内容比较贫乏，苦吟结果只表现在字句韵律等艺术技巧的精奇，而无救于诗作本身的枯瘠。他为生活经历所限，自不能写出丰满充实的作品。他在后期已认识到黄诗只是“作意好奇”，不像杜甫的“遇物而奇也。三江五湖，平漫千里，因风石而奇尔”（《后山诗话》）。就是说，杜甫诗奇得自然，毫不勉强，毫无造作。于是他开始对黄诗不满，转而直接学杜甫。他的某些作品在一定程度上突破了江西派的戒律，不似黄诗的生硬拗折，能以较通畅的语言反映自己的穷困生活与悲苦情怀。如《舟中》二首之一：

> 恶风横江江卷浪，黄流湍猛风用壮。疾如万骑千里来，气压三江五湖上。岸上空荒火夜明，舟中坐起待残更。少年行路今头白，不尽还家去国情。

感情是真实的，在那时也有普遍性和代表意义，但情绪凄怆，调子低沉。又《除夜》一首，情调也与此相同，不再引录。《别三子》和《示三子》也都真挚纯朴，足以感人。如《别三子》学杜诗，有近似处：

> 夫妇死同穴，父子贫贱离。天下宁有此？昔闻今见之。母前三子后，熟视不得追。嗟乎胡不仁，使我至于斯！有女初束发，已知生离悲。枕我不肯起，畏我从此辞。大儿学语言，拜揖未胜衣。唤爷'我欲去'，此语那可思！小儿襁褓间，抱负有母慈。汝哭犹在耳，我怀人得知！

然而真能代表他的诗风的，却是些思想比较枯瘠、陈旧、寒窘的，如：

> 书当快意读易尽，客有可人期不来。世事相违每如此，好怀百岁几回开？（《绝句》四首之一）

他喜欢用俚语，而且用得比较稳恰，这是值得学习的。如"昔日剜疮今补肉""百孔千疮容一罅""巧手莫为无面饼""惊鸡透篱犬升屋"，都很明白自然。他想做到"每下一俗间言语，无一字无来处"，但那却是不必要的，而且也是不可能的。他学杜甫诗痕迹太露，如上举《别三子》中间几句就是从杜甫的诗中借来的，正如他自己说的，他作诗有如"拆东补西裳作带""拆补新诗拟献酬"。就这一点说，他和黄庭坚一样，都是学杜甫而未得其真髓，至多只在表面上错误地"以险瘦生涩为杜"，如有所得，"所得惟粗强耳"。不过，平心而论，他"固不失为北宋巨手"，在苏轼以后，他确是江西诗派中可与黄庭坚并称为大家者，其余诸子则相去甚远。

继陈师道之后，被方回说成是江西诗派"三宗"之一的陈与义，却与黄庭坚、陈师道并不是一样的诗风，不能算是同道。只是由于方回错误地把他拉进江西派里而且尊之为"宗"，使他委屈在黄派的家谱中，所以才把他写在这里。陈与义（1090—1139 年），字去非，号简斋，洛阳人。在北宋徽宗时，曾做太学博士，后谪监陈留酒税。靖康之难，金人入汴京，他南奔，转徙岳阳、长沙、衡阳间。高宗赵构绍兴元年（1131 年），他经广东、福建而至南宋首都临安（今杭州），任吏部侍郎，累官至参知政事（宰相）。

陈与义是南渡诗人的杰出者，早期虽受黄庭坚和陈师道的影响，但他并不以此自足，而更向上精进，远非黄、陈所能限。他的诗学杜，却不像黄、陈专学杜的表面造辞，多少学到了杜的精神实质，故其所作高华豪放、明快流畅，绝无佶屈聱牙之弊，不似黄诗的拗涩，也不同于陈师道之瘦硬。宋末刘辰翁序《简斋诗集》谓“陈简斋以后山体用后山，望之苍然，而光景明丽，肌骨匀称”，这两句话还是说得对的。陈与义对江西诗派有所批评，他从不认为自己是江西诗人。特别是在南渡以后，他身经离乱，广泛地接触了社会现实，激发了爱国热情，对杜诗的伤时悯乱，爱国忧民，反映现实，沉郁悲壮，有了更深的体会，认识到“要必识苏、黄之所不为，然后可以涉老杜之涯涘”。他的《感事》叙述丧乱之中，自己到处漂泊，而无以救国：

丧乱那堪说，干戈竟未休。公卿危左衽，江汉故东流。风断黄龙府，云移白鹭洲。云何舒国步，持底副君忧。世事非难料，吾生本自浮。菊花纷四野，作意为谁秋。

《次韵尹潜感怀》叹息金人南下，国中无人，以致君逃政乱，谁为靖难！

胡儿又看绕淮春，叹息犹为国有人。可使翠华周宇县，谁持白羽静风尘。五年天地无穷事，万里江湖见在身。共说金陵龙虎气，放臣迷路感烟津。

《伤春》则深咎北宋末年朝廷无策御侮，以致金人深入，皇帝到处逃难：

庙堂无策可平戎，坐使甘泉照夕烽。初怪上都闻战马，岂知穷海看飞龙。孤臣霜发三千丈，每岁烟花一万重。稍喜长沙向延阁，疲兵敢向犬羊锋。

还有不少这类作品，如《发商水道中》《巴丘书事》《再登岳阳楼感慨赋诗》以及许多《书事》的篇章都是。

陈与义也有些绝句小诗，意新词雅，能以朴素的语言表达深曲的感情，而又结合了忧国伤时之心，其思想艺术都非黄、陈等江西诗人所能及。如：

门外子规啼未休，山村日落梦悠悠。故国便是无兵马，犹有归时一段愁。（《送人归京师》）

飞花两岸照船红，百里榆堤半日风。卧看满天云不动，不知云与我俱东。（《襄邑道中》）

一自胡尘入汉关，十年伊洛路漫漫。青墩溪畔龙钟客，独立东风看牡丹。（《咏牡丹》）

如果不是在国破家亡，到处流离的大动乱中，体会到与杜甫在天宝十四载（755 年）以后所经历和感受的同样境界，他就不可能认识到杜甫诗的高明所在，也不可能在后期着意学杜，而把他的诗风改变成慷慨苍凉一路。

五、陆游和南宋其他诗人

赵宋王朝受到金人的强大压迫，汴京又被攻占，只得南逃渡江，暂都临安，但仍不能保持安定，仍时时受到北方敌人的威胁与侵扰，有志之士念念不忘于恢复中原，乃是在那个时期必然会产生的爱国主义思想。陆游就是在这样一个时代环境中度过他一生的，他之成为一个伟大的爱国诗人也是有其时代原因的。但是，并非那个时代所有的诗人都是爱国主义的，这就要看每个人的小环境和每个人的生活经历了。譬如和陆游同时代并且以诗齐名而与之并列为“中兴四大诗人”的杨万里、范成大、尤袤等人，就不以爱国主义为他们的诗作的主要主题思想，而是在其他主题上发挥他们的诗才。

陆游（1125—1210 年），字务观，号放翁，越州山阴（今浙江绍兴）人。父陆宰，是一个具有爱国思想的知识分子。陆游出生那一年，金人灭辽，立即驱兵南进；翌年年底，攻陷开封（北宋的汴京），北宋因而覆灭。当他十来岁时，家在山阴，离临安不远，当时一帮忠君爱国的士大夫常常往来于陆家，和他父亲慷慨激昂地谈论国事，对他的影响很大，因而在他幼小的心灵深处埋下爱国复仇的种子。他家藏书颇富，他又勤于攻读，进步很快。十六岁入都应试虽未及第，却结交了许多朋友，开阔了眼界，丰富了生活，对他诗的成就起了一定作用。回家后，除继续攻读诗文，还研究兵书，与江湖侠士往来，讨论恢复大计。二十九岁，到杭州应进士试，以第一名及第，名震京华，为秦桧所忌，被罢黜，除名籍，退还故里。他除致力诗歌外，还钻研兵书剑术，待机杀敌。秦桧死后，直到他三十四岁，才做了福建宁德县主簿。屡次迁升，又屡次罢去。他四十六岁，才到四川夔州任通判，将满三年，又赴南郑川陕宣抚使王炎幕中，从军八个月。于孝宗赵昚乾道八年（1172 年），调到成都，先后在蜀、嘉、荣三州摄理政务，后又入范成大军幕为参议官。淳熙五年（1178 年）被召东归，虽数任福建、浙江等地方及朝廷各项官职，但都与他所希望的赞襄平虏安邦大计不相干，未能有所展布。自光宗赵惇绍熙元年（1190 年）起，到宁宗赵扩嘉定三年（1210 年），整整二十年间，他绝大部分时间是在故乡山阴农村过着穷困而宁静的生活，使他和农民接近，产生了深厚感情，了解了人民的疾苦，对他后期诗歌的现实主义精神有很大影响。这期间他也写了很多闲适的田园诗，但他并没有忘记祖国的命运，仍热盼国家能驱逐金兵，恢复中原，直到临死以前还有《示儿》云：

死去元知万事空，但悲不见九州同。王师北定中原日，家祭无忘告乃翁。

试想，他的绝笔诗还只说要“北定中原”，使“九州大同”，而不及其他，可见他一生所最关心的也唯有“恢复”这一事了。陆游幼年时代在家庭就受到了生动的爱国主义教育，打下了他成为爱国诗人的思想基础。少年时代，他也曾受教于江西派大诗人曾几，而接受了江西诗的影响，但曾几本是南宋主张抗金的著名爱国人士，所以他也从曾几处受到深刻的爱国主义教育，那影响就远远超过并克服了江西诗风的空洞浮泛的思想缺点。他“少年志欲扫胡尘”，具有“上马击狂胡，下马草军书”的雄心壮志，所以他“少鄙章句学，所慕在经世”，认为“战死士所有，耻复守妻孥”。现存他早期的诗歌仅一百六七十首，全都贯串着这种爱国主义精神，与北宋时期江西派诗人作品显然有别。这种思想随着他年龄的增长和生活经验的丰富而越来越表现得深刻、强烈。他中年入蜀，南郑从军，领受过大散关的铁马秋风，调查过关中、陇右的边防前线，增强了诗人报国复仇的信心，在创作上得到了新的飞跃，遂使“地胜顿惊诗律壮”，形成了他一生诗歌成就的高峰。《山南行》云：

我行山南已三日，如绳大路东西出。平川沃野望不尽，麦陇青青桑郁郁。地近函秦气俗豪，秋千蹴蹦分朋曹。苜蓿连云马蹄健，杨柳夹道车声高。古来历历兴亡处，举目山川尚如故。将军坛上冷云低，丞相祠前春日暮。国家四纪失中原，师出江淮未易吞。会看金鼓从天下，却用关中作本根。

陆游日夜幻想官军渡河击胡的雄壮欢快场面，甚至在梦中都不能忘怀，如《十一月四日风雨大作》云：“僵卧孤村不自哀，尚思为国戍轮台。夜阑卧听风吹雨，铁马冰河入梦来。”他的《书愤》则以回忆想象表达出他的这种渴望，而深恨自己有愿不遂，年已衰老：

早岁那知世事艰，中原北望气如山。楼船夜雪瓜洲渡，铁马秋风大散关。塞上长城空自许，镜中衰鬓已先斑。出师一表真名世，千载谁堪伯仲间！

他对于朝廷一意求和，置陷区人民于不顾，而达官贵人则酣歌曼舞，不恤临边将士，最为痛恨。如《关山月》云：

和戎诏下十五年，将军不战空临边。朱门沉沉按歌舞，厩马肥死弓断弦。戍楼刁斗催落月，三十从军今白发。笛里谁知壮士心，沙头空照征人骨。中原干戈古亦闻，岂有逆胡传子孙！遗民忍死望恢复，几处今宵垂泪痕。

又如《秋夜将晓出篱门迎凉有感》二首之一：

三万里河东入海，五千仞岳上摩天。遗民泪尽胡尘里，南望王师又一年。

这诗表现了他热爱祖国雄伟壮丽的大好河山，又时刻关心沦陷在敌人手里的千百万人民，他们日夜盼望王师北伐，解救自己的痛苦，然而一年盼一年，都是空望，遗民泪尽，怨恨何极！诗人已经七十多岁的时候，犹壮心不已，幻想自己能够从戎杀敌。然而尽管“寸心自许尚如丹”，却是没有这种机会，“谁料如今袖手看”！他的《书愤》二首之一云：

白发萧萧卧泽中，只凭天地鉴孤忠。厄穷苏武餐毡久，忧愤张巡嚼齿空。细雨春芜上林苑，颓垣夜月洛阳宫。壮心未与年俱老，死去犹能作鬼雄。

一个爱国诗人必然同时也是一个热爱人民、同情人民的人，前引的诗一再为陷区人民设想，就可以说明这一点。他晚年退居农村以后，与农民接触更多，其诗反映农民疾苦，同时也斥责了统治阶级的苛剥，如《悲秋》《秋获歌》《农家叹》之类，都是继承杜甫、白居易的现实主义优良传统，而可以与之后先媲美的。举其一篇为例：

有山皆种麦，有水皆种粳。牛领疮见骨，叱叱犹夜耕。竭力事本业，所愿乐太平。门前谁剥啄？县吏征租声。一身入县庭，日夜穷笞搒。人孰不惮死？自计无由生。还家欲具说，恐伤父母情。老人倘得食，妻子鸿毛轻。（《农家叹》）

陆游晚年的闲适诗、田园诗和山水诗，都充分表现了他热爱生活、热爱自然、热爱伟大的祖国和纯朴的劳动人民，具有乐观主义精神和浓厚的生活气息，与一般脱离现实的自然主义和形式主义的作品毫无共同之处；有些还结合了现实政治社会情况，就更非单纯的闲适、田园、山水诗可比了。他的这类小诗有流传极广、颇负盛名，自来为人所喜爱的，如：

莫笑农家腊酒浑，丰年留客足鸡豚。山重水复疑无路，柳暗花明又一村。箫鼓追随春社近，衣冠简朴古风存。从今若许闲乘月，拄杖无时夜叩门。（《游山西村》）

世味年来薄似纱，谁令骑马客京华。小楼一夜听春雨，深巷明朝

卖杏花。矮纸斜行闲作草，晴窗细乳戏分茶。素衣莫起风尘叹，犹及清明可到家。（《临安春雨初霁》）

陆游生活经验丰富，他的诗写的社会生活与自然景物也极其繁多，在他看来，“村村皆画本，处处有诗材”。以他敏锐的感观捕捉对象，运用高度的概括进行艺术加工。触目入耳，均为诗料，信手拈来，都成妙趣。因此，他写的任何内容，都非常成功，虽万首不厌其多。但他的主要成就毕竟还是那些激昂踔厉的爱国主义诗篇，而闲适诗则不能算是他的代表作。并且在这些作品中，也还间有叹老嗟卑的伤感情绪，自更非精华而是糟粕了。

陆游也是南宋的爱国词人，晚年所写，感慨悲愤，颇有“烈士暮年，壮心不已”的气概，如：

当年万里觅封侯，匹马戍梁州。关河梦断何处，尘暗旧貂裘。胡未灭，鬓先秋，泪空流。此生谁料，心在天山，身老沧州。（《诉衷情》）

他的词不过是他的诗的一部分，讲他的诗的思想艺术也就包括词在内，不需要另谈。

陆游诗的创作方法继承杜甫的优秀传统，基本上是现实主义的；同时，由于气魄雄伟，热情洋溢，想象丰富，也给作品带来不少浪漫主义色彩，这就证明他也继承了屈原、李白的浪漫主义传统。他在一首诗中写他梦中所见的抗金胜利情景云：“筑城绝塞进新图，排仗行宫宣大赦。冈峦极目汉山川，文书初用淳熙年。驾前六军错锦绣，秋风鼓角声满天。苜蓿峰前尽亭障，平安火在交河上。凉州女儿满楼前，梳头已学京都样。”（《五月十一日夜且半，梦从大驾亲征，尽复汉唐故地。……马上作长句，未终篇而觉，乃足成之》）写得十分真实，但又只是幻想，这若不用形象思维是创作不出的。

他善于用非常形象化的比喻，如“归思恰如重酿酒，欢情略似欲残棋”“船上急滩如退鹢，人缘绝壁似飞猱”“身世蚕眠将作茧，形容牛老已垂胡”“舟行十里画屏上，身在西山红雨中”。他的隐喻也很多，特别好用宝剑、良马自比，表现他杀敌报国的英雄志愿。他也好用夸张的手法，如说奇峰“拔地青苍五千仞”，说愁思使人“一夕绿发成秋霜”；说酒豪则曰“引杯快似黄河泻”，说才高则曰“落笔声如白雨来”。

他的语言极精练而平易，说明他善于向古人和人民群众学习。用口语极自然，如“洗脚上床真一快”；用古典做对句，妥帖自然，不落纤巧，与寻章摘句堆砌典实者大不相同，如“酒宁剩欠寻常债，剑不虚施细碎仇”。

陆游的诗，无论思想方面还是艺术方面对当代和后世影响都非常深远，尤其他那些爱国主义和现实主义诗篇，是他的作品的精华，对后世影响尤深，也确实值得后代人很好地学习、继承。

与陆游同时并曾受到他的影响，却又不属于爱国诗人行列的，有杨万里和范成大。这两个诗人虽不属江西诗派，但也和陆游一样，曾受过江西诗的影响，而且直到后来还没有完全洗刷净尽。他们也都各以其诗作垂诸后代，留有长期影响。

杨万里（1127—1206年），字廷秀，号诚斋，江西吉水人，有《诚斋集》四十二卷，诗四千余首留存至今。他为人刚正，晚年因不满于韩侂胄的盲目用兵，忧愤而卒。他平生作诗极多，据云有二万余首，他走的创作道路也变过多次，后期就把以前所作全部焚毁，所以今所存者仅五分之一左右。据他自己在《荆溪集·自序》里说：“予之诗，始学江西诸君子，既又学后山五字律，既又学半山老人七字绝句，晚乃学绝句于唐人。学之愈力，作之愈寡。……戊戌三朝，时节赐告，少公事。是日即作诗，忽若有悟，于是辞谢唐人及王、陈、江西诸君子，皆不敢学，而后欣如也。”可见他当初还是学过江西诗派，走了很多弯路，才悟出师法自然的创作道路。他要求“黄陈篱下休安脚，陶谢行前更出头”，不但不再模拟古人，还要超出古人，于是就形成他自己的独特风格“诚斋体”。其特点是：题材主要取自然界的景色和大小事物，一般写得清新巧妙，刻画入微；其次是寓感愤和讽刺于诙谐嘲笑之中；三是善于捕捉自然景物微细的特征，用自己的语言表现出来，或用拟人法加以突出，使之生动而有风趣；四是继承了古代的民歌，也学习了当代的民歌，肯于以俚语、口语及谣谚入诗，如“拖泥带水”“手忙脚乱”“连吃数刀”之类，他都肯用。他也有一些抒写爱国感情和反映社会现实的作品，如《初入淮河四绝句》和《悯农》及《插秧歌》等，但毕竟不多，不成为他的诗的主流。

范成大（1126—1193 年），字至能，晚年自号石湖居士，平江吴县（今江苏苏州）人。他一生在政治上做到很高地位。早年曾出使至金，慷慨陈词，刚强不屈，为朝野所称。晚年退居石湖，以写田园诗为后世所重。

他的诗歌主题正和他的平生经历相应：有反映现实，揭露阶级矛盾的，有表现爱国思想的，也有写农村生活的。他的《催租行》和《后催租行》是他诗集中写得最深刻的，而后篇尤为突出：

> 老父田荒秋雨里，旧时高岸今江水。佃耕犹自抱长饥，的知无力输租米。自从乡官新上来，黄纸放尽白纸催。卖衣得钱都纳却，病骨虽寒聊免缚。去年衣尽到家口，大女临岐两分首。今年次女已行媒，亦复驱将换升斗。室中更有第三女，明年不怕催租苦。

他的爱国诗主要写于使金时期，但他的爱国思想倒是早在青年时代便已蕴于胸中的，如《秋日》二绝之一云：

> 碧芦青柳不宜霜，染作沧洲一带黄。莫把江山夸北客，冷云寒水更荒凉。

而最有价值的也是写得最能感人的爱国诗篇却是他于 1170 年奉使金国时所写的七十二首七言绝句，如《州桥》自注曰："南望朱雀门，北望宣德楼，皆旧御路也。"

> 州桥南北是天街，父老年年等驾回。忍泪失声询使者："几时真有六军来？"

又如《李固渡》：

> 洪河万里界中州，倒卷银潢聒地流。列弩燔梁那可渡，向来天数亦人谋。

《清远店》自注曰："定兴县中客邸前，有婢，两颊刺'逃走'二字，云是主家私自黥涅，虽杀之，不禁。”

> 女僮流汗逐毡軿，云在淮乡有父兄。屠婢杀奴官不问，大书黥面罚犹轻。

《会同馆》自注曰：“燕山客馆也。授馆之明日，守吏微言有议留使人者。”

> 万里孤臣致命秋，此身何止一沤浮。提携汉节同生死，休问羝羊解乳不。（原注曰：“辽人馆本朝使，已谓之会同馆”）

范成大的田园诗的最主要成就，在于既写了农民被剥削之酷，也描绘并赞赏了农民勤劳、纯朴、乐观的美好品质，洋溢着他们热爱生活的情操与靠自己劳动谋求幸福的自豪感。他的田园诗带有浓厚的乡土和血汗气息，这在前人诗中是少见的。姑举两首为例：

> 采菱辛苦废犁锄，血指流丹鬼质枯。无力买田聊种水，近来湖面亦收租。（《四时田园杂兴》其三十五）

> 新筑场泥镜面平，家家打稻趁霜晴。笑歌声里轻雷动，一夜连枷响到明。（《四时田园杂兴》其四十四）

他的诗集（《石湖诗集》）共存诗一千九百余首，数量比杨万里少得多，但内容比较丰富，思想比较清新，语言平易而淡雅，学中唐白居易、孟郊、王建而有得，出自江西派而能跳出其范围，但时时流露江西余臭，未能洗刷干净。他的诗不像杨万里那样过于浅俗，尚有俊丽华美的词句，但他喜欢用冷僻故事，又好用佛家语，也是毛病。思想中还存在不少消极颓废的东西，都必须批判。

六、“永嘉四灵”和江湖诗派

自北宋中期黄庭坚的江西诗派大行于世以来，诗坛为江西派所统治盖已百余年。到南宋初期，因为大局剧变，国家民族危亡，人们的思想感情都趋于激昂奋厉，那种只注意于形式不重视反映现实的卑靡诗风和生硬、拗涩、险怪、乖摈的艺术形式，已不为读者所喜爱，也渐为诗人所厌弃，许多大家努力另创新风格，扫除江西派对自己的影响与遗迹。杨万里算是明显的一个，但他却还不肯断绝跟江西派的联系，直到他的晚年，还为江西派的总集作序，还要增补吕本中的《江西诗社宗派图》，搞个“江西续派”，事实上他也没有清除他诗中的江西余臭。只有到了南宋后期，“永嘉四灵”和江湖派出来，才公开反对江西诗派。

所谓“永嘉四灵”，是因为四个人都是浙江永嘉人，他们的名字或别号中都有个“灵”字，而且互相是好友，是诗的同道。这“四灵”是：徐照（生年不详，卒年为1211年），字道晖，一字灵晖，号山民，有《芳兰轩集》；徐玑（1162—1214年），字文渊，一字致中，号灵渊，有《二薇亭诗集》；翁卷（1163—1245年），字续古，一字灵舒，有《苇碧轩集》；赵师秀（1170—1219年），字紫芝，号天乐，有《清苑斋集》。他们之中，徐照和翁卷是布衣，未做过官，徐玑和赵师秀做过小官。据明徐诰《复斋漫录》说：“水心之门，赵师秀紫芝、徐照道晖、玑致中、翁卷灵舒，工为唐律，专以贾岛、姚合、刘得仁为法，其徒尊为‘四灵’，翕然效之，有‘八俊’之目。水心广纳后辈，颇加称奖。”可见“四灵”都出于叶适（字正则，号水心，为南宋杰出的唯物主义思想家和政治家）之门。他们走晚唐诗人贾岛、姚合的道路，要学那种野逸清瘦的诗风，要“以浮声切响，单字只句计工拙”，认为是“风骚之至精”。叶适谓徐照“有诗数百，斫思尤奇，皆横绝忽起，冰悬雪跨，使读者变踔憀慄，肯首吟叹不自已。然无异语，皆人所知也，人不能道尔”（叶适《水心集》卷十七《徐道晖墓志铭》）。又说：“徐道晖诸人，摆落近世诗律，敛情约性，因狭出奇，合于唐人，夸所未有。”（《水心集》卷二十九《题刘潜夫南岳诗稿》）他们专工近体，尤其是五言律，专学晚唐贾、姚，以精练的语言刻画寻常景物，啸傲田园，寄情泉石，交接僧道，应酬唱和，识浅而境狭，琐屑而僻陋。虽在一定程度上纠正了江西派“资书以为诗”的毛病，但反对杜甫，并其现实主义题材的思想内容也一道排斥无余。经大思想家而兼政治家的著名学者叶适的提倡，一时遂产生意想不到的影响。叶适说："庆历、嘉祐以来，天下以杜甫为师，始黜唐人之学，而江西宗派章焉。"（《水心集》卷十二《徐斯远文集序》）他又说："杜甫强作近体，以功力气势掩夺众作，然当时为律诗者不服，甚或绝口不道。至本朝初年，律诗大坏。王安石、黄庭坚欲兼用二体（按：指古诗和律诗），擅其所长，然终不能庶几唐人。苏氏（按：指苏轼）但谓七言之伟丽者，则失之尤甚。"又说："王安石七言绝句，人皆以为特工，此亦后人貌似之论尔。七言绝句，凡唐人所谓工者，今人皆不能到，惟杜甫功力气势之所掩夺，则不复在其绳墨中，若王氏则徒有纤弱而已。而今人绝句，无不祖述王氏，则安能窥唐人之藩墙！况甫之所掩夺者，尚安得至乎！"（上均见叶适《习学记言序目》卷四十七《皇朝文鉴一》）他否定了杜甫，说杜"强作近体"，说"当时为律诗者不服"，说杜甫以"功力气势"掩夺唐人七绝，"不复在其绳墨中"；又说王安石七绝"徒有纤弱而已"，学王氏便不能"窥唐人之藩墙"。这就阻绝了人们学杜甫、学王安石。对比之下，他过分地吹嘘了"四灵"，也就是吹嘘了他们所学的"唐人"，而他所谓的唐人，乃是把杜甫剔除的，几乎是专指晚唐贾、姚，这就产生了很坏的影响。"四灵"的诗也间有可以看得过去的，但成就极有限，我们不必举了。

"四灵"诗经过叶适的吹嘘，成为当时风行的标准风格，影响很大，就出现了与"江西派"对立的"江湖派"。这一派的人，除戴复古、刘克庄、方岳外，大都是一些落拓文士，以文字游食于四方，流转江湖，靠献诗来取得达官豪绅的招养，维持生活，一般地说，他们的诗也无足深论。这江湖诗人之名的由来是：南宋中叶以后，杭州书商陈起陆续刻印了许多当代诗人的诗集，合称为《江湖集》，这些诗人因而得名为"江湖诗人"。他们对南宋王朝也多少表示过一些不满，在个别作品中对当权者有过讽刺，因而得罪了执政的宰相史弥远，致兴文字之狱。牵涉到敖陶孙和刘克庄均遭贬斥，刻印《江湖集》的书肆主人陈起被流配，书板也遭劈毁。当时史弥远杀济王，立理宗赵昀，以陈起有诗云"秋雨梧桐王子府，春风杨柳相公桥"，为哀济王而诮己，或嫁为敖陶孙之作；又因刘克庄有赋梅花百首，中有句云"东风谬掌花权柄，却忌孤高不主张"，史亦以为讥己，遂并予迁谪（见《齐东野语》《浩然斋雅谈》《瀛奎律髓》《鹤林玉露》)。后来其中有些诗人虽做了官，还被看作江湖诗人，乃是因为他们的诗风与江湖派相同。

戴复古（1167—1248 年?)，字式之，号石屏，天台黄岩（今属浙江台州）人。他是个布衣，长期游历江湖，到过南方许多地方。他曾从陆游学诗，尊唐人陈子昂、杜甫，故其《石屏诗集》中也有些是继承了杜甫和陆游的现实主义和爱国主义精神的作品，如《织妇叹》《频酌淮河水》《庚子荐饥》《闻时事》《江阴浮远堂》等篇。举两首示例：

饿走抛家舍，纵横死路岐。有天不雨粟，无地可埋尸。劫数惨如此，吾曹忍见之？官司行赈恤，不过是文移！(《庚子荐饥》)

横冈下瞰大江流，浮远堂前万里愁。最苦无山遮望眼，淮南极目尽神州。(《江阴浮远堂》)

刘克庄（1187—1269 年），字潜夫，号后村，福建莆田人，有《后村居士诗集》。他是江湖派中最大的诗人，初受“四灵”影响，得叶适赏识。他的诗虽亦学贾、姚，但还融合了晚唐他家，如许浑、王建、张籍，还模拟过李贺的乐府诗而能近似。他既感“江西派”“资书以为诗失之腐”，又嫌“晚唐体”（按：实指“四灵”和“江湖派”)，“捐书以为诗失之野”，便在晚唐体的轻快之诗里填嵌典故成语，组为精巧的对偶。他不但学了陆游的“好对”“奇对”，还接受了陆游的现实主义和爱国主义传统。他的诗成就比戴复古略高，与陆游还有很大距离。举两首较好的作品：

诗人安得有青衫？今岁和戎百万缣。从此西湖休插柳，剩栽桑树养吴蚕。(《戊辰即事》)

行营面面设刁斗，帐门深深万人守。将军贵重不据鞍，夜夜发兵防隘口。自言虏畏不敢犯，射麋捕鹿来行酒。更阑酒醒山月落，彩缣百段支女乐。谁知营中血战人，无钱得合金疮药。(《军中乐》)

戴、刘生在以程、朱理学为统治思想的时期，又都出于理学家真德秀之门，对朱熹崇拜至极，故尔时常在诗中发些迂腐的议论，流露出“头巾气”，表现了宋诗末流学究说教的坏倾向。虽然如此，江湖派其他诗人就更是等而下之，还不能与他们相比，自更不必一一提及了。

宋诗到此，已把所有的特征都表现尽了，其他作家当然还有值得提的，如姜夔、朱熹、严羽、文天祥、汪元量、谢枋得、谢翱、林景熙、郑思肖……但因为不是讲文学史，也不是讲诗史，不需要一一介绍每个比较重要的作家。只讲这些与“宋诗”特征有关的诗人和他们的诗的特点，以及他们与唐人诗的关系。只要讲清楚这些，就能进行比较，从总的方面综合出宋诗跟唐诗的区别。

七、宋诗和唐诗的区别

应该说这一节是多余的，因为在本篇前六节中介绍每一家、每一派时，都有意识地着重谈了这方面的问题，甚而在前两篇里，遇到有关问题时，也早已提到。但是为了阐述得更清楚些，乃不厌辞费，特辟专节，或许不为无益。

宋诗的特征是什么呢？综合前面所讲，可以用严羽的话加以概括：“近代诸公乃作奇特解会，遂以文字为诗，以才学为诗，以议论为诗。夫岂不工，终非古人之诗也。盖于一唱三叹之音，有所歉焉。且其作多务使事，不问兴致；用字必有来历，押韵必有出处，读之反复终篇，不知着到何在（处）。”又说：“然则，近代之诗无取乎？曰，有之，吾取其合于古人者而已。国初之诗尚沿袭唐人：王黄州（按：即王禹偁）学白乐天（按：即白居易），杨文公、刘中山（按：即杨亿、刘筠）学李商隐，盛文肃（按：盛度字公量，余杭即今杭州人，与杨亿同时，诗集今不传）学韦苏州（按：即韦应物，中唐中期人），欧阳公学韩退之古诗，梅圣俞（按：即梅尧臣）学唐人平淡处。至东坡、山谷（按：即苏轼、黄庭坚）始自出己意（一作‘法’）以为诗，唐人之风变矣。山谷用工尤为深刻，其后法席盛行，海内称为‘江西宗派’。近世赵紫芝、翁灵舒辈（按：即赵师秀、翁卷等，指‘永嘉四灵’）独喜贾岛、姚合之诗，稍稍复就清苦之风；江湖诗人多效其体，一时自谓之唐宗。……”（见《沧浪诗话·诗辨》）由此可知宋人诗别于唐诗者三：“以文字为诗”“以议论为诗”“以才学为诗”。宋诗之变唐诗，早自欧阳修已开始。魏泰《临汉隐居诗话》说：“永叔之诗，才力敏迈，句亦清健，但恨其少余味尔。”“少余味”就是缺乏诗味，其故也就在于不用形象思维，正如叶梦得《石林诗话》所说，学欧公诗者“倾囷倒廪，无复余地”，即全用赋体，把一切事物道理都直说出来，读后再没有什么可回味的。张戒《岁寒堂诗话》说：“苏、黄用事押韵之工，至矣尽矣，然究其实，乃诗人中一害。”又说：“子瞻以议论作诗；鲁直又专以补缀奇字。”这就是说苏、黄以文字为诗，以议论为诗，以才学为诗。而朱熹也说：“苏、黄只是今人诗。苏才豪，然一滚说尽无余意，黄费安排。”这就是说，苏、黄诗乃是完全的宋诗；“黄费安排”，即说他措意于使典用事，务求辞奇、句奇、章法奇，更不重意兴了。严羽在《诗评》中说：“诗有词、理、意、兴。南朝人尚词而病于理；本朝人尚理而病于意兴；唐人尚意兴而理在其中；汉魏之诗，词理意兴，无迹可求。”这就是说：宋诗重说理，而缺乏意兴；唐诗重意兴，而理自在其中，所以唐诗有味，宋诗乏味。

明人镏绩《霏雪录》云：“或问余唐宋人诗之别，余答之曰：唐人诗纯，宋人诗驳；唐人诗活，宋人诗滞；唐诗自在，宋诗费力；唐诗浑成，宋诗饾饤；唐诗缜密，宋诗漏逗；唐诗温润，宋诗枯燥；唐诗铿锵，宋诗散缓；唐人诗如贵介公子，举止风流，宋人诗如三家村乍富人，盛服揖宾，辞容鄙俗。”这说了半天，还是抽象，很难得其要领，反不如严羽说的那三条具体，使人较易掌握。我们如进一步看严羽所说宋诗的三条特征，其实都是反形象思维的，都是不用形象思维所必然走的错误道路；走上以文字为诗、以才学为诗、以议论为诗，其结果就必然用心于字、于辞、于理、于事、于典、于韵，而不问兴致，缺乏意味。没有比兴，焉得形象！清翁方纲《石洲诗话》谓“盛唐诸公全在兴象超诣”，“宋人之学全在研理日精，观书日富，因而论事日密”。是这样，唐诗有兴象，宋诗无兴象；无兴象，故充塞于诗中的，便只有议论和才学。总而言之，都是从书本子中得来。明屠隆《鸿苞》论诗，说：“诗之变随世递迁。天地有劫，沧桑有改，而况诗乎？善论诗者，政不必区区以古绳今，各求其至可也。”因为要“各求其至”，所以“论汉魏者，当就汉魏求其至处，不必责其不如三百篇；论六朝者，当就六朝求其至处，不必责其不如汉魏；论唐人者，当就唐人求其至处，不必责其不如六朝。”这话说得很好，是合乎历史唯物论的。正是从这一论点出发，他说：“宋诗河汉，不入品裁，非谓其不如唐，谓其不至也。”他所说的“如”和“不如”，是指诗的风格言；所谓的“至处”，是指诗的意兴、神情，即诗之所以为诗的最本质的东西。他的《文论》说：“宋人之诗，尤愚之所未解。古诗多在兴趣，微辞隐义，有足感人。而宋人多好以诗议论。夫以诗议论，即奚不为文而为诗哉？《诗》三百篇。……大意主吟咏，抒性情，以风也，固非传综诠次以为篇章者也，……唐人诗虽非三百篇之音，其为主吟咏，抒性情，则均焉而已。宋人又好用故实，组织成诗，夫三百篇亦何故实之有？用故实组织成诗，即奚不为文而为诗哉？”

众所周知，宋诗之变，至元祐年间，也就是北宋中后期，而诸种特征都被发挥到极处，那也正是苏、黄等在诗坛上最享盛名的时代，当然也是黄庭坚建立其独特风格，形成后来被称为“江西诗派”的重要阶段。但那些宋诗的标准特征没有一样是从黄庭坚或“江西诗派”开始的，甚至也不是从苏轼才开始的，而是在宋初就逐渐一条一条或明或暗或有意或无意地被提出来、被运用、被发挥、被强调了的，只是到这时，在苏、黄手中更突出罢了。譬如：以文为诗，诗句散文化，始于韩愈，在宋则倡于欧阳修；以才学为诗，使典用事，早于晋宋之际的颜延之便已有了开端，杜甫诗则被誉为“无一字无来处”，李商隐更多用生僻典故，宋初西昆诸人踵而效之；以议论为诗，中唐已开其端，宋初道学家不善为诗，也往往以韵语说教，由来已久。至于提倡学杜，作诗必以杜为师，这口号也是中晚唐人早已提出来的。其他若炼奇辞，用险韵，造拗句，变语序……都是承自前人，非自宋始。虽然，这一切却都被宋人（当然并非指所有的宋人或宋代诗人）陆续拾起，加以发挥，集其大成，用以为诗歌的艺术表现形式。而自诗人以来的形象思维和比、兴两法，却被忘记了，被轻忽了，被抛弃了，以至淹没而不见了。宋诗之所以“味同嚼蜡”，其主要原因即在于此；宋诗与唐诗的主要区别，亦当于此求之。这是我们今后创造新诗体（应说“发展新体诗歌”）和写作诗歌所必须注意的一个极其重要的方面。

附录：新体诗歌的创建与发展

一、新诗的出现及其意义

本书的目的不在于写中国诗史，但研究中国的诗学，尤其是探讨广泛的中国诗学中的一些重要问题，自不能不涉及它几千年来长期发展演变的历史过程。本书在《律史篇》即已从原始民间歌谣说到《诗》三百篇，讲到《楚辞》，述及汉乐府，转而论到文人五、七言诗的发生、演变与繁荣，然后才探索出近体律、绝的格律之形成及其兴衰。在《杜韩篇》和《三李篇》中，虽以研究李白、杜甫、韩愈、李贺、李商隐的诗风与诗艺为主，但也在客观上起到了写唐诗初、盛、中、晚各期发展史的作用，实际上以这五大诗人为线索写了唐代诗史。在《两宋篇》则明标为北宋和南宋，自更是宋代诗史了。不过，以传统的文人五、七言古、近体诗而论，至宋已渐趋衰落，虽经欧、苏、陆先后振刷，终不能使之复兴。而自中晚唐起，文人袭取民间曲子词的新形式，用以言志、抒情、写景、叙事，便成为与诗并立的另一支流——词。至金元，则又衍出散曲一道。虽词、曲二种皆未能完全取代传统的五、七言诗，但自南宋历金、元、明、清，以至近代，文人论五、七言诗则皆不外“尊唐”或“崇宋”两派，因古袭旧，此起彼伏，了无新创造、新发展。本书也只能为宋元以后写《词曲篇》，而无必要再写它们的“诗”史。

晚清社会已要求文学领域的新变革，以黄遵宪（1848—1905年）为首所提出的“我手写我口”的“诗界革命”，便是“五四”时期开始的“用白话写诗”的“滥觞”，即使不算最早的“先驱”的话。不过，这“诗界革命”其实还够不上“革命”，形式上仍基本是旧的五、七言体，语言也基本是比较浅近通俗的书面语，不但与今之所谓“新诗”有很大距离，即比之“用白话写诗”，也还颇有差别。

真正“用白话写诗”，开创“新诗”道路的，则始于“五四”时期的“文学革命”。诚然，“白话诗是‘古已有之’，最明显的如唐朝的王梵志和寒山拾得所作的诗，都是道地的白话。然而，这只是有人如此做，也有人对于这种的作品有相当的领会与欣赏而已”，而“说到正式提倡要用白话作诗，却不得不大书特书：这是民国六年中的事”（以上引自刘半农《初期白话诗稿·序》，见《新文学史料》第三辑）。“民国六年”就是1917年，这时“一般新人物反对文言文，提倡白话文”（毛泽东《反对党八股》），而“提倡白话文已是非圣无法，罪大恶极，何况提倡白话诗”（上引刘半农序中语）。现在能见到的这本《初期白话诗稿》收有李大钊（1889—1927年）《山中即景》一首，沈尹默（1883—1971年）《公园里的“二月蓝”》《月》《雪》《除夕》《刘三来言子穀死矣》《白杨树》《秋》《三弦》《耕牛》等九首，沈兼士《山中西风大作》《见闻》《早秋》《真》《遏先入山相访》《泉》等六首，周作人（1885—1967年）《两个扫雪的人》一首，胡适（1891—1962年）《唯心论》《鸽子》《十二月十五夜月》《四月二十五夜作》《除夕诗》等五首，陈衡哲《人家说我发了疯》一首，陈独秀（1879—1942年）《丁巳除夕歌》一首，鲁迅（1881—1936年）《他们的花园》《人与时》等二首：总计八人共二十六首诗。这里且录四篇为例：

山中即景

李大钊

是自然的美，
是美的自然。
绝无人迹处，

空山响流泉。

云在青山外，
人在白云内；
云飞人自还，
尚有青山在。

公园里的“二月蓝”

沈尹默

牡丹过了，
接着又开了几栏红芍药。
路旁边的二月蓝，
仍旧满地地开着；
开了满地，
没甚稀奇，
大家都说这是乡下人看的。

我来看芍药，
也看二月蓝；
在社稷坛里几百年老松柏的面前，
露出了乡下人的破绽。

丁巳除夕歌一名《他与我》

陈独秀

古往今来忽有我，
岁岁年年都遇见他。
明年我已四十岁，
他的年纪不知是几何？
我是谁？
人人是我都非我。

他们的花园

鲁迅

小娃子，卷螺发，
银黄面庞上还有微红，——看他意思是正要活；
走出破大门，望见邻家：
他们大花园里，有许多好花。
用尽小心机，得了一朵百合；
又白又光明，像才下的雪。
好生拿了回家，映着面庞，分外添出血色。
苍蝇绕花飞鸣，乱在一屋子里——
“偏爱这不干净花，
是糊涂孩子！”

按：此诗现收于《鲁迅全集》第七卷页 32，编在《集外集》，定为 1918 年的作品。据注云：“本篇最初发表于 1918 年 7 月《新青年》第 5 卷第 1 号，署名唐俟。”而且分行与此稍有不同，并在下多出五行：

忙看百合花，却已有几点蝇矢。
看不得；舍不得。
瞪眼望天空，他更无话可说。
说不出话，想起邻家：
他们大花园里，有许多好花。

从以上这几首诗，可以看出 1917—1918 年的早期白话新诗的风貌，约略窥见那时开创新体白话诗的诗人们所首创的新诗的思想内容、感情色彩和艺术形式。这对我们理解新诗的出现和以后的发展是有帮助的。

这些早期的新诗当时并非全部都公开发表过的，所以并未立即在文坛上产生巨大影响。

我们知道，发表现代新诗最早的刊物是《新青年》。它首次发表新诗是 1917 年 2 月的第 2 卷第 6 号，上有胡适的《白话诗八首》，而且在这一年内，共发表了十二首，都只是他一个人的作品。他的这些诗正如他那标题一样，只能算是“白话诗”，还不能算作“新诗”，因为它们不过是用白话写诗，或以白话入诗，而在形式上仍保留了或采用了旧体诗词的外壳。而其他人的早期新诗则是自 1918 年 1 月《新青年》第 4 卷第 1 号起，在一年之内共发表了六十二首，这就对新诗的蓬勃发展产生了深刻影响。这些新诗的作者除胡适外，还有李大钊、陈独秀、刘半农、沈尹默、沈兼士、鲁迅、俞平伯、陈衡哲等十二人，周作人虽在第二年才发表第一首新诗《小河》，但这年却已发表不少白话译诗。

最早出版的新诗集是 1920 年 3 月胡适的《尝试集》，其中所收之新诗共五十八首（《老洛伯》《关不住了》《希望》三首为译诗，非创作），而最早的新诗也是 1917 年 6 月间的作品。

胡适在新诗方面的主张和他整个思想体系一样，也更和他整个的《文学改良刍议》一样，完全是改良主义的，而且最初仅仅限于使用白话写诗。据他在《尝试集 · 自序》中说，他于 1916 年 7 月 26 日宣布：“吾志决矣，吾自此以后，不更作文言诗词”，只作白话诗。后来虽进一步提出“解放诗体”，但也不过是：打破五、七言的格式，打破平仄和废除押韵，而在创作实践上，仍然写了较多的“似诗非诗似词非词之新体诗”，真正符合他自己所要求的白话新诗却是极少的。至于他的这些诗的思想内容，则多无足称道。虽然如此，比起旧的文人诗，无论怎样，也得说是一个很大的变化，一个较新的“尝试”，是“新诗”的初与世人见面，其开创之功是不可没的。

而在这五四运动时期，思想领导者李大钊先后在《新青年》上发表的两首新诗，除上引的《山中即景》还带有旧的五言绝句意味外，另一首《欢迎独秀出狱》则是完完全全的“新诗”了：

你今出狱了，
我们很欢喜！
他们的强权和威力，
终竟战不胜真理。

什么监狱什么死，
都不能屈服了你；
因为你拥护真理，
所以真理拥护你。

这首诗思想是革命的，感情是热烈的，意志是坚定的，对前途是乐观的，充分体现了无产阶级革命先驱者昂扬的战斗精神。而语言也比较新鲜，比较精练，简洁有力，气势雄放，形式上已完全清除了旧体诗的痕迹，是早期发表的新诗中的优秀代表。

二、新诗的初期发展

在“五四”时期，新产生的新诗本是在 1917 年提出的“文学革命”与“文学改良”这两个不同口号下诞生，并立即分道扬镳的。胡适的《尝试集》是改良派新诗的代表，而如李大钊的新诗则是革命派的范例。

胡适自谓以“实地的观察和个人自己的经验”做根柢的诗，如《人力车夫》：

“车子！车子！”
车来如飞。
客看车夫，忽然中心酸悲。
客问车夫：“你今年几岁？拉车拉了多少时？”
车夫答客：“今年十六，拉过三年车了，你老别多疑。”
客告车夫：“你年纪太小，我不坐你车；我坐你车，我心惨凄。”
车夫告客：“我半日没有生意，我又寒又饥，你老的好心肠，饱不了我的饿肚皮。我年纪小拉车，警察还不管，你老又是谁？”
客人点头上车，说：“拉到内务部西！”

论其思想内容，无疑地，他通过乘车人表现了自己对于未成年贫苦劳动者雇佣的不忍与同情。但如果我们拿鲁迅在同时代同为写一个“人力车夫”的《一件小事》（见鲁迅的《呐喊》，此篇为该书的第五篇，作于

1920年7月）来和它比较一下，就可以发现这两篇作品的思想差距，实在是不可以道里计的。然而，论其诗体的形式和语言总还是与旧的文人五、七言诗有所不同，毕竟是诗体的某些解放。至于他的其他作品，则并此而不如，连形式上也不能不“很像一个缠过脚后来放大了的妇人回头看她一年一年的放脚鞋样”（他的《尝试集》四版自序中语）。例如《“赫贞旦”答叔永》一诗：

“赫贞旦”如何？听我告诉你。昨日我起时，东方日初起，返照到天西，彩霞美无比。赫贞平似镜，红云满江底。江西山低小，倒影入江紫。朝霞渐散了，剩有青天好。江中水更蓝，要与天争姣。休说海鸥闲，水冻捉鱼难，日日寒江上，飞去又飞还。何如我闲散，开窗面江岸。清茶胜似酒，面包充早饭。老任倘能来，和你分一半。更可同作诗，重咏“赫贞旦”。

内容自然只是旧式文人的“流连景物”之作，即其形式，也还没有打破五言诗的格式，没有做到他所提出的解放诗的三条，只是语言上做到了通俗浅近而已。

这时期，郭沫若（1892—1978年）正在日本九州帝国大学医学部研究医学，由于对文学发生兴趣，也已开始白话诗的尝试。他自己说他受了印度诗人泰戈尔和德国诗人海涅的清新而富有人间味的影响，于1916年至1918年“几年间便摹仿他们，偶然地写过一些口语形态的诗。像《死的诱惑》一诗便是在1918年的春间作的”（引自郭沫若《凫进文艺的新潮》，原载1945年7月《文哨》第1卷第2期，今收入《新文学史料》第三辑）。原诗是这样的：

我有一把小刀
倚在窗边向我笑。
她向我笑道：
沫若，你别用心焦！
你快来亲我的嘴儿，

我好替你除却许多烦恼。

窗外的青青海水
不住声地也向我叫号。
她向我叫道：
沫若，你别用心焦！
你快来入我的怀儿，
我好替你除却许多烦恼。

这诗，日本人曾译过，而且据说厨川白村曾见过译诗，颇为赞赏，认为它有浓厚的民主气息。

郭沫若在1919年至1920年间，由宗白华介绍，和田寿昌（田汉）通信。宗、田二氏均怂恿他尽量写诗，于是“诗兴被煽发到狂潮的地步”。后来他们把三人的往来诗函编为《三叶集》，成为“‘五四’潮流中继胡适的《尝试集》之后，有文学意义的第二个集子”（见同上）。

刘复（一名半农，1891—1934年）在本时期提出了较为具体的诗的革新主张：在内容上，他主张“真”是诗的要素；在形式上，他主张“增多诗体”，并提出“创造”和“输入”两个途径；在语言上，他运用北京和江阴两个地方的方言入诗，说明他在努力使新诗口语化和大众化。他的《扬鞭集》卷上就收有他这时期的作品。如《相隔一层纸》：

屋子里拢着炉火，
老爷吩咐开窗买水果，
说：“天气不冷火太热，
别任它烤坏了我。”
屋子外躺着一个叫花子，
咬紧了牙齿，对着北风喊“要死！”
可怜屋外与屋里，
相隔只有一层薄纸！

这是继承古代诗人的现实主义手法，把两个阶级的生活环境作典型化的对比，借以暴露当时社会阶级矛盾的实质。

刘大白（1880—1932 年）本时期的诗，收在《旧梦》里，他自己说他“用笔太重，爱说尽，少含蓄”，正因为如此，其爱憎感情往往在诗中表现得十分直率而强烈，如《卖布谣》（原诗较长，仅作节录）：

土布粗，
洋布细。
洋布便宜，
财主欢喜。
土布没人要，
饿倒哥哥嫂嫂！
……
上城卖布，
城门难过；
放过洋货，
捺住土货。

前六句写洋货侵入，手工业破产，广大农民只好挨饿；后四句写反动官吏为帝国主义做帮凶，使民众灾难更为深重。

刘复和刘大白的新诗，很明显地是在努力探索用接近口语的语言，反映半封建半殖民地的旧中国底层民众悲惨的生活景象，然而他们都是曾受旧诗词深刻影响的人，虽然也继承了中国古典诗歌中的某些优良传统，但在他们笔底下仍残留着较多的旧体诗词格律、铸词、造句和表现方法的遗痕和影响。

三、国内革命战争时期的新诗

第一次国内革命战争时期的诗人，首先应该提到的是郭沫若。他本来是在“五四”时期就开始写诗，但到这个时期，他的诗在诗坛上的影响特别大。他的诗集《女神》《星空》《瓶》《前茅》自 1921 年以后，在几年内先后出版。前两种代表了诗人早期勇猛的、反叛的精神以及他对于大自然的赞颂，尤其是《女神》显示了他无比丰富的创作才能，确立了他在诗坛的地位。《女神》的产生是为了“要去创造些新的光明”“要去创造些新的温热”“要去创造个新鲜的太阳”，而这就是作者“心中的诗意诗境底纯真的表现”。这本诗集的重大意义和价值，就在于它是祖国和人民的真实的声音，能够振动广大读者的心弦，启发他们的智慧，而作者的爱国主义精神和高昂的反抗的呼声也就激励着他的读者。如：

宇宙呀，宇宙，
我要努力地把你咒诅：
你脓血污秽着的屠场呀！
你悲哀充塞着的牢囚呀！
你群鬼叫号着的坟墓呀！
你群魔跳梁着的地狱呀！
你到底为什么存在？（《凤凰涅槃》）

在《浴海》中，他召唤他的“弟兄们”：

趁着我们的血浪还在潮，
趁着我们的心火还在烧，
快把那陈腐了的旧皮囊
全盘洗掉！
新社会的改造
全赖吾曹！

他不同于同时代其他诗人的是，在他早期的诗中毫无伤感和绝望的色彩，有的只是朝气、信心和力量，鼓舞着读者前进。

在这个时期出现的另一个重要诗人是闻一多（1899—1946 年）。他的诗特别讲究格律，追求艺术形式，但在内容上也是充满了爱国主义思想，而且富有浪漫主义气息的。他主张“节的匀称”“句的均齐”，讲究“音步”（他叫“音尺”）、重音、韵脚，在当时发生过一定的影响。但是他的这些方面，主要是从西洋诗歌中去寻求的，不是从中国古代诗歌的传统艺术形式中继承来的，虽然他后来对中国古典诗歌有很深的研究。他的诗的价值不在于他尝试并提倡了格律诗，而在于诗中所表现的深厚的热爱祖国的感情。他的诗集有《红烛》和《死水》。且举其《死水》中的《洗衣歌》为例，可以从中了解他的爱国思想和诗歌艺术：

你说洗衣的买卖太下贱，
肯下贱的只有唐人不成？
你们的牧师他告诉我说：
耶稣的爸爸做木匠出身，
你信不信？你信不信？

胰子白水耍不出花头来，
洗衣裳原比不上造兵舰。
我也说这有什么大出息——
流一身血汗洗别人的汗？
你们肯干？你们肯干？

朱自清（1898—1948年）的诗集《踪迹》于1924年出版，在当时是很有影响的。他的诗表现了他的真挚和热情，但因受所谓人情味的束缚，便缺乏猛烈的战斗性。

蒋光慈（1901—1931年）的第一个诗集《新梦》于1925年出版，第二个诗集《哀中国》于1927年出版，其思想与风格可以从《哀中国》的序诗中了解个梗概：

是的，我明白了我是为着什么而生存，
我的心灵已经被刺印了无数的伤痕；
我不过是一个粗暴的抱不平的歌者，
而不是在象牙塔中曼吟低唱的诗人。

从今后这美妙的音乐让别人去细听，
这美妙的诗章让别人去写，我可不问；

我只是一个粗暴的抱不平的歌者，
我但愿立在十字街头呼号以终生！

谁都可以看出，在他的这比较深沉而亲切的歌声中，还是流露了一个知识分子在社会大动乱、大变革期间的那种彷徨、苦闷、感伤和忧郁的心情。虽然思想中包含有革命的因素，却又残存着很多的个人主义意识。

总而言之，这时期由于共产党成立后革命形势的迅速发展与马列主义的广泛传播，诗人诗歌中的革命思想有所加强，反对丑恶的现实，向往光明的未来，对人民进行了深刻的爱国主义教育，提高了人民的战斗意志。在诗歌形式上，不再是致力于对旧诗格律的破坏与清除，而是多方面地探索和创造新的格律、新的表现形式。因此，这时期诗歌也有严重的缺点：一方面由于这些诗人多数都缺乏实际革命斗争生活经验，只凭热情和理想创作，往往流于空洞、抽象、概念化，没有具体形象，感染力不强；另一方面，他们几乎都是从西洋诗歌中寻求并移植诗的格律和形式，忽视了继承中国的诗词和民歌语言精练、明快的优良传统，丢掉了民族特点。

在第二次国内革命战争时期，首先应该提到1931年2月7日被国民党反动派在上海龙华秘密杀害的五位革命作家中的两位诗人即胡也频（1903—1931年）和殷夫（一名白莽，1910—1931年）。胡也频后期主要是写小说，不多谈，这里介绍殷夫。殷夫诗集有《孩儿塔》《伏尔加的黑浪》《一百零七个》。对于殷夫的诗，鲁迅在《白莽作〈孩儿塔〉序》中说："这《孩儿塔》的出世并非要和现在一般的诗人争一日之长，是有别一种意义在。这是东方的微光，是林中的响箭，是冬末的萌芽，是进军的第一步，是对于前驱者的爱的大纛，也是对于摧残者的憎的丰碑。一切所谓圆熟简练、静穆幽远之作，都无须来作比方，因为这诗属于别一世界。"这里只举他一首赞颂五卅运动的《血字》就可以概见其余：

五卅哟！
立起来，在南京路走！
把你血的光芒射到天的尽头，
把你刚强的姿态投映到黄浦江口，

把你的洪钟般的预言震动宇宙！

今日他们的天堂，
他日他们的地狱；
今日我们的血液写成字，
异日他们的泪水可入浴。

我是一个叛乱的开始，
我也是历史的长子，
我是海燕，
我是时代的尖刺。

其次，我们要讲在这时期中国诗坛上，除掉仍以现实主义诗歌为主流外，还泛滥着“新月派”和“现代派”两股新的支派。

“新月派”以1928年创刊的《新月》得名，其代表诗人是徐志摩（1897—1931年），其他如饶孟侃（1902—1967年）、朱湘（1904—1933年）、陈梦家（1911—1966年）都是这里的主要作者。他们的诗歌主张重在形式：要求节奏匀称、诗行整齐，讲究音步、重音和韵脚，离开思想内容来探索诗的格律形式的完美，因而形成豆腐干式或方块式的新格律诗。其所以走上这条道路，是由于他们在历史发展浪潮的冲击下处于恐惧、惶惑、悲观、绝望之中，所以感到内心空虚，感情无所寄托，便致力于貌似完整的格律形式，用以缘饰其颓废心态。且看他们的自白：

脱离了这世界，飘渺的，
不知到了哪儿，仿佛有
一朵莲花似的云拥着我，
（她脸上浮着莲花似的笑）
拥着到远极了的地方去……
唉，我真不稀罕再回来，
人说解脱，那许就是吧！（徐志摩《爱的灵感》）

尽管有我们
自己梦想的世界；
但总要安分，
“自然”是真的主宰。（陈梦家《梦家诗选·序诗》）

“现代派”的诗以大多发表于1932年创刊的《现代》上而得名。他们的主张：“诗是诗，而且是纯然的现代的诗。它们是现代人在现代生活中所感受的现代的情绪，用现代的词藻排列成的现代的诗形。……大多是没有韵的，句子也很不整齐，但它们都有相当完美的肌理（Texture），它们是现代的诗形，是诗！”（施蛰存《又关于本刊中的诗》，见《现代》第4卷第1期）现代派诗人以戴望舒（1905—1950年）为代表。“现代派”说“诗是一种吞吞吐吐的东西，术语地来说，它的动机是在于表现自己与隐藏自己之间”（杜衡《望舒草》序中语）。他们是深受19世纪末在法国出现的象征派诗的影响的。象征主义者同时也是印象主义者，认为诗的任务在于把神经系统的不明了的瞬间感觉和心境等，拿来表现在语言上面，这些完全是个人的不明了的瞬间的经验，当然就不可能用明了的形象及概念等自然地表现出来。这对于以逃避现实为诗的人说来，正是非常适合的。当社会正在急剧转变的时代，“现代派”的颓废感伤而又带一点神秘享乐情绪和唯美主义的诗歌形式，对许多知识青年不满现状而又暂时找不到正当出路的彷徨忧郁心灵，是一个适合的逃避所。因此，它的影响是较为广泛的。

但是，当这些知识青年在现实生活的启发下，在无产阶级革命理论的传播教育下，终于找到了正确的道路，就会摆脱掉这一切不良影响，而在现实主义大道上健康地发展他们的诗歌创作了。何其芳（1912—1977年）、李广田（1906—1968年）、卞之琳（1910—2000年）就是从“现代派”走出来而取得一定成就的现实主义诗人。

在这时期内，郭沫若以其“永远不涸的流泉”的诗思，歌唱出“我们的颓废的邦家，衰残的民族”，歌唱出“我们新兴的无产阶级的生活”（《述怀》）。从他这时期的诗集《恢复》，可以看见他那坚定不移的革命意志和以诗歌服务于革命斗争的一贯精神。如：

对于猛兽哪里还容得着片刻的容忍，
我们快举起我们的炬火烧灭山林！
把我们一切的耻辱、因循、怀疑、苦闷……
投向那火中，不然，我们是永远不能再生！（《血的幻影》）

1933 年，艾青（1910—1966 年）以《大堰河——我的保姆》一首长诗走上中国诗坛。这首诗虽然带有自传性质，但不仅属于个人，也属于时代和社会，因为大堰河的形象是作为旧中国农民的一种典型形象而出现在读者眼前的。我们从这诗中，可以听到作者对旧世界的诅咒和愤恨的号呼，看出它的现实主义的积极的战斗意义。它的艺术特点是，语言清新而朴素，具有非常鲜明的形象，并以此激励着和鼓动着读者的心灵。

出现于这个时期的另一个诗人是臧克家（1905—2004 年），他的第一个诗集《烙印》于 1933 年问世，以比较健康的思想内容和朴素的风格，引起了文学界的注意。接着，又陆续出版了《罪恶的黑手》《自己的写照》《运河》等。举《老马》的一节，看他是怎样刻画旧中国农民命运的：

总得叫大车装个够，
它横竖不说一句话，
背上的压力往肉里扣，
它把头沉重地垂下！

这刻不知道下刻的命，
它有泪只往心里咽。
眼里飘来一道鞭影，
它抬起头来望望前面。

这难道不是在写农民所遭受的残酷压迫吗？但他也告诉人们：“不久有那么一天，宇宙扪一下脸，来一个奇怪的变”“暗夜的长翼底下，伏着一个光亮的晨曦”（《不久有那么一天》）。他也预告反动派的灭亡：“不过，到了那时你得去死，宇宙已经不是你的，那时火花在平原上灼，你当惊叹：‘奇怪的天火！’”（《天火》）

田间（1916—1985 年）的诗的独特风格到 1936 年左右才初露头角，虽然还不成熟，但已可看出他是受了马雅可夫斯基很大影响的。

这时期在上海成立了“中国诗歌会”（1932 年 9 月），发起人有杨骚、穆木天、蒲风等，次年 2 月创刊了《新诗歌》旬刊，主张诗歌应该反映社会现实，推动社会前进，具备时代意义；在形式上要求大众化，并提出“新诗歌谣化”的口号，注意诗的音节，要流畅上口，适于朗诵，把新诗由当时已变成的视觉艺术再回复到听觉艺术。

总的说来，本时期虽受过“新月”和“现代”两诗派的影响，但主流还是现实主义在支配着并发展着，为下一时期诗歌的繁荣打下了基础。反抗反动统治，描写农村穷困和叛逆，号召群众抗敌救亡，为本时期诗歌的主要内容。缺点是：仍有感伤情绪；缺乏实际斗争生活；概念化的口号较多；语言虽趋于大众化，但没有取得很大成功。

四、抗日战争和解放战争时期的新诗

抗日战争时期，新诗在现实主义道路上继续繁荣发展，取得了很大成绩。诗人们用活的语言作民族解放的歌唱，诗朗诵的普遍开展大大地推动了诗歌的口语化和大众化。运动虽有缺点，如这时的朗诵诗往往流于空洞的叫喊，而缺少深刻地反映现实的内容；传播的范围局限于城市知识分子和市民阶层，而未能真正扩大到工农兵中。但总的方向是正确的，对抗日战争也起了一定的鼓动宣传作用。他们的诗作不仅在题材上和内容上有了全新的精神，形式上和风格上也一洗从前的旧面貌，摆脱了欧化的倾向，创立了为人民所喜闻乐见的中国作风与中国气派。

艾青在这时期创作极为丰富，有《向太阳》《北方》《他死在第二次》《献给乡村的诗》《火把》《黎明的通知》《雪里钻》《溃灭》《反法西斯》等诗集。由于生活面的扩大，与人民的联系更加紧密，诗歌题材远较上一时期为深广，战斗意志和胜利信心都大大地加强了。诗的风格也逐渐由前期的欧化和晦涩变为平易、顺畅、自然与明朗。

田间的独特的诗风在本期得到了更好的发展，他创作了不少“街头诗”，以其简短朴素的诗行鼓舞人民投入到战斗中去，成为“时代的鼓手”。他的《山中——题贺龙将军》：

师长飞马上山，
谁也不曾听见。
那马蹄一响，
他已到半山间。
……
将军轻轻地
冷笑一声：
“一块石头
也不许他侵犯！”

这时期，在国民党统治区内进步的诗歌作者也有很大的成绩。他们虽然生活在黑暗的不自由的天地里，但他们追求的却是中国人民光明的明天。他们的诗歌的主调是愤怒和讽刺，有些人由于所处的环境的局限，还不免流露出一些抑郁心情。在形式上，他们还保持了比较浓厚的欧化倾向，未能获得富于民族色彩适合人民需要的新艺术形式。如郭沫若的《战声集》《蜩螗集》，臧克家的《淮上吟》《泥土的歌》《古树的花朵》，袁水拍的《人民》《向日葵》《沸腾的岁月》《马凡陀山歌》都是这时期的有代表性的诗集，可以从中看出上述那些特征来。

在解放战争时期，仍须分别讲解放区和国统区的诗歌。李季（1922—1980年）在1945年12月写的第一首长诗《王贵与李香香》，由于“作者真实地处理了这革命与恋爱的历史故事，写出了革命斗争的曲折历程，人民翻身运动的正义性及胜利的必然性”，被认为是人民翻身和文艺翻身的“响亮的信号”；又因为它运用了人民喜闻乐见的陕北民歌“信天游”这一民族形式，被认为“给我们提供了新诗写作的严肃课题”，给人民文艺创作提供了实践的方向。长诗揭示了这样一个真理：农民自身幸福与革命斗争是密不可分地联系在一起的，只有闹革命才能给农民带来幸福。作者塑造了具有高尚的道德品质和顽强的斗争精神的劳动者形象，也以鄙视和憎恨的感情描绘了地主丑恶不堪的形象。诗人运用那纯朴、准确、简明的语言，表现农村中尖锐复杂的斗争和人物思想感情的变化，其所以那么成功，乃是他认真地向民间歌谣学习的结果。这是应该给我们今天的诗人们以很大启发的。

用长篇叙事诗的形式来写农村各个时期的革命运动，成为本时期诗歌创作最重要的特色。张志民收在《死不着》集中的《死不着》《王九诉苦》《野女儿》《欢喜》和《接喜报》五首诗就全是这种叙事长诗。阮章竞收在《圈套》集里的《圈套》也是，另一首有名的长诗《漳河水》更是不可多得的好作品。此外，李冰的《赵巧儿》和田间的《赶车传》，都各以不同的艺术风格写农村土改、农民翻身等题材，给读者留下了深刻印象。

总的说来，本时期解放区的诗歌创作取得了极大的成就，都是与作家深入生活、向人民学习分不开的。长篇叙事诗的创作与民歌形式和民间语言的运用，也是作品取得成就的重要因素，不可忽视。

在国民党统治区，这时期的诗歌创作仍以政治讽刺诗为其显著的特点，而诗人们的成就也主要表现在这方面。袁水拍（笔名马凡陀）这时期的诗篇收在《马凡陀山歌》中，就是这种政治讽刺诗的杰出作品，它们都表现了人民的感情和愿望，无情地揭露敌人，足以激起读者向敌人展开斗争的决心。诗人所采用的通俗浅易的民歌形式和语言，使得他所刻画的人物形象更加鲜明具体，艺术效果也就更好。如：

军阀时代水龙刀，
还政于民枪连炮。
镇压学生毒辣狠，
看见洋人一只猫：
妙呜妙呜，要要要！（《一只猫》）

臧克家这一时期写的诗大都收在《生命的零度》和《宝贝儿》两个

诗集中。他说："当眼前没有光明可以歌颂时，把火一样的诗句投向包围了我们的黑暗叫它燃烧去吧！"这正说明了他这时期的诗歌就是这样的讽刺作品。在艺术上，他自己说："雕琢了十五年，才悟得了朴素的美，从自己的圈套里挣脱出来，很快乐地觉得诗的田园是这么广阔！'生活得，斗争得，如同一个老百姓，最真挚的憎爱用最平易的字表现出来——表现得深，表现得有力，表现得美！'"（《生命的零度·序》）这个努力方向是正确的。

五、新中国成立后的新诗

全国解放后，新中国屹立在世界的东方，这是共产党领导全国人民进行二十八年艰苦奋斗取得的伟大成就，地覆天翻，人们怎能不高歌欢颂！从此，中国诗坛上便迎来了工、农、兵加入诗人的行列，给新中国的诗歌注入了新的血液，增添了新的光彩，也帮助了文艺工作者改造自己并改造自己的创作。

解放初期，山东沂南青年农民苗得雨（1932—2017 年），陕西临潼老农民王老九（1894—1969 年），北京工人李学鳌（1933—1989 年），抗美援朝志愿军的许多战士，都发表了很多歌颂党、歌颂人民领袖、歌颂劳动、歌颂新社会新生活的优秀诗篇，也有很多表现抗美援朝、反对侵略战争、反映土地改革的诗。

这时期诗人之诗在形式上主要是用自由体，但已有不少人努力向民歌学习，树立了新诗风。过去在陕北的诗人李季、阮章竞等早就在这方面做出了成绩，这时候仍继续努力，发展他们的诗作特点，表现了语言通俗、形象生动，善于运用比兴和夸张等传统的民歌艺术手法。

这时期歌颂祖国的诗有郭沫若的《新华颂》、何其芳的《我们最伟大的节日》、王莘的《歌唱祖国》、柯仲平（1902—1964 年）的《我们的快马》、田间的《天安门》等。

到了社会主义改造和社会主义建设时期，工、农、兵业余写诗的更是成千上万，不可以数计，他们的作品有了很大的进步，等于向专业作家提出了挑战。现实生活雄伟壮阔、丰富多彩，也给诗人提供了更为广泛而多样化的新鲜题材。在火热的斗争中，涌现并锻炼了许许多多热情充沛、创作力旺盛的青年诗人，如闻捷、严阵、梁上泉等，他们写下了不少好诗，在读者中有较大影响。

1957 年 1 月，第一个全国性的《诗刊》创刊并发表了毛泽东的十八首旧体诗词和《关于诗的一封信》，这对诗歌的发展和如何利用旧形式为社会现实服务，起到了明确的指导作用。毛泽东生前共发表诗词三十九首，影响深远，是全国诗人和一切诗歌爱好者学习的范本。

1958 年，毛泽东多次号召大量搜集民歌，并提出革命的现实主义和革命的浪漫主义相结合的创作方法，由此推动了民歌创作的繁荣，产生了难以计数的优秀诗篇。使“五四”以来的新体诗起了一个根本的变化。譬如过去许多诗人写的自由诗，句子冗长，语言欧化，形式和内容都不适合大多数中国人的口味，少有民族风格和中国气派，读起来不顺口，听起来不顺耳，看起来怪模怪样。在新民歌蓬勃发展的形势下，文艺界提出了“开一代诗风”的口号，指出了新诗应在民歌和古典诗歌的基础上发展的方向，并且展开了关于诗歌问题的讨论。讨论的中心是新诗如何进一步实现民族化和群众化的问题，其实质就是新诗如何与民众结合的问题。尽管意见还不一致，但通过这次广泛的讨论，大家明确了新诗发展的道路就是在学习民歌和批判地继承我国古典诗词的优秀传统的基础上，坚持“百花齐放、百家争鸣”的方针，创立社会主义的新诗风。

在创作实践中，诗人田间、李季、阮章竞、贺敬之（1924—　）、光未然、郭小川（1919—1976 年）、戈壁舟（1910—1986 年）等，都写了不少有中国作风、中国气派为群众所喜爱的诗篇。

与此同时，许多革命前辈都运用自己熟悉的古典诗词的形式，写出了许多优秀诗篇，深情回忆战争年代的艰苦历程，热情地赞颂了伟大的时代和伟大的人民。工农兵群众特别在青年中也涌现了大批比较优秀的新诗人，成为诗歌队伍中的新生力量。

这时期的诗坛出现了一片丰收的景象。从反映的内容来看，有歌颂党和国家领袖、歌颂伟大祖国的作品，如贺敬之的《东风万里》、臧克家的《领导和群众心连心》、李季的《难忘的春天》、郭沫若的《五一天安门之夜》、闻捷（1923—1971 年）的《祖国！光辉的十月》、郭小川的《雪兆丰年》……都是比较好的作品。有歌颂建设新成就的，如田间的《街头诗一束》、李季的《祝丰收——寄安振同志》、光未然的《塞上行》、贺敬之的《三门峡歌》、闻捷的《东风催动黄河浪》和《河西走廊行》，都是。田间的《一九五八年秋》、严阵（1930—）的《祖国喜事多又多》、戈壁舟的《宣誓集》、张志民的《七锁娘》等则是从不同的角度反映了全民参加生产建设这个主题的。有反映革命斗争历史题材的，除前已提过的李季的《杨高传》和田间的《赶车传》中的一部分外，还有楼适夷的《山中杂诗》，萧三（1896—1983 年）的《敌后催眠曲》和臧克家的《李大钊》，以及颜廷瑞与杨允谦合写的《“火人”的故事》等都是。有反映政治斗争的，如郭小川的《射出我的第一枪》和袁水拍的《糖衣炮弹之战》。有反对帝国主义侵略的，如韦德三的《三元里》、阮章竞的《最后的警告》、光未然的《大山大海仰英名》。有反映各民族生活和斗争的，如闻捷的长篇史诗《复仇的火焰》第一部《动荡的年代》、顾工的《你好，拉萨河畔的亲人》，以及田间的《佧佤人》《丽江行》等。这时期诗人出的诗集也不少，著名的有郭沫若的《长春集》、田间的《东风歌》、袁水拍的《歌颂与诅咒》……不能尽举。而萧三编选的《革命烈士诗抄》和《革命民歌集》，则是在这时期出版的革命先烈和革命人民用鲜血和激情写下的永不泯灭的壮丽诗篇。

在“文革”时期，整个文艺界都被窒息了，诗坛寂寞乃是必然的。然而，人民的歌喉是任何强暴也封闭不住的，诗人的心窍永远不可能被瘴疠所阻塞，他们一定还在歌唱、还在吟咏、还在写作更加充满愤怒激情的诗篇，只是没有人搜集，没有人广为传播，没有机会发表、出版，因为一切可用于文化宣传和交流的工具都被他们控制住了。但即使如此，天安门前，革命烈士纪念碑周围，在短短的几天内，就出现过人民群众用血泪写成的篇数可以万计的诗的海洋。那还只是首都群众的一部分，比起全国九亿人民只不过是千分之一、万分之一；时间那么短，比起十年、十几年，也只是千分之一、万分之一；内容只是怀念周恩来总理，比起整个历史时期的全部重大斗争，也是千分之一、万分之一。可见，我们的民众、我们的诗人在过去十几年中肯定是创作过无数反映现实的优秀诗篇的，可惜我们现在还没有机会听到看到，暂时无法列举。

在“文革”十年浩劫中，绝大多数的文艺刊物都被迫停办了，没有了“百花齐放”的园地，也就没有百花争艳的可能。那时，在报刊上偶尔被允许发表的少数诗歌，不是迎合某种政治风潮的宣传词，便是陈词滥调，思想艺术均无足观，不能代表那个时代的风貌。

“四人帮”被粉碎以后，一时间内不少感情激越、形象鲜明、音调铿锵、词明意畅的优秀诗篇纷纷出现。题材是多样的：有的以政治大事件为题材，如粉碎“四人帮”，如悼念周总理，如庆祝党或国家某一有历史意义的重大会议的召开，如对越南自卫反击战的胜利；有的以社会新气象为内容；有的抒写自己的雄心壮志；有的描绘中国的远大前景……触目入耳，言心动情，无不可以入诗。形式上，也是百花齐放的：短歌、长篇、新诗、旧体、抒情、叙事、词牌、曲调、格律体、自由诗……千变万化，不一而足。总而言之，随着思想禁锢的打破，诗歌正呈现出日趋繁荣的好迹象。

六、民歌的采集

文学史上每一时代的“新体诗歌”，都毫无例外地是从那个时代及其以前的民歌中吸取养料和形式而发展形成的。虽然古人不曾在理论上明确地指出这一点，但在创作实践中却是有意识地这样做的。譬如：“楚辞”就是屈原及其弟子们继承周代民歌——《诗经》和春秋战国时期在楚地广泛流行的楚歌而加以发展形成的。最明显的例子，如屈原的《九歌》之取于湘楚巫歌，这是前已讲过的。汉、魏、晋五言诗是学习汉乐府民歌的；唐人近体五、七言律、绝源于六朝《子夜》《读曲》，刘禹锡、白居易等诗人所写的《竹枝》《杨柳枝》之类，更是直接模仿“建平”“里中儿”的“巴歈”，都是非常清楚、无可置疑的。至于宋词、元曲的产生历史，如以前专篇所说，更分明得自民间歌曲，不待一一复述。

重视向民歌学习，就需要搜集民歌，进行选录、研究。古代“王者采风”，其目的在于“观风俗，知得失”，以利于统治，和我们今天搜集民歌的用意完全不同；汉朝自武帝刘彻以后的“立乐府而采歌谣”（见《汉书·艺文志》），目的在于“被以管弦”“为之新声曲”（见《汉书·李延年传》），供最高统治者“登歌”娱乐之用，尤其和我们对待民歌的态度迥不相侔。后世朝廷无采诗之官，也没有采诗的制度，我们所能看到的民歌，大都是散见于史传之中，尤其是文人的野史、笔记、杂录、诗话等书中，在无意中被保存下来的。明清以来，杨慎、杜文澜等人才从古籍中辑录历代遗存的一些古谣谚，成为专书，可供检读。至于搜集当代的民歌，编印专集，则自明末冯梦龙起，至晚清始有李调元、招子庸等少数人做了一些工作，而以前则罕有人注意及此。

“五四”时期，在新文化运动中，北京大学首倡搜集歌谣，是当时反对封建文化、提倡民主和科学在文学方面的重要表现之一。自 1920 年至 1930 年，北大曾专门组设过一个“歌谣研究会”（最初称“歌谣征集处”），并出版过《歌谣周刊》两年达九十六期，发表了歌谣两三千首、研究文章一二百篇。中国共产党创始人之一李大钊还曾在《北京大学日刊》上发表过几首歌谣，并用马克思主义的阶级观点加以解释。

鲁迅和瞿秋白（1899—1935 年）在保卫新兴的无产阶级文学事业、反击资产阶级的进攻中，捍卫了民间文学。鲁迅反对梁实秋和第三种人的“艺术至上”和蔑视民间文学的观点，说“从唱本和说书里是可以产生托尔斯泰、弗罗培尔的”（《论“第三种人”》）。鲁迅不但在自己的著作里广泛地论述和应用了民间的文学艺术，而且曾经对民间文学的许多方面（从搜集整理工作到民间文学的产生、估价，民间文学与作家创作的关系，民族形式的革新，等等），作了马克思主义的解释，奠定了中国民间文学的马克思主义理论的初步基础。

毛泽东同志十分重视民歌，早在他主办农民运动讲习所的时候，就作了搜集民歌的尝试。1929 年工农红军时代，毛泽东在古田会议决议中就规定了：“各政治部负责征集并编制表现各种群众情绪的革命歌谣，军政治部编制委员会负督促及调查之责。”这条规定使得军队的诗歌创作活动，一开始就有了明确的方针，这就是：（1）它是表现群众情绪的；（2）它是革命的；（3）它是有党的坚强领导的；（4）它是走群众路线的。但由于环境和条件的关系，当时并未能把流行在各根据地和红军中的许多革命歌谣完整地记载和保存下来。但是，由此可见，这种劳动人民创作的歌谣在当时是受到极大的重视的，革命民歌成为发动群众、鼓舞革命斗志的最好的文艺形式之一。这是工、农、兵新文艺的幼芽。1942 年 5 月发表《在延安文艺座谈会上的讲话》，引起了解放区文艺工作者对民间文学普遍的重视，以延安鲁迅艺术学院为中心的收集整理工作，做出了很大成绩，收集整理出来的民间诗歌集有《陕北民歌》《信天游三千首》等。新的文艺创作，如《白毛女》《王贵与李香香》《兄妹开荒》等作品，都吸取了民间文学的丰富营养。

新中国成立后，特别是 1958 年“大跃进”时期，毛泽东又曾反复号召大量搜集民歌，并提出革命的现实主义与革命的浪漫主义相结合的艺术创作方法。《人民日报》先后发表了《大规模搜集全国民歌》及其他有关社论，指出民歌搜集和整理“是一项极有价值的工作”，说“它对我国文学艺术的发展（首先是诗歌和曲艺的发展）有重大的意义”。由于党和毛泽东同志的重视和大力提倡，全国各省市都陆续发出了关于立即组织搜集民歌的通知，强调了这一工作的重要意义，指出这是“当前的一项政治任务”。

于是全国各地都迅速成立了采风组织和编选机构，掀起了一个大规模的采风运动。全国选印出版的民歌集，仅在 1958 年，就有近八百种之多。而次年由郭沫若和周扬合编的《红旗歌谣》则是从百万首民歌中选出的精华，是我国在社会主义时代的新国风，也是中国人民的战斗之歌、胜利之歌和欢乐之歌。新民歌的特点，表现在思想内容方面的，是劳动人民以饱满的激情和高昂的音调歌颂了党和领袖，歌颂了社会主义，歌颂了自己的劳动，歌颂了集体力量的伟大，歌颂了劳动的巨大成就。新民歌的艺术特色，主要产生于它们的创作者都是运用了形象思维，体现了革命的现实主义与革命的浪漫主义的结合。新民歌中革命的浪漫主义精神，表现在作者大力地反映了人民的高尚风格和崇高理想，并以奔放的热情和高亢的语调塑造出蔑视困难的英雄形象，表现出劳动者的巨大力量以及对光明前途的热烈向往。

下面按照上述主题思想内容的顺序，各选一二首当时人们认为最好的新民歌，供我们分析参考：

桥靠桩，
屋靠梁，
黑夜走路靠灯光，
幸福生活就靠共产党。
（上海）

天上没有玉皇，
地上没有龙王。
我就是玉皇，
我就是龙王，
喝令三山五岳开道：
“我来了！”
（陕西）

稻堆堆得圆又圆，
社员堆稻上了天。
撕片白云擦擦汗，
凑上太阳吸袋烟。
（安徽）

铁镢头，二斤半，
一挖挖到水晶殿。
龙王见了直打颤，
就作揖，就许愿：
“缴水，缴水，我照办！”
（陕西）

一铲能铲千层岭，
一担能挑两座山，

一炮能翻万丈崖，
一钻能通九道湾。
两只巨手提江河，
霎时挂在高山尖。
（甘肃）

人心齐，泰山移。
一根竹竿容易弯，
十根纱线难拉断。
一人心里没有计，
三人肚里唱本戏。
一块砖头难砌墙，
一根甘蔗难榨糖。
一家盖不起龙王庙，
万人造得起洛阳桥。
人多主意好，
柴多火焰高。
一人一条心，
穷断骨头筋。
（浙江）

如今唱歌用箩装，
千箩万箩堆满仓，
别看都是口头语，
搬到田里变米粮。
种田要用好锄头，
唱歌要用好歌手，
如今歌手人人是，
唱得长江水倒流。
（安徽）

劳动人民纯朴善良，热爱党，热爱自己的领袖，热爱伟大的祖国，热爱社会主义的一切。他们通过劳动，也通过对劳动和劳动成果的热情歌颂，来表达对新生活的赞美。这些诗歌唱得多么痛快，又多么激动人心！他们有奇突的想象，有大胆的夸张，有贴切的比喻，又有鲜明生动的形象。而所有这些，都是从客观实际中来，从生活体验中来，而不是从书本中或冥思苦索中生搬硬造出来。

这些民歌没有抽象的概念，有的都是典型化了的形象，当然，作者（劳动人民）也是运用形象思维进行创造的。但民歌的创作者不是像某些诗人那样，坐在静室中或踱在清夜的庭院中，进行纯粹的心理活动的思维，而是在劳动中、在不脱离感性材料的具体活动中，非常自然地完成了他们所塑造的典型形象，所以民歌中的形象是具体的、生动的、饱满的、有血有肉的、活灵活现的。而缺乏生活体验的诗人所硬造的形象，则往往是死板的、虚幻的、苍白的、无生气的、有影无形的，或形影模糊的，所以便流于概念化而非典型化了。

至于这些新民歌的艺术形式的特点呢，只要留心看一看，就可以清楚地感到：首先，它有着与内容相适应的中国风格和中国气派，即广大人民群众喜闻乐见的民族形式。

中国新民歌的民族形式，是批判地继承了中国旧诗词和旧民歌的传统艺术形式，而又为适应当前社会和时代的需要进行了革新和创造。它没有外来的洋腔洋调，也没有单调的学生腔和呆板的干部腔。它是土生土长的，有深厚群众基础的，但也不排斥外来的但经过民族化了的有益成分。

新民歌的形式特点大致可以概括为：句子一般比较整齐，押现代口语中相近的韵，四句、六句、八句为一首或一节（也有两句为一节的，如用陕北《信天游》或内蒙古《爬山调》的就是），每句五、七言者居多，最长的句子也不过十一二字，但比较少见。有类似五、六、七言诗的，也有类似杂言体的；有类似五、七言绝句的，也有略似律诗的对仗的；有如词曲格调的，也有用旧日俚歌、俗曲、时调、唱本、地方小调、山歌等格调的。总之，无论字、词、句、节、篇、韵脚、音节、声律，都是既有所继承，又有新的发展；既有大致的格律，又不局限于任何规则。形式上丰富多样，语言通俗简净，唱、诵、读朗朗上口，听起来顺耳适意，基本上使新的时代内容和发展了的民族形式得到了统一。

我们再举一首在形式上既有继承又有创造的新民歌来说明这个问题：

月下挖河泥，千担万担，
扁担儿——月牙弯弯。
咕，咕，像飞着一群大雁。

北风呼啸，汗珠满脸，
今年多施河泥千斤，
明年增产粮食万担。
（河北）

为了更好地表现丰富多彩的现实生活，这首新民歌的作者，在形式上有了新的创造。但它虽然摆脱了旧民歌和旧诗词原有的传统格律，却并未失去中国诗歌艺术的民族风格。全篇两节，每节三行，而不是习惯的两行或者四行。每节第一行的两个短句，类似旧民歌的开头用两个三言短句，显然只能作为一行，不能分成两行。而在第一节的两个短句是不整齐的五、四言写一个意思；第二节的两个短句却是整齐的四、四言写并列的两个意思。第一节第二行“扁担儿——月牙弯弯”，略似散曲，第二节首行的“北风呼啸，汗珠满脸”，则笔意似古代四言诗。诗的最后两句类似旧诗的对仗，但不避“年”字之重复。至于第一节第三行“咕，咕，像飞着一群大雁”，句法颇近于初期的白话诗。虽说如此，我们读起来并没有半点拼凑与不协调的感觉，就因为它是创造性地融合新旧形式为一体的自己的东西，也因为它的句子还是大体上整齐的：“九、七、九”和“八、八、八”，而韵律与节奏也表现出中国的民族风格，毫不拗涩。

在新民歌中，劳动人民的作者运用形象思维的方法，多见比兴，上举各首几乎全有比喻，而且是非常新颖的、优美的、创造性的比喻。陕北《信天游》和内蒙古《爬山调》这类两句头的民歌体，传统的手法就是首句用兴，二句归入正题本意，用这种诗体写的新民歌，也是继承这种传统的，如内蒙古的《合作化道路通天堂》第一节、第三节和第五节：

胡麻麻开花一色色蓝，
合作化的好处说不完。（第一节）

大红公鸡抖翅膀叫，
合作化以后咱上民校。（第三节）

山头上唱曲沟底下响，
合作化的道路通天堂。（第五节）

第一句全是起兴，乍看似全无喻意，但仔细一想，也还是可以看出比喻的作用。不只是用两句头的旧民歌体写的新民歌有“兴”，其他新民歌也继承中国民歌多用兴的传统作风而时用兴法，如甘肃武山的《好不过人民当了家》共三节，每节四句，其第一节是：

武山的大米兰州的瓜，
疼不过老子爱不过妈，
亲不过咱们的共产党，
好不过人民当了家。

有人说第一句完全是起兴，毫无比和赋的痕迹。其实不然。从全节看，分明是说父母疼爱子女，其程度之深正像人们爱武山大米与兰州的瓜，而人民对党的亲和对自己当家做主的欣喜，也是这样，其中完全含有隐喻。

所有上述各点，都是从新民歌中一些好的作品中提取出来的，值得我们从中吸取养料并利用其形式，借以发展为广大读者所喜闻乐见的新体诗歌。

七、结语——新诗发展前途的推想

历史的经验值得注意，为的是从中找出事物发展的必然规律，为的是借古明今、鉴往知来。我从对几千年来中国诗歌史的研究，特别是从对近五十年来中国新诗歌发展的研究，就形成了个人对于新诗发展前途的某些推测或设想。这是在二十年前就产生了初步轮廓的估计，后来看到毛泽东《给陈毅同志谈诗的一封信》中所提到的几点，感到与自己的想法颇有暗合之处，所以就在这篇的结语中概括地写出来，与读者商榷。

毛泽东说："要作今诗，则要用形象思维方法，反映阶级斗争与生产斗争，古典绝不能要。"又说："将来趋势，很可能从民歌中吸引养料和形式，发展成为一套吸引广大读者的新体诗歌。"前一句话是要求，后一句话则是推断，我在这里主要先谈新诗歌发展前途问题。

在 1958 年那次新诗歌发展问题的全国性大讨论中，虽然绝大多数人的意见主张向民歌学习，但也还有极少数人认为他们从外国人学来的所谓"自由诗"（其实是"翻译体"、洋律诗"《十四行》体"……）才是"主流"，而认为民歌只是"牧童、农叟的竹笛单响"，只有"在诗人帮助下好好改造才行"，否则，就要成为"滥流"，就有"进博物馆的危险"，并且说新民歌"对我们目前语言的规范化也是有损的"。有个别人说新民歌"有局限性，容量不大"，还有个别人委曲婉转地、吞吞吐吐地说"民歌体有限制"，说"它的句法和现代口语有矛盾"，讲了他那一贯的什么"一字尾""两字尾"，而硬说"写起来容易感到别扭、不自然，对于表现今天的复杂的社会生活不能不有所束缚"，说"民歌体的体裁是很有限的，远不如我所主张的现代格律诗变化多，样式丰富"（何其芳《关于新诗的"百花齐放"的问题》，载于 1958 年 7 月号《处女地》）。总而言之，他要"创造性地建立新的格律诗，体裁和样式将是无比地丰富，无比地多样化的"（见同前）。请允许我引录他那"和现代口语没有矛盾"，"写起来不感到别扭、不自然"，而又能"表现今天的复杂的社会生活"而无所束缚的，并且是他自己曾经举以示人的诗句，请大家用来和上节举的新民歌比较一下：

你呵，你有了爱情
而你又为它的寒冷哭泣！
烧起落叶与断枝的火来，

让我们坐在火光里，爆炸声里，
让树林惊醒了而且微颤地
来窃听我们静静地谈情说爱。

如果这还不足以窥见诗人之创造性地发展了新诗的语言，就再引录一段，也是他曾经举以示人的：

而且我的脑子是一个开着的窗子，
而且我的思想，我的众多的云，
向我纷乱地飘来，

而且五月，
白天有太好太好的阳光，
晚上有太好太好的月亮，……

这两段都是从诗人答复众多的读者向他请教的题为《写诗的经过》中原样抄录的，包括标点和分段（全文见他的《关于写诗和读诗》）。像这样“创造性地建立新的格律诗”，广大的人民群众能“喜闻乐见”吗？无怪乎“用白话写诗，几十年来，迄无成功”！这话诚然说得过于绝对，未免否定了五十多年来成千上万的新诗人的全部努力的成果，不能使人心服。但若就“新诗”作为代替旧诗的一种新的诗体来说，它似乎并未能完成这一伟大的变革；它还没有表现出必须具备的“中国作风和中国气派”，还未成为广大人民群众所喜闻乐见的诗歌形式，也就是说新诗还没有达到成功的地步。

如前所述，自20世纪40年代以来，便有些诗人一直坚持走与人民群众密切结合，向民歌学习的正确道路，写出不少思想内容与艺术形式两相适应的优秀诗篇。但同时却还有许多诗人走相反的道路，始终坚持他们的一贯主张，不肯改变：有的人坚持写他们所标榜的据说是模拟惠特曼《草叶集》的自由诗，有的则要写据说是马雅可夫斯基诗体，人号之为“楼梯式”的作品，而其诗的思想内容与风格、情调却并不同于或近于惠特曼或马雅可夫斯基。有的人写的诗，从思想到感情，从词汇到语序，都很像由西洋诗歌硬译过来的；有的人则试图把西方格律诗的形式毫不改变地移植过来，而强加于中国现代诗坛。我们既不主张，也不反对自由诗；同样，既不反对，也不主张格律诗——明确说，在新诗形式问题上，没有也不应该有成见，但这形式必须适合祖国语言的特点，适合人民群众的阅读习惯和歌诵习惯，也就是说必须具有“中国作风与中国气派”，亦即要求它成为中华民族的“民族形式”。这就应该从优秀的民歌中“吸引养料和形式”，其中也包含了中国古典诗歌，因为古典诗歌、词、曲的形式本来就是从古代民间歌曲袭用改造成的。在这里，我们丝毫没有排斥向外国借鉴的意思，而且历史上中国人的祖先从来都是善于吸收外来文化，加以融合，使之成为自己进步的助力的。但吸引外国的文化，必须坚持两条原则：一是选择适合于我国具体情况及固有基础的外国的优秀东西，即取其精华，而不是无分别无抉择地连同糟粕一律拿来，甚或取其糟粕而遗其精华。二是吸取外国的东西还必须加以消化，加以改造，方能与我国固有的基础溶融为一体，对我祖国文化有益，促其进步提高；绝对不应完全丢掉自己的而搬用别人的。

这关系到文艺为谁服务的问题，退一步说，不谈为谁服务，只问：我们写了诗，发表出去，要给哪些人阅读或吟诵呢？要是“只可自怡悦，不堪持赠君”，根本不想发表，也不打算给人看，那是个人的事，用不着讨论。我们这里谈的是作为有社会意义的文艺的诗歌来讲的，作为发表的公之于众的文艺作品来说的，无论在理论上或在事实上，读者群都必是广大的民众，也就是说，它至少在客观效果上是要为广大民众服务的。既然如此，我们的诗人在创作时为什么不考虑读者对象的大多数呢？为什么丝毫不照顾祖国的文学传统、欣赏习惯和语言特征呢？为什么不利用现成的为民众所“习闻乐见”的形式而逐步加以改造与提高呢？为什么非搬用西洋外国的诗歌形式不可呢？有人认为：先进的艺术家应该走在一般群众的前面，把更高的艺术作品提供给群众，改变其欣赏习惯，提高其欣赏能力，从而迅速提高我们民族的诗歌艺术水平，不应该迁就大多数群众落后的“习闻乐见”的欣赏习惯。这种观点的错误是显然的，不值一驳。只要把我们在本篇所举的那些较好的新民歌和某些专门搬用西洋诗歌形式的诗篇对比一下，则优劣自见，其他是非即无须再辩。

有人在诗歌创作上，坚持模拟西方诗歌，运用洋腔、洋调、洋比喻、洋意境、洋典故、洋章法、洋句法、洋词汇……一切都是洋的、外来的、未经加工改造过的舶来品，只是翻译成汉字而已。句子会长达二三十个字，一行写不下就截为两行（当然不用逗号），一句可以跨两节。人的发音器官负担不了，一口气念不完一句诗，把读者累得喘不过气来。不要说劳动人民，就是这类诗的作者本人，在日常说话中，也不会使用这样长的句子！有的句法完全是欧化的，完全是西洋语言的拙劣的直译。有的诗篇唱的是知识分子腔、洋学生腔，读起来干瘪、枯燥，语言无味。有的晦涩难懂，不知所云，甚或违背汉语语法，使人无从索解。诸如此类的新诗，作为试验未尝不可，若拿出来推销，甚至加以提倡，就不会起什么好作用，它将为谁服务呢？我们认为这样既不顾及广大读者的欣赏习惯，又不重视祖国几千年诗歌的优秀传统，完全搬用西方的东西，企图拿来硬塞给自己的同胞，作为精神食粮，实在是对读者太不负责，也是对自己民族的蔑视与侮辱。再说一遍，在创新的过程中，任何试验都是允许的，甚至是必要的，应该给予鼓励。但若完全抛弃自己民族的文化遗产，鄙薄先人留下来的优秀传统，只想不费气力全盘借用别人的现成的东西，以代替自己的创造，无论如何是不会成功的，而且也是最无出息的。

二十年前，贺敬之说的一段话，我至今认为是很对的。他说，对于所谓“自由诗”，“那种为脱离人民的‘自由’，为破坏民族语言和节奏、韵律的基本规律的‘自由’而出现的‘自由诗’，无论如何是应该反对的。诗，不能不是民族的，不能不是人民的。同时，诗，不能没有形式，不能没有其规律。当然，不必要规定某一种或者某几种形式以作全国通用。这是行不通的。但是，现在看来，大量的新民歌和相当一部分新诗的情况表明：诗已经开始抓到民族形式的某些基本特点，多样而又统一的新的民族形式已在逐渐形成中了。只是，它还没有成熟。重要的问题是，要更广泛更深入地学习传统，学习人民的创造，并且在诗和群众结合的具体实践中来逐步加以解决”（贺敬之《关于民歌和“开一代诗风”》，载于 1958 年 7 月号《处女地》）。

根据本书以上各篇及本篇以上各节的阐述，这里再总结出下列几点，作为本节、本篇及本书的结语，也算是个人对于“新体诗歌”发展前途的推论或设想。既是个人的推论或设想，当然并不敢也不曾妄想订立什么框框，希望以此来要求任何人信守依从，只不过就中国诗歌过去的长期历史和当前的实际情况，预测其未来的发展趋向，略谈自己的粗浅看法而已。

我认为，我们的新体诗歌的发展前途可能是也应该是这样的：

第一，题材是极为广泛的，不再有任何禁区，但其主要的思想内容则不能不是反映真实的社会生活，反映政治斗争与生产斗争的，也不排斥写爱情、生死、悲欢离合、鸟语花香、山水田园等等个人的、社会或自然界的其他事物现象之富有诗意的内容。如此说来，则举凡宇宙间任何事，接于目，触于耳，生于心，即无不可以为诗者，这是一个方面。而另一方面，也不要忘记，诗歌是一种艺术创作，它不止于是客观事物的真实反映，还必须赋予客观事物以诗人自己的主观感情；否则，单纯地、机械地反映客观事物的写照或模制品是不能称为艺术，不能称之为诗，至少不能算作好诗的。因此，尽管诗歌题材非常广泛，而对于每一个具体的诗人来说，他可取以写出真正好诗的题材却还是比较有限的，因为任何人所熟悉并经常与之打交道而且会产生某种感情的事物毕竟是有限的。而诗歌则是主情的。

第二，在创作方法上，应该继承我国古代诗歌的现实主义传统。而现实主义则绝非自然主义，它必须也含有或多或少的积极浪漫主义精神。因此，为了提醒或者引起诗人们的注意，提出“革命的现实主义与革命的浪漫主义相结合”的创作方法，似乎未为不可。当然，也有文艺理论家说这个提法有毛病，甚至根本否定这是创作方法。我不打算也没有能力参加这方面的论辩，故不予置议。我觉得，任何带有原则性的方针、政策、方法之类的东西，都很难用简单的一句话概括成为十分完整圆满的口号，如果逐字分析起来都难免会有这样那样的毛病。我认为，只要我们基本上同意这个方向就可以了。

第三，作诗和从事其他文艺创作一样，不能不运用形象思维，以加强作品的形象性和典型意义。纯粹抽象的、说理的、议论的、概念化的，没有形象的作品，可以是好文章，好应用文，好政论文，好科学著作，有其实用价值，但不能算作艺术，不能成为好的诗歌，因为它缺乏艺术性，没有艺术价值。而诗则是艺术，诗要以形象示人，以情境感人，以有余不尽之意发人深思，启人涵泳讽味，自得其趣。诗不是对人说教的，故不须析理；诗不是用来讲授知识的，故亦不必作科学的论述。诗是把理和知都寓于形象之中而使人自得之的，这就是诗的艺术效果。

第四，要批判地继承中国古典诗歌（包括词、曲）的优秀传统，剔除糟粕，吸取精华。而对于“旧形式的采取”，则“必须溶化于新作品中”，因为我们对“旧形式”是“采取”，那就“必有所删除；既有所删除，必有所增益，这结果是新形式的出现，也就是变革”（引自鲁迅《且介亭杂文·论“旧形式的采用”》）。这变革是时代的要求，是社会发展的必然，盖非此即不足以反映在新时代新社会新发展中人们的思想感情的繁剧变化。然而，任何社会的变革都是在人类长期发展的原有基础上实现的，所以新时代新文学中的新诗也不能不对旧体诗歌有所采取并有所继承，绝对不可能完全排斥几千年的诗歌艺术的优秀传统而彻底另起炉灶。

第五，绝对不应以借鉴和吸收外国进步的文化为借口，而采取“全盘西化”的办法，搬用西洋诗歌形式来代替我们在中国原有的诗歌艺术形式的基础上进行变革与创新。那种生吞活剥地、毫无批判地生搬硬套，跟正确地借鉴和吸收是恰相对立的。我们赞成“拿来主义”，主张尽量取人之长，补己之不足，只是要吸收外国一切好的并适合于我国具体情况的东西，绝不是不顾本国、本民族的具体条件和实际需要而盲目地搬用外国的任何东西，当然更反对不顾中国汉语言文字的特点和中华民族诗歌艺术的民族风格，而完全搬用西方的诗歌形式。

第六，新体诗歌似乎还是要适于歌唱和吟诵，这样，就要求它“精练、大体整齐、押韵”。要精练，就不宜用过分欧化的长句。大体整齐，当然也不等于“豆腐干式”的。譬如一篇诗或一节诗，如果基本上用的是五言句，或六、七、八言句，偶然有少数长点或短点的句子夹杂其中，只要不甚突然，读起来不拗口，听起来不逆耳，就可以。或者长短句的交错较有规律，不显得参差凌乱，也可以说是大体整齐。押韵是中国诗歌的好传统，但不必像律诗那样严格规定；押韵法也可以多种多样，不限一格。鲁迅说："诗先要有节调，押大致相近的韵，给大家容易记，又顺口，唱得出来。"否则，"唱不来，就记不住；记不住，就不能在人们的脑子里将旧诗挤出，占了它的地位"（见《鲁迅书信集》下卷《致窦隐夫》）。总的说："诗须有形式，要易记，易懂，易唱，动听，但格式不要太严。要有韵，但不必依旧诗韵，只要顺口就行。"（见《鲁迅书信集》下卷《致蔡斐君》）我完全赞同这样的意见。

第七，要学习民歌，包括古的、旧的、今的和新的，而尤其要学习优秀的新民歌。要全面地学，不能只取其某一方面或几方面。要从民歌中吸取养料和形式，既注意其艺术形式，更要重视其思想内容；既学其运用形象思维的方法，学其比、兴、讽喻，也要学其章句结构、语言技巧。应避免某些知识分子所偏好的欧化长句，因为太长的句子既不适于歌唱，也不适于朗诵。要像古今新旧民歌俗曲那样，最长的句子不过十余字，而一般则还是七字左右。这是广大民众长期歌唱实践得出的客观规律（标准），而又用之于创作实践的。我们不应该违背民族语言习惯，凭主观随意性"自由"地创造。

第八，语言要通顺，要尽可能求其合于现代汉语的语法习惯。虽然诗的语言在任何时候都会跟日常口语有点区别，但那点区别不应该形成文不通顺。写文章的起码条件要"文从字顺"，写诗也应该这样要求，要写出来使人读得懂，诵起来使人听得懂。诗是文学，是艺术，是要用艺术性的语言，但艺术性的语言绝不是跟文从字顺相对立的。不能设想，不通顺的文字会成为有很高艺术价值的作品。古今中外最优秀的、最为世人所传诵的诗篇无一篇不是文从字顺、易读易懂的。晦涩朦胧的作品，至多"只可自怡悦"，广大读者是难以欣赏的。

附带提一下，我们认为旧诗也可以写，但主要指老一辈诗人，因为他们掌握了旧诗的格律，习惯了用旧体诗来表达所要写的事物和思想情感，也善于用"旧瓶装新酒"。但对青年则不宜提倡写旧体诗歌，因为旧体诗要求遵守严格的规律，譬如"律诗要讲平仄，不讲平仄，即非律诗"，而一讲平仄，就很难学难作，不免"束缚思想"，所以不应引导青年走这条路，而应该“以新诗为主体”，向新体诗歌努力。最近数年，报刊上往往发表一些标明为五、七言律绝或词调名、曲牌名的诗歌，除掉字和句的数目与所标的体或调相符以外，其他平仄韵律则与规范不合，实在不必要，也不妥当。这是“贵古贱今”的错误思想在作怪。诗的好坏并不决定于作者用什么体裁，更无关于是否标明什么体裁，然而，指鹿为马，将白作黑，名实相违，却适足以表明作者的“未入门”，又何必呢？新旧民歌本有很多五、七言诗，或四句、六句、八句，颇似绝句、律诗，也有长短句类似词、曲的，但从来没有人把它们硬贴上律、绝、词、曲的标签，可是广大民众都喜欢读、喜欢唱、喜欢听、喜欢传诵，就因为它们的思想内容好、艺术形式好，特别是音韵、音节都谐和美妙；顺口适耳，好懂易记。相反的，现在倒是常见到在报刊上发表的这类五、七言或长短句的旧体诗词，不仅音调错乱，诗句笨拙，语言生涩，杂凑硬造，而且思想肤浅，内容干枯，既无形象，又乏意兴。正说明了“这种体裁束缚思想，又不易学”，“不宜在青年中提倡”。

过去几十年，曾经不止一次有人提出要创造新格律诗，并且已经证明了终于都没有成功。近年又有人试图提出几项不太严格的格律规则，同样立即遭到诗人的反对。我上边虽然也提出了比较笼统的八点想法，但如我所已经反复申明的，那不是什么框框，只是从我国几千年诗歌发展史，特别是从近五十年新诗萌生以后的诗史的研究中，总结出来的几条经验，或者可以算作带有规律性的东西，提供诗坛参考。但是，不吸取过去的经验，不按照已知的规律去努力，那就要碰壁，就可能再走几十年的弯路，这是需要提请我们的诗作者们共同注意的。

编后记

本册《姜书阁文集》所收为湘潭大学姜书阁教授专著《诗学广论》。《诗学广论》初版由中国社会科学出版社于1982年出版，再版由浙江大学出版社于2010年出版。姜书阁先生学术成就主要形态是学术专著，已出版者10余种。编者同姜书阁先生之女姜逸波教授商量编撰《姜书阁文集》时意见一致，就是选一部姜书阁先生的代表性学术著作。

姜书阁先生所撰《骈文史论》和羊春秋先生所撰《散曲通论》均先后获得湖南省哲学社会科学优秀成果奖一等奖和教育部中国高校人文社会科学研究优秀成果奖二等奖，可谓湘潭大学中文科研之双璧，影响甚大，当然是两位先生的代表作。但是，两位先生的代表作又不仅于此。两位先生是国家一级学会中国韵文学会的创办者，虽然作用各有不同，但都对中国韵文学会的成立和发展作出了重大的贡献。中国韵文学会自1984年成立之日起迄今，其秘书处挂靠于湘潭大学，学会又下设诗、词、曲、赋四个专业委员会（分会），而姜先生于此“韵文四学”均有精深的研究和重要的论著，诗学有《诗学广论》《汉魏六朝诗三百首》；词学有《陈亮龙川词笺注》；曲学有《说曲》；赋学有《先秦辞赋原论》《汉赋通义》等，是中国韵文学会秘书处单位韵文（诗、词、曲、赋）研究全面而重要的支撑。

姜书阁先生“韵文四学”中，学术分量最重者为《诗学广论》。姜先生初版自序说：“中国自来是一个诗的国度。一部中国文学史，特别就宋元以前的文学史来看，几乎主要是诗史。”可见，诗学在中国文学中占有最重要的地位。而姜先生也是较早使用“诗学”之概念者，颇具独特之眼光和超前之意识。姜先生诗学自成体系，有诗史（如《中国文学史纲要》《诗学广论》中所论），有诗选（如《汉魏六朝诗三百首》），有诗作（如《松涛馆诗集》），有诗论（如《诗学广论》），而《诗学广论》是其诗学的理论核心，有强烈的辨体意识、优劣意识、审美意识、会通意识，遂多发精妙之论（参见雷磊《会通与会心：论姜书阁的古诗学》，《中国韵文学刊》2021年第4期）。

基于上述理由，《姜书阁文集》收录的是《诗学广论》。

朱睿姿博士录入、初校了本书，湘潭大学出版社领导和渠珊珊编辑等于本书用心良多，一并表示感谢。